28

* 이 도서의 국립중앙도서관 출판시도서목록(CIP)은 서지정보유통지원시스템 홈페이지(http://seoji.nl.go.kr)와 국가자료공동목록시스템(http://www.nl.go.kr/kolisnet)에서 이용하실 수 있습니다.
(CIP제어번호: CIP2013008369)

28

정유정

장편소설

은행나무

차례

프롤로그

*아이디타로드(Iditarod Trail Sled Dog Race).
'최후의 위대한 레이스'라 불리는 세계 최대의 개썰매 경주로 알래스카 앵커리지를 출발, 스켄트나, 핑거레이크, 화이트마운틴 등 27개 체크 포인트를 거쳐 베링 해 연안 마을 놈(Nome)까지 1600킬로미터 이상을 달리는 대장정이다. 아이디타로드는 아사바스칸 인디언 말로 '먼 길'을 뜻하며, 매년 3월 첫 주말에 시작된다.

베링 해가 훅, 사라졌다. 백색 어둠이 그 자리를 채웠다. 바람이 눈발을 휘몰며 불어치고 암벽 같은 빙무가 세상을 가뒀다. 성미 사나운 북극 마녀, 화이트아웃이었다. 재형은 질끈, 눈을 감아버렸다.

흔한 일은 아니지만 특별한 일도 아니었다. 질주하는 썰매에 선 채로 졸다 뒤로 나가떨어지는 일쯤이야. 뒤통수를 찧고 눈을 뜬 뒤 황야에 홀로 버려진 자신을 발견하는 일도, 주인 없이 내달릴 개들을 떠올리며 망연자실하는 일 역시. 아이디타로드에서는 그렇다. 밤낮없이 설원을 달리는 새에 일어나는 수많은 일 가운데 하나였다. 화이트아웃 속에서는 구조를 기대할 수 없다는 게 좀 더 불운했을 뿐.

눈뜨기 직전만 해도 그는 베링 해를 달리고 있었다. 자신의 개썰매팀

'쉬차'를 몰고, 이 기나긴 경주의 결승점인 '놈(Nome)'의 프런트 스트리트로 질주하는 중이었다. 스승 누콘과 함께 지원 차량에 타고 앞서 갈 마야를 떠올리면서.

마야는 '아이디타로드 키드'였던 그를 '선수'로 키운 최고의 썰매개였다. 지난 수년, 그의 파트너로 북미의 설원을 누빈 쉬차의 1대 선도견이었다. 쉬차의 구성원인 16마리 썰매개의 어미이자 할미였다. 눈빛으로 말하는 법을 가르친 그의 노쇠한 연인이었다. 놈으로 입성하면 그는 가장 먼저 그녀에게 달려가 끌어안고, 눈 맞추고, 속삭일 참이었다.

"마야, 네 아이들이 돌아왔어."

꿈에서 깨어 꿈길을 되짚고 있는 지금 여기는 베링 해가 아니었다. 손목시계의 나침반이 알리는바, 유콘 강 북쪽 어디쯤 같았다. 이글아일랜드를 출발한 새벽의 기억마저 꿈이 아니라면 말이지만. 이제 선택해야 했다. 죽치고 앉아 쉬차가 돌아오기를 기다리거나, 쉬차를 찾아 저 백색 어둠 속으로 떠나거나. 어느 쪽도 재회할 가망은 없어 보였다. 쉬차는 돌아오지 않을 것이다. 달리기를 멈추고 자신이 찾아오길 기다리지도 않을 것이다. 그들은 한 가지 일만 하도록 훈련받은 존재였다. 앞으로, 앞으로, 계속 달리는 것.

재형은 뻣뻣하게 언 다리를 털며 일어섰다. 바지 허리띠에 연결된 밧줄 한 가닥이 뒤따라 일어났다. 잠깐 얼떨떨했다. 밧줄에 대한 기억도 없었다. 다만 어렴풋이 짚이는 구석은 있었다. 꾸벅꾸벅 졸다 퍼뜩 눈을 뜬 어느 틈엔가 썰매에서 떨어질 걸 염려한 본능이 허리띠와 썰매 손잡이를 밧줄로 묶어뒀으리라고. 그는 밧줄을 당겨봤다. 수평으로 팽팽해졌다. 저 앞, 보이지 않는 백색 어둠 속에 썰매가 있다는 얘기였다. 갱 라인(개들이 착용한 하니스와 썰매를 잇는 밧줄)으로 연결된 개들이 달리기를 멈추고 기다린다는 의미였다. 그게 아니라면 밧줄에 매달려 질질 끌려가면서 눈을 떴겠지. 춤이라도 추며 썰매를 향해 뛸 일이었으나 그는 움직이지 않았다. 직감이 다른 문제로 발을 걸어왔다. 쉬차는 왜 달리기를 멈췄을까. 쉬차는 왜 기척 없이 서 있을까.

꽉 막힌 시야로는 답을 얻을 수 없었다. 섣불리 움직여서도 안 될 일이었다. 그는 방한복 주머니를 뒤졌다. 주머니칼 하나, 초코바 반쪽이 나왔다. 목에는 고주파 휘슬이 걸려 있었다. 사람은 들을 수 없고 개의 귀에만 음파가 포착되는 휘슬이었다. 아사바스칸 족 썰매꾼이었던 스승 누콘의 선물이자 제자의 징표였다. 쉬차의 2대 선도견인 후크를 부를 수 있는 호출기였다. 후크가 주파수대역 안에 있다면 비밀 대화도 가능했다. 그는 얼어붙은 입술 새로 휘슬을 욱여넣고 길게 한 번 불었다. 이어서 짧게 두 번. 후크, 무슨 일이야.

가까운 전방에서 느리고 나직하게, 으르렁대듯 연속으로 짖는 소리가 들려왔다. 후크가 보낸 경계경보였다. 우리 앞에 기분 나쁜 '무언가'가 있다고.

'그게 나야' 하듯, 무언가는 자기소개를 해왔다. 훨씬 먼 곳이었고 개 소리가 아니었다. 대기를 진동시키며 스산하게 이어지는 야성의 하울링이었다. 뒤이어 '우리도 있다'고 알려오는 하울링이 여덟 번에 걸쳐 여덟 개의 지점에서 울려 퍼졌다. 시계 방향으로 넓은 반원을 그리는 소리였다. 여음이 가시자 내내 침묵하던 개들이 으르렁거리기 시작했다. 그는 상황을 이해했다. 저 조직적인 하울링의 주인은 회색 늑대 무리였다. '팩'이라 불리는 설원의 자객들이 쉬차를 가로막고 통행세를 요구해온 것이었다. 자신이 썰매에서 떨어진 건 후크가 쉬차를 급정거시킨 탓이었다. 이후 동요하는 개들을 침묵시키며 상대의 동정을 살피고 있었으리라.

재형은 낭패감을 느꼈다. 불길함이 한기처럼 번졌다. 상대는 번뜩하는 순간 목에 이빨을 박아 넣는 노련한 사냥꾼이었다, 쉬차만큼 빠르고 쉬차보다 끈덕진 추적자였다. 무엇보다, 굶주렸을 것이다. 열흘 동안 줄기차게 달려온 쉬차는 지칠 대로 지쳐 있었다. 황야 한복판에서 늑대 무리와 맞닥뜨린 경험도 없었다. 그러니 이 일을 어쩌면 좋을까.

형체 없는 살기가 백색 어둠 속을 포복해 오고 있었다. 빙무 너머로 붉은 눈동자들이 번뜩이는 것도 같았다. 재형은 주머니칼을 움켜쥐었다. 배 속이 움츠러들고 위가 뒤틀리는 느낌이었다. 쉬차의 으르렁거림은 높아졌다 낮아졌다 하며 점차로 커져갔다. 응전의 외침이 아니었다. 점증하는 위기에 대한 긴장과 불안, 허세가 뒤섞인 공포였다. 세상에서 가장 시끄럽게 꼬리를 내리는 소리였다. 게임은 끝났다고 봐야 했다. 주인과 개가 한마음으로 흰 수건을 던졌으니 죽기 살기로 내빼는 길만 남은 셈이었다. 그는 허리춤의 밧줄을 붙들고 썰매 쪽으로 움직였다. 후크는 크고 다급한 소리로 세 번 짖었다.

"후크, 기다려."

소리쳤으나 이미 늦었다. 선도견의 명령을 받은 쉬차는 일제히 짖어대며 눈보라 속으로 튀어 나갔다. 그의 몸도 덩달아 튕겨 나갔다.

"후크, 멈춰."

명령이 먹힐 리 없었다. 휘슬을 불 틈도 없었다. 그는 나뒹굴고, 고꾸라지고, 곤두박질치며 속절없이 끌려갔다. 쉬차는 오른쪽으로 반원을 그리며 내달렸다. 왔던 길로 되돌아가는 느낌이었다. 재형의 뒤쪽으로부터 달려온 늑대들은 쉬차가 그리는 반원 한 중심으로 돌진해 갔다. 놈들의 포효와 거친 숨소리, 설원을 박차고 도약하는 발소리가 그의 머리를 넘어갔다. 쉬차의 비명이 유백색 대기를 갈랐다. 그를 끌고 가는 힘에 순간

가속이 붙었다. 쉬차는 이미 개가 아니었다. 16발의 털 달린 탄환이었다. 그들이 방향을 바꿔 왼쪽으로 급선회하는 순간, 길고 울퉁불퉁한 물체가 정면으로 덤벼들었다. 몸을 겹치고 얼음 위로 솟구친 두 개의 바위였다. 쉬차에겐 눈 옆으로 스쳐 갔을 사소한 풍경, 곡주로의 바깥을 미끄러지던 그에게는 피할 길 없는 장벽이었다. 그는 두 팔로 머리를 감싸 안고 바위를 향해 날아갔다.

충격이 옆구리를 덮쳤다. 다리뼈가 박살나는 소리를 들은 것도 같았다. 그와 썰매를 연결한 밧줄은 바위 틈새에 끼었다. 몸통은 바위 밑에 빗장처럼 걸렸다. 바위 너머에선 늑대들이 포효하고 개들이 울부짖었다. 갱 라인에 묶인 채 날뛰고, 튀어 오르고, 밀치는 개들의 요동이 밧줄을 타고 그의 몸으로 전달됐다. 밧줄은 등허리를 낚아채고 흉곽 밑을 조이고, 갈비뼈를 바쉈다. 그는 정신이 아뜩해오는 충격 속에서 주머니칼을 기억해냈다. 용케도 아직 손에 쥐고 있었다. 고맙게도 팔은 아직 부서지지 않았다.

재형은 줄을 끊었다. 동시에 몸을 부수던 장력에서 튕기듯 벗어났다. 그 반동으로 데굴데굴 굴러가다가 어딘가에 어깨가 걸리며 멈췄다. 바위로부터 멀리 온 것 같지 않았다. 더 멀리 가고 싶었으나 그럴 수가 없었다. 한쪽 다리는 감각이 없고 다른 쪽 다리는 무릎 밑에서 덜렁거렸다. 갈비뼈가 숨통을 찔렀다. 사냥꾼의 포효는 등허리를 찍어 눌렀다. 쉬차의 비명이 귀를 틀어잡았다. 그는 몸을 놓고 누워버렸다. 질끈, 눈을 감고 간절하게 바랐다. 쉬차가 사냥꾼을 끌고 달아나주기를, 자신이 삶을 확보할 수 있을 만큼 충분히 멀리.

실제로 그랬을까, 간절히 바라서 그리 들렸을까. 쉬차의 울부짖음이 멀어지고 있었다. 얼마 후 정적이 찾아들었다. 그는 얼굴 위에서 서리처럼 얼어붙는 자신의 숨결을 멍멍해서 바라보았다. 마침내 삶의 편으로 넘어온 것인가. 아니었다. 부서진 몸 안에서 새로운 적이 아귀를 벌리고 있었다. 고통의 가차 없는 엄니가 흉곽을 뜯어냈다. 고통의 악랄한 불길이 다리를 사르며 등줄기로 뻗쳐올랐다. 그는 이를 악물었으나 비명을 누를 수가 없었다. 자신을 지킬 수도 없었다. 세상을 가둔 백색 어둠이 훌쩍훌쩍 물러났다. 의식의 깊고 짙은 어둠이 늑대처럼 덮쳐 왔다.

19시간 후.

재형은 스승 누콘의 손에 구조됐다. 마야가 그를 찾아냈다. 그를 깨운 것도 마야였다. 눈뜨고 가장 먼저 대면한 것 역시 마야의 다갈색 눈이었다. 반가워 어쩔 줄 몰라 하는 눈이었다. 무한한 신뢰와 애정이 담긴 눈이었다. 조심스레 물어오는 눈이었다.

"대장, 내 아이들을 어쨌어?"

1장

그들이 온다

기준 1

"백하나, 응답하라."

소방본부 상황실 무전기가 구조대를 찾았다. 기준은 손목시계를 봤다. 5시 59분, 교대 1분 전이었다.

"새로운 구조 신고 접수, 출동 가능한가."

기준이 이끄는 화양 동부소방서 구조3팀은 7시간째 소방서로 들어가지 못했다. 출동지에서 상황실의 지령을 받고 다음 출동지로 이동하면서 동구 전역을 돌았다. 11중 추돌 사고가 터진 백운터널로, 폭설에 쓰러진 낙엽송이 인가를 덮친 백운자연마을로, 비닐하우스가 줄줄이 주저앉은 수안농공단지로. 이번엔 백운도서관 뒤편에 있는 화양맨션이었다. 거동이 불편한 환자가 집 안에 혼자 있는데, 밖에 나와 있는 환자의 부인이 수차례 전화를 걸어도 받지 않고 관리인이 올라가 초인종을 눌러도 문을 열지 않는다고 했다.

"현장 확인 후 조처하라."

구조차는 백운도서관 앞을 5분 전에 지나온 참이었다. 500여 미터 앞에는 동부소방서가 있었다. 실로 마뜩잖은 지점이요, 시점이었으나 기준은 응답하지 않을 수 없었다.

"사칠(OK)."

운전을 맡은 윤문식이 사이렌을 틀면서 차를 유턴시켰다. 뒤따르던 구급차도 함께 유턴했다. 기준은 상황실에서 알려준 '환자 부인'의 휴대전화로 전화를 걸었다. 전후 사정을 알아야 미리 준비를 할 것이므로.

여자는 말하는 기관총이었다. 기준이 "119구조대원입니다." 하자마자 다다다, 말을 쏟아냈다. 남편은 신종플루로 화양의료원에 입원했다가 이틀 전 퇴원했고, 오늘 아침부터 또 열이 나고 몸이 좋지 않은데도 본인이 병원에 가지 않겠다고 고집을 부렸고, 먹고살아야 하는지라 하는 수 없이 환자만 놔두고 일을 하러 나왔는데 공교롭게도 잔업에 걸려 집에 가볼 수가 없다고. 여자의 직장은 그리 먼 곳에 있지 않았다. 자동차로 20분 거리에 있는 북구 수안산업단지 방직 공장이었다. 요컨대, 나는 돈을 벌어야겠으니 내가 낸 세금으로 월급 받는 너희가 내 남편의 안녕을 확인해줘야겠다는 얘기였다.

"다른 가족은 없습니까?"

"딸이 하나 있는데 시집가서 서울에 살아요. 거기서 여기까지 오라고 할 수는 없잖아요. 와 봐야 대문 열쇠도 없지만, 있어도 제 아비랑 사이가 안 좋아서……."

기준은 잽싸게 말을 잘랐다.

"만약 기척이 없으면 문을 따고 들어가도 되겠습니까?"

"문을 따요? 그러면 문을 못 쓰게 되는 거 맞죠?"

여자의 목소리가 떨떠름한 기색을 띠었다.

"예, 그렇죠."

"따는 거 말고 다른 방법은 없어요?"

"베란다 창문을 잠그지 않았다면 위층에서……."

"안 잠갔어요."

이번에는 여자가 잽싸게 말을 잘랐다. 기준은 전화를 끊었다.

퇴근 시간인데도 도로에는 차량이 많지 않았다. 행인도 거의 없었다. 눈보라만 기괴한 비명을 내지르며 적막 속을 질주하고 있었다. 그는 창틈에 코를 디밀고 화기처럼 치미는 조급증을 식혔다. 예정대로라면 30분 빨리 퇴근해서 지금쯤은 터미널로 가는 택시 안에 있어야 했다. 6시 50분에 출발하는 인제행 마지막 버스를 타려면.

"아, 씨발. 좆같네."

뒷좌석에서 잠꼬대하듯 웅얼대는 소리가 났다. 기준은 룸미러로 어깨 너머를 내다봤다. 구조대 보조 인력이자 공익요원인 박동해가 좌석 등받이에 드러눕다시피 기대앉아 있었다. 쉴 새 없이 다리를 떨고 권총 모양 가스라이터를 딸깍거리면서. 업소에서나 쓸 법한 대형 라이터로 방아쇠는 물론, 용도 모를 플래시까지 조준경처럼 달려 있었다. 공이치기 위치에 달린 터보 버튼을 누르면 쉭, 소리와 세찬 불꽃과 날렵한 불빛을 동시에 뿜어 사람을 놀라게 하는 물건이기도 했다. 동해의 소개에 의하면, 10여 년간 모아온 '컬렉션' 중 가장 귀여운 놈이었다.

"엔간히 해, 인마."

기준의 옆자리에 앉은 은호가 동해를 돌아보며 혀를 찼다. 동해는 눈을 치뜨고 은호에게 라이터를 겨눴다. 쉭, 소리와 함께 불꽃과 불빛이 은호의 미간으로 뻗어 왔다.

"야, 박동해."

은호의 목과 귓불이 벌겋게 달아올랐다. 동해는 다시 눈을 내리깔고 희고 곱상한 얼굴을 파카 깃에 파묻었다. 앵무새 부리처럼 작고 새빨간 입술로 좀 전과 비슷한 잠꼬대를 옹알거렸다.

"아, 좆같이 씨발거리네."

기준은 은호를 향해 고개를 두어 번 저어 보였다. 이놈을 상대로 열 내지 말라고.

이제 갓 스물두 살이 된 이 애송이는 기준의 숙제이자 구조대의 애물단지였다. 위아래도 없고, 싹수도 없고, 써먹을 데도 없었다. 공문서 한 장을 끝까지 읽지 못하는 놈이었다. 뭘 가져오라 하면 저 길고 짙은 속눈썹을 내리깔고 그딴 게 어디 있는데요, 라고 되묻기 일쑤였다. 야단을 치면 곱절로 갚았다. 녀석이 구조대에 온 첫날, 그걸 뼈아프게 학습한 바 있었다.

그때도 은호를 상대로 똑같은 상황이 벌어졌다. 딸각거리기, 불 쏘기, 잠꼬대. 성미 급한 은호는 놈의 머리통을 한 대 쥐어박았다. 이튿날 아침, 한 포털 게시판에 다음과 같은 제목의 글이 떴다.

공익요원에게 폭력을 행사한 화양 동부소방서 119구조대원.

당사자인 은호는 공식 사과문을 써야 했다. 책임자인 기준은 본부에 불려가 경위서를 썼다. 이후 누구도 놈을 건드리지 않았다. 그 일로 인해 불거진 놈의 뒷이야기가 엔간해선 눈도 깜박하지 않는 팀원들을 경악시킨 탓이었다.

동해는 애초부터 공익이 아니었다. 현역 입대 12개월 만에 자대를 발칵 뒤집어놓고 공익으로 전환된 놈이었다. 각 중대에서 기르는 개들을 모조리 죽였다고 했다. 뭔가에 욱한 나머지 패 죽인 것이 아니었다. 하룻밤 새에 저지른 미친 짓도 아니었다. 일정한 간격으로 차례차례, 혀를 자르고 목젖 부위에 십자가 형상의 불 지짐을 해서 공공장소에 매단 패턴 행위였다. 군의관은 놈을 '장기적 치료가 필요한 인격 장애'로 진단했다. 해석하면, 이런 유의 창의력은 군이 감당할 수 없다는 의미였다. 동부구조대는 군대가 내쫓은 '개백정남'을 모시고 사는 셈이었다. 자기가 개로 보이는 일이 없기만을 바라면서.

6시 05분, 구조차와 구급차는 화양맨션 2동 입구에 나란히 섰다. 팀원들은 진입 장비를 챙겼다. 차에는 동해와 윤문식이 남았다.

화양맨션은 지은 지 38년이나 되는 5층짜리 아파트였다. 유서 깊은 건물답게 계단은 어두침침하고 센서 등도 없었다. 기준은 헬멧 랜턴을 켠 뒤 팀원들과 함께 2층으로 뛰어올랐다. 그 뒤로 구급팀이 이동 침대며 응급처치 키트를 이고지고 따라왔다. 빗자루처럼 마른 노인이 맨 뒤에 붙었다. 화양맨션 관리인 겸 경비원이었다.

들은 대로 204호 현관문은 잠겨 있었다. 초인종에 대한 반응도 없었다. 문을 두들기자 문이 열린 건 앞집인 203호였다. 속셔츠 바람의 남자가 담배를 문 채 얼굴만 밖으로 내밀었다. 기준은 관리인 노인과 은호를 데리고 304호로 올라갔다. 노인은 그 집 주인 남자에게 베란다를 잠깐 써야 할 것 같다고 설명했다. 주인 남자는 뚱한 얼굴로 대문을 열어주며 연방 투덜댔다. 그 집 식구가 와서 열쇠로 열면 될 걸 이게 뭔 난리냐, 베란다 난간이 망가지면 소방서에서 물어주느냐, 기껏 보일러 틀어놨는데 창문 열어놓으면 집 안 공기 다 식어버리겠다, 빨리빨리 내려가라.

기준은 베란다 난간에 줄을 묶고 안전 로프를 몸에 걸쳤다. 손도끼는 허리띠에 걸었다. 은호는 난간의 줄을 다시 제 허리에 감아 묶고 난간 턱에 발을 버티고 앉았다. 난간에 매둔 줄이 풀릴 경우에 대한 대비책이었다. 새시를 넘어가자 강풍이 기준을 후려치듯 벽으로 밀어붙였다. 눈이 들러붙고 얼음이 덮인 유리창은 미끄러웠다. 눈보라가 짙어 시야도 좁았다. 그는 한 손으로 브레이크 라인을 잡고 발끝으로 유리창을 찍어 간격을 벌리면서 밑으로 내려갔다. 204호 베란다 난간에 내려섰을 땐 겨드랑 밑이 땀으로 축축했다.

여자의 말과 달리 베란다 창은 야무지게 잠겨 있었다. 불이 모두 꺼져 있어 집 안은 굴속처럼 껌껌했다. 그는 손도끼를 문틀 새로 밀어 넣고 힘주어 벌렸다. 걸고리가 뜯겨 나가자 창문을 열고 베란다 안으로 뛰어내렸다. 순간, 발밑에 둥글고 물컹한 물체가 밟혔다. 움찔해서 발을 치웠으나 이미 우두둑, 소리를 들은 후였다. 기분 나쁜 직감이 허벅지를 긴장시켰다. 헬멧 불빛이 비추는바, 그가 발을 디딘 곳은 베란다에 놓인 사과 박스 안이었다. 발로 밟아 바순 건 그 안에 드러누운 강아지 머리통이었다. 운동화 밑창에는 뭉개진 눈알이 들러붙어 있었다.

기준은 거칠게 튀는 숨을 삼켰다. 설마, 살아 있던 놈은 아니겠지. 비명을 지르는 기분으로 발을 흔들어 눈알을 털어냈다. 그 바람에 거실 유리문이 열려 있다는 것도, 어둠 속에서 움직이는 은밀한 기척도 알아차리지 못했다. 박스에서 발을 빼고 고개를 들면서 뒤늦게 무언가를 봤다. 헤드 랜턴 불빛 속으로 거대한 잿빛 짐승이 날아오고 있었다. 날렵하게 선 귀, 불길처럼 일렁이는 황금빛 눈동자, 희뜩이는 엄니, 경주마처럼 쭉 뻗치며 도약해 오는 긴 다리. 늑대야, 생각하는 순간 놈의 장갑차 같은 어깨가 얼굴로 날아들었다. 그는 나뒹굴다시피 옆으로 몸을 피했다. 손도끼는 우당탕거리며 어디론가 달아났다. 놈은 열려 있는 창문 너머로 사라졌다. 다시 정적이 찾아왔다.

기준은 몸을 일으켜 2층 아래를 내려다봤다. 구조차와 구급차의 경광 등만 외벽 아래 화단을 비추며 껌벅대고 있었다. 윤문식에게 무전 연락을 보내 금방 2층에서 날아간 늑대를 혹시 봤느냐고 물었다. 늑대인지 개인지는 몰라도, 시커먼 그림자가 막 아파트 뒷담으로 사라졌다는 답이 왔다. 목구멍에 걸렸던 숨이 전율처럼 흘러나왔다. 놈을 피하다 바닥에 내쳝은 뒤통수가 때늦게 욱신거렸다. 폭격기처럼 돌진해 오던 잿빛 짐승의 잔상이 시야에 어른거렸다. 아파트와 늑대라니. 납득이 안 되는 조합이었다. 놀라 나가떨어진 자신의 꼬락서니도 마음에 들지 않았다. 폼에 죽고 폼에 사는 한기준 인생에 길이길이 상처로 남을 일이었다.

"어떡할까요. 진짜 늑대라면 동네에 난리가 날 것 같은데."

윤문식이 물었다.

"우리가 지금 그거 잡으러 나갈 수는 없잖아. 상황실에 연락하고 이쪽으로 경찰 불러."

그는 거실로 들어가 실내등 스위치를 올렸다. 좀 전 일을 납득시키는 풍경이 나타났다. 베란다로 날아간 짐승은 늑대처럼 생긴 개일 것이라고. 거실 벽을 따라 이름표가 붙은 철장들이 놓여 있었다. 쫑, 설아, 까미……. 큰 개, 작은 개, 누렁이, 털북숭이, 고개를 옆으로 떨어뜨리고 누운 놈, 다리를 뻣뻣하게 뻗고 장작개비처럼 나자빠진 놈, 몸을 옹크리고 엎드린 놈. 열댓 마리쯤 되는 개들은 또렷하면서도 공통된 특징을 지녔다. 죽은 것들 특유의 무표정이었다. '앤'이라는 이름이 붙은 철장엔 젖이 통통 분 허스키가 피를 토하고 쓰러져 있었다. 치뜬 눈도 핏빛이었다. 철장 주변엔 핏자국들이 어지럽게 흩어져 있었다. 그는 대문을 열어 바깥에 대기 중인 팀원들을 불러들였다.

"이게 개집이야, 사람 집이야."

은호가 거실로 올라서며 중얼거렸다. 안방은 비어 있었다. 방문이 활짝 열려 있고, 행거가 방을 가로질러 넘어지고, 베란다로 통하는 창유리가 깨지고, 이불에는 유리 파편들이 널려 있었다. 기준은 욕실 문을 열어봤다. 핏물이 벌겋게 고인 변기가 먼저 눈에 들어왔다. 변기 밑엔 러닝셔츠만 입은 남자가 나자빠져 있었다. 죽은 것 같지는 않았다. 피멍이 든 것처럼 얼룩덜룩한 손을 경련하듯 떨고 있었다. 목 안에선 빠글빠글, 물 끓는 소리가 났다. 그는 남자를 끌어내리려고 겨드랑이 밑을 잡았다가 축축하고 미끈둥한 감촉에 놀라 손을 뗐다. 손바닥에 피가 묻어 나왔다. 피멍 든 남자의 겨드랑이에는 손가락 자국이 찍혀 있었다. 피멍처럼 보였던 것은 실제 피였다. 작은 핏방울들이 살갗에 밀집해 맺혀서 피멍처럼 보였을 뿐.

기준은 남자를 욕실 밖으로 끌어냈다. 그새에 남자는 몸이 축 늘어져버렸다. 빠글빠글 소리도, 경련도 사라졌다. 거실 바닥에 눕히자 구급팀 강혜영과 홍천수가 응급 키트를 들고 다가앉았다. 기준은 중얼거렸다.

"금방까지 호흡이 있었는데."

강혜영이 맥박을 확인한 뒤 펜 라이트를 켜고 눈꺼풀을 열었다. 흰자위가 시뻘겋게 부어올라 있었다. 기준은 죽은 허스키의 눈을 다시 쳐다봤다. 두 눈이 똑같았다.

"CPR(심폐 소생술) 준비."

강혜영이 응급 키트에서 에어 웨이(기도 유지용 튜브)를 꺼내 남자의 입에 삽입한 뒤 백 밸브 마스크(호흡이 없는 환자에게 씌우는 심폐 소생 기구)를 씌웠다. 홍천수는 남자의 왼편에 무릎을 꿇고 앉아 가슴팍에 손바닥을 겹쳤다. 흉부 압박이 시작됐다.

"하나, 둘."

순간, 남자의 코와 입에서 덩어리진 핏물이 울컥, 쏟아져 나왔다. 백 밸브 마스크는 피 주머니가 되었다. 홍천수는 흠칫했으나 흉부 압박을 멈추지는 않았다. 강혜영은 마스크를 떼어 고인 핏물을 털고 남자의 입 안으로 손을 넣어 흘러나오는 핏물을 훑어냈다.

"여섯, 일곱."

압박이 한 번 가해질 때마다 남자는 핏물을 한 움큼씩 토해냈다. 늘 어진 손이 방바닥을 노크하듯, 깐닥거렸다. 체구에 비해 비정상적으로 큰 손이었다. 굵은 손목에는 개 이빨 자국으로 보이는 붉은 상처가 나 있었다.

"팀장님, 흡인기."

강혜영이 말했다. 기준은 무전기로 윤문식을 불렀다.

"박동해한테 흡인기 들려서 올려 보내."

홍천수가 서른 번째 압박을 끝냈다. 강혜영은 백 밸브 마스크를 두 번 눌렀다.

"하나, 둘."

다시 압박이 시작됐다. 이어 백 밸브 마스크 두 번. 이 순환이 두 번 더 반복됐을 때, 윤문식이 흡인기를 들고 나타났다. 잠시 용변을 보는 새에 박동해가 말없이 퇴근해버렸다고 했다. 기준은 흡인기 플러그를 꽂았 다. 강혜영은 흡인기 튜브를 남자의 코와 목으로 밀어 넣고 구석구석 청 소를 해냈다. 남자가 후송된 건 그로부터 5분 후였다. 구조팀원 하나와 윤문식이 이동 침대에 남자를 싣고 집을 나갔다. 구급팀은 심폐 소생술 을 계속하면서 이동 침대를 따라 움직였다. 일행은 곧 계단 아래로 사라 졌다.

"젊은이, 나도 내려가봐야 할 것 같소만."

현관 신발장에 기대서 있던 관리인 노인이 기준에게 말했다.

"입주자 도장을 받으러 다닐 일이 있어서 말이오."

"잠깐 계세요. 경찰이 오면 어차피 또 올라오셔야 할 겁니다."

기준은 손도끼를 찾아 베란다로 나갔다. 강아지 사체가 든 사과 상자를 외면하려 애쓰며 베란다를 둘러봤다. 이곳이 도망친 늑대인지 개인지의 거처가 아니었을까, 싶었다. 창틈에 꽈배기 목줄이 끊긴 채 끼어 있는 걸로 봐서 난간 기둥에 묶어놓았던 듯했다. 그 앞에는 김치냉장고만 한 철장이 우그러져 뒹굴었다. 거기에도 이름표가 붙어 있었다.

링고

링고라. 주변에 링고의 업적으로 보이는 개똥이 말똥처럼 쌓여 있었다. 상황에 대한 궁금증은 말똥보다 높이 쌓였다. 안방은 왜 저 난리인지, 남자는 왜 욕실에 쓰러져 있었는지, 뭘 하는 자이기에 저 많은 개들을 집 안에서 키우는지, 개나 강아지 사체를 집 안에 방치해둔 이유가 뭔지. 그는 팀원들에게 말했다.

"아무것도 손대지 말고 그대로 둬. 경찰이 와서 볼 때까지."

경찰은 2분 후에 도착했다. 오자마자 자신들이 오기 전에 환자를 후송해버렸다고 화를 냈다. 기준은 울화통을 누를 때 써먹는 주문을 외웠다. 니미…….

상황을 설명하는 사이 20여 분이 더 갔다. 시계는 6시 55분을 가리켰다.

"더 물어볼 게 있습니까. 우린 이만 가 봐야겠는데요."

경찰은 있다고도, 없다고도 하지 않았다. 등을 돌리고 관리인 노인과 마주 서더니 이런저런 질문을 던졌다.

"집주인은 뭐 하는 사람이오?"

"번식업자랍디다."

노인이 대답했다.

"무슨 번식업자요?"

"집 안 꼴 보면 모르겠소. 개장수요."

경찰은 거실을 휘 둘러보며 되물었다.

"집 안에서 개장사를 한단 말이오?"

"집에 개를 데려온 건 한 이틀이나 됐을 거요. 이 집 아줌마 말로는 어디에 개 창고가 따로 있답디다만."

기준은 다시 울화가 치밀었다. 집 안에 개가 있다는 걸 왜 미리 알려주지 않았단 말인가. 경찰이 물었다.

"이 집 아줌마는 지금 어디 있습니까."

"그걸 내가 어찌 알겠소."

노인은 곁눈질로 기준을 봤다. 너는 아느냐, 묻는 눈이었다.

"노인장이 이 아파트 관리인 아니었소?"

"아, 주민들이 관리인한테 행선지 보고하고 다닌답니까."

노인은 짜증을 냈다. 일없이 기다리는 팀원들 얼굴에도 짜증이 쌓여가고 있었다. 기준은 손가락으로 신발장을 두들겼다.

"우릴 언제까지 세워둘 겁니까?"

경찰이 한쪽 눈꼬리를 치켜 올리고 기준을 돌아봤다.

"아직 상황 정리가 안 됐잖소. 좀 기다려요. 따로 물어볼 게 있을 것 같으니까."

기준의 미간에서 핏줄 하나가 피아노 해머처럼 발딱 일어났다. 이 빌어먹을 자식들은 현장으로 부르기만 하면 늘 이 모양이었다. 제 똘마니 다루듯 오라, 가라, 빠져라, 기다려라.

"그럼 따로 물어볼 것이 있을 때 소방서로 연락하시오."

그는 팀원들을 끌고 집을 나왔다. 경찰이 뒤통수에 대고 관등성명을 요구했다.

"이봐, 당신 직책하고 이름이 뭔지나 알아야지."

기준은 대답하지 않았다. 뒤를 돌아보지도 않았다.

재형 1

"임지영 씨, 오늘 못 올 것 같답니다. 폭설 때문에."

거실 쪽에서 이 선생의 목소리가 들려왔다. 재형은 현관 바닥에 배를 깔고 엎드린 쿠키를 내려다봤다. 조용히 일기라도 쓰는 듯한 얼굴이었다. 저녁 6시면, 이 천둥벌거숭이 썰매개가 늑대처럼 날뛸 시각이건만. 녀석의 배 밑으로 신문지 끝이 삐죽 튀어나와 있었다. 신문지 밑엔 점심 때 시켜 먹고 내놓은 자장면 그릇이, 그릇엔 먹다 남긴 자장면이 있을 터였다.

"일요일 오후에 오겠다고 해서 그러라고 했는데요."

이 선생이 코트를 들고 다가오며 말했다. 재형은 "잘했어." 했다. 오늘이면 좋았겠지만 일요일도 괜찮았다. 이 선생의 말에 의하면, 임지영은 동물병원 근무 경력 10년 차인 베테랑 간호사였다. 뛰어난 미인은 아니라도 힘은 뛰어나게 세다고 했다. 그로서는 감읍할 일이었다. 이 산골짜기 동물보호소까지 이력서 들고 찾아와주는 게 어디냐, 싶었다. 망하기 직전이라는 소문이 돌고 자신에 대한 평판은 사기꾼 수준으로 전락한 마당에.

"얼른 퇴근해. 눈 더 오기 전에."

"예. 그럼 월요일에 뵙겠습니다."

이 선생은 현관문을 나서며 쿠키에게도 작별 인사를 보냈다.

"쿠키, 그 집 자장면 맛없어."

쿠키는 눈썹을 들어 올려 나가는 이 선생을 곁눈질로 봤다. 난 맛없는 자장면이 좋아, 하듯. 재형은 엄지를 현관 쪽으로 젖혔다.

"쿠키, 나가."

쿠키는 마지못해 몸을 일으켰다. 여짓거리며 재형의 표정을 살폈다. 혹시 마음이 변할까, 기다리는 눈이었다. 재형은 엄한 표정을 지었다. 녀석이 먹기에는 자장면이 너무 짰다.

"쿠키, 안 돼."

녀석은 마지못해 현관문 밑에 뚫린 스윙 도어를 밀치고 나갔다. 그는 녀석이 깔고 앉았던 신문지로 손을 뻗었다. 열흘 전인 2014년 1월 14일 자 한진일보, 다시 보고 싶지 않은 기사가 실린 면이 하필 그릇 덮개로 놓여 있었다.

드림랜드에 사는 자는 수의사인가, 개장수인가.

KTV는 지난 1월 6일, 다큐멘터리 스페셜 〈꿈의 나라〉를 방영했다. 경기도 화양시 백운산 기슭에서 유기동물보호소이자 동물병원이기도 한 '드림랜드'를 운영하는 수의사 서재형 씨(35)와 개들의 일상을 담은 이 다큐멘터리는 19.2퍼센트라는 놀라운 시청률을 기록했다. 관계자들은 영화처럼 수려한 영상과 서재형 씨가 보여준 '생명을 향한 진정 어린 애정'을 성공 요인으로 꼽았다.

서 씨는 알래스카 주립대학을 졸업하고 한국으로 돌아와 S대 수의학과를 졸업한 교포 1.5세다. 그런 그가 홀로 한국에 정착해 안정된 직장도 마다하며 유기견 구조에 청춘을 바치고 있다는 점이 시청자의 호감을 끌어냈다는 것이다. 이 다큐멘터리의 백미는 눈 내리는 밤, 주인에게 버림받은 썰매개 '쿠키'와 마당 벤치에 앉아 하늘을 올려다보는 마지막 장면이다. 나직하게 읊조리는 서 씨의 독백은 쓸쓸하면서도 강렬한 여운을 남겼다.

"나는 때로 인간 없는 세상을 꿈꾼다. 자연의 법칙이 삶과 죽음을 관장하는 곳, 모든 생명이 자기 삶의 주인으로 살아가는 세계, 꿈의 나라를. 만약 세상 어딘가에 그런 곳이 있다면 나는 결코 거기에 가지 않을 것이다."

이 장면은 동영상으로 만들어져 유튜브를 비롯한 각 인터넷 사이트로 퍼져 나갔다. 한 포털에서는 경영난에 봉착한 드림랜드를 살리자는 모금 운동이 진행 중이다. 드림랜드 홈페이지는 자원봉사 신청자들과 유기견 입양을 희망하는 이들로 북적거린다. 생명주의를 표방하는 모 기업이 스폰서 제의를 했다는 후문도 들린다. 서 씨는 방송에 출연한 목적을 이룬 것으로 보인다. 물론, 이는 비난받을 일이 아니다. 서 씨가 한국으로 돌아온 진짜 이유를 숨겼다는 것이 문제다. 〈꿈의 나라〉에서 서 씨는 수의학과에 편입하고자 귀국했다고 말했다. 11년 전, 아이디타로드 개썰매 경주에 참가했던 최초의 한국인 머셔(썰매꾼)라는 사실은 끝까지 밝히지 않았다.

아이디타로드는 썰매개들의 생명을 담보로 달리는 죽음의 경주이다. 우승한 머셔에겐 명예와 함께 어마어마한 스폰서가 붙는다. 그들이 자신의 야망을 위해 1600킬로미터가 넘는 설원을 달리는 동안 수많은 썰매개들이 추위와 피로와 사고로 다치거나 죽어가는 것이다. 머셔의 성공은 곧 개들의 목숨 값인 셈이다. 각국 동물보호단체에서 대회 중단을 요구하는 것은 그 때문이다. 아이디타로드 본부 측은 타협안으로 '경주 중 개가 한 마리라도 죽는 경우 레이스에서 탈락시킨다'는 룰을 만들었다.

서 씨는 이 대회에 참가했고, 자신의 개썰매팀 '쉬차'를 몰살시켰다. 당시 언론들은 서 씨가 악천후로 길을 잃고 헤매던 중 늑대의 습격을 받았으며 썰매용 밧줄에 묶인 개들을 제물로 삼아 목숨을 부지했다고 밝히고 있다. 아이러니하게도 서 씨가 몰살시킨 개썰매팀 '쉬차'는 아사바스칸 인디언 말로 '친구'를 의미한다고 한다. 앵커리지를 충격으로 몰아넣은 이 사건으로 서 씨는 각국 동물보호단체로부터 거센 비난을 받았으며 아이디타로드 본부 측은 출전 자격을 영구 박탈했다. 그로부터 1년 후 서 씨는 귀국했다.

며칠 전, 서 씨와 관련한 익명의 제보가 본지로 날아들었다. 제보자는 세 가지 주장을 해왔다. 첫째, 드림랜드 뒤편 숲에 안락사 동물 묘지가 존재한다는 것. 드림랜드에 근무하는 직원은 '꼭 필요한 경우'라는 단서를 붙여 안락사를 시인했다. 이는 안락사 문제로 첫 직장이었던 모 지자체 동물보호소를 그만두었다는 서 씨의 고백에 정면으로 배치된다. 둘째, 서 씨의 애견 쿠키는 주인에게 버림받은 개가 아니라 길을 잃은 개라는 점. 서 씨는 쿠키를 돌려달라는 원주인의 요구에 1천만 원 상당의 진료비 청구서를 보냈으며 원주인은 서 씨를 고소했다. 관할 경찰서에 확인한 결과, 이 역시 사실로 확인됐다. 셋째, 서 씨가 쿠키를 썰매개로 훈련하고 있다는 것. 제보자는 증거로, 서 씨가 쿠키에게 썰매용 멜빵을 채우고 있는 사진을 동봉했다.

이쯤 되면 궁금하지 않을 수 없다. 드림랜드에 사는 자는 누구인가. 유기동물에 헌신하는 수의사인가, 유기동물로 돈벌이를 하는 장사치인

가. 답변을 듣고자 드림랜드를 찾아갔으나 서 씨는 이미 알래스카로 출국한 후였다.

김윤주 기자 Yunjukim@hanjin.com

기사가 나던 아침, 재형은 페어뱅크스 공항에 있었다. 당연히 기사가 난 것도 몰랐다. 스승 누콘이 위독하다는 아버지의 전화를 받고 허둥지둥 날아간 참이었다. 누콘이 정신만 들면 '쎄오'를 찾는다고 했다. 뇌종양이라고 했다. 떠나온 이래 한 번도 돌아가지 않았던 곳이지만, 기억마저 버리려 몸부림쳤던 땅이지만 그는 가지 않을 수 없었다.

택시는 어두운 아침 거리를 느릿느릿 달려갔다. 익숙하면서도 낯선 풍경이 차창을 지나갔다. 도심을 휘감은 눈보라, 창문마다 반짝이는 불빛, 하얗게 피어오르는 굴뚝 연기. 병원에 도착할 때까지 재형은 길 잃은 사람처럼 허둥대고 불안해했다. 누콘은 산소호흡기를 달고 중환자실에 누워 있었다. 눈두덩엔 잿빛 그늘이 드리워지고 의식마저 흐릿했다. 자신의 유일한 제자였던 '쎄오'를 끝까지 알아보지 못했다.

누콘은 페어뱅크스로부터 8킬로미터쯤 떨어진 작은 마을에 묻혔다. 양친과 누콘의 집이 있고, 마야의 묘지가 있고, 기찻길이 있는 곳. 어린 시절, 영하 40도를 밑돌던 어느 겨울날, 누콘과 함께 눈보라 치는 황야에서 앵커리지행 기차를 기다리던 기억이 났다. 손을 번쩍 들어 기차를 세우던 기억도. 완행버스처럼 코앞에 멈춰 서는 기차가 신기해서 앵커리지에 갈 때마다 손드는 일을 도맡았던 기억도. 그는 아버지에게 물었다.

"아직도 여기서 플랙 스톱 하는 사람이 있어요?"

"여기야 아직 그대로지."

아버지는 한동안 그를 바라보다가 덧붙였다.

"그리워지면 언제든 돌아오너라."

돌아와 보니 돌아가고 싶은 일이 벌어져 있었다. 불과 일주일 새에 그의 정체가 '수의사 같았는데 알고 보니 개장수'로 바뀌었다. 세상의 호의는 변심한 애인처럼 사라져버렸다. 비난과 지탄이 빚 독촉처럼 드림랜드를 덮쳤다. 그는 대문을 잠그고 꽁꽁 숨었다. 11년 전 일 따위 아무도 모르리라 여겼던 자신이 한심했다. 개들을 앞세운 대대적인 구걸 행각이 뒤늦게 부끄러웠다. 김윤주의 기사로 인해 일깨워진 기억이 고통스러웠다. 돌아온 후부터 꿈꾸지 않은 밤이 없었다. 늘 같은 꿈이었다. 강아지 마야와 눈밭을 뒹구는 열다섯 살 소년으로 시작해서 마야의 다갈색 눈이 "내 아이들을 어쨌어?"라고 묻는 데서 끝나는 꿈. 꿈에서 깨어난 새벽이면 황야를 향한 그리움으로 진저리 쳤다. 다 팽개치고 달아나고 싶었다. 그곳으로 가고 싶었다. 개들과 함께 질주하고 싶었다. 그것이 드림랜드에 사는 자의 실체였다. 또는 드림랜드를 떠나지 못하는 이유였다.

재형은 자장면 그릇과 신문을 들고 일어났다. 거실에서 휴대전화가 울고 있었다.

"재형아, 우리 소 다 죽는다."

수화기 안에서 진욱의 목소리가 튀어나왔다.

"진통은 꼭두새벽에 시작했는데 입때 자궁이 안 열려. 종일 물 한 모금 안 먹고 힘을 쓰는데 저러다 죽겠다, 싶다야."

"바로 갈게."

그는 마취약과 응급수술 장비를 챙겼다. 들은 대로라면 제왕절개를 해야 할 상황이었다. 어쩌면 그마저 늦었을지도 몰랐다. 진욱이 사는 희망목장은 백운산 동쪽 중턱에 위치해 있었다. 드림랜드가 백운산 배꼽에 앉아 있다면 그곳은 등짝에 업혀 있는 꼴이었다. 행정구역상으로는 화양이 아닌 남양주에 속했다. 차로 가려면 3번국도로 나간 다음, 지방도로 갈아타고 산을 빙 돌아서 임도로 쓰이는 산길을 700미터 가까이 올라가야 했다. 날씨로 봐선 1시간 이상 걸릴 듯했다. 제설 작업도 돼 있지 않을 임도를 털털대는 구급차가 올라갈 수 있을지도 의심스러웠다. 그는 현관문 앞에서 망설였다. 평소라면 별 거리낌 없이, 폭설을 되레 즐거워하며 썰매를 끌어냈을 텐데. 지금의 그에게 그 일은 부도덕과 몰염치의 등가물이었다.

재형은 문을 밀치고 나갔다. 스타가 창고 앞에 앉아 있었다. 쿠키와 쌍둥이처럼 생긴 저 과묵한 숙녀는 그의 움직임을 속속들이 알고 있었다. 동선의 방향으로 다음 상황을 예측할 줄도 알았다. 그는 창고에서 썰매를 끌어내고 스타에게 하니스를 입혔다. 그사이 어디선가 쿠키가 날아왔다. 기세가 어찌나 열렬한지 양쪽 귀에서 시커먼 연기라도 내뿜을 것 같았다. 녀석에게도 하니스를 입히고 수술 장비를 썰매에 실었다.

"스타, 가자."

스타는 드림랜드 뒤편 숲으로 달려 올라갔다. 낙엽송과 눈향나무가 우거진 숲에 사람 두엇이 걸을 만한 협로가 나 있었다. 동물 묘지로 올라가는 샛길이자 사유지를 표시하는 철망 담장에 가 닿는 숲길이었다. 담장문을 열고 나가 우회전하면 희망목장으로 이어지는 등산로가 나왔다. 재형이 스타와 쿠키를 데리고 오가는 썰맷길이었다.

썰맷길 길잡이는 스타였다. 3년 전, 정신 나간 개 수집광의 지하실에서 구출한 썰매개로, 방향을 찾는 데 천부적인 소질을 가지고 있었다. 한번 갔던 길을 잊는 법도 없었다. 며칠씩 굶고도 힘이 떨어지지 않을 만큼 지구력이 강했다. 스타가 잘하지 못하는 것은 인간을 견디는 일뿐이었다. 재형 외에는 누구도 자신을 만지지 못하게 했다. 마야를 상기시키는 특성들이었다. 하마터면 스타를 죽일 뻔한 특성이기도 했다.

작년 봄, 그는 스타를 대관령 어느 목장으로 입양시켰다. 그로부터 일주일 만에 스타는 유령 같은 몰골로 드림랜드에 나타났다. 피투성이 발과 바짝 마른 코는 먹지도, 마시지도, 잠들지도 않고 수백 킬로미터를 달려왔다고 말하고 있었다. 퀭한 눈은 왜 나를 보냈느냐고 묻고 있었다. 그날 이후, 스타는 드림랜드 방문객 앞에 모습을 드러내지 않았다. 어딘가에 숨어 지켜보다 존재를 들키면 적대감부터 드러냈다. 다시 입양될지 모른다는 불안이 스타를 그늘 속의 은둔자로 만든 셈이다.

반면 쿠키는 발랄하고 젊은 수컷이었다. 서열 사회에서 알파가 아닌 베타 개체가 살아남는 법을 온몸으로 보여주는 교과서였다. 사람을 좋아하고, 권력관계를 파악하는 능력이 뛰어난 데다 구애 연기의 달인이었다. '나는 무조건 당신이 좋아요' 하는 순진무구한 눈망울과 마주치는 날엔, 입에 넣었던 닭다리라도 꺼내 주지 않을 도리가 없었다.

쿠키와 처음 만난 건 재작년 여름이었다. 땅거미가 깔리던 무렵, 재형은 한 소년으로부터 구조 요청 전화를 받았다. 두 남자가 백운산 무인배수지 쉼터에 개를 매달아놓고 몽둥이질을 한다는 것이었다. 쉼터는 드림랜드 담장에서 좌향좌해 2킬로미터쯤 가면 닿는 곳으로 그 아래쪽에는 백운정신병원이 자리 잡고 있었다. 그곳 정문에 구급차를 세워놓고 그는 스타와 함께 쉼터로 뛰어 올라갔다. 몇 발 떼지 않아 날카롭고 애처로운 개의 비명이 귀를 찔러대기 시작했다. 제보한 소년은 제 형과 함께 쉼터 입구에 있다가 재형을 맞았다.

"저기예요."

두 소년은 쉼터 벼랑 쪽에 위치한 삼단 철봉을 가리켰다. 키가 큰 남자가 철봉 뒤편에, 다른 남자는 각목을 쥐고 철봉 앞에 서 있었다. 철봉에는 알래스칸 말라뮤트가 앞다리와 몸통에 조끼처럼 밧줄을 끼운 채 매달려 있었다.

"돌직구 간다."

하는 외침과 함께 철봉 뒤쪽 남자가 개의 몸통을 빠르게 밀었다. 각목을 쥔 남자는 풀 스윙으로 개를 후려쳤다. 개는 가슴팍을 얻어맞고 숨넘어가는 비명을 내질렀다. 철봉 옆엔 남자들의 것으로 보이는 노란 스쿠터가 세워져 있었다. 그는 스타의 목줄을 풀었다. 경찰을 불러 해결하기엔 상황이 너무 다급했다.

"스타, 뛰어."

스타는 컹컹 짖어대며 남자들을 향해 달려갔다. 재형이 뒤를 따라갔다. 그들은 행동을 멈추고 스타와 재형을 번갈아 쳐다보았다. 저것들은 또 뭐야 하듯. 가까이에서 보니 20대 초반으로 보이는 앳된 녀석들이었다. 철봉 뒤편 녀석은 키도 덩치도 컸고, 각목을 든 쪽은 작았다. 스타는 각목을 든 녀석에게 먼저 몸을 날렸다. 뒤편에 서 있던 녀석은 스쿠터로 몸을 날렸다. 재형은 스쿠터의 번호를 봐두지 못했다. 번호판에 진흙을 발라놓아 읽는 게 불가능했다. 스타에게 각목을 휘두르며 뒷걸음질하던 녀석은 출발하는 스쿠터 뒷자리로 날듯이 올라탔다. 둘은 곧 쉼터 밖으로 사라졌다.

매달린 개는 의식을 잃은 상태였다. 덩치만 클 뿐 아직 덜 자란 강아지였다. 목에는 '쿠키'라 새겨진 가죽 인식표를 차고 있었다.

쿠키는 두 차례에 걸친 대수술을 받았다. 찢겨 나간 배와 부러진 갈비뼈와 앞다리, 탈구된 고관절까지. 녀석이 살아난 건 기적에 가까웠다. 불과 석 달 만에 큰 장애 없이 건강을 회복했고 썰매개 특유의 활력도 되찾았다. 표면적으로는 그래 보였다. 밥 먹을 때를 제외하곤 집에 붙어 있는 법이 없었다. 한밤중까지 동물 묘지가 있는 숲을 누비며 토끼나 다람쥐, 새 들을 쫓아다녔다. 말 그대로 쓰러질 때까지 노는 녀석이었다. 재형은 내버려두었다. 피 끓는 청춘을 마당에 묶어두려는 건 바람에다 밧줄을 거는 짓과 다를 바 없으므로. 그것이 사단이었다.

수렵이 허락되는 12월, 백운산은 놀이공원이 되곤 했다. 사냥개가 짖어대고, 사냥꾼의 고함과 총성으로 술렁이는 어른들의 놀이공원. 그들 가운데 쿠키의 원주인이 있었다. 총소리에 흥분한 쿠키는 동물 묘지 담장 부근을 날뛰고 다녔다. 이 두 조건이 원주인과 쿠키가 담장을 사이에 두고 재회하게 된 배경이었다. 화인처럼 찍힌 쿠키의 상처를 확인한 계기였다.

원주인은 자신을 '박남철'이라고 소개했다. 진짜 원주인으로 보였다. 쿠키의 태도가 증명서나 다름없었다. 눈이 풀린 채 꼬리를 깃발처럼 흔들고, 침을 하얗게 흩뿌리며 남자의 몸으로 튀어 올랐다. 박남철은 지난여름에 쿠키를 잃어버렸다고 말했다. 당장 데려가겠다고 했다. 재형은 그러세요, 할 수가 없었다. 박남철은 쿠키를 '어떻게' 잃어버렸는지 설명하지 못했다. 줄이 풀려 집을 나갔다가 길을 잃었겠지, 추측할 뿐. 추측만 믿고 쿠키를 내줬다가 또다시 철봉에 매달린 채 발견되는 일이 벌어진다면 그건 자신의 잘못이었다. 그는 쿠키 대신 990만 원짜리 진료비 청구서를 내밀었다. 시간을 벌 요량이었다. 박남철의 말이 사실인지, 쿠키를 돌려보내도 좋을지 알아본 후에 보내도 늦지 않으리라 여겼다. 미처 알아볼 틈도 없이 고소당할 줄은 몰랐다.

그는 쿠키를 데리고 백운자연마을에 있는 박남철의 집을 찾아갔다. 서로 이해할 만한 접점이 있으리라는, 나아가 쿠키의 성장 환경을 볼 수 있겠다는 기대를 가지고 초인종을 눌렀다. 마당으로 들어서면서 가장 먼저 마주친 건 얼룩무늬 아키타였다. 놈은 시커먼 주둥이에 주름을 잡고 쿠키를 향해 으르렁댔다. 쿠키도 응전에 나섰다. 데칼코마니 같은 장면이었다. 비슷한 체격, 비슷한 서열을 가진 개 두 마리가 똑같이 꼬리를 말아 올리고 서로 응시하며 등 털을 곤두세웠다. 재형은 쿠키의 목줄을 당겨 집 안으로 끌고 들어갔다. 유쾌하지 못한 일이 벌어지기 전에 자리를 피한 셈인데, 정작 유쾌하지 못한 일은 현관에 들어서면서 벌어졌다. 박남철을 보고 미쳐 날뛰어야 할 쿠키가 귀를 뒤로 붙이고 주저앉아버렸다. 현관문 쪽으로 엉덩이를 밀며 얻어맞은 강아지처럼 캥캥 비명을 내질렀다. 겁에 질린 눈은 2층으로 오르는 대리석 계단을 향해 있었다. 계단참 문 앞에 전에 한 번 만난 적이 있는 사내 녀석이 쿠키를 내려다보고 서 있었다. 표정이 묘했다. 놀란 것도 같고, 흥분한 것도 같고, 겁을 먹은 것도 같고, 히죽 웃는 것도 같았다. 재형은 현관에 선 채로 물었다.

"아드님입니까?"

박남철은 그쪽을 흘끔 보더니 되물었다.

"왜 그러시오."

"반가워서요. 이런 식으로 다시 만날 줄은 몰랐거든요."

박남철의 시선이 다시 아들에게로 갔다가 되돌아왔다. 설마, 하는 표정이었다.

"쿠키를 돌려주러 온 거 아니었소?"

묻는 목소리에 당혹감이 묻어났다. 재형은 쿠키를 끌고 돌아섰다.

"아드님께 물어보세요. 왜 지금 쿠키를 돌려줄 수 없는지 잘 알고 있을 겁니다."

이튿날, 박남철이 드림랜드로 찾아왔다. 고소를 취하하고 쿠키를 포기하겠다고 했다. 두 가지 조건이 있었다. 쉼터 사건을 입 밖에 내지 말 것.

쿠키를 다른 곳에 입양시키지 말 것. 이를 어길 경우 이유 불문하고 쿠키를 양도한다는 각서와 고소취하서가 교환됐다.

평화가 왔다. 겨울이 지나갔다. 쿠키는 점점 말썽꾸러기가 돼가고 있었다. 숲 속 담장 밑을 파고 멋대로 뛰쳐나가 동네를 돌아다니는 일까지 일어났다. 반대로 스타는 점점 사람을 피하고 어두운 곳으로만 숨어들었다. 지하실이 스타의 거처가 된 것도, 재형이 썰매를 생각한 것도 그 무렵이었다. 쿠키에겐 힘쓸 거리를, 스타에겐 활기를 줄 수 있겠다, 싶었다. 맞춤하게 썰매로 달리기에 좋은 등산로가 있었다. 반드시 눈이 내려야만 달릴 수 있는 것도 아니었다. 바퀴 달린 훈련용 썰매라면 맨땅이라도 얼마든지 가능했다. 자신이 다시 썰매를 몰 용기를 낼 수 있다면.

예상과 달리 용기 따윈 필요하지 않았다. 썰매를 만지는 순간 그는 바로 알아차렸다. 스타와 쿠키를 빙자해 자신의 욕구를 채웠다는 걸. 예상한 대로 스타와 쿠키는 멋진 짝을 이뤘다. 스타가 핸들이라면 쿠키는 엔진이었다. 훈련을 시작한 지 불과 한 달 만에 둘은 등산로를 훨훨 날았다. 일단 질주를 시작하면 중간에 멈추는 법도 없었다. 그런데 오늘은 사정이 좀 달랐다. 스타는 절반도 채 가지 않아 달리기를 멈췄다. 어깨에 힘을 잔뜩 주고 귀를 세운 채 뭔가에 주의를 기울이는 기색이었다. 쿠키가 어둠을 돌아보며 으르렁대자 이빨로 녀석의 콧등을 내리치고 사나운 눈빛을 쏘아붙여 침묵시켰다. 이상한 불안이 재형의 귀 뒤로 밀려들었다. 그는 랜턴의 조도를 높이고 주변을 살폈다. 보이느니 까마득한 골짜기 아래로 눈을 휘몰아가는 바람의 형체뿐이었다. 들리느니 골짜기 비탈에서 눈 더미가 허물어져 내리는 소리뿐이었다.

"스타, 가자."

그는 썰매의 갱 라인을 슬쩍 흔들었다. 스타는 걸음을 뗐으나 이상행동을 멈추지 않았다. 모퉁이를 돌 때마다 뒤를 흘끔대며 돌아봤다. 두 번이나 명령 없이 멈춰 섰다. 쿠키도 숨을 죽이고 스타와 같은 곳을 바라봤다. 으르렁대다 벌을 받은 탓인지, 재형에겐 보이지 않는 어둠 속 존재 탓인지 확연하게 기가 눌린 모습이었다. 그 바람에 10여 분에 불과했을 여정이 하룻밤처럼 길었다. 달리는 내내 불안한 공기를 떨쳐버릴 수 없었다. 암행자의 기척이 눈발처럼 뒷덜미에 들러붙었다. 희망목장 뒷문에 쌓인 래핑 볏단이 보이기 시작할 무렵에야 재형은 어깨에서 힘을 뺐다. "왔냐." 하고 묻는 남자의 목소리에 긴 한숨이 절로 샜다. 숨 한 번 쉬지 않고 달려온 기분이었다.

"날이 험해서 못 오나 했다야."

진욱이 경비견 초코와 목장 뒷문에 서 있었다. 대한민국 땅에서 유일하게 그를 '재형아'라고 부르는 녀석이었다. 드림랜드가 산장이고 재형의 가족이 그곳에 살던 시절, 희망목장 주인이 진욱의 선친이었던 시절에 서로의 집을 오가며 지냈던 불알친구였다. 그의 가족이 알래스카로 이민을 떠나면서 헤어졌고 그가 드림랜드로 돌아왔을 때 다시 만났다. 진욱은 여전히 이곳에서 젖소를 키우며 살고 있었다. 재형은 자연스레 희망목장 주치의가 되었다. 소나 말 같은 대형동물은 그의 전공이 아니었지만 왕진 요청이 올 때마다 달려오지 않을 수 없었다. 진욱은 그를 아무 때나 부를 수 있는 수의사이자 '사돈'으로 여기고 있었다. 쿠키가 목장 경비견인 초코와 눈이 맞은 탓이었다.

"자궁 열렸어?"

재형은 쿠키의 하니스를 풀어주며 물었다. 초코와 쿠키는 서로를 향해 도킹하기 직전이었다. 줄이 풀리자마자 둘은 우사 뒤쪽으로 쌩하니 달려가 버렸다. 스타는 풀어준 자리에 멀거니 서 있었다.

"아니."

진욱은 재형을 분만 우사로 끌고 갔다. 상황이 좋지 않았다. 어미 소는 벽에 머리를 기대고 거친 숨을 몰아쉬고 있었다. 질은 벌겋게 부풀고 파양이 된 듯 깔짚이 젖어 있었다. 그런데도 자궁은 거의 벌어져 있지 않았다. 재형은 글러브를 낀 후 질 안으로 손을 넣어 송아지를 만져보았다. 정상적인 태세라면 앞다리를 쭉 뻗고 그 위에 머리를 올려놓고 있어야 했다. 그의 손에 잡힌 송아지는 두 발을 가슴에 붙여 오므린 채로 움직이지 않았다. 심장 리듬도 촉진되지 않았다.

"어때?"

진욱이 물었다.

"사산이야."

재형은 손을 빼내며 대답했다. 진욱의 눈에 수긍할 수 없다는 표정이 어렸다.

"야, 다시 만져봐. 아까까지 배 속에서 꼼질거리는 거 봤단 말이야."

"지금 꺼내지 않으면 어미까지 위험해."

재형은 밧줄을 쥐고 다시 진욱을 봤다.

"좀 도와줘."

진욱은 맥 빠진 얼굴로 옆에 쪼그려 앉았다. 재형은 밧줄을 쥔 손을 자궁 안으로 밀어넣고 송아지 다리에 걸었다. 죽은 송아지와 두 남자의 줄다리기가 시작됐다. 어미 소는 송아지의 무릎이 밖으로 나오기도 전에 탈진 상태에 이르렀다. 그와 진욱은 땀으로 함빡 젖은 채 송아지의 다리를 틀어잡고 몸체를 끌어냈다. 보통 송아지보다 덩치가 훨씬 컸고 양막 안에 태변이 끼어 있었다. 어미 배 속에서 너무 오래 있었던 게 아닌가 싶었다.

"수정 날짜 계산이 잘못된 거 아냐?"

재형이 묻자 진욱은 허망한 목소리로 대꾸했다.

"그럴 리가 없는데."

어미 소는 새끼가 죽었다는 걸 인정하지 않았다. 분만이 끝나자 다리를 휘청거리면서도 송아지 쪽으로 돌아서서 살빛 양막을 혀로 걷어냈다. 진욱이 송아지를 치우려 하자 머리로 밀쳐내며 만지지도 못하게 했다. 검고 큰 눈은 내 아이를 어디로 데려가려 하느냐고 묻고 있었다.

"좀 진정되면 치워."

재형은 응급 장비를 챙겨 들고 허둥지둥 우사를 나왔다.

"이 선생 후임은 구했나?"

진욱이 뒤따라 나오며 물었다. 재형은 담배를 꺼내 물고 고개를 저었다.

"여태 못 구했어? 이 선생 다음 주에 그만둔다며."

"차차 구해지겠지. 안 되면 혼자 해보든가."

그는 처마 밑에 서서 몰아치는 눈보라를 바라봤다. 돌아갈 일이 심란했다. 마음은 더 심란했다. 갑자기 현실이 머리를 압박해온 탓이었다. 드림랜드 땅은 이미 은행에 저당 잡혀 있었다. 땅을 담보로는 더 대출이 안 된다는 게 은행의 통보였다. 후원금마저 대부분 끊겼다. 이 선생은 서울의 모 동물병원 사무장으로 채용돼 드림랜드를 떠날 예정이었다.

"어휴, 쌍년. 낯짝이나 좀 보고 싶네."

진욱이 중얼거렸다. 재형은 잠깐 어리둥절했다. 누구 낯짝을 보고 싶다는 건가. 아무리 생각해도 '년' 자가 들어갈 만한 인물이 대화의 맥락 안에는 없었다.

"기자면 꼴리는 대로 써 갈겨도 되는 거냐. 잘 알지도 못하면서."

김윤주 얘기인 모양이었다. 진욱은 침을 퉤 소리 나게 뱉고 발끝으로 꾹꾹 다졌다.

"그놈이 누군지 좀 알아봤어?"

'놈'은 제보자를 이르는 말 같았다. 알아볼 것도 없이 이미 알고 있는 놈이었다. 사진이 언제 찍혔는지도 알고 있었다. 방송이 나간 다음 날이었을 것이다. 올겨울에 처음 썰매를 탄 건 그날이었으니까. 그는 박남철에게 전화를 걸어 김윤주의 기사에 대한 자신의 생각을 말해두었다. 이제 쿠키와 관련한 약속은 없었던 걸로 알겠다고. 사진에 찍힌 게 쿠키가 아니라 스타라는 말은 하지 않았다. 그 무렵 쿠키는 처가인 이곳 목장에 와 있었다. 그는 담배를 비벼 껐다.

"쿠키, 스타."

부르자마자 쿠키와 초코가 벽 모퉁이 뒤에서 쑥 튀어나왔다. 진욱이 물었다.

"그냥 가려고?"

그냥 가지 말자는 듯, 쿠키는 몸이 흔들릴 정도로 세차게 꼬리를 쳤다. 초코가 덩달아 꼬리를 흔들었다.

"그러지 말고 들어가서 차 한 잔 하고 가."

"집에 아무도 없어."

재형은 썰매를 묶어둔 목장 뒷문 쪽으로 쿠키를 데려갔다. 진욱이 초코와 함께 뒤따라오며 말했다.

"집사람이 서운해할 텐데."

다음에 하자고 대꾸하려다 재형은 멈칫했다. 스타가 보이지 않았다. 평소라면 자신이 우사에서 나오자마자 썰매로 달려와 대기했어야 맞았다. 썰매 주변에는 눈에 덮여 희미해진 발자국들만 남아 있었다. 그것은 목책을 넘어 숲 쪽으로 쭉 이어졌다. 불안이 되살아났다. 목장으로 오는 내내 거듭된 스타의 이상한 행동이 기억났다. 주눅 든 눈으로 어둠을 응시하던 쿠키의 모습이 떠올랐다.

"왜 그래?"

진욱이 물었다. 재형은 다급한 고함을 내질렀다.

"스타."

링고 1

"스타."

눈보라를 타고 날아온 목소리가 나무들 사이에서 메아리쳤다. 링고와 마주 서 있던 암컷이 귀를 쫑긋 세웠다. 시선은 소리가 달려온 방향과 링고 사이를 흘끔흘끔 오갔다. 둥글게 말린 꼬리는 엉덩이 위에서 보일 듯 말 듯 흔들렸다. 망설이는 눈치였다. 갈 것인가, 더 있을 것인가. 링고는 코로 암컷의 옆구리를 부드럽게 쳤다. 막 몸 냄새를 맡도록 허락한 참 아니던가. 하려던 일을 하게 해주었으면 했다.

"스타."

두 번째 부름에는 명확한 귀환 명령이 들어 있었다. 스타는 더 망설이지 않았다. 몸을 홱 돌려 링고의 얼굴을 밀치고 숲에서 튀어 나갔다. 링고는 뒤쫓아 가다 목장 뒷문이 보이는 비탈에서 달리기를 멈췄다. 목책 위를 날듯 넘어가는 스타의 모습이 내려다보였다. 썰매를 몰던 남자가 한쪽 무릎을 땅에 대고 앉아 스타를 맞아들였다. 무어라 말을 걸기도 하고, 가슴 갈기를 만지기도 하고, 랜턴을 들어 링고가 있는 쪽을 비춰보기도 했다. 링고는 어둠 깊숙이 물러섰다. 스타의 이름을 잊지 않도록 마음

깊이 간직해두었다.

썰매는 목장 주인과 털북숭이 개의 배웅을 받으며 목장 뒷문을 빠져나왔다. 랜턴 빛을 번뜩이며 링고가 숨어 있는 숲 아래로 지나갔다. 스타는 고개를 돌려 링고가 있는 곳을 바라보았다. 스타의 대장도 함께 돌아봤지만 썰매를 세우지는 않았다. 스타의 모습은 점점 희미해지다 모퉁이를 돌면서 사라져버렸다. 목장 주인과 털북숭이만 발밑에 남았다. 집 안으로 들어갈 기색이 아니었다. 주인은 뒷문 앞에서 사방을 기웃거리고 털북숭이는 목책 안쪽을 오가며 짖어댔다. 불청객이 있다고 일러바치는 소리였다. 링고는 높게 갈라지는 상대의 소리에서 위협으로 포장한 불안과 적대적인 두려움을 읽었다. 포식 본능에 불을 붙이는 소리였다. 챔프투견장 시절이었다면, 목장 주인만 없었다면 한달음에 날아가 목청을 끊어놨을 텐데. 지금은 쫓기는 처지였다. 인간 눈에 띄지 말라고 마음의 목소리가 말하고 있었다. 링고는 몸을 돌려 숲으로 들어갔다.

챔프투견장에 팔려간 어느 여름 이래, 링고는 인간을 믿지 않았다. 변덕스러운 호의에 의지하지도 않았다. '나의 삶'이 '너의 죽음'을 의미하는 투견판에서 스스로 살아남았다. 투견판 인간들이 말하듯, 아비에게서 물려받은 팀버 울프의 야성만이 링고를 지킨 건 아니었다. 링고는 자기 안에서 들려오는 '목소리'를 들을 줄 알았다. 그것은 자신의 전부를 걸어 어느 순간에 집중하게 한다는 점에서 욕망이고, 느낌을 기준으로 삼는다는 점에서 육감이며, 충동을 누르고 때를 기다리게 한다는 점에선 자기 명령이었다.

이곳으로 오는 길목에서 스타를 만났을 때 들은 건 육감의 목소리였다. 스타가 걸음을 멈추고 돌아보던 순간, 나무 하나를 사이에 두고 눈을 맞댄 첫 순간, 링고는 환각처럼 나타나는 무언가를 보았다. 환하게 비쳐드는 달빛 너머에서 친근한 것이 꼬리를 살랑거리고 있었다. 낯설고 부드럽고 꿈결 같은 느낌이었다. 목소리는 스타를 따라가라고 말했다.

스타의 일행은 목장으로 들어갔다. 링고는 목장이 내려다보이는 비탈에서 멈췄다. 나무 뒤에 숨어 사람들과 개들이 사라질 때까지, 그 후로도 몇 분 더 기다렸다. 개와 사람 들은 되돌아오지 않았다. 스타는 썰매 곁에 선 채 움직이지 않았다. 꽤 먼 거리였지만 링고는 자신을 탐사해 오는 시선을 느꼈다. 불안이 깃든 숨소리를 들었다. 링고는 목책을 뛰어넘어 스타 앞에 미끄러지듯 멈춰 섰다. 스타는 몸피를 부풀리고 다리를 긴장시켰다. 눈동자의 초점은 빠른 속도로 모였다 벌어졌다 했다. 단숨에 위기 거리 안으로 뛰어든 데 대한 경고의 표식이었다. 원한다면 한판 붙어주겠다는 응전 신호이기도 했다. 링고는 곧장 몸을 돌려 옆구리를 보이고 섰다. 싸우고 싶은 마음은 없었다. 자신의 허기진 배 속을 비추는 환하고 친근한 달빛의 정체를 알고 싶었을 뿐.

링고는 앞다리를 죽 늘려 상체를 낮추고 스타를 향해 고개를 흔들어 보였다. 눈이 마주치자 목책을 뛰어넘어 언덕 숲으로 달려 올라갔다가 스타 앞으로 되돌아왔다. 스타는 경계를 풀지 않았으나 좀 전처럼 파르르 화를 내지도 않았다. 적어도 사납게 쏘아붙이는 눈빛은 사라졌다. 링고는 몇 번이고 유인 행동을 되풀이했다. 밤새도록 할 의향도 있었다. 스타가 넘어와주기만 한다면야.

스타는 밤새기 전에, 너무 성급하지는 않게, 목책을 넘어왔다. 언덕 중반에서 기다리는 링고를 휙 스쳐 나무들 사이로 뛰어들었다. 기척에 놀란 무언가가 부러져 누운 나무둥치 밑에서 파닥, 튀어 올랐다. 링고의 턱 밑에서는 피가 세차게 돌았다. 링고는 자신도 모르게 무언가를 향해 몸을 날렸다. 앞발로 후려치고 착지해 보니 비둘기만 한 새가 고개를 외로 꼬고 눈밭에 떨어져 있었다. 다가가 목을 물자 뼈와 살이 한숨에 부서졌다. 입 안으로 따뜻한 피가 흘러들었다. 그 맛이 어찌나 달았는지 하마터면 통째로 삼켜버릴 뻔했다. 그 전에 스타를 기억해낸 게 스스로 대견할 지경이었다. 스타는 두어 발짝 떨어진 곳에서 자신을 바라보고 있었다.

링고는 새를 물고 다가가 스타의 발 앞에 내려놓았다. 스타는 '조공'에 코를 한 번 대보고 슬쩍 뒤로 물러났다. 거절인지, 양보인지 확실치 않았다. 링고는 몸을 낮추고 주둥이로 새를 밀어 스타의 발밑에 재차 가져다 놓았다. 뜻을 분명히 하는 의미에서 한 발짝 물러섰다. 링고가 할 수 있는 가장 공손한 행동이었다. 스타도 다시 한 발짝 물러섰다. 양보의 뜻으로 보였다. 더 체면을 차릴 필요가 없는 것이었다. 링고는 허겁지겁 새를 삼켰다. 눈밭에 스며든 핏물까지 핥아 먹었다. 지켜보던 스타는 몸을 돌리고 숲 깊은 곳으로 달려갔다. 초대였다. 링고는 기꺼이 응했다. 작은 새 한 마리로 배를 불릴 수는 없었지만 마음에는 편안한 포만감이 퍼졌다. 스타가 발하는 달빛은 더욱 환해 보였다. 친근하게 살랑거릴 뿐만 아니라 따뜻하고 감미로웠다.

링고는 바로 그 지점으로 돌아갔다. 스타가 숨고, 도망치고, 자신이 찾아내고, 쫓아가며 놀았던 숲 속에서 걸음을 멈췄다. 스타의 발자국이 찍힌 눈밭에 코를 댔다. 냄새가 머릿속을 환하게 비췄다. 혀를 내밀어 발자국을 핥자 생닭처럼 매혹적인 맛이 났다. 마음속의 목소리가 말했다. 사람이 있는 곳은 다 똑같아.

그랬다. 반드시 오늘 밤에 도망가야 하는 건 아니었다. 산을 내려가 다른 도시로 간다 해서 안전이 보장되는 것도 아니었다. 어디로 갈지 정하는 건 다음에 해도 될 일 같았다. 스타가 어디에 사는지 확인한 다음에. 그럴 수 있다면 한 번 더 만나본 다음에. 링고는 몸을 돌려 목장이 내려다보이는 곳으로 되돌아갔다. 스타가 떠난 길로 달리기 시작했다. 눈 위에 찍힌 스타의 냄새가 링고를 인도했다. 높은 철망 담장이 있고, 담장 안에 나무들이 우거지고, 나무들 사이로 창문 불빛이 엿보이고, 수많은 개들의 냄새가 나는 곳으로.

담장 문 앞에서 링고는 걸음을 멈췄다. 철망 사이로 주둥이를 찔러 넣었다. 몰아치는 바람에 코를 담그고 스타의 냄새를 맡았다. 안으로 들어갈 수 있으면 좋으련만, 문은 닫혀 있고 빗장이 걸려 있었다. 담은 너무 높았다. 넘어가려면 자신은 개가 아니라 새여야 했다. 하울링을 하자니 연신 뒤돌아보던 스타의 대장이 마음에 걸렸다. 스타 스스로 알아채고 와주기를 기다리기엔 눈보라가 너무 거셌다. 문 앞을 서성이는 잠깐 새에 온몸이 눈으로 뒤덮였다. 속눈썹까지 얼음이 엉겨 붙었다. 바람은 고양이처럼 발톱을 세우고 뱃가죽을 긁어 팠다. 마음의 목소리가 다시 충고를 해왔다. 얼어 죽으면 만사 꽝인데.

링고는 몸을 빠르게 흔들어 눈을 털었다. 담을 따라 이어지는 등산로를 달리기 시작했다. 얼어 죽지 않고 밤을 보낼 곳부터 찾아야 했다. 추위와 눈보라를 피할 수 있고, 스타의 집에서 멀지 않고, 사람이 없는 곳이라면 어디나 상관없었다. 빈집이든, 굴이든, 쓰러진 나무나 마른 덩굴 밑이든. 봉우리를 두 개나 넘어가서야 그런 곳이 나타났다. 산비탈 중턱에 울창한 숲으로 교묘하게 가려진 산막과 비닐하우스가 있었다. 산막 문짝이 반쯤 떨어져 덜렁거리고 비닐하우스 벽이 찢어지기는 했지만 바람을 피하고 몸을 숨기는 데 부족함이 없어 보였다. 우르르 몰려나와 앞을 가로막은 개들만 마음에 들지 않았다.

온몸이 얼룩덜룩한 점박이, 길고 꼬불꼬불한 털에 뒤덮여 대걸레처럼 보이는 놈, 성난 너구리같이 생긴 놈. 덩치는 비슷했지만 누가 대장인지

금세 알 수 있었다. 짖고, 발 구르고, 튀어 오르는 점박이와 대걸레 사이에서 조용히 침입자를 주시하는 너구리였다. 네 다리는 말뚝처럼 눈밭에 박혀 있었다. 링고는 산막 주변을 휘 둘러봤다. 발바닥만 한 마당에 정체 모를 잡동사니가 들쭉날쭉 쌓이고 널려 있었다. 곳곳에 사람 냄새도 남아 있었으나 최근의 것은 아니었다. 링고는 당분간 이곳에 머물기로 마음먹었다.

투견 시절, 링고는 치고 빠지기의 명수였다. 으르렁대거나 몸피를 부풀려서 자신을 과시하고 상대를 위협하는 예비 동작 같은 건 하지 않았다. 상대가 싸움이 시작됐다는 걸 알기도 전에 소리 없이, 곧장 달려들어 목젖을 찢어놓고 번개처럼 물러났다. 상대는 뭔 일이 일어났는지도 모르는 채 피를 뿜으며 쓰러졌다. 너구리도 같은 운명이었다. 놈이 캥, 하고 튀어 올랐을 때 링고는 이미 목을 놓고 공격 거리 밖으로 물러나 있었다. 너구리는 피를 줄줄 흘리며 뒷걸음질 쳤다. 점박이는 바로 링고의 발밑에 드러누웠다. 다리를 활짝 벌려 배를 드러내고 절대복종의 표식으로 오줌을 질금거렸다. 대걸레는 산막 쪽으로 물러나며 신경질적으로 으르렁거렸다.

링고는 난감했다. 뒤늦게 알아차린바 대걸레는 암컷이었다. 암컷에겐 이빨을 써본 적이 없었다. 암컷은 물어뜯을 상대가 아니라 체면을 지켜야 할 상대였다. 그렇다고 계속 신경질을 부리도록 놔둘 수도 없었다. 시끄럽기도 하거니와 지나는 등산객이라도 불러들이는 날엔 성가신 일이 일어날 것이므로. 오리처럼 떽떽거리지 못하게 입을 막아놔야 했다.

그는 나직하게 목을 울리며 대걸레 쪽으로 다가섰다. 눈을 마주 보고 어깨를 높이 올리며 상대를 내려다봤다. 대걸레는 어깨를 움츠리며 한 발짝 더 물러섰다. 으르렁대던 소리는 짧고 단발적인 목 울림으로 바뀌었다. 깜박거리는 눈엔 두려움과 복종의 감정이 교차했다. 링고는 시선을 붙박은 채 계속 밀어붙였다. 얼굴이 맞닿자 대걸레의 어깨를 누르듯이 기대고 섰다. 대걸레의 몸으로부터 격한 떨림이 건너왔다. 어깨를 낮추는 것을 느낄 수 있었다. 잠시 후엔 얼굴을 옆으로 돌리고 뒷다리를 내렸다. 끝내는 배를 깔고 바닥에 엎드렸다. 꼬리는 다리 사이로 끼어들어가 보이지 않았다. 입 닥치고 엎어져 있겠다는 뜻이었다.

링고는 산막으로 들어갔다. 개들을 쫓아내지는 않았다. 산막 안으로 촐싹대며 따라 들어온 점박이의 주둥이를 가차 없이 물어버렸을 뿐. 그것은 정언 명령이었다. 링고의 영역에 발 들이지 말라.

산막 안엔 인간의 물건들이 어지럽게 널려 있었다. 옷가지, 신발짝, 물병, 손잡이가 떨어진 냄비, 다리가 부러진 의자……. 그는 담요가 깔려 있는 안쪽 구석에 엎드렸다. 앞다리 새에 코를 파묻고 눈을 감았다. 정적이 찾아왔다. 밤이 깊어갔다. 나쁘거나 두려웠던 일들이 악몽처럼 머릿속을 흘러갔다.

경찰이 챔프투견장을 덮친 일, 투견 목장 주인과 도박꾼들이 수갑을 차고 투견장 밖으로 끌려 나가던 일, 링에서 핏불과 맞붙고 있다가 마취총에 맞고 쓰러진 일, 핏불들과 함께 동물보호소에서 눈을 뜬 일, 며칠이 지난 후 핏불들이 주사를 맞고 차례차례 죽어가던 일. 자신의 차례가 오기 직전에 어떤 남자의 손에 끌려 보호소를 벗어난 일. 강아지와 암캐 들만 우글거리는 창고에 도착한 일, 대걸레만큼이나 신경질적인 누렁이의 짝으로 점지된 일.

누렁이는 우리의 한쪽 모서리에 웅크려 앉아 링고를 맞았다. 지레 겁을 먹고 으르렁댔다. 링고는 반대편 모서리로 엎어졌다. 올라탈 마음은 눈곱만큼도 없었다. 시끄러운 암컷은 질색이었다. 만사 귀찮기도 했다.

그는 턱을 바닥에 눌러 붙이고 자는 걸로 일주일을 보냈다. 그사이 남자는 한 번도 나타나지 않았다. 물도 사료도 주는 사람이 없었다. 창고 안의 개들에겐 몹쓸 일이 일어났다. 처음에는 하나둘, 차차 한꺼번에, 기침하고 냄새 고약한 콧물을 흘리고 설사를 하고 턱과 다리를 떨며 쓰러졌다.

남자가 나타난 건 이틀 전 아침이었다. 개들을 하나하나 살피며 욕을 퍼부어대더니 이동 철장을 가져와 병에 걸리지 않은 개들을 골라 넣었다. 링고도 강아지처럼 뒷덜미를 틀어잡혀서 철장에 처박혔다. 일순 남자의 손을 물어 뜯어버리고 싶은 충동이 일었지만 꾹 참아 눌렀다. 그는 모욕을 견딜 줄 아는 개였다. 인간의 표현으로 바꾸자면, 훈련이 잘된 개였다. 저항을 한 쪽은 뜻밖에도 누렁이였다. 남자가 뒷덜미를 잡아 올리자마자 으르렁대며 손목을 물어버렸다. 손목이 끊어진 것도 아니고 죽을 지경으로 피가 난 것도 아닌데, 남자는 길길이 뛰었다. 누렁이를 우리에서 끌어내 창고 바닥에 패대기치고 배가 터지도록 걷어찼다. 누렁이는 피를 흘리고 창자를 쏟아내며 죽었다. 그로 인해 그 일이 시작됐다고, 링고는 생각했다.

남자는 링고와 개들을 트럭에 실어 집으로 데려갔다. 그 집에는 누렁이만큼이나 왈왈대는 여자가 있었다.

"저런 짐승을 집에까지 데려오면 어쩌자는 거야."

링고를 가리키는 손가락은 입보다 바쁘게 허공을 찔렀다.

"저게 맹수지 개냔 말이야. 다른 개들 다 잡아먹으면 어떡할 거야. 우리까지 잡아먹으면 어쩔 거냐고. 난 무서워서 집에 못 놔둬. 보호소에 갖다주고 돈 도로 찾아와. 저런 짐승을 누가 좋아한다고 ……."

"아, 거, 좀."

남자는 눈을 희번덕대며 여자를 훑어봤다.

"이 멍청한 여편네야. 이게 뭔 개인 줄이나 알아, 자그마치 두 장짜리야."

다른 개들은 거실에, 두 장짜리는 홀로 베란다에 갇혔다.

이튿날, 사료를 가져온 남자의 눈이 싯누런 구멍으로 변해 있었다. 숨결과 몸에서 기분 나쁜 냄새가 났다. 창고의 병든 개들이 풍기던 냄새와는 전혀 다른 냄새였다. 마치 총에 맞을 때처럼 시야를 시커멓게 만드는 냄새였다. 동물보호소에 자욱하게 깔려 있던 냄새와 가장 비슷했으나 농도 면에서 차이가 있었다. 보호소의 냄새가 재색 안개라면 남자의 냄새는 검은 안개였다. 남자가 가져온 사료까지도 검은 안개로 뒤덮여 있었다. 링고는 사료에 입을 대지 않았다. 물 한 방울 핥지 않았다. 남자가 내민 모든 것에서 검은 안개가 피어오르고 있었다. 그것들은 밤사이에 온 집 안을 뒤덮어버렸다.

아침이 되어 거실로 나온 남자는 검은 안개의 포로였다. 전날보다 짙고 선명한 검은 안개가 누런 눈구멍과 콧구멍과 입속에서 혓바닥처럼 날름거렸다. 속셔츠만 입은 남자의 살갗을 뚫고 수만 마리 실뱀처럼 기어 나왔다. 기어 나온 자리마다 땀구멍 같은 검은 자국들이 남았다. 여자는 식탁에 밥과 반찬을 늘어놓으며 포로를 쪼아댔다.

"하여간 병을 사서 만들어요. 개한테 물렸으면 제깍 병원에 가봤어야 할 거 아냐. 광견병이라도 걸렸으면 어쩌려고 또 똥고집이야. 감기라고 우기다가 신종플루로 판명 나서 입원한 건 언제 적 일인데? 1년 전도 아니고, 한 달 전도 아니고, 지난주야. 한 번 영금을 봤으면, 알아서 몸단속을 해야 할 거 아냐……."

여자는 검은 안개에 먹히지 않았다. 눈도, 입도 멀쩡했다.

"네 맘대로 해라. 죽든가, 말든가."

남자는 화장실로 들어갔다. 여자는 남자의 등에 대고 소리를 질렀다.

"병원에 안 가려면, 베란다에 둔 강아지나 좀 치워. 썩어서 벌레 나기 전에."

여자가 나갔다. 남자는 화장실에서 나와 다시 안방으로 들어갔다. 숨 몰아쉬는 소리, 구토 소리, 끙끙 앓는 소리가 온종일 들려왔다. 거실의 개들에게도 같은 일이 일어나고 있었다. 싯누런 구멍 눈, 거친 숨소리, 구토, 검은 안개가 휘감아버린 몸뚱어리. 목쉰 소리로 신음하던 백구가 가장 먼저 피거품을 물고 쓰러졌다. 링고는 두려움과 조바심에 휩싸였다. 마음의 목소리는 반복해서 말하고 있었다. 송장이 되지 않으려면 이 집에서 도망치라고.

그때까지도 링고는 도망칠 마음은 먹지 않았다. '인간을 믿지 않는다'와 '인간에게서 도망친다'는 다른 문제였다. 늑대의 혈통을 받았지만 링고는 개로 길러졌다. 개에게 인간은 곧 세계였다. 먹이와 거처, 안전을 보장하고 운명을 관장하는 세계. 인간을 벗어난다는 건 자신의 세계를 버린다는 말과 같았다. 떠돌이가 된다는 의미였다. 링고는 스스로 물었다. 어느 쪽이 더 두려운가. 떠돌이와 송장 중에서.

거실에서 전화벨이 울렸다. 남자는 전화를 받으러 나오지 않았다. 링고는 난간 쇠기둥에 묶인 목줄을 씹기 시작했다. 쇠기둥만큼 굵은 줄이었지만 그리 오래 걸리지는 않았다. 다음은 철장이었다. 문에 걸린 걸쇠를 풀어야 했다. 그는 몸을 굴려 갇혀 있는 철장을 앞으로 넘어뜨렸다. 다음은 옆으로, 다시 앞으로. 네댓 바퀴를 구르자 철장이 우그러지고 문이 틀어지면서 빗장이 풀렸다. 동시에 안방 쪽에서도 문 열리는 소리가 났다. 링고는 문을 열고 나가 거실에서 보이지 않는 쪽 벽에 붙어 섰다. 남자는 비칠비칠한 걸음으로 거실을 가로질러 와 베란다 유리문을 열었다. 고개를 밖으로 쭉 빼고 철장을 살피다 링고가 있는 벽을 돌아봤다.

남자의 목을 물어버릴 절호의 찬스였다. 일 축에도 끼지 않는 일이었다. 링고는 그러지 않았다. 남자와 몸이 닿는 걸 원치 않았다. 위협이면 충분했다. 링고는 털을 세우고 이를 드러내며 금방이라도 덮칠 것처럼 으르렁거렸다. 남자는 외마디 비명을 터트리며 달아났다. 화장실로 뛰어들며 쾅 소리가 나게 문을 닫았다.

링고는 대문을 향해 곧장 도약했다. 도약한 힘으로 들이받았다. 문은 끄떡도 하지 않았다. 재차, 삼 차, 사 차, 거듭 시도해봤으나 마찬가지였다. 혹여 다른 탈출구가 있을까 해서, 눈에 보이는 문이란 문은 죄다 들이받아봤다. 어느 것도 열리지 않았다. 남자가 나왔던 안방 문만 활짝 열려 있었다. 그쪽에 창문이 있었다. 링고는 망설임 없이 몸을 날렸다. 안쪽 창이 한숨에 박살났으나 그뿐이었다. 바깥쪽 창은 방문처럼 튼튼했다. 투명한 유리창으로 자신이 갇혀 있던 베란다가 내다보였다. 똑같이 투명한 베란다 창밖으로는 눈보라가 치고 있었다.

링고는 거실로 나갔다. 몇 발짝 도움닫기를 해서 베란다 창으로 몸을 날렸다. 안방 안쪽 창처럼 깨지는 유리인지, 바깥쪽 창처럼 안 깨지는 유리인지, 시험 삼아서. 안 깨지는 유리였다. 힘이 빠졌다. 충분히 뛰어내릴 수 있는 높이인데, 창이 깨지기만 한다면. 링고는 대문과 일직선에 있는 화장실 문 앞으로 돌아갔다. 안에서 토하는 소리가 났다. 쿵 하고 넘어지는 소리도 났다. 이윽고 조용해졌다.

링고는 문 앞에 배를 깔고 엎드렸다. 마음을 차분하게 먹고 여자가 돌아오기를 기다렸다. 날이 저물었다. 집 안은 어둠에 잠겼다. 검은 안개에 잡아먹힌 개들은 백구처럼 핏물을 토하며 죽어갔다. 링고의 불안과 조급증은 점점 더 커졌다. 여자가 돌아오지 않을 거라는 비관에 사로잡혔다. 초인종이 울린 건, 바로 그때였다. 밖에서 남자들의 목소리가 났다.

"안에 사람 있는 거 확실합니까?"

남자들의 목소리는 위층으로 사라졌다. 링고는 혼란스러워하면서 몸을 일으켰다. 대문 밖에선 다른 남자들이 계속해서 떠들고, 위층에선 좀 전에 들었던 그 목소리가 들려왔다.

"유은호, 줄 잡아. 내가 내려갈 테니까."

곧 베란다 창문 밖에 무언가 나타났다. 검은 제복을 입은 남자가 불빛을 번쩍거리면서 줄을 타고 내려왔다. 링고의 몸속 어딘가에서 경고 벨이 울렸다. 투견장에서 자신에게 마취 총을 쏘아 동물보호소로 끌고 갔던 남자들도 저런 제복을 입고 있었다고. 창밖의 남자는 창문을 열고 안으로 들어왔다. 링고는 근육을 긴장시키고 몸피를 두 배로 부풀렸다. 머리로부터 등까지 털이 일렬로 곤두섰다. 시야에선 검은 불길이 내달렸다. 마침내 창문이 열린 것이다. 그는 뒷다리를 박차고 도약했다.

스타를 만나기 전까지, 링고의 목표는 '달아나는 것'이었다. 스타를 만나고 나서 '기다리는 것'으로 바뀌었다. 내일 아침이면 스타를 만날 수 있으리라. 눈이 그치면, 그곳에 가면. 그다음은 생각하지 않았다. 링고는 눈을 감았다.

윤주 1

윤주는 드림랜드 정문 부근에 차를 세웠다. 벌써 날이 저물고 있었다. 초판 기사를 마감하고 미친 듯이 달려왔건만. 오늘은 서재형을 만날 수 있을까. 시동을 끄고 드림랜드를 내다봤다. 청색 쇠살 대문 사이로 불빛이 새어 나왔다. 누군가 있다는 얘기였다.

처음 이곳에 온 건 서재형에 대한 제보를 받은 후 그다음 월요일이었다.

제보는 등기로 왔다. 봉투에 '사회부 김윤주 기자'라고 수신자가 명기돼 있었다. 발신자는 화양시 동구 수안동 산 1번지에 사는 김철수. 제보 내용대로라면, '수의사의 탈을 쓴 개장수가 국민의 등을 처먹도록 놔둘 수 없는 시민'이었다. 그녀는 이 의협심 강한 시민이 쿠키의 원주인이리라고 추측했다. 제보한 자료 자체가 그렇다고 말하고 있었다. 쿠키의 진료비 청구서 사본이 하필, 우연하게, 의협심 강한 시민 손에 들어간 게 아니라면. 그 많은 언론사와 기자 중에 한진일보와 김윤주를 택한 이유도 동봉한 자료가 설명했다. 봉투에는 11년 전, 자신이 국제부 새내기였을 때 쓴 기사 한 꼭지가 복사본으로 들어 있었다.

아이디타로드에 출전한 한국인 머셔, 조난 19시간 만에 구조됐으나 중태.

알래스카 앵커리지에서 열린 아이디타로드 개썰매 경주에 출전한 서재형 씨(24)가 지난 3월 11일 오전 9시(현지시간), 유콘 강 부근에서 구조돼 앵커리지 프로비던스 병원으로 후송됐으나 위독한 상태다. 이 병원의 관계자는 서 씨가 어깨와 갈비뼈, 다리 등에 심각한 손상을 입었고 의식이 혼미하다고 밝혔다. 현지 구조팀은 서 씨가 화이트아웃에 갇혀 길을 잃고 헤매던 중 늑대 무리의 습격을 받은 것으로 추측하고 있으며 약 700미터쯤 떨어진 황야에서 서 씨의 썰매와 갱 라인에 묶인 채 몰살당한 개들의 흔적을 발견했다고 전했다.

이번 사건을 두고 각국 동물보호단체들은 '사고가 아닌 학살'이라고 비난하는 한편, '개들을 지옥으로 내모는 이 잔혹하고 야만적인 경주를 즉각 중단하라'는 성명서를 냈다.

올해로 31회를 맞는 아이디타로드에는 미국, 캐나다, 독일 등 8개국 68개 팀이 참가, 치열한 레이스를 벌였으며, 알래스카 거주 교민인 서 씨는 이 경주에 도전한 최초의 한국인으로 현지 언론의 주목을 받았다.

김윤주 기자 Yunjukim@hanjin.com

그녀는 아이디타로드 사고와 관련된 당시 기사부터 검색해봤다. 국내 기사는 연합뉴스와 자신의 것뿐이었다. 비록 현지 언론의 보도들을 짜깁기한 단신에 불과했지만. 현지 언론 중에서는 앵커리지 데일리뉴스의 보도가 가장 상세했다. 기사로만 판단하자면 서재형은 개를 키울 자격조차 없는 자였다. 뒤늦게 인터넷 동영상으로 감상한 다큐멘터리, 〈꿈의 나라〉에는 버림받은 개들에게 청춘을 헌정한 수의사가 있었다. 10대 소녀의 목덜미처럼, 수줍고 여린 인상이었다. 거친 황야에서 개썰매를 몰던 남자로는 보이지 않았다. 카메라는 그런 인상을 최대한 활용하고 있었다. 10여 차례에 걸쳐, 순간순간 변하는 서재형의 눈동자를 전 화면으로 잡았다. 어색해하고, 부끄러워하고, 기뻐하고, 분노하고, 슬퍼하고, 애틋해서 어쩔 줄 모르는 감정들이 색채처럼 화면을 채웠다. 사람의 눈이 그토록 많은 말을 할 수 있다는 것을 그녀는 처음으로 알았다. 점점 관심이 생겼다. 11년의 시간 차로 설명하기에는 인물의 진폭이 지나치게 컸다. 둘은 완전히 다른 사람이었다.

흥미진진하기로는 제보자도 그에 못지않았다. 봉투에 적힌 전화번호로 연락을 했더니 한 남자가 전화 받아 그곳이 화양 시립화장터라고 알려주었다. 김철수라는 이름을 가진 직원도 없었다. 화장터 귀신이 투서를 해온 셈이었다.

통념에 의하면, 인간 뇌의 전두엽은 기억과 사고, 판단 같은 고도의 정

1장 그들이 온다 55

신 작용을 관장하는 곳이었다. 그녀가 생각하기에는 온갖 새들이 깃드는 시끄러운 개펄이었다. 그중 직관의 첨병이자 가장 성미 급한 촉새가 튀어나와 신진대사에 불을 붙였다. 가서 알아봐. 손가락 운동만 하지 말고.

그녀는 고소장이 접수됐다는 화양 동부경찰서부터 찾아갔다. 고소인 박남철은 50대 남자로 국립화양의료원 감염내과 과장이었다. 어럽쇼, 하는 기분이었다. 투서질로 누군가를 엿 먹이기에는 바쁜 나이요, 직업으로 보였다. 게다가 고소는 일주일 만에 취하됐다. 취하 사유는 사안에 대한 상호 이해. '상호 이해'의 이면이 궁금했지만 박남철에게 쫓아갈 마음은 없었다. 적어도 그때까지는 그랬다. 필요한 건 서재형이 고소를 당했다는 사실 자체였으므로. 그녀는 드림랜드로 차를 몰았다.

자칭 서재형의 '조수'라는 남자가 그녀를 맞았다. 서재형은 급한 일이 있어 본가에 갔다고 했다. 그녀가 농담처럼 "알래스카요?" 하자 조수는 "지금쯤 비행기 타셨겠네요." 했다. 해외 로밍을 해놓지 않아 통화도 불가능했다. 서재형의 애견 쿠키는, 조수의 말을 빌면, '처갓집'에 간 지 닷새째였다. 확인할 수 있었던 건 마당 창고에 숨겨둔 개썰매와 동물 묘지, 안락사 여부 정도였다. 그 정도면 충분했다.

기사가 나간 후 단 몇 시간 만에 드림랜드 홈페이지가 다운됐다. 포털 게시판과 SNS엔 서재형에 대한 신상 험담과 비난이 들끓었다. 모금 운동은 없던 일이 됐다. 뒷담으로 들은바, 스폰서 건도 물 건너갔다. 예상한 일이었다. 예상과 달랐던 게 있다면 서재형의 반응 정도였다. 기사가 나간 지 열흘이 되도록 항의 전화 한 통 없었다. 해명을 시도하지도 않았다. 어느 매체를 따르면, 드림랜드 대표전화는 줄기차게 통화 중이고 대문은 그 누구에게도 열리지 않았다. 비난의 들불은 해명이 아닌 시간에 의해 진화돼가고 있었다. 언론의 관심도 잦아들었다. 윤주 역시 그를 잊었다. 이틀 전 아침, 화양 H고교 학생이라는 소년이 사무실로 전화를 걸어오기 전까지.

소년은 쿠키가 버림받은 것도, 길을 잃은 것도 아닌, 사람에게 살해당할 뻔한 개라고 주장했다. 2년 전 여름, 형과 함께 백운산 기슭에 있는 쉼터에 갔다가 현장을 직접 봤다는 것이었다. 대학생쯤으로 보이는 두 남자가 개 한 마리를 철봉에 매달아 놓고 몽둥이질을 하고 있었다고 했다. 소년이 서재형에게 구조를 요청한 건, 쉼터 입구에 걸린 드림랜드 안내 현수막 때문이었다.

윤주는 기사가 나간 지 열흘이나 지났는데, 이제야 전화를 건 이유가 뭔지 물었다. 서재형이 시킨 짓이 아닌가, 의심스러웠다. 소년은 머뭇거리다 대답했다.

"남의 일에 쓸데없이 끼어들지 말라고 해서서."

"누가? 부모님이?"

"그 시간에 공부나 하라고……."

"그런데 아무리 생각해도 끼어들 일이었다, 그 말이지?"

소년은 그렇다고 대답했다. 그녀는 멍해져서 전화를 끊었다. 등골에 차가운 땀이 돋는 기분이었다. 그래서 어쨌다는 것인가. 쿠키와 서재형이 만난 사연이 무엇이든, '사실'에는 변함이 없는데. 1천만 원짜리 청구서도, 고소를 당한 일도, 안락사 동물 묘지도, 서재형이 쿠키에게 썰매 연습을 시킨다는 것도, 11년 전 알래스카에서 저지른 일도. 문득 자원봉사자들로 북적이던 드림랜드 거실이 떠올랐다. 그들이 빠져나간 후 정적만이 감돌 드림랜드가 저절로 상상이 됐다. 제보자는 즐거웠겠지. 서재형을 벼락 스타의 권좌에서 끌어내리면서 누렸던 우쭐한 기분을 생각하면, 자신 역시 그랬다. 쉼터 사건은 덮어두는 게 낫겠다는 생각이 들었다. 그것이 '사실'을 뒤집을 만한 오류가 아니라는 걸 확인한 후에.

그날 오후, 박남철을 찾아갔다. 금요일이라 그런지 대기실엔 환자가 많았다. 기다리라는 간호사의 말을 들은 지 1시간이 되도록 기다림은 끝나지 않았다. 그녀는 진료 순번이 된 환자를 밀치고 들어갔다. 의아해하는 박남철의 책상에 명함과 기사 사본 두 개를 내려놨다. 11년 전 아이디타로드 기사와 서재형을 조져놓은 열흘 전 기사.

"이게 다 뭡니까."

박남철이 잡상인을 대하는 경비원의 눈으로 그녀를 쳐다봤다. 윤주는 대답했다.

"아시다시피 제가 쓴 기사들이에요."

박남철은 손목을 들어 시계를 본 뒤 진료실 입구로 시선을 던졌다. 지금은 5시 10분이고 밖에서 대기 중인 환자는 십수 명인데 너는 새치기를 해서 들어왔잖아, 하듯. 윤주는 용건을 말했다.

"열흘 전 기사는 익명의 제보, 그러니까 투서를 바탕으로 쓴 것인데 뒤늦게 문제가 생겼어요. 그 문제를 선생님이 해결해주시리라 기대하고 찾아왔고요."

윤주는 가방에서 투서 봉투를 꺼내 내용물을 책상에다 벌려놓았다. 쿠키의 1천만 원짜리 진료비 청구서 사본, 썰매용 하네스를 입는 쿠키의 사진, 워드로 작성한 편지 한 통. 그녀는 봉투를 슬쩍 흔들어 보였다.

"11년 전 기사 사본도 이 안에 함께 들어 있던 거예요."

박남철의 시선이 자료들을 하나하나 쓸고 가다가 윤주에게 돌아왔다. 그녀는 그 시선에서 당혹감을 읽었다. 비록 깜빡이등처럼 순식간에 나타났다 사라지긴 했지만. 박남철은 희고 말끔한 손가락으로 편지를 집어 올렸다. 윤주는 의자에 등을 기대고 그의 얼굴을 뜯어보기 시작했다. 새

하얗고 살집 없는 얼굴에 눈썹만 달린 듯한 인상이었다. 칫솔처럼 빳빳하고 굵고 시커멨다. 이 남자가 제보자 맞을까.

"왜 나를 찾아왔는지 모르겠지만 나는 댁한테 이런 걸 보낸 적이 없어요."

박남철이 편지를 책상에 내려놓고 다시 시계를 봤다.

"쿠키의 진료비 청구서를 가지고 있을 사람은 선생님과 서재형 씨뿐이지 않나요. 설마 서재형 씨가 자기를 망하게 해달라고 투서를 했을까, 싶은데요."

"그건 그쪽에 가서 알아볼 문제고……."

"물론 가볼 생각이에요. 쉼터에 쿠키를 매달고 몽둥이질 한 사람이 누구인지 그쪽은 정확하게 알고 있을 테니까."

박남철의 눈에 다시 움찔한 기색이 스쳐 갔다. 이번엔 눈먼 자도 알아차릴 수 있을 만큼 분명한 반응이었다.

"선생님께 듣고 싶은 건 두 가지예요. 고소를 취하한 이유가 뭔지, 왜 투서를 하셨는지."

박남철은 입을 꾹 다물더니 책상의 차임벨을 눌렀다. 자못 냉정한 표정을 짓고 있었지만 턱 밑에선 붉은 기운이 어른어른 올라오고 있었다. 밖에서는 뻐꾸기가 시끄럽게 울었다.

"여기서 들은 얘기는 저만 알고 있겠다고 약속드리죠."

말을 끝내자마자 경비 제복을 입은 백발 남자가 안으로 뛰어 들어왔다. 뻐꾸기는 비상벨이었다.

"이 여자 끌어내요."

박남철이 말했다. 백발 경비는 윤주의 팔꿈치를 슬쩍 잡았다. 스스로 걸어 나갈 것인지, 끄덩이를 잡혀서 끌려 나갈 것인지 택하라는 표정이었다. 윤주는 쿠키의 사진과 진료비 청구서를 집어 들고 일어났다.

"기사와 편지 사본은 두고 가죠. 다시 읽어보시면 말하고 싶은 마음이 생길지도 모르니까."

박남철은 경비에게 말했다.

"병원 밖으로 내보내시오."

윤주는 백발 경비에게 떠밀려 진료실을 나섰다. 대기실에 감색 경비 제복을 입은 남자가 하나 더 있었다. 왼쪽 눈썹 위에 점처럼 보이는 검은 피어싱을, 이마엔 여드름 자국을 달고 있는 애송이였다.

"강진만 씨."

카운터에서 간호사가 고개를 내밀고 큰 소리로 이름을 불렀다. 애송이 경비는 무릎에 놔둔 헬멧을 쓰다듬고 있다가 "예." 했다.

"과장님이 그냥 돌아가시래요."

백발 경비가 윤주의 팔꿈치를 흔들었다. 윤주는 가방을 고쳐 메고 애송이 경비 옆을 지나갔다. 귀 뒤로 투덜대는 소리가 들려왔다.

"니미, 내가 제 새끼야. 아무 때나 전화해서 와라, 기다려라, 꺼져라……."

윤주는 흘끔 돌아봤다. 애송이 경비가 눈을 마주쳐 왔다. 눈썹에 붙은 점박이 피어싱이 묻는 것 같았다. 뭘 봐?

그날은 서재형을 만나지 못했다. 폭설 때문에 백운산 진입로에서 차를 돌려야 했다. 눈길을 긁어 파듯 헤치고 내려오는 지프 한 대를 만났으나 그녀로선 올라갈 엄두가 나지 않았다. 오늘이 세 번째였다. 다시 오기까지 갈등이 많았다. 서재형을 만나고 싶지 않았다. 칫솔 눈썹 의사가 서재형을 손보는 데 자신을 저격수로 써먹었다고 생각해버리는 편이 나았다. 사소한 실수를 확인하겠다고 적진으로 돌진하는 것보다는. 차라리 서재형이 집에 없었으면, 싶기도 했다. 그러면 자신을 납득시키고 이 일을 덮어둘 수 있을 것 같았다. 어쨌거나 서재형을 만나기 위해 최선을 다했노라고.

윤주는 가방을 겹질러 메고 차에서 내렸다. 오렌지색 가로등 빛 속으로 발을 디딘 순간, 바람이 귀뺨을 갈기고 갔다. 댓 발짝 걷는 새에 몸의 온기가 싹 걷혔다. 뺨이 얼어붙고 턱이 떨렸다. 나뭇가지 흔들리는 소리에도 소스라칠 만큼 신경이 곤두섰다.

낙엽송 방풍림에 들어앉은 드림랜드는 크고 낡은 2층 목조 건물이었다. 옆으로 긴 직사각형 형태라 안정돼 보이기는 했지만 볼품과는 거리가 멀었다. 오래된 폐교처럼 을씨년스럽고 음산한 기운마저 감돌았다. 거실 불빛이 환한데도 사람이 있을 것 같지 않았다. 집 안은 한없이 고요했다. 개 한 마리 짖지 않았다. 지붕 굴뚝에선 흰 연기가 소용돌이치고, 마당 가로등 빛 속에선 낙엽송 그림자들이 검고 긴 팔을 내저으며 흐느적거렸다. 집 전체가 어깨를 벌리고 숨을 죽인 채 방문자의 기개를 시험하는 기분이었다. 어디 한번 들어와 보시라.

그녀는 대문 앞에서 숨을 한 번 골랐다. 창고 옆에 한 번 본 적이 있는 구급차가 서 있었다. 오늘이야말로 서재형을 만나게 될까. 누구냐고 물으면 뭐라고 대답할까. "한진일보 김윤주입니다." 하면 "어서 오세요." 하지는 않을 텐데. 가스 점검 나왔습니다, 할까. 그녀는 초인종을 누르려다 멈칫했다. 쇠살문 너머에 주황빛으로 번뜩거리는 눈동자가 있었다. 개였다. 크고 시커먼 개 한 마리가 문설주 그늘에 숨어 그녀를 지켜보는 중이었다. 그제야 발견한 것인데, 대문에 뚫린 쪽문이 반 뼘가량 열려 있었다. 개는 숨소리조차 내지 않았다. 집 안은 여전히 고요했다. 주변은 더욱 고요해졌다. 바람마저 움직임을 멈춘 것 같았다. 근방에서 가장 시끄러운 건 자신의 머릿속이었다. 개펄의 새들이 모조리 튀어나와 제각각 훈수를 두고 있었다.

사전 경고 없이 침입자를 처단하도록 훈련된 경비견이 있다던데.

그렇게 눈을 치켜뜨고 똑바로 쳐다보면 개가 기분 나빠한단 말이야.

섣부르게 움직이면 안 돼. 등을 보이고 달아나서도 안 돼. 비록 훌륭한 엉덩이는 아니지만 물어뜯겨 짝짝이가 되면 곤란하다고.

윤주는 가방끈을 틀어잡고 차 쪽으로 한 발짝 뒷걸음질했다. 뽀드득 눈 밟히는 소리가 천둥처럼 울렸다. 문 뒤의 개는 입술을 말아 올리고 흰 이빨을 드러냈다. 잇새로 으르렁대는 소리가 흘러나왔다. 진동처럼 느껴지는 낮고 묵직한 소리였다. 두 발짝째 발을 물리자 으르렁 소리가 두 배 커졌다. 개의 흉곽이 긴장과 적대감으로 팽팽하게 부푸는 것도 느낄 수 있었다. 차까지는 아직 서너 발짝 거리가 있었다. 미지근하고 끈끈한 침이 목을 넘어갔다. 후회가 가슴을 쳤다. 어쩌자고 여기에 왔던가. 개 주인도 저 개처럼 이빨을 세우고 으르렁댈 텐데.

현관문 열리는 소리가 났다. 그녀는 후퇴를 멈추고 대문 안을 주시했다. 집 안에서 한 남자가 튀어나와 현관 계단을 내려왔다. 마당을 서풋서풋 가로질러 구급차에 올라탔다. 곧 시동이 걸리는 소리가 울리고 전조등에 불이 들어왔다. 개는 여전히 으르렁댔지만 덤벼들지는 않았다. 구급차가 대문 앞에 와 설 때까지 윤주를 지켜보고만 있었다. 그녀도 움직이지 않았다. 전조등 빛에 갇힌 채, 눈을 멀겋게 뜨고 차에서 내리는 남자를 바라보았다.

"누구십니까?"

남자가 대문을 열어젖혀 놓고 물었다. 누군지 알 만한 남자였다. 전조등 빛에 모습을 드러낸 개도 알 만한 개였다. 짙고 풍성한 재색 털, 흰 가슴 갈기, 늑대처럼 길고 날렵한 주둥이, 하트 모양을 그리는 검은 눈썹과 다갈색 눈을 가진 알래스칸 말라뮤트. 서재형과 쿠키였다.

"혹시 임지영 씨?"

서재형이 물어왔다. 윤주는 신분을 밝히려는 습성과 신체의 온전함을 지키고 싶은 욕망 사이에서 잠시 갈등했다. 2미터 전방에, 이름을 대자마자 자신을 눈밭에 메다꽂아 버릴지도 모르는 남자가 서 있었다. 옆엔 금방까지 으르렁대던 개가 여차하면 튀어나올 태세로 털을 곤두세우고 있고.

"예, 저……."

그녀는 덧붙였다. '김윤주예요'라고, 속으로만.

"안 오시나, 했는데."

재형은 성큼 다가왔다. 딱 두 발짝 만에 어느 인류학자가 주장한 친밀한 거리, 45.7센티미터보다 더 가까이. 화면으로 본 것보다 체구가 호리호리했다. 뻣뻣하게 흩어진 머리는 개털처럼 곤두서 있었다.

"서재형입니다."

윤주는 불쑥 내민 재형의 손을 내려다봤다. 하느님, 저 정직하게 살게요. 내일 아침부터 꼭……. 그녀는 재형의 손을 맞잡았다. 손가락의 감촉이 흠칫할 만큼 부드러웠다. 좀 오래 잡고 있었던 건 쿠키에게 보여주기 위해서였다. 재형과 친밀해 보이면 저 적대적인 이빨이 우호적인 이빨로 변하지 않을까 해서. 서재형은 슬쩍 손을 빼가며 손목시계를 봤다.

"내가 지금 갈 곳이 있어요. 안에서 30분만 기다려주면 좋겠는데."

윤주도 얼결에 시계를 봤다. 6시 12분.

"저 혼자 말인가요?"

"그게……. 일요일이라 이 선생이 없어요."

이 선생이 그의 '조수'를 뜻한다면 안에 개들만 있다는 뜻이었다. 그것도 온갖 종류의 개들이. 그녀의 기억에 의하면, 이 집 개들은 묶여 있거나 견사에 갇혀 있지 않았다. 2층집 전체를 활용해 뛰어오르고, 짖고, 올라타고, 뒹굴고, 싸움질을 하며 지내고 있었다. 그 개판에 홀로 앉아 기다리라니.

"뭣하면 나랑 같이 가도……."

재형의 말이 끝나기도 전에 윤주는 "네." 했다. 가면서 이야기를 꺼낼 기회가 있겠지, 싶었다.

"그럼 얘기는 가면서 합시다."

움직임이 개처럼 민첩하고 소리 없는 남자였다. 등을 돌리나 싶은 순간 눈앞에서 사라졌고, 사라졌나 싶은 순간 구급차를 몰고 나와 윤주 옆에 세웠다.

"타요."

재형은 차 문을 열어준 뒤 쿠키를 안으로 몰아넣고 대문을 잠갔다. 윤주는 조수석에 올라앉아 상황을 파악해 보려 애썼다. 임지영은 누구일까. 기자인가? 마침내 입을 열기로 마음을 먹었나. 추론은 앞으로 나아가지 않았다. 정보가 부족했다. 서재형과 안면이 없는 여자이며, 방문 약속이 잡혀 있었고, 약속을 지키지 않았다는 점만 분명했다. 이 이상한 동행이 행운인지 불운인지는 기다려 봐야 알 테고.

"저 개가 쿠키죠?"

재형이 운전석에 올라타자 그녀는 물었다. 그는 차를 출발시키며 "스타."라고 대답했다.

"아아, 스타."

쿠키와 똑같이 생긴 개였다. 양 눈썹 위에 있는 흰 점까지 닮았다. 침묵이 어색해 그녀는 다시 입을 열었다.

"멀리 가요?"

"아뇨."

구급차는 진입로를 순식간에 통과해 주유소와 공장 지대를 지난 후 컴컴한 도로로 접어들었다. 재형의 어법상 "얘기하자."는 '내 의사를 전달한다'와 같은 뜻인 듯했다. 차가 눈길을 날아가는 사이 그녀가 들은 '얘기'는 딱 한마디였다.

"안전벨트 매요."

윤주는 재형의 옆모습을 곁눈질로 훔쳐보았다. 무표정한 정면 인상과는 사뭇 달랐다. 그의 손가락 감촉과 비슷한 느낌이었다. 부드럽고, 심지어 미소를 띠고 있는 것처럼 보였다. 옆모습으로만 봐선 자신의 정체를 밝혀도 좋을 듯했다. 투서와 쿠키, 쉼터와 두 남자에 대해 속 시원한 취재도 가능할 것 같았다. 다만 시기가 적절치 않았다. 구급차는 조립식 창고들이 있는 단지로 진입하고 있었다. 불이 꺼진 관리실을 끼고 우회전, 창고 두 개를 지나 다시 좌회전. 재형은 G-2라 적힌 창고 앞에 차를 세우고 좀 전보다 약간 더 긴 얘기를 들려주었다.

"내려요. 가방 놔두고."

윤주는 시키는 대로 했다. 재형은 차 뒷문을 열고 배낭과 이동 철장을 꺼냈다. 그녀에겐 손전등과 막대 올가미를 불쑥 내밀었다. 그녀는 얼떨결에 받았다. 주면 받게 돼 있는 게 인간의 습성 아니던가. 동행이 멀어지면 허둥지둥 쫓아가는 것 또한 그렇고. 창고 문 앞에 도착한 후엔 지금까지 중 가장 짧은 얘기를 들었다.

"불."

그녀는 손전등을 켰다. 그는 배낭에서 절단기를 꺼내 창고 문에 감긴 쇠사슬을 잘랐다. 문이 열리자 기분 나쁜 것들이 쏟아져 나왔다. 처음엔 배설물 악취, 다음엔 눅눅하고 차고 물미역처럼 미끈대는 공기, 희미한 신음. 재형은 어둠 속으로 성큼 들어갔다. 그녀는 손전등을 비추며 따라 붙었다. 농구 코트만 한 공간에 '뜬장'이라고 부르는 2층 철장들이 수도 없이 들어차 있었다. 뜬장마다 개들이 드러누워 있었다. 썩은 냄새를 풍기는 사체도 개라 부를 수 있는지는 모르겠지만. 밥그릇들은 모두 비어 있고 물통도 바싹 말라 있었다. 뜬장 바닥 아래 1미터가량 되는 빈 공간에는 개들의 배설물이 진창을 이루며 쌓여 있었다. 불빛이 비치자 배설물 위를 기어 다니던 시커먼 쥐 떼가 후다닥 달아났다. 그 자리에 형체를 알 수 없는 살덩어리들이 남아 있었다. 짐작건대 강아지 사체였다.

그녀는 치미는 구토증을 꾹꾹 눌러 삼켰다. 신음 소리를 향해 나아가던 재형은 맨 구석 뜬장 앞에 멈춰 섰다. 흰 스피츠 한 마리가 뜬장 위 칸에 누워 신음하고 있었다. 맥없이 뜬 눈은 지저분한 눈곱으로 뒤덮이고 코 밑으로 노란 분비물이 흐르고 있었다. 얄팍한 뱃가죽 위로 불거진 갈비뼈는 숨을 쉴 때마다 힘겹게 오르내렸다. 재형은 뜬장 자물쇠를 절단하고 문을 열었다. 속삭이듯 말을 걸며 막대 올가미를 스피츠 목에 걸었다.

"괜찮아, 흰둥아. 괜찮아."

스피츠는 저항 없이 뜬장에서 끌려나와 이동 철장으로 옮겨 누웠다. 윤주는 그제야 자신이 유기견 구조 현장에 와 있다는 것을 알아차렸다. 재형과 함께 스피츠를 차로 옮기는 게 자신에게 주어진 일이라는 것도. 이동 철장을 맞들고 차로 가는 동안 그녀의 머릿속엔 똑같은 질문이 맴돌았다. 임지영은 누구일까. 수의사인가? 간호사인가? 사체들이 널브러진 뜬장들을 지나가며 재형에게 물었다.

"이 개들은 어쩌다 이렇게 된 거예요?"

재형이 고개를 돌려 그녀를 봤다. 아무래도 알아 마땅한 걸 물어본 모양이었다. 얄따랗게 뜬 그의 눈은 '지금 뭔 소리를 하는 거야'라고 되묻고 있었다.

"번식견 본 적 없어요? 태어나 새끼만 낳다가 죽기 직전에 버려지는 개들. 여긴 번식업자 창고요. 애견 센터에서 팔리는 강아지들이 대부분 이런 창고 출신이고."

그녀는 새삼스럽게 스피츠를 내려다봤다. 번식견이 따로 있다는 얘기를 들은 적은 있었다. 이런 곳에서 이런 몰골로 죽어가는 줄은 몰랐지만.

"아까 제보를 받았어요. 주인이 나흘째 나타나지 않아서 개들이 밤낮없이 울부짖는다고."

그는 스피츠를 구급차 뒤 칸에 실은 뒤 덧붙였다.

"울부짖을 만한 놈이 또 있는지, 한 번 더 가봅시다."

윤주는 끔찍한 창고 속으로 다시 끌려갔다. 그는 뜬장 안으로 불빛을 비추고 죽은 개의 발바닥과 코를 유심히 들여다봤다.

"이해가 잘 안 돼요."

윤주는 그의 등판에 대고 물었다.

"주인이 나흘 정도 오지 않았다고 이렇게 많은 개가 한꺼번에 죽을 수도 있어요?"

"디스템퍼가 돌았을 거요. 하나같이 하드패드가 나타난 걸 보면."

그녀는 "아, 예." 했다. 달리 무슨 말을 하겠는가. 뭔 말인지 알아듣지도 못했는데.

"주인은 성한 놈만 데리고 도망쳤겠지. 어쩌면 창고 임차 기간이 끝났을지도 모르고."

그는 허리를 들고 울적한 목소리로 "갑시다." 했다. 그녀는 물었다.

"죽은 개는 어쩌고요?"

"그건 사체처리업자한테 맡겨야죠."

재형은 구급차를 제트기처럼 몰아 드림랜드로 귀환했다. 창고 옆에 차가 주차하자 어디선가 튀어나온 스타가 펄쩍펄쩍 뛰어다녔다. 좀 전과는 딴판으로 몸놀림이 발랄하고 경쾌했다.

"내려요."

재형은 차 뒤편으로 돌아가 문을 열고 이동 철장을 끌어 내렸다. 윤주는 차에서 내렸으나 그를 도와줄 수가 없었다. 스타가 앞을 가로막았다. 이미 낯을 익혔건만, 제 주인하고 손도 오래 잡았는데, 여전히 침입자를 대하듯 그녀의 주변을 빙빙 돌며 킁킁대고, 헐떡거리고, 침을 흘렸다. 그녀는 차려 자세로 서서 재형을 불렀다.

"저기, 스타 좀 어떻게 해줘요."

재형은 차 뒤에서 고개를 내밀더니 현관 계단 쪽을 가리켰다.

"쿠키, 들어가."

이번엔 스타가 아니었다. 쿠키는 현관 계단 부근까지 달려가다가 슥 사라져버렸다. 땅으로 꺼져버리기라도 한 것처럼.

"들어갑시다."

윤주에게도 같은 명령이 떨어졌다. 그녀는 재형과 이동 철장을 맞잡았다. 미끄러질까 봐 오리처럼 뒤뚱거리며 눈 쌓인 마당을 가로질렀다. 현관 계단에 도달하면서 새로운 사실 하나를 더 깨달았다. 드림랜드는 2층이 아닌 3층집이었다. 계단 밑에 반 지하실이 있었다. 이전에 왔을 땐 보지 못했던 공간으로 창문 대신 스윙 도어가 달려 있었다. 쿠키는 문 밑 틈으로 머리를 내밀어 그녀를 지켜보고 있었다. 웃는 것처럼 입꼬리가 길게 올라가 있었다. 그녀는 잠깐 궁금했다. 스타는 그새에 어디로 갔을까.

집 안으로 들어서자 거실 뒤편에서 개 짖는 소리가 들려왔다. 문을 긁는 소리도 났다. 주인의 귀환을 환영한다는 뜻인가 보았다. 재형은 이동 철장을 현관에서 두 번째 방으로 가지고 들어갔다. 자그마한 공간에 진찰대와 엑스레이와 초음파 기계, 온갖 약품들이 들어차 있었다. 재형은 다리를 움찔움찔 떨고 껌을 씹듯 입을 짝짝거리는 스피츠를 진찰대에 눕히며 이상한 말을 웅얼대듯 늘어놓았다. CNS 손상이니, 추잉검 시저니, 세컨더리 인펙션이니, 터미널스테이지니……. 윤주는 진지한 자세로, 무식하게 보이지 않으려 애쓰면서 연방 고개를 끄덕였다. 알 만한 말이라곤 '나를 좀 도와달라'뿐이었지만.

"채혈 튜브하고 실린지, 셀라인, 20게이지 메디컷 하나씩 준비해줘요."

"아, 네." 고개를 끄덕이며 그녀는 문 쪽을 곁눈질했다. 죽을 맛이었다. 애초에 임지영이 아니라고 밝혔어야 했거늘. 여기서 뭘 하고 있나, 생각하자 집으로 돌아가고 싶었다. 가는 거야 어렵지 않다. 저 문을 통과해 현관문을 열고 나간 다음, 마당을 건너서, 대문 밖으로 사라지면 되는 일이었다. 그녀는 문을 향해 슬금슬금 뒷걸음질했다.

"어딜 가요."

막 문턱에 도착했을 때 서재형의 목소리가 발목을 잡았다.

"약장은 저기 있어요."

그는 스피츠 뒷다리에 혈압계 커프를 두르며 턱으로 약장을 가리켰다. 윤주는 링거액과 주사약, 각종 의료 도구들을 멍하니 훑어봤다.

"임지영 씨."

재형이 흘끔 돌아봤다. 뭘 하고 서 있느냐는 듯. 윤주는 결심했다. 이 남자가 자신을 바라볼 때 고백해야겠다고.

"나는 김윤주예요."

그녀는 자연스럽게 말하려고 애썼다. 미소까지 띠지는 못했지만 하여

간에 최선을 다했다. 재형은 그녀의 눈에 시선을 붙박고 움직이지 않았다. 〈꿈의 나라〉에서는 보지 못한 눈이었다. 표정을 읽기 힘든 눈이었다. 마치 전조등과 눈을 맞대고 있는 느낌이었다.

"한진일보 사회부, 김윤주 기자."

여전히 그는 말이 없었다. 그녀는 좀 무안했다. 상대가 어렵사리 고백을 했으면 뭔가 대꾸가 있어야 하지 않겠는가. 계집애처럼 쏘아보기만 할 게 아니라.

"실은 지난번 기사와 관련해 알아볼 것이 있어서⋯⋯."

"김윤주 씨."

마침내 재형이 입을 열었다. 전조등이 꺼진 검은 눈은 으스스할 만큼 차가웠다.

"나가 봐요."

동해 1

"더 못 올라가."

백운정신병원 정문에 스쿠터를 세우고 진만이 말했다. 동해는 불만스러웠지만 수긍하지 않을 수 없었다. 제설 작업이 병원 정문까지만 돼 있었다. 쉼터로 오르는 굽잇길엔 눈이 종아리 높이로 쌓였다. 사람이 오간 흔적도 거의 없었다.

"어쩔 거야?"

진만이 뒤를 돌아보며 물었다. 동해는 녀석의 허리를 놓고 스쿠터 뒷자리에서 내렸다.

"어쩌긴 뭘 어째. 못 가면 걸어서 가는 거지."

"저걸 우리가 끌고 올라가잔 말이야?"

진만은 스쿠터 뒤에 매달고 온 플라스틱 썰매를 가리켰다. 그 안에 쿠키가 잠들어 있었다. 주둥이 옆으로 빠져나온 살빛 혓바닥을 보며 동해는 미소 지었다. 침흘리개 똥강아지가 2년 새에 탐스럽게 성장해 있었다. 텔레비전 화면보다 훨씬 크고 단단하고, 심지어 우아해 보이기까지 했다. 드림랜드 문간에 숨어 사진을 찍을 때까지도 저 정도로 폼 나는 개새끼가 된 줄은 몰랐는데. 모서 오고자 별짓 다 한 보람이 있었다.

지난 금요일 오후, 그는 구조차 기사인 윤문식이 오줌 누러 간 틈을 타서 구조대 물건 몇 가지를 슬쩍 빌렸다. 블로우 건(입으로 불어서 쏘는 마취총)과 졸레틸(동물 마취제), 캐칭 넷(랜턴 모양의 휴대용 그물 발사기). 월요일 아침에 가져다둘 생각이었다. 그 전에 들키지 않기만 바라며 화양맨션을 떠났다. 진만의 직장인 부용창고단지 경비실로 직행해 놈과 이틀씩 뭉개며 기다렸다. 진만이 직장을 그만두는 날이자, 서재형이 홀로 드림랜드를 지킬 오늘을.

저녁 6시경, 백운산 진입로 부근 주유소에서 행동을 시작했다. 진만은 '럭키'라고 부르며 애지중지하는 스쿠터에 기름을 넣었고, 그는 공중전화 부스로 갔다. 서재형에게 전화를 걸어 진만에게서 들은 일급 정보를 알려주었다. 부용창고단지에 주인에게 버림받은 개 수십 마리가 갇혀 있노라고. 20분 후 드림랜드 구급차가 주유소 앞을 지나갔다. 그와 진만은 드림랜드로 올라갔다. 쿠키가 마중을 나와 있었다. 숨소리까지 죽이고 문설주 그늘에 숨어 그를 지켜봤다. 옛 주인이 온다는 걸 어찌 알고, 기특하기도 하지.

그는 대문 쇠살 사이로 블로우 건을 밀어 넣고 라이터를 꺼내 조준경 버튼을 눌렀다. 쇠꼬챙이 같은 빛이 눈을 쏘자 놈은 어깨를 앞으로 당기며 꼬리를 세웠다. 입아귀는 금방이라도 대들어 물어뜯을 것처럼 전면으로 튀어나왔다. 강아지 시절보다 송곳니가 두 배쯤 길어진 듯했다. 불빛을 받아 주황색으로 번뜩이는 눈은 위협을 넘어 위엄의 기운마저 풍겼다. 경계 거리 안으로 들어오면 재미없는 일이 벌어질 거라고 경고하는 맹수 같았다. 동해는 어리둥절했다. 이 낯선 위엄과 시건방진 시선은 어디서 비롯된 것일까. 자신과 눈만 마주쳐도 바들바들 떨고 깨갱깨갱 울던 모습이 아직도 선하건만.

동해는 블로우 건을 놈의 어깨에 조준하고 숨을 모아 훅, 불었다. 주사기는 과녁을 빗나가 등 밑에 박혔다. 쿠키는 펄쩍 뛰어오르더니 주사기를 뽑으려고 빙글빙글 돌기 시작했다. 그사이 마취제가 놈의 몸속으로 사라졌다. 그는 캐칭 넷을 쇠살 틈으로 밀어넣고 발사 버튼을 눌렀다. 흰 그물이 물대포처럼 날았다. 단 1초 만에 놈의 몸에 전신 수갑을 채웠다. 놈은 그물코를 발톱으로 잡아채고 이빨로 물어뜯으려 들었으나 잘될 리 없었다. 동작이 이미 눈에 띄게 둔해져 있었다. 으르렁 소리마저 제대로 내지 못했다. 눈만 시퍼렇게 살아 번뜩거렸다. 동해는 순간적으로 움찔해서 한 발짝 물러섰다. 놈이 마취 총에 맞고 그물에 갇힌 신세라는 것도, 대문이 장벽처럼 가로막고 있다는 사실도 잠깐 잊어버렸다. 눈빛에 목을 물린 기분이었다.

놈이 주저앉기까지는 5분 가까이 걸렸다. 대문 앞에 길게 뻗어버리는 데 다시 몇십 초 더. 이윽고 눈꺼풀이 닫혔다. 진만이 담을 넘어가 쿠키를 끌고 나왔다. 동해는 준비해온 썰매에 쿠키를 싣고 짐바로 매조지해 럭키 뒤에 매달았다. 목적지는 쉼터였다. 2년 전 못다 한 일을 끝낼 장소였다. 방송에 소개된바 서재형이 쿠키를 데리고 아침 운동을 하러 오는 곳이기도 했다. 서재형은 이곳에서 색다른 쿠키의 모습을 보게 될 터였다. 내일 아침, 늦어도 정오면.

"박동해, 어쩔 건지 물었잖아."

진만이 버럭 소리를 질렀다. 동해는 썰매 끈을 진만의 손에 쥐여 주었다.

"우리가 아니라 네가 끌고 가야지."

"뭐야?"

진만은 썰매 끈을 팽개치고 헬멧을 벗었다. 점박이 피어싱을 박은 왼쪽 눈썹이 사무라이 칼처럼 올라갔다.

"내가 네 호구냐?"

"싫으면 럭키를 몰고 내처 올라가든가."

"눈이 종아리까지 쌓인 거 안 보여? 목숨 걸어가며 이 짓을 지금 해야겠냐고, 변태 새끼야."

해야지. 얼마를 별러온 일인데. 그를 군대로 내쫓은 게 쿠키와 서재형이었다. 군복무 12개월 동안 둘의 은혜를 되씹지 않은 날이 없었다. 틈만 나면 연구하고 계획을 세웠다. 어떻게 갚아야 좀 행복해질까. 전역 후에는 종종 드림랜드를 찾아갔다. 쿠키가 잘 있는지 확인할 겸, '은혜 갚기'라는 취미 생활에 대한 영감도 얻을 겸, 겸사겸사. 그러던 어느 날 우연찮게 썰매 사진을 얻었고 은혜를 갚는 데 요긴하게 써먹었다. 오늘 밤은 피날레였다. 상상만으로도 사타구니가 찌릿찌릿한 결말이었다. 끝까지 행복하려면 진만의 자아이자 정체성인 '돌쇠'가 필요했다. 시작도 하기 전에 운반에다 진을 뺄 수는 없는 노릇이므로. 동해는 주머니에서 럭키의 스페어 키를 꺼냈다.

진만은 럭키를 타고 실크로드를 완주하겠다는 원대한 포부를 갖고 있었다. 동해가 보기엔 고무보트로 태평양을 횡단하겠다는 야심만큼이나 황당했지만 진만은 진지했다. 창고 경비 일을 해서 돈을 모으는 한편, 럭키의 공동 소유주인 동해에게 지분을 넘기라고 졸랐다. 동해는 넘길 생각이 없었다. 럭키를 몰고 실크로드에 가라고 허락할 마음도 없었다. 럭키는 진만을 움직이는 버튼이었다.

"오늘만 도와주면 이걸 넘겨주겠다고 했어, 안 했어?"

동해가 키를 흔들자 진만은 눈을 내리깔고 구시렁거렸다.

"군대 가기 전에도 쿠키 일만 도와주면 럭키를 넘겨주겠다고 했잖아."

"그땐 일을 못 끝냈잖아."

"어쨌건 우리 럭키로는 못 올라가. 좀 있으면 타클라마칸으로 떠날 건데 눈길 올라가다가 우리 럭키가 다치기라도 하면 어쩔 거야."

동해는 공원 비둘기에게 스마트폰 사용법을 가르치는 심정으로 좀 전에 했던 말을 되풀이했다.

"아니면, 썰매를 끌고 올라가든가. 그러면 내일부터 너는 소원대로 럭키를 독차지하고 타클라마칸인지 뭔지로 가서 불꽃처럼 산화할 수 있다고."

진만은 마지못해 썰매 줄을 잡았다. 헬멧은 럭키 손잡이에 걸쳐놓았다.

"분명히 내일 아침에 양도하는 거다."

"걱정 접어."

동해는 헤드 랜턴을 켜고 앞장서서 올라갔다. 전나무 숲에 둘러싸인 쉼터는 어둡고도 고요했다. 골이 떵할 정도로 공기가 찼다. 철봉 너머 벼랑 밑에선 바람이 까마귀 떼처럼 날아오르고 있었다. 그는 벼랑 쪽으로 걸어가 백운정신병원을 내려다봤다. 가로등들이 인적 없는 병원 후정을 노랗게 비추고 있었다.

"야, 혼자 올라 가버리면 어떡해? 난 랜턴도 없는데."

진만이 철봉 앞에 썰매를 부려놓으며 성을 냈다.

"없이도 잘 올라왔잖아."

동해는 쿠키의 몸에서 그물을 걷어내고 잠시 감상의 시간을 가졌다. 감개무량했다. 잇몸이 근질근질하고 배가 아팠다. 위장에서 말들이 발길질을 하는 기분이었다. 중대 선임견인 백구의 혀를 자르던 그날 밤처럼.

그 일을 시작하게 만든 것도, 끝낸 것도 그놈이었다. 꼬투리만 생기면 '아랫것'들을 쪼아대서 '닭상병'으로 통하던 선임 최 상병. 자대 배치를 받은 첫날, 닭상병은 그를 중대 주임원사가 기르는 백구 앞으로 끌고 갔다. 선임견에게 입대 신고를 하라는 것이었다. 동해는 무심코 "안녕, 백구." 했다가 정강이를 까이고 센터를 걷어차였다.

"똑바로 못 해?"

그는 백구에게 경례를 붙이고 충성을 외쳤다. 백구는 눈밭에 궁둥이를 깔고 앉아 뒷발로 귀를 털면서 동해의 충성을 받아들였다. 거기서 끝났다면 얼마나 좋았을까. 취침 전 닭상병은, 육군 정량이라고 부르는 사과와 우유, 미지근한 물에 불린 컵라면을 자기 몫까지 떠안겼다.

"화장실에 갔다 오는 동안에 다 먹어치운다. 알겠나?"

닭상병이 사라지자 동해는 컵라면 두 개를 들고 슬쩍 밖으로 나갔다. 졸고 있던 백구는 눈을 절반만 뜬 채 코를 킁킁거렸다. 밥그릇엔 먹다 만 밥이 절반쯤 들어 있었다. 그 위에 라면을 쏟아버리고 돌아서는 순간, 닭상병과 눈을 마주쳤다. 놈은 손가락으로 밥그릇을 가리켰다. 쏟아버린 라면은 물론, 남은 밥까지 손으로 집어 먹으라는 뜻이었다. 한 가락이라도 토하면 토한 걸 다시 먹게 해주겠다는 말에 동해는 이를 악물고 개밥그릇을 비웠다. 그날, 뜬눈으로 새벽을 맞았다. 밖에는 눈보라가 치는데 그의 몸은 밤새도록 펄펄 끓었다. 입대 전, 아버지에 대한 복수를 꿈꾸며 보낸 숱한 밤에 그랬듯이.

아침 식사 때 동해는 포크숟가락 한 개를 바지 건빵 주머니에 챙겼다. 닭상병의 눈을 피해 틈틈이 돌에다 숟가락 끝을 갈았다. 가는 내내, 정체 모를 기도 소리가 라디오 전파처럼 그의 머리로 들어왔다.

깊은 구렁 속에서 주께 부르짖사오니
주님, 제 소리를 들어주소서

여자와 남자, 아이와 어른의 목소리가 뒤섞인 합창이었다. 들을수록 우울해지는 리듬이었다. 기이할 정도로 반향이 긴 소리였다.

하느님, 어머니에게 자비를 베푸소서

기도 소리는 오래오래 계속됐다. 동해는 그것이 기억 속에서 울리는 소리라는 걸 깨달았다. 지하실에 갇힌 소년이 듣고 있던 가족의 연도(煉禱) 소리. 그는 면도를 할 수도 있을 만큼 날렵하게 벼린 숟가락을 주머니에 담았다.

이튿날 아침, 중대 백구가 야외 세면장 옆 나무에 목이 매달린 채 발견됐다. 걷어차여 피떡이 된 머리통 위엔 잘린 혓바닥이, 목젖 부위엔 십자가 형상으로 불에 그을린 자국이 남아 있었다. 중대가 발칵 뒤집혔다. 닭상병은 동해를 의심했지만 증거가 없었다. 다시 한 달 후, 다른 중대의 백구가 혀를 머리에 이고 목에 불 지짐을 당한 채 면회실에서 발견됐다. 한 달 후엔 또 다른 중대의 백구가 막사 옆 창고에서.

포병 977대대를 발칵 뒤집어놓은 '혀 잘린 백구' 사건은 중대 백구 네 마리가 죽은 후에 끝났다. 닭상병이 개과천선해서 끝난 게 아니었다. 대대 안에 죽을 백구가 더 없었다. 부대 근처에 인가도 없었다. 흔한 유기견 한 마리 나타나지 않았다. 동해에겐 몸이 펄펄 끓는 밤이 다시 찾아들었다. 불면의 나날이 지속됐다. 대대 훈련을 나갔던 작년 12월 어느 날까지.

　훈련을 받던 중, 동해는 초소 아래 인삼밭 원두막에서 목줄에 묶인 발바리 한 마리를 발견했다. 그날 하필 닭상병과 야간 경계를 함께 섰다. 동해는 놈이 잠들기를 기다렸다가 인삼밭으로 내려갔다. 정자로 다가가자 발바리는 몸을 일으키고 그르렁대며 귀를 세웠다. 그는 군화발로 주둥이부터 걷어차 버렸다. 깽, 소리가 이승에서 지른 발바리의 마지막 발화였다. 총의 개머리판으로 개 머리통을 후려갈기고 아래턱을 잡아 비트는 데는 30초도 걸리지 않았다. 우둑, 하고 목뼈가 부러지는 소리가 나면서 발바리는 축 늘어졌다. 그는 건빵 주머니에서 포크숟가락을 꺼내 놈의 혓바닥 깊숙한 곳에 내리꽂았다. 숟가락 날을 옆으로 눕히면서 힘주어 내리눌렀다. 좌로 한 번, 우로 한 번. 혀는 매끈하고 앙증맞은 모양새로 잘려 나왔다. 그는 훈련장 소나무에 놈을 매달았다.

　초소로 돌아왔을 때, 닭상병은 여전히 잠들어 있었다. 동해는 실제로 그가 자는지 확인하지 않았다. 그 부주의가 '전역'이라는 예기치 못한 행운을 가져왔다.

　부대로 돌아오자마자 중대장실에 불려갔다. 그날 밤, 닭상병은 잠들어 있지 않았다. 동해가 초소를 빠져나가자 살금살금 뒤를 따라왔고, 모든 걸 봤으며, 자기가 지금껏 어떤 인간을 쪼아왔는지 깨닫게 된 모양이었다. 동해는 혐의를 순순히 시인했다. 그리하여 그는 제대로 된 연장을 갖추고 백운산 쉼터에 다시 오게 된 것이었다. 그 이름도 달콤한 우리 '쿠키'와 사람처럼 생긴 개새끼, 서재형을 손봐주려고.

그는 백 팩을 내리고 올가미 지어둔 밧줄을 꺼냈다. 진만은 그새에 철봉 너머 벼랑 가 나무 밑에서 담배를 피우고 있었다.

"야, 줄 받아."

그는 올가미 부분을 쿠키의 앞다리 밑으로 밀어 넣어 채운 뒤 밧줄 끝을 철봉 위로 던져 넘겼다. 진만은 담배를 이 끝에 문 채로 줄을 잡았다.

"당겨."

줄이 당겨지면서 쿠키는 서서히 위로 올라갔다. 등허리가 길게 늘어지고 네 다리가 활짝 벌어졌다. 동해의 입도 함께 벌어졌다. 쿠키의 뒷다리 사이에 믿을 수 없는 일이 일어나 있었다. 있어야 할 물건이 없고 없어야 할 현관문이 자리 잡고 있었다. 성전환 수술이라도 받은 것처럼.

"더 당겨, 그만해?"

진만이 소리쳐 묻는 바람에 동해는 충격에서 깨어났다. 비로소 헤드 랜턴이 비추고 있는 가짜 쿠키의 가죽 목줄과 펜던트가 눈에 들어왔다. 인식표 같았는데 글씨가 작아 뭐라 쓰여 있는지 잘 보이지 않았다. 그는 목줄 고리를 풀고 펜던트를 눈앞에 들이댔다.

스타/드림랜드/031-XXX-4500

불현듯, 드림랜드 대문 앞에서 마주쳤던 낯선 위엄이 기억났다.

"야, 줄을 어쩌라고."

진만이 고함을 질렀다. 동해는 고민스러웠다. 글쎄, 어떻게 할까. 계획에 의하면 나무에다 묶어야 하는데, 이 개새끼가 그 개새끼가 아니란 말이지.

"도, 동해야."

진만의 목소리가 갑자기 나직해졌다. 동해는 스타의 분홍빛 뱃가죽을 노려봤다. 바람에 물결치는 사타구니 털이 삼삼하긴 했지만 피는 이미 식어버렸다. 자신은 아무 개한테나 욕구를 느끼는 '개백정'이 아니었다. 의미 없는 개는 매력도 없었다.

"개, 개……."

진만은 이제 거의 속삭이고 있었다. 어째 떠는 것 같은 느낌마저 들었다. 휘둥그레진 눈은 동해의 등 뒤 어딘가에 붙박여 있었다.

"개, 뭐?"

동해는 고개를 돌려 뒤를 봤다. 삽시에 몸이 얼어붙었다. 개가 아니었다. 금빛 광채를 눈으로 내뿜으며 탄도미사일처럼 날아오는 잿빛 짐승을 누가 개라고 한단 말인가. 놈은 늑대였다. 놈의 표적은 진만이었고, 놈이 철봉 위로 날아가자 진만은 밧줄을 놔버리고 돌아서서 뛰었다. 멍청하게도 컴컴한 벼랑을 향해서. 비명이 얼어붙은 밤공기를 갈랐다.

"동해야아아아아……."

동해는 쉼터 입구로 뛰었다. 귓속에서 진만의 비명이 울렸다. 헤드 랜턴 빛이 어둠 속에서 울렁울렁 춤을 췄다. 뒤통수로부터 시커먼 화물 기차가 쫓아오는 것 같았다. 으르렁대는 숨소리가 뒷덜미를 물어뜯는 듯했다. 저절로 턱이 벌어지고 비명이 터졌다.

"저리 가, 씨발."

그는 등산로 쪽으로 슬라이딩하듯 몸을 날렸다. 백운정신병원으로 내려가는 굽잇길을 물수제비뜨는 조약돌처럼 튀면서 미끄러졌다. 병원 정문까지 고개 한 번 들지 않고 단숨에 가 닿았다. 럭키에 올라타고, 덜덜 떨리는 손으로 키를 찾아 시동을 걸었다. 럭키는 웽, 소리를 지르며 도로를 긁어 파듯 튕겨 나갔다. 등 뒤에서 늑대의 하울링이 산사태처럼 덮쳐왔다. 정신을 차렸을 땐 집 앞에 와 있었다.

이틀 만에 돌아온 집은 고요하고 어두웠다. 각방 창문은 물론, 마당 외등까지 불이 꺼져 있었다. 골목 가로등만 어두운 마당을 어슴푸레 비추고 있었다. 그는 럭키에 앉은 채로 2층 자신의 방 창문을 올려다봤다. 진만은 어떻게 됐을까. 죽었을까. 벼랑 중간에서 멈추지 않았을까. 나무나 작은 바위, 혹은 뿌리 덩굴 같은 것에 걸렸다면. 그랬을지도 몰랐다. 아니, 틀림없이 그랬을 것이다.

그는 럭키를 차고 앞에 세워두고 담을 넘었다. 순간, 마당 소나무 밑에서 희끔한 물체가 왈왈대며 튀어나왔다. 어찌나 놀랐는지 "엄마야." 소리치며 볼썽사나운 엉덩방아를 찧고 말았다. 아버지가 '내 새끼'라고 부르며 핥고 빠는 개새끼였다. 성미대로라면 득달같이 달려들어 주둥이를 차버렸을 테지만 지금은 목줄이 풀려 있었다. 풀려 있는 개는 건드리지 않는 것이 그가 개를 상대하는 첫 번째 원칙이었다. 그는 몸을 일으키고 현관으로 뒷걸음질했다. 아버지의 개새끼는 현관 안으로 들어설 때까지 발밑을 압박하며 이빨 자랑을 하고 있었다.

현관엔 슬리퍼 두어 켤레만 놓여 있었다. 동해는 긴장으로 움츠러들었던 어깨를 펴고 2층으로 올라갔다. 방문을 열고 불을 켜면서 다시 긴장으로 움츠러들었다. 아버지가 책상에 엉덩이를 걸치고 앉아 자신을 바라보고 있었다.

"문 닫아."

동해는 등 뒤로 손을 돌려 문을 닫고 열중쉬어 자세로 섰다. 근육으로 기분 나쁜 열기가 퍼졌다. 아버지가 좋은 일로, 혹은 부자의 정을 나누고

자 자신을 찾아오는 일은 없었다. 2층에 들이닥칠 때의 아버지는 손에 뭔가를 쥐고 있게 마련이었다. 개 목줄, 골프채, 심지어 사냥용 공기총을 들고 올 때도 있었다. 지금은 갈색 서류 봉투 하나를 쥐고 있었다. 눈에 핏발이 서지도 않았고, 뒷목에서부터 열이 뻗쳐오르는 표정도 아니었다. 목소리는 나직하고, 눈빛은 냉정하고, 태도는 차분했다. 게다가 온 집 안의 불을 끄고, 개새끼를 마당에 풀어놓은 채 자신을 기다리고 있었다. 집 안엔 아버지 말고는 아무도 없는 게 분명했다. 엄마도, 여동생 동아도. 무엇을 뜻하는 상황일까. 생각을 해보려 했으나 머리가 돌아가지 않았다. 멍하고, 피곤하고, 짜증이 났다. 침대에 쓰러져 잠이나 자고 싶었다.

"그 꼴을 하고 어디서 뭔 짓을 하고 다니는 거냐."

동해는 고개를 돌려 벽에 걸린 거울을 봤다. 아무 짓도 안 했다고 우기기엔 무리가 있는 몰골이었다. 머리는 축축하게 젖었고, 긁히고 피 맺힌 이마엔 깨진 헤드 랜턴이 걸려 있고, 파카 소매가 험하게 찢겨 있었다. 문득 백 팩이 생각났다. 등에 매달려 있지 않은 걸로 보아 쉼터에 두고 온 모양이었다. 일순 아차, 싶었다. 안에 뭐가 들었던가, 미친 듯이 되짚어봤다. 시너가 담긴 페트병, 전역하며 가지고 나온 포크숟가락, 망치, 대못. 블로우 건과 캐칭 넷도 들어 있었지만 소속 표시가 돼 있지 않았다. 중요한 지갑은 바지 뒷주머니에 들어 있었다. 휴대전화와 라이터는 파카 주머니에 있고. 비로소 곤두섰던 머리가 평화를 찾았다. '박동해가 쉼터에 있었다'는 증거는 없는 것이다.

"박동해, 이 앞으로 와."

동해는 한 발짝 전진했다. 익숙한 느낌이 몰밀려왔다. 발뒤꿈치로부터 뒤통수 아래까지 일직선으로 신경이 당겨지는 느낌, 현실 세계가 귀 뒤로 밀려가는 느낌, 깊은 물속을 걷는 것처럼 아득한 현기증의 느낌. '박동해, 이 앞으로 와'라고 할 때마다 나오는 증상이었다. 이 인간은 한 번도 자기 아들을 아들로서 불러주지 않았다. 동범 형은 '아들' 하고 부르면서, 동아에겐 '내 딸' 하면서, 개새끼를 '내 새끼'라고 부르면서, 자신을 부를 땐 반드시 박동해였다. 어김없이 "이 앞으로 와."가 붙었다. 그나마 반드시 불러야 할 경우가 아니면 부르지 않았다.

동범 형과 동아는 내과의사 박남철과 무용과 교수 이금희의 완벽한 현신이었다. 형은 대한민국 최고 명문 대학 의대생, 동아는 프랑스 유학을 앞둔 발레리나. 가운데 낀 동해는 있으나 마나 한 존재였다. 하느님은 아신다. 어린 시절, 자신이 얼마나 존재를 드러내 보이려고 애썼는지. 번번이 무시당하면서도 그는 양친을 향한 구애를 포기하지 않았다. 아버지는 그걸 '이상행동'이라고 불렀고, 엄마는 '처리할 일'로 여겼다. 인식만큼이나 대처 방식에도 차이가 있었다. 그가 깐죽대는 짝꿍 년의 눈두덩에 색연필 심지를 박았을 때, 아버지는 소아정신과에 끌고 갔고, 엄마는 심지가 둥근 종이 말이 색연필을 사주었다. 중학생이 되도록 오줌싸개 노릇을 하는 그에게 아버지는 약을 먹였다. 엄마는 침대에 비닐을 깔았다. 요구가 통하지 않으면 발랑 넘어가는 그를 아버지는 지하실에 가뒀다. 엄마는 요구를 들어주는 걸로 입을 닥치게 만들었다.

중학교를 졸업할 무렵, 그는 양친을 향한 구애를 멈췄다. 그들은 더 이상 구애의 대상이 아니었다. 아버지는 피해야 할 미친개, 엄마는 이용해 먹을 호구가 되었다. 한쪽 귀로 아버지가 짖는 소리를 듣고 한쪽 귀로는 새소리를 들었다. 형과 비교하고, 어린 동아 앞에서 '침대에 오줌이나 싸는 놈'이라고 모욕할 때마다 아버지의 개에게 보복이 돌아갔다. 집에 아무도 없을 때 창고 구석에다 묶어놓고 주둥이를 걷어찼다. 처음엔 한두 번에 그치던 발길질이 점점 정신없는 발길질로 바뀌었다. 어느 날인가는 정신을 차리고 보니 입에 피거품을 물고 죽어 있었다. 동해는 가위로 놈의 혀를 자르고 뒷산 비탈로 끌고 가 파묻었다. 마침내 그가 오줌싸개를 졸업한 날이었다.

아버지는 개를 잃어버렸다고 생각하고 새로운 개를 사들였다. 세상에는 개가 많고도 많았다. 아버지는 돈이 넘치고 넘쳤다. 동해의 복수는 점점 전위적이고 실험적인 방향으로 진화해갔다. 걷어차기, 혀 자르기 같은 아마추어 수준에서 산 채로 매달고 패서 곤죽 만들기, 목젖 부위에 화인 찍기, 나무에 못 박고 화형시키기 같은 프로의 차원으로. 장소도 마당 창고에서 뒷산 비탈로, 백운산 쉼터로 확장돼갔다. 개가 자꾸 사라지자 아버지는 담장 CC카메라를 두 대에서 네 대로 늘렸다. 개 도둑의 소행으로 여기는 눈치였다. 어쩌면 애써 그렇게 여기려 들었는지도 모른다. 동해에게 개의 행방을 물었던 적이 없는 걸로 보아.

그가 공식적으로 용의 선상에 떠오른 건, '제리'라는 보더콜리를 화형시켰을 때였다. 일을 끝내고 집으로 돌아오다 대문간에서 동아와 딱 마주쳤다. 그는 옷과 손에 피 칠갑을 하고 있었다. 온몸에서 시너 냄새가 났다. 그년은 꼴이 왜 그러느냐, 묻지 않았다. 아버지가 퇴근하기를 기다렸다가 일러바쳤다. 물증이 없었으므로 그 일은 '걸리면 군대에 보내버리겠다'는 경고에서 끝났다. 제대로 걸린 것이 쿠키 사건이었다.

서재형이 쿠키를 끌고 왔던 날, 아버지는 사냥용 공기총을 들고 2층으로 뛰어 올라왔다. 그의 이마에 총구를 들이대고 선택을 강요했다. 자원입대를 하든가, 죽든가. 설마 쏠까, 하는 생각은 공이치기가 젖혀지는 찰나에 싹 사라졌다.

동해는 그날보다 오늘이 더 불길했다. 아버지의 태도가 전에 없이 차분한 것이 신경에 거슬렸다. 엄마가 없다는 것도 마음에 걸렸다.

"이게 뭐냐."

아버지는 갈색 봉투를 건넸다. 동해는 눈만 내리떠서 받아 든 봉투를 봤다.

"한 문장으로 요약해서 설명해."

설명할 수 없었다. 내용물을 보자 말문이 막혔다. 머릿속으로 진만의 목소리가 스쳐 갔다. "네 아버지는 왜 자꾸 나를 부르는데. 네놈이 한 짓을 갖고 왜 날 족치느냐고, 짜증나게." 부른 이유를 알 것도 같았다. 김윤주가 다녀간 것이다. 목적이 뭔지는 모르겠지만.

"이게 다 뭔데요?"

"몰라?"

아버지는 책상에서 일어났다. 바지 주머니에 손을 쑤셔 넣고 어깨를 펴면서 동해와 마주 섰다. 그는 자신의 머리 위에서 불길하게 깜박이는 아버지의 한쪽 눈을 올려다보며 대답했다.

"네."

"모른단 말이지?"

"네."

평소라면, 귀뺨이 날아올 시점이었다. 아버지는 여전히 주머니에 손을 꽂고 있었다. 눈빛은 차갑고 무겁게 가라앉아 있었다. 동해는 다가올 사태에 대비해 어금니를 꽉 물었다.

"모르는데 김윤주라는 여기자가 이걸 들고 내 진료실로 쳐들어왔단 말이지? 너는 모르는 일인데 내 서재에 있어야 할 진료비 청구서가 기자 손에 들어가 있었단 말이지."

동해는 상황을 납득할 수가 없었다. 김윤주가 왜 아버지를 찾아왔으며, 왜 고자질을 감행했는지. 하려면 그 즉시 했어야 맞지 않나. 제 손으로 기사를 쓴 지 열흘이나 지난 시점이 아니라. 동해로서는 그 기사가 양에 차지 않았다. 위험을 무릅쓰고 명백한 자료를 줬는데도 입장이 분명한 기사를 쓰지 않았다. 본인이야 시종일관 모호한 논조를 취함으로써 신중하고 노련하게 의문을 제기했다고 자평하고 있을 테지만. 그 바람에 서재형은 무너지지 않았다. 적어도 동해가 바랐던 수준으로는.

"쿠키한테 신경 끄라고 말했을 텐데."

아버지가 말했다. 동해는 어금니로 입술 안쪽을 잘근잘근 내씹었다. 그럴 수가 있나요. 같잖은 수의사 놈이 방송에 나와서 이슬만 먹고 사는 흉내를 내는데. 갈취한 남의 개를 이용해서 스타가 되고 눈먼 돈을 끌어모으는데 그 꼴을 어찌 눈뜨고 보나고요. 인생을 그렇게 쉽게 살아서는 안 되는 거 아닌가요? 나는 그놈 때문에 군대 가서 혀 빠지게 뺑이를 쳤는데.

"군대에서 쫓겨났을 때 내가 한 말 기억하고 있겠지."

아버지의 목소리는 담담했다. 동해는 피가 식는 걸 느꼈다. 제리의 사건 때 군대를 들먹이고, 쿠키 사건 때 군대에 보냈으며, 군대에서 돌아왔을 때…….

정신병원을 들먹였다.

"핸드폰, 지갑, 이리 내."

동해는 그렇게 했다.

"티셔츠, 속옷, 양말만 트렁크에 챙겨라. 다른 건 넣어 봐야 압수당할 테니까."

아버지는 지갑과 휴대전화를 받아 바지 주머니에 담으며 말을 이었다.

"널 입대시킬 때만 해도 나는 희망을 갖고 있었다. 바로 네 인생을 위해서 그랬고. 지금은 아니야. 나는 너에 대한 희망을 버렸다. 이젠 내 가족을 지키기 위해서 이러는 거다. 너는 우리를 망칠 놈이야."

동해는 턱을 들고 아버지를 노려봤다. 우리라고…….

"네 엄마 도움 받을 생각 하지 마라. 동범이 자취집 옮기는 거 도와주러 동아 데리고 서울 갔으니 내일 오후에나 돌아올 거다. 지금 이 집엔 너하고 나 둘뿐이야."

정신병원이라니. 정말로? 그는 어스름한 가로등 빛이 비치는 창밖을 건너다 봤다. 마당으로는 도망칠 수 없을 것이다. 몇 발 떼기도 전에 개새끼가 덤벼들 테니.

"빨리 챙겨. 곧 차가 올 테니까."

아버지가 재촉을 해왔다. 동해는 "네." 하며 장롱 위에서 트렁크를 내리고, 몸을 빙글 돌리면서 트렁크를 휘둘러 아버지의 얼굴을 후려갈겼다. 천하의 박남철도 이 일격은 예상 못 한 모양이었다. 무방비 상태로 얼굴을 얻어맞고 책상에 허리를 부딪친 뒤 방바닥으로 나가떨어졌다. 동해는 방에서 튀어 나가 계단으로 몸을 날렸다. "박동해." 부르는 소리가 들려왔지만 돌아보지 않았다. 난간을 타고 미끄러져서 부엌으로 뛰어들었다. 뒷문을 열자 나직한 담장이 눈앞에 나타났다. 담 아래로 차고가 있었다. 차고 앞엔 럭키가 있었고. 바닥까지 높이는 3미터 가까이 됐지만 망설임 없이 몸을 날렸다. 땅에 착지하는 순간, 구급차 한 대가 소리 없이 대문 앞에 섰다. 차체의 스티커 활자가 시퍼런 칼처럼 날아와 눈에 박혔다.

백운정신요양병원

그는 럭키에 올라탔다. 전속력으로 골목을 빠져나갔다.

수진 1

"노 선생, 나 좀 보자."

책임간호사 김유미가 크래시 카트(응급처치 도구를 담은 수레) 앞에 서서 수진을 불렀다. 수진은 자리에서 일어나려다 엉거주춤 주저앉았다. 업무 인계가 막 끝난 참이었다. 저녁 근무자들은 모두 탈의실로 들어갔다. 밤 근무자인 유은지와 응급구조사 이현호는 각자 일을 하러 스테이션을 나갔다. 김유미와 함께 저녁 근무를 했던 진경은 수진의 어깨를 툭 건드리며 "노수진." 하고 지나갔다. "왜?" 하며 돌아봤으나 진경은 답하지 않았다. 선머슴처럼 짧게 자른 뒷머리를 손가락으로 훑으며 탈의실로 가고 있었다. 딴청을 피우는 모양새였다. 수진은 머쓱하면서도 헷갈렸다. 탈의실로 따라오라는 뜻인지, 별 의미 없는 작별 인사인지.

"고 선생 입원했단 이야기 들었지?"

김유미가 보릭 스펀지(붕산 희석 액에 적신 솜) 한 움큼을 쥐고 와 옆자리에 앉으며 물었다. 수진은 진경 쪽을 다시 곁눈질했다. 그새에 탈의실 안으로 들어가 문을 닫고 있었다.

"네."

저녁나절 응급구조사 박 선생, 응급실 간호사 김아란과 나란히 5병동에 입원했다고, 진경에게 들었다. 증세가 비슷하다고 했다. 결막 출혈, 고열, 두통, 근육통, 인후통. 병명이 명확하지 않은 점도 비슷했다. 아마도 검사 결과가 나와봐야 알 수 있을 터였다.

"곽도진 선생이 오늘 응급실 커버할 거야."

수진은 심란한 목소리로 "네." 했다. 응급의학과 스텝인 고 선생이 없다면 밤새 어떤 일이 벌어질지 불을 보듯 뻔했다. 파견 레지던트인 곽도진은 약 처방 하나 내는 데 매뉴얼을 10분씩 뒤지는 인간이었다. 게다가 김아란의 입원으로 밤번 간호사는 자신과 유은지 둘뿐이었다. 환자가 많지 않기만을 바라야 할 상황이었다.

"참, 자기 내일부터 투 오프(이틀 연속 비번)더라."

김유미는 보릭 스펀지 하나를 검지와 중지 사이에 끼고 본론을 꺼냈다.

"내일 무슨 일 있어?"

내일은 아니지만 모레 일이 있었다. 아버지와 함께 11공수여단에 복무 중인 쌍둥이 동생 현진을 면회하러 갈 계획이었다. 아버지가 설 연휴 전에 다녀오고 싶어 했다. 요사이 꿈자리가 영 뒤숭숭하다는 이유로. 가기 전에 할 일이 있었다. 녀석이 좋아하는 갈비도 찌고, 김밥도 싸고, 가져갈 책도 몇 권 사고……. 그러려면 마트에 가야 했다. 잠도 자둬야 하고. 수진은 대답했다.

"네."

김유미는 건성으로 "아아." 했다. 네 사생활 따위 관심 없다와 같은 말이었다. 수진은 불안했다. 응급실 서열 2위인 김유미가 4년 차 똥개인 자신에게 할 말이라야 딱 두 종류뿐이었다. 야단을 치거나, 부탁을 가장한 협박을 하거나.

"실은 내가 오늘 근무를 못 할 상황이었거든."

김유미는 안경을 벗고 들고 있던 보릭 스펀지로 눈자위를 빙 둘러 닦았다. 근무를 하지 못할 뻔했던 이유가 여기 있으니 봐달라는 뜻이었다. 수진은 마지못해 거기를 봤다가 흠칫해서 시선을 비켰다. 흰자위가 핏빛이었다. 아니, 안구 자체가 푹 퍼낸 선지 덩어리 같았다. 눈꺼풀과 눈두덩까지 자줏빛이었고 눈자위엔 고름 덩어리 같은 점액질이 들러붙어 있었다.

"아까 몇 시간 전부터 이래. 김아란한테 옮았는지, 어쨌는지."

김유미가 다시 안경을 쓰며 말했다. 수진은 잠자코 있었다. 김아란의 눈을 보지 않아 대답할 말이 없었다. 그녀가 떠올린 건 다른 사람의 눈이었다. 지난 금요일 저녁, 119구급대원이 후송한 환자. 백 밸브 마스크를 달고 온 그 중년 남자는 이미 심장이 멎은 상태였다. 119대원의 말에 의하면 후송 도중에 멎었고 자동 제세동기(부정맥으로 멈춘 심장에 순간적으로 고압 전류를 통하게 함으로써 정상적인 맥박으로 회복시키는 기계)를 적용할 케이스가 아니었다. 고 선생과 응급구조사 박 선생이 덤벼들어 심폐소생술을 했지만 심장은 끝내 다시 뛰지 않았다. 차트에 DOA(도착 시 이미 사망)로 기록된 그 남자의 눈이 김유미의 눈과 똑같았다. 동공반사를 확인하면서 섬뜩했던 기분이 아직까지 생생했다.

"톡톡 쏘고 화끈거리는데 아주 돌겠다야. 말벌이 쏘는 거 같다니까. 시야도 안개 낀 것처럼 부옇고. 내일 안과 진료도 받아볼 겸 하루 쉬어야 할 것 같아. 유행성인 것 같은데 너네들이나 환자한테 옮기면 곤란하잖아."

김유미는 수진의 대학 선배이자 12년 차 베테랑 간호사였다. 근무 일정도 당연히 수진과 급이 달랐다. 수진이 한 달에 아홉 개 이상 밤 근무를 소화하는 반면 김유미는 많아야 하나였다. 그마저도 여차하면 '누군가'에게 떠넘겼다. 밤 근무를 앞두고 늘 피치 못할 사정이 생기는 탓이었다. 아이가 아파서, 제사가 있는데, 결혼기념일이라……. 김유미가 가장 좋아하는 '누군가'는 수진이었다.

"그래서 얘긴데 자기가 내일 하루만 더 근무해라. 스케줄 보니까 이 달 말에 쓰리 나이트(3일 연속 밤 근무) 있던데 그때 내가 하나 해줄게. 괜찮지?"

수진은 무릎에 놓인 자신의 손을 내려다봤다. 모레 아침, 담양으로 가는 자신의 몰골이 눈에 보이는 것 같았다. 눈 밑이 시커멓게 꺼져서 휘청휘청 아버지 트럭에 타겠지. 가는 내내 침까지 흘리면서 잘 테고. 기껏 차려입은 옷이 구겨지든 말든.

"저번에 수간호사 선생님이 우리끼리 스케줄 바꾸지 말라고 하시던데."

실제로 하고 싶은 말은 이거였다. 이봐, 넘버 투. 내 비번 빌려 쓰고 갚지 않은 게 네 개야. 그건 언제 해결할 거야?

"헤드한텐 내가 아까 전화했어. 자기만 좋다고 하면 알아서 하라던데."

수진은 비로소 진경이 왜 '노수진' 하고 들어갔는지 알아차렸다. 진경은 그녀를 노수진이 아니라 '네수진'이라고 불렀다. 난치성 '네질환' 환자라는 뜻이었다. 상대가 누구든, 요구나 부탁이 무엇이든 자동으로 네, 라고 답하는 병, 후유증으로 후회와 자학과 뒤끝이 길이길이 남는 병이었다. 진경은 김유미와 수간호사의 통화 내용을 알고 있었으리라. "노수진."은 호명이 아니라 암호였다. 넘버 투가 두말 꺼내지 못하도록 똑 부러지게 "노." 하라고. 착한 척하느라, 혹은 후환이 두렵거나 관계가 껄끄러워질까 봐, "네." 하지 말고. 우회해서 거절하려 들다간 부탁의 주객이 전도되고 대화 수준이 구차해지기 십상이었다. 최악은 생색내면서 "네." 할 기회마저 놓치는 것이고. 바로 지금이 그런 경우였다. 응급실 밖에서 구급차 사이렌이 울리자 김유미는 기다렸다는 듯 자리를 털었다.

"뭐 해. 얼른 가서 환자 받아."

응급구조사가 이동 침대를 밀고 들어오는 119구급대원을 2번 병상으로 인도했다. 수진은 부글부글 속을 끓이면서 환자를 맞으러 갔다. 이름을 물어볼 것도 없었다. 119구급대원이 싣고 온 환자는 적게는 사나흘에 한 번, 많으면 하루 서너 번까지도 마주치는 또 다른 구급대원이었다.

"강혜영 씨."

수진이 부르자 강혜영은 감고 있던 눈을 떴다. 김유미의 눈과 똑같은 눈이 시선을 마주쳐 왔다. 다만 김유미의 두 배쯤 될 법한 눈 크기 때문에 빨간색이 주는 강렬함도 두 배나 더 컸다. 코와 입은 사라지고 얼굴에 핏빛 구멍 두 개만 뚫려 있는 것처럼 보였다. 강혜영은 부들부들 몸을 떨며 두통과 호흡곤란을 호소했다. 바이탈 사인(활력징후)도 좋지 않았다. 혈압 70/45mmHg, 맥박 58, 체온 39도 8부. 호흡은 불규칙하고 빨랐다. 혼미 상태로 가는 것처럼 눈빛이 몽롱했다.

수진은 강혜영의 코에 산소 튜브를 꽂고 심전도 모니터를 연결하려고 상의를 걷어 올렸다. 모니터의 전극을 붙일 자리인 양 쇄골 아래와 왼쪽 하복부에 출혈성 반점이 나타나 있었다. 어슬렁대며 다가온 인턴이 반점과 심전도 모니터를 번갈아가며 쳐다봤다. 맥박 산소 계측기에 나타난 산소 포화도는 56퍼센트였다. 곽도진이 호출됐다. 처치와 루틴 검사가 시작됐다. 혈액과 혈청검사, 소변검사, ABGA(동맥혈 가스 분석 검사), 객담(가래)검사, 흉부 엑스레이 촬영……. ABGA상 산소 수치는 떨어지고 이산화탄소 수치는 상승해 있었다. PH는 7.0으로 산혈증이 중증 수위에 달해 있었다. 간과 신장 기능도 좋지 않았다. 소변은 거의 핏빛이었다. 객담에서도 피거품이 섞여 나왔다. 곽도진에 의하면, 흉부 엑스레이 필름에서는 출혈로 인한 미만성 폐침윤 양상이 보였다. 거의 온몸이 피를 흘리고 있다고 봐도 무방한 상태였다.

수액, 해열제, 항생제, 진해거담제, 지혈제가 투여되고 흉수 천자가 시행됐다. 수진은 강혜영을 일으켜 앉히고 앞으로 몸을 기대게 했다. 곽도진은 초음파로 확인해가면서 주사기로 폐에 고인 피를 120씨씨가량 뽑아냈다. 얼마 후, 강혜영은 'ARDS(급성 호흡곤란 증후군)'란 진단명을 달고 중환자실로 올라갔다. 수진은 다시금 금요일 오후의 'DOA 환자'를 떠올렸다. 그 남자를 후송한 구급대원이 강혜영이었다.

김유미, 강혜영, DOA 환자. 모양과 크기가 다른 핏빛 눈 세 쌍이 머릿속에서 교차했다가 일시에 사라졌다. 응급실 밖에서 구급차 사이렌이 울고 있었다. 곧 얼굴에 화상을 입은 남자가 이동 침대에 실려 들어왔다. 펄쩍펄쩍 뛰며 비명을 지르는 남자에게 응급처치를 하고 화상 센터가 있는 동아병원으로 이송하자마자 열 경련을 일으킨 사내아이가 들어오고, 바람피운 남편에게 겁을 주려고 제초제를 마신 여자가 실려 오고, 뒤를 이어 강도에게 배를 찔린 남자와 교통사고로 머리를 다친 여자가 동시에 들이닥쳤다. 두 피투성이 남녀에게 수술 전 처치를 해서 수술실로 올리고 나니 새벽 5시 50분이었다.

수진은 간호사실 의자에 엉덩이 끝을 걸치고 앉았다. 6시간 동안 체조선수처럼 날뛰고 났더니 머리가 다 어찔어찔했다.

"숨이나 좀 쉬세요."

하얀 손이 책상에 커피 잔을 내려놓았다. 2년 차 하룻강아지인 응급실 No. 11, 유은지였다.

"오늘 무슨 날 잡은 것 같아요. 아주 숨넘어가는 줄 알았어요."

"그러게."

수진은 서랍 속에 넣어둔 휴대전화를 꺼냈다. 현진에게서 문자가 와 있었다.

바지 입고 와. 또 천 쪼가리 걸치고 오지 말고.

배시시 웃음이 났다. 그게 언제 일인데 아직도 들먹이는지.

무려 3년 전 어느 봄날의 일이었다. 수진은 면회를 요구하는 현진의 연락을 받았다.

"네가 한번 와. 애인 면회 오는 것처럼 좀 꾸미고."

학사장교로 임관한 현진이 11공수여단에 자대 배치를 받은 지 1년이 돼갈 무렵이었다. 간암이었던 어머니가 마지막을 향해 가던 시절이기도 했다. 그 때문에 아버지도 수진도 면회 한 번 가지 못했다. 면회는커녕 임관하던 날 배웅조차 하지 못했다. 하필 그 무렵, 어머니가 간성혼수에 빠져 중환자실로 내려갔다. 녀석은 그날 가방 하나 들고 중환자실에 들러 아들을 알아보지도 못하는 어머니에게 작별 인사를 건넸다. "학교 다녀오겠습니다." 할 때와 똑같은 어조로.

"엄마, 아들 군대 간다."

모든 것에 여유가 없었지만 수진은 2박 3일 휴가를 냈다. 녀석의 요구대로 면회 가는 애인처럼 옷을 입었다. 검은 미니 원피스에 맨다리, 하이힐. 늘 묶거나 올리고 있던 머리를 풀어 늘어뜨리고 거울 앞에 서자 자신감이 붙었다. 내가 안 해서 그렇지, 했다 하면 바로 배우라고.

전라도 담양까지는 4시간이 넘게 걸렸다. 시내에서 택시를 타고 들어가 부대 앞에서 내린 게 오후 4시경이었다. 키가 크고 얼굴이 새카만 군인이 그녀 앞에 나타나 "왔어?" 했을 땐 해가 지고 있었다. 수진은 한동안 입을 열지 못했다. 첫 휴가를 다녀갈 때도 그렇게 생경하더니. 녀석은 완전히 남자가 돼 있었다. 다 자란 후에도 억지로 찾아내곤 하던 소년의 흔적마저 전혀 남아 있지 않았다. 반대로 현진은 한동안 입을 닫지 못했다. 수진을 위아래로 훑어보며 붕어처럼 입을 뻐끔거리다 간신히 한마디 내뱉었다.

"너 지금 이걸 옷이라고 입은 거야?"

"애인처럼 입고 오라며."

"예쁘게 하고 오랬지, 빤스 보이게 입고 오란 말은 안 했어."

진짜 연인처럼, 현진은 수진의 어깨에 팔을 감았다. 외박 허가도 받았겠다, 오늘 밤 어디서 뭘 할 것인지 궁리를 해가며 부대를 빠져나왔다. 읍내 쪽으로 100여 미터나 걸었을까. 군용 트럭 한 대가 쏜살같이 달려오더니 수진 앞에 섰다. 앞자리에 탄 군인이 광주로 가시는 길이면 태워 드리겠다고 했다. 뒤 칸에 사병들이 가득 타고 있었다. 내심 고마웠다. 익숙지 않은 하이힐 때문에 종아리와 발꿈치가 아파 한 발짝도 더 걷기가 힘들었다.

뒤 칸에 올라타자 사병들이 현진에게 경례를 붙였다. 수진에겐 앞다퉈 자리를 양보해왔다. 수진은 좁고 낮은 벤치에 앉고 나서야 아차, 했다. 몸에 딱 붙는 미니 원피스 차림으로 앉을 자리가 아니었다. 그렇다고 서서 갈 용기도 나지 않았다. 손잡이도 없는 트럭 뒤 칸에 서서 버티기엔 구두굽이 너무 뾰족하고 높았다. 더하여 운전병은 '신의 핸들링'을 보여주었다. 트럭은 분명 쭉 뻗은 가로수 길을 달리는데, 차체는 비포장 굽잇길을 시속 300킬로미터 속도로 질주하는 것처럼 요동쳤다. 그녀의 다리는 잔칫집 대문처럼 벌어졌다. 손으로 무릎을 잡으면 몸이 옆으로 쓰러졌다. 수많은 시선들은, 사양하는 법도 없이 그녀의 무릎 사이로 내리꽂혔다. 보다 못한 현진이 의자에서 내려와 수진 앞에 정좌하고 앉았다. 양손으로 무릎을 짚고 허리를 쭉 편 자세로 버티면서, 때론 엉덩이가 툭툭 튀어 오르는 고통을 견디면서, 수진의 '무릎 사이'를 사수하려고 안간힘을 썼다. 그러던 어느 순간, 트럭이 급커브를 돌았다. 녀석의 몸은 한쪽으로 기우뚱 기울어지다가 급기야 나뒹굴듯 무너져버렸다. 수진은 놀라 손을 뻗었다.

"현진아, 괜찮아?"

녀석은 잽싸게 몸을 일으키고 앉더니 사나운 눈길로 수진을 노려봤다.

"다음에 또 이딴 거 입고 오면 죽을 줄 알아."

그날 현진이 수진을 데리고 간 곳은 식당도, 커피집도 아니었다. 광주 댐 방죽이었다. 인적 없는 잔디밭에 이마를 맞대고 앉아 소주로 병나발을 불어가며 장장 12시간에 걸친 마라톤 입씨름을 벌였다. 둘 다 어머니에 대한 얘기는 한마디도 하지 않았다. 둘에게 어머니는 술에 기대서라도, 말다툼을 해서라도, 잠깐이나마 잊고 싶은 현실이었다.

자꾸 까불면 비키니 입고 가버린다.

수진은 답 문자를 찍다가 황급히 휴대전화를 껐다. 사이렌과 함께 새 환자가 들어오고 있었다. 60대 남자였고 백 밸브 마스크를 단 채 119구급대원에게 후송돼 왔다. 맥박이 38개밖에 되지 않았다. 미약하고 불규칙해서 거의 잡히지 않을 지경이었다. 당연히 혈압도 잡히지 않았다. 호흡도, 의식도 없었다. DOA 환자와 경우가 흡사했다. 핏빛 눈까지도. 지금까지 본 빨간 눈 중에서 부종이 가장 심했다. 안구가 눈꺼풀 밖으로 튀어나올 것처럼 팽창돼 있었다. 피부 상태 역시 그랬다. 핏방울이 땀구멍마다 수증기 입자처럼 돋았다. 인턴은 동공반사를 확인했다. 수진은 심전도 모니터를 연결하며 구급대원에게 물었다.

"보호자는 안 계세요?"

"가족이라고는 시각장애가 있는 여덟 살짜리 손녀 하나뿐이에요."

호출을 받고 나온 곽도진은 인턴에게 물었다.

"퓨필(동공) 어때?"

"풀 딜러테이션(완전히 열린 상태) 됐습니다."

곽도진은 인투베이션(기관 내 삽관술) 키트를 펼치면서 평소보다 빠른 오더를 내렸다.

"NS(생리식염수) 하나 달고, 에피 하나 3분 간격으로 슈팅. 프리 옥시게네이션(기관 내 삽관을 위한 전 산소화) 시작."

수진은 수액을 꽂고 에피네프린을 정맥으로 주사했다. 인턴은 노인의 목을 뒤로 젖히고 백 밸브 마스크를 누르며 수를 셌다.

"……넷, 다섯."

노인의 머리 위쪽에 서 있던 곽도진은 후두경을 목으로 밀어 넣고 기관지 튜브를 삽입했다. 그런 다음 청진으로 튜브 위치를 확인하고 주사기로 공기를 밀어넣어 튜브를 고정시켰다. 수진은 세 번째 에피네프린을 투여했다. 그때 노인의 심장 리듬에 변화가 왔다. 심전도 모니터의 흰 그래프가 어린애가 서툰 낙서를 하는 것처럼 난잡한 지그재그를 그리고 있었다. 심폐 소생술이 시작됐다. 곽도진은 제세동기를 작동시켰다. 수진은 패들에 윤활제를 부었다.

"200줄 차지."

슛, 버튼을 누르자 노인의 깡마른 상체가 쿵 소리를 내며 들썩였다. 모니터는 여전히 낙서 같은 곡선을 그렸다. 인턴은 흉부 압박을 시작했다. 순간, 노인의 목에서 핏물이 울컥, 솟구쳤다. 곽도진과 인턴은 서로 눈을 마주쳤다. 수진은 흡인기로 핏물을 빨아냈다. 2분 후에도 별다른 변화가 없었다. 맥박은 잡히지 않고 심장 리듬만 있었다.

"한 번 더."

연이은 전기 충격에도 상황은 점점 나빠졌다. 심전도 모니터의 흰 선은 무수축을 나타내는 수평선을 그리며 드러누워 버렸다. 곽도진은 사망 선언을 했다. 응급실에 들어온 지 32분 만이었다.

수진은 사후 절차를 밟았다. 원무과에 연락하고, 노인을 영안실로 내려보내고, 차트를 정리했다. 119구급대 인계 대장에 노인의 신상 기록이 적혀 있었다. 주소지는 동구 백운동 화양맨션, 노인은 그곳 관리인이었다. 혹시, 라는 촉수가 직감을 건드리고 지나갔다. 그녀는 119구급대 인수인계 대장의 1월 24일 부분을 펼쳤다. 역시 그랬다. DOA 환자의 주소지도 화양맨션이었다. 불현듯, 응급실로 뒤늦게 달려왔던 DOA 환자의 부인이 떠올랐다. 남편의 시신 옆에 주저앉아 악을 쓰던 말이 기억 났다.

"내가 뭐라고 했어. 개한테 물렸을 때 바로 병원에 가라고 했잖아."

강혜영과 함께 환자를 후송했던 남자 구급대원의 전언도 생각났다.

"집 안에 죽은 개들이 우글우글했어요. 환자는 화장실에 쓰러져 있었고요. 죽은 개들도 하나같이 눈이 새빨갛던데요."

수진은 잠깐 멍해졌다. 개라니……. 아주 이상한 것과 직면한 느낌이었다. 어제오늘 사이에 입원한 사람이나 죽은 사람 모두 DOA 환자와 관련이 있었다. 그 남자를 후송한 119구급대원, 담당 의사였던 고 선생, 응급구조사 박 선생, 김아란 간호사, 그 남자가 사는 아파트 관리인 노인. 당시 근무자 중 멀쩡한 사람은 수진과 유은지 두 사람이었다. 그렇다면 근무가 아니었던 김유미는 어떻게 된 걸까.

수진은 의자에서 벌떡 일어났다. 응급실 문이 열리면서 한 남자가 119대원의 부축을 받으며 안으로 들어서고 있었다. 스테이션에서 문까지는 거리가 꽤 있었지만 그녀는 분명하게 볼 수 있었다. 야구장 전광판처럼 불이 켜진 한 쌍의 빨간 눈을.

2장

은밀하게, 빠르게

링고 2

산막은 고요했다. 링고는 물고 있던 스타의 목을 내려놓고 마당을 살폈다. 낯선 냄새도, 수상한 기척도 느껴지지 않았다. 산막은 그가 나갈 때 그대로 비탈 안쪽에 은밀하게 놓여 있었다. 그는 다시 스타의 목을 잇새에 물었다. 조심스레, 한 발짝씩 산막으로 끌고 들어가 담요 위에 내려놓았다. 스타는 여전히 눈을 뜨지 않았다. 좀 전보다 숨결이 더 거칠었다. 턱과 다리를 경련하듯 떨었다. 곧고 긴 털은 눈에 젖은 데다 얼음이 엉겨 붙어 있었다.

링고는 스타 옆에 엉덩이를 내리고 앉았다. 파르르 떨리는 눈두덩을 혀로 핥았다. 얼어 뺏뺏해진 귀와 뱃가죽, 살얼음이 낀 발바닥을 핥았다. 자신의 온기가 전해지도록 구석구석, 정성스럽게. 할 수 있는 일이 그것뿐이었다.

산막에서 첫 밤을 보낸 다음 날, 링고는 날이 저문 후에야 스타를 찾아갈 수 있었다. 아침나절부터 마취 총을 든 제복 남자들이 들이닥친 탓이었다. 그들은 눈 덮인 비탈을 살피고 나무 사이를 뒤지면서 산막 쪽으로 서서히 다가왔다. 본래 산막에 살던 개 세 마리는 밤사이에 어디론가 가버리고 없었다. 링고는 산막 뒤편 숲으로 올라가 부러지고 뒤엉킨 채 드러누운 나무둥치들 밑에 숨었다. 덩굴의 마른 줄기가 지붕처럼 얽히고 그 위로 눈이 두껍게 덮여 있어 은신처로 딱 좋았다. 다행히도 남자들은 링고가 있는 숲으로는 올라오지 않았다. 발소리들은 북쪽으로 멀어졌다. 곧 완전히 들리지 않게 되었다. 링고는 한나절 내내 그곳에 엎드려 있었다. 멀리 산등성이 등산로에서 들려오는 사람들의 기척과 목소리에 귀를 기울이며 시간을 견뎠다. 제복 남자들이 되돌아올지도 모른다는 불안감이 납죽 엎드려 있게 만들었다. 어둠이 내리고 인적이 끊기자 비로소 움직일 마음이 났다.

길을 찾는 수고는 하지 않아도 좋았다. 산봉우리 두 개와 쉼터, 높은 철망 담장이 있는 그곳까지 하나의 길로 연결돼 있었다. 담장 문은 여전히 닫혀 있었고 담장 안, 저 아래쪽에선 개 짖는 소리가 들려오고 있었다. 그는 담장 문이 정면에 보이는 나무 뒤에 자리를 잡았다. 스타가 자신의 부름을 알아차려 주길 바라며 나직한 하울링을 시작했다.

그리 긴 시간이 걸리지 않았다. 두 번째 하울링을 끝냈을 때 스타가 키 큰 나무들 뒤에서 모습을 드러냈다. 꼬리를 등 위로 감아올리고 눈길을 헤치며 다가와 담장 몇 발짝 거리를 두고 멈췄다. 나 불렀니, 묻는 것처럼 귀를 쫑긋 세웠다. 동공을 활짝 열어 그가 있는 곳을 응시했다. 링고는 나무 뒤에서 나갔다. 스타 곁으로 다가가 몸 냄새를 맡고 싶었지만 가로막은 담이 너무 높았다. 철망 틈새로 코를 내밀어 봤으나 등 뒤에서 불어온 바람이 떠도는 냄새마저 쓸어 어딘가로 날려 보냈다. 숲 아래에서는 딸랑딸랑 종소리가 들려오고 있었다. 스타의 대장이 부르는 소리 같았다.

스타는 종소리 쪽을 돌아봤다. 고민하는 기색이었으나 이내 몸을 돌리고 담장을 따라 달려갔다. 링고는 뒤따라 달려가 담장 끝에서 스타와 얼굴을 맞대고 섰다. 이번에는 스타가 철망 사이로 코를 내밀었다. 링고는 혀를 내밀어 촉촉하게 젖은 그녀의 코와 입 주변을 핥았다. 강아지 시절 말고는 해본 적이 없는 아첨이요, 아양이었다. 스타, 나랑 놀자.

스타는 몸을 돌려 담장 문 쪽으로 뛰었다. 따라와, 하듯 꼬리를 빠르게 흔들면서. 링고는 헐레벌떡 쫓아갔다. 질리지도, 지치지도 않았다. 스타와 나란히 달리는 일, 철망 새로 코를 내밀어 스타의 냄새를 맡는 일, 얼굴을 맞대고 엎드려 스타의 눈을 들여다보는 일, 그 어느 것도. 새벽녘, 스타의 대장이 "스타." 하고 부르며 나타날 때까지 돌아갈 마음도 나지 않았다. 어젯밤에도 그럴 수 있기를 기대하고 산막을 나섰다. 그런 장소에서, 그런 식으로 스타와 마주치게 될 줄은 꿈밖에도 몰랐다.

링고에게 쉼터는 스타에게 가는 길목의 표지물 이상도 이하도 아니었다. 길가에 박힌 바위나 독특한 향을 피우는 나무, 밤이면 북쪽 하늘에서 빛나는 별처럼. 그곳에서 스타의 냄새가 흘러나오기 전까지는 안으로 들어가 본 적도 없었다.

스타는 고깃덩어리처럼 철봉에 매달려 있었다. 자신을 향해 살랑거리던 달빛 꼬리는 패잔병의 꼬리처럼 엉덩이 밑으로 늘어져 있었다. 충격과 분노와 모욕감이 한꺼번에 그를 덮쳤다. 생각보다 다리가 먼저 움직였다. 철봉 뒤에서 스타를 매달고 있던 남자는 저 알아서 벼랑으로 날아갔다. 스타 앞에 서 있던 다른 남자는 쉼터 밖으로 도망쳤다. 마음의 목소리가 제동을 걸어오지 않았다면, '스타가 더 급해'라고 말하지 않았다면 남자를 쫓아가 목을 뜯어났을 터였다. 링고는 스타에게 다가갔다. 남자의 냄새는 기억의 1순위에 올려두었다.

스타는 머리를 뒤로 꺾고 다리를 길게 뻗은 채 철봉 밑에 널브러져 있었다. 챔프투견장 주인이 시합에서 이길 때마다 던져주던 생닭처럼. 다른 게 있다면 먹고 싶은 마음이 터럭만큼도 일지 않는다는 점이었다. 적어도 이빨로 씹어 꿀꺽 삼키는 방식으로는.

링고는 주둥이 끝으로 스타의 입을 건드려보았다. 반응이 없었다. 감긴 눈을 핥아보기도 하고 귀와 목덜미를 깨물어보기도 했다. 처음엔 조심스럽게, 다음엔 아프겠다 싶을 정도로. 움찔하는 기미조차 없었다. 스타의 몸은 강고한 침묵 속에 놓여 있었다. 올가미 탓은 아닌 것 같았다. 이빨로 줄을 끊어도 변화가 없었다. 조바심이 링고의 가슴을 조였다. 너무 늦은 게 아닌지, 영영 깨울 수 없는 곳으로 가버린 게 아닌지. 코를 내밀어 스타의 코와 맞대자 숨결에서 기분 나쁜 냄새가 났다. 분명 자신이 알고 있는 냄새였다.

링고는 스타의 몸에 코를 묻고 냄새를 읽어 내려가기 시작했다. 틀림없이 무언가 있을 거라고 생각했다. 저 냄새와 관련된 무언가가. 나무 냄새, 눈 냄새, 땅속에서 파냈을 법한 정체 모를 뼈 냄새, 쥐 냄새, 인간 냄새, 감미로운 사타구니 냄새. 링고는 등줄기 한중간에서 탐색을 멈췄다. 가늘고 딱딱한 막대기가 단단하게 박혀 있었다. 그것이 보다 선명한 기억을 불러들였다.

그리 오래전 일도 아니었다. 챔프투견장에서 동물보호소에 끌려가기 직전이었으니. 제복의 남자들이 쏜 마취 총에 맞던 시점부터 정신을 잃기 직전까지의 과정이 링고의 몸 안에서 실제 감각처럼 되살아났다. 등뼈를 찌르고 들어오던 짧고 날카로운 통증, 다리 아래로 둔하게 퍼져 가는 불쾌한 마비 감각, 우격다짐으로 시야를 열고 돌격해 오는 환상들. 링이 솟구치고, 경기장 벽이 휘어지고, 쓰러진 핏불의 몸통이 뱀처럼 길어지고, 제복 남자들의 얼굴이 수백 개로 늘어나고, 링 칸막이 위로 검은 물길이 밀어닥쳤다. 암흑이 그를 깊디깊은 강바닥으로 끌고 내려갔다.

링고의 머릿속에서 두 개의 감정이 뒤엉켰다. 스타를 이 꼴로 만들고 내빼버린 남자에 대한 분노와 어렴풋한 희망. 희망의 힘이 좀 더 셌다. 스타는 죽어가는 게 아니었다. 컴컴한 강바닥에 가라앉아 깊은 잠이 들었을 뿐. 얼마 후면, 긴 하품을 하며 태평하게 눈을 뜨고 강물 위로 떠오를 터였다. 환한 달빛 속에 서서 친근하게 꼬리를 흔들어줄 터였다. 처음 만났을 때 그랬듯이, 담장을 사이에 두고 다시 만났을 때 그랬듯이. 지금 자신이 해야 할 일은 안전하고 따뜻한 곳으로 스타를 데려가는 것이었다. 이 막대기부터 제거한 다음에.

링고는 막대기를 이빨로 물고 고개를 뒤로 젖혔다. 길고 날카로운 바늘이 살가죽을 빠져나왔다. 그 찰나지간에 약 냄새가 코안에 얼얼하게 들어찼다. 그는 눈밭에 막대기를 뱉어버리고 스타의 뒷덜미를 이빨로 물었다. 살을 찢지 않을 만큼 부드럽게, 끌고 가는 힘을 감당할 수 있을 만큼 단단하게. 어디로 가야 할지는 잘 알고 있었다. 가는 걸 아는 것만큼 잘하지 못한다는 게 문제였지.

링고는 두 발짝도 떼기 전에 스타의 등에 뒷발이 걸려 넘어지고 말았다. 다시 두 발짝을 떼고 앞을 보니 나무와 충돌 직전이었다. 쉼터 입구에 도착했을 땐 입안에서 피 맛이 돌았다. 스타의 뒷덜미에선 피가 흘렀다. 자신의 이빨이 입힌 상처였다. 턱의 힘을 조절하지 못해 살을 찢고 만 것이었다. 그는 전진을 멈추고 스타의 상처를 핥았다. 피가 멎자 상처 반대쪽 목을 물었다. 이번엔 무는 힘이 너무 약했던 것 같았다. 몸을 뒤로 당겨 스타를 쉼터 밖으로 끌어 내리는 순간 목덜미가 잇새를 쑥 빠져나갔다. 스타의 몸은 눈 쌓인 등산로로 미끄러졌다. 길은 내리막이었고 오가는 사람들의 발에 다져진 길은 빙판이나 다름없었다. 스타는 등산로를 썰매처럼 미끄러지다 비탈로 굴러떨어지기 직전에 나무 밑동에 걸렸다.

날 선 한기가 링고의 가슴을 베고 갔다. 마음의 목소리가 호되게 나무랐다. 멍청이, 떨어져버렸으면 어쩔 뻔했어. 한 발짝에 집중하란 말이야. 앞으로 한 발짝만.

링고는 다시 스타의 목덜미를 물었다. 한 발짝 떼고 멈춰서 앞을 살피고, 다시 한 발짝을 내딛는 방식으로 나아갔다. 등산로 한중간으로 걸으려고 기를 썼다. 길 양편 비탈로 추락하지 않으려는 안간힘이었으나 그밖의 문제들은 피해 갈 수 없었다. 오르막이나 내리막에서 미끄러지는 바람에 스타를 놓쳐버린 게 한두 번이 아니었다. 눈 덮인 구덩이에 스타와 함께 빠져버리기도 했다. 길을 가로막고 쓰러진 나무를 넘어가다 귓바퀴가 날카로운 가지에 걸려 찢어지기도 했다. 링고는 아픈 줄도, 피가 흐르는 줄도 몰랐다. 알았다 한들 달라질 것도 없었다. 자신의 상처를 쓰다듬을 여유가 없었다. 장애물 하나를 넘고 나면 스타와 코를 맞대고 숨결부터 확인하느라 바빴다.

스타는 변함없이 깊은 강물에 갇혀 있었다. 자신의 바깥에서 일어나는 일에 전혀 반응하지 않았다. 미끄러지든, 부딪히든, 링고가 자신의 얼굴을 핥든 말든. 링고는 낙담하지 않았다. 숨이 차도 걸음을 멈추지 않았다. 얼마나 왔는지 돌아보지 않았고, 무엇 때문에 이토록 절박하게 움직이는지 생각하지 않았다. 마음의 목소리가 이르는 대로 '앞으로 한 발짝'에만 집중했다. 빠개지듯 저리고 아프던 턱은 어느 시점부터 감각이 사라졌다. 다리와 등은 뜨겁게 달아올랐다. 움직임에 요령이 생기면서 속도가 붙었다. 마침내는 끝도 없이 이어질 것 같던 산등성이를 넘었다. 두 번째 봉우리를 넘어 산막이 있는 비탈이 보일 즈음엔 스타의 상태에 변화가 일어났다. 축 늘어졌던 몸에 미세하지만 긴장이 돌아오는 느낌이었다. 이따금 몸을 바르르 떨기도 했다. 링고는 말처럼 힘을 냈다. 산막에

만 도착하면 스타가 눈을 반짝 뜨고 깨어날 것 같았다.

스타는 깨어나지 않았다. 상태가 점점 이상해졌다. 눈동자가 위로 올라가고, 거품을 토하고, 몸이 멋대로 뒤틀렸다. 뼈마디까지 덜걱대며 틀어지는 듯했다. 목 안에선 거친 신음이 끓었다. 그는 핥기를 멈추고 한 발짝 물러났다. 막막한 심정으로 스타가 발작하는 모습을 지켜봤다. 신음을 멎게 해주고 싶고, 몸을 떨지 않도록 해주고 싶고, 눈을 떠서 자신을 바라보게 하고 싶었지만 방법을 몰랐다. 마음의 목소리에 귀를 기울였지만 정작 필요한 순간에, 필요한 조언을 들려주지 않았다. 바람에 걸어차인 산막 문짝만 시끄럽게 덜컹거렸다.

링고는 낯설고 고통스러운 감정에 휩싸여 산막 안을 오락가락했다. 오래전, 레스토랑 사설 동물원에서 늑대 행세를 하며 밥을 얻어먹던 시절처럼 자신에게 화를 내고 스스로 깊은 상처를 입었다. 그때의 분노가 모욕에서 기원한 것이었다면 지금의 분노는 가슴이 터질 것 같은 무력감과 비통함에서 비롯된 것이었다. 스타는 그의 삶 속으로 들어온 첫 존재였다. 스타를 잃고 싶지 않았다.

영원과도 같은 시간이 지나갔다. 스타는 발작을 멈췄으나 죽은 개처럼 몸을 놔버렸다. 링고는 두려움에 휩싸여 스타에게 다가앉았다. 혀를 내밀어 코를 핥았다. 뜨겁고 마른 스타의 숨결이 입안을 어루만졌다. 살아있다는, 틀림없는 증거였다. 살아나고 있다고 믿고 싶었다. 그는 정신없이 스타의 젖은 몸을 핥았다. 강아지처럼 낑낑거리며 스타의 등에 배를 붙이고 누웠다. 거칠게 울리는 스타의 숨소리를 들으며 희망적인 변화를 감지해보려 애썼다. 머리 한구석에선 비명을 지르며 도망치던 남자가 자꾸 아른거렸다.

어느 쪽이었을까. 부드럽게 꿈틀대는 몸이었을까, 파랗게 내려앉은 새벽빛이었을까, 둘 다였을까. 링고는 무언가에 놀라 퍼뜩 눈을 떴고 스타의 눈과 마주쳤다. 스타는 고개를 뒤로 돌려 그를 바라보고 있었다. 친밀하고 편안한 시선이었다. 안녕, 링고, 하듯이. 링고는 스타와 코를 맞대고 입술을 핥았다. 코는 촉촉하게 젖어 있었고 숨결에선 더 이상 위험한 냄새가 나지 않았다. 산막 창문에는 희뿌연 덩어리들이 탁탁, 소리를 내며 들러붙고 있었다. 다시 눈이 내리는 모양이었다. 이것은 꿈이 아니었다.

링고는 몸을 일으켰다. 스타는 따라 일어나려다 맥없이 고개를 떨어뜨렸다. 몸이 마음대로 움직여지지 않는 눈치였다. 어쩌면 배가 고파서 그런지도 몰랐다. 기억을 돌이켜 보자 그렇다는 확신이 들었다. 동물보호소에서 눈을 떴을 때, 자신도 어지럽고 허기져서 목도 제대로 가누기 어려웠다. 보호소 의사가 밥을 주기 전까지 해결할 수 없었던 문제였다. 지금은 그 일을 자신이 해야 할 것 같았다. 할 수 있는 일이었다. 어제 새벽 스타와 헤어진 후, 허기를 해결하려고 떠돌다 도착한 그곳에 간다면.

링고는 산막 문 앞에서 걸음을 멈췄다. 멀리에서 개 소리가 들려오고 있었다. 짖는다기보다는 끙끙 앓는 소리에 가까웠다. 사라진 세 패잔병의 소리이리라고 짐작했다. 그들은 사라진 이후 한 번도 산막에 나타나지 않았다. 저렇듯 바람이 이곳까지 소리를 싣고 와 떨어뜨려놓고 갈 뿐. 링고는 뒤를 돌아봤다. 스타가 어리둥절한 눈으로 그를 바라보고 있었다. 어딜 가느냐고 묻는 듯했다. 그는 머리를 후르르 흔들어 피어오르는 불안을 털어버렸다. 재빨리 다녀오면 될 일이었다. 그새에 놈들이 나타나 스타를 건드리지 않겠지. 제아무리 멍청한 개라 해도 목과 주둥이를 찢어놓은 엄니의 기억만큼은 잊지 않는 법이니까.

링고는 쏟아지는 함박눈 속으로 몸을 날렸다. 쉬지 않고 내달렸다. 길이 멀었다. 스타의 집을 기준으로, 산막과는 반대 방향에 산막만큼 떨어진 거리에 있는 산동네였다. 긴 골짜기를 따라 크고 작은 집들이 흩어져 있는 작은 동네였다. 한 집 건너 한 집씩 닭장과 닭이 있는 바람직한 동네였다. 유일하게 마음에 들지 않는 건 닭이 있는 집마다 닭을 지키는 개도 있다는 점이었다.

하늘이 환해질 무렵, 링고는 쉼터 굽잇길에 다다랐다. 잠깐 걸음을 멈추고 나무 뒤로 숨었다. 쉼터 입구에 노란 줄이 둘러쳐져 있었다. 쉼터 앞으로 난 등산로에서는 경찰 하나가 오락가락했다. 쉼터 안 철봉 부근에도 경찰들이 모여 있었다. 굽잇길 아래 병원 정문에는 경찰차들이 서 있었다. 그는 굽잇길을 뛰어넘어 쉼터를 에워싼 전나무 숲으로 들어갔다. 경찰을 피해 이 길을 지나려면 숲을 통해야 할 것 같았다.

"여기서 떨어진 모양인데요."

철봉이 있는 쪽 벼랑에 다다랐을 때, 사람 목소리가 들려왔다. 링고는 나무 뒤에 붙어서 소리 나는 쪽을 올려다봤다. 벼랑 가에 두 남자가 밑을 내려다보고 서 있었다.

재형 2-1

재형은 눈뜬 채로 꿈을 꾸었다. 휴대전화 알람이 울고, 창밖에서 방울새 소리가 들려오고, 새벽 한기가 몸을 찌르는데 의식만 꿈의 시공간에 붙들려 있었다.

한 소년이 개썰매를 몰고 얼어붙은 바다 위를 질주하고 있었다. 달도 별도 없는 밤이었다. 바람마저 잠든 밤이었다. 적막한 어둠 속에서 수평선은 청백색으로 빛나고, 깊게 언 해수면은 안개처럼 흰빛을 피워 올렸다. 그곳이 어디인지, 언제인지, 소년이 누구인지, 썰매의 길잡이가 누구인지 재형은 잘 알고 있었다. 마야와 함께 생애 처음으로 베링 해를 건넌 열여덟 살 겨울 어느 날이었다.

바람이 창문을 치고 지나갔다. 둔중한 울림이 방 안 공기를 흔들었다. 커튼이 털럭거렸고 베링 해의 소년은 파동 속으로 사라졌다. 재형은 꿈의 자장에서 벗어났으나 침대에서 움직이지 않았다. 휴대전화의 진군나팔 소리를 들으며 몸이 깨어나기를 기다렸다. 원치 않게도 감각보다 기억이 먼저 되살아났다. 지난밤, 부용창고단지에서 데려온 흰둥이와 윤주의 얼굴이 차례로 지나갔다.

흰둥이도 창고의 다른 개들처럼 디스템퍼(개 홍역)였다. 하드패드(코와 발바닥이 딱딱해지는 특징적인 증세)와 피부 발진이 또렷하고 진단 검사에서도 양성반응을 나타냈다. 혈액검사 결과에선 림프구와 호중구가 증가한 상태였다. 엑스레이에선 기관지폐렴의 징후인 폐엽 경화(폐 실질에 나타난 작고 불규칙한 점 모양의 경화)가 보였다. 무엇보다 중추신경계(CNS) 손상이 손쓸 수 없는 지경으로 진행돼 있었다. 껌을 씹듯, 쉼 없이 입을 짭짭거리고, 다리를 움찔움찔 떠는 소발작에서 눈을 뒤집고 거품을 물며 경련하는 대발작으로의 이행을 거듭했다. 중간 중간 찾아드는 짧은 휴지기에선 윙크하듯 눈꺼풀을 깜박이며 졸았다. 재형은 초음파 습윤을 해주고 수액을 단 뒤 항생제와 진해거담제, 항경련제 등을 투여했다. 호전을 기대한 처치는 아니었다. 손 놓고 있지 않았다는 자기 위안의 의미가 더 컸다.

얼마 후, 흰둥이에게선 짧은 휴지기마저 사라졌다. 발작이 전혀 제어되지 않았다. 고통스러운 신음이 울음처럼 쏟아졌다. 재형은 결단을 내렸다. 결단한 후엔 더 망설이지 않았다. 수면 유도제로 재우고 마그네슘설페이트로 끝냈다. 흰둥이의 심장은 바늘을 빼기도 전에 멎었다. 그는 심란한 마음으로 라텍스 장갑을 벗었다. 스타 또래로 보이는 이 스피츠는 어쩌다 번식업자 손으로 흘러왔을까. 젊디젊은 몸뚱어리는 제가 살던 창고만큼이나 참혹했다. 눈과 코는 화농성 분비물로 뒤덮이고, 듬성듬성 털이 빠진 몸에 기생충이 우글거렸다. 살집 없는 엉덩이는 배설물에 절어 벌겠다. 양피지 같은 뱃가죽에선 길고 퉁퉁한 젖꼭지가 서글프게 덜렁거렸다. 끊임없이 새끼를 낳고 먹인 흔적이었다.

그는 흰둥이를 바디 백에 담고 치료실 문을 열었다. 김윤주가 그때까지 문밖에 서 있었다. 나가라고 한 지 2시간이 지났건만.

"흰둥이는 좀 어때요?"

이 여자 눈에는 바디 백이 피자 상자로 보이는 걸까. 재형은 팔을 옆구리에 붙이고 겨드랑이 밑에서 움찔대는 적개심을 꾹꾹 눌렀다. 열 받은 팔이 이 잘난 여자를 번쩍 들어다 대문 밖으로 던져버리지 않도록.

"죽었군요."

윤주의 시선이 서서히 바디 백으로 내려왔다.

"안락사시켰나요?"

"여태 여기서 뭐 합니까."

재형은 톡 튀어나온 그녀의 이마를 내려다봤다.

"아, 그게……."

윤주는 불쑥 손을 내밀었다. 손바닥에 재형의 휴대전화가 놓여 있었다.

"이 물건이 3분 간격으로 떨어대는 통에 차마 발이 안 떨어져서."

그녀는 무안한 얼굴로 할 얘기를 멀쩡한 표정으로 주워섬겼다.

"화장실 좀 쓰려고 들어갔다가 변기 물받이 위에서 주웠어요. 자꾸 떨다가 변기에 빠질까 봐 걱정도 되고. 피처폰은 AS 받기도 까다롭잖아요."

목소리에 휴대전화의 안위에 대한 진지한 걱정이 배어 있었다. 윤주는 전화를 쥔 자기 손을 흘끔 내려다보고 재형을 쓱 올려다봤다. 받아, 자식아, 하듯.

"원래 그렇게 전화기를 던져놓고 살아요? 아니면 최근에 생긴 습관이에요?"

왜 또 찾아왔을까. 뭐가 더 궁금해서. 재형은 휴대전화를 낚아채 화면을 확인했다. 부재중 전화 세 통이 찍혀 있었다. 모두 '이 선생'이었다.

"물어볼 게 있어요."

윤주가 말했다. 그는 치료실을 나갔다. 문턱을 지나면서 윤주와 어깨를 맞부딪혔다. 순간적으로 온몸이 벌게지는 느낌을 받았다. 아무것도 묻지 못하도록 입에다 랜턴을 물려놓고 싶었다.

"쿠키 말이에요."

윤주의 말이 떨어지기 무섭게 마당에서 쿠키의 하울링이 울리기 시작했다. 죽은 흰둥이를 위해 한 곡조 뽑는 모양이었다. 끊길 듯 말 듯 느릿하게 이어지는 녀석의 하울링은 일종의 만가였다. 제 동족에게 슬픈 일이 생길 때마다 어김없이 울리는 노래였다. 우연인지, 불행을 감지하는 특별한 능력인지는 모르겠지만. 윤주는 홀린 듯한 표정으로 하울링에 귀를 기울였다. 뺨에 소름이 오슬오슬 돋아 있었다. 재형은 잰걸음으로 현관을 나갔다. 헛간 냉동고에 흰둥이를 안치해두었다가 아침이 되면 화장할 참이었다.

"같이 가요."

현관 계단 밑에서 윤주가 그의 팔을 낚아챘다.

"쿠키는 나를 좋아하지 않는다고요."

재형은 마당 벤치에 올라앉아 열창 중인 쿠키를 건너다봤다. 어떻게 알았을까.

"아닌가요? 설치는 얘가 쿠키인 줄 알았는데. 조용히 숨어 있는 쪽이 스타고."

이 여자는 남의 뒷담을 엿보고 다니는 대신 동물학자가 됐으면 좋았 겠다고, 그는 생각했다. 똑같이 생긴, 그것도 어둠 속에서 단 한 번 대면 한 개 두 마리를 습성으로 구분해내는 건 누구나 할 수 있는 일이 아니 었다.

"서재형 씨."

윤주가 잡고 있던 팔꿈치를 슬쩍 당기며 물었다.

"쉼터에 있었던 두 남자가 누구예요? 쿠키 주인이 고소를 취하한 이유 와 관계있을 것 같은데. 쿠키 원주인하고 서재형 씨 사이에 어떤 거래가 있었는지도 알고 싶고요."

그는 바디 백을 내려놓고 몸을 돌려 윤주와 정면으로 마주 섰다.

"중요한 일이에요. 나보다 서재형 씨에게. 어쩌면 개장수라는 오명을 벗을 수……."

재형은 팔을 뻗어 그녀의 어깨를 잡았다. 움찔하는 느낌이 전해져왔 다. 얼굴을 맞대며 다가서자 어깨에 힘이 잔뜩 들어갔다. 코가 빨갛게 얼 어 있었고 숨소리도 거칠었다. 동공은 활짝 열린 채 그의 표정을 살피고 있었다. 할퀼 곳을 찾으면서 상대의 움직임을 주시하는 고양이 같은 눈 이었다. 이 여자는 결혼했을까. 개 나이로 세 살은 거뜬히 넘겼겠는데.

"김윤주 씨."

그는 윤주를 대문 쪽으로 돌려세웠다.

"뛰지 말고 걸어서 나가요. 쿠키가 자장면보다 좋아하는 게 여자 엉덩 이거든."

재형은 윤주의 등을 앞으로 밀치면서 손을 놓았다. 앗, 하는 짤막한 소 리가 튀고 그녀의 몸이 앞으로 휘청 밀려갔다. 쿠키는 재깍 만가를 그치고 벤치에서 뛰어내렸다. 이 장면을 주인과 방문객의 몸싸움으로 해석한 눈치였다. 재형은 바디 백을 집어 들고 헛간으로 향했다. 걸으면서 곁눈질로 윤주 쪽을 훔쳐봤다. 쿠키가 그녀의 주변을 어슬렁어슬렁 돌고 있었다. 양념으로 입술을 뒤로 당겨 이빨을 내보이고 사악하게 웃어주는 것도 잊지 않았다. 윤주는 졸도하기 직전으로 보였다.

그가 헛간에서 나왔을 때, 윤주는 마당에 없었다. 대문 밖에 세워뒀던 그녀의 차도 보이지 않았다. 열려 있는 대문 앞에서 쿠키 홀로 막 날리기 시작한 눈발을 쫓아다니고 있었다.

눈은 밤새도록 내렸다. 동이 트기 시작한 지금까지도 시작할 때와 비슷한 기세로 쏟아지고 있었다. 재형은 침대에서 몸을 일으켰다. 신발장에서 등산화를 꺼내 신고 현관을 나섰다.

화양은 다섯 개 산과 열두 개 봉우리 안에 들어앉은 분지 도시였다. 재형은 도로 하나로 서울 북쪽과 내통하듯 몸을 맞댄 이 도시의 하늘이 갑갑할 때가 있었다. 꿈길을 배회하다 깬 새벽에는 더욱 그랬다. 그럴 때마다 동물 묘지가 있는 드림랜드 뒤편 숲에 올라가고는 했다. 오늘 아침, 숲길에는 눈이 종아리까지 쌓여 있었다. 바람이 매섭고 공기도 찼다. 숨쉴 때마다 코끝이 아플 정도였다. 눈안개 때문인지 시야마저 흐릿했다. 체감상 영하 20도를 밑돌겠다, 싶은 새벽이었다. 그는 길 한중간에서 걸음을 멈추고 동물 묘지 쪽을 올려다봤다. 쿠키가 눈 속으로 다이빙을 하듯 몸을 날리고 있었다. 스타는 보이지 않았다.

이상한 일이었다. 지난 이틀, 스타는 밤만 되면 사라졌다. 방울을 울려 어디 있느냐고 물어도 대꾸하지 않았다. 반대로 밤새 바빠야 할 쿠키는 지하실 트레일러에 처박혀 나오지 않았다. 토요일 밤 뒤 숲 담장 부근에서 낯선 하울링이 울린 후부터 그랬다. 쿠키의 하울링보다 훨씬 나직하면서도 넓고 길게 깔리는 소리였다. 구애의 하울링이었다. 음역대로 짐작건대 덩치도 쿠키보다 훨씬 클 듯했다. 어젯밤, 윤주가 떠난 후 마음먹고 숲을 뒤졌으나 스타가 다녀간 흔적조차 없었다. 구애하던 '어떤 놈'의 흔적도 눈에 띄지 않았다. 밖으로 나가지는 못했으리라 짐작했다. 스타가 뛰어난 육상선수기는 해도 높이 3미터짜리 담장을 넘어갈 만한 초능력은 없었으므로. 드림랜드 안 어딘가에 숨어 있겠지, 하면서도 이상하게 신경이 쓰였다. 지난 금요일 밤에 스타가 목장 숲에서 만나고 돌아온 '무언가'가 자꾸 거슬렸다. 순진한 스타를 꼬여내는 놈이 그놈이 아닐까, 싶었다. 어쩐지, 동네 건달에게 딸을 빼앗긴 아비가 된 기분이었다.

스타는 드림랜드에서 유일하게 중성화를 시키지 않은 암컷이었다. 쿠키도 마찬가지였고. 이유는 자신도 몰랐다. 어쩌면 무의식적으로 쿠키와 짝을 이루기를, 그리하여 썰매개의 혈통을 가진 강아지가 태어나기를 원했는지도 모를 일이었다. 그 옛날 마야가 자신에게 '쉬차'를 선물한 것처럼.

재형은 동물 묘지로 들어갔다. 지금은 눈에 덮여 보이지 않지만, 묘지에는 1미터 간격으로 매끄럽고 검은 환석이 하나씩 놓여 있었다. 늙거나, 병들거나, 다치거나, 쓸모가 없어지거나, 더 이상 예쁘지 않다는 이유로 버림받고 죽은 동물들의 묘석이었다. 그중에는 자신의 손으로 안락사시킨 개들이 있었다. 복강암 말기였던 오공이, 교통사고 후유증으로 하루에도 십수 차례 발작을 일으키던 서울이, 몸이 절반쯤 탄 채 쓰레기장에 버려져 가까스로 숨만 쉬던 아롱이……

수의사로서 동물을 만날 때, 재형은 자신이 누군지 잊으려 애썼다. 인간으로서의 정체성을 놓지 못하면 그의 손에 놓인 생명은 대상으로 전락하기 마련이었다. 생명을 목적이 아닌 대상으로 인식하는 인간이 얼마나 비열한 짓을 저지를 수 있는지는 이미 오래전에 학습한 바 있었다. 다른 누군가가 아닌 바로 자신이 저지른 짓을 통해서. 꿈을 꾸고 일어난 새벽녘, 이 자리에 서면 그때의 기억이 생생하게 되살아나곤 했다. 꿈으로 일깨워진 욕망이 그의 뒤편으로 물러나는 시간이었다. 꿈으로 달아오른 몸을 식히는 시간이기도 했다.

재형은 동물 묘지의 새로운 입주자인 흰둥이의 이웃이 될 아롱이 앞에서 걸음을 멈췄다. 거의 동시에 눈향나무 뒤로 들어갔던 쿠키가 펄쩍펄쩍 뛰어나왔다. 무엇에 놀란 것처럼 컹컹 짖고 귀를 펄럭거리며 달려오더니 잿빛 꼬리를 획획 저어댔다. 그는 고개를 갸웃하고 쿠키의 눈을 쳐다봤다.

이 새벽에 대체 어딜 가자는 거야.

쿠키는 눈을 크게 뜨더니 집 쪽으로 몸을 돌렸다가 다시 그를 향해 돌아서기를 반복했다. 쌓여 있는 눈 때문에 줄넘기를 하는 것처럼 보였지만 무슨 의미인지는 알아차릴 수 있었다. "누군가 나를 부른다."는 뜻이었다. 고주파 휘슬에 반응하는 동작이었다. 휘슬을 울릴 사람은 한 사람뿐이었다. 그는 주머니를 더듬다가 휴대전화를 방에 두고 왔다는 걸 깨달았다.

"가자, 쿠키."

그는 곧바로 몸을 돌리고 집 쪽으로 내리달았다. 예상은 틀리지 않았다. 휴대폰 화면에 '손 노인'이라는 이름이 떠 있었다. 1분 간격으로 네 번이나 걸려왔다. 통화 버튼을 누르자마자 승아가 전화를 받았다.

"선생님이에요?"

바람결 같은 목소리가 물어왔다.

"그래."

왁, 하고 울음을 터트리는 소리가 났다.

"선생님…… 빨리…… 아름이…… 할아버지…… 제가 잘못했어요."

재형은 울음에 잘려 나간 말들을 짐작해보려 했지만 잘 되지 않았다. 추측할 수 있는 건, 5년 전 상처한 노인과 시각장애가 있는 여덟 살 소녀와 소녀의 길잡이 개가 함께 사는 화양맨션 관리인실에 무슨 일인가 일어났다는 정도였다. 승아는 어지간해서는 울지 않는 아이였다. 넘어져 무릎이 깨져도 툭툭 털고 일어나 "저는 괜찮아요." 하는 아이였다. 그런 아이가 목젖을 꺽꺽 떨며 울 일이라면, '무슨 일'이 결코 예삿일은 아닐 터였다. 재형은 구급차 키를 찾아 들며 물었다.

"승아야, 선생님더러 지금 빨리 오라는 말이지?"

"네. 네."

울음 섞인 목소리엔 다급함과 공포가 뒤엉켜 있었다. 거칠게 몰아치는 숨소리는 아이가 공황 직전임을 알리고 있었다.

"그래, 지금 갈게."

재형은 집을 빠져나가 구급차에 올라탔다. 휴대전화에 이어폰을 연결해 귀에 끼고 시동을 걸었다.

"승아, 지금 아름이 옆에 있니?"

"아름이가…… 우리 할아버지는 119언니가…… 제가 잘못했어요."

똑같은 말이 되풀이됐다. 숨소리는 더 거칠어지고 목소리는 점점 줄어드는 느낌이었다. 그는 큰 소리로 아이를 불렀다.

"손승아."

승아는 한 박자 늦게 "네." 했다.

"지금부터 숫자를 세는 거야. 선생님이 잘 들을 수 있게 천천히, 큰 소리로. 500까지 세면 선생님이 승아 앞에 도착해 있을 거야. 자, 시작."

승아는 수를 세기 시작했다. 재형은 진입로를 빠져나와 백운도서관 사거리로 진입했다.

작년 봄, 햇살이 따스했던 어느 날이었다. 경비원 복장을 한 노인이 정원용 수레를 밀고 드림랜드를 찾아왔다. 수레 안엔 어린 여자아이가 노란 조끼를 착용한 골든 리트리버를 끌어안고 앉아 있었다. 승아와 아름이였다.

재형은 "여긴 일반 동물병원이 아니라 시설도 좋지 않고……." 하면서도 리트리버를 살펴봤다. 경골부 개방 골절에 근육 손상을 심하게 입은 상태였다. 수술하지 않으면 평생 장애로 남을 공산이 컸다.

"알고 찾아왔습니다. 우리 아파트 주민이 여기 가면 도와주실 거라고 그래서……."

노인은 감색 챙 모자를 벗더니 허리를 깊이 숙여 인사했다. 재형이 당황해서 맞절을 하는 사이, 노인은 자신과 승아와 아름이를 소개했다. 아름이는 교통사고로 죽은 승아 아버지의 길잡이 개였고, 일반 유치원에 가지 못하는 승아의 하나뿐인 친구였다. 세 식구가 관리실에서 기거한다고 했다. 불편하기는 해도 큰 탈 없이 지내왔다고도 했다. 아름이 문제만 빼면. 아름이가 사람에게 덤비지 않도록 훈련된 개라는 것이 알려지면서 아파트 아이들의 장난감이 된 모양이었다. 노인이 자리를 비우기만 하면 관리실로 몰려와서 주무르고, 귀를 당기고, 승아에게서 목줄을 빼앗아 이리저리 끌고 다녔다. 심지어 화풀이 삼아 걷어차는 아이도 있었다. 그날 아름이의 부상은 예정된 일이었던 셈이다. 노인은 화단에서 잡초를 뽑고 있다가 승아의 비명을 들었다고 했다. 허둥지둥 관리실로 달려와보니 승아가 아닌 아름이가 다리에 피를 흘리며 쓰러져 있었다. 옆엔 쓰레기 분리수거대 받침으로 쓰는 붉은 벽돌이 나뒹굴었다. 범인은 이미 내빼버린 후였다.

"우리 아름이 고쳐주시면 치료비는 다달이 쪼개서라도 꼭 갚겠습니다."

노인은 경비원 모자를 비틀어 짜면서 거듭 고개를 숙였다. 아름이는 드림랜드에 입원해서 수술을 받았다. 승아는 매일 아침 노인 등에 업혀 아름이를 면회하러 왔다가 저녁나절이 돼서야 돌아가고는 했다. 드림랜드는 얼떨결에 승아의 어린이집이 돼버렸다. 승아는 어린애 특유의 친화력으로 드림랜드 개들과 금세 친해졌다. 아름이가 퇴원하던 날, 그는 승아의 목에 고주파 휘슬을 걸어주었다.

"아름이나 승아한테 무슨 일이 생겼는데 옆에 아무도 없을 땐 이걸 부는 거야. 쿠키나 스타가 소리를 듣고 선생님한테 알려줄 테니까."

승아는 신기해하며 물었다.

"아주 멀리서도 들을 수 있어요? 서울 우리 엄마 집에서 불어도?"

"서울은 안 될걸. 하지만 이 동네에선 문제없어. 스타와 쿠키는 세상에서 귀가 제일 밝은 개거든."

"우리 아름이도 들을 수 있어요?"

묻는 승아의 얼굴에 어린애다운 호기심이 피어올랐다.

"들을 수는 있지만 훈련이 안 돼 있어서 당황할 거야. 급한 일이 생겼는데, 할아버지나 선생님이랑 전화 연락이 안 될 때만 불어야 돼. 잘못하면 사고가 날 수도 있으니까."

이후로도 드림랜드는 쭉 승아의 어린이집이었다. 아름이를 데리고 거의 매일이다시피 놀러 왔다. 겨울이 되고 눈이 내리면서 발길이 뜸해졌지만 대신 전화를 자주 걸어왔다. 아름이 문제로, 아름이 다음으로 좋아하는 쿠키의 안부가 궁금해서, 아파트의 어떤 오빠에게 배웠다는 오카리나 연주를 들려주려고. 휘슬이 울린 건 오늘이 처음이었다. 재형은 가슴이 조릿조릿했다. 최악의 상황만 아니었으면, 했다. 강도가 들었다거나, 노인이 불의의 사고를 당했다거나.

재형이 화양맨션에 도착했을 때, 승아는 아름이 옆에 앉아 480을 세고 있었다. 그가 방 안으로 들어서자 눈물과 콧물로 더러워진 얼굴을 들고 물어왔다.

"선생님이에요?"

노인은 방 안에 없었다. 노인이 누워 있었을 이불만 아무렇게나 널려 있었다.

"그래. 선생님이야."

그는 승아를 안아 올려 아름이에게서 떼어냈다. 승아는 팔을 벌려 그의 목을 와락 끌어안았다. 몸이 바들바들 떨리고 있었지만 좀 전보다는 안정된 느낌이었다. 적어도 말을 잇지 못할 정도로 격앙된 상태는 아니었다.

"할아버지는 어디 가셨니."

"119차 타고 병원에 갔어요. 눈이 아프고, 열나고, 숨이 차서요."

"언제부터 그러셨는데."

"토요일 저녁에요. 눈병이 옮았다고 할아버지 얼굴을 만지지 말라고 하셨어요."

눈병은 일요일 저녁이 되자 열이 나고 숨이 가쁜 증세로 발전했다. 그런데도 병원에 가지 않고 동네 약국에서 약만 사다 먹은 모양이었다.

"약 드셨는데도 하나도 나은 것 같지 않았어요. 제가 병원에 가자고 하니까 할아버지는 내일 아침까지 기다려보고 안 나으면 가자, 하셨어요."

답답하긴 했지만 노인을 이해 못 할 바는 아니었다. 노인은 관리실을 비울 수가 없는 처지였다. 승아도 승아지만, 관리실을 대신 지켜줄 사람이 없었다. 아프다고 자리를 비웠다가 주민들 눈에 걸릴까 봐 불안했으리라. 가뜩이나 더 젊은 관리인으로 교체하자는 안건이 반상회에 올라와 있는 마당에.

"그래서 승아가 119에 전화했니?"

"네. 저는 전화를 기다리느라고 아름이가 아픈 줄도 몰랐어요. 119언니가 제게 할아버지 핸드폰을 주면서 집에서 얌전히 기다리면 연락을 해주겠다고 했어요. 그런데 전화는 오지 않고 아름이가 할아버지처럼 쓰러져버렸어요. 불러도 움직이지 않고, 숨을 쉴 때마다 가슴에서 이상한 소리가 났어요."

아름이는 냉장고 앞에 길게 엎드린 채 가랑가랑 소리 나는 숨을 몰아쉬었다. 재형은 승아의 등을 다독거리며 물었다.

"선생님이 아름이 좀 봐도 될까."

승아는 재빨리 그의 품을 빠져나갔다. 그는 진찰 도구를 들고 아름이에게 다가앉았다. 코가 바싹 마른 데다 눈엔 눈곱이 끼고 결막은 핏빛에 가깝게 충혈돼 있었다. 체온과 혈압이 낮았고 이름을 부르거나 몸을 만져도 반응이 거의 없었다. 가장 큰 문제는 호흡곤란이었다. 힘겨운 복부 호흡을 하는 데다 숨을 쉴 때마다 흉강에서 파도 소리가 났다. 입안에는 혈성 거품이 들어차 있었다. 색이 선명한 걸로 봐서 폐출혈의 징후 같았다. 당장 드림랜드로 옮겨야 했다. 그는 승아의 옷가지를 챙기고, 아름이와 승아를 구급차에 태웠다. 가는 내내 승아는 같은 질문을 되풀이했다.

"우리 아름이 죽지 않지요? 예전처럼 선생님이 살려줄 거지요?"

그는 승아를 2층에 있는 자신의 방으로 데려가 침대에 앉혔다.

"선생님이 최선을 다할게. 승아는 심심해도 참고 여기서 기다리는 거야."

승아는 "네." 했다. 재형은 아름이를 치료실로 데려갔다. 엑스레이 필름에서 폐출혈이 확인됐다. 출혈의 원인은 몰라도 호흡곤란의 원인은 폐에 고인 피였다. 그는 앞다리 정맥에 생리식염수를 달고 지혈제와 항생제 등을 투여한 뒤 목에 산소 캐노피(엘리자베션 칼라에 산소 공급 라인을 연결하고 후드를 씌운 산소 공급 장치)를 채웠다. 그런 다음 검사용역업체인 'VLab'을 불러 아름이의 혈액과 분비물 검체를 맡겼다.

아름이의 상태는 미끄럼틀을 타는 것처럼 나빠졌다. 혈압이 뚝뚝 떨어지고 호흡곤란은 점점 심해졌다. 혈청검사 결과를 팩스로 통보받을 무렵엔, 힘겨운 호흡마저 멈췄다. 그는 때늦은 결과지를 허탈한 심정으로 들여다봤다. 백혈구와 적혈구 수치 모두 감소돼 있었고 신장과 간 기능도 무너진 상태였다. 아름이가 드림랜드에 와서 정기검진을 받은 게 불과 한 달 전이었다. 그때만 해도 모든 것이 정상이었다. 한 달 사이에 무슨 일이 있었던 것일까. 이 상황을 승아에게 어떻게 알려야 할까, 받아들이려 하지 않을 텐데.

"선생님."

문을 두들기는 소리가 나더니 이 선생이 고개를 내밀었다. 막 출근해서 안으로 들어온 길인 듯했다. 아직 코트를 입고 있는 걸로 보아.

"왔어?"

재형의 말에 이 선생은 난감한 표정을 하고 안으로 들어왔다.

"저, 어제저녁에 임지영 씨한테서 전화가 왔는데요, 다른 병원에 가기로 했답니다. 좋은 조건을 제시한 모양이에요."

딱히 대꾸할 말이 생각나지 않아 그는 고개만 끄덕였다.

"면접하기로 해놓고 갑자기 무슨 얘기냐고 했더니……."

"어떻게 되겠지, 뭐. 너무 신경 쓰지 마."

재형은 몸을 일으키고 처치실에서 나갔다. 승아에게 어떻게 사실을 전할지 궁리하며 2층으로 올라갔다. 문을 열자 승아가 휴대전화를 귀에 댄채 그를 돌아보며 물었다.

"선생님이에요?"

재형은 "응." 했다. 승아는 대뜸 휴대전화를 내밀었다.

"병원인데요, 어른을 바꿔달래요."

그제야 승아의 할아버지가 119에 실려 갔다는 사실이 기억났다. 승아의 말에 의하면, 아름이와 같은 증세로.

"여보세요." 하자 저쪽에서 손 노인과의 관계를 물어왔다. 재형은 말문이 막혔다. 노인의 손녀의 길잡이 개의 주치의라고 할 수는 없는 노릇이었다. 지인이라고 하자 저쪽에서는 직계 보호자를 찾았다. 새벽녘, 손 노인이 화양의료원 응급실에서 숨을 거뒀는데 가족과 연락이 안 된다는 것이었다. 재형은 반사적으로 승아를 돌아봤다. 귀밑머리가 곤두서는 기분이었다. 전화 통화 내용을 들어보려고 귀를 기울이고 있는 저 아이가 손 노인의 유일한 가족이었다.

"제가 지금 가겠습니다."

재형은 전화를 끊고 승아를 멍하니 바라봤다. 1층으로 내려가 이 선생에게 물어보고 싶은 심정이었다. 앞을 보지 못하는 여덟 살짜리 여자아이에게 유일한 가족인 할아버지와 자신의 눈이며 친구였던 길잡이 개의 죽음을 한꺼번에 전할 묘수를 아는지.

"할아버지한테 가시는 거지요?"

승아가 물어왔다. 짐짓 밝은 어투였지만 온몸의 촉각을 세워 자신의 기색을 탐색하고 있는 것이 눈에 선하게 보였다. 재형은 대답했다.

"그래."

"저도 같이 갈래요."

"지금은 안 돼."

승아의 입술이 삐죽삐죽 삐뚤어졌다. 표정으로 보아 충격적인 거절이었던 것 같았다. 재형은 손 노인의 휴대전화를 승아 손에 쥐어 주었다.

"선생님이 먼저 할아버지를 만나보고 그다음에 데려가줄게."

"아름이를 보러 1층에 가는 것도 안 되지요? 아름이는 많이 아프니까."

혼자 묻고 답하는 승아의 목소리엔 한 가닥 기대가 실려 있었다. 재형이 "그래."라고 대답하자 자그마한 얼굴을 온통 일그러뜨리면서 웃었다. 아이는 실망과 원망을 스스로 수습하려고 기를 쓰고 있었다. 재형은 승아의 손을 한 번 잡았다가 놓았다. 달리 어떻게 해야 할지 알 수가 없었다.

화양의료원에서 재형이 할 수 있는 일은 거의 없었다. 도착한 지 30여 분 만에 사망했다는 것 말고는 들은 얘기도 없었다. 차트를 보여주지도 않았고 담당 의사가 누군지 가르쳐주지도 않았다. 시신도 볼 수 없었다. 가족이 아닌 탓이었다. 아무래도 승아 엄마에게 연락을 해야 일 처리가 될 듯했다. 그는 이 선생에게 전화를 걸었다.

"승아한테 제 할아버지 휴대전화가 있을 거야. 이 선생이 가서 며느리나 승아 엄마로 저장된 번호가 있는지 찾아보고 나한테 연락 좀 해줘."

전화를 끊자마자 다시 전화가 울렸다. 동부경찰서 형사과 박주환 형사였다.

"잘 지내셨소."

재형은 부용창고단지를 떠올렸다. 박주환이 자신을 찾을 일이라곤 그것뿐이었다.

"무슨 일입니까."

"부용창고단지에서 도난 신고가 들어왔어요. 몇 가지 확인할 게 있는데 잠깐 와주겠소."

재형은 전에도 여러 번 절도나 가택침입 혐의를 받은 적이 있었다. 개들이 지하실에 갇혀서 죽어간다는 신고를 받고 한 동물 수집광의 집에 들어갔다가, 개 도축업자의 창고에서 살아 있는 개들을 데리고 나왔다가. 그때마다 출두 요청을 받았고 박주환과 만났다. 재형을 특별히 호의적으로 대하진 않았지만 동물 구호에는 호의적인 사람인 듯했다. 매번 훈방이나 가벼운 벌금으로 마무리됐던 걸로 보면.

"지금 말입니까?"

재형이 물었다. 박주환은 그렇다고 대답했다. 전화를 끊고 나자 이번엔 이 선생으로부터 전화가 왔다. 저장된 전화번호가 하나도 없다고 했다. 승아는 미성년자인 탓에 법적인 권리가 인정되지 않았다. 결국 병원 측에 사후 처리를 맡겨야 했다. 무연고자 처리를 하든가, 경찰에 연락해서 승아 엄마의 행방을 찾도록. 재형은 병원을 떠났다.

10분 후, 그는 절도 용의자로 박주환과 마주 앉아 있었다.

"어제저녁 6시 40분경에 부용창고단지 G블록 2번 창고에서 뭘 하셨소?"

박주환이 물었다. 재형은 누가 신고했는지 궁금했다. 창고주일까. 번식업자일까. 불쑥 김윤주의 얼굴이 떠올랐다.

"CCTV 확인했으면 알고 계실 텐데요."

"직접 얘기해봐요."

"번식업자가 버리고 간 개들이 갇혀 있다는 제보를 받았습니다."

"누구한테서."

"모르겠습니다. 젊은 남자 같았는데 신분을 밝히지 않아서요."

박주환은 고개를 끄덕이며 물었다.

"함께 왔던 여자는 누구요? 손발이 예술적으로 맞던데."

재형은 사실대로 말했다.

"잘 모르는 여잡니다."

"잘 모르는 여자라. 길바닥에서 우연히 눈 맞아 동행하셨다, 그 말씀이 신가."

"비슷한 얘깁니다. 복잡한 사정은 있지만."

박주환은 상체를 앞으로 기울이고 재형을 쳐다봤다.

"비슷하고 복잡한 그 사정, 나도 좀 압시다."

재형은 금요일 밤 이야기를 모두 털어놓았다. 특별히 김윤주에 대해서는 기쁜 마음으로. 박주환은 다 듣고 나서 확인했다.

"그러니까, 그때 경비실에 사람이 없었다. 이거요?"

"경비실 불이 꺼져 있었습니다."

"안에 사람이 있는지 없는지는 못 봤고?"

"아무도 막아서지 않아서 없다고 생각했습니다만."

"그런데 말이지. 그 창고 경비원이 죽었단 말이오."

박 형사는 볼펜 끝으로 머리를 긁으며 재형을 쳐다봤다.

"선생이 김윤주라는 여기자와 창고에 들어간 그 무렵에. 그건 어떻게 생각하시오?"

동해 2

화양시 백운산 기슭에서 20대 남자 경비원 숨진 채로 발견.

1월 27일(오늘) 오전 6시경, 경기도 화양시 백운산 기슭에 위치한 P정신요양병원 뒤뜰에서 B창고단지 경비원인 강 모 씨(21)가 숨진 채 발견됐다. 경찰은 강 씨가 병원 뒤편, 무인배수지 쉼터에서 추락한 것으로 보고 사고 현장을 중심으로 사인을 조사 중이다. 강 씨는 지난 26일 오후

5시 30분경, 소방공익요원인 친구 박 모 씨와 함께 스쿠터를 타고 B창고단지를 나섰으며, 박 씨의 행방도 현재 묘연한 것으로 알려졌다. 이에 따라 경찰은 사라진 박 씨와 스쿠터의 행방을 찾고 있다고 밝혔다.

문대성 기자 mds82@kwmael.com

동해는 PC방 한구석에 앉아 생각하고 있었다. 삶이 자신에게 얼마나 너그럽지 않은가에 대해서. 라이터를 짤깍거리며 궁구했다. 이제 어떡해야 하나.

경찰서에 자진 출두할까. 가서 뭐라고 할까. 2년 전에 뺏겼던 개를 돌려받으려고 블로우 건과 캐칭 넷을 훔쳤고, 오랜만에 개와 좀 놀아주려고 쉼터에 올라갔는데 늑대가 나타나 진만을 벼랑으로 떨어뜨렸다고 하면, 믿어줄까?

"너는 우리를 망칠 놈이야."

아버지의 말이 기억났다. 소리 없이 대문 앞에 와서 서던 정신병원 구급차가 떠올랐다. 그는 일을 해결하는 대신 자신을 설득하는 쪽을 택했다. 진만을 죽인 건 늑대였으므로 자신은 떳떳하며 경찰이 수사를 진행하면 모든 진실이 밝혀질 것이라고. 그러니 잠시 숨어 있자고.

어디로 갈까. 형의 자취집으로는 갈 수 없었다. 형은 아버지와 한통속이었다. 진만의 자취집은 경찰이 지키고 있을 터였다. 막막하고 화가 났다. 이 넓은 세상에, 수없이 많은 집 가운데에 안심하고 들어가 누울 방 하나가 없다니. 갈 곳이 없다면 돈이라도 있어야 하건만, 주머니에 든 건 천 원짜리 한 장과 동전 몇 푼이 다였다. 전날, 찜질방에서 밤을 보내면서 저녁도 먹지 않고 남겨둔 전 재산이었다. 그나마 바지 주머니에 만 원짜리 하나가 들어 있었기에 망정이지, 하마터면 화양역에서 신문지 깔고 노숙을 할 뻔했다. 럭키가 있기는 했지만 놈을 처분할 수는 없었다. 놈도 자신과 함께 수배된 신세 아니던가.

그는 공중전화로 가서 엄마에게 전화를 걸었다. 그 집구석에서 자신을 도와줄 호구는 엄마밖에 없었다.

"엄마, 나야." 하자 "너 대체 어디서 뭘 하고 다니는 거니?"라는 질문이 답으로 돌아왔다.

동해는 가짜 쿠키와 늑대와 진만과 경찰과 아버지와 돈이 필요한 이유에 대해 설명했다. 엄마는 백운산 자락에 있는 '자미원'이라는 한식집으로 오라고 말했다. 지금 바로 현금을 찾아 달려오겠다고 덧붙였다. 아버지가 찾지 못할 곳에 꼭꼭 숨어 있으라고 격려했다. 동해는 그만 울컥했다. "엄마, 고마워."라는 말이 절로 튀어나왔다. 엄마는 생전 처음 들어보는 인사에 감동을 받은 듯, 잠시 틈을 두었다가 화답했다.

"조심해서 오너라."

그럼요, 어머니. 조심하고말고요, 동해는 PC방을 나와 옆 골목에 숨겨둔 럭키를 끌어냈다.

월요일이라 그런지, 원래 손님이 없는 집인지, 점심시간인데도 자미원은 한가했다. 엄마는 복도 맨 안쪽 방에서 기다리고 있었다. 평소와 다르게 경황없는 행색이었다. 화장기 없는 민낯에 헬스클럽 갈 때나 입는 패딩 점퍼와 스웨터, 청바지, 맨발. 그가 자리에 앉자마자 부둥켜안고 있던 가방에서 두툼한 흰 봉투를 꺼냈다. 받아서 열어보니 5만 원권으로만 수십 장이 들어 있었다. 다시 평생토록 해보지 않은 말이 튀어나왔다.

"이 빚은 꼭 갚을게, 약속해."

그래, 대꾸하는 엄마의 표정이 묘했다. 동해가 일어서려 하자 손을 뻗어 옷자락을 잡았다.

"밥은 먹고 가야, 내 마음이 편하지. 점심도 굶었다며."

방문이 열렸다. 흰 머리 스카프를 쓴 종업원이 사이드 메뉴를 가지고 들어왔다. 동해는 엉거주춤 되앉아 젓가락을 들었다. 전날 밤부터 굶었더니 좋아하지도 않는 잡채까지 혀에 착착 감겼다. 엄마는 음식에 손도 대지 않았다. 그가 먹는 모습을 물끄러미 쳐다보다가 중얼거렸다.

"어쨌거나 너는 내 아들이야. 경찰에 잡혀가게 놔둘 수는 없는 거야, 절대로."

동해는 구운 청어 반 토막을 입에 문 채 엄마를 쳐다봤다. 목소리에서 감지된 게 비장함이 맞는지 확인하려고. 표정에도 같은 것이 어려 있었다. 그 표정이 어떤 의미인지 해석할 필요는 없었다. 그럴 여유도 없었다. 다시 방문이 열리면서 하늘색 병원 가운을 입고 깍두기 머리를 한 두 남자가 안으로 들어섰다. 누군지 알 만한 인간들이었다. 상황이 어떻게 돌아가는지도 한숨에 알아차렸다. 엄마는 자신의 호구가 아니라 아버지의 끄나풀이었다.

동해는 튕기듯 몸을 일으켰다. 남자들의 얼굴로 음식 접시를 마구 내던지면서 방문 쪽으로 몸을 날렸다. 헛된 저항이요, 어림없는 수작이었다. 방문에 가 닿기도 전에 긴 다리가 뻗어 와 발을 걸어 넘어뜨렸다. 바닥으로 코를 박고 엎어지자 누군가의 무릎이 등을 찍어 눌렀다. 두 팔은 등 뒤로 꺾여 올라갔다. 동해는 고개를 휘젓고 다리를 버둥대며 악을 썼다.

"놔. 새끼들아."

다른 남자가 다가와 동해의 팔뚝에 주사기를 찔렀다. 일순, 몸에서 힘이 빠져나갔다. 머리가 어쩔어쩔했다. 시야가 잿빛으로 어두워졌다. 이윽고 캄캄해졌다.

깊은 구렁 속에서 주님께 부르짖사오니 주님, 제 소리를 들어주소서

아버지가 제단 시상판에 알몸으로 누워 있었다. 제단 밑에서는 정체 모를 목소리들이 '박남철 스테파노'를 위한 연도를 바치고 있었다.

제 잘못을 말끔히 씻어주시고 제 허물을 깨끗이 없애주소서

동해는 시녀가 든 병과 가위를 쥐고 아버지에게 다가갔다. 가위로 지매를 자르고 얼굴을 가린 탈지면을 걷었다. 자줏빛 혓바닥이 턱 밑까지 늘어져 있었다. 20여 년 동안 아들의 심장을 난도질하고, 숨통을 찌르던 사악한 혓바닥이었다. 지옥 불로 스테이크를 만들어 마땅한 혓바닥이었다. 이제는 아들 손아귀에 들어온 애잔한 혓바닥이기도 했다. 그는 아버지의 입속으로 가위를 밀어 넣었다. 푸들푸들한 혀뿌리가 가윗날 사이로 맞춤하게 들어왔다. 등심처럼 예쁘게 잘렸다. 이마에 올려놓고 보니 본래 거기 달려 있었던 것처럼 잘 어울렸다. 이제 시녀를 부을 차례였다. 발끝에서 다리로, 몸통에서 장미나무 묵주가 감긴 손으로, 목을 지나 안이 텅 빈 입으로. 마지막으로 지매를 꼬아 심지처럼 입안에 꽂았다.

하느님, 저를 구하시는 하느님이여, 피 흘린 죄벌에서 저를 구하소서

동해는 제단 아래로 내려선 후 총신이 라이플만큼이나 긴 라이터를 켰다. 펑, 소리와 함께 화염이 지매를 타고 아버지를 덮쳤다. 구멍 같은 입에서 불기둥이 솟구쳤다. 혓바닥은 이마 위에서 지글지글 끓는 핏물로 변했다. 몸뚱어리는 까맣게 오그라들었다. 그 옛날 지하실에 가두곤 하던

당신의 어린 아들만큼이나 작게. 반대로 동해의 몸은 아버지의 두 배로 커졌다. 연도 소리는 점점 높아졌다. 성가 합창처럼 장엄한 리듬을 탔다.

하느님, 박 스테파노에게 자비를 베푸소서

황홀한 배출감에 전율하며 동해는 잠을 깼다. 불의 열기와 연도 소리가 한숨에 사라졌다. 정적이 찾아들었다. 현실이 내려앉았다. 뜨뜻하고 축축한 아랫도리의 감촉이 꿈의 여운을 걷어갔다. 진창에 누운 것처럼 불쾌하면서도 익숙한 감촉이었다. 낭패감이 오줌처럼 머리를 적셨다. 또 그 꿈이었다. 어린 시절, 무수히도 꾸었던 꿈, 자신을 오줌싸개로 만든 꿈.

여기가 어디일까. 지금 몇 시일까. 뭐든 생각을 해보려 애썼지만 머리가 먹통이었다. 몸은 외부 자극에 적절하게 반응하지 못했다. 문이 열리는 소리를 들으면서도 그는 눈을 뜨지 못했다. 누군가 다가와 이불을 확 걷어냈을 때 발끝을 움찔한 것이 전부였다.

"참 가지가지 한다."

낯선 목소리였다.

"다 큰 놈이 이게 무슨 짓이야."

동해는 꿈속의 아버지를 생각했다. 불에 오그라들어 어린애 크기로 준 몸뚱어리와 한 줌 핏물로 변한 혓바닥을.

"박동해."

억센 손이 그의 턱을 흔들었다. 그 바람에 저절로 눈이 뜨였다. 자신을 발로 걸어 넘어뜨렸던 깍두기 1호가 얼굴을 들이대고 있었다. 비로소 그는 이곳이 어딘지 알아차렸다. 백운정신병원이었다.

"깨어났습니다."

깍두기 1호는 문을 열고 밖을 향해 말했다. 키가 큰 남자가 방 안으로 들어섰다. 아버지였다. 동해는 창밖을 봤다. 어두운 걸로 봐서 밤인 것 같았다.

"잠깐 둘만 있게 해주겠소."

아버지가 말했다.

"알겠습니다. 혹시 필요하면 벽에 붙은 벨을 누르세요. 바로 오겠습니다."

"고맙소."

깍두기 1호는 문을 닫고 나갔다. 아버지는 한동안 입을 열지 않았다. 팔짱을 끼고 창에 등을 기댄 채 동해를 내려다봤다. 냉정한 눈이었다. 살얼음판에 누운 것처럼 그의 등허리가 덜덜 떨려왔다.

"경찰이 널 찾는다는 건 알고 있겠지."

아버지의 목소리는 눈빛만큼이나 냉정했다. 동해는 눈을 내리떴다.

"왜 그랬느냐고 묻지 않겠다. 물어봐야 네가 한 짓이 아니라고 할 테니까."

동해는 마른침을 꿀꺽 넘기고 입을 열었다.

"제가 죽인 게 아니에요."

혀가 뭉개진 것처럼 발음이 불분명했다. 어투는 칠뜨기처럼 어눌했다. 그래도 말하지 않을 수 없었다.

"늑대가 나타났어요. 그 바람에 진만이가 놀라서 벼랑으로 뛴 거고요."

아버지는 눈을 가늘게 뜨고 고개를 저었다. 변명이라도 좀 말이 되게 해보라는 듯.

"정말이에요. 제가 왜 그런 짓을 하겠어요. 진만인 하나밖에 없는 제 친군데. 정말로 늑대가 나타나서……."

"내가 여기 온 이유는 얌전하게 지내라고 말하고 싶어서야. 오줌 싸지 말고, 잠만 퍼질러 자지 말고, 운동하고, 치료받고, 책도 보면서 사람답게 지내라. 그게 서로에게 최선이야. 우린 살인범의 가족으로 불리고 싶지 않고, 넌 감옥에 가고 싶지 않을 테니까."

"제가 아니에요. 늑대가 덤볐다고요."

통하지 않을 걸 알면서도 동해는 거듭 주장했다. 이대로 정신병원에 갇히고 싶지 않았다. 어떻게든 아버지 마음을 돌려봐야 했다.

"제발 한 번만이라도 제 말을 믿어주세요."

"만약 여기서도 말썽을 피운다면 각오해야 할 거야. 약속하는데, 그땐 내 손으로 널 죽여버릴 거다."

"아니에요. 제가 아니에요. 전 도망친 죄밖에 없다고요. 늑대가······."

"이게 아비로서 너한테 주는 마지막 기회고 마지막 경고야."

아버지는 문 쪽으로 걸어갔다. 컴컴한 현기증이 밀려왔다. 멀어지는 아버지의 등이 동해에겐 닫히기 시작한 철문으로 보였다. 동해는 몸을 일으키려고 고개를 들었다가 도로 드러누웠다. 그제야 깨달은바, 팔다리와 몸통까지 단단한 띠에 묶여 있었다. 그는 어린애처럼 울먹이기 시작했다.

"아빠. 아빠, 그러지 마요."

아버지의 등이 움찔했다. 문 앞에서 걸음을 멈췄다. 동해는 정신없이 지껄여댔다.

"저를 가두지 마세요. 여기서 내보내주세요. 그러면 다시는 아빠 앞에 나타나지 않을게요. 집에 돌아오지 않을게요. 엄마한테 돈 달라고 연락하지도 않을게요."

아버지는 문을 열고 밖으로 나갔다.

"아빠, 저 여기 있기 싫어요. 제발 내보내주세요."

문이 매정한 소리를 내며 닫혔다. 고요가 찾아들었다. 동해는 절망에 휩싸여 컴컴한 창밖을 올려다봤다. 한 소년이 박쥐처럼 창가에 거꾸로 매달려 자신을 들여다보고 있었다. 그 옛날, 아버지를 부르며 애원하던 지하실의 소년이.

"아빠, 저 여기 있기 싫어요. 제발 내보내주세요."

아홉 살 가을 어느 날이었다. 부용유원지 계곡으로 자연 학습을 간 날이고, 자신을 '변태'라고 부르는 못생긴 계집애를 계곡으로 밀어뜨려 버린 날이고, 그 계집애가 뇌진탕으로 병원에 실려 간 날이었다. 아버지가 처음으로 그를 지하실에 가둔 날이었다. 할머니의 제삿날이기도 했다.

주님, 어머니에게 영원한 안식을 주소서
영원한 빛을 그에게 비추어주소서

잠긴 지하실 문 너머에서 아버지와 가족들의 연도 소리가 들려왔다. 문틈 새로 따뜻하고 노란 불빛이 비쳐들었다. 밖으로 나가고 싶었다. 불빛 속에 가족과 함께 앉아 연도를 바치고 싶었다. 그러기 위해 아홉 살 사내아이가 할 수 있는 모든 일을 다 했다. 발을 구르며 울부짖고, 엄마를 부르고, 내보내달라고 문을 걷어차고, 계단에서 떨어져 확 죽어버리겠다고 협박했다. 문은 끝내 열리지 않았다. 연도 소리가 그치고, 거실의 불빛이 사라지고 완전한 어둠이 찾아올 때까지도.

동해는 어둠 속에 웅크려 앉아, 낡은 보일러가 비명처럼 내지르는 윙윙 소리를 들으며 밤을 새웠다. 온갖 무서운 것들이 튀어나오는 환각에 시달리며 아침을 맞았다. 그 길고 무서웠던 밤을 견디게 한 건 보일러의 발화창이었다. 어둠을 밝히는 유일한 빛이었고 상상을 가능케 한 구원투수였다. 보일러의 발화창을 주먹으로 깨뜨리는 상상, 그 안에서 날름대던 푸른 불꽃이 먹이를 잡는 독사처럼 아버지를 향해 날아가는 상상, 불의 새파란 혓바닥이 순식간에 아버지의 몸을 휘감아버리는 상상. 훗날 그것들이 실현 불가능한 상상이라는 걸 알게 됐지만 그는 실망하지 않았다. 발화창은 세상 어디에나 있었다. 자신의 창의력은 무궁무진했다. 실행 가능한 아이디어들이 국회도서관 책만큼이나 많았다. 그러니까, 마음만 먹는다면.

"박동해, 눈떠."

다시 문이 열리고 깍두기 1호가 나타났다. 그는 동해의 손발을 풀어주었다.

"일어나."

깍두기 1호가 끌고 간 곳은 샤워장이었다.

"들어가 씻어."

그는 오줌이 흐르는 바지를 질질 끌고 철벅철벅, 안으로 들어갔다. 뜨거운 물을 틀어놓고 샤워기 밑에 붙은 강철 거울을 봤다. 초점이 풀린 눈, 시커멓게 꺼진 눈두덩, 멍하니 벌어진 입매, 오줌에 젖어 엉덩이 밑으로 축 처진 바지, 맨발. 영락없는 정신병자였다. 엄마를 믿은 대가였다. 엄마는 늘 아버지 편이었다는 걸 잠시 잊어버린 대가. 수중에 돈만 있었어도 잊어버리지 않았을 텐데. 갈 곳만 있었더라도.

"다 끝났나?"

깍두기 1호가 새 환자복을 들고 안으로 들어왔다. 동해는 옷을 갈아입고 깍두기 1호를 따라 병실로 갔다. 간호사실 바로 옆인 3011호였다.

"차오."

침대는 둘뿐이었다. 인사를 건넨 남자의 침대 머리에는 이름표가 붙어 있었다.

김용 M/52

동해는 자신의 침대로 가서 앉았다. 큼직한 종이 가방이 하나 놓여 있었다. 아버지가 두고 간 것인 모양이었다. 안에 팬티, 양말, 운동화, 내복, 두툼한 트레이닝복, 스웨터, 파카, 전기면도기, 라디오 따위가 들어 있었다. 깍두기 1호가 말했다.

"물건은 아무 데나 놔두지 말고 서랍장에 잘 정리해두도록 해."

깍두기 1호가 병실을 나가자 김용이 침대에서 내려와 초라니 걸음으로 다가왔다.

"너 원장 친구 아들이라며?"

원장 친구 아들이라……. 정황으로 봐서 그럴 수도 있겠다, 싶었다. 그 인간에게도 친구가 있다는 건 처음 알았지만.

"난 김용이걸랑."

김용은 슬그머니 침대에 앉았다. 고개를 쭉 빼고 종이 백을 기웃거리는 걸로 봐서 안에 든 물건에 관심이 많은 것 같았다.

"내가 놀라 자빠질 얘기 하나 들려줄까."

동해는 종이 백을 집어 들고 창가로 갔다. 거기까지 쫓아와 놀라 자빠지게 하려들면 백으로 주둥이를 갈겨버릴 작정이었다. 김용은 침대에서 일어나 잠시 동해의 표정을 살피더니 콧노래를 부르면서 병실을 나갔다.

웬일인가 내 형제여. 마귀만 쫓다가 죗값으로 지옥 형벌 너도 받겠구나……

136

동해는 취침 시간 전까지 창턱에 걸터앉아 시간을 보냈다. 진만이 굴러떨어진 벼랑이 내다보이는 자리였다. 가로등 빛이 눈 쌓인 벼랑을 오렌지 빛으로 비추고 있었다. 벼랑 밑에 설치된 그네는 오렌지 빛 밤안개에 묻혀 검은 밧줄처럼 보였다. 진만은 어디에 떨어져 있었을까. 저 그네 밑에?

기준 2

새벽 2시, 트럭이 동부소방서 앞에서 멈췄다. 기준은 지갑에 든 돈을 탈탈 털어 기사에게 내밀었다. 미시령에서 이곳까지 데려다준 데 대한 감사의 표시였다. 백발이 성성한 초로의 기사는 이게 뭐냐는 듯, 흘끔 쳐다봤다.

"기름 값에 보태시라고."

"우리 119대장 덕에 졸지 않고 잘 왔는데 뭘. 그냥 넣어두쇼."

돈이 적어서 그런가, 싶어 기준은 덧붙였다.

"지금 현금을 가진 게 이거밖에 없어서……."

기사는 기준의 손을 밀어내며 난데없는 아들 얘기를 꺼냈다.

"아까 말하다 말았지만 내 아들 놈도 특전사 장교요. 우리 119대장하고 기수 차이가 십몇 년 나겠구먼."

기준은 백미러에 걸린 카메오 메달을 새삼스레 쳐다봤다. 메달 안에는 뺨을 맞대고 활짝 웃는 남녀의 사진이 들어 있었다. 기사의 말을 빌면, 둘은 쌍둥이였다. 딸이 간호사라고 했던가.

"이게 어디 보통 인연인가? 나 기억했다가 혹시 어려운 일이 생겨 부르면 그때 잘 봐주시게."

"그땐 그때고요."

두어 번 실랑이가 오갔다. 기사는 끝내 사양했다. 덕을 베풀되 보를 바라지 않는 게 '광산 노씨 만호공파'의 가풍이라고 했다.

"고맙습니다. 언제든 들르시면 소주 한잔 대접하겠습니다."

기준은 만호공파가 가풍을 지킬 수 있도록 돈을 거둬들였다. 트럭에서 내리자 불이 환하게 켜진 1층 안전센터와 차고가 시야에 나란히 잡혔다. 컴컴한 차고 안에서는 전조등이 번쩍거리고 있었다. 이윽고 사이렌이 울리면서 구급차와 구조차가 동시에 튀어나왔다. 차량들은 인적 없는 거리를 질주해 백운도서관 사거리 쪽으로 사라졌다. 기준은 숙소에 들르지 않고 곧장 소방과로 뛰어 올라갔다. 바쁜 일이 기다리고 있었다.

비상소집 명령이 떨어진 건 지난 일요일 오후 6시경이었다. 기준은 만 하루 가까이 명령을 접수하지 못하고 있었다. 휴대전화를 부지런히 확인하지 않은 탓이었다. 단목령에서 미시령까지 33.5킬로미터를 걷는 동안 휴대전화는 줄곧 불통 상태였다. 그 바람에 배터리가 나가버린 것도 모르고 있었다. 신선대 야영지에 도착한 오늘 오후 5시경에야 배터리를 바꿨고 떼거리로 도착한 문자를 확인했다. 센터와 구조구급대장이 보낸 것들이었다.

비상소집. 동부소방서 전 대원 즉각 응소 요망.
비상소집. 동부구조대 한기준 대원 즉각 응소 요망.

아내의 문자도 끼어 있었다.

기준 씨, 어디서 뭐 하는 거야? 비상 걸렸다는데.

센터로 전화를 걸었으나 통화 신호가 떨어지지 않았다. 어찌어찌 문자
만 눈보라를 뚫고 와 닿은 듯했다. 구조대장에게 즉각 응소한다는 문자
를 보냈으나 답신이 없었다. 통화가 된 건 산을 내려와 만호공파의 트럭
을 얻어 탄 이후였다. 그때가 밤 9시경이었다. 대장은 전화를 받자마자
어디 아픈 데 없느냐고 물었다. 그렇다고 하자 거울을 한번 보라는 해괴
한 주문을 해왔다. 기준은 룸미러를 내렸다.

"눈이 화재 경고등처럼 보이지 않나?"

그렇게 보이진 않았다. 핏대가 몇 가닥 서긴 했지만 그런 걸 화재 경고
등이라고 부르지는 않을 것 같았다. 괜찮다고 하자 대장은 길고 무거운
한숨을 내쉬었다.

"하도 연락이 안 닿아서 우린 자네마저 산에서 쓰러진 줄 알았네. 인제
소방서에 수색 요청을 할 참이었다니까."

기준의 팀원 전원이 눈이 빨갛게 되는 괴질로 화양의료원과 북구 미
래병원에 입원했다고 했다. 화양맨션에 출동한 다음 날인 토요일 저녁에
하나같이 '빨간 눈'으로 출근하더니, 일요일 밤과 새벽에 두 병원에 나누
어 입원했고, 얼마 후엔 혼수상태에 빠져 인공호흡기를 달았다. 구급대
강혜영이 가장 먼저 숨졌다. 월요일 정오 무렵이었다. 이어 윤문식이 미
래병원 중환자실에서, 유은호가 그 뒤를 이었다. 나머지 세 사람은 인공
호흡기를 달고 격리병동에 입원해 있으며 위독한 상태라고 했다.

기준은 얼이 빠진 나머지 아무런 대꾸도 하지 못했다. 악질적인 농담
을 듣고 있는 것 같았다. 소방서에 도착할 때까지도 실감이 나지 않았다.
사무실 문을 열면 대장이 실실 웃으며 '자네 불러들이려고 농담 좀 해본

거야' 할 것 같았다. 실제 상황이란 걸 실감한 건 사무실로 들어선 후였다. 고글과 N95 마스크를 쓴 세 사람이 탁자를 사이에 두고 마주 앉아 얘기를 나누고 있었다. 행정과장과 구조구급과장, 구조대장이었다.

"돌아왔습니다."

세 사람은 일제히 고개를 돌려 기준을 봤다. 탁자로 다가가는 동안에도 기준의 눈에서 시선을 떼지 않았다.

"정말로 괜찮은 거 같구먼."

행정과장이 의자를 권했다.

"오느라 고생했어, 날도 안 좋은데."

구조과장이 인사와 함께 N95 마스크를 건넸다. 기준은 잠자코 받아서 썼다.

"당분간 24시간 근무로 돌아갈 텐데 자네가 2팀을 맡도록 해. 박 팀장이 좀 전에 입원했거든."

기준은 마스크를 턱에 고정시키다가 의아해서 과장을 봤다. 화양맨션에 출동했던 3팀에게만 생긴 문제라고 하지 않았던가.

"동부서에서 오늘 발병한 대원만도 벌써 12명이야. 우리가 파악한 바로는 그날 후송한 화양맨션 환자와 접촉한 사람은 모조리 쓰러졌어. 현장에 왔던 경찰 둘, 그날 근무했던 화양의료원과 미래병원 응급실 의사 간호사까지. 화양맨션 관리인 노인은 일요일 새벽에 죽었고."

"그러니까 화양맨션 출동자 중에서 저와 박동해만 멀쩡하다는 얘기입니까?"

이번엔 구조대장이 대꾸했다.

"박동해는 모르겠네."

"모르다뇨."

"어제 결근했어. 휴대전화도 꺼져 있고."

"집에 연락해보셨습니까?"

대장은 탁자에 놓인 서류를 만지작대며 말했다.

"집에서도 행방을 모른다더군. 아무래도 사고를 친 것 같아. 어제 아침에 형사가 찾아왔더라고."

"왜요?"

"모르지, 자초지종도 밝히지 않고 꼬치꼬치 캐묻기만 하고 돌아갔으니까. 공익으로 전환한 구체적인 사유가 뭐냐, 친한 사람이 누구냐, 혹시 동물 포획 장비를 잃어버리지 않았느냐. 확인해보니까 블로우 건하고 마취약제, 캐칭 넷이 없어졌어."

대장은 고글 속에 든 눈을 연방 깜박거리며 "그 참." 했다. 한쪽 눈자위가 불그레했다. 화재 경고등 수준까지는 아니었지만.

"그럼 2차로 쓰러진 건 동부서 대원 12명뿐입니까?"

"아냐. 어제부터 화양맨션 주민들이 줄줄이 입원하는 중이야. 더 이상한 건 북구인데……. 미래병원이 수안산업단지 부근에 있잖나. 화양맨션하고는 거리가 좀 있는데, 그쪽도 토요일 저녁부터 빨간 눈 환자들이 하나둘 들어왔던 모양이야. 병원에선 유행성 결막염 정도로 판단했다가 하루 사이에 환자가 우르르 몰려들고 사망자가 나오면서 이 난리가 난 거고. 지금은 환자가 몇 명인지 정확히 파악도 안 되는 지경이야."

기준의 머릿속으로 다다닥, 말을 쏟아내던 여자의 목소리가 지나갔다. '제가 수안산업단지 방직 공장에 다니거든요. 지금 잔업에 걸렸고요.'

대장은 말을 이어갔다.

"더 무서운 건 이게 무슨 병인지 아무도 모른다는 거야. 담당 의사 말로는 약도 전혀 듣질 않는대. 빨간 눈 나타나고 한나절 정도면 갑자기

40도가 넘는 고열이 나면서 이삼 일 안에 폐출혈을 일으키는 것 같다고 하더라고."

"그래서 아무 대책도 없다는 겁니까?"

"주말에 갑자기 터진 일이라 다들 우왕좌왕하고 있는 거지. 질병관리 본부에도 어제 오전에야 보고가 됐다고 들었네. 불길은 밑바닥에서 미친 듯이 번지고 있었는데 아무도 몰랐던 거야. 윗선에서 내려온 말로는, 일단 동구와 북구에 통행 제한 조처부터 할 것 같아. 어쨌든 시 전체로 번지지 않게 차단하자는 거겠지."

"그게 말이 됩니까? 손바닥으로 댐을 막자는 것도 아니고, 하루 동안 동구나 북구로 오가는 인구가 얼만데. 서울로 출퇴근하는 사람도 있을 테고."

"그래도 서구나 남구는 아직 환자가 안 나왔으니까."

"지금까지 들은 얘기로 판단하면, 아직 안 나왔다고 앞으로도 안 나올 건 아닐 것 같은데요."

"어쨌든 안 하는 것보다는 낫겠지."

행정과장이 끼어들었다.

"당분간 인력 지원은 없을 거야. 간부 회의에서 일단 우리끼리 버텨보기로 결정이 났어. 서장님이 지원 요청 하는 걸 꺼려 하기도 하고. 필요하면 구조대에서 구급대를 지원하도록 해."

"일이 더 커지면 어쩔 건데요."

"그때는 또 조처가 있겠지. 이러다 수그러질 수도 있고."

어이없고 대책 없는 낙관이었다. 저절로 진화되는 불도 있던가. 태울 것이 남아 있는 한 불은 스스로 수그러들지 않는다. 대장은 A4 용지 한 장을 기준에게 내밀었다.

"이건 임시로 마련한 매뉴얼이니까 숙소로 돌아가서 읽어 봐."

돌아가서 읽어볼 것도 없었다. 딱 네 줄이었다.

1. 고글과 마스크, 라텍스 장갑 등의 보호 장비를 상시 착용할 것.

2. 동구 내에서 발생한 '빨간 눈' 환자는 일괄 화양의료원으로 후송할 것.

3. 후송 후 이동 침대와 차내를 소독할 것.

4. 귀서하면, 반드시 소독제로 손과 얼굴을 씻을 것.

"빈소는 어딥니까?"

기준은 자리에서 일어나며 물었다. 대장이 손등으로 눈을 비비며 대꾸했다.

"지금 가보려고?"

"씻고 가 봐야죠."

"화양의료원 장례식장이야."

빈소는 합동으로 마련돼 있었다. 나란히 세워진 세 사람의 영정을 대면하는 순간, 기준은 이상하고도 소름끼치는 충격에 빠졌다. 알고 있는 것과 인식하는 것이 일치하는 찰나에서 비롯된 충격이었다. 진짜였구나, 진짜 저들이 죽었구나. 어떻게 이런 일이 있을 수 있을까. 불과 나흘 사이에. 은호의 아내는 멍한 얼굴로 벽에 기대앉아 있었다. 눈이 퉁퉁 붓고 코끝이 새빨갰다. 만삭이 된 몸을 제대로 가누지도 못하는 기색이었다. 그는 제단 밑에 아연한 심정으로 앉아 있었다. 다가가서 무슨 말이든 하기는 해야겠는데 끝내 입이 열리지 않았다.

소방서 숙소로 돌아와 누웠을 땐 새벽 6시가 넘었다. 잠깐이나마 눈을 붙여야 했으나 잠이 오질 않았다. 온몸이 쑤시고 피곤한데 눈만 말똥말

똥했다. 답을 알 길이 없는 질문들이 머리를 어지럽혔다. 직접 접촉자 중에서 왜 자신만 멀쩡한지, 지금껏 멀쩡하다는 것이 앞으로도 멀쩡하리라는 보장으로 볼 수 있는지, 무슨 병이기에 약이 안 듣는지, 아직 증상이 나타나지 않은 잠재적 감염자가 얼마나 될지, 화양 전역으로 번져버리면 그땐 어떡할 것인지……. 몸을 돌려 반듯하게 눕자 컴컴한 천장에 딸 유빈이의 얼굴이 불쑥 나타났다. 집에 전화를 해보고 싶었지만 시간이 애매했다. 그는 1시간 가까이 뒤척거리다 가까스로 잠이 들었다.

기준은 기역자로 구부러진 소나무 앞에 서 있었다. 멀리, 눈 덮인 너덜지대 너머에선 혀짤배기 노래가 들려왔다.

개굴개굴 개구리 노래를 한다
아들 손자 며느리 다 모여서……

기준은 딸을 불렀다.
"유빈아."
노랫소리는 너덜 지대 너머로 멀어졌다. 기준은 노래를 따라 너덜 지대를 가로지르기 시작했다. 높고 너른 암릉을 지나고 기역자로 구부러진 소나무 앞에 다다랐다. 좀 전에 본 소나무와 똑같이 생겼다고 생각하며 그 앞을 지나쳤다. 얼마 후, 다시 기역자 소나무 앞을 지나갔다. 세 번째로 그 소나무 앞에 도달했을 때, 비로소 걸음을 멈췄다. 기찻길처럼 두 겹 세 겹으로 찍힌 발자국들이 내려다보였다. 깊은 산에서 환상(環狀) 방황에 걸린 것처럼 계속 같은 자리를 맴돌고 있었던 것이다.

개굴개굴 개구리 노래 부른다

개굴개굴 개구리 목청도 좋다

노랫소리는 아득히 먼 서쪽 하늘로 멀어졌다. 막이 내리듯 기역자 소나무 위로 어둠이 쏟아졌다.

"유빈아."

기준은 잠꼬대와 함께 눈을 떴다. 주변이 고요했다. 아니, 귀가 먹먹했다. 이마에는 땀이 옅게 덮여 있었다. 공기가 너무 뜨겁다는 생각이 들었고 비로소 이곳이 소방서 숙소라는 걸 깨달았다. 목이 타는 기분이었다. 사무실로 가서 물을 마셔야지, 하면서도 그는 움직이지 않았다.

이상한 꿈이었다. 유빈이가 부르는 노래라니. 아는 말이라곤 겨우 엄마와 맘마뿐인 돌쟁이인데. 개구리 노래는 유빈이 아닌 기준의 노래였다. 딸이 이유식을 먹지 않겠다고 떼를 쓸 때마다 마이클 잭슨처럼 문 워킹을 해 보이면서 부르는 노래. 팔만 요란하게 내저을 뿐 10센티미터도 뒤로 가지 못하는 춤이었지만 딸의 반응은 열광적이었다. 어푸어푸, 입으로 나팔을 불거나, 숟가락으로 그릇을 두들기거나, 침을 질질 흘리며 몸을 흔들거나, 고개와 몸을 발랑 젖히고 까마귀 소리로 웃거나. 침 때문에 살이 튼 딸의 볼에다 '부비부비'를 하지 못한 게 벌써 며칠째였다. 아내의 표현을 빌자면, 들개처럼 쏘다니고 싶은 '개 병'이 도져서.

기준은 매년 1월이면 휴가를 내서 산으로 떠났다. 전역한 후부터 매년 홀로 백두대간 구간 종주를 해오는 중이었다. 어떤 해엔 네 구간을 주파하고, 어떤 해엔 두 구간에 그칠 때도 있었다. 계획대로 전진하는 때도 있고 적을 이기지 못하고 고전하는 때도 있었다. 고독감, 물이나 식량 부족, 산짐승을 만나거나 길을 잃는 일, 추위, 폭설. 무엇보다 무서운 적은 배낭이었다. 30킬로그램이 넘는 짐을 지고 눈과 강풍을 헤치며 걷다보면 생각마저 사라지곤 했다. 체감온도가 영하 40도를 넘는 곳에선 이중화도, 고어텍스도 소용없었다. 사나운 이빨에 살을 찢기는 느낌이었다. 그럴 때의 배낭은 짐이 아니라 저승사자였다. 그래도 기준은 오롯이 홀로 되는 며칠을 사랑했다. 그 며칠은 세상과 사람이 사라지고, 삶과 죽음만이 자신을 지배하는 본능의 시간이었다.

올해는 다른 해보다 휴가가 짧았지만 심적으론 더 여유가 있었다. 마지막 남은 두 구간을 완주하는 데는 충분한 기간이었다. 진부령에 깃발을 꽂고 돌아와 하루쯤 쉴 수도 있겠다, 싶었다. 고지를 앞두고 불려올 줄은 꿈밖에도 몰랐다. 출발 전부터 삐걱대는 느낌은 좀 있었다. 화양맨션 출동 건으로 인제행 막차를 놓쳤고, 그 바람에 자신의 차로 가야 했고, 가는 내내 폭설이 쏟아졌으니. 다급하게 귀환하느라 출발 지점에 두고 온 차는 언제 가지러 갈 수 있을까. 그사이 누가 건드리지 않으면 좋으련만.

벽시계가 8시 30분을 가리켰다. 씻고 아침을 먹으면 교대 시간이 될 듯했다. 기준은 이불을 젖히고 일어나려다 이상한 소리에 멈칫했다. 2팀 막내인 강지운의 침대에서 울린 소리였다. 녀석은 나쁜 꿈을 꾸는 것처럼 눈꺼풀을 움찔거리며 끙끙 앓는 소리를 냈다. 방 안 빛이 침침한데도 얼굴이 선홍빛으로 달아올라 있었다. 그는 손을 뻗어 지운의 팔을 흔들었다.

"강지운."

지운은 거친 신음을 뱉으며 몸을 뒤척였다. 몸이 불붙은 숯처럼 뜨거웠다. 기분 나쁜 예감이 머리를 스쳐 갔다. 그는 좀 더 세게 지운의 팔을 흔들었다.

"강지운, 괜찮아?"

예, 하는 것처럼, 지운은 번뜩 눈을 떴다. 흰자위가 핏빛이었다. 검은 동공은 핏빛 자위에 파묻혀 옴폭 꺼지고, 시선은 꿈속을 배회하는 것처럼 몽롱해 보였다. 기준은 지운의 팔에서 손을 뗐다. '혹시'와 '설마'가 머릿속에서 교차했다. 누군가를 데려와야 한다는 생각이 들었다. 빨간 눈인지 아닌지 판별할 수 있는 사람. 숙소엔 자신과 강지운뿐이었다. 그는 사무실로 뛰어 올라갔다. 구급팀 윤미래가 책상 앞에 앉아 신문을 보고 있다가 고개를 들었다.

"왜 그러세요, 팀장님."

묻는 그녀의 눈도 어쩐지 빨갛게 보였다. 그는 자신도 모르게 눈을 깜박이며 말했다.

"잠깐 숙소로 내려와 봐."

기준의 표정에서 뭔가를 읽은 듯, 그녀는 더 묻지 않고 숙소로 뛰어 내려왔다. 1분 후, 구급차가 소방서를 떠났다. 승객은 하나가 아니라 둘이었다. 지운과 진압팀 대원 하나. 소방서는 삽시에 무거운 침묵에 휩싸였다. 사람들의 얼굴엔 똑같은 질문이 떠올라 있었다. 다음은 누구일까. 기준은 식당으로 가는 대신 휴대전화를 들고 사무실로 올라갔다. 당장 아내의 목소리를 확인하고 싶었다. 아내는 신호 다섯 번 만에 전화를 받았다.

"일어났어?"

기준은 커피믹스에 뜨거운 물을 부으면서 물었다.

"시간이 몇 신데 여태 자. 산에서 내려오긴 한 거야?"

되묻는 목소리가 깔깔했다. 산으로 떠나던 날 아침, '백두대간 종주하면 훈장이라도 준대?'라고 묻던 목소리처럼.

"새벽에. 집에 별일 없지?"

"응."

"유빈이는?"

"뭐 하긴 뭐 하겠어. 꼭두새벽부터 일어나서 집 안을 싸돌아다니고 있지."

기준은 잠시 불안을 잊고 소리 없이 웃었다. 내키는 대로 기어 다니며 가는 곳마다 침을 흘려놓을 유빈이의 모습이 눈에 선했다.

"나 당분간 못 들어갈 거 같아."

"당분간 얼마나?"

"한 이틀, 어쩌면 사나흘, 길면 일주일."

"이틀이야, 일주일이야? 속옷이라도 가져다주려면 며칠이나……."

"안 돼, 오지 마. 여기가 어디라고."

여기 지금 전염병 소굴이야, 하려다 기준은 말을 삼켰다. 아내는 걱정이 많은 여자였다. 그가 전역한 것도 아내가 "1300미터 상공에서 낙하해 500원짜리 동전만 한 목표 지점에 사뿐히 떨어지는 걸 업으로 삼는 남자와는 결혼하고 싶지 않다"고 했기 때문이었다.

"아아. 나는 남편 직장에 가면 안 되는 사람이구나."

되받는 아내의 목소리가 뾰족했다. 그는 당황해서 "은희야." 하고 불렀다. 불러놓고 보니 수습할 말이 마땅치 않았다.

"그게 아니고 유빈이 데리고 밖에 나가지 말라는 얘기야. 웬만하면 마트나 은행에도 가지 마. 이상한 전염병이 도는 모양이니까."

"빨간 눈인가 뭔가 하는 거 말이야?"

"얘기 들었어?"

"엘리베이터에 공고문 붙었던데. 손 씻기 잘해라, 모임 나가지 마라, 어째라. 심각한 거야?"

"공고문이 시키는 대로 해. 그러면 괜찮아."

기준은 전화를 끊고 책상 앞에 앉았다. 또다시 궁금했다. 왜 나만 병에 걸리지 않았을까.

"한 팀장, 금방 병원에서 연락이 왔는데……."

사무실 문이 열리고 대장이 안으로 들어왔다. 기준은 등이 꼿꼿하게 얼어붙는 걸 느꼈다. 다가오는 대장의 양쪽 눈이 핏빛 동굴이었다.

"자네 팀 세 사람 모두 인공호흡기를 뗐다는군. 새벽에."

윤주 2

윤주는 화양 동부경찰서 어느 방에 홀로 앉아 수저를 움켜쥐고 있었다. 점심으로 들어온 된장찌개가 사약처럼 보였다. 팀장은 뭘 하고 있나. 빨리 나오도록 손써보겠다고 한 게 언젠데.

그녀가 출두 요청을 받은 건 전날 오후 1시경이었다. 사무실 책상에 앉아 8년 차 후배인 천 기자의 청첩장을 막 펼쳐보던 차였다. 설 연휴에 결혼식이라니, 어지간히 급했던 모양이라고 이죽대던 참이기도 했다. 천 기자의 남편이 될 인간으로 말하면, 지난 5년 동안 윤주의 연인이었으며 문자 한 통으로 그녀를 나가떨어지게 한 수사의 대가였다.

윤주야, 난 이제 너랑 잘 수가 없어. 친누나 같아서.

작년 7월의 일이니 일곱 달 만에 여동생으로 배를 갈아탄 셈이었다. 둘의 관계는 그보다 몇 달 전에 시작됐다고 했다. 몰랐던 사람은 윤주뿐이었다. 뒤늦게야 낌새를 느끼고 사실 여부를 물었다가 저따위 문자를 받았다. 팀장은 안쓰럽다는 표정으로 "결혼식 갈 거니?"라고 물었다. 윤주는 심기가 흉흉했던 나머지 팀장에게 재떨이를 날려버릴 뻔했다. 박주환이라는 형사가 전화를 걸어와 '김윤주 씨'를 찾는 통에 제정신이 돌아오긴 했지만.

이곳에 올 때만 해도 돌발 사고 정도로 여겼다. 공범이 누군지 기꺼이 불어버린 서재형의 뒤끝을 '화끈하다'고 논평할 여유도 있었다. 자초지종을 설명하면 끝날 일로 여겼다. 그리하여 투서를 받은 지난 1월 10일부터 서재형과 헤어진 26일 밤까지의 이야기를 성실하게 털어놓았다. 똑같은 질문이 반복돼도 성미부리지 않고 답해주었다. 그러다보니 밤이 깊어 있었다. 재형과 한자리에서 만난 건 자정 무렵이었다.

"혹시 이 사람 본 적 있소?"

박 형사는 책상에 놓여 있던 사진 한 장을 재형의 눈에 들이댔다. 재형은 고개를 저었다. 사진은 옆에 앉은 윤주에게 왔다. 산 자가 아니라는 걸 그녀는 한눈에 알아봤다. 20대 초중반쯤으로 보이는 남자였고 눈밭에 반듯하게 누워 있었다. 어디서 본 듯한 인상이었다. 특히 한쪽 눈썹 위에 걸린 점박이 피어싱이 낯익었다.

"아는 사람이오?"

박 형사가 물었다. 윤주는 고개를 저었다.

"시신을 보여줘서 놀랐을 뿐이에요."

아아, 하며 박 형사는 사진을 거둬갔다.

"당신네들이 개를 훔친 창고 경비원이오. 백운정신병원 뒷마당에서 발견됐지."

재형이 물었다.

"창고에서 죽었다면서요?"

"그렇게 말한 적 없는데. 선생이 그 창고에 들어간 그 무렵에 죽었을 거라고 했지. 추락사로 보고 있는데 정황이 석연찮아서 말이오. 그 병원

뒷마당에 떨어져서 죽을 만한 장소는 바로 위에 있는 배수지 쉼터뿐이거든. 선생이 그 부근에 사니까 잘 아시겠지."

"박 형사님 말대로라면 제가 지금 여기 있을 이유가 없는데요. 전 그 시각에 창고에 있었습니다만."

재형이 대꾸했다. 윤주는 때늦게 '특수절도 공범' 혐의가 피의자로 묶어두기 위한 명분에 불과하다는 걸 알아차렸다. 창고 경비원의 추락사가 몸통이었다.

"정확한 사망 시각이야 부검 결과가 나와 봐야 아는 거고. 내가 알고 싶은 건 이거요."

박 형사는 다른 사진 하나를 집어 들어 재형에게 보여주었다. 개 인식표를 찍은 사진이었다.

"쉼터 철봉 밑에서 발견됐어요. 그 옆에 그물과 밧줄이 떨어져 있고. 배낭도 하나 있었는데 안에 든 물건들이 좀 희한하더라고. 시너 한 병, 군용 포크숟가락, 망치, 대못, 블로우 건, 휴대용 그물 발사기. 아, 빈 주사기도 하나 발견됐지. 안에 묻은 약을 분석해봤는데 졸레틸이랍디다."

재형은 사진을 받아 들었다. 펜던트에 새겨진 '드림랜드'와 '스타'라는 활자가 윤주의 눈에도 또렷하게 보였다. 문득 대문 문설주에 숨어 있던 경계심 많은 썰매개가 기억났다. 재형의 얼굴에선 핏기가 사라지고 있었다. 무슨 말인가를 꾹 눌러 삼키는 것처럼 목젖이 깐닥깐닥 오르내렸다. 박주환이 물었다.

"그게 왜 쉼터에 있었을 것 같소? 동물 마취제는 일반인한텐 팔지 않는 걸로 아는데."

"개는 없었습니까?"

"없었소."

"그 남자 사진, 한 번 더 보고 싶은데요."

재형은 남자의 사진을 건네받아 한동안 들여다봤다.

"근방에 그물과 블로우 건, 주사기가 있었다면, 우리가 창고에 간 사이에 누군가, 어떤 목적으로 스타를 납치해 그곳에 데려갔다고 봐야겠죠. 창고에 가기 전까지는 스타가 집에 있었으니까."

"다녀와서 보니 없어졌다?"

"없어진 것도 모르고 있었습니다. 김윤주 씨가 돌아간 다음에 문단속을 하면서 알게 된 거죠."

"누가, 어떤 목적으로 그랬을까. 죽은 이 친구가 그랬겠소?"

"몇 년 전 일이라 처음엔 기억을 못 했는데……."

재형은 말을 멈추고 남자의 사진을 다시 들여다봤다. 박주환이 재촉했다.

"말해 봐요."

"재작년에 자기 개를 훔쳐갔다고 저를 고소한 사람이 있습니다. 박 형사님이 직접 제게 전화해서 그 집에 한번 찾아가보라고 하셨으니까 기억하실 것도 같은데."

박주환은 기억한다는 듯, 고개를 끄덕거렸다. 윤주의 머릿속으로도 기억이 지나갔다. 헬멧, 점박이 피어싱, 투덜대던 목소리. 니미, 내가 제 새 끼야. 아무 때나 전화해서 와라, 기다려라, 꺼져라…….

"그 집 아들이 제 아버지 개를 그 쉼터 철봉에다 묶어놓고 몽둥이질을 하는 현장에서 이 남자를 봤습니다. 제가 갔을 때 둘이 노란 스쿠터를 타고 달아났고요."

"노란 스쿠터라…… 혹시 차량 번호 기억하시오?"

"그건 보지 못했습니다. 진흙을 잔뜩 발라놔서."

윤주는 두 남자의 대화를 들으면서 두 남자를 생각했다. 아침이면 자전거를 타고 읍내로 내려가 신문을 사고, 딸이 쓴 기사를 골라 스크랩하는 지리산 '고기리촌닭집' 주인 남자와 한 번도 본 적이 없는 '누군가'를.

누군가 서재형에 관한 투서를 '김윤주 기자'에게 보냈다.

누군가 서재형한테 창고단지에서 개를 구조해달라고 전화를 걸었다.

누군가 서재형이 창고에 들어간 시간에 창고 경비원을 살해했을지도 모른다.

세 문장의 공통 키워드는 서재형이었다. 문장마다 인류가 오랜 세월 갈고닦아 온 '술수'라는 연금술이 숨어 있었다. 누군가는 박남철의 아들일 공산이 컸다. '김윤주'는 그저 부수적인 우연의 산물이겠고. 덕택에 고기리촌닭집 주인 남자는 딸이 쓴 기사가 아니라 딸이 주인공이 된 기사를 보게 될 판이었다. 경비원 살인 용의자 김윤주······.

일요일 밤, 드림랜드를 떠나면서 그녀는 서재형과 관련된 일을 다 잊어버리자고 마음먹었다. 제보자가 누구든, 동기가 무엇이든 간에 그냥 덮어두자고. 서재형을 다시 만나는 것보단 그편이 낫겠다, 싶었다. 경찰에 불려온 진짜 이유를 알기 전까지 그랬다는 것이다. 알고 난 후 마음이 바뀌었다. 밤사이에 머릿속 개펄, 새들의 서식지가 활짝 열렸다. 지리산을 주름잡던 '고기리싸움닭'이 자아의 뜨거운 불빛 속으로 걸어 나왔다. 누군가가 뉘시거나, 어디 한번 해보자고.

"김윤주 씨."

찌개 한 술을 퍼서 입에 넣는 참에 여경이 나타났다. 윤주는 수저를 뚝배기에 꽂고 기운차게 일어났다. 드디어 풀려나는구나, 생각하며 여경을 따라갔다. 도착한 곳은 박주환의 책상 앞이었다. 재형이 먼저 와 앉아 있었다. 박주환은 그녀에게 전화를 건넸다. 팀장이었다.

"김윤주, 지금 바로 화양의료원으로 가 봐."

뭔 소리야, 다짜고짜. 윤주는 박주환의 눈치를 보며 어름거렸다. 글쎄, 보내줘야 가든가, 말든가. 그런데 뭔 일로……

정오를 기해 화양 동구와 북구에 통행 제한 조처가 내려졌다고 했다. 주말 사이에 '빨간 눈 괴질'이라는 듣도 보도 못한 전염병이 폭우처럼 기습해 일대를 쑥대밭으로 만들어버렸다는 것이었다. 월요일인 어젯밤까지도 보건 당국은 물론 질병관리본부조차 상황 파악을 제대로 하지 못하다가, 둑이 터지듯 환자가 몰려들자 그쪽으로 통하는 도로 통행부터 막고본 모양이었다. 예고도 없었던 조처 덕택에 기자들이 그 안으로 들어가지 못하고 있으니, 운 좋게도 안에 있는 '네가 가서 먹이를 낚아채라'고 했다. 속보로 낼 수 있도록 최대한 빨리 움직이라는 팀장의 목소리에서 쿵쾅거리는 심음이 느껴졌다.

그로부터 30분 후, 윤주는 동부서를 나왔다. 함께 풀려난 재형은 그녀가 주차장에 도착할 때까지 밖으로 나오지 않았다. 전화를 걸어봤지만 예상대로 받지 않았다. 그녀는 차 안에 들어앉아 휴대전화로 인터넷을 검색했다. 화양을 키워드로 넣자 빨간 눈과 통행 제한 소식을 다룬 기사들이 좌르르 떴다. 그중 경원매일 단신이 눈에 띄었다. 27일 월요일 오전 11시에 올라온 것으로 빨간 눈에 대한 최초의 기사였다.

환자 후송한 119구급대원 6명, 정체불명의 괴질로 격리병동에 입원.

지난 1월 24일, 화양시 백운동 화양맨션에 거주하는 윤 모 씨(50)를 국립 화양의료원 응급실로 후송한 화양 동부소방서 소속 119구조구급대원들이 심한 결막 출혈, 두통, 고열, 폐출혈 등, 윤 씨와 비슷한 증세를 보이며 이 병원 격리병동과 북구 미래병원에 각각 수용된 것으로 알

려졌다. 화양의료원 측은 윤 씨가 응급실에 도착한 후 곧 사망했으며
119대원들과 윤 씨가 같은 병인지는 확인되지 않았다고 밝혔다.

문대성 기자 mds82@kwmael.com

　윤주는 휴대전화를 닫고 차에서 내렸다. 재형이 자기 신발 코에 시선
을 처박은 채 주차장으로 걸어오고 있었다.
　"뭐 하다 이제 와요. 전화도 안 받고."
　재형은 걸음을 멈추고 고개를 들어 윤주를 봤다. 울적하면서도 심란하
고 사나운 눈이었다. 윤주는 자신 때문에 저런 눈이 된 게 아니기를 바라
며 재형과 마주 섰다.
　"우리 할 얘기가 있지 않나요. 물어볼 것도 있고, 의논할 것도 있고."
　그는 바지 주머니에 양손을 쑤셔 넣고 고뇌에 빠진 시인의 표정으로
먼 하늘을 올려다봤다.
　"긴히 알려줄 것도 있어요. 박 형사한텐 말 안 했는데 나, 죽은 남자를
만난 적이 있어요. 어디서 봤는지 궁금하지 않아요?"
　시인은 주머니에서 자동차 키를 꺼내고 차 문과 입을 한꺼번에 열었다.
　"난 가봐야 할 데가 있으니까 하고 싶은·말이 있으면 따라오든가……."
　"지금은 안 되는데. 볼일이 있어서."
　"그럼 말든가."
　재형은 구급차에 올라탔다. 윤주는 문이 닫히기 전에 재빨리 덧붙였다.
　"이따 드림랜드로 갈게요. 그래도 되죠?"
　웽, 소리와 함께 드림랜드 구급차가 경찰서 정문을 빠져나갔다. 그
녀는 차를 동부소방서로 몰았다. 불과 500여 미터 거리에 있었다. 1층
119안전센터로 들어서자 홀로 책상에 앉아 있던 여직원이 고개를 들었

다. 그 턱 밑에 명함을 들이대고 목적을 말했다. 여직원은 명함을 들여다보더니 손님용 소파를 가리켰다.

"저기 앉아서 잠깐 기다리세요."

15분이 걸렸다. 고글과 호빵 마스크를 쓴 구조구급과장이 와서 그녀를 2층 소방과로 데려가기까지는. 납득 가능한 15분이었다. 기자를 위험물로 다루는 관공서 특성상, 답변할 선수를 정하고 답변 수위도 조율해야 했을 테니.

"우선 화양맨션에 출동한 날의 상황을 알고 싶은데요."

짐작건대 '사실'만 말하자고 결정한 것 같았다. 추론이나 의견, 감정의 개입 없이 시간 순차로 사건 전모와 현재 상황을 브리핑하듯 알려주었다. 그 정도면, '빨간 눈 괴질의 창궐'이라는 사건을 만들기에 충분했다. 다음 행선지는 화양의료원이었다. 그녀는 병원 앞 의료기 판매점에서 119구조과장이 쓰고 있던 호빵 마스크와 고글을 샀다.

화양의료원 응급실 앞엔 구급차와 승용차 들이 뒤엉키듯 몰려 있었다. 차들 사이에선 구급대원과 흰 우주복을 입은 사람과 이동 침대에 누운 사람과 보호자로 보이는 이들이 응급실 출입문을 향해 뛰거나 걷거나 서로 고함을 질렀다. 그녀는 은행나무들이 둘러선 언덕 가장자리에 차를 바짝 붙여 세웠다. 마스크와 고글을 집어 들고 차에서 내려 응급실로 뛰었다. 그녀는 엉켜 있는 차들을 헤치고 들어가다가 막 승용차에서 내리는 남자와 어깨를 부딪쳤다.

"뭐야."

남자는 몸을 휘청거리며 소리쳤다. 윤주는 움찔해서 뒤로 물러났다. 자신을 노려보는 남자의 눈이 금방이라도 피를 뿜을 것처럼 새빨갰다. 검은 동공이 붉은 자위에 눌려 안으로 쑥 꺼져 있는 것처럼 보일 지경이었다. 눈두덩마저 자줏빛이었다. 그녀는 입을 꾹 다물고 튀어나올 뻔한 헉, 소리를 삼켰다. 2시간 사이에 '빨간 눈'이라는 말을 수도 없이 들었지만 저토록 험악할 줄은 예상하지 못했다. 남자의 눈꺼풀 안에 든 것은 안구가 아니라 핏덩어리였다. 그녀는 돌아서서 고글과 마스크를 썼다. 쓰면서 후회했다. 차에서 쓰고 나왔어야 했는데.

응급실 안은 흰 우주복들의 세상이었다. 고글과 마스크, 일체형 방호복을 입고 넓은 공간을 뜀박질하듯 오가는 자가 의산지, 간호사인지조차 구분이 되지 않았다. 어림잡아 30개쯤 돼 보이는 병상과 열댓 개의 이동침대마다 환자들이 누워 있었다. 윤주는 간호사실 안에서 뭔가를 하고 있는 여자 우주복에게 다가가 명함을 내놓았다.

"한진일보, 김윤주 기자예요."

"이렇게 막 들어오시면 안 됩니다. 지금 출입구를 통제하고 있을 텐데……."

여자 우주복의 눈은 당황의 빛을 띠고 사방을 두리번거렸다. 도와줄 사람을 찾는 눈치였다. 윤주는 물었다.

"여기 있는 환자들이 다 빨간 눈 감염자인가요?"

"예, 아니. 저는 뭘 말씀드릴 위치가 아니에요."

윤주는 상대의 위치에 개의치 않고 계속해서 질문을 던졌다. 현재 환자가 몇 명인지, 사망자가 몇 인지, 환자들은 어디에 수용돼 있는지, 응급실에 있는 환자들이 모두 빨간 눈인지, 어떤 병인지, 어떤 식으로 전염되는지, 빨간 눈 외에 어떤 증세를 보이는지, 치료는 어떻게 하고 있는지, 방역 대책은 무엇인지…….

"잠깐만, 잠깐만 기다려주세요."

여자 우주복은 어딘가로 전화를 걸어 한참 소곤거렸다.

"2층 감염내과 진료실로 가세요. 과장님이 올라오시래요."

윤주는 미소 지었다. 한자리에서 두 가지 일을 볼 수 있게 된 셈이었다. 박남철은 자신만큼 좋아하는 것 같지 않았지만. 고글을 벗고 눈을 보여주자 박남철의 눈빛이 험악해졌다. 칫솔 눈썹이 시커먼 매연을 내뿜는 느낌이었다. 도무지 의자를 권할 기미가 없었으므로 그녀는 스스로 박남철의 책상 앞에 가서 앉았다.

"안녕하세요, 과장님."

"내일쯤 질병관리본부나 보건 당국에서 공식 발표가 있을 거요. 지금은 알려줄 만한 얘기가 별로 없어요. 시간도 없고. 의국 회의가 있어서 지금 나가 봐야 합니다."

아무것도 확인해주지 않겠다는 얘기였다. 윤주는 마스크를 벗고 배시시 웃었다.

"아, 회의. 그래도 인사는 받고 가셔야죠. 어쨌거나 만나주신 것 감사드려요. 덕택에 살인사건 피의자 경험을 하게 된 것에 대해서도."

의자에서 엉덩이를 일으키던 박남철이 멈칫했다.

"번지수 잘못 짚었어요, 김윤주 기자."

"그렇게 말씀하실 줄 알았어요."

"계속 그러고 있을 겁니까?"

"그런데 이건 모르셨을걸요. 지난 금요일 오후에 제가 아드님 친구와 과장님의 진료실 앞에서 마주쳤다는 거. 누군가에게 떠밀려 추락사한 그 창고 경비원 말이에요."

박남철의 표정에 변화가 왔다. 불이 붙듯 목 밑으로부터 귀까지 벌겋게 달아오르고 있었다.

"참, 경찰에게는 아드님 친구와 과장님 관계에 대해 아직 말하지 않았어요. 제가 먼저 아드님을 만나보고 싶어서요."

박남철의 얼굴은 이제 우체통 빛깔이 되었다.

"잠깐만 앉으세요. 공식적인 방문 목적을 말씀드릴게요."

"이봐요, 김윤주 기자. 지금 나를 협박하는 거요?"

"설마 그럴 리 있겠어요. 저는 그저 알 권리를 청구하고 있을 뿐인데요."

윤주는 취재 수첩과 녹음기를 꺼내놓고 곧장 본론으로 들어갔다. 여자 우주복에게 던졌던 질문들을 차례차례 던졌다. 박남철은 머뭇거렸으나 이내 몇 푼 쥐여 주고 내쫓기로 마음을 바꾼 것 같았다. 간단하고 불친절한 대답을 빠른 속도로 내놓았다.

"감염자들이 계속 늘어날 텐데 어디에 수용할 계획인가요? 응급실은 이미 꽉 찼던데요."

"그건 우리가 결정할 문제가 아니오."

"누가 결정할 문제인데요?"

"어디긴 어디겠소. 보건 당국이지."

박남철은 세 번째로 시계를 들여다봤다.

"이제 난 나가 봐야겠는데."

"아직 아드님 얘기는 듣지 못했는데."

윤주는 인심을 썼다. 자신도 상대 못지않게 바빴으므로.

"그 문제는 내일 차분하게 할까요?"

박남철은 대꾸 없이 진료실을 나가버렸다. 그녀는 병원을 나가 백운교 차로로 향했다. 북구 미래병원으로 갈 예정이었으나 화양천변 중앙로에서 더 전진할 수가 없었다. 시청으로 통하는 천변 다리와 남구로 내려가는 중앙로를 바리케이드와 경찰 병력이 틀어막고 있었다. 나가려던 차량들은 대부분 북구로 방향을 바꾸는 중이었다. 그 바람에 북구로 가는 도로마저 교통 정체를 빚고 있었다. 목적지에 도착한 건 저녁 5시경이었다. 응급실 입구에서 문전 박대를 당한 데다 의료진도 만나지 못했다. 경비원들이 철통 경비를 서고 있어 안으로 들어갈 길이 없었다. 그녀는 병원 근처 PC방에 자리를 잡고 기사를 쓰기 시작했다.

경기도 화양시에 원인 불명의 ARDS(급성호흡곤란증후군) 확산, 첫 환자 발생 4일 만에 15명 사망.

경기도 화양시 동구와 북구 지역이 '빨간 눈'으로 불리는 전염병의 창궐로 28일 정오를 기해 통행이 제한된 가운데 감염자 및 사망자가 폭발적으로 급증하고 있다. 지난 1월 24일 오후 6시경, 국립 화양의료원 응급실로 후송된 후 사망한 윤 모 씨(50)를 시작으로 28일 오후 6시 현재 총 82명의 환자가 발생, 그중 15명이 사망한 것으로 잠정 집계됐다. 환자들은 동구 화양의료원과 북구 M병원 등에 격리 수용돼 치료를 받고 있으나 감염자가 속출하고 있는 상황이며, 정확한 발병 경로나 원인, 병원체 등은 아직 확인되지 않고 있다.

'빨간 눈'은 잠복기가 24~48시간 정도로 아주 짧은 것으로 추정되고 있으며 경과 또한 특급열차를 탄 것처럼 빠르게 진행되는 것이 특징이다. 사망자들은 눈이 핏빛으로 변하는 결막 출혈이 나타난 이후 40도가 넘는 갑작스러운 고열과 호흡곤란, 폐출혈 증세를 보이며 사망에 이르기까지 나흘을 채 넘기지 않았다.

병원 측은 "최초의 발병자인 윤 씨를 후송한 119구급대원들과 담당 의료진, 같은 아파트 주민들이 차례차례 감염된 걸로 보인다."며 "북구 S산업단지 근로자 수십 명이 집단으로 감염된 경위나 전염 방식 등은 아직 파악되지 않았다.'고 밝혔다……

전화벨 소리에 그녀는 동작을 멈췄다. 서재형이었다. 통화 버튼을 누르자마자 수화기 저편에서 서재형이 물었다.

"올 거요, 말 거요?"

윤주는 차를 드림랜드 정문 앞에 세웠다. 초인종을 누르자 대답도 없이 문이 딸깍, 열렸다. 알아서 들어오라는 말 같았다. 그녀는 차를 드림랜드 구급차 옆에 주차시켰다. 쿠키는 용무가 바쁜 모양이었다. 현관문을 열 때까지 코빼기도 내비치지 않았다. 안으로 들어선 후 가장 먼저 마주친 건 코를 쏘는 소독약 냄새였다.

"여기요."

문이 조금 열려 있는 치료실 안에서 재형의 목소리가 들려왔다. 그녀는 신발을 벗고 발끝으로 걸어 들어갔다. 열린 문틈으로 초록색 소독복을 입은 재형의 등이 내다보였다. 케이지 앞에서 뭔가를 하고 있는 기색이었다.

"들어와요."

그녀는 그렇게 했다. 재형은 여전히 돌아보지도 않고 말했다.

"앉아요."

앉을 곳은 재형의 책상뿐이었다. 그녀는 망설임 없이 엉덩이를 걸치고 앉았다.

"잠깐 기다려요."

기다리는 사이 치료실 안을 둘러봤다. 치료 케이지 다섯 개가 만석이었다. 이틀 전만 해도 텅 비어 있었던 것 같은데. 그 틈에 또 구조 작업을 했을까. 환자의 상태는 썩 좋아 보이지 않았다. 끙끙 앓는 소리를 내는 녀석, 죽은 듯 엎드려 있는 녀석, 고통스럽게 숨을 몰아쉬는 녀석……. 하나같이 가는 튜브가 연결된 깔때기 모양의 칼라를 목에 차고 수증기가 맺힌 랩을 뒤집어쓰고 있었다. 재형이 뭔가를 하고 있는 케이지의 손님은 쿠키였다.

"커피 한 잔 마실 테요?"

재형이 처치를 끝내고 라텍스 장갑을 벗으며 물었다. 초조하고 조급해 보이는 표정이었다. 마시겠다고 하면 한 대 쥐어박을 것 같아 그녀는 고개를 저었다.

"저녁은 먹었어요?"

수상쩍게도 친절하기까지 했다. 원, 저녁이라니. 다시 고개를 저었다. 재형은 세면대로 가서 손을 씻으며 말을 이었다.

"잘 곳은 정했어요? 동구, 북구 통행이 제한됐다고 하던데."

얼씨구, 이젠 잠자리 걱정씩이나. 윤주는 되물었다.

"나한테 뭐 하고 싶은 말 있어요?"

재형은 수건에 손을 닦고 윤주 앞으로 와서 마주 섰다. 개털 같은 머리칼이 멋대로 헝클어져 있었다.

"우리 개들이 이상한 병에 감염됐어요. 한두 놈이 아니라 수십 마리가 한꺼번에. 여기 있는 개들은 상당히 진행된 놈들이고 그중에서도 쿠키가 가장 나빠요. 그런데도 나는 아직 원인이 뭔지도 모르고 있어요."

해야 할 일은 태산인데 일할 사람은 자기뿐이고, 2층에는 돌봐줘야 할 손님이 있다고 했다. 시각장애를 가진 여덟 살 소녀로 할아버지와 길잡이 개였던 아름이를 갑자기 한꺼번에 잃은 데다 친엄마와 연락이 안 돼 이곳에 머물고 있다는 것이었다. 그가 경찰서에서 풀려나던 무렵 조수인 이 선생마저 결막 출혈과 고열 증세로 병원에 입원했다. 그 바람에 아이

는 오후 내내 홀로 방치돼 있었다. 심지어 입때 저녁도 먹이지 못했다고
했다. 그러니 바쁜 자기를 대신해서 소녀를 씻기고, 먹이고, 재워달라는
게 그의 용건이었다. 윤주는 응급실 앞에서 마주친 빨간 눈을 떠올렸다.
결막 출혈과 빨간 눈은 같은 말 아닌가?

"모텔보다는 여기가 나을 거요. 엊그제 침대보도 새로 갈았고, 서재에
컴퓨터도 있고, 먹고 싶은 것도 해먹을 수 있고. 게다가 우리 승아는 아
무거나 다 잘 먹어요."

재형은 오늘 밤 그녀가 이곳에서 자면 좋은 이유들을 열심히 설명했
다. 아는 소녀가 아니라 자기 딸을 돌봐달라고 사정하는 아빠 같았다.

"대가는요?"

"김윤주 씨가 원하는 대로, 궁금한 건 뭐든지."

"대답해주겠다, 그거죠?"

재형은 눈을 내리뜨며 그렇다고 대답했다. 두들겨 패도 시원치 않을
상대에게 머리를 숙인 자 특유의 곤혹스러운 표정이었다. 이해할 수는
없지만 나쁜 제안 같지는 않았다. 그녀는 고개를 끄덕이며 쿠키를 돌아
봤다. 몸을 잔뜩 웅크린 채 몸이 들썩거릴 정도로 거친 숨을 몰아쉬고 있
었다. 숨소리가 파도 소리 같았다. 그는 쿠키 쪽으로 몸을 돌렸다.

"먼저 거실에 가 있어요. 금방 따라갈 테니까."

거실 공기가 썰렁하고 추웠다. 종일 창문을 열어놓았다가 금방 닫은
것처럼. 사선으로 기울어진 복층 천장 밑으로 아직도 휑한 바람이 지나
다니는 것 같았다. 소독약 냄새는 현관보다 더 짙었다. 윤주는 2층 계단
을 올려다봤다. 거실이 내려다보이는 난간에 등받이 의자가 놓여 있고
인형처럼 체구가 작은 단발머리 소녀가 옴팍 들어앉아 있었다. 무릎을
세워 양팔로 끌어안고 진짜 인형인가 싶을 만큼 미동조차 없이. 저 아이

가 승아인가. 여덟 살치고는 너무 작고 어려 보였다.

"승아, 안녕."

소녀는 고개를 돌렸다. 얼굴이 정확하게 윤주의 얼굴에 와서 멈췄다. 주변을 더듬는 일 없이, 단 한 번에. 시각장애가 있다고 믿기 힘들 만큼 정교한 위치감각이었다. 아니면 저 자리에 앉아 아래층의 기척을 귀로 보는 일에 익숙하거나.

"언니는 누구예요?"

윤주는 말문이 막혔다. 승아에게 소개할 호칭이 마땅치 않았다. 금방 안 것이지만 마음의 준비도 없었다. 승아만 한 소녀와 놀아준 경험도 없었고 그리 좋아하지도 않았다. 그 옛날, 저 또래였던 시절엔 자기 자신조차 좋아하지 않았다. '싸움닭'으로 깃발 날리던 고기리촌닭집 딸은 나이 서른다섯을 먹은 지금에도 그 시절과 화해를 하지 못하고 있었다.

"선생님 친구야."

어느새 나타난 재형이 윤주를 소개했다.

"승아를 돌봐주려고 오신 거야. 목욕도 시켜주고, 옷도 갈아입혀 주고, 머리도 말려주고, 맛있는 저녁도 먹게 해주고, 잠들 때까지 무섭지 않게 함께 있어주고."

재형은 소개를 빙자해 윤주가 할 일을 조목조목 짚고 있었다. 승아는 "네." 했다. 거리가 꽤 있는데도 윤주는 소녀의 긴장을 감촉처럼 느낄 수 있었다. 낯을 가리는 건지, 낯선 존재가 불안한 것인지는 알 수 없었지만.

"윤주 씨."

재형은 윤주를 돌아봤다. 이제 올라가 봐, 하는 눈이었다. 승아는 윤주의 기척에 귀를 기울이는 눈치였다. 초점 없는 눈이 계단을 오르는 그녀를 따라 움직였다. 가까이 가서 보니 아이의 몰골은 말씀이 아니었다. 뾰족한 턱 밑으로 눈물 자국 같은 얼룩이 길게 흘러내리고, 갈색 바지에는 음식 자국이 묻은 데다 파란 스웨터는 개털 범벅이었다. 깨끗한 것은 눈 자위뿐이었다. 하얗다못해 푸르스름하게 보였다.

"만난 기념으로 우리 악수할까. 언니는 김윤주야."

승아는 오른손을 내밀었다. 단풍잎 같은 손이었다. 작고, 얄팍하고, 추위로 불그죽죽했다. 그녀는 손을 잡아 흔들며 물었다.

"씻고 나서 저녁 먹을까?"

"네."

"그래. 그럼 언니를 네 방으로 데려다줄래."

승아는 무릎을 내리고 의자에서 일어났다. 윤주의 도움 없이 익숙하게 난간을 잡고 2층 끝 방까지 걸어갔다. 윤주는 방문 앞에 도착한 후 고개를 돌려 거실을 봤다. 재형이 아직 그 자리에 서서 지켜보고 있었다. 시선이 마주치자 얼른 들어가라는 듯, 턱을 까닥했다. 그녀는 안으로 들어갔다. 방이 작았다. 가구라곤 옷장 하나, 작은 탁자 하나, 침대 하나가 전부였다. 침대 밑에는 승아의 옷가방으로 보이는 트렁크가 놓여 있었다. 탁자에 남성용 토너가 있는 걸로 봐서 재형의 방 같았다. 윤주는 가방을 탁자에 내려놓고 승아를 침대에 앉혔다.

"잠깐만 기다려. 언니 물 받아놓고 올게."

"네."

욕실은 재형의 방 바로 옆이었다. 윤주는 욕조에 따뜻한 물을 틀어놓고 승아에게 돌아갔다.

"우리 빨리 씻고 와서 맛있는 거 해먹자."

승아는 일어났다. 옷을 벗겨 욕조에 들어앉히고 보니 몸이 석 달둥이 강아지처럼 작고 연약했다. 윤주는 머리를 감기면서 한 줌도 안 돼 보이는 목이 뒤로 꺾여버릴까 봐 조마조마했다. 승아는 시선을 허공에 고정시킨 채 저항 없이 몸을 맡기고 있었다. '선생님 친구 언니'에 대한 경계는 푼 듯했으나 그렇다고 친해지고 싶은 것도 아닌 걸로 보였다. 씻는 내내 한마디도 하지 않았다. 재형의 말에 의하면, 아이는 아름이의 죽음으로 충격에 빠진 상태였고 할아버지의 죽음은 아직 모르고 있었다. 영리하고 예민한 아이이니까 눈치채지 못하게 주의해달라고 했다. 알려야 하는 게 아니냐고 묻자 "제 엄마가 오면." 했다.

"방으로 갈까?"

"네."

윤주는 커다란 타월로 승아의 몸을 감싼 뒤 안아 올렸다. 안고 농구도 하겠다, 싶을 만큼 몸이 가벼웠다.

"승아, 파자마 가져왔니?"

"네."

그녀는 트렁크에서 속옷과 파자마를 꺼내 입히고 드라이어로 머리를 말려주었다. 씻겨놓고 보니 새끼 고양이처럼 귀엽고 앙증맞은 인상이었다.

"이제 뭐 먹으러 갈까?"

"네."

당장 먹을 수 있는 건, 라면과 냉동 피자뿐이었다. 그녀는 승아를 식탁 의자에 앉히고 물었다.

"피자 먹을래?"

"네."

"라면도 있는데."

"네."

"피자도 먹고 라면도 먹을까."

"네."

승아는 우유 반 잔 말고는 아무것도 먹지 않았다. 침대에 누워 잠들 때까지, "네." 말고는 다른 말을 하지도 않았다. 윤주는 피자 한 조각을 물고 2층을 어슬렁거렸다. 아래층의 3분의 1 크기에 불과한 2층에는 방이 셋뿐이었다. 하나는 승아가 있는 재형의 방, 하나는 책장과 책상, 컴퓨터가 있는 서재, 하나는 2층 입구에 있는 방. 벽지, 블라인드, 침대, 이불 할 것 없이 모조리 하얀 방이었다. 벽에는 못 하나 박혀 있지 않았다. 침대엔 주름 하나 잡혀 있지 않았다. 사람이 한 번도 누워보지 않은 것처럼. 저 침대에 누우면 꿈도 백색으로 꿀 것 같았다.

그녀는 방문을 닫고 서재로 들어갔다. 전공 서적들이 꽂힌 책장에 작은 사진 액자가 하나 놓여 있었다. 한 소년이 덩치 큰 셰퍼드를 끌어안고 계단에 앉아 있는 사진이었다. 그들 뒤로 통나무 현관문이 있었다. 그녀가 몇 시간 전에 밀고 들어온 바로 그 문이었다. 문 밑에 뚫린 스윙 도어며 문을 열면 딸랑딸랑 울리는 종까지 그 위치에 그대로 달려 있었다. 사진 밑에 찍힌 날짜는 1990년 11월 4일, 이 소년이 재형이라면 당시 열한 살이었으리라. 드림랜드는 그의 어린 시절 집일 테고.

윤주는 책상 앞에 앉아 컴퓨터를 켰다. 자신의 기사가 포털마다 톱뉴스로 떠 있었다. 포털의 실시간 검색어 순위에도 빨간 눈이 걸려 있었다. 후발 기사도 속속 올라오는 중이었다. 지진이나 전쟁 속보 같은 위력은 아니라도 당국의 늑장 대응에 대한 압박은 될 걸로 보였다. 기사 송고 후 팀장은 비상대기 중이니 추가할 기사가 있으면 언제든 보내라고 말했다. 알았다고 대답했지만 현재로썬 그럴 만한 것이 없었다. 병원 관계자들은 입에 자물쇠를 채우고 있었다. 감염자나 사망자는 계속해서 늘고 있을 테지만 병원에 죽치고 앉아 그걸 생중계할 상황도 아니었다. 기자들이 미스터리보다 전쟁을 선호하는 이유가 바로 거기에 있었다. 쓸거리가 풍부하고 상황이 명명백백하다는 것.

윤주는 가방에서 수첩을 꺼냈다. 기사 작성 전에 그려둔 '감염 지도'를 펼쳤다. 빨간 눈 중심에 윤 모 씨, 첫 직접 접촉 감염자인 손 노인과 119대원 6명과 경찰 2명과 의료진 3명, 간접 접촉으로 감염된 그들의 가족과 동료들, 직접 접촉을 하고도 감염되지 않은 구조대원 1명 등이 표시돼 있었다. 사망자는 검은색, 감염자는 빨간색, 비감염자는 파란색 볼펜으로. 수안산업단지 근로자들만 섬으로 남아 있었다. 그들은 어디서 감염됐을까. 그녀는 금요일 밤 화양맨션 상황에 대한 메모를 찾아 페이지를 넘겼다.

동구 화양맨션 204호, 직장에 근무 중이던 부인의 신고, 문이 잠겨 있어 베란다를 통해 진입, 개 한 마리가 베란다 창을 넘어 도망침. 집 안에 개 열댓 마리가 피를 토하고 죽어 있었음. 윤 씨는 욕실에서 발견됨. 손목에 개 이빨 자국. 눈이 빨갛고 피부 출혈이 있었으며 심폐 소생술 중 핏물을 토해냄. 산소 호흡기를 달고 화양의료원 응급실로 후송됨.

'직장에 근무 중이던 부인의 신고'에 빨간 줄을 그었다. 그녀는 동부소방서로 전화를 걸어 구조과장을 찾았다. 부인의 직장이 어디인지 물었다. 구조과장은 개인의 신상 정보는 알려주지 않는다는 원칙만 알려주었다. 직접 가서 캐봐야 할 일 같았다. 승아가 잘 자는지 확인한 다음에. 아이는 새근새근 숨을 쉬며 잠들어 있었다. 눈꺼풀 안에서 눈동자가 움직이는 걸로 보아 꿈을 꾸고 있는 것도 같았다. 그녀는 자동차 키와 휴대전화, 수첩을 파카 주머니에 쑤셔 넣고 1층으로 내려가 치료실 문을 두들겼다.

"들어와요."

재형은 쿠키의 혈압을 재고 있었다.

"승아 자요?"

"잘 자요."

그녀는 재형의 옆으로 가서 쿠키를 들여다봤다. 목에 깔때기 칼라를 찬 채 옆으로 누워 힘겹게 숨을 몰아쉬고 있었다.

"언제부터 이래요? 일요일만 해도 그렇게 팔팔하더니."

"오늘 아침부터 그랬다는데 내가 직접 보질 못해서."

그녀는 깔때기 칼라 속에서 껌벅거리는 쿠키의 눈을 찬찬히 들여다보았다. 검은 눈자위에 붉은빛이 어른거렸다. 아니, 커다랗고 검은 동공 주변으로 핏물이 배어 나오는 것 같았다. 다시금 화양의료원 응급실 앞에서 본 빨간 눈이 떠올랐다. 그녀는 눈을 한 번 감았다 떴다. 빨간 눈만 생각하고 있었더니 개 눈까지 빨갛게 보이는구나, 싶어서.

"쿠키 눈이 빨간 거 맞죠?"

재형은 잠시 틈을 두었다가 그렇다고 대답했다.

"지금 숨을 제대로 못 쉬고 있는 거죠?"

"보다시피."

"왜요?"

"원인 불명의 폐출혈이 있어요."

빨간 눈, 호흡곤란, 원인 불명의 폐출혈. 그녀는 눈을 껌벅껌벅했다. 머릿속에서는 어떤 직감이 깜박거리고 있었다. 분명한 형태로, 낚아채면 손에 들어올 것 같은 위치에서.

"다른 개들도 쿠키랑 증상이 똑같은 거죠?"

"맞아요."

"오늘 이 선생이 빨간 눈으로 입원했다고 하지 않았어요?"

재형은 고개를 돌려 그녀를 봤다. 그걸 왜 묻느냐는 듯. 윤주는 수첩을 꺼내 메모를 확인했다.

집 안에 개 열댓 마리가 피를 토하고 죽어 있었음.

"폐출혈이 있으면 피를 토하기도 해요?"

"그럴 수 있는데, 그게 어떻다는 거요."

"빨간 눈 증세가 결막 출혈과 폐출혈인데 쿠키나 다른 개들도 지금 그런 거잖아요. 갑자기 한꺼번에 전염된 것도 그렇고, 원인을 모르는 것도 똑같고."

재형은 고개를 저었다.

"아니, 아니. 내 말 끝까지 들어요. 어쩌면 이게 개하고 관련이 있을지도 몰라요."

그녀는 수첩을 열어놓고 소방서에서 취재한 금요일 화양맨션 이야기를 들려주었다. 듣고 난 반응은 이랬다.

"그 수첩 이리 줘봐요."

윤주는 잠깐 망설이다 수첩을 건넸다. 재형은 라텍스 장갑을 벗고 문장 하나하나를 눈으로 파내는 것처럼 들여다봤다. 마지막 장을 넘긴 후엔 고개를 들어 윤주를 물끄러미 마주 봤다. 온갖 의문과 생각 들이 지나가는 눈이었다.

"두 번째 사망자인 화양맨션 관리인이 승아 할아버지요. 아름이는 드림랜드에서 죽었고, 여기 개들과 똑같은 증세로. 나는 사실 아름이한테서 개들이 옮은 게 아닌가 생각하고 있었어요. 아름이 죽고 하루 뒤에 개들이 발병을 해서. 이 선생도 증세나 발현 시기가 비슷하긴 했지만 설마, 했는데."

"설마, 했다는 게 무슨 뜻이에요?"

"혹시 인수공통전염병이 아닐까, 했다는 거지."

"그게 뭔데요?"

"사람하고 동물이 함께 걸리는 전염병. 이를 테면 광견병이나 이볼라 같은, 아니, 어쩌면 이볼라보다 훨씬 강력할지도 모르지. 잠복기가 짧고 경과도 몇 배 빠르고. 개가 개한테, 개가 사람한테, 사람이 사람한테, 사람이 개한테 전염시키는 게 모두 가능할 수도 있겠다는 점에서. 드림랜드 안에서만 세 가지 경우가 나왔으니까. 손 노인이 아름이한테, 아름이가 우리 개들과 이 선생한테."

"드림랜드에선 사람이 사람한테 옮긴 경우만 안 나온 거네요? 정작 아름이를 치료한 서재형 씨도 걸리지 않았고, 승아도 그렇고. 가만있자, 현장에 갔던 구조대원 중 1명이 걸리지 않았다고 들은 것 같은데."

그녀는 수첩을 펴서 그 부분에 대한 메모가 있는지 살폈다. 기억은 정확했다.

"병원체에 대한 감수성이 없으면 그럴 수 있어요. 보균만 하고 증세는 발현되지 않는 거죠. 간염 균을 가졌다고 다 간염을 앓는 게 아니듯이."

그녀는 고개를 끄덕였다.

"이게 인수공통전염병인 걸 확인하려면 어떻게 해야 해요?"

"병원체가 같다는 걸 확인해야죠."

"혈액이나 분비물 검사, 뭐 그런 걸로?"

재형은 고개를 끄덕였다.

"병원 측이나 질병관리본부 쪽은 개가 관련된 걸 모르는 것 같던데."

"정말 몰랐을 수도 있고, 의심하면서도 말하지 않았을 수도 있고. 확인되지 않은 걸 언급할 수는 없으니까."

"가능성을 제기하면 확인해서 언급하겠군요."

말해놓고, 윤주는 아차 했다. 자신을 바라보는 재형의 눈에 서서히 파수꾼이 돌아오고 있었다. '이 여자는 나를 망친 적이 있다'라고 일깨워주는 자아의 파수꾼이.

"우리가 한 얘기는 말 그대로 그냥 얘기요. 의문을 제기할 근거가 아니라 사적인 추론. 섣부른 속단을 해선 안 돼요."

윤주는 순순하게 고개를 끄덕였으나, 머릿속에선 이미 기사를 쓰고 있었다.

빨간 눈 괴질, 인수공통전염병일 가능성 제기돼…….

경기도 화양시 일대에 창궐하고 있는 빨간 눈 괴질이 인수공통전염병일 가능성이 제기됐다. 지난 28일 오전, 화양시 동구에 위치한 D동물보호소 수의사는 빨간 눈 괴질과 같은 증세를 보인 개 한 마리가 보호소에서 치료를 받다 죽은 후, 개 수십 마리와 직원이 동시에 발병했다고 밝혔다. 인수공통전염병은 동물과 사람이 공통으로 걸리는 전염병으로, 빨간 눈이 이에 해당된다면 개가 개에게, 개가 사람에게, 사람이 사람에게, 사람이 개에게 감염시키는 것이 모두 가능할 수 있으며…….

재형 2-2

"쿠키."

재형은 혈압계를 들고 치료 케이지 앞으로 다가섰다.

"좀 어때."

쿠키는 눈꺼풀을 어렵사리 들어 올렸다. 빛이 꺼져가는 시선이 재형을 찾아 허공을 오갔다. 앞이 잘 보이지 않는 모양이었다. 재형은 쿠키의 뒷다리에 혈압계 커프를 감았다. 혈압이 잡히지 않았다. 맥은 약하고 느리고 불규칙했다. 한 번씩 숨을 쉴 때마다 갈비뼈가 힘겹게 오르내렸다. 철컥철컥 소리라도 울릴 것 같은 호흡이었다.

빨간 눈이 나타난 후부터 녀석의 폐가 녹아버리기까지는 그리 긴 시간이 걸리지 않았다. 단 하루였다. 감염된 개들 중 가장 진행이 빨랐다. 쏟아부은 약물과 처치를 비웃듯, 빨간 눈은 쿠키를 뭉텅뭉텅 먹어치웠다. 이제 녀석에게 남은 건 마지막 한 점 의식이었다.

"쿠키. 네가 알아줬으면 좋겠다."

그는 손을 뻗어 쿠키의 목덜미를 만졌다.

"내가 너를 만나 얼마나 행복했는지……. 너를 통해 황홀한 꿈을 꾸었다는 것도."

쿠키는 재형을 마주 보며 손바닥에 머리를 기대 왔다. 사력을 다한 응답이었다. 다음 순간, 녀석은 미소 짓듯 입술을 벌리고 숨을 멈췄다. 재형은 목에 걸린 뜨거운 덩어리를 꾹 눌러 삼켰다. 쿠키의 목에서 산소 캐노피를 떼어내고 녀석의 바싹 마른 입술과 미소를 만졌다. 지상에서 나눈 마지막 인사였다. 안녕, 쿠키.

아주 오래전인 것만 같았다. 핏덩어리 형상으로 쉼터에서 만난 날이. 의식이 깨어난 후, 고통스러운 신음을 내지르며 재형과 눈을 맞추던 때가. 고관절이 빠지고, 갈비뼈가 부러지고 뱃가죽이 찢긴 상황에서도 살겠다고 재형의 손에 필사적으로 머리를 기대 오던 그때가. 몇 시간에 걸친 수술을 이겨내고 반짝 눈을 뜨던 순간이. 저 큼직한 눈망울이 세상 모든 것에 대한 호기심과 활력으로 반짝거리던 나날이.

쿠키는 스타처럼 우아한 개가 아니었다. 드림랜드 개들의 우두머리인 츄이처럼 차분하지도 않았다. 이 선생은 녀석을 한 번에 네 방향으로 튀어 오르는 '털북숭이 범퍼 카'라고 불렀다. 녀석이 지나간 자리는 어떤 식으로든 표가 났다. 테이블 다리가 부러졌거나, 화분이 깨졌거나, 방충망이 뜯겨 나갔거나.

일주일에 세 번 와서 집안일을 해주는 도우미 아주머니는 쿠키를 통해 사회적 지위만이 원하는 걸 갖게 해주는 게 아니라는 걸 배웠다고 했다. 요리를 할 때의 아주머니는 녀석에게 여왕이었다. 점심 식사로 닭찜이라도 하는 날엔 부엌 바닥에 발 깔개처럼 들러붙어 버렸다. 여왕의 엉덩이 밑에 납죽 엎드려 참을성 있게 칼질을 지켜보고, 냄비 속 요리가 끓기 시작하면 꼬리로 바닥을 탁탁 쳐서 자신의 존재를 알리고, 가스레인지의 불이 꺼지면 비굴하게 배로 기어가 여왕의 발을 핥았다. 가장 맛있는 날개와 다리는 녀석의 차지가 되게 마련이었다.

재형이 아는 쿠키는 세상에서 가장 요란하게 삶을 즐긴 개였다. 마당을 지나는 쥐 한 마리에 흥분해 통제 불능 상태가 돼버리기 일쑤였다. 등털을 잔디처럼 곤두세우고, 눈을 서치라이트처럼 번쩍이며 쥐가 지쳐 쓰러질 때까지 쫓아다녔다. 드림랜드의 고양이들은 할 일이 없었다. 더하여 타고난 도둑이었다. 특히 배달 음식 낚아채기 분야에서 독보적인 기량을 선보였다. 언젠가는 피자 상자를 받아두고 잠깐 전화를 받은 적이 있었다. 통화는 그리 길지 않았다. "전화 잘못 거셨습니다." 이 한마디를 하고 돌아서보니 피자 상자가 열려 있고, 숲에 있으리라 여겼던 쿠키가 상자 옆에 앉아 있었다. 녀석의 이빨엔 피자 조각으로 보이는 노르스름한 것이 걸려 있었다. 눈이 마주치자마자 그것은 꿀꺽, 소리와 함께 목구멍으로 빨려들어 갔다. 삼키자마자 '나 아무것도 안 먹었어' 하듯 입을 벌리고 싱글싱글 웃으며 온몸이 요동할 정도로 꼬리를 흔들었다. 물개처럼 촉촉한 눈으로는 남은 피자를 바라보면서.

재형은 쿠키를 케이지에서 들어 올려 바디 백에 눕혔다. 허둥거리는 기분으로 녀석을 안고 치료실을 나갔다. 문을 닫기 전, 뒷덜미에서 울리는 소리에 흠칫해 고개를 돌리고 뒤를 봤다. 길고 어두웠던 밤, 쿠키가 고통스럽게 숨을 쉬던 자리가 건너다보였다. 빈 케이지가 폐광처럼 깊고 스산해 보였다. 그 안, 보이지 않는 공간에서 꿈결 같은 하울링이 울리고 있었다. 드림랜드의 생명 하나가 숨을 멈출 때마다, 헛간의 화구 굴뚝에서 연기가 피어오를 때마다 대문 앞 벤치에 앉아 부르던 쿠키의 만가가.

현관 계단에 눈이 한 뼘이나 쌓여 있었다. 바람은 재형의 코끝에 잽을 먹이고 새벽빛 속으로 달아났다. 눈물이 핑 돌았다. 뒤꼍 헛간으로 들어갈 때까지 코가 맵고 목이 아팠다. 멀미가 날 정도로 한기가 매서웠다. 화구의 묵은 재 냄새가 위장과 식도와 목을 뒤집었다. 그는 쿠키를 화구 앞에 내려놓고 등을 옹크려 앉았다. 등허리 밑이 덜덜 떨려왔다.

지난 5년, 백수십 마리 동물을 받아들인 이 화구는 본시부터 화구가 아니었다. 오래전, 드림랜드가 산장이었던 시절에 보조 난방 기구로 쓰던 나무 보일러였다. 그의 양친이 이 산장을 사들였을 때부터 있었으니 그보다도 더 나이가 많은 셈이었다. 녹이 슬고 검게 그을린 데다 드럼통처럼 볼품없는 모양새였지만 긴 세월 동안 말썽 한 번 부리지 않았다. 개든, 고양이든, 야생동물이든 묵묵히 받아들이고 흙으로 돌려주었다. 이제 쿠키의 차례였다.

재형은 화구에 쿠키를 눕혔다. 주변을 빙 둘러 장작을 쌓고 마른 솔가지로 불을 붙인 다음 화구를 닫았다. 얼마 후, 화구 안에서 나무옹이 터지는 탁탁 소리가 들려오기 시작했다. 불현듯 스타가 생각났다. 어디에 있을까. 살아 있을까. 그러기를 간절하게 바랐다. 그렇게 믿고 싶었다. 그러지 않으면 박남철을 찾아가 무슨 일이든 저지르고 말 것 같았다. 네 아들을 내게 내놓으라고. 그에게 쿠키와 스타는 단순히 사랑하는 개 두 마리가 아니었다. 꿈의 파트너였고 품 안의 설원이었다. 그 옛날의 마야처럼, 그의 모든 것이었다. 둘을 모두 잃게 되리라고는 상상조차 하지 않았다. 오래오래 드림랜드에 살며 자신과 함께 늙어가리라, 여겼다.

어제 정오 무렵, 경찰서를 나올 때만 해도 그는 드림랜드에서 무슨 일이 일어나고 있는지 몰랐다. 쿠키와 다른 개들이 아픈 것도, 이 선생이 빨간 눈에 걸린 것도. 머릿속은 스타를 찾을 궁리로 가득 차 있었다. 가장 먼저 백운정신병원으로 향했다. 폴리스 라인을 둘러친 병원 뒤뜰과 쉼터, 철봉과 벼랑 주변을 시간을 들여 돌아봤다. 소득이 없었다. 눈밭에 남은 흔적이라면 경찰보다 잘 볼 수 있으리라 자신했으나 눈보라가 뒤덮고 간 곳까지 읽어낼 재주는 없었다. 몽둥이질로 온몸이 부서진 채 철봉에 매달린 스타의 모습만 눈에 어른거렸다.

산을 내려와 박남철을 찾아갔으나 예상대로 쓸 만한 얘기를 듣지 못했다. 하루 전 박주환 형사가 같은 용무로 진료실에 다녀갔다는 것과 지난 금요일 이래로 아들을 본 적이 없다는 미심쩍은 주장이 전부였다. 그는 동부소방서로 향했다. 소방서 뒤편의 외부인 주차장은 텅 비어 있었다. 구조대 옷을 입은 남자가 주차장 복판에 서서 고글을 이마 위로 올려놓은 채 휴대전화를 들여다보고 있을 뿐. 재형은 차에서 내려 남자에게 다가갔다. 한기준 팀장을 찾으려 했으나 그럴 필요가 없었다. 남자의 점퍼 가슴팍에 한기준이라는 이름이 금빛 실로 오버로크 돼 있었다.

"한기준 팀장님 맞습니까?"

남자가 고개를 들었다.

"무슨 일입니까."

정중한 목소리였으나 정중한 태도는 아니었다. 고글을 내려쓰고 휴대전화를 주머니에 담고 '넌 누군데', 하는 표정으로 재형의 정면에 버티고 서는 동작은 감탄할 만큼 빠르고 유연했다. 큰 키, 탱크 같은 어깨, 상대를 위압하는 눈빛은 드림랜드의 대장 츄이를 연상시켰다. 얼음장 같은 청회색 눈과 날렵하고 큰 체구, 냉정한 성품을 가진 그레이트데인. 이름표를 뗀 인간 수컷들을 한곳에 모아놓는다면, 실력 행사를 할 것도 없이 서열 1위가 될 타입이었다.

"서재형입니다."

재형은 힘주어 어깨를 펴고 손을 내밀었다.

"백운산 기슭에 있는 드림랜드라는 동물보호소 수의사죠."

기준은 대꾸 없이 손만 잡았다가 뗐다.

"박동해에 대해 몇 가지 물어볼 게 있어서 왔습니다."

한기준은 재형을 어딘가로 안내할 생각이 전혀 없어 보였다. 차분하게 바지 주머니에 손을 담고 상대의 이마를 찍어 누르듯 내려다보는 자세로 봐서.

"선생이 두 번째요. 박동해와 관련해 뭘 물어보겠다고 찾아온 사람이."

"박주환 형사가 다녀갔겠군요."

한기준의 눈에 떠오른 흥미로워하는 표정이 답을 대신했다. 재형은 물었다.

"혹시 구조대에서 동물 포획 장비를 잃어버리지 않았습니까."

한기준은 대답하지 않았다.

"우리 보호소 개가 납치됐어요. 납치된 장소에 그물과 빈 주사기가 떨어져 있었고."

이번에도 바로 대답이 나오지 않았다. 한기준은 자기 발끝을 내려다보며 살래살래 고개를 저었다. 재형은 덧붙였다.

"대답해주시면 상황을 확인하는 데 도움이 될 것 같습니다."

"블로우 건과 캐칭 넷, 졸레틸이 없어졌어요."

재형은 고개를 끄덕였다.

"물론 박동해는 출근하지 않았겠죠."

"이틀째요."

"갈 만한 데는 모르시고요."

한기준은 잠깐 틈을 두었다가 말했다.

"선생네 개는 죽었을 거요."

그렇게 단언하는 이유를 들려주었다. 동해가 현역에서 공익으로 전환된 이유이자 스타를 배수지 쉼터 철봉으로 끌고 간 이유였다. 그도 목격한 바 있는 사실이었다. 이미 짐작하고 있는 일이었다. 그런데도 아랫배에 카운터펀치가 작렬한 기분이었다. 그는 신음처럼 내뱉었다.

"아직은 모를 일입니다."

소방서를 나설 무렵, 이 선생에게서 전화가 걸려왔다. 아침나절부터 눈이 빨갛고 감기 기운이 있는 것처럼 인후통이 있더니 갑자기 고열이 난다는 것이었다. 그는 드림랜드로 차를 몰았다. 도착해서야 이 선생의 증상이 주말 사이에 돌연하게 창궐한 '빨간 눈'이라는 전염병과 일치한다는 말을 전해 들었다. 이 선생은 119에 의해 화양의료원으로 후송됐다. 개들이 집단으로 전염병에 걸렸다는 걸 알게 된 건 이 선생이 떠난 직후였다. 개 128마리 중 68마리가 같은 증세를 보였다. 결막 출혈, 호흡곤란, 고열, 혈뇨, 피거품이 섞인 침. 쿠키의 엑스레이 필름에선 미만성 폐침윤 양상을 볼 수 있었다. 아름이와 증상이 똑같았다. 그는 시 방역과로 전화를 걸어 안면이 있는 수의사를 찾았다. 상황을 말하고 최근에 돌고 있는 유행병이 있는지 물었다. 보고된 바 없다는 답이 돌아왔다.

그는 환견 분류 작업부터 시작했다. 고양이 22마리는 멀쩡해서 본래대로 두어도 될 것 같았다. 건강해 보이는 개 30여 마리는 마당 창고로 몰아넣었다. 눈이 빨갛지는 않지만 기운이 없고 놀지 않는 40여 마리는 지하실에 수용했다. 증상이 시작된 녀석들은 본래의 거처인 거실 안쪽 방 네 개에 분산 배치했다. 쿠키를 포함해 중증인 개 다섯 마리는 치료실로 수용해 산소와 항생제 등을 투여하고 혈액과 분비물을 채취해 'VLab'으로 보냈다. 그사이 승아는 2층 난간에 앉아 배를 쫄쫄 굶으며 그를 내려다보고 있었다. 도와줄 사람이 마땅치 않았다. 도우미 아주머니는 서구에 살고 있었고, 통행 제한으로 동구에 들어올 수가 없었다. 희망목장으로 보내는 것도 생각해봤지만, 경찰이 산길까지 막고 있지는 않을 것 같았지만, 부탁하면 진욱이 기꺼이 데리러 와주리라 믿었지만, 승아가 문제였다. 가뜩이나 심하게 낯을 가리는 아이를 낯선 집으로 보내는 게 내키지 않았다. 도움을 청할 만한 사람은 윤주밖에 없었다. 그로서는 희망목장보다 더 내키지 않았으나 승아에게는 가장 나은 대안 같았다. 고맙게도 짐작이 들어맞았다. 승아는 윤주에게 거부감을 보이지 않았다.

그는 마음 놓고 개들에게 돌아갔다. 무슨 병인가 궁구하고 책을 뒤지면서도 빨간 눈일 가능성에 대해선 거의 생각해보지 않았다. 혹시, 하고 머리를 스쳐 간 정도에 불과했다. 빨간 눈의 증상을 제대로 알고 있지 못했던 탓이 컸다. 초기 증세로 결막 출혈을 일으키는 다른 질환이 없는 것도 아니었고. 윤주의 수첩을 열자마자 덜컥 눈에 걸린 건 최초 감염자의 손목에 남아 있었다는 개에 물린 자국과 그 집 개들의 떼죽음이었다.

악몽 같은 밤이 지나갔다. 쿠키는 매시간 매 순간 숨을 쉬지 못해 몸부림쳤고, 그는 숨통을 졸리는 듯한 압박감에 시달렸다. 빨간 눈은 인수공통전염병이었다. 의심의 여지가 없었다. 언제 의학적으로 확인되느냐의 문제일 뿐. 확인되는 순간, 가장 먼저 개 살 처분이 시작될 터였다. 구제역이 창궐한 몇 년 전 겨울, 수백만 마리의 소와 돼지가 그랬듯이. 드림랜드 개들은 몰살당할 운명 앞에 놓여 있었다. 빨간 눈으로 죽거나 생매장으로 죽거나. 그는 목 빼고 엎드려 칼이 떨어질 때를 기다리는 심정이었다.

아침 8시, 재형은 화구를 열었다. 쿠키의 유해를 꺼내 상자에 담았다. 뜨거운 재 냄새를 맡으며 뭔가를 해봐야 한다는 생각이 들었다. 최소한 건강한 개들이라도 살려야 했다. 지금껏 감염되지 않았다면 병원체에 감수성이 없을 가능성이 컸다. 녀석들이라도 피신시켜놓고 버틴다면, 감염됐다 회복되면서 항체가 형성된 개들이 나타날 터였다. 그런 개들이 늘어나면 병원체가 운신할 폭이 줄면서 면역 장벽이 형성될 것이고. 그땐 백신이나 치료제에 기대를 걸어볼 수 있을지도 몰랐다. 그 시간을 책임져줄 '어딘가'를 찾아야 했다. 사람이 접근하지 않는 외딴 지대, 개 30여 마리를 모두 수용할 수 있는 넓은 공간이 있는 어딘가.

쿠키는 동물 묘지에 묻혔다. 그는 녀석의 무덤 앞에 검은 환석을 놓고 윤주와 승아가 함께 만든 노란 꼬빡연을 묶었다. 윤주가 대신 쓴 승아의 작별 인사가 바람을 타고 하늘로 올라갔다.

나의 두 번째 친구였던 쿠키, 너를 오래오래 기억할게. 승아.

시청 방역과 수의사가 찾아온 건 그로부터 2시간 후였다. 윤주가 승아를 씻기고 먹이고 마스크를 씌워서 2층 난간에 앉혀놓고 막 취재를 하러 나간 참이었다. 진욱의 전화를 받고 속보로 뜬 윤주의 기사를 인터넷에서 확인하던 순간이기도 했다.

빨간 눈 괴질, 인수공통전염병일 가능성 제기돼……

수의사는 치료실에 있는 개들의 혈액과 분비물을 채취해 갔다.

수진 2

29일 밤 8시. 수진은 아버지의 트럭을 타고 중앙로 화양천2교 부근에 도착했다.

"조심해라."

아버지가 말했다. 수진은 머플러를 감다가 룸미러에 매달린 카메오를 새삼스레 쳐다봤다. 스무 살 생일을 기념해 현진과 함께 찍은 사진이었다.

"어디 나가지 마세요. 당분간은 일도 맡지 마시고요."

귓등으로 지나갈 잔소리란 걸 그녀는 잘 알고 있었다. 가고 싶으면 저 덩치 큰 화물 트럭을 몰고 언제든, 어디든 갈 양반이었다. 그래도 거듭 말하지 않을 수 없었다.

"사람도 만나지 마시고요."

"너나 몸조심해라."

수진은 차에서 내렸다. 전방 20여 미터 앞 도로를 경찰 병력이 어깨를 맞댄 채 봉쇄하고 있었다. 천변 갓길엔 경찰 버스 10여 대가, 봉쇄선 앞에는 경찰차 세 대와 119구급차 한 대가 정차 중이었다. 구급차의 붉은 범퍼에 박힌 스티커 활자가 가로등 빛에 하얗게 도드라져 보였다.

수진은 경찰에게 다가가 신분증을 내밀었다.

"안으로 들어가고 싶은데요."

몇 시간 전, 그녀의 휴대전화에는 '정상 출근하라'는 간호부의 메시지가 들어왔다. 문자대로라면 신분증은 봉쇄선 입장 카드였다.

"들어가십쇼."

수진은 신분증을 받아 지갑에 넣고, 지갑을 가방에 넣고, 가방을 반대편 어깨로 고쳐 매면서 꾸무럭거렸다. 경찰 봉쇄선 너머는 동구 땅이었다. 안으로 들어간다는 건 통행 제한이 풀릴 때까지 나오지 못한다는 의미와 같았다. 빨간 눈의 최전선으로 복귀한다는 의미였다. 복귀하지 않을 마지막 기회라는 의미기도 했다. 간호사 노릇 그만두겠다는 데야 멱살을 끌고 가 처박을 사람은 없을 테니까.

수진은 진경의 부음을 들은 오늘 아침을 떠올렸다. 소식을 알려온 사람은 응급실 막내 유은지였다.

"선생님, 어떡해요. 저 무서워서 미칠 것 같아요."

은지의 말은 비명에 가까웠다. 공포에 휩싸인 표정이 눈에 보이는 듯했다. 수진은 은지를 달랠 여유가 없었다. 자신의 머릿속도 새카맸다. 진경이 죽다니. 어제 아침 퇴근할 때까지도 감염됐다는 말은 듣지 못했는데. 아무 경황없이 집을 나섰다. 이곳에 도착해서야 그녀는 동구와 북구 통행이 차단됐다는 걸 알았다. 그제야 자신의 몰골을 돌아봤다. 코트도 없이 맨발에 트레이닝복 차림이었고 손에 지갑만 달랑 쥐고 있었다. 두고 온 집은 엉망진창이었다. 차례 음식 준비는커녕 아버지의 아침 식사도 준비해놓지 못했다. 은지의 전화를 받기 직전까지 깊은 잠에 떨어져 있었다. 응급실 간호사들이 차례로 감염되면서 근무 일정에 구멍이 났고 아직 멀쩡한 그녀가 그걸 때워야 했던 탓이다. 비번인 어제도 집에서 대기하라는 명령을 받았다. 그 바람에 현진의 면회 계획은 설 이후로 미뤄야 했다. 수진은 진경에게 가는 것도 한나절쯤 미루기로 했다. 아버지는 코앞에 대령하지 않으면 양말조차 못 찾아 신는 '광산 노씨 만호공파' 남자였다. 다른 건 몰라도 자신이 없는 동안 드실 끼니거리는 준비해놓아야 했다. 어쨌거나 삶은 살아 있는 자의 것이었다. 죽은 자는 산 자의 밥상 뒤에서 순서를 기다려야 한다. 진경이 그걸 너무 서운해하지 말았으면 했다. 열 일 젖혀두고 달려가지 않는 자신을 너무 미워하지 않기 바랐다.

"안 들어가십니까?"

경찰이 물었다. 그녀는 전경들 사이를 뚫고 안으로 들어갔다. 봉쇄선 안쪽에 바리케이드 차단벽이 하나 더 있었다. 그 안쪽에 동구 쪽 경찰차 두 대, 그 뒤로 수십 대의 일반 차량들이 4차선 도로를 점령한 채 움직이지 않았다. 동구 내로 들어왔다가 통행 제한 조치 전에 빠져나가지 못했거나, 꼬박 하루 반을 이곳에서 길이 열리기를 기다렸거나, 그러기를 기대하며 나온 차량이리라, 짐작했다. 차량 행렬 끝에서는 또 다른 119구급차가 사이렌과 경적음을 울리고 있었다. 길을 비키라는 요구일 테지만 차들은 꿈쩍하지 않았다. 아쉬운 쪽에서 알아서 하라는 것처럼. 잠시 후, 방호복 차림의 두 구급대원이 차에서 내렸다. 그들은 이동 침대를 밀고 봉쇄선을 향해 달려오기 시작했다. 수진은 뒤를 돌아보았다. 봉쇄선 바깥에 대기 중이던 구급차도 똑같은 일을 하고 있었다. 양쪽에서 달려온 두 이동 침대는 바리케이드 차단벽에서 머리를 맞댔다. 산소마스크를 단 환자는 구급대원에 의해 안쪽 침대로 갈아탔다. 그들은 다시 50여 미터 거리를 맹렬하게 달려가 차에 올랐다. 구급차는 화양의료원 쪽으로 멀어졌다. 수진은 다시 뒤를 돌아봤다. 아버지의 트럭이 아직 그 자리에 서 있었다. 남부 진원동 소속 구급차는 트럭 옆을 스쳐 남구 쪽으로 사라졌다. 아버지는 얼른 들어가라는 듯, 그녀를 향해 비상등을 두 번 깜박여 보였다.

수진은 병원을 향해 걸음을 뗐다. 길이 미끄러웠다. 날은 정신 못 차리게 추웠다. 목도리로 얼굴을 가렸는데도 숨 쉴 때마다 코가 아팠다. 바람이 귀뺨을 갈길 때마다 귀가 웅웅 울었다. 얼마나 왔나 하고 고개를 들어보니 겨우 화양1교 앞을 지나고 있었다. 동구에서 서구로 건너가는 길목인 1교 역시 바리케이드와 경찰 병력이 이중으로 차단하고 있었다. 다리 너머로 시청 건물이 올려다보였다. 퇴근 시간을 한참 넘겼는데도 창문마다 불이 환하게 켜져 있었다. 그녀는 머플러를 고쳐 감고 다시 걷기 시작했다. 운동화를 신고 걷는데도 4킬로미터에 불과한 거리를 가는 데 1시간 반이나 걸렸다.

장례식장 앞에서 수진은 쓸데없는 짓으로 또 시간을 끌었다. 지갑 꺼내고, 조의금 봉투 빼고, 지갑 넣고, 가방 고쳐 매고. 이제부터 맞닥뜨릴 상황에 왈칵 겁이 났다. 진경이 아니라 진경의 영정과 대면해야 한다는 게 어떤 느낌일지 상상이 되지 않았다. 실감도 나지 않았다. "노수진." 하며 툭 치던 손가락의 감촉이 아직도 어깨에 남아 있었다. 그때가 불과 사흘 전이었다. 그녀는 하늘을 향해 머리를 젖히고 숨을 마셨다. 새벽별 하나가 동쪽에서 서쪽으로 흐르고 있었다. 이제 들어가 봐야 했다.

빈소는 썰렁했다. 진경의 양친만 제단 앞에 앉아 있었다. 어쩌면 당연한 일이었다. 진경은 외동딸이었고, 일가친척은 동구에 들어올 수 없을 것이며, 다녀갈 직원들은 이미 다 다녀갔을 테니까. 그녀는 제단 쪽으로 다가갔다. 넋 놓고 앉아 있던 진경의 어머니가 고개를 돌려 뒤를 봤다.

"왔니?"

목쉰 소리와 퉁퉁 부어오른 얼굴은 진경의 어머니가 오늘 하루를 어떻게 보냈는지 짐작케 했다. 수진은 대답 없이 고개를 숙여 보였다. 와중에도 진경의 영정을 보지 않으려고 기를 썼다. 그렇게 한다고 진경의 죽음이 없었던 일이 되는 것도 아닌데.

"넌 괜찮니?"

수진은 신발을 벗다 멈칫해서 고개를 들었다. 침묵이 앞을 막아섰다. 겹겹의 의미를 품은 침묵이었다.

"괜찮아?"

수진은 신발을 마저 벗지도, 위로 올라서지도 못하고 어정쩡하게 서 있었다.

"그렇구나. 괜찮구나."

진경 어머니의 입술이 얄팍하게 맞물리면서 특유의 귀족적인 표정이 사라졌다. 그 자리에 노골적인 적대감이 들어섰다.

"넌 괜찮았구나."

중얼거리는 목소리 끝이 떨렸다. 수진을 보는 시선은 적대감을 넘어 분노 쪽에 가까워지고 있었다.

입사 동기인 진경은 무엇 하나 부족한 게 없는 아이였다. 분명한 성격, 잘생긴 남자 친구, 부유한 환경, 딸이라면 죽고 못 사는 아버지, 진경이 '명희 씨'라고 부르는 건강한 어머니. 처음 진경의 집에 갔을 때 수진을 맞아주던 명희 씨는 어머니라기보다 언니 같았다. 단정하면서도 차가운 느낌을 주는 전형적인 도시 여자였다. 미인인 데다 트레이닝 바지조차 귀족적으로 입는 요령을 터득하고 있을 듯한 타입이었다. 명희 씨는 과일을 내오면서 수진에게 이렇게 물었다.

"아버지는 뭐 하시니?"

"트럭 운전하세요."

명희 씨는 당황한 얼굴로 아, 하더니 두 번째 질문을 던졌다.

"엄마는 살림만 하시고?"

"돌아가셨어요."

질문은 거기서 끊겼다. 명희 씨는 뭘 묻는 대신 피아노 앞에 앉아 우아한 연주를 들려주었다. 진경이 모차르트 피아노 소나타 8번 3악장이라고 알려주었다. 수진은 어린애 같은 질투를 느꼈다. 엄마도 살아 계실 땐 저렇게 예뻤는데. 엄마도 피아노 건반 두드리는 거 좋아했는데. 모차르트는커녕 악보조차 읽지 못했지만.

이후로 진경의 집에 가지 않았다. 초대할 때마다 번번이 거절하자 진경이 화를 내며 물었던 적도 있었다.

"이보셔, 네수진 양. 넌 어째서 나한테만 노수진이야?"

수진은 신발을 벗고 위로 올라섰다. 명희 씨의 목소리가 다시 앞을 막았다.

"너는 살아서 내 딸을 조문 왔구나."

진경의 영정 앞으로 걸어갔다. 댓 발짝을 옮기는 그 짧은 시간이 숨 막히게 뜨거웠다. 활활 타는 불길을 밀고 나아가는 기분이었다. 제단 앞에 서자 현기증이 덮쳤다. 검은 물결이 시야를 덮치고, 진경의 영정이 가랑잎처럼 너울거렸다. 분홍색 유니폼, 반삭에 가까운 커트 머리, 진경은 한 손으로 턱을 받친 채 뚱한 눈으로 수진을 내려다보고 있었다.

"너도 그날 근무였다면서."

귀 뒤에서 명희 씨가 물었다. 질문이라기보다는 힐난 같았다. 너는 왜 아직 멀쩡하냐고.

수진은 아직까지 눈자위가 하얀 응급실 멤버 둘 중 하나였다. 나머지

하나인 유은지에게 들은 바로, 진경이 발병한 건 화요일 아침이었다. 수진이 퇴근한 직후인 아침 9시경, 119구급차로 후송돼 응급실에 들어왔다고 했다. 그로부터 24시간 만에 기침, 고열, 폐출혈, 호흡부전 단계를 전투기처럼 주파해 죽음의 땅에 착륙해버린 것이었다. 김유미와 비슷한 시간대에, 나란히. 김유미보다 발병이 훨씬 늦었으나 경과는 두 배로 빨랐던 셈이다.

수진은 꽃 한 송이를 집어 영정 밑에 내려놓았다. 물러서서 절을 두 번 했다. 그사이에도 명희 씨의 시선은 수진의 온몸을 베고 있었다.

"넌 울지도 않는구나."

격앙된 목소리가 숨통을 푹 쑤셔왔다. 미지근한 침이 민달팽이처럼 목을 꾸물꾸물 넘어갔다. 수진은 진경의 아버지와 맞절을 끝내고 마주 앉았다. 무슨 말이든 해야겠는데 아무 생각도 떠오르지 않았다. 어렵사리 나온 말은 스스로 듣기에도 매몰찼다.

"그만 가보겠습니다. 오늘 밤 근무라서⋯⋯."

목소리마저 무덤덤했다. 가슴 밑에서는 자아의 목소리가 속삭이고 있었다. 정신이 반쯤 나가 딸의 친구를 물어뜯고 있는 저 귀족 여자도, 아내의 무례를 내버려두고 있는 중년 신사도 눈이 새빨갛다고.

"아침에 다시 오겠습니다."

명희 씨가 그럴 것 없다고 대꾸했다. 수진은 일어섰다. 진경의 사진은 다시 보지 않았다. 목을 틀어막은 뜨거운 것이 터져버릴까 봐 겁이 났다. 빈소를 나서는 순간, 등으로 칼이 날아와 꽂혔다.

"우리 진경이가 너한테 그거밖에 안 됐니?"

다시 현기증이 밀려왔다. 어떻게 했으면 좋았을까. 저만 살아서 죄송합니다, 할 걸 그랬나, 제가 살아서 죄송합니다, 할 걸 그랬나.

"정머리 없는 애라고 내가 그렇게 말했는데도 간이고 쓸개고 다 빼주더니……."

명희 씨는 울음을 터트렸다. 수진은 목에서 끓던 뜨거운 울음이 식는 것을 느꼈다. 김유미의 빈소에 들러 응급실로 갈 때까지 명희 씨의 마지막 말이 머리를 맴돌았다. 복잡한 감정이 가슴 밑에서 뒤엉켰다. 멍하고, 슬프고, 분하고, 무서웠다. 진경을 포함해, 응급실 식구만 5명째 목숨을 잃었다. 그것이 전조에 불과해 보였다. 눈앞에 펼쳐진 응급실 풍경은 이제부터가 진짜라고 말하고 있었다.

하루 반 만에 돌아온 응급실은 배 터진 가방처럼 돼 있었다. 출입구엔 '일반 환자는 다른 요양 기관 응급실을 이용해주시기 바랍니다'라는 안내 팻말이 붙고, 구급차와 승용차 십수 대가 응급실 앞에서 대기 중이었다. 바닥에 담요를 깔고 누운 환자 대열은 출입구부터 간호사실 턱밑까지 이어졌다. 응급실 옆엔 대형 컨테이너 박스가 들어서고, 내부 공사 소음이 들려오는 가운데 남자 보조원들이 담요와 시트 등을 안으로 들여가고 있었다.

그녀는 뒷문을 통해 간호사실로 들어갔다. 이제 와 깨닫게 된바, 동구와 북구의 통행 제한은 의미 없는 조처였다. 출근길에 봤던 환자 릴레이 후송 장면이 그 증거였다. '남부진원3호'는 단순히 119구급차의 소속을 알리는 수단이 아니었다. 동구와 북구 바깥에서 첫 환자가 발생했다는 걸 의미했다.

"노 선생 왔구나."

조순희 감독이 탈의실 앞에서 수진을 맞았다. 네, 대답하며 수진은 조감독의 눈을 봤다. 방호복 캡슐 안에서 흰자위가 빨갛게 타오르고 있었다. 눈을 한 번 감았다 떴더니 흰색으로 되돌아왔다. 한 번 더 깜박이고 보니 잇몸 색으로 바뀌었다. 한 번만 더 깜박이면 무지개가 뜰 기세였다. 은지가 밤새 느꼈을 공포와 외로움을 한숨에 이해한 순간이었다. 조 감독은 차트를 보는 척 수진의 시선을 피하며 말했다.

"방호복 입고 나와. 인계하자."

조 감독과 수진, 은지, 셋이 업무 인계를 했다. 그사이 병동에서 지원 근무를 나온 간호사 둘과 응급구조사가 밀려드는 환자를 감당했다. 조 감독 역시 쓰러진 수간호사를 대신해 응급실 근무를 시작한 지 이틀째였다.

"좀 이따가 응급실이 폐쇄될 거야."

수진과 은지는 동시에 조 감독을 쳐다봤다.

"환자는 임시 진료소에서 받을 거야. 들어오면서 옆에 컨테이너 박스 들어선 거 봤지? 지금 전기공사 하고 있는데 끝나는 대로 병동 환자부터 옮길 거야. 중환자실, 내과, 외과 할 것 없이 마구잡이로 번지는 중이라. 그렇다고 병원을 아예 폐쇄할 수도 없는 일이고. 그 사람들을 보낼 데도 마땅치 않잖아. 전원(轉院) 할 수 있는 병원도 거의 없고, 자기 병원에 번질까 봐 받으려고도 하지 않고. 그래서 신종플루 때 했던 것처럼 컨테이너 박스를 생각한 모양이야. 어쨌든 본관하고 격리하는 효과는 있을 테니까. 내부 정리 끝나면 너희들 둘도 그쪽으로 가서 근무하도록 해."

"설마 우리 둘만 가는 건 아니죠?"

유은지가 물었다. 조 감독은 혼잣말처럼 대꾸했다.

"간호부에서 어떻게든 하겠지."

1시간 후 응급실이 폐쇄됐다. 환자들은 침상 대신 담요를 깔아놓은 컨테이너 진료소로 옮겨 갔다. 진료팀 인원은 그때까지도 확충되지 않았다. 교대 근무를 하려면 최소한 간호사 12명, 조무사 6명, 의사 4명이 필요했다. 의국에선 군인 신분인 공중보건의 둘과 내과 스텝, 인턴을 차출 형식으로 선발했다. 간호부에선 자원자를 받았으나 신청자가 없었다. 당연한 일이었다. 누가 전염병 소굴에 몸을 던지고 싶을까. 초개처럼 목숨을 버리고 싶은데 버릴 데가 없는 사람이라면 또 모를까. 간호부장은 10명을 임의로 차출했다. 그중 6명이 사표를 썼다.

"다들 머리가 좀 어떻게 된 모양인데 너희들은 간호사이자 공무원이야."

간호부장의 분노 어린 일성은 나이팅게일 정신 고양에 도움이 되지 않았다. 공무원이라는 신분이 가지는 의무와 책임도 일깨우지 못했다. 2차 차출의 결과도 비슷했다. 6명 중 넷이 유니폼을 벗었고 제비뽑기가 동원되기에 이르렀다. 뽑기 권리마저 없었던 수진은 죄인처럼 숨죽이고 인원이 확보되기만 바라는 처지가 됐다. 같은 처지인 은지는 자신이 빨간 눈을 퍼뜨린 범인이라도 된 것 같다고 투덜거렸다. 가까스로 진료소팀이 꾸려진 건 새벽 2시경이었다. 지휘자인 박남철 과장은 팀원 22명을 탈의실에 모아놓고 개략적인 교육을 실시했다.

빨간 눈은 원인 균이 아직 규명되지 않았다. 바이러스인지, 세균인지, 전염 방식이 무엇인지도 모르는 상태였다. 그러므로 의료팀이 할 수 있는 조처도 거의 없었다. 해열제, 항생제, 수액이나 산소 공급 등 효과가 거의 없는 몇 가지 처방이 전부였다. 박남철 과장은 치료자 자신에 대한 보호를 강조했다. '접촉'이라는 같은 조건에서 발현하지 않은 사람들은 병원체에 감수성이 없는 행운아일 테지만, 무감수성의 조건이 무엇인지 현재로서는 알 수 없지만, 자신이 그 행운아이기를 바라지는 말라고 했다. 수진은 자신이 혹시 그 행운아가 아닐까, 생각했다. 기도하는 심정으로 그러기를 바랐다. 은지는 그런 자신을 물끄러미 바라보고 있었다. 그녀는 은지도 같은 생각을 했을 거라고 짐작했다. 다 죽어도 나는 죽고 싶지 않아.

"질문 있습니까?"

강의를 끝내고 박남철 과장이 물었다. 누군가 손을 들었다.

"인수공통전염병일 가능성이 있다는 뉴스를 봤는데 확인된 사실입니까?"

"병원체 형태가 비슷하다고 들었습니다. 양쪽 모두 감염시키는 게 가능한 걸로 보이고 증상도 개와 사람이 똑같다더군요. 곧 여기에 대한 조처가 있을 걸로 보입니다. 또 질문 있습니까?"

숙소에 대한 질문이 이어졌다. 직원 기숙사 동관 1층을 쓰기로 했다는 답변이 나왔다. 식사는 지하 식당에서 일회용 도시락으로 올려 보낼 예정이라고 했다.

"또 질문 있습니까?"

박남철 과장은 웅성대는 팀원들을 훑어보며 물었다. 수진은 손을 들고 일어났다.

"응급실 간호사 노수진입니다."

그는 수진과 시선을 맞추면서 고개를 끄덕였다.

"좀 전에 남구 진원동에서 감염자가 들어오는 걸 봤는데요, 이건 중요한 의미가 있는 것 같습니다. 진원동은 서울과 맞닿아 있는 동네입니다. 진원동 맨 끝에 있는 삼익아파트 단지에서 서울까지 거리는 몇십 미터에 불과하고요. 과장님께선 빨간 눈이 그 몇십 미터를 건너가는 데 얼마나 걸릴 것으로 보십니까? 또 임시 진료소가 얼마나 버틸 수 있다고 보십니까? 더 적극적이고 체계적인 대책은 없는지, 지금 논의되고 있는 대책이 무엇인지 알고 싶습니다."

"두 번째 질문부터 대답하겠습니다."

박남철은 말을 멈추고 잠깐 수진을 바라보았다.

"현재 시의회에서 논의되고 있는 방안은 두 가지인 걸로 압니다. 각 구별로 거점병원을 정해 수용한다, 어느 한 곳을 따로 지정해 통합진료센터로 만든다. 어느 쪽이든 곧 결정이 날 겁니다. 다음으로 첫 번째 질문에 대한 제 의견은……. 이미 건너갔을지도 모른다, 입니다. 남구에서 첫 환자가 나온 건 좀 전이 아니라 어제 오전이고. 다행히 보건복지부 장관에게 직접 알릴 수 있는 직통 라인이 만들어져서 현재 상황이 얼마나 위급하고 심각한지 보고됐다고 전해 들었습니다. 장관이 말귀를 제대로 알아들었다면 국가 차원에서 어떤 대책이 논의되겠죠. 우리가 할 수 있는 일은 지금을 버티는 것이겠고요. 이상입니다."

일을 시작하면서 수진은 곧바로 깨달았다. 이 임시 진료소가 하루 이상 버티지 못하리라는 것을. 감염자가 폭발적으로 늘고 있었다. 동구와 남구뿐 아니라 서구에서까지 감염자가 속속 들어왔다. 화양 전역이 빨갛게 타오르고 있는 셈이었다. 첫 환자가 발생한 지 불과 엿새 만에, 이쪽은 상대에 대해 아무것도 모르는데. 게다가 보호자의 출입이 통제된 상태였기 때문에 환자와 관련된 모든 일을 간호사가 처리해야 했다. 얼음주머니를 대주는 일에서부터 대소변 수발까지. 수진은 환자들 사이를 미친 사람처럼 나돌아 다니면서도 불길한 생각 하나를 떨쳐버리지 못했다. 박남철 과장의 말이 계속해서 마음에 걸렸다. 국가 차원의 대책이 대체 뭘까. 국가가 명령한다고 빨간 눈이 퇴장하지는 않을 텐데.

아침 7시. 시의회가 마침내 길고도 긴 탁상공론을 끝냈다는 소식이 들려왔다. 환자들은 화양시내 종합병원 네 곳으로 분산하기로 결정된 모양이었다. 서구는 서광병원, 북구는 미래병원, 남구는 동아병원이 각 구의 환자를 수용하는 거점병원이 됐다. 그런데도 화양의료원으로 들어오는 환자 수는 줄어들지 않았다. 그녀가 퇴근할 무렵엔 컨테이너 박스가 꽉 차다시피 했다. 규모만 커졌을 뿐 오늘 아침 응급실 풍경과 똑같았다. 임시 진료소가 포화 상태에 이르는 데 하루도 채 걸리지 않은 셈이었다.

숙소로 돌아온 후 수진은 휴대전화부터 열어봤다. 현진으로부터 문자가 들어와 있었다. 뉴스를 통해 화양 소식을 들은 듯했다.

너 괜찮은 거지? 아버지는 걱정 말라고 하시는데 마음이 안 놓여서. 참, 나 화양에 간다.

화양에 온다고. 왜? 반갑기보다 불길한 소식이었다. '집에 온다'와 '화양에 온다'는 전혀 다른 말이었으므로. 다시 '설마'가 머리를 들었다.

난 괜찮아. 걱정 마. 그런데 여기 왜 온다는 거야?

5분쯤 기다려봤지만 현진은 답을 보내지 않았다. 그녀는 아버지에게 전화를 걸었다. "절대 밖에 나가지 마세요." 했더니 이미 나와 있노라고 대꾸했다. 차례 상에 놓을 음식이 없어 과일이라도 살까 하고 아침 일찍 시장에 나왔다는 것이었다.

"아버지, 산 사람 목숨보다 죽은 양반들 밥이 더 중요해요?"

그녀가 묻자 아버지는 만호공파의 수많은 가훈 중 하나를 답으로 들려주었다.

"풍랑은 풍랑에 맡겨두고 우리는 우리가 마땅히 해야 할 일을 해야 하는 거다."

수진은 더 말을 할 수가 없었다. 아버지가 일방적으로 전화를 끊어버린 탓이었다. 다시 전화를 걸었지만 받지 않았다. 그녀는 진이 빠진 나머지 곧장 침대에 누워버렸다. 씻어야 했지만 모든 게 귀찮았다. 눈은 깔깔하고 다리는 퉁퉁 부어 있었다. 진경의 빈소에 다시 가 봐야 할 텐데. 전화로 사정을 알릴까 하다가 지난밤의 봉변을 기억해내고 생각을 접었다.

"선생님, 안 씻고 주무실 거예요?"

은지가 방문을 열고 들어오며 물었다.

"응, 좀 이따가."

수진은 눈을 감았다. 까마득한 곳에서 먹구름이 몰려오는 걸 느꼈다. 손에서 휴대전화가 빠져나갔다.

"선생님, 눈떠보세요. 대통령이 대국민담화문을 발표한대요."

다시 은지의 목소리가 잠을 깨웠다. 그녀는 번뜩 눈을 떴다.

"지금 몇 시야?"

"5시요."

"저녁 5시?"

"네."

어안이 벙벙했다. 눈 한 번 감았다 떴는데 저녁 5시라니.

"근데 대통령이 이 시간에 무슨 얘기를 한다는 거야?"

"아직 모르겠어요. 지금 막 시작해서."

은지는 제 휴대전화를 수진의 얼굴 쪽으로 가져왔다. 잠기운으로 어룽대는 시야에 검은 정장을 입은 대통령이 나타났다. 비장하면서도 단호한 얼굴 위로 카메라 플래시들이 터지기 시작했다.

"존경하는 국민 여러분……."

3장

고도 화양

기준 3

"존경하는 국민 여러분……."

대통령이 입을 열었을 때, 기준의 파카 주머니에서 휴대전화가 울기 시작했다. 대기조인 팀원들은 사무실 TV 앞에 선 채 대통령 담화를 지켜 보고 있었다.

"……발생 일주일 만에 화양시 전역으로 번지는 등, 그 확산 세가 시 차원에서 대응할 수 있는 수준을 넘어섰을 뿐 아니라 서울과 수도권 도 시로 확산될 위험이 매우 높은 상황입니다. 이는 2천만 수도권 인구는 물론, 전 국민의 생명을 위협하는 일로서, 국가의 근간을 흔드는 엄청난 재난이 될 수 있다고 판단하여 국가 위기 단계를 최고 단계인 '심각'으로 격상시키고……."

기준은 사무실 구석으로 물러나 전화를 받았다. 아내였다.

"기준 씨, 우리 못 나가. 길이 막혔어."

"무슨 얘기야?"

"서울로 가는 길을 군인들이 막고 있다니까. 택시 타고 서부터널, 진원동, 외곽순환도로까지 다 돌았는데 어디로도 나갈 수가 없어."

아내의 목소리가 아득하게 멀어졌다. 대통령의 목소리는 천둥처럼 귀를 흔들었다.

"……대통령의 권한으로 국가비상사태를 선포합니다. 이와 함께 선제적 조처로써 화양시 통행을 한시적으로 제한하고……."

"기준 씨, 내 말 듣는 거야?"

듣지 못했다. 충격으로 입도 열리지 않았다. '한시적 통행 제한'은 정치적인 수사일 뿐, 이것은 사실상 봉쇄였다. 유사 이래 이런 일이 있었을까. 인구 29만이 사는 수도권 도시를 벼락치기로 봉쇄해버리는 일이. 그것도 온가족이 모여 앉아 지지고 볶을 설 연휴 첫날에.

"……정부는 짧은 시간 내에 위기를 타개하고 상황을 통제하여 모든 것이 정상으로 돌아갈 수 있도록 전력을 다할 것입니다. 그러므로 화양 시민은 동요하지 마시고 일상생활을……."

"아무래도 집으로 돌아가야 할 것 같은데 이 비행기 표 환불받을 수 있을까?"

아내가 물었다. 사무실 스피커에선 출동 명령이 떨어졌다.

"구조구급 출동, 서래주공 204동 1603호 70대 남자 독거노인, 그제부터 연락이 되지 않는다는 원거리 가족의 신고 접수, 문 개방해 확인 요망."

기준은 시계를 봤다. 5시 05분.

"집에 돌아가 있어. 나 출동이야."

30초 후, 그는 서래주공으로 가는 구조차 앞좌석에 앉아 있었다. 어두 워지는 하늘 밑으로 눈보라가 휘돌았다. 빙판이 된 도로에는 차량들이 폭주하고 있었다. 대부분 백운교차로 밖으로 빠져나가는 차량이었다. 교 통경찰이 눈을 뻔히 뜨고 서 있는데도 신호조차 지키지 않았다. 동구가 봉쇄되면서 안에 갇혔거나 뉴스를 보고 날벼락 맞은 기분으로 뛰쳐나가 는 차량일 거라고, 기준은 짐작했다. 실제 상황이 맞는지 확인하거나 아 직 열려 있는 길을 찾아 화양을 빠져나가려는 차량도 있을 테고. 새로 구 조차 핸들을 잡은 유 반장은 철퇴를 휘두르듯 경광등과 사이렌을 틀며 달리다가 교차로에서 서래주공으로 가는 도로를 탔다.

1603호의 문은 잠겨 있었다. 벨을 눌러도 기척이 없었다. 기준은 유압 스프레더로 시건장치를 따고 안으로 들어섰다. 체구가 작은 노인이 냉장 고 앞에 쓰러져 있었다. 호흡은 아직 있었지만 의식이 없었다. 구급대원 윤미래가 눈꺼풀부터 열었다. 흰자위가 새빨갰다.

화양의료원 임시 진료소는 포화 상태였다. 각 구에서 모여든 구급차들 이 컨테이너 박스 앞에서 줄줄이 방향을 돌리고 있었다. 유 반장도 서구 서광병원으로 차를 돌렸다. 거점병원 중 가장 가까웠고, 지령센터에 실 시간으로 확인한 결과, 임시 진료소에 넣을 자리가 남아 있었다. 다만 그 곳으로 가는 일이 요원하다는 게 문제였다. 화양1교를 앞두고 오도 가도 못하게 발이 묶여버렸다. 물탱크차로 발레파킹도 한다는 유 반장이었지 만 수백 대의 차량이 점령하고 있는 도로를 빠져나갈 방법은 찾지 못했 다. 대대 병력에 가까운 전경들이 각 방향 도로와 다리를 틀어막고 차량 을 통제하는 가운데, 군용 수송 차량들이 남구에서 북구까지 화양을 직선으로 관통하는 중앙로로 진주해 오고 있었다. 그들 뒤로 잿빛 눈보라가 노도처럼 밀려왔다. 하늘은 도로를 덮칠 듯 낮게 내려앉았다.

"이거 실제 상황 맞죠?"

등 뒤에서 김수교가 중얼거렸다. 기준은 화양1교 너머를 물끄러미 바라보았다. 사람들이 시청으로 까맣게 몰려가고 있었다. 라디오에선 대통령 담화와 관련한 뉴스가 흘러나왔다.

"1월 30일 목요일 17시를 기해 경기도 화양시에서 창궐한 원인 불명의 전염병으로 국가비상사태가 선포됐습니다. 아울러 발생지인 화양시에 한시적인 통행 제한 조처가 내려졌습니다. 대통령은 대국민담화를 통해 이번 조치는 화양에 번지고 있는 전염병의 확산을 신속하게 막고, 통제하고, 박멸하기 위한 것이라고 선포의 배경을 밝혔습니다. 이에 따라 정부는 전염병 대응을 최우선 업무로 추진하고……."

기준은 아내와 유빈이를 떠올렸다. 무사히 집에 도착했을까. 아직 거리에 있을까. 중요한 무언가가 곁을 스쳐 가버린 기분이었다. 왜 좀 더 빨리 내보내지 못했을까. 한나절만, 아니, 1시간만 더 빨랐어도…….

아내에게 전화를 걸어 짐을 챙기라고 말한 건, 남구에서 환자가 발생한 어제 오전이었다. 아내는 의아해하며 되물었다.

"갑자기 왜?"

"오늘 유빈이 데리고 서울 집에 가라고."

아내는 되받아치듯 대꾸했다.

"누구 죽일 일 있어?"

"어차피 설 쇠러 가야 하잖아. 하루 빨리 간다고 생각해."

"설이고 추석이고, 나 혼자는 안 간다고 말했잖아."

은희야, 제발 말 좀 들어라. 그는 치미는 조급증을 눌러 삼켰다. 아내는 어머니와 사이가 좋지 않았다. 결혼한 지 5년이 넘도록 아이가 없다고 허구한 날 들볶인 탓이었다. 유빈이를 낳은 후엔 빨리 아들을 낳으라는 압박에 시달렸다. 그 바람에 본가에만 가면 스트레스를 받았고, 편두통이 나서 구토를 할 지경까지 이르곤 했다. 집으로 돌아오면 열 번에 열 번 모두 부부싸움이 났다. 기준은 어머니의 호출 열 번을 여덟 번 거절하는 걸로 제 살길을 찾았다. 어머니가 습격하듯 찾아오는 일까지 막을 수야 없었지만.

"그럼 친정으로 갈래?"

"설 연휴에 무슨 재주로 비행기 표를 구해? 구한다고 해도 기준 씨가 거기 갇혀 있는데 나만 어떻게 가. 당신 어머니가 알면 날 또 얼마나 잡겠냐고. 유빈이 둘러업고 짐 이고지고 가는 것도 심란하고."

아내의 어법상, 보내주면 가겠다는 얘기였다.

"표 구해볼 테니까 갈 준비 해놔."

하루 한나절이 걸렸다. 인맥을 총동원한 끝에 서구에 있는 한 여행사에서 30일 저녁 7시 30분발 제주행 항공편 좌석 하나를 구하는 데. 그때가 오후 4시 20분경이었다. 아내는 여행사로 가서 표를 받아 김포로 간다고 전화를 걸어왔다.

"지금 막 택시 탔어."

그 택시가 서부터널에 다다를 무렵, 대통령은 화양을 봉쇄해버렸다. 이는 빨간 눈이 번지던 시점부터 화양 봉쇄를 염두에 두고 있었다는 의미였다. 늦어도 오늘 아침부터는 군의 이동이 시작됐을 것이고. 도시 하나를 봉쇄하는 일이 대문 잠그는 것처럼 간단한 문제는 아니니까. 그 낌새를 시에서 몰랐을까. 몰랐다면 시장은 무능한 목을 내놓아야 마땅했다. 알았다면 화양의 목에 올가미를 걸도록 놔둔 죄를 물어야 할 테고.

"팀장님, 서광병원은 어렵겠는데요."

유 반장이 기준을 돌아보며 말했다. 그는 지령센터로 무전 연락을 해보았다. 남구 동아병원으로 가라는 지시가 떨어졌다. 서울의 한 아파트 단지를 길 건너 이웃으로 두고 있는 병원이었다. 유 반장은 곡예를 하듯 주차 대열에서 빠진 후, 상대적으로 한산한 반대편 차선으로 차를 몰았다. 군이 점령한 중앙로 대신 동부순환도로를 타고 남구로 들어갈 계획인 듯했으나 그마저 쉽지 않았다. 그쪽 역시 출구를 찾아 폭주하는 차량들이 점령하고 있었다. 교통신호는 당연한 듯 지켜지지 않았고 곳곳에서 추돌 사고나 빙판길 사고가 잇따랐다.

"너희들끼리 이 안에서 알아서 죽어라, 이건가."

김수교가 혼잣말하듯 중얼거렸다.

"눈으로 보면서도 믿기지가 않네."

기준도 비슷한 심정이었다. 산에서 돌아온 지난 화요일 새벽 이래로 믿을 수 없는 일들이 끝도 없이 일어나고 있었다. 동부서 구조구급대 24명 중 22명이 감염되고 12명이 죽었다. 진압팀도 절반 이상이 감염돼 쓰러졌다. 기준으로서는 슬플 여유도 충격을 받을 틈도 없었다. 그저 무서웠다. 멀쩡한 눈으로 잠에서 깨어날 수 있을지, 숙소에 눕는 순간부터 두려움으로 진저리쳤다. 눈뜨자마자 화장실로 가서 거울을 보는 게 새로운 습관으로 자리 잡았다. 방호복은 심리적 보호막 이상의 힘은 없는 것 같았다. 어느 정도 방어가 된다면 이렇듯 무서운 속도로 쓰러질 수는 없는 일이었다.

동부서 구조대는 하루 한 번꼴로 팀을 재편성하고 있었다. 처음엔 구조대와 구급대 각 3개 팀을 2개씩으로, 다음 날엔 구급팀과 구조팀을 합해 2개 팀으로. 오늘 아침, 구조2팀에 남은 사람은 기준과 윤미래뿐이었다. 지금 구조차를 몰고 있는 유 반장을 비롯한 김수교와 조현재는 진압팀에서 투입된 대원들이었다. 이 새로운 2팀의 운명이 언제 어떻게 될지는 하느님이나 알 일이었다. 분명한 게 있다면, 아무리 두려워도 '어떻게' 되는 순간까지 이 빌어먹을 구조차에서 내릴 수 없으리라는 것뿐이었다.

"저 좀 도와주세요."

환자와 함께 뒤 칸에 있던 윤미래가 소리쳤다.

"환자 호흡이 멎었어요. 맥도 안 잡히고요."

기준은 의자를 넘어 뒤 칸으로 건너갔다. '핏물 펌프질'에 가까운 심폐 소생술이 시행됐다. 그가 흉부 압박을, 윤미래는 백 밸브 마스크를 씌웠다. 병원에 도착한 건 그로부터 10여 분 후였다. 그때까지 심폐 소생술을 계속하고는 있었지만 의미 있는 행위는 아니었다. 노인은 임시 진료소에 시신 상태로 부려졌다. 유 반장은 허망한 표정으로 차를 돌렸다. 구급차들은 쉴 새 없이 임시 진료소로 올라오고 있었다. 화양시내 구급차란 구급차는 모조리 몰려드는 모양새였다. 동아병원이 '입장 불가'를 선언하는 데는 앞으로 5분도 걸리지 않을 것 같았다.

기준은 차창에 얼굴을 붙이고 틈새로 들어오는 찬 공기를 마셨다. 심폐 소생술을 하느라 올라올 땐 보지 못했던 진원교차로의 풍경이 내다보였다. 서울로 통하는 중앙로 4차선을 승용차, 승합차, 고속버스, 트럭 등 100여 대의 차량이 점령하고 있었다. 맞은편에는 아내가 말한 화양 봉쇄선이 버티고 있었다. 동구 봉쇄선과는 규모 면에서 차원이 달랐다. 전경 버스 대신 장갑차 군단이, 경찰 병력이 아닌 거총 보병이 봉쇄선을 구축하고 있었다. 바리케이드 안쪽 최전방에선 물대포와 페퍼포그 차량을 앞세운 경찰 병력이 확성기로 경고 방송을 내보내고 있었다. 경계 거리 안으로 들어오면 실력 행사에 들어가겠노라고. 경찰과 차량 간의 대치 거리는 20여 미터에 불과해 보였다. 차량들은 경적음으로 대응하며 봉쇄선을 향해 조금씩 전진하고 있었다. 우리는 이대로 봉쇄선을 뚫고 나가겠다는 듯.

"백하나 응답하라."

센터의 무전기가 울렸다.

"부용유원지 식당에 맹견들이 출몰해 경비견을 물어 죽이고 닭장을 습격 중이라는 신고 접수, 출동 가능한가."

"사칠."

부용유원지는 백운산과 부용산 사이에 형성된 위락 단지였다. 기암괴석으로 이뤄진 긴 계곡을 따라 펜션과 러브호텔과 암자, 마트와 식당이 구석구석 박혀 있었다. 맹견들이 나타났다는 식당은 계곡 상류에 위치한 촌닭 전문 백숙집이었다. 60대 중반으로 보이는 주인 남자는 얼이 빠진 얼굴로 구조대를 맞았다. 해 질 무렵, 개 두 마리가 닭장을 습격해서 닭 두 마리를 물고 달아났다고 했다. 경비견은 목을 길게 찢긴 채 뒷마당에 쓰러져 있었다. 철망 울타리에 비닐포를 씌운 닭장 한쪽이 폭격을 맞은 양 무너졌고, 닭 수십 마리가 소란스레 홰를 치며 핏자국이 흩어진 마당을 나돌아 다녔다. 기준은 물었다.

"개들을 보긴 하셨습니까?"

주인이 닭 소리에 놀라 마당으로 나왔을 때, 개들은 닭 한 마리씩을 물고 산으로 달아나고 있었다고 했다. 먼발치에서 본 바로, 그중 하나는 개가 아니었다.

"영락없는 늑대입디다."

주인은 죽은 개를 가리키며 말했다.

"우리 원화를 저렇게 만든 것도 그놈일 거요. 목에 파란 목걸이를 걸고 있긴 했는데 개는 절대 아니오. 개라면 이럴 수가 없지. 우리 원화가 명색이 진돗개 순종인데 끽, 소리도 못 내보고 이렇게 죽을 수는 없다, 그 말이오."

파란 목걸이, 늑대 같은 개. 기준은 까맣게 잊어버리고 있던 기억 하나를 떠올렸다. 화양맨션에서 자신을 덮쳐 오던 링고라는 이름을 가진 개. 이빨로 끊긴 채 베란다 창틈에 끼어 있던 밧줄도 기억났다. 밧줄 색까지는 기억나지 않았지만.

"놈들이 여기 온 게 처음이 아니오. 요 며칠 계속 나타났다고. 놈들한테 당한 집이 한둘이 아니라니까. 날 저물면 무서워서 마당에도 못 나오는 지경이오. 진돗개를 한 방에 찢어 죽이는 놈인데 사람인들 그냥 놔두겠난 말이지."

식당 주인은 자신이 내는 세금과 공무원의 관계를 들먹여가며 막무가내 요구를 해왔다. 지금 당장 산으로 올라가 놈들을 잡아 오라고.

기준은 구조차에서 마취 총 케이스를 끌어 내리고 블로우 건을 꺼냈다. 조현재와 김수교는 각각 석궁 마취 총과 캐칭 넷을 들었다. 윤미래와 유 반장은 차에서 대기하게 했다. 추적은 그리 어렵지 않았다. 개들이 사라졌다는 산등성이로 올라가자 눈길 위에 핏자국과 닭털과 발자국이 안내표지처럼 흩뿌려져 있었다. 수확물을 자신들의 은신처, 혹은 식사를 즐길 만한 장소로 물어 가고 있는 듯했다. 핏자국은 등산로를 타고 쭉 이어지다 백운산 무인배수지 쉼터 앞에서 사라졌다. 등산객들이 눈길을 빙판처럼 다져놓은 탓에 발자국도 남아 있지 않았다. 그는 쉼터 주변 숲을 살폈다. 랜턴을 비춰도 안이 들여다보이지 않을 정도로 전나무와 잡목들이 빽빽하게 밀집돼 있었다.

"자네 둘은 왼편 숲을 뒤져 봐. 난 반대편을 맡을 테니까."

기준은 쉼터 맨 안쪽, 벼랑이 있는 철봉 너머를 가리켰다.

"저 중간 지점에서 만나자고."

숲은 밖에서 볼 때보다 훨씬 컴컴했다. 바스락 소리 하나 나지 않을 만큼 고요했다. 눈은 무릎까지 쌓여 있었다. 나무 뒤에 숨어 있다가 덤빈다면 꼼짝없이 당할 판이었다. 잘못 들어왔구나, 싶었지만 내친걸음이었다. 헤드 랜턴으로 나무 사이사이 그늘을 살피며 전진했다. 이윽고 만나기로 한 철봉 너머로 빠져나왔을 때 어디선가 조현재의 고함이 울렸다.

"저기다."

왼편 숲에서 파란 목줄을 찬 잿빛 개가 튀어나왔다. 놈은 뒷다리로 바닥을 차면서 기준을 향해 곧장 날아왔다. 그놈이었다. 화양맨션에서 유일하게 살아 도망쳤던 늑대개. 조현재가 석궁을 겨누고 뒤따라 뛰쳐나왔다. 기준은 몸을 낮추면서 놈의 목을 향해 블로우 건을 불었다. 그사이 놈은 그의 머리 위까지 날아와 있었다. 주사기는 눈밭에 박혔고 기준은 옆으로 몸을 굴렸다. 놈은 컴컴한 벼랑 아래로 꺼지듯 사라져버렸다. 그는 백운정신병원 뒤뜰로 쫓아 내려가 봤으나 발자국 하나 남아 있지 않았다. 더 이상의 추적은 불가능했다. 기준은 무전기로 부용계곡에 대기 중인 구조차를 불렀다.

유 반장은 곧장 달려왔으나 곧장 귀서하지는 못했다. 지령센터의 신고 접수가 예약 번호 30번까지 밀려 있었다. 근무조가 아닌 대기조였음에도 기준과 팀원들은 밤새도록 거리를 나돌아야 했다. 오토바이 사고 현장으로, 술꾼들이 벌인 칼부림 현장으로, 감염자를 신고 빈 침상이 있는 거점병원을 찾아서. 잠깐이나마 베개에다 뒤통수를 붙여볼 여유가 생긴 건 새벽 6시경이었다. 기준은 한숨 자는 대신 사무실로 들어가 커피를 타고 휴대전화를 꺼냈다. 아내에게서 문자가 두 통 들어와 있었다. 하나는 저녁 6시경에 온 것이었다.

기준 씨, 우리 잘 들어왔어. 너무 걱정하지 마, 밖에 안 나가면 되잖아.

하나는 30분 전에 들어왔다.

기준 씨, 몸조심해. 보고 싶어.

그는 '나도'라고 답하려다 충동적으로 '지금 갈게'라고 해버렸다. 종이 컵을 휴지통에 내던지고 차고로 내려갔다. 다녀오는 사이에 별일이 없기를 바라면서 차고 구석에 서 있는 행정 차량에 시동을 걸었다.

새벽 거리는 어둡고 고요했다. 사람도, 차량도 없는 빈 도로 위로 눈발만 드문드문 흩날리고 있었다. 그런데도 그는 귀를 막고 싶은 심정이 되었다. 셔터가 내려진 상점, 눈이 치워지지 않은 인도와 도로, 옷 벗은 가로수, 입간판, 버려진 포장마차, 불 꺼진 주택가 창문. 그 모든 것들 위에서 죽음의 시계가 째깍거리고 있었다. 차가 진원동의 한 아파트 단지에 도착했을 땐 귀청이 터질 지경에 이르렀다. 그는 소리를 내쫓듯 휴대전화를 꺼내고 아내에게 전화를 걸었다.

"왔어?"

아내는 곧바로 전화를 받았다.

"집 앞 화단이야."

"왜 거기 있어. 안 들어오고."

"그냥 얼굴만 보고 가려고."

"나 지금 떡국 끓이는데, 잠깐 들어와서 먹고 가."

"못 들어가. 밤새 감염자들 껴안고 뒹굴었어. 얼굴만 보여줘."

곧 2층 베란다에 불이 들어오고 아내가 유빈이를 안고 창가에 나타났다.

"유빈이 금방 일어났어. 통화해봐, 스피커폰으로 해놓을 테니까."

기준은 유빈이 자신을 잘 볼 수 있도록 화단 안으로 들어가 섰다. 이유식 숟가락을 쥔 유빈이가 눈을 동그랗게 뜨고 기준을 내다봤다. 미간에 힘이 잔뜩 들어가 있었다. 그는 딸을 불렀다.

"유빈아."

유빈이는 무서운 것이라도 본 것처럼 고개를 돌리고 이상한 소리를 지르며 제 엄마 가슴에 들러붙었다. 아내가 "유빈아, 아빠야. 잘 봐." 하며 얼굴을 돌려주자 급기야는 울음을 터트려버렸다. 기준은 뒤늦게야 자신의 행색을 훑어봤다. 일회용 방호복, 고글과 마스크. 딸의 눈에 괴물로 비치고 남을 흉악한 몰골이었다. 그는 재빨리 고글과 마스크를 벗었다. 그래도 울음을 그치지 않자 방호복마저 벗어버렸다. 그런 다음 휴대전화를 마이크처럼 쥐고 노래를 부르기 시작했다.

개굴개굴 개구리 노래를 한다
아들 손자 며느리 다 모여서

유빈이는 울음을 딱 그쳤다. 전화 속 노래에 귀를 기울이는 눈치였다. 그는 목소리를 두 배로 키웠다.

밤새도록 하여도 듣는 이 없네
듣는 사람 없어도 날이 밝도록

아이의 얼굴이 제 엄마의 가슴에서 기준 쪽으로 돌아왔다. 기준은 화단 가에 쌓인 눈을 마구 파헤치며 문 워킹을 하기 시작했다.

개굴개굴 개구리 노래 부른다
개굴개굴 개구리 목청도 좋다

노래가 두 번 도돌이표를 찍고 나자 화단 가의 눈은 넉가래로 민 것처럼 말끔하게 치워져 있었다. 노랗게 말라붙은 잔디가 다 드러날 지경이었다. 만약 1층 베란다에 불이 켜지지 않았더라면, 블라인드 틈으로 밖을 내다보는 어떤 눈과 마주치지 않았더라면, 기준은 딸이 이유식 숟가락을 휘두르고, 어푸어푸, 침을 내뿜고 깔깔 웃어댈 때까지 춤을 추었을 것이다.

"기준 씨, 비행기 표 환불할 수 있지?"

아내가 물었다. 목소리에 키득거리는 웃음기가 배어 있었다.

"응. 창문 틈으로 던져."

아내는 창문 틈으로 거무레한 물체를 떨어뜨렸다. 페트병 뚜껑 두 개와 함께 비행기 표를 담은 스타킹이었다. 그걸 주머니에 담는 순간 휴대전화에서 문자 신호음이 울렸다. 귀서하라는 김수교의 문자였다. 그는 아내와의 통화를 끊고 김수교에게 연락해 사유를 물었다. 각 구 거점병원을 한곳으로 통합하고 관할 소방서가 감염자 수송을 책임지라는 업무지시가 내려왔다고 했다. 잠깐 의아했다. 그 많은 환자를 통합 수용할 병원이 있기나 한가. 종합병원 하나를 통째로 쓴다면 모를까. 쓰라고 내놓을 병원도 없을 텐데. 그는 방호복을 걸치면서 물었다.

"통합병원이 어디래?"

김수교는 대답했다.

"화양 종합체육관이랍니다."

재형3

초인종 소리가 치료실에 앉아 졸던 재형을 깨웠다. 인터폰을 누르고 누구냐고 물었으나 대답이 없었다. 손바닥만 한 화면 안에서 작고 검은 형체만 빠르게 움직였다. 나가보니 까만 푸들 한 마리가 쪽지를 목줄에 붙인 채 대문 쇠살에 묶여 있었다.

내 딸 마리를 잘 부탁드려요.

문설주 앞엔 마리의 것으로 보이는 케이지가 놓여 있었다. 재형은 진입로 아래쪽을 내려다봤다. 자동차의 미등이 멀어지고 있었다. 딸을 버린 자의 차일 터였다. 마리는 멀어지는 불빛을 향해 종종걸음 치다 되돌아와서 불안한 눈으로 재형을 흘끔대고 눈치를 살폈다. 급기야는 그의 바짓단에 코를 붙이고 낑낑, 울기 시작했다. 재형은 자리에 선 채 꼼짝하지 않았다. 난데없는 충동이 등을 찔러 온 탓이었다. 마리의 목줄을 풀어버리고 싶었다. '마리, 네 집으로 가'라고 소리 질러 내쫓고 싶었다. 아니, 사실은 구급차를 몰아 멀어지는 차를 쫓아가고 싶었다. 앞을 가로막고 차를 세워서 마리를 돌려주고 싶었다. 이 개는 당신의 '마리'야. 마리라는 이름을 붙여준 자가 바로 당신이라고. 그게 무슨 뜻인 줄 알아? 책임진다는 거야. 편의에 따라 관계를 파기하지 않겠다는 약속이야.

차량 불빛이 새벽어둠 속으로 사라졌다. 등을 찌르던 충동도 차차 가라앉았다. 그는 마리를 안아 올려 지하실로 데려갔다. 벽 모서리 쪽에 케이지를 놓고 담요를 깐 뒤 마리를 내려놓았다. 녀석은 몸을 움츠리고 엎드려 바들바들 떨었다. 춥고, 두렵고, 혼란스럽겠지. 자신이 왜 버림받았는지 몰라 어리둥절할 테고. 설명해줄 수가 없어 그는 속이 터졌다. 지하실에 있어야 하는 이유를 납득시킬 방법도 없었다. 지하실에 두는 것 말고는 다른 길도 없었다. 언뜻 보기엔 감염된 것 같지 않았지만 당분간 격리해두고 지켜볼 필요가 있었다.

마리 옆으로 말끔하고 예쁘고 영양 상태도 좋은 개 12마리가 나란히 잠들어 있었다. 치와와, 미니 핀셔, 줄무늬 조끼를 입은 닥스훈트, 까만 귀를 쫑긋 세운 보더콜리…… 마리와 같은 방식으로 버려진 반려견들이었다. 하나같이 사랑을 듬뿍 받고 소중하게 대우받으며 살아왔을 '아들딸'들이었다. 신경질적으로 짖거나, 겁을 먹고 떨거나, 재형의 눈치를 살피는 개 옆에는 케이지나 개집이, 개집 안에는 그 개의 삶을 보여주는 온갖 것들이 담겨 있었다. 사료, 개껌, 간식, 장난감, 애견용품과 옷가지, 눈물 없이 읽을 수 없는 변명과 소중히 다뤄달라는 당부와 조만간 데리러 오겠다는 약속의 편지들.

윤주의 기사가 나간 그제 오전부터 시작된 진풍경이었다. 그는 윤주에게 화가 났지만 대놓고 따지지도 못했다. 따질 틈도 없었고, 그럴 처지도 아니었다. 저녁이 돼서 윤주가 돌아왔을 때, 승아와 드림랜드를 그녀에게 맡기고 나가 봐야 할 형편이었다. 건강한 개들을 피신시킬 '어딘가'를 찾아서. 밤늦도록 거리를 헤맸지만 '어딘가'는 찾을 수가 없었다. 정확히 말하자면, '어딘가'는 있었으나 빌릴 수가 없었다. '어딘가'의 주인들은 임대를 해줄 듯하다가도 '개'라는 말만 나오면 그를 개 쫓듯이 내쫓았다. 그때마다 윤주가 떠올랐다. 어찌나 고마운지 이가 갈릴 지경이었다.

어제 오후에는 구급차 앞좌석에 승아를 태운 채로 북구 지역을 헤맸다. 열 일 젖히고 돌아다닌 보람이 있어 해 질 무렵엔 구월산 기슭에서 빈 비닐하우스 한 동을 찾을 수 있었다. 하우스 주인은 그가 제시한 임차료를 마음에 들어 했다. 그는 가진 현금을 털어 선금을 걸어두고 드림랜드로 돌아왔다. 와서 보니, 창고에 둔 건강한 개들에게도 병이 번지고 있었다. 30마리 중 12마리의 눈이 빨갰다. 대충 부엉이셈을 해도 드림랜드 개의 70퍼센트 이상이 감염된 셈이었다. 첫 감염견 68마리는 사흘 사이에 모두 죽었다. 그는 굴삭기를 불러 동물 묘지 한쪽에 큰 구덩이를 파야 했다. 집단 매장 말고는 길이 없었다.

사람의 감염율과 치사율도 개와 비슷할까? 새로운 감염견들을 창고에서 거실 뒤편 견사로 옮기는 내내 그는 으스스한 기분에 휩싸여 있었다. 고양이들은 모두 멀쩡한데. 자신과 승아도 아직까지는 괜찮았다. 윤주는 돌아와 봐야 최종 확인이 될 테지만.

윤주는 돌아오지 않았다. 일을 끝내고 비닐하우스로 데려갈 개 18마리를 구급차에 태울 때까지 전화도 없었다. 혹시나, 해서 휴대전화를 열어봤다. 문자가 들어와 있었다.

빨리 TV 켜 봐요. 화양이 봉쇄됐어요.

5시 03분에 들어온 문자였다. 하우스 주인에게서 걸려온 부재중 전화도 세 통이나 됐다. 어떤 말이 나올지 감을 잡았으나 연락해보지 않을 수 없었다. 예감한 대로 임대를 취소하고 선금을 돌려주겠다는 통보를 받았다. 재형은 구급차의 내비게이터를 켰다. 뉴스 앵커가 그토록 두려워하던 소식을 전하고 있었다.

"……보건 당국은 화양에 유행하고 있는 전염병이 개와 사람 모두에게 전염되는 인수공통전염병으로 추정되며 감염된 개 한 마리가 수백 명의 사람을 동시 전염시키는 것이 가능해 보인다고 밝혔습니다. 이에 따라 감염된 애완견과 동물보호소 등에 수용 중인 유기견들을 살 처분하고 애완견 번식 농장 및 동물보호소 등의 폐쇄를 적극 검토하고 있으며……."

빨간 눈의 원흉이 개라는 말로 들렸다. 그렇게 들리도록 '사람이 사람에게, 사람이 개에게'라는 부분을 생략하고 '개 한 마리가 수백 명의 사람에게'를 부각시킨 탓이었다. '살 처분'의 명분을 만들기 위한 생략이요, 과장이었다. 이 교묘한 말장난이 사람들 사이에 어떤 파장을 불러일으킬지는 두 번 생각해볼 필요조차 없었다. 재형은 망연한 심정으로 구급차 뒤 칸에 실린 개들을 돌아봤다. 모처럼 드라이브를 하게 됐다고 즐거워하는 개들 사이에서 대장 츄이의 푸른 눈이 자신을 응시하고 있었다. 흔들림 없고 차분한 눈이었다. 세상이 어떻게 되던, 우리만큼은 안전하게 보호받으리라 믿는 것처럼.

재형은 츄이의 눈을 외면해버렸다. 새벽이 된 지금에도, 열세 번째 업둥이를 지하실에 두고 거실로 올라가는 이 순간까지도, 츄이의 믿음을 지킬 길은 보이지 않았다. 모든 것이 부질없으리란 비관과 멍한 기운이 그를 짓눌렀다.

재형은 물품장에서 새 소독복을 꺼내 들고 욕실로 들어갔다. 샤워라도 하면 좀 나은 생각을 할 수 있을 것 같았다. 최소한 멍한 기운이라도 가시겠지. 샤워 꼭지를 열고 쏟아지는 물줄기 속으로 몸을 들이밀었다. 불현듯, 어제 구급차 안에서 일이 머릿속을 스쳐 갔다.

"선생님, 우리 할아버지 돌아가셨지요?"

드림랜드 진입로를 막 벗어날 무렵, 승아가 물었다. 돌연한 질문이었다. 말문을 막는 질문이었다. 다시 윤주를 떠올리게 한 질문이기도 했다. 말조심하라고 그렇게 당부했건만. 승아는 들릴 듯 말 듯한 목소리로 덧붙였다.

"우리 아름이처럼요."

그는 손을 뻗어 승아의 손을 잡았다. 해줘야 할 말이 있는데도 목이 열리지 않았다. 쥐어짜듯 나온 말이 "그래." 한마디였다.

"예전에 할아버지가 가르쳐주셨어요. 아름이가 죽으면 숨도 안 쉬고 가슴에서 소리도 안 난다고요. 아름이는 착한 개니까 죽으면 천국에 갈 거라고요. 그래서 나랑 다시 만날 수 없다고요. 하지만 꿈속에서는 만날 수 있다고 했어요. 할아버지도 나중에 그러느냐고 하니까 무엇이나 다 똑같다고 했어요. 개도, 고양이도, 사람도. 그때 새벽에요, 할아버지가 숨을 안 쉬고 불러도 대답하지 않았을 때요, 그 말이 생각났어요. 그래도 119언니가 병원에 모시고 갔으니까 다시 살려줄지도 모른다고 생각했어요. 할아버지가 다시 살아나면 선생님이 제게 병원에 가자고 하실 거라고요. 그런데 아무리 기다려도 가자고 말하지 않아서……."

승아는 말을 멈추고 슬그머니 손을 뺐다.

"그래도 저는 안 울어요. 할아버지가 아름이를 데리고 천국에 가실 테니까."

214

드림랜드로 돌아올 때까지 승아는 말이 없었다. 스스로 말한 대로 울지도 않았다. 차에서 내려주려고 몸을 들어 안자 그제야 귀엣말로 물었다.

"선생님, 저 이제 여기서 살아요?"

조심스러운 어조였고 일말의 기대를 담은 물음이었다. 재형은 "응." 했다. 그 자신이 버림받은 개들을 구조하는 사람이었다. 엄마와 연락이 되지 않으니 아동보호소로 보내겠다고는 말할 수가 없었다. 승아는 재형의 목에 팔을 감고 꽉 끌어안으며 "네." 했다.

"서재형 씨."

어디선가 윤주의 목소리가 난 것 같았다. 그는 샤워 꼭지를 잠그고 귀를 기울였다.

"어디 있어요."

묻는 소리와 함께 이 방 저 방, 문을 열어보고 다니는 소리가 들려왔다.

"지금 나가요. 잠깐 기다려……."

말이 끝나기도 전에 욕실 문이 벌컥 열렸다. 그는 수건을 집어 든 채로 굳어졌다. 윤주는 놀라기는커녕 멈칫하는 기색도 없었다. 문을 열고 서서 얼른 옷 입고 나오라고 소리 질렀다.

"군인들이 트럭을 타고 몰려왔어요. 초인종 소리에 나가봤는데, 대문 열어주기도 전에 총 든 군인이 담을 넘어 들어와서……."

윤주의 뒷말은 차 엔진 소리에 묻혀버렸다. 탱크가 쳐들어오는 듯한 굉음이었다. 재형은 몸을 닦지도 못하고 소독복 바지에 다리를 꿰며 거실로 뛰쳐나갔다. 믿을 수 없는 일이 베란다 창밖에서 벌어지고 있었다. 군용 카고 트럭이 상향등을 번쩍거리며 창문 앞으로 들어오고 있었다. 그 뒤로 적재함에 대형 철장을 설치한 15톤 군용 덤프가 따라붙었다. 두 차량은 베란다 창문 앞에 일렬로 섰다. 곧 카고 뒤 칸에서 군인들이 뛰어

내렸다. 여남은 정도 돼 보였고, 방독면을 썼고, K1 소총을 들었다. 그들 중 하나가 현관문을 밀치고 들어와 베란다 창을 열어젖혔다. 창밖에 있던 나머지는 창을 통해 안으로 뛰어 들어왔다.

그들의 눈에 재형과 윤주는 보이지 않는 모양이었다. 어느 누구도 설날 새벽에 남의 집에 쳐들어온 이유를 설명하지 않았다. 임무를 수행하면서 적에게 침투 이유를 설명하는 군인도 있느냐는 듯, 소리 없이 산개해 집 안 곳곳으로 흩어졌다. 둘은 지하실로, 둘은 치료실 쪽으로, 둘은 2층으로, 셋은 거실 안쪽 견사로, 남은 하나는 베란다 문턱에 서서 트럭을 향해 무언의 손짓을 보냈다.

계단과 복도와 마룻바닥을 뛰는 군화 소리가 뇌성처럼 집 안을 뒤흔들었다. 문들이 열리는 소리가 났다. 무언가가 엎어지거나, 무너지거나, 끌려나오는 굉음이 쉴 틈 없이 울렸다. 견사에서, 지하실에서, 치료실에서, 개들은 저마다의 소리로 짖어댔다. 승아의 칼날 같은 비명이 2층 천장을 타고 솟구쳤다. 윤주는 승아를 부르며 계단을 뛰어 올라갔다. 이윽고 거실 안쪽 견사에서 개들이 케이지째로 끌려나오기 시작했다.

재형은 머릿속이 하얗게 비는 걸 느꼈다. 맥박이 귀 뒤에서 들소처럼 날뛰고 척추의 신경 가닥들이 꼬챙이처럼 곤두섰다. 두려움으로 다리가 후들거렸다. 분노가 배 속에서 요동쳤다. 올 것이라 생각했지만 너무나 빨랐다. 상상도 하지 못한 초현실적인 방식이었다. 컴컴한 새벽에 군인이라니. 개들이 암중에 처단해야 할 적이라도 된단 말인가. 저들의 움직임으로 봐선 일반 보병도 아니었다. 고도로 훈련된 자들이었다.

"당신들 뭐요."

재형은 부들부들 떨리는 주먹을 틀어쥐고 베란다의 남자에게 걸어갔다. 흘끔, 방독면 속의 눈이 재형을 건너다봤다. 무심한 눈빛이었다. 무관심한 눈길이었다. 길가 전봇대나 바위를 보는 것처럼.

"꼭두새벽에 남의 집에 쳐들어와서 이게 무슨……."

그는 말을 끝내지 못했다. 남자를 밀치려고 팔을 뻗는 순간, 알량한 주먹으로 뭔가를 해보기도 전에, 상대의 손이 먼저 허공에서 번쩍했다. 그 손이 뭘, 어떻게 했는지 알아차릴 새도 없이 숨이 막히고 눈앞이 새카매졌다. 목 아래로부터 발끝까지 한숨에 마비되는 느낌이었다. 심지어 소리조차 지를 수가 없었다. 남자는 그의 멱살을 틀어잡고 베란다 아래로 던져버렸다. 그는 낡은 나무 난간을 부수면서 화단으로 떨어져 내렸다. 시야 바깥에서는 윤주가 악을 쓰고 있었다.

"저리 가. 아이 만지지 마, 개자식아."

재형은 지난 가을 잘라낸 동백나무 그루터기에 어깨를 박으며 떨어졌다. 화단 눈밭에 처박혀 시체처럼 드러누웠다. 고개를 들려고 안간힘을 썼으나 몸이 말을 듣지 않았다. 목 아래쪽 몸뚱이가 뭉텅 잘려 나간 것처럼 힘이 가 닿지 않았다. 잔인한 '잠깐'이 흘러갔다. 보고 듣는 것 말고는 아무것도 할 수 없는 '잠깐'. 그 잠깐 새에 지하실의 개는 물론, 고양이까지 끌려나와 덤프 철장 안으로 내던져졌다. 개들은 비명을 지르고, 튀어오르고, 개머리판에 얻어맞아 맥없이 널브러졌다. 집 안에선 윤주가 비명을 지르고, 승아가 숨넘어가게 울었다.

재형은 귀가 먹먹해지는 걸 느꼈다. 온 집 안이 비명을 지르는 것 같았다. 드림랜드 전체가 난도질당하고 있는 것 같았다. 검푸른 하늘 저편에선 눈보라가 부옇게 몰려왔다. 승아의 울음소리는 유백색 대기 밖으로 밀려났다. 그는 11년 전, 아이디타로드로 돌아갔다.

갱 라인에 몸이 묶인 채 달아나는 쉬차의 비명이 눈보라 속에서 소용돌이쳤다. 늑대들의 포효가 흉곽을 물어뜯고 심장에 발톱을 박았다. 아아, 갱 라인을 풀어줬더라면, 싸울 기회를 줬더라면, 도망칠 기회를 줬더라면, 살 기회를 줬더라면. 홀로 살겠다고 밧줄을 끊을 것이 아니라. 어딘가에서 귀에 익은 하울링이 들려왔다. 희뿌연 시야 정면에 커다란 다갈색 눈이 불쑥 나타났다.

"대장, 내 아이들을 어쨌어?"

재형은 꿈에서 깨어난 사람처럼 주변을 두리번거렸다. 어느 틈에 자신은 몸을 일으키고 화단 가에 앉아 있었다. 군인들은 자기 임무에 바빴고, 대문은 열려 있었고, 창고 옆에는 집수리에 쓰다 남은 각목들이 쌓여 있었다. 그는 미끄러지듯 화단에서 내려섰다. 곧장 창고로 내달렸다. 빗장이 걸린 문 안에서 개들이 높고 날카로운 소리로 짖어대고 있었다. 누가, 무엇을 하러 왔는지 아는 것처럼 겁에 질려 자지러지는 비명이었다. 그는 각목 하나를 집어 들었다. 문을 열어젖히고 안으로 들어가 츄이를 향해 각목을 휘둘렀다.

"츄이, 나가. 도망가."

츄이는 느닷없는 몽둥이질을 피해 이리저리 몸을 날리다 마침내 창고 밖으로 내달았다. 지켜보던 개들이 뒤따라 몰려 나갔다. 재형은 구석으로 도망치는 마지막 한 마리를 쫓아다니며 각목을 휘둘렀다.

"나가. 이놈아, 나가서 살아."

탕, 탕, 두 발의 총성이 울렸다. 캥, 하는 비명이 솟구쳤다. 이어, 총성과 비명이 연달아 울리기 시작했다. 그는 창고를 뛰쳐나갔다. 동시에 K1 총구가 앞을 막아섰다. 방독면 속의 무심한 눈이 총구만큼이나 차갑게 그의 이마를 찍어 눌렀다. 남자의 어깨 너머에 머리 반쪽이 날아가버린 츄이가 널브러져 있었다. 청회색 몸뚱어리 밑으로 핏물이 번졌다. 꽃잎이 피어나듯 둥글고, 붉고, 빠르게. 대문간에선 군인 둘이 양쪽 문설주 앞에 버티고 서서 이리저리 뛰는 개들을 하나하나 쏘아 쓰러뜨렸다. 새하얀 마당은 개들의 비명과 구멍 난 몸뚱어리와 피로 만개하는 중이었다.

재형은 표정도 빛도 없는 남자의 눈을 노려보았다. 몸 안에서 무언가가 툭, 떨어져 나가고 있었다. 목 뒤로 조여들던 두려움의 납빛 구름이 훌쩍 물러났다. 비켜, 내 앞에서 비키라고.

그는 남자의 머리통을 향해 각목을 휘둘렀다. 남자는 슬쩍 몸을 돌리는 걸로 사정거리를 간단하게 벗어났다. 각목에 온 힘을 실어 앞을 베어가던 그는 순간적으로 균형을 잃었고 남자의 군홧발은 도끼처럼 그의 목을 찍었다. 머리가 툭 꺾이고 목 밑에서 신물이 솟구쳤다. 각목이 손아귀에서 빠져나가 시야 밖으로 달아났다. 그의 몸은 눈밭으로 날아가 떨어졌다. 몸을 일으키기도 전에 남자가 다가와 재차 총을 겨눴다. 방아쇠에 걸린 손가락이 재형의 시야를 장벽처럼 가로막았다. 또 일어나면 가차 없이 쏴버리겠다고 경고하는 검지가.

재형은 머리를 들었다. 대문간에서 터지는 총소리가 어깨를 붙잡아 일으켰다. 등허리 밑을 흔들던 떨림은 거짓말처럼 멈췄다. 턱 밑에서 대동맥이 고함치듯 벌컥거렸다. 분노에서 비롯된 광기가 소리로 발화돼 잇새를 뚫고 나갔다.

"쏴, 나도 쏴봐. 개새끼들아."

그는 총격이 이어지는 대문간으로 몸을 날렸으나 허들에 걸린 것처럼 다시 뒤로 튕겨 나갔다. 총알 대신 긴 다리가 날아와 갈비뼈 밑에 들이박혔던 것이다. 곧바로 K1의 짤막한 개머리판이 턱으로 날아들었다. 얼굴이 뒤로 돌아가고 턱뼈가 박살나는 듯한 폭음이 입안에서 터졌다. 무작스러운 군홧발은 사타구니 한중간을 걷어찼다. 재형의 몸은 휘청 기울어졌다. 순간, 철퇴 같은 팔꿈치가 뒤통수를 찍었다. 그는 무릎을 꿇고 마당에 주저앉았다. 눈밭에 뺨을 붙이고 고꾸라졌다. 사지가 잘린 사람처럼 무기력하게 엎어져 불을 뿜는 총구와 마지막 개가 쓰러지는 것을 바라보았다.

사격이 끝났다. 드림랜드에는 갑작스런 정적이 찾아들었다. 군인들은 눈밭에 널브러진 18구의 사체와 치료실의 개들까지 덤프 철장에 쓸어 담고 드림랜드를 떠났다. 재형은 엎어진 채 움직이지 않았다. 얼어붙은 강바닥에 갇힌 기분이었다. 춥고, 숨차고, 귀가 아프고 어깨가 덜그럭덜그럭 떨렸다. 몸 안에서 터지는 참혹한 울음 때문에, 분노와 자책에서 오는 절망으로. 저 생때같은 생명들을 차떼기로 쓸어다가 생매장할 권리를 누가 인간에게 주었더란 말인가. 예감하고 있었으면서 왜 제대로 대처하지 못했던가. 건강한 개와 고양이라도 살렸어야 했는데. 어제저녁에 녀석들을 풀어버렸어야 했는데. 비닐하우스 임대가 취소되던 바로 그때에 산으로 데려가 풀어줬어야 했는데. 그랬다면. 그랬더라면…….

"재형 씨."

윤주의 목소리가 정신을 깨웠다. 떨리는 손가락이 어깨를 흔들었다.

"재형 씨, 죽은 거 아니죠?"

흔들리는 그녀의 시선과 마주치자, 그의 귓속에서 총성이 울렸다. 꾹꾹 눌러놓았던 적개심이 터지는 폭렬의 소리였을 것이다.

"죽지 않았으면 일어나요."

윤주는 그의 팔을 잡고 부축하려 했다. 재형은 스스로 몸을 일으켰다. 그녀의 손목을 팔에서 떼어내 꽉 틀어잡고 윤주와 똑바로 눈을 맞댔다.

윤주의 뺨에서 핏기가 가시는 게 보였다. 물기가 어른대던 눈이 두 배로 커졌다. 그는 목 안으로 솟구친 말이 튀어 나가지 않도록 입술을 꽉 다물었다. 이것까지 기사로 쓰지 그래. 멍청한 수의사가 뒤늦게 개들을 풀어 주려다 한 방에 몰살시켜 버렸다고. 그 옛날 아이디타로드에서 그랬듯이, 군인들의 밥으로 만들었다고.

그는 잡고 있던 손을 밀치듯 놓았다. 물러서는 윤주의 어깨를 스쳐 집 안으로 들어갔다. 치료실에 틀어박힌 채 꼼짝도 하지 않았다. 그녀의 차가 드림랜드를 나간 건 그로부터 2시간 후였다.

오전이 느릿느릿 지나갔다. 윤주는 승아를 말끔하게 씻기고 옷을 갈아입혀서 2층 난간에 앉혀 두고 나갔다. 승아는 앉혀둔 자리에서 고주파 휘슬을 불고 있었다. 스타가 듣고 달려올지도 모른다고 여기는 눈치였다. 재형은 지하실을 청소하고, 거실 안쪽 견사를 소독하고, 마당의 핏빛 눈을 넉가래로 치우며 수치심과 시간을 견뎠다. 그사이 드림랜드에는 새로운 업둥이들이 줄지어 들어왔다. 종류도 크기도 다양했다. 그중엔 아름이와 같은 종인 골든 리트리버도 있었다. 건강해 보였고, 덩치는 컸지만 아직 강아지에 가까웠으며 '쌘'이라 각인된 가죽 목줄을 차고 있었다. 연락처는 적혀 있지 않았다. 그는 쌘을 지하실로 데려갔다.

오후 2시. 금방이라도 눈을 쏟아부을 것처럼 하늘이 어두워지기 시작했다. 재형은 현관 계단 맨 아래 칸에 걸터앉아 주변 소리에 귀를 기울이고 있었다. 새로 들어온 개들이 불안하게 짖어대는 소리, 지붕을 흔드는 바람 소리, 숲이 두런대는 소리, 동물 묘지 너머에서 들려오는 날짐승 울음소리. 아니다. 날짐승이 아니었다. 하울링이었다. 수줍은 듯 나직하게 시작해 길고 힘 있게 이어지는 소리였다. 쿠키의 만가와는 음색도 리듬도 달랐다. 언젠가 뒤꼍 숲에서 울리던 구애의 하울링도 아니었다. 재형은 설마, 하면서도 몸을 일으켰다.

"스타."

하울링이 딱 그쳤다.

"스타, 너야?"

다시 하울링이 울리기 시작했다. 좀 전보다 더 또렷하고 분명한 의미를 띤 하울링이었다. 스타가 왔노라고, 그러니 어서 문을 열라고. 재형은 동물 묘지로 달려 올라갔다. 쿠키의 노랑 연을 지나고, 낙엽송과 눈향나무 숲을 통과해 사유지 경계 담장까지 한숨에 내달았다. 몸집이 큰 개 한 마리가 담장 바깥에 앉아 잿빛 하늘을 올려다보며 울부짖고 있었다.

"스타."

재형은 담장 문의 빗장을 풀었다. 스타는 하울링을 멈추고 민첩하면서도 우아한 동작으로 달려와 재형의 가슴 앞에서 멈춰 섰다. 그는 스타를 향해 팔을 벌렸다. 목 깊숙한 곳에 눌려 있던 슬픔이 걷잡을 수 없이 터져 나왔다.

"스타."

스타의 입술은 웃는 듯 벌어지고, 눈은 기쁜 듯 커지고, 몸은 말이라도 걸어올듯 가늘게 떨렸다. 그는 가까스로 인사를 건넸다.

"스타, 안녕."

스타는 그의 품 안으로 한 발짝 다가들었다. 엉덩이를 바닥에 내리고 앉아 고개를 수그리고 그의 겨드랑이 밑으로 얼굴을 밀어 넣었다. 그의 가슴으로 온기가 물결치듯 번졌다. 사람을 싫어하는 이 예민한 아가씨가 세상에서 단 한 사람, 재형에게만 보여주곤 하던 애정의 몸짓이었다. 그는 스타의 어깨를 쓰다듬고 등을 두들기고 귀밑을 어루만졌다. 머리를 기대 오는 스타의 심장 소리를 온몸으로 느꼈다. 구원을 받는 기분이었다. 쿠키를 잃은 슬픔으로부터, 개들을 총구 앞으로 밀어냈다는 자책과 수치심으로부터, 개들을 모두 잃어버린 충격으로부터, 홀로 된 외로움으로부터.

"스타, 살아 있었구나."

어딘가에서 그르렁거리는 숨소리가 울렸다. 처음엔 스타의 답변인 줄로 알았다. 고개를 들면서 아니라는 걸 알아차렸다. 보이지 않았지만 분명하게 느낄 수 있었다. 숲에 몸을 감추고 자신을 지켜보는 누군가가 있다는 걸. 사람이 아니라는 걸 알아차린 건 두 번째 소리가 울렸을 때였다. 땅이 진동하는 것처럼 낮고 희미하게 울리는 소리였다. 낙엽송 숲 뒤편 깊고 짙은 그늘 속이었다. 재형은 스타를 들여다봤다.

"스타, 네 친구니?"

세 번째 소리가 울렸다. 이번엔 위협이 아닌 공격용 목 울림이었다. 스타는 몸을 움찔했다. 재형은 소리가 나는 쪽을 가만히 쳐다봤다. 여전히 아무것도 보이지 않았다. 바람을 타고 바스락대는 소리만 귀에 걸려들었다. 규칙적이고 사뿐한 소리였다. 가볍게 눈을 밟으며 움직이는 발소리였다. 이번엔 옆쪽이었다. 그는 재빨리 그쪽으로 고개를 돌렸다. 생각보다 거리가 가까웠다. 댓 발짝 떨어진 곳, 폭설에 쓰러진 낙엽송 밑에 개한 마리가 재형을 바라보며 서 있었다.

풍성한 재색 털, 목에 걸린 파란 밧줄, 큰 키와 날렵한 체구, 엉덩이 밑으로 내려온 탐스러운 꼬리. 온몸으로 팀버 울프의 혈통임을 드러내고 있는 개였다. 애써 송곳니를 드러내지 않아도 존재 자체로 두려움을 안기는 개였다. 희망목장에 가던 밤, 스타를 따라오던 정체 모를 존재이겠고, 구애의 하울링을 하던 놈이겠지. 주인이 누구일까.

"안녕."

재형은 말을 건넸다. 뾰족하게 선 놈의 귀가 레이더처럼 후면으로 바짝 서면서 두 번 흠칫거렸다. 그는 되풀이했다.

"안녕, 친구."

놈은 꼼짝하지 않고 그를 주시했다. 짙고 검은 눈자위 안에서 금빛 눈이 불길처럼 탔다. 나직한 목울음은 공격이 임박했음을 알리고 있었다. 스타의 몸이 다시 움찔하더니 재형의 품을 빠져나가 놈을 향해 돌아섰다. 놈은 목덜미 털을 사자 갈기처럼 곤두세우고 몸을 앞으로 내밀며 으르렁거렸다. 재형은 비로소 알아차렸다. 스타가 마침내 제 짝을 만났다는 걸. 저간의 사정을 모두 알 수는 없었지만 어느 정도 헤아려볼 수는 있었다. 동해한테 납치당한 후 저놈을 만났으리라는 것. 놈이 스타를 구해내고 지금껏 보살펴 왔으리라는 것. 놈이 질투에 빠져 지금 제정신이 아니라는 것.

재형은 앉은 자세로 스타에게서 두어 발짝 물러났다. 팀버 울프의 후예와 활극을 벌이는 건 그리 현명한 짓이 아니었다. 스타는 제 짝을 향해 서서히 걸어갔다. 얼굴이 닿을 만큼 가까워지자 코를 내밀어 놈의 목덜미를 문질렀다. 저 남자와 인사해, 하듯. 놈은 입술을 말아 올리고 코에 주름을 잡았다. 드러난 이빨 끝이 칼끝처럼 번득였다. 눈동자엔 노여운 빛이 떠돌았다. 뭔 말인지 알아먹고도 남을 표정이었다. 나는 저놈과 너를 나눠 갖고 싶지 않아.

스타는 놈의 성난 입술을 핥았다. 그르렁대기를 멈출 때까지 몇 번이고 되풀이해서. 재형은 기다렸다. 놈이 스타에게 설득당해 인사하러 와주기를. 놈은 자리를 비켜주는 쪽을 택했다. 적대감으로 이글대는 눈을 재형에게 붙박은 채 스타로부터 뒷걸음질 쳤다. 한 발짝, 두 발짝. 이윽고 몸을 돌려 잿빛 대기 속으로 사라져버렸다.

윤주 3

승아를 부둥켜안고 침대에 엎드려 있었던 몇 분은 윤주의 서른다섯해 인생에서 가장 무섭고 충격적인 시간이었다.

승아의 비명을 듣고 2층으로 뛰어 올라갔을 때, 군인 하나가 침대 이불을 걷어치우고 있었다. 승아는 이불 끝을 틀어쥐고 제 가슴팍으로 끌어당기면서 숨찬 외마디를 쏟았다. "선생님."이 아니라 "윤주 언니."라고. 아마도 그 때문이었으리라고 윤주는 생각했다. 자신을 향한 아이의 절박한 부름이 순간적으로 두려움을 잊고 군인을 밀치며 악을 쓰게 만들었다고. 물론 군인은 그녀의 악다구니에 신경 쓰지 않았다. 그녀가 침대로 뛰어 올라가 승아를 끌어안는 사이, 승아가 눈물로 뒤범벅이 된 얼굴을 그녀의 가슴팍에 묻고 부들부들 떠는 사이, 침대 밑과 붙박이장을 뒤지고 밖으로 나갔다. 그때까지도 그녀는 군인들의 목적이 무언지 정확하게 몰랐다. 드림랜드 개를 살 처분하기 위해 왔으리란 것도 짐작하지 못했다. 일언반구 없이, 공문서 한 장 보여주지 않고, 작전을 펼치듯 침투해 집 안을 짓밟고 다닌다는 사실에 충격을 받았을 뿐.

탕, 하는 총소리가 울렸을 때에야 뭔가 감이 왔다. 마당이었다. 창밖을 내다보고 싶었지만 그럴 수가 없었다. 총소리는 연달아 울리기 시작했고, 승아는 놀란 새처럼 파닥거리며 품을 파고들었다. 그녀는 승아를 가슴에 품은 채 침대에 엎드렸다. 창문으로 총알이 날아들까, 군인들이 다시 방으로 들어올까, 승아의 울음을 손으로 막으며 몸을 떨었다. 눈을 질끈 감고 미칠 것 같은 두려움을 견뎠다. 총소리가 멈추고, 개 짖는 소리가 그치고, 트럭이 드림랜드를 빠져나가는 소리가 나고, 정적이 세상을 뒤덮을 때까지.

승아를 등에 업고 1층으로 내려온 건 바로 그 정적 때문이었다. 온갖 상상을 불러일으키는 불길한 정적이었다. 침대에 엎드려 어떤 소리가 상황을 반전시켜 주기를 기다릴 수가 없었다. 그녀는 빈 케이지들이 뒹굴고, 문이란 문은 죄다 열려 있고, 군홧발이 난잡하게 찍힌 거실을 지나 현관으로 나갔다. 핏빛 마당 한복판에 진초록 소독복 바지만 입은 재형이 쓰러져 있었다. 눈밭에 얼굴을 붙이고 죽은 사람처럼 꼼짝하지 않았다.

"승아야, 잠깐만 2층 계단에 앉아 있을래. 언니가 가서 선생님을 데려와야 할 것 같아."

승아는 멈칫하는 기색이었으나 이내 "네." 했다. 그녀는 계단 맨 아래 칸에 승아를 내려놓고 재형에게 다가갔다. 그의 젖은 머리칼에서 흰 수증기가 입김처럼 피어오르고 있었다. 어둠처럼 컴컴한 눈은 자신을 바라보고 있었다. 멍청이 같은 말이 입술을 빠져나왔다.

"재형 씨, 죽은 거 아니죠?"

그녀는 손을 뻗어 그의 어깨를 흔들었다. 벌거벗은 살갗이 널빤지처럼 얼어붙어 있었다.

"죽지 않았으면 일어나요."

재형은 일어났다. 그녀의 손목을 틀어쥐고 마주 서며 들이받듯 눈을 맞댔다. 컴컴하던 눈동자가 창문처럼 열리고 있었다. 순간 그녀는 그의 눈이 말하는 것을 자신이 쓴 기사처럼 읽을 수 있었다. 상처받고 성난 그 눈은 이 핏빛 마당 한복판에 자신을 쓰러뜨린 게 바로 너라고 말하고 있었다. 당황스럽고, 무참했다. 어찌해야 할 바를 몰라 눈을 내리뜨고 허둥거렸다. 갈비뼈 언저리를 뜨겁고 날카로운 것에 찍힌 기분이었다. 기사를 쓰는 건 자신의 직업이었다. 문제를 제기하는 건 당연한 권리이자 임무였다. 하지만 그것이 가져온 결과가 그토록 참혹했던 적은 없었다.

"김 선배, 뭐 해요? 시장 들어왔는데."

어떤 팔꿈치가 그녀의 어깨를 쿡 찔러 상념을 깨웠다. 윤주는 졸다 깬 사람처럼 눈을 껌벅이며 옆을 돌아봤다. 경원매일 문대성이 턱으로 앞을 가리켰다. 김종호 화양시장이 정면 단상에 서 있었다. 중계 카메라가 바로 옆에서 땀으로 번들대는 시장의 넙데데한 얼굴을 잡았다.

"존경하는 화양시민 여러분……."

윤주는 노트북 자판을 두들기기 시작했다.

> 31일 오후 2시. 김종호 화양시장은 시청 1층에 있는 언론 브리핑실에
> 서 대시민담화문을 발표했다…….

'담화문'이라고 쓰면서도 그녀는 낯이 간지러웠다. 시장은 하루 만에 도시 전역을 장악한 군의 포고령을 대리로 낭독하는 중이었다. 실내는 고요했다. 시장의 목소리는 무거웠다. 가볍고 빠르게 울리는 건 기자들이 노트북 자판을 두들기는 소리뿐이었다. '기자들'이라 해 봐야 윤주를 포함해 문대성, 화양MBN 방송기자 둘, 달랑 넷뿐이었지만. 비상사태가 선포된 어제저녁만 해도 이곳에 모인 기자는 7명이었다. 그중 일간지 기자 셋이 나타나지 않았다. 울적함과 불안감을 안기는 부재였다. 그들이 서울로 돌아갔을 리는 없으므로. 경찰과 군인, 바리케이드와 장갑차의 철벽을 뚫고 나갈 재주가 있다면 또 모를까.

담화 내용은 배부된 보도 자료와 비슷했고 넓게 보아 세 범주로 분류됐다. 치안, 방역, 외지인 수용 대책.

치안과 관련해선 밤 10시부터 새벽 4시까지 통행금지, 도시 질서와 치안 유지를 위한 경찰력 강화, 집회와 시위 금지, 생필품 사재기 행위

단속 등의 조처가 발표됐다. 방역 대책으로는 개 살 처분 문제가 먼저 언급됐다. 각 보호소의 개와 거리를 나도는 유기견이 우선적 대상이었다. 적절한 장소를 지정해 안전한 방식으로 매장할 것이며, 군대가 그 임무를 맡았다고 했다. 각 구의 거점병원들은 폐쇄됐고, 북구 종합체육관이 통합거점병원으로 지정됐으며, 모든 병원은 평소처럼 운영하되 감염자가 아닌 일반 환자만을 진료하는 걸 원칙으로 한다고 밝혔다. 감염자는 통합병원에 격리 수용하고, 가족이나 이웃에서 새로운 감염자가 발생할 경우에는 119에 신고하는 걸 우선 원칙으로 내세웠다. 예배나 미사, 예불 등의 종교의식, 장례식, 결혼식 등의 행사를 자제하라든가, 외출을 삼가라든가, 부득이한 경우 마스크와 고글 등 보호 장비를 착용하라든가, 손 씻기를 일상화하라든가, 하는 구체적 생활 지침들도 언급됐다. 불시에 갇힌 귀성객과 외지인 들을 위해서는 각 구의 학교 및 청소년수련관이 임시 숙소로 개방됐다. 생필품과 의료품과 현금 등이 충분히 공급되도록 하겠다는 약속, 조만간 통행 제한 조처가 풀릴 것이므로 불안해하지 말고 일상을 영위하되 시 당국과 각 행정기관의 지시에 따라달라는 당부, 참담하고 어려운 재난 속에서도 서로 배려하고, 양보하며, 질서를 유지해 우리 화양시민의 빛나는 시민 정신을 보여달라는 호소로 김 시장은 담화를 끝냈다.

윤주는 손을 들었다.

"질문 있습니다."

허용되지 않았다. 시장은 일별도 없이 퇴장해버렸다. 윤주는 허탈한 심정으로 준비해둔 질문지를 들여다봤다. 새벽녘 드림랜드에서 벌어진 총격 사건과 화양의 현주소를 확인해볼 참이었다. 어젯밤 팀장에게 전해 들은 바로, 화양은 지금 사실상 계엄 상황이었다. 비상사태가 선포되기 몇 시간 전에 이미 언론에 대한 통제와 검열이 시작됐다고 했다. 그 바람에 속보로 올라가던 윤주의 기사들은 무참하게 가위질을 당했다. 마찬가지로 수 시간 전에 남구 진원동 지하철 차량 기지에는 3, 9, 11공수여단이 도착해 대기 중이었다. 예측 가능한 혼란을 통제하기 위해 군을 투입하고 언론을 장악하는 것이 대통령이 말한 '선제적 조처'의 핵심이었던 셈이다.

"이게 지금 말이 되는 짓거리예요?"

하나 마나 한 얘긴 줄 알면서도 윤주는 애먼 팀장에게 볼멘소리를 늘어놨다.

"유신 정권도 아니고, 공산당 정권도 아니고, 이런 식으로 군대를 동원해서 수도권 도시를 봉쇄해버리는 게 가당키나 한 짓이……."

"가당하지. 화양 전체를 빨간 눈의 숙주로 본다면."

팀장의 말에 윤주는 헉, 소리를 토할 뻔했다.

"우리 정부뿐만 아니라 세계가 그렇게 보는 분위기야. 오늘 아침 CNN에선 이볼라가 뉴욕에 떨어진 것보다 심각한 상황이라고 논평하더라. 전염력이나 진행 면에서 이볼라보다 훨씬 강하고 빠르잖아. 불과 일주일 새에 사망자만 100여 명을 넘겼는데 병원체 정체는커녕 감염 방식도 제대로 몰라서 우왕좌왕하는 상태고. 더 무서운 건 이제 겨우 시작 단계라는 거잖아. 화양을 철저하게 격리하지 못하면, 순식간에 세계를 쓸어버릴 거란 의견이 지배적이야. 한국 정부가 못 하면 자기들이 막겠다고 나설 기세고. 지금 화양시민의 불편 따위는 문제가 아니라는 얘기지."

야당과 진보 진영은 대통령의 '선제적 조처'를 두고 '세계적으로도 유례가 없는 초유의 사태이자 부활한 20세기의 독재 망령'이라고 규정했다. 이 분야의 전문가들과 함께 합리적이고 인도적인 방안을 내놓아야

함에도, 정치 편의주의적 발상과 국민의 불안감을 등에 업고 과다 대응책을 써서 29만 명 화양시민을 고통과 궁지로 몰아넣었다는 것이었다. 아울러, 발생 초기에 신속하게 격리하고 방역 대책을 썼다면 이렇듯 걷잡을 수 없이 번지지는 않았을 것이라고 보건 당국의 안이한 대응을 힐난했다. 화양에서 군대를 철수시키고, 질병관리본부 현장 요원과 전문가 등을 투입해 감염자와 비감염자를 각각 격리 수용함으로써 내부의 감염을 차단하고, 헬기로 생활에 필요한 물자를 충분히 보급하라고 요구했다. 타당하고 옳은 요구였다. 구체적이고 현실적인 실행 방안을 내놓지 못했다는 게 문제지. 날씨는 매일같이 영하 15도를 밑돌았다. 이런 상황에서 시민의 일상을 완전히 중단시키고, 각자의 거처에서 끌어내 어딘가에 집단 수용을 하려면 의식주에 대한 대책이 먼저 마련돼야 했다. 수용 장소로 제시된 학교나 공공건물은 29만을 담아 넣기에는 턱없이 모자랐다. 시민들이 얌전히 격리당하지 않을 경우 그 혼란에 어떻게 대처할 것인지, 감염자와 비감염자를 분리하고 관리할 수많은 현장 요원은 어찌 충원할 것인지에 대해서도 분명한 방안을 내놓지 못했다.

여론은 화양 봉쇄의 당위성을 인정하거나 받아들이는 분위기였다. 접촉한 지 하루면 눈이 빨갛게 되고, 빨간 눈이 나타난 지 이삼 일 내에 사망에 이른다는 이 무시무시한 전염병은 전 국민을 종교적 수준의 공포와 공황으로 몰아넣고 있었다. 각 언론사와 방송의 여론조사에서 국민의 90퍼센트가 대통령의 결단을 지지했다는 게 그 증거였다. 비상계엄을 선포하고, 전군을 동원해서라도 빨간 눈의 서울 상륙을 막아야 한다는 목소리도 높았다. 화양시민 29만의 문제가 아니라 5천만의 생명이 걸린 '전쟁'이라는 것이었다. 국민들에겐 화양과 빨간 눈이 동의어나 마찬가지였다.

언론은 여론의 불길에 기름을 끼얹는 임무를 수행했다. '전염병의 확산을 막을 수 있느냐' 하는 문제는 임기 2년 차에 돌입한 대통령의 정치력을 판가름하는 잣대가 될 것이라고 논평하고, 화양시민은 원인 균이 규명돼 진단 시약이나 치료제 및 백신이 개발될 때까지 돌출 행동을 자제하며 정부의 지시를 따라야 한다고 충고하면서, 발병에서 치사에 이르는 기간이 짧아 화양을 철저하게 격리한다면 대유행으로 가지는 않을 것이라고 예측하는 동시에, 시간이 지나면 사스처럼 자연 소멸될 수도 있다는 근거 없는 낙관론을 폈다.

인터넷과 SNS에선 수십만 개의 손가락들이 수십만 개의 훈수를 뒀다. 세계보건기구와 손잡고 빠른 시일 내에 구체적인 대책을 내놓아야 한다는 둥, 이 전염병에 '빨간 눈' 괴질이 아닌 보다 적절한 이름을 붙여줘야 한다는 둥, 정체 모를 병의 유행으로 대중이 막연한 공포를 느낄 때 정부와 언론은 어떻게 소통을 해야 하고 공중과는 어떤 내용으로 소통할 것인가에 대한 가이드라인과 매뉴얼을 만들어 실행하라는 둥. 더하여 희한한 풍문들이 'RT'를 통해 무한 확산됐다. 빨간 눈은 개와 사람의 바이러스가 합방해 낳은 이종 변이 바이러스라느니, 화양에 내린 이 새빨간 저주는 사악한 세상을 정화시키기 위해 신이 보낸 최후의 불벼락이라느니, 생마늘과 홍삼을 많이 먹으면 빨간 눈에 걸리지 않는다느니⋯⋯.

당연한 얘기지만, 화양 내부는 무간지옥이었다. 동구와 북구에 통행제한 조처를 취할 때만 해도 비교적 질서가 지켜지고 있었다. 평화롭기야 했겠는가마는 폭동 직전에 이를 만큼 험악하지는 않았다. 마트와 편의점, 약국 등은 대부분 문을 열었고, 드문드문 정상 영업을 하는 식당이나 주유소도 있었다. 행정구역 경계선 부근에 차량이 몰려들긴 했지만 강제로 경찰 저지선을 뚫고 나가려는 시도도 없었다. 아마도 화양이 봉쇄되리라고 예측한 사람은 거의 없었을 것이다. 며칠 지나면 모든 게 정상으로 돌아가리라 여겼을 테다. 윤주 또한 그랬다. 분위기가 좀 이상하다는 팀장의 말을 들으면서도 설마, 했다. 어제 오후, 대통령이 비상사태를 선포하기 직전에, 방송과 언론통제가 시작됐다는 팀장의 전화를 받고서야 아차, 싶었다. 물론 할 수 있는 일은 거의 없었다. 현금을 찾고, 차에 기름을 채우고, 마트에 가서 비상시 생필품 몇 가지를 사는 것 말고는. 그때까지도 마트는 한가했다. 사람들이 새 떼처럼 들이닥친 건 막 계산을 끝내던 무렵이었다.

고글과 마스크 같은 방역 물품, 기본 생필품이 순식간에 동나버렸다. 카드는 플라스틱 쓰레기가 됐고, 화양시내의 현금인출기는 모조리 빈 깡통이 됐다. 도로에선 차들이 폭주하고, 사람들은 라면 한 상자를 놓고 주먹다짐을 벌이고, 돈이 없는 사람들은 쇠 파이프로 상점 유리창을 깨고 들어갔다. 동네 골목길과 도로에는 하룻밤 새에 버림받은 개들이 떼를 지어 나돌아 다녔다. 연일 기록을 갱신하는 한파에 환자들은 제대로 난방도 되지 않는 실내 체육관에 수용되고 있었다. 말이 좋아 '통합거점병원'이지 마룻바닥에 담요를 깔고 환자를 주르르 늘어놓는 수용소 수준에 불과했다. 의료진도, 의료 물품도 부족한데 환자는 쓰나미처럼 덮치고, 대증 요법 외엔 딱히 할 수 있는 처치도 없는 형편이었다. 아직 감염되지 않은 사람들은 시청으로 몰려들었으나 무장 군인에 막혀 안으로 밀고 들어가지 못했다. 아마도 그들은 광장의 칼바람 속에서 공포와 분노로 떨며 시장의 일방적인 담화문 발표를 지켜봤을 것이다.

화양은 현재 대한민국에서 가장 뜨거운 불이었으나 불을 대하는 안팎의 태도는 이렇듯 확연하게 달랐다. 두려움으로 이성을 잃어가고 있다는 점만 똑같았다. 안쪽은 자신이 죽음의 손아귀에 갇혔다는 사실에, 바깥

쪽은 자신에게 죽음의 손이 뻗어 올까 봐.

윤주는 검열에 걸릴 게 빤한 '드림랜드 총격 사건'과 담화문 전문을 데스크로 송고한 뒤 노트북을 닫았다.

"김 선배, 진원동 봉쇄선으로 갈 거죠?"

뒤에서 문대성이 말을 걸어왔다. 어제 처음 만난 여자를 '김 선배'라고 부르는 이 비위 좋은 남자는 서른 살짜리 애송이 사회부 기자였다.

"아뇨."

윤주는 파카를 걸치고 목도리를 둘렀다.

"그럼 어딜 가시려고?"

"가봐야 할 곳이 있다고 했잖아요."

"기어코 거기 가게요?"

그녀는 대답 대신 가방을 엇질러 메고 브리핑실을 나왔다. 문대성이 어깨를 맞대고 따라붙었다.

"여자 혼자 갈 곳이 아니라고 했잖아요. 외지고, 춥고, 양아치 폭주족들 우글거리고. 거기서 젊은 여자가 암매장 시신으로 발견된 적도 있다니까요."

윤주는 걸음을 멈추고 고개를 돌려 문대성을 노려봤다. 이 자식이 지금 뭐라는 거야.

"걱정할 것 없어요. 난 안 젊으니까."

문대성은 히죽 웃었다.

"그러지 말고 나랑 진원동으로 가죠."

진원동 봉쇄선에서는 전날부터 몰려든 차량과 군경이 21시간째 대치 중이었다. 경찰은 물대포와 페퍼포그, 최루탄까지 동원해 차량 전진을 막고 있었지만 맨 안쪽 저지선이 무너지는 건 시간문제로 보였다.

밤사이 시위 차량이 300여 대로 늘어났다고, 문대성이 몇 시간 전에 전한 바 있었다. 팀장에게 전해 듣기로 봉쇄선 너머도 혼란스럽기는 마찬가지였다. 빨간 눈이 공기로 전염될 가능성이 있다는 보건 당국의 판단에 따라, 화양 남부 경계선으로부터 2킬로미터 안에 있는 도봉구 주민들의 대피가 시작됐다고 했다. 부용산과 백운산, 구월산, 송이산 등으로 에워싸인 화양 동서북부와 면한 도시들 역시 대피령이 내려져 있었다. 그러니 불시에 갇힌 외지인이나 귀성객 들의 불안과 조급증이 오죽할까. 코앞에 서울을 두고 전염병 소굴에 갇혀 개죽음을 당할 거라 상상하면 거의 미칠 지경일 터였다. 그들이 봉쇄선으로 차량을 밀어붙이면서 실력 행사에 들어간 건 어쩌면 당연한 일일지도 몰랐다. 군이 탱크를 밀고와 총포를 들이대지 않는 한 화양에서 나가려는 이들을 막을 수 없을 것이고.

"나를 그렇게 생각해주고 싶으면 나중에 봉쇄선 상황이나 전화로 알려주든가."

윤주의 대답에 문대성은 끌끌 혀를 찼다.

"그 참, 고집 세네. 사람이 떼로 죽어 나가는 마당에 누가 개새끼 안부를 알고 싶어 한다고 거길 가려고 그래요."

알고 싶어 하는 것만 알릴 수는 없는 노릇이었다. 알기 싫은 것, 관심 없는 것도 알려야 하는 게 자신의 일이었다. 그로 인해 아침과 같은 일이 벌어진다 해도. 윤주는 후문 쪽으로 걸음을 옮겼다. 차가 후문 쪽 고용센터 빌딩 지하 주차장에 있었다. 새벽녘 일로 정오가 다 돼 시청에 도착했고, 광장 주변은 이미 차량이 통제되고 있었다. 그 바람에 차를 시청 안으로 끌고 들어오지 못했다. 그게 나가는 데는 오히려 득이 되었다. 정문 앞 20여 미터 거리까지 군인들이 방어선을 구축하고 있었다. 광장으로 들어오는 길목엔 경찰들이 배치돼 차량 진입을 막았다. 광장에는 선글라스나 고글, 마스크 등으로 얼굴을 가린 군중들이 속속 군집하는 중이었다. 오전보다 두 배 이상 늘어난 느낌이었다. 문대성이 저 인파와 차량을 뚫고 진원동으로 가려면 족히 몇 시간은 걸릴 터였다. 그녀는 5분 만에 고용센터에 도착했다. 시동을 걸고 내비게이터에 주소를 입력했다. 북구 노암동 산 7번지.

시청 주변을 벗어나자 거리는 갑자기 한산해졌다. 상점들은 문을 닫았고 행인도 없었다. 먹구름이 깔린 하늘 아래로 눈발만 드문드문 날았다. 얼어붙은 도로에는 빈 비닐봉지와 종잇조각, 깨진 유리 조각들이 굴러다녔다. 그 사이를 뚫고 119구급차가 폭탄을 투하하러 가는 전투기처럼 달려갔다. 이어 방역 트럭 한 대가 연무를 내뿜으며 스쳐 갔다. 윤주는 서부순환도로 쪽으로 좌회전했다. 곧 철도 건널목 차단기 앞에 다다랐다. 어제까지만 해도 서울교외선 열차가 지나다녔을 선로였다. 차단기는 올라가 있었고 기차가 언제 다시 오갈지 모르는 선로에는 눈이 쌓여 있었다. 드림랜드에 개들이 살아 있었던, 그리하여 아직 평화로웠던 어제 새벽이 떠올랐다.

현관문 열리는 소리에 잠을 깼고 창문 밑을 지나는 발소리에 몸을 일으켰다. 창가에 서자 랜턴을 들고 동물 묘지로 올라가는 재형이 내다보였다.

그녀가 드림랜드에 계속 묵게 된 건 재형의 제안 때문이었다. 당분간만이라도 승아를 돌봐달라고 했다. 그녀로서도 나쁠 게 없었다. 숙소 걱정을 하지 않아도 되고, 승아가 싫지 않았고, 재형에게서 들어야 할 이야기도 있고. 그와 자신을 궁지로 몰아넣은 '누군가'가 누군지. 지금이 바로 '누군가'에 대해 확인할 적기라고 생각했다. 그녀는 승아가 깨지 않도록 소리 죽여 방을 나갔다.

추운 날이었다, 나간 걸 바로 후회할 만큼. 바람은 불지 않았지만 대기가 얼음장 같았다. 숨을 쉴 때마다 공기가 아닌 면도날을 들이마시는 느낌이었다. 그녀는 손으로 코를 막고 헉헉대며 눈길을 올라가다 동물 묘지 입구에서 걸음을 멈췄다. 재형이 쿠키의 무덤 옆 나무에 등을 기대고 서 있었다. 묘지 여기저기를 랜턴으로 살피고 있었는데 뭘 보는지 알 수가 없었다. 그녀의 눈에는 그렇게 집중해서 살필 만한 뭔가가 보이지 않았다.

"뭘 그렇게 정신없이 봐요?"

재형이 고개를 들고 그녀를 봤다.

"이야기."

선문답 같은 대꾸였다. 그녀는 그의 옆으로 가서 주변을 살폈다. 소담스럽게 쌓인 눈 말고는 아무것도 없었다.

"눈 쌓인 새벽에 여기 오면 밤사이에 쓰인 숲의 이야기를 읽을 수 있어요. 저건 토끼가 뛰쳐나간 발자국이고."

그가 랜턴을 비춘 곳에 신경 써서 보지 않으면 눈에 띄지 않을 동그란 자국이 남아 있었다.

"저 핏자국은 밤새 울던 부엉이가 아침 식사거리를 마련했다는 표식이고. 지금쯤은 어디에선가 배를 두들기고 있을 거요."

그녀는 비로소 눈 위에 뿌려진 작은 핏자국들을 볼 수 있었다. 좀 전까지만 해도 새하얀 눈길로만 보였는데. 시력의 문제는 아니었다. 시선의 차이였다. 그것은 한 인간이 속한 세계의 차이와도 같았다. 그의 세상에는 털 없는 원숭이 따위는 들어설 틈이 없는 듯했다. 그녀의 세계에서는 털 달린 동물 따윈 아무래도 상관없었다. 태어나고, 싸우고, 사고 치고,

병들어 죽어가는 털 없는 원숭이들이 주요 테마였다.

"나는 왜 그걸 못 읽지. 나도 산토끼나 부엉이가 사는 산골에서 자랐는데."

"인간은 본시 자기 앞의 구멍을 못 봐요. 시신경이 망막을 관통해 뇌로 가기 때문에 망막에 맹점이 생기거든. 그저 거기에 그것이 있으리라는 추측이 그 구멍을 채우는 거지."

그녀는 고개를 끄덕였다.

"혹시 눈 덮인 철길을 따라가본 적 있어요?"

잠깐, 침묵이 지나간 후 재형이 물었다.

"집에서 아주 멀리까지 왔구나, 하는 생각이 들 때까지."

"아뇨. 내가 사는 곳엔 기차가 다니지 않았어요."

기차는커녕 완행버스도 다니지 않는 곳이었다. 겨울이면 통행이 제한 되고 인적이 끊겨 눈 속에 고립돼 버리는 동네였다. 겨우내 만나는 거라 곤 먹이를 구하러 내려온 야생동물뿐인 마을이었다.

"어린 시절에, 그러니까 알래스카에 간 지 얼마 되지 않았을 때, 황야 를 가로지른 철길로 걸어가본 적이 있어요. 레일을 따라 걷다가 마을이 보이지 않는 곳에 다다르자 손목시계를 풀어서 선로 위에 놔두었죠."

"왜요?"

"초바늘 똑딱이는 소리가 너무 크게 들려서. 해지기 전에 집으로 돌아 가라고 하는 것 같았거든. 나는 좀 더 멀리 가보고 싶었고. 기찻길이 끝 나는 곳까지."

"그래서 갔어요?"

"아니. 걷다가 멈춰 서서 귀를 기울이면 여전히 똑딱똑딱 소리가 들려 왔어요. 귀에서 피가 도는 소리보다 더 크게. 열 발짝, 스무 발짝, 시계는 멀어질수록 더 큰 소리로 집으로 돌아가라고 일렀어요. 결국 집으로 돌아갔죠."

"시계는요."

"화가 나서 선로에 그대로 두고 와버렸어요. 바람이 쓸어 가든가, 기차가 깔아버렸으면 좋겠다고 생각했죠. 다음에 황야로 갔을 때 또 나를 불러 세우지 않도록."

"다음에 갔을 때에도 확인 안 해봤어요?"

그는 고개를 끄덕였다.

"눈에 묻혀서 보이지 않았어요. 바람에 날려갔다면 지금도 근처 어딘가에서 똑딱거리고 있을지도 모르지."

그녀는 〈꿈의 나라〉의 마지막 장면을 떠올렸다. 인간 없는 세상을 꿈꾼다던, 재형의 음울한 독백을 기억해냈다. 묻고 싶었던 것은 끝까지 묻지 않았다. 그 순간, 그 분위기에서는 '누군가'가 누구냐고 묻는 것이 부질없는 짓처럼 느껴졌다. 그래서 카메라를 가지고 있느냐고 물었다.

"강아지들 찍어주는 구식 비디오카메라밖에 없는데."

"그거라도 빌려줘요. 얌전하게 쓰겠다고 약속해요."

그 카메라를 메고 어제는 진원동 남부 봉쇄선에 갔고 오늘은 구월산 기슭으로 가고 있었다. 옛 쓰레기 매립지였고 개들을 생매장할 곳으로 선택된 장소였다. 문대성이 잘 아는 시 방역과 수의사에게서 캐온 정보였다. 새벽녘의 총격이 아니었다면 관심 갖지 않았을 얘기기도 했다.

그녀는 건널목을 건너 서부순환도로로 들어서며 룸미러를 봤다. 눈 쌓인 선로가 저만치 멀어지고 있었다. 설원의 기찻길에 두고 왔다는 재형의 시계가 다시 생각났다. 어쩌면 그것은 시계가 아니라 시간이었을지도 몰랐다. 꿈꾸는 소년의 시간. 그녀가 고기리촌닭집에 두고 온 것과 비슷한 유의 시간.

목적지 근방에 왔노라고, 내비게이터가 떠들기 시작했다. 오른편 차창으로 드넓은 눈벌판이 내다보였다. 벌판 뒤편에는 가파른 산비탈이 버티고 있었다. 그녀는 매립지 진입로 표지판에서 500여 미터쯤 더 지나쳐 간 뒤 갓길에 차를 세웠다. 한참 걸어야 한다는 불편함이 있었지만, 걷기 싫다고 매립지 안에다 주차할 수는 없는 노릇이었다. 멀쩡한 승용차를 매립지에 버려진 깡통으로 여길 멍청한 군인은 없을 테니까. 그녀는 파카 후드를 눌러쓴 다음 머플러를 두르고, 고글과 마스크와 장갑을 끼고, 카메라가 든 백 팩을 멨다. 할 수 있는 최선의 무장이었다.

칼바람 속으로 발을 디뎠다. 차 문을 닫자마자 뺨을 드세게 얻어맞은 것처럼 고개가 뒤로 홱 꺾였다. 바람이 닿는 곳마다 살을 베이는 기분이었다. 그녀는 차 안으로 돌아가고 싶은 걸 눌러 참고 갓길 아래로 뛰어내렸다. 눈이 종아리까지 쌓인 도랑을 휘적휘적 건너 매립지 벌판으로 곧장 걸어 들어갔다. 몇 발짝 가지 않아 철컥거리는 기계 소리를 들을 수 있었다. 다시 50미터쯤 전진하자 저 멀리 진입로 쪽에서 벼랑 밑을 파고 있는 굴삭기 한 대가 내다보였다. 정확한 장소, 적당한 시점에 도착한 듯했다. 이제 땅을 판다면 본론이 시작되기까지는 아직 시간이 있다는 뜻이었다. 그녀는 벌판을 직선으로 건너서 산비탈 위로 올라갔다.

굴삭기 위쪽 벼랑에 다다르기까지는 시간이 많이 걸렸다. 보기보다 거리가 멀었다. 부츠 밑창이 미끄러운 데다 바람이 드세 중심 잡고 서기도 힘들었다. 한 손으로 나무둥치를 붙들고 경사진 비탈을 기다시피 움직여야 했다. 도착해서 보니, 고생한 보람은 있었다. 잠복 촬영을 하기에 그보다 더 좋은 곳은 없었다. 발아래 벌판이 한 화면으로 잡히는 각도였다. 뛰어내리면 곧장 굴삭기 삽 속에 드러눕겠다 싶을 만큼 거리도 가까웠다. 우거진 소나무 군락은 바람을 막아주고 몸을 숨겨주었다. 그녀는 큰 소나무 밑에 자리를 잡고 앉아 카메라 위치를 잡았다. 동네 개도 물어가지 않을 구식 카메라였지만 그녀로선 감지덕지였다. 어쨌든 뭔가 찍히기는 하니까.

오후 5시, 마침내 카고 트럭과 철장을 장착한 군용 덤프가 매립지 진입로에 나타났다. 때맞춰 구덩이 작업도 끝났다. 윤주의 발밑에는 가로 10미터 세로 20미터가량의 직사각형 구덩이가 입을 벌리고 있었다. 카고와 덤프는 나란히 후진해 그곳으로 들어왔다. 새벽녘, 드림랜드를 초토화시키고 사라진 그 차들이었다. 차종도, 카고에 붙은 차 번호도 같았다. 카고에서 방독면을 쓴 군인 13명이 뛰어내린 것도 똑같았다. 덤프 적재함의 철장 안에선 크고 작은 개들이 우글우글 몸을 겹친 채 짖어대고 있었다. 불안하고 날카롭고 울부짖음에 가까운 소리였다. 자신들이 이곳에 왜 끌려왔는지 알고 있다는 듯.

윤주는 나무둥치에 등을 기댔다. 해발 2천 미터 고지에 오른 것처럼, 귀가 먹먹했다. 시커먼 현기증이 몰려왔다. 종일 먹은 게 없긴 했지만 허기 때문은 아니었다. 덤프에서 터져 나오는 개들의 비명과 새벽녘의 총소리가 귓가에서 마구 뒤섞이고 있었다. 핏빛 마당과 직사각형 구덩이가 중첩되고 뒤엉키며 시야를 혼란스럽게 했다. 승아를 안고 엎드려 있었던 드림랜드 2층 난간으로 되돌아간 느낌이었다. 드림랜드의 개들이 아닐 거라 생각하면서도, 10시간 전에 끌고 간 개들을 이제야 묻으러 왔을 리 없다고 여기면서도, 총에 맞아 죽은 개들은 짖을 수 없다는 걸 알면서도.

10명의 군인들이 착검한 총을 들고 구덩이 삼면을 에워쌌다. 나머지 둘은 스키 폴만큼이나 긴 죽창을 쥐고 철장 문을 열었다. 덤프의 적재함은 위로 올라가기 시작했다. 동시에 개들이 구덩이로 떨어져 내렸다. 처음엔 몇 마리씩, 곧 무더기로. 떨어진 개들은 곧장 허공으로 튀어 올랐다. 누워 자빠진 동료의 몸을 딛고 서로의 머리를 밟으며 필사적으로 탈출을 시도했다. 구덩이를 에워싼 군인들은 착검한 총 끝으로 개들을 찍어서 구덩이로 다시 떨어뜨렸다. 죽창 군인 둘은 철장 벽에 붙어 버티는 개들을 창으로 찍어 떼어냈다. 큰 개, 작은 개, 검은 개, 흰 개들이 눈을 찍히고, 뱃가죽이 뚫리고, 등을 꿰인 채 핏물을 내뿜으며 구덩이 속으로 떨어져 내렸다. 백구 한 마리가 창살을 발로 움켜쥐고 버둥거렸으나 소용없는 짓이었다. 피투성이가 돼서 구덩이로 떨어지는 데 10초도 걸리지 않았다.

다른 한편에선 굴삭기가 구덩이를 덮기 시작했다. 개들은 떨어져 내리는 흙과 쓰레기 더미 속에서 울부짖었다. 그 울음이 윤주에겐 사람의 말로 들렸다.

살려주세요.

흙덮기가 끝났다. 굴삭기와 군인들이 떠났다. 날이 저물고 있었다. 땅거미가 깔리는 벌판 밑에선 개들의 비명이 들끓었다. 땅이 비명을 지르고 있는 것 같았다. 온 벌판이 울부짖고 있는 것 같았다. 그것이 환청인지 실제의 소리인지 구분조차 되지 않았다. 윤주는 들고 있던 카메라를 가슴에 부둥켜안았다. 다리가 후들후들 떨려왔다. 두려움으로 눈이 뜨거웠다. 입술 새로 흐느낌 같은 신음이 새고 있었다. 이를 악물어도 그 소리를 막을 수가 없었다. 눈을 감아도 눈꺼풀 속에서는 개들이 끝없이 떨어져 내렸다. 귀를 막아도 머릿속 깊은 곳에서 소리가 울려 퍼졌다.

살려주세요.

그녀는 도망치기 시작했다. 구덩이로부터, 어둠으로부터, 땅 밑에서
울리는 비명으로부터. 어떻게 비탈을 내려왔는지, 어떻게 구덩이 옆을
지나왔는지, 어떻게 운전을 했는지, 어떻게 드림랜드로 돌아왔는지 기억
나지 않았다. 정신을 차리고보니, 온몸을 덜덜 떨며 현관 앞에 재형과 마
주 서 있었다.

"왜 그래요. 어디 아파요?"

재형이 어깨를 붙잡아 흔들리는 몸을 받쳐주었다. 윤주는 고개를 저
었다. 사람이 필요했다. 끝없이 울리는 저 끔찍한 비명을 그치게 해줄 사
람, 이 참담한 두려움으로부터 구원해줄 사람. 재형이 자신 앞에 있었다.
자신으로 인해 소중한 것을 잃고 상처받은 남자가.

"김윤주 씨."

분노 대신 걱정이 어른대는 눈이 그녀의 얼굴을 살폈다. 윤주는 다시
고개를 저었다. 뭔가를 말하려 애썼지만 목이 열리지 않았다. 눈의 초점
이 흔들리고 귀가 윙윙 울었다.

"살려달래요."

목 밑에서 맴돌던 말이 흐느낌처럼 흘러나왔다.

"그 개들이 나한테……."

그녀는 재형이 자신을 끌어안는 걸 느꼈다. 가만가만, 어깨를 토닥거
리는 손을 느꼈다. 그 손은 그녀의 몸에 말을 걸어오고 있었다.

괜찮아. 이제 괜찮아.

링고 3

링고는 눈을 떴다. 철컥철컥, 소리가 잠을 깨웠다. 먼 곳에서 나는 소리였다. 더 가까워지지도, 멀어지지도 않으면서 일정한 간격, 일정한 크기로 울리고 있었다. 언젠가 한 번 들어본 듯한 소리였으나 무슨 소리인지 기억나지 않았다. 어디서 들었는지도 생각나지 않았다. 무시해도 좋을 소리인지 판단이 서지도 않았다. 링고는 맞은편 벽 밑에 엎드려 있는 스타를 건너다봤다. 시선은 자신을 향해 있었고 귓바퀴는 앞뒤 양옆으로 돌면서 소리를 잡고 있었다. 스타 역시 같은 이유로 잠을 깬 듯했다. 톡쏘는 눈빛으로 봐선 아직도 화가 풀리지 않은 것 같았다. 저렇듯 뚝 떨어져 있는 건, 조금 전 그녀의 대장과 인사 나누기를 거부한 데 대한 벌이었다.

스타가 회복된 후, 링고는 자신에게 연적이 있다는 사실을 새롭게 깨달았다. 스타의 대장이었다. 불쑥불쑥, 시도 때도 없이 스타의 머릿속에 나타나 그녀를 부르는 눈치였다. 함께 숲을 돌아다니다가, 토끼를 쫓다가, 닭을 훔치러 산 아랫동네에 내려갔다가, 어느 순간 훌쩍 사라져버리곤 했다. 부리나케 쫓아가보면 그 집 담장 바깥에 앉아 안을 들여다보고 있었다. 링고가 돌아가자고 눈치를 줘도 못 알아들은 척 움직이지 않았다. 주둥이로 두어 번 옆구리를 쳐야 마지못한 듯 몸을 일으켰다. 산막으로 돌아오는 길에도 뒤를 돌아보고 걸음을 멈추기 일쑤였다. 그렇다고는 해도 산막에서 자신과 함께 있다가 그곳으로 가버린 적은 없었다. 스타 스스로 대장을 불러낸 적도 없었다. 몇 시간 전, 기이한 새소리 같은 것이 들려오기 전까지는.

스타는 배를 한 대 걷어차인 것처럼 산막에서 튕겨 나갔다. 귀를 뒤로 드러눕히고, 침방울을 휘날리며 산봉우리 두 개를 한숨에 뛰어넘었다.

그 집에 도착한 후엔 담장 문밖에 엉덩이를 내리고 앉아 애타는 소리로 대장을 불렀다. 마침내 담장 안에서 대장이 나타났을 때, 스타가 대장에게 다가가 겨드랑 밑으로 얼굴을 밀어 넣었을 때, 링고는 이상한 배신감과 분노를 느꼈다. 기이한 새소리의 정체가 무엇인지도 알아차렸다. 대장이 스타를 부르는 소리였다.

링고는 대장의 목을 물어뜯어 버리고 싶었지만, 하마터면 그럴 뻔도 했지만, 결국 그렇게 하지 않았다. 마음의 목소리가 만류한 탓이었다. 그랬다간 스타의 미움을 살 것이라고. 그는 질투와 절망에 빠져 산막으로 돌아왔다. 마음을 졸이며 스타의 귀환을 기다렸다. 스타는 대장을 데리고 돌아왔다. 링고는 산막 앞을 막아섰다. 대장을 자신의 집으로 들이고 싶지 않았다. 스타는 그에게 다가와 목덜미를 콧등으로 문질렀다. 대장에게 우리 집을 보여줘, 하듯 다정하게. 대장은 마당 한중간에서 링고의 승낙을 기다리고 있었다. 하우스와 산막과 산막을 에워싼 숲을 둘러보면서. 대치 상황은 대장이 스타를 불렀을 때에야 끝났다.

"스타, 이리 와."

스타는 링고를 떠나 대장에게로 돌아갔다. 온몸이 쿵쿵쿵, 맥박을 쳤다. 스타가 대장을 따라 떠나버릴 것만 같았다. 대장은 스타의 목덜미를 만지며 뭐라 말을 건넸다. 이윽고 손을 흔들어 보이며 산막을 떠났다. 스타는 대장을 따라가지 않았다. 제 뜻으로 링고 곁에 남았다. 비록 화를 내며 그의 접근을 막고, 사납게 으르렁대기는 했지만.

링고는 화해하고 싶었다. 가까이에서 스타의 눈을 들여다보고 싶었다. 시간이 좀 흘렀으니 가능할지도 몰랐다. 그는 배를 깔고 엎드린 자세로 스타에게 기어갔다. 촉촉하게 젖기 시작한 그녀의 코에 코를 맞댔다. 입술을 핥고 귀를 비볐다. 스타는 으르렁대지 않았다. 얼굴을 돌리지도, 밀쳐내지도 않았다. 화해 요청을 못 이기는 척 받아들였다. 링고는 스타와 얼굴을 맞대고 엎드렸다. 시선이 마주치자 안도와 온기가 그를 감쌌다.

먼지와 죽은 벌레와 거미줄이 뒤엉킨 창밖으로 눈발이 흩날리고 있었다. 링고는 아주 오래전 기억을 떠올렸다. 태어나 처음 눈을 보던 날, 잿빛 하늘을 나폴나폴 날아다니는 것이 흰 나비 떼인 줄로 알았던 시절, 나비를 잡겠다고 이리저리 날뛰고 짖어댔던 강아지 시절, 두 아이와 젊은 부부가 사는 집에 팔려갔던 겨울을. 그들이 링고의 첫 주인이었다. 개의 삶이 인간의 변덕에 좌지우지된다는 걸 알려준 이들이기도 했다. 인간의 아이들 손에서 고무공처럼 구르던 강아지는 봄이 되면서 사라져버렸다. 가을이 되기도 전에 링고의 몸은 아비만큼이나 커버렸다. 머리를 들면 입이 주인의 가슴에 닿았다. 각목 정도는 우습게 씹어서 부러뜨릴 만큼 이빨이 크고 날카롭게 자랐다. 주인 여자는 링고가 너무나 많이 먹고, 너무나 힘이 세고, 너무나 늑대 같아서 이젠 귀엽지 않다고 말했다. 아이들 가까이에 가기만 하면 자지러지는 비명을 질렀다. 아기의 목을 핥았다가 사흘 동안 목을 묶여 창고에 갇히기도 했다. 링고는 영문을 알 수 없어 어리둥절했다. 이전의 사랑을 되찾을 수 없어 고통스러웠다. 그들이 화내는 이유를 알 수 없어 바보짓을 거듭했다. 강아지 시절에나 하던 애교를 피웠다. 몸을 비비고, 올라타고, 다리를 벌리고 나자빠졌다. 잡은 즉시 먹어치우던 토끼나 다람쥐, 새를 선물로 가져다 바쳤다. 쓰레기통에서 찾아낸 주인의 실내화를 현관 앞에 물어다두기도 했다. 사랑은 돌아오지 않았다. 그러던 어느 날 낯선 남자가 트럭을 몰고 찾아왔다. 주인은 털과 이빨을 세우고 침입자를 처단하려는 링고에게 재갈을 물리고 목줄을 걸었다. 낯선 남자는 링고를 커다란 철장에 가두고 트럭에 실었다. 트럭이 멈춘 곳은 한적한 교외에 있는 가족 레스토랑 사설 동물원이었다.

이후 링고는 철장을 벗어나 살아본 일이 거의 없었다. 근육을 쓸 수 있는 유일한 무대는 챔프투견장 링 안이었다. 그때가 강아지 시절만큼이나 오래전 같았다. 자신의 곁에 엎드려 잠든 스타를 볼 때마다, 살기 위해 싸우던 일이 어깨너머로 들은 남의 이야기 같았다. 그때로부터 그리 멀리 오지도 않았는데. 지금의 링고는 모든 것이 충분하고 모든 것에 만족스러웠다. 외롭지도 않았다. 스타가 코를 들고 목을 문질러주거나, 입술을 핥아주거나, 온화한 눈길로 자신을 바라보면 링고의 가슴에는 한여름 밤하늘처럼 찬연한 별들이 뜨곤 했다. 그중에서도 가장 좋아하는 건, 지금처럼 스타와 몸을 맞대고 엎드리는 때였다. 스타가 잠든 모습을 지켜볼 수 있고, 따뜻한 숨결을 확인할 수도 있고, 달착지근한 몸 냄새도 맡을 수 있고, 눈꺼풀 속을 느리게 오가는 눈동자의 움직임을 관찰할 수도 있는 시간.

링고는 다시 귀를 세웠다. 일정하게 울리던 철컥철컥, 소리가 딱 멈췄던 것이다. 대신 개 짖는 소리가 들려오기 시작했다. 철컥철컥 소리가 들려오던 바로 그곳이었다. 한두 마리가 아니었다. 떼로 짖고 있었다. 겁에 질린 합창이었다. 비명이고 울부짖음이었다. 스타는 한동안 귀를 세우고 있더니 벌떡 몸을 일으키고 밖으로 튀어 나갔다. 링고도 몸을 일으키고 뒤따라갔다. 마당에 서자 소리는 더 크고 또렷하게 들려왔다. 스타는 비탈로 나가더니 곧장 서쪽을 향해 움직이기 시작했다. 소리를 쫓아가기로 마음먹은 것 같았다. 링고는 그녀와 어깨를 맞대고 따라갔다. 서쪽으로는 한 번도 가보지 않았지만 스타를 믿었다.

스타에게는 링고보다 훨씬 뛰어난 능력이 하나 있었다. 나무나 바위에 자신의 냄새를 묻혀두는 것도 아닌데 정확하게 방향을 잡고 길을 찾았다. 토끼를 쫓아 달리다 숲 깊숙한 곳까지 들어가도, 눈보라가 묻혀둔 냄새를 지워버린 날에도, 그녀를 따라가기만 하면 어느새 산막에 닿아 있고는 했다. 그는 열심히 보고 배웠다. 스타가 하늘을 올려다보며 별이나 달, 구름의 움직임으로 방향을 읽는 것을.

스타는 계속해서 서쪽 방향으로 나아갔다. 가끔 고개를 들어 하늘을 볼 때를 빼고는 걸음을 멈추지도 않았다. 등산로 갈림길에서도 머뭇거림 없이 방향을 잡았다. 얼마 후 고갯마루 하나를 넘었고 다시 새로운 봉우리로 올라갔다. 움직임은 점점 빨라지고 있었다. 울부짖는 소리는 점점 또렷해졌다. 하늘은 점점 더 어두워졌다. 봉우리를 넘어가 산기슭 암릉 지대에 다다랐을 땐, 날이 저물고 있었다.

링고는 비탈 한중간에 형성된 넓은 암반 위로 스타와 나란히 내려섰다. 발아래 비탈 숲이 끝나는 곳, 드넓은 눈벌판으로부터 소리가 솟구치고 있었다. 비탈 숲 가장자리에는 움직이는 물체가 하나 있었다. 사람이었다. 벌판을 보고 앉아 귀를 틀어막고 있는 여자. 뛰어내리기만 하면 단숨에 등을 덮칠 거리로 보였으나 실제로 그런 것은 아니었다. 아래쪽 여자와 링고가 있는 암반 사이에는 눈 덮인 숲이 버티고 있었다. 상대는 머리 위의 기척을 감지하지 못하는 기색이었다.

그는 목을 길게 빼고 벌판을 내려다보았다. 흰 숲 너머로 깊고 큰 구덩이와 다리 달린 기계, 커다란 트럭들이 내다보였다. 비로소 철컥철컥 소리의 정체를 알 것 같았다. 챔프투견장 시절에 본 적이 있는 기계였다. 저 기계가 투견장 뒤편 땅을 파헤치면 큰 트럭이 와서 흙을 실어 갔다. 그때와 비슷한 풍경이었으나 트럭에 실린 건 흙이 아니었다. 위로 들어 올린 철창에서 개들이 쏟아져 내리고 있었다. 구덩이 주변에는 제복 남자들이 개들을 향해 총을 겨누고 서 있었다. 그중 두 남자는 길고 날카로운 막대기로 철장 안의 개들을 찍어 떨어뜨렸다. 개들은 피를 내뿜고 비명을 지르면서 구덩이 속으로 떨어져 내렸다.

피가 흩뿌려질 때마다 링고의 몸은 빳빳하게 굳어졌다. 털이 곤두서고 입이 반쯤 벌어지고 목 밑에서 으르렁거림이 솟구쳤다. 뒷다리에는 발사의 시동이 걸렸다. 곧장 날아가 남자들의 목을 물어뜯어 버리고 싶었다. 스타가 드세게 어깨를 부딪쳐 오지 않았다면, 아마도 그리했을 것이다. 스타의 눈은 기다리라고 말하고 있었다. 총을 든 저 제복 남자들은 개 두 마리 정도는 간단하게 죽여 구덩이에 처박아버릴 것이라고.

어려운 일이었다. 발바닥을 바위에 붙이고 서 있는 일이 발바닥으로 바위를 들어 올리는 것보다 더 힘들었다. 자신보다 더 큰 상대가 온몸을 날려 부딪쳐 오는 링 안에서도 그는 그만큼 몸을 떨어본 일이 없었다. 막대기에 찍힌 개가 비명을 흩뿌리며 철장에서 떨어져 나갈 때마다, 쏟아져 내린 개들이 구덩이 위쪽을 향해 필사적으로 뛰어 오를 때마다, 군인들이 총을 휘둘러 뛰어 오른 개들을 후려칠 때마다, 땅 파는 기계가 철컥철컥 소리를 울리며 구덩이로 흙을 밀어 넣을 때마다, 기계의 뒷바퀴가 땅을 다지면서 메워버린 구덩이 위를 오갈 때마다, 산 채로 묻힌 개들의 울부짖음이 땅 밑을 뒤흔들며 울릴 때마다, 링고는 발톱을 세우고, 다리를 움찔거리고, 몸을 떨었다. 눈이 타고, 귀가 쇠꼬챙이에 찔린 것처럼 아팠다. 허기져 드러눕기 직전처럼 머릿속이 캄캄했다.

트럭들이 먼저 떠났다. 이윽고 땅 파는 기계도 느릿느릿 벌판을 빠져나갔다. 발아래에선 여자가 몸을 일으켰다. 개처럼 기어서 비탈을 내려갔다. 눈벌판을 가로질러 휘적휘적 걸어갔다. 얼마 후 시야에서 완전히 사라져버렸다. 눈벌판에 남은 것은 구덩이 밑에서 울부짖는 개들뿐이었다. 링고는 암반에서 뛰어내렸다. 스타도 뒤따라 몸을 날렸다. 이제부터 무엇을 할 것인지 의논할 필요는 없었다. 스타도 같은 생각을 하고 있었던 게 분명했다. 울부짖고 있다면 아직 살아 있는 것이었다.

링고와 스타는 마주 서서 구덩이 한복판을 파기 시작했다. 기계로 다져놓은 땅은 그리 단단하지 않았다. 아직 얼어붙지도 않았다. 흙보다는 쓰레기가 더 많았다. 다만 덮인 층이 너무 두꺼웠다. 파고 또 파도 개털 하나 보이지 않았다. 숨넘어가는 비명이 발톱 바로 밑에서 울리건만. 저렇게도 고통스럽게 살아 울부짖건만.

앞다리가 푹 빠질 만큼 파 내려갔을 즈음, 발밑에서 뭔가가 꿈틀거리는 것 같았다. 좀 더 파헤치자 둥근 머리통이 튀어나왔다. 링고는 이빨로 머리 거죽을 물고 뒷다리에 힘을 주면서 끌어내기 시작했다. 땅 위에 부려놓고 보니 죽은 개였다. 힘이 쭉 빠졌다. 스타는 링고를 한 번 쳐다보더니 다른 쪽을 파기 시작했다. 두 번째 개도 죽어서 나왔다. 세 번째, 네 번째도. 쉼 없이 파고 끌어냈지만 살아서 나온 개는 없었다. 동쪽 하늘이 파랗게 열리던 새벽까지, 단 한 마리도.

링고는 숨을 헐떡이며 눈밭에 널린 수많은 개들을 둘러봤다. 여기저기 구멍이 뚫린 흙바닥은 구덩이 속으로 부스스 꺼져 내리고 있었다. 더 이상 나올 개는 없어 보였다. 그런데도 땅 밑에선 공포에 찬 비명이 끊임없이 울리고 있었다. 저 울부짖는 개들은 대체 어디에 묻힌 것일까. 스타도 동작을 멈추고 사방을 두리번거렸다. 지치고, 상처받고, 어리둥절한 표정이었다. 링고는 뒤늦게 알아차렸다. 자신과 스타가 듣고 있는 저 생생한 울부짖음은 땅속에서 울리는 소리가 아니었다. 각자의 머릿속에서 울리는 비명이었다.

돌아가는 길은 멀고 길었다. 기나긴 악몽을 꾸고 난 아침 같았다. 목 아래가 먹먹했다. 링 위에서 다른 개를 죽이고 돌아설 때처럼, 쓸쓸하고 허기졌다. 링고는 자기 기분의 본질을 이해하려고 노력했지만 잘 되지 않았다. 스타는 눈 냄새를 맡는 것처럼 바닥에 코를 붙인 채 한 발짝 앞서가고 있었다.

산막에 도착한 건 날이 훤히 밝은 후였다. 어쩌면 지쳐서 그랬을 것이다. 링고는 누군가 다녀갔다는 걸 마당으로 들어선 뒤에야 알아차렸다. 산막 문 앞에 큰 그릇이 놓여 있었다. 보지 않아도 사료와 말린 닭고기와 생선포가 담겨 있다는 걸 알 수 있었다. 산막을 싸고도는 냄새의 주인이 누군지도 알 수 있었다. 스타의 대장이었다.

링고는 먹이가 든 그릇 앞으로 서서히 다가갔다. 이것이 무슨 의미인지 이해되지 않았다. 사료를 먹어도 좋을지 판단도 서지 않았다. 사료에 섞인 닭고기 조각을 씹으면 기분이 좀 나아질 것 같기는 했지만. 산 너머 동네까지 닭 잡으러 갈 필요도 없을 것 같고. 스타가 곁으로 와서 그의 어깨를 슬쩍 쳤다. 대장이 주는 건 먹어도 된다고, 그녀의 눈이 말하고 있었다.

배를 채우고 산막으로 들어오자 잠이 쏟아졌다. 링고는 스타와 얼굴을 맞대고 엎드렸다. 눈을 감는 순간, 머릿속에서 철컥철컥 소리가 되살아났다. 그는 귀를 납작하게 붙이고 스타의 목덜미에 코를 묻었다. 소리는 꿈속까지 따라 들어왔다. 철컥철컥.

동해 3

동해는 병동 복도를 한 바퀴 돌아 휴게실 앞에 도착했다. 환자 4명이 텔레비전 앞에 옹기종기 모여 앉아 저녁 뉴스를 보고 있었다.

"……한편 일시적으로 통행이 제한되고 있는 경기도 화양시 남구 진원동에서는 400여 대의 차량이 4차선 도로를 점령하고 통행 재개를 요구하며 군경과 50시간째 대치하고 있습니다. 이들은 비상등을 켜고, 경적음을 울리면서……."

화면은 남구 진원동과 서울 도봉구가 맞닿은 3번국도 경계점을 비쳤다. 눈발이 날리는 잿빛 대기 밑에서 차량 수백 대가 일제히 전조등을 번쩍거리고 있었다.

"여어."

소파 한가운데에 앉아 있던 김용이 동해를 향해 손을 들어 보였다.

"이리 들어와. 같이 뉴스나 한판 때리게."

동해는 흠칫해서 고개를 돌렸다. 허둥지둥 휴게실 앞을 떠났다. 김용에게 붙들리면 족히 1시간은 '놀라 자빠질 얘기'를 들어야 할 것이므로.

"뭐가 그리 바쁘냐?"

3009호 앞에서 혓바닥처럼 나긋나긋하고 뜨뜻미지근한 손이 목덜미를 붙들었다. 돌아보자 김용이 어깨 뒤에서 히죽 웃었다.

"내가 놀라 자빠질 얘기 하나 해줄까?"

김용은 종일 놀라 자빠질 얘기만 하는 인간이었다. 일찍이 여섯 살에 멘사 회원이 됐다느니, 학력고사 만점을 받아 서울대에 수석 입학 했다느니, 길거리에서 캐스팅돼 '고추밭에 양배추'라는 예술영화에 출연했다느니, 예전에 있던 병원에선 자기가 손 좀 써서 눈먼 장님을 '별들의 바다'로 날려 보냈다느니……. 이젠 이 인간이 제 젖꼭지에서 자지가 돋아났다는 소식을 전해도 그리 놀라울 게 없었다. 동해는 목덜미에 붙은 손을 떼어 패대기치듯 뿌리쳤다. 김용은 패대기쳐진 손을 슬슬 흔들더니 검지를 세워 복도 천장을 찔렀다.

"오늘 각 병동들을 폐쇄하기로 결정 났단다야. 5병동만 빼고."

5병동만 빼고……. 그게 무슨 뜻일까. 동해는 몸을 돌리고 3011호를 향해 걸었다. 김용은 상대가 궁금해하는 기색을 비치면 입을 다무는 인간이었으므로 관심 없는 척하는 게 답을 듣는 길이었다.

"병원이 텅 비었잖냐. 각 병동 애들 다 합쳐 봐야 30명도 안 될걸. 한곳에다 모아놓고 체육관으로 보낼 때를 기다리겠단 얘기지."

김용은 슬리퍼를 철벅거리며 뒤통수 뒤에 따라붙었다. 동해는 간호사실을 통과하고, 소화전이 있는 벽을 지나 3011호 문 앞에 도착했다.

"아마 내일 아침에 5층으로 옮겨 갈 거다. 너무 실망하지 말고, 짐이나 미리 싸둬."

동해는 병실로 들어갔다. 창턱에 걸터앉아 병원 뒤뜰을 내려다봤다. 빈 그네가 바람에 밀려 노란 가로등 빛 속을 진자처럼 오가고 있었다. 습관처럼, 진만이 생각났다. 멍청한 새끼, 왜 하필 저기로 떨어져가지고……. 그나저나 아버지는 무사하려나. 어머니와 서재형의 얼굴이 번득 시야를 지나갔다. 그들의 안부가 동해는 가장 궁금했다.

빨간 눈이 화양 동쪽 산골짜기에 있는 이 정신병원까지 찾아든 건 지난 29일이었다. 1병동에서 첫 환자가 발생한 이래, 전 병동이 초토화되는 데 사흘밖에 걸리지 않았다. 병원 측은 환자들에게 고글과 N95 마스크를 지급했지만 방역 효과는 거의 없었다. 오늘 밤 3병동에 남아 있는 자는 휴게실에 있던 네 사람과 동해뿐이었다. 이렇게 되기 며칠 전부터 병동에는 병원이 폐쇄될 거라는 얘기가 돌았다. 다만 환자를 내보낼 길이 없어 골을 썩고 있다고 했다. 내보낸다는 건 집으로 돌려보내거나 다른 병원으로 전원을 시킨다는 뜻이었다. 동해는 그 풍문을 믿지 않았다. 멀쩡한 사람들이 화양에 갇힌 채 개떼처럼 죽어 나가고 있었다. 이런 북새통에 어떤 보호자가 환자의 귀환을 반기겠으며, 어떤 정신 나간 정신병원이 다른 병원 미친놈까지 수용하려들겠는가. 집으로 가게 됐다고 김칫국을 마셨던 사람들 대부분은 119구급차에 실려 체육관 병원으로 갔다. 남은 자들도 언제 체육관행 구급차를 탈지 알 수 없는 노릇이었다.

동해는 침대로 가서 누웠다. 곰곰이 생각해보니 김용이 전한 새로운 소문은 개연성이 좀 있는 것 같았다. 119에 실려 간 사람은 비단 환자만이 아니었다. 식당, 세탁실, 전기실, 행정실, 간호사, 보호사 할 것 없이 직원의 절반 이상이 자취를 감췄다. 덕택에 환자들은 간호사실에서 나눠주는 컵라면이나 빵 따위로 끼니를 때우고 있었다. 전날부터는 환자복과 시트도 교환되지 않았다. 간호사실 인력도 날마다 줄어들었다. 어제는 보호사 하나와 간호사 둘이 종일 근무를 하더니, 오늘 아침엔 보호사 하나와 간호사 한 사람만 출근했다. 병원 측으로선 환자를 한곳에 모아놓는 게 난방이나 인력 등의 문제를 해결하는 최선책일 터였다.

점호 벨이 울리자 김용이 병실로 돌아왔다. 잠시 후, 깍두기 1호와 우체통 몸매를 가진 간호사가 회진을 돌았다. 복도와 병실 실내등이 차례로 꺼졌다. 동해는 가로등 빛이 비쳐드는 창문을 오래오래 바라다봤다. 지난 며칠 머릿속을 오가던 생각들이 어떤 목적지를 향해 맹렬하게 뻗어 가고 있었다. 귓속에선 격려의 목소리가 들려왔다.

너는 이제 지하실의 소년이 아니야. 내보내주지 않아도 스스로 나갈 수 있어.

휴게실 괘종시계가 새벽 2시를 알렸다. 동해는 몸을 일으켰다. 어둠 속에 서서 소리 죽여 옷을 갈아입었다. 환자복을 벗고, 내복과 트레이닝복, 파카를 걸치고 양말과 운동화를 신었다. 김용은 깊이 잠든 것 같았다. 그가 고글과 마스크를 고쳐 쓰고 병실 문을 열도록 손끝 하나 움직이지 않았다. 문밖은 그리 어둡지 않았다. 간호사실 창문 불빛이 병실 앞까지 뻗어 와 있었다. 그는 복도에 등을 붙이고 서서 소화전을 열었다. 호스를 끌어내고 황동으로 된 관창 아랫부분을 움켜쥐었다. 아무런 기척도 없는 간호사실 창문 앞으로 성큼성큼 걸어갔다. 간호사는 보이지 않았다. 고글과 마스크를 낀 깍두기 1호만 CCTV 모니터 앞에서 꾸벅꾸벅 졸고 있었다. 창문을 두들기자 깍두기 1호는 퍼뜩 고개를 들고 동해를 봤다.

"무슨 일이야."

동해는 손을 창문 밑으로 늘어뜨려 관창을 숨기고 잠에 겨운 목소리로 대꾸했다.

"김용 씨 눈이 빨개요. 머리가 아프대요."

깍두기 1호는 의자에서 일어났다.

"알았으니까 가 있어."

동해는 병실로 가는 척, 창문 앞에서 벗어나 간호사실 출입문 앞으로 가서 섰다. 깍두기 1호는 문을 열고 복도로 나오다가 흠칫해서 섰다.

"너 여기서 뭐 하는 거야."

"기다렸어요."라고 대답하며 깍두기 1호의 머리통을 관창으로 후려쳐버렸다. 깍두기 1호는 한 방에 골로 갔다. 고맙게도 간호사실 문을 활짝 열어젖히면서 문턱으로 쓰러졌다. 간호사실 안에서는 목젖이 째지는 듯한 비명이 울리고 있었다. 동해는 소방 호스를 끌고 깍두기 1호를 건너뛰어 간호사실 안으로 들어갔다. 우체통 간호사는 외부로 통하는 철문을 열고 간호사실을 빠져나가는 중이었다. 그는 잽싸게 몸을 날렸으나 한 박자 늦었다. 손잡이를 잡는 순간 밖에서 잠금장치를 거는 철컥, 소리가 울렸다. 우체통의 비명은 건물 아래쪽을 향해 길게 이어졌다. 비상계단을 뛰어내리며 사이렌을 불어대는 모양이었다.

동해는 관창으로 손잡이를 거푸 내리쳤다. 문은 꿈쩍도 하지 않고 손잡이만 뚝 잘리듯 떨어져 나갔다. 그 여파로 관창을 쥔 손은 물론 팔뚝과 어깨까지 얼얼해왔다. 머릿속에선 새파란 열기가 치솟았다. 저 쌍년은 어디 숨어 있다가 나타나 남의 거사에 고춧가루를 뿌린 것일까. 간호사실 뒤편으로 들어가자 복도 쪽에서는 보이지 않던 공간이 나타났다. 한쪽 벽에 약장과 작업대, 처치 도구들이 놓인 크래시 카트, 그 옆으로 담요와 환의 시트 등을 쌓아둔 물품장, 맞은편엔 병원 뒤뜰이 내려다보이는 큼직한 창문이 나 있었다. 창문 아래 긴 의자에는 우체통의 것으로 보이는 스마트폰과 소설책이 팽개쳐져 있고, 의자 밑에선 석유난로가 탔다.

그는 스마트폰을 파카 주머니에 담았다. 크래시 카트에서 끝이 날카로운 가위도 하나 꺼내 챙겼다. 철문 밖에서는 발소리가 들려오고 있었다. 적어도 두 사람 이상이 계단을 뛰어 올라오는 소리였다. 동해는 창문과 철문을 번갈아 쳐다보았다. 아무래도 창문을 빠져나가기 전에 깍두기들이 먼저 들이닥칠 것 같았다. 그다음은 굳이 상상할 필요조차 없었다. 닷새 전 끌려올 때처럼 주먹과 주사 세례를 받고 뻗어버릴 것이고, 이번에야말로 진짜 살인범으로 경찰에 끌려갈 것이며, 아버지의 경고대로 영원히 '지하실의 소년' 신세가 될 터였다.

그는 물품장에서 담요와 시트를 꺼내 철문 앞으로 집어 던지고 석유난로를 발로 차서 그쪽으로 밀어뜨렸다. 난로가 엎어지면서 폭음과 함께 불길이 치솟고 삽시에 담요로 옮겨붙었다. 검은 연기를 콸콸 쏟아내며 불기둥이 돼서 뻗쳐올랐다. 동시에 철문이 열리고 깍두기들이 나타났다. 발기한 불기둥은 문을 뚫고 나가 그들을 덮쳤다. 그때 어디선가 벽력 같은 고함이 울렸다. 깍두기들이 내지른 소리가 아니었다. 그의 몸속에서 울린 소리였다. 뜨겁고 묵직한 '뭔가'가 흉곽을 부수며 내지른 소리였다. 아랫배에서 허벅지로 몸서리 같은 전율이 흘렀다. 그는 주먹을 틀어쥔 채 이를 악물고 화염에 휩싸인 두 남자를 쏘아보고 있었다. 고함을 내지른 뭔가가 그의 몸을 뻐근하게 죄어치고 빠져나갈 때까지.

정신이 들었을 때, 뜨거운 연기가 기관지를 타고 폐로 달리고 있었다. 기침이 터지고 목젖으로 잽이 날아든 것처럼 속이 뒤집혔다. 매운 눈물이 쏟아졌다. 천장에선 화재경보기가 울고, 스프링클러들은 일제히 물을 쏟아냈다. 간호사실엔 유독가스와 연기가 가득 차 있었다. 그는 창문 걸쇠를 풀고 쪽창을 열어젖혔다. 눈보라를 끌고 날아든 바람이 검은 연기와 불길을 철문 밖으로 몰고 나갔다. 그 틈을 타 동해는 관창을 창밖으로 늘어뜨렸다. 30미터짜리 소방 호스가 금세 다 풀려 나갔다. 부드럽게 닿는 감촉으로 미뤄 관창 끝이 1층 눈밭에 박힌 것 같았다.

그는 창문을 넘어갔다. 호스가 손에서 빠지지 않도록 단단히 붙들고 벽을 발로 짚으며 강하를 시작했다. 1미터도 내려가지 않아 손아귀에서 불이 났다. 눈보라가 시야를 가리고 몸을 흔들어댔다. 발은 얼어붙은 벽 표면을 죽죽 미끄러졌다. 그 바람에 두 번이나 얼굴로 벽을 들이받아 버릴 뻔했다. 가까스로 발이 눈밭에 닿았을 때 그의 몸은 땀으로 흠뻑 젖어 있었다. 호스와의 마찰로 홀떡 벗겨져버린 손바닥은 불에 탄 것처럼 화끈거렸다. 그는 주머니에서 가위를 꺼냈다. 소방 호스를 들어 올리고 관창에서 30센티미터쯤 위쪽을 잘랐다. 여차하면 무기로 쓸 수 있도록 손아귀에 호스를 감고 화단을 건너뛰어 벼랑 쪽으로 달렸다. 그네에 도착했을 때 건물을 뒤흔드는 듯한 굉음이 울렸다. 불의 진원지인 3층 간호사실 창문이 폭발하듯 터지는 소리였다. 그는 잠깐 위를 올려다봤다. 유리 파편들이 노랗게 반짝거리며 눈보라 속으로 쏟아져 내리고 있었다. 아득히 먼 곳에서는 사이렌 소리가 들려왔다. 경찰 아니면 소방차일 터였다.

동해는 달리기 시작했다. 뒤뜰 담장을 넘어 쉼터로 내달았다. 진만이 떨어진 벼랑 끝에 서자 병원 전경이 한 화면으로 잡혔다. 어둠 속에서 물마루처럼 솟구치고 일렁이는 불의 섬광, 창문을 깨고 먹빛 연기를 휘말면서 사출되는 화염, 크고 작은 폭발음을 신음처럼 내지르는 병원 건물. 동해는 피범벅이 된 손을 움켜쥐고 웃음을 터트렸다. 하늘을 향해 주먹을 날리고 싶은 심정이었다. 마침내 아버지의 손아귀를 벗어난 밤이었다. 지하실의 소년에게 졸업장을 안겨주는 순간이었다. 병원이 잿더미가 될 때까지 지켜보는 걸로 이 역사적인 독립을 자축하고 싶었다. 동해는 지하실의 소년에게 물었다.

"하느님이 노상 너를 못살게 구는 건 아냐. 그렇지?"

지하실의 소년은 대답했다.

"나는 다시 갇히고 싶지 않아."

동해는 고개를 끄덕였다. 지하실의 소년은 물었다.

"이제 어쩔 건데?"

어쩔까. 병원 이면도로로 소방차들이 사이렌을 울리며 올라오고 있었다. 곧 경찰차도 나타나겠지. 일단은 화양에서 벗어나고 볼 일이었다. 화양만 벗어나면 경찰이든, 아버지든 잡으러 오지 못할 테니까. 그러려면 등산로 비탈을 타고 산 아래로 내려가야 했다. 한 번도 가본 적이 없는 곳이었다. 몇 시간이나 걸릴지, 산 아래에 뭐가 있는지도 몰랐다. 다만, 산 아래가 화양 땅이 아니라는 것만은 분명하게 알고 있었다. 다음 일은 거기에 도착한 후 생각할 참이었다.

동해는 쉼터에서 나갔다. 등산로를 건너가 몸을 낮추고 비탈 아래로 발을 내디뎠다. 휴대전화 전등을 켜서 한 손에 쥐고, 다른 손으로는 나무 둥치를 붙잡으면서 엉덩이로 밀듯이 내려갔다. 눈보라가 짙고 어둠이 깊었으나 길을 찾아 헤매지는 않았다. 굴러떨어지지 않도록 주의하면서 밑으로 내려가기만 하면 되었으므로.

그는 나무 하나를 붙들고 한 발짝, 다음 나무를 붙들고 다시 한 발짝 전진하는 방식으로 눈이 종아리까지 쌓인 산비탈을 내려갔다. 살갗이 벗겨져 후끈대던 손은 금세 얼어붙어 무감각해졌다. 발밑에선 얼어붙은 눈이 빠드득빠드득, 이를 갈았다. 나무들 사이로 흘러온 차고 축축한 눈안개는 머리칼을 적시고 살을 찔렀다. 숲 꼭대기에선 눈보라가 성난 말처럼 힝힝거렸다. 비탈은 끝도 없이 길었다.

새벽 5시. 동해는 시계를 확인하다 멈칫했다. 하늘은 여전히 어둡고 안개는 더욱 짙어졌으나 그의 청각은 두 배로 예민해져 있었다. 자신의 왼편에서 무언가 움직이고 있었다. 짐승의 기척이 아니었다. 자신처럼 비탈을 타고 내려오는 사람의 발소리였다. 머리털이 곤두서게 만드는 소리였다. 혹시 경찰인가. 그는 휴대전화 플래시를 껐다.

곧 안개 속에서 희미한 불빛이 나타났다. 그리 멀지 않은 곳이었고 느릿느릿 움직이고 있었다. 거칠게 몰아쉬는 숨소리가 들리는 것도 같았다. 얼마 후엔 소곤거리는 말소리가 들려왔다. 믿을 수 없게도 강아지가 낑낑대는 소리도 들렸다. 동해는 붙잡고 있던 나무둥치에 몸을 붙이고 최대한 옹크려 앉았다.

"멈춰라."

발밑 어딘가에서 고함이 울렸다. 날카로운 탐조등 빛이 동해의 발밑을 지나갔다. 그와 함께 안개 속에서 움직이던 불빛이 꺼졌다.

"경고한다. 돌아가라."

다시 고함이 울렸다. 탐조등 빛은 10여 미터 떨어진 곳에 서 있는 두 남녀에게 가서 멈췄다. 남자는 배낭을 멨고, 여자는 강아지를 안고 있었다. 동해는 비로소 자신이 이미 산기슭에 도달해 있다는 것을 알아차렸다. 보이지 않는 전방에 군인들의 초소가 있다는 것도, 산을 통해 화양을 벗어나려는 이들이 자기 말고 또 있다는 것도. 탐조등 빛 속에 서 있는 두 남녀가 바로 그런 사람이었다.

"마지막 경고다. 돌아가라."

그들은 경고를 무시하기로 한 듯했다. 뛰자, 하는 속삭임과 함께 눈길을 미끄러지는 소리가 이어졌다. 탐조등은 두 사람의 뒤를 쫓아갔다. 잠시 후, 짙은 안개 속에서 네 발의 총성이 울렸다.

수진 3

"아버지, 어디 계세요."

수진은 휴대전화에 대고 소리 질렀다. 수화기 양편이 모두 시끄러웠다. 저편에선 사람들의 함성이 아버지의 소리를 지웠고 이편에선 헬기 소음이 귀를 막았다. 좀 전 남쪽 하늘 끝에서 나타났던 헬기는 그새에 화양 종합체육관 주경기장 상공을 선회하고 있었다. 서울에서 보급품을 싣고 날아온 헬기였다.

"어디 계시냐고요?"

"시청이라니까."

아버지도 악을 쓰다시피 했다.

"거긴 왜요?"

"글쎄, 11공수가……."

뒷말이 들리지 않았다. 사람들의 함성도 사라졌다. 전화가 끊겨 있었다. 헬기 때문에 송수신에 문제가 생긴 모양이었다. 수진은 보호 가운 지퍼를 내리고 바지 주머니에 휴대전화를 넣었다. 11공수가 뭘 어쨌다는 걸까. 아버지는 왜 시청에 갔을까. 라텍스 장갑을 끼고 면체 마스크를 턱에 고정시키면서 종합운동장 맞은편 스탠드를 건너다봤다. 전투경찰들이 방독면을 끼고 방패를 앞에 세운 채 일렬로 정렬해 있었다. 불현듯 며칠 전 받은 현진의 문자가 기억났다.

너 괜찮은 거지? 아버지는 걱정 말라고 하시는데 마음이 안 놓여서. 참, 나 화양에 간다.

'11공수'와 '시청'을 연결하는 문장이 자동으로 만들어졌다. 11공수여단이 화양으로 들어왔고, 어떤 임무를 띠고 시청에 배치됐다. 아버지는 그 소식을 접하고 현진을 만나러 갔다. 수진은 머리 위를 올려다봤다. 헬기 주변으로 납빛 구름이 빠르게 집결하고 있었다. 한여름 소나기가 쏟아지기 직전처럼.

시청 광장은 진원동 남부 봉쇄선과 더불어 화양에서 가장 시끄럽고 위험한 곳이었다. 남부 봉쇄선이 차량 시위로 군대를 압박하고 봉쇄 해제를 요구하는 전방이라면, 시청은 대중이 연좌시위로 상황 개선을 요구하는 후방이었다. 전방의 요구가 "길을 열라"였다면, 후방은 "살게 해달라"였다. 불시에 갇힌 외지인에겐 의식주 해결과 감염에 대한 공포가, 시민에겐 현금, 생필품, 마스크나 고글 같은 방역 물품 조달이, 감염자나 그 가족에겐 통합거점병원의 열악한 환경 개선과 의료 지원이 중대한 관심거리였다. 생존이 달린 문제였고, 당연한 요구였다. 이를 세상으로 전달하는 건 시 당국도, 언론도 아니었다. 인터넷과 SNS 사용자들이었다.

떠도는 얘기를 종합하면 설 연휴 마지막 날이었던 어제 오후, 시청은 전쟁 상황이었다. 시청 광장 주변도로와 화양1교에 공수부대 한 팀씩이 배치된 가운데, 어딘가에서 경고 방송이 흘러나왔다고 했다.

"시민들은 모두 해산하십시오."

방송이 나온 지 1분도 채 되지 않아 군인들에게도 명령이 떨어졌다.

"광장 시위대를 전원 체포하라."

설마, 하는 새에 군인들은 곤봉과 소총을 들고 사람 사냥을 시작했다. 사람들은 인근 점포, 주택, 빌딩으로 피신했으나 붙잡힌 이들이 수백도 넘었다. 그들은 손을 뒤로 묶인 채 카고 트럭에 실려 어디론가 사라졌다. 트위터나 포털 게시판엔 당시의 상황을 증명하는 '인증 사진'들이 나돌아 다녔다. 곤봉이나 철모, K1으로 사람을 후려치는 사진, 여자의 머리채를 틀어쥐고 트럭에 싣는 사진, 누군가의 가슴에 총구를 겨누는 사진……

그들이 11공수였을까. 그들 속에 현진이 있었던 걸까. 아버지가 시청으로 간 건 그렇다고 확신했기 때문이리라. 다만 그곳에 간 이유가 이해되지 않았다. 간다 하여 아들을 만난다는 보장이 있는 것도 아닌데. 만난다 한들 뭔 얘기를 할 수 있다고. 그 아이는 군인이었다. 탈영하지 않는한, 명령의 힘을 벗어날 수 없는 신분이었다.

헬기가 운동장 복판으로 강하를 시작했다. 트랙 바깥에 서 있는데도 소음과 바람에 정신이 얼떨떨할 지경이었다. 대기하던 자원봉사자들은 밀차를 밀고 운동장 쪽으로 움직이기 시작했다. 수진도 불안을 떨치려 애쓰면서 뒤를 따라갔다.

체육관 병원이 '통합거점병원'이라는 이름으로 개원한 지 사흘째였다. 화양의료원은 병원 자체가 폐쇄됐다. 의료진과 환자가 쌍방향으로 감염시키고 감염되는 바람에 빨간 눈 제조 공장이 돼버린 탓이었다. 감염되지 않은 환자들은 퇴원 혹은, 전원 조치됐다. 몇 남지 않은 의료진은 체육관 병원으로 차출되거나 사표를 썼다. 다른 병원도 시간 차가 있을 뿐, 비슷한 수순을 밟고 있었다. 일반 환자 진료는 온전히 동네 의원의 몫이 됐다. 보건 당국이 갖은 수를 써도 되지 않던 일을 빨간 눈이 열흘 만에 해치워버린 셈이었다. 가벼운 질병은 동네 의원으로.

컨테이너 진료소에서 체육관 병원까지 떠밀려 온 이는 모두 5명이었다. 수진과 유은지, 조무사, 공보의, 박남철 과장. 그 외, 다른 병원에서 불려온 사람이 15명이었다. 여기에 은퇴한 군의관과 간호장교 셋이 자원봉사자로 합류하면서 의사 5명, 간호사 14명, 조무사 3명, 임상병리사, 방사선 기사 각 1명씩으로 구성된 팀이 꾸려졌다. 팀원들은 그제 새벽, 체육관 의무실에서 상견례를 나눴다.

지휘관인 박남철 과장은 팀원 교육을 통해, 질병관리본부가 빨간 눈의 전염력을 홍역과 비슷한 수준으로 추정하고 있다는 소식을 전했다. 화양의 종말을 예고하는 듯한 소식이었다. 추측이 맞는다면, 이볼라보다 높은 치사율을 과시하는 이 전염병이 화양시민 29만 중 26만여 명을 쓰러뜨려야 사라질 것이기 때문이었다. 더하여 이 사람에게서 저 사람으로, 숙주를 갈아탈 때마다 더 악랄해지는 느낌이었다. 증세는 더 심해지고 발병에서 사망에 이르는 기간은 점점 단축되고 있었다. 죽음을 피해 간 사람도 없었다. 적어도 수진이 아는 한은 그랬다. 과장은 주말을 기점으로 대폭발이 시작되리라고 내다봤다. '여러분에게 신의 가호가 있기를 빈다'고 말하는 그의 목소리는 나직하고 우울했다.

과장의 예상은 들어맞았다. 토요일이었던 어제부터 감염자와 사망자가 폭격 수준으로 늘어났다. 이름표와 차트를 만드는 데만도 숨이 찰 지경이었다. 검사나 집중 치료 같은 건 엄두도 내지 못했다. 온전한 수용마저 불가능했다. 모든 것이 없거나 부족했다. 의약품, 산소, 멸균 소독기, 세탁기, 진단용 기계, 보호 장비, 식료품……. 히터는 들어오지 않았고, 환자들은 마룻바닥에 누워 몸을 떠는데 덮어줄 담요마저 부족했다. 심지어 환자를 눕힐 공간도 확보돼 있지 않았다. 농구와 배구 경기장 마룻바닥은 하루 만에 침상 대용 담요로 가득 차버렸는데도.

이 한심스러운 병원을 구원한 건 시 당국이나 정부가 아니었다. 이전부터 화양의료원 호스피스 병동에서 자원봉사를 해오던 노인 20여 명이었다. 왕년의 목수, 아코디언을 켜는 카바레 악사, 전기 수리공……. 그중 자신을 '재야의 장의사'라고 소개한 62세 남자가 가장 젊었다. 박남철 과장은 '전염병 고위험군'이라는 이유를 들어 노인들의 뜻을 거절했지만 결국에는 받아들이지 않을 수 없었다. 관중석을 떼고 환자가 누울 자리를 만든 이도, 환자나 진료팀에게 인스턴트나마 식사를 배달하는 이도 그들이었다. 청소와 세탁물 처리, 환자 치다꺼리, 사망자 처리, 벼락치기로 마련한 '통합병원 구급차' 운전까지 도맡았다. 그사이 시 당국이 결정한 대책은 딱 두 가지였다. 지하 아이스링크를 영안실로 사용한다. 보조 경기장 뒤편 공터에 임시 화장터를 만든다.

서울에서 보급 헬기가 온다는 연락을 받은 건 오늘 오전이었다. 오후

근무였던 수진은 숙소인 라커룸에서 대기하고 있다가 자원봉사자들과 함께 주경기장으로 나온 참이었다. 제발 쓸 만한 물건이 왔으면 했다. 무엇보다 보호 장비가 절실했다. 고글, 면체 마스크, 보호 가운, 라텍스 장갑.

헬기는 돌풍을 흩뿌리며 내려오다 20여 미터 상공에서 강하를 멈췄다. 문이 열리고 안에서 그물에 담은 상자가 내려와 운동장 복판에 사뿐하게 앉았다. 모두 여섯 개. 상자마다 검은 라커로 내용물이 표시돼 있었다. 약품, 의료 소모품, 방역 물품, 담요, 생필품과 식료품. 임무를 마친 헬기는 이내 먼 하늘로 사라졌다. 수진은 방역 물품을 밀차에 싣고 운동장을 벗어났다. 자원봉사자들도 그녀와 나란히 걸었다. 버스 주차장을 지나 실내 경기장 모서리를 돌자 정문을 통과하는 대형 구급차가 눈에 들어왔다. 구급차는 실내 경기장 입구를 지나쳐서 수진과 일행이 걷고 있는 보행자 통로로 돌진해 왔다. 미처 놀랄 새도 없었다. 모든 일은 순식간에 일어났다. 차 문이 열리고, 수건으로 얼굴을 가린 남자 대여섯이 튀어나오더니, 수진과 자원봉사자들을 집어 던지듯 밀쳐버리고 밀차를 가로챘다. 수진은 경기장 벽을 뒤통수로 들이박고 고꾸라졌다. 고개를 들었을 때, 목덜미로 뜨뜻한 것이 흘러내리고 있었다. 눈 쌓인 통로 바닥엔 핏방울이 뚝뚝 떨어졌다.

"경찰, 경찰."

수진은 소리치며 몸을 일으켰다. 구급차에 상자를 싣고 있던 남자 중 하나가 번뜩, 그녀를 돌아봤다.

"여기요, 도와……."

10여 미터 떨어져 있던 남자의 구둣발이 그녀의 얼굴로 날아왔다. 그 발을 피할 도리가 없었다. 얼굴은 뒤로 돌아가고, 몸은 붕 떴다가 어딘가로 떨어져 내렸다. 귓속에서 폭탄이 터지는 것 같았다. 숨을 쉬어보려 안 간힘을 썼으나 잘 되지 않았다. 남자의 구둣발은 다시 옆구리를 노리고 날아들었다. 그때 한 노인이 달려와 몸을 날리듯 남자의 어깨를 들이받았다. 수진은 눈밭에 널브러진 채 노인과 남자가 뒤엉켜 나뒹구는 걸 바라보았다. 사방으로 나자빠졌던 노인들은 소리 맞춰 고함을 지르기 시작했다.

"강도야."

주경기장 쪽에서 전투경찰 수십 명이 몰려나왔다. 구급차 기사는 차 밖으로 고개를 내밀고 남자들을 향해 소리쳤다.

"빨리 타, 놔두고 그냥 타."

남자 셋이 올라타자마자 구급차는 무시무시한 기세로 차를 돌려 정문 쪽으로 달아났다. 차에 타지 못한 남자 셋은 전경에게 포위됐다. 곤봉이 날고, 피가 튀고, 비명이 솟구치고, 고함이 뒤엉켰다. 수진을 걷어챘던 남자는 군홧발에 머리를 밟혔다. 한 남자는 곤봉에 얼굴 반이 뭉개졌다. 방패에 찍혀 고꾸라진 남자는 피투성이가 돼서 전경들에게 끌려갔다. 정문에선 전경 버스 두 대가 일렬로 서면서 출구를 가로막았다. 눈길을 긁어파는 브레이크 소리와 함께 구급차는 버스 옆구리를 올라타듯 파고들어 갔다. 한쪽 바퀴가 허공으로 들려 올라가고 차체는 기우뚱하게 기울어졌다. 이윽고 완전히 전복돼 두어 바퀴를 더 굴렀다. 쾅, 하는 폭음이 울리고 구급차에서 불길이 치솟았다. 불붙은 철판 조각들은 부메랑처럼 날아올랐다가 길바닥으로 떨어져 내렸다. 수진은 바닥에 드러누운 채 눈만 끔벅거렸다.

"이봐요, 괜찮아요?"

누군가 수진의 어깨를 들어 올려 일으켜 앉혔다.

"정신 차려요."

정신이 차려지지 않았다. 사람들의 움직임이 끊기거나 정지되고 귀를 뒤흔들던 온갖 소리들이 아득하게 멀어졌다. 인색하게 내비치던 겨울 햇살이 납빛 구름 속으로 사라졌다. 시간은 평소보다 열 배쯤 느리게 흐르는 것 같았다. 자신의 이마에 수건을 대주는 누군가의 손이 유일하게 느끼는 정상적인 감각이었다. 수진은 그 손의 주인과 시선을 맞추려고 애를 썼다. 현실의 중력 밖으로 떨어져 나가려는 자신을 붙들고자 안간힘을 썼다.

"걸을 수 있겠소?"

남자의 두 번째 발길질에서 자신을 구해준 노인이었다. '백 기사'라 불리는 화물차 경력 40년 차 구급차 기사. "네." 하는 순간, 왈칵 흐느낌이 샜다. 아버지가 보고 싶었다. 짧은 치마를 입고 현진에게 면회를 가고 싶었다. 그럴 수 있는 날이 다시는 오지 않을 것 같았다. 좀 전에 일어난 일이 그렇다고 말하고 있었다. 꿈 깨라고. 불과 열흘 전만 해도 저들은 선량한 시민이었다고. 너희들이 살아서 이 도시를 나갈 일은 없을 거라고.

"피가 많이 나는데."

백 기사는 수진의 허리를 붙잡아 일으켜 세웠다.

"일어나 봐요. 들어가서 선생님한테 보이게."

왼쪽 눈썹 위쪽이 가로로 3센티미터가량 찢어졌다. 뒤통수는 만두피처럼 터져 있었다. 외과의가 없어 박남철 과장이 상처를 소독하고 꿰맸다. 그는 보급품보다 중요한 건 자기 몸이라고 충고했다. 젊은 아가씨 이마가 흉하게 됐다고 혀를 차며 나중에 성형외과에서 다시 치료를 받으라고 조언했다. 그녀는 대꾸하지 않았다. 성형외과라는 단어가 무슨 농담거리 같았다. 과묵하고 괴팍하기로 명성이 자자한 상사가 자신의 이마를 염려해주는 게 희한하기도 했다. 평소에 하던 대로 입 닥치고 잘 꿰매기나 했으면 싶었다. 주워듣기로, 엄청나게 술을 좋아하는 이 내과의사는 수전증이 있어 흉부 천자처럼 정교한 처치를 할 때마다 보조자의 간을 졸여놓는다고 했다.

"오늘은 푹 쉬세요."

간호팀장은 항생제를 놓고 하루 휴가를 주었다. 엑스레이 사진에 두개골 손상 징후는 보이지 않았지만 만약에 있을지 모를 뇌내출혈을 염려한 조처였다. 수진은 라커룸으로 돌아왔다.

그간 쌓인 피로 때문이었을까. 충격 때문이었을까. 아버지에게 전화를 해봐야지, 해놓고 수진은 정신을 놔버렸다. 꿈조차 없는 긴 잠에서 깨어났을 땐 밤이 깊어 있었다. 라커룸 침대들은 텅 비어 있었다. 낮 근무를 했을 은지도 없었다. 그녀는 이불을 젖히고 일어났다. 슬리퍼를 찾아 신고 창가로 가서 밖을 내다봤다. 검은 하늘 저부에서 별들이 깜부기불처럼 깜박대고 있었다. 아버지는 집으로 돌아가셨을까. 설마 지금껏 시청에 계시는 건 아니겠지.

그녀는 바지 주머니에서 휴대전화를 꺼냈다. 통화가 되지 않았다. 받지 않는 게 아니라 신호 자체가 가지 않았다. 문자를 보냈으나 전송 실패라는 메시지만 떴다. 방해전파가 있나 싶어 복도로 나가 연락을 시도해봤으나 마찬가지였다. 혹시나 싶어 인터넷 창을 눌러봤으나 열리지 않았다. 다음, 네이버, 네이트, 구글, 어떤 포털로도 들어갈 수가 없었다. 화면엔 웹 문서를 찾을 수 없다는 개소리만 떴다. 이 거대한 체육관이 전파 차단막에 싸이기라도 한 것처럼.

차단막……. 무서운 생각이 그녀의 머리를 스쳐 갔다. 그녀는 경기장을 나가 정문 쪽에 위치한 공중전화 부스로 달렸다. 사정은 똑같았다. 첫 번째 부스 전화도, 두 번째 전화도 신호가 떨어지지 않았다. 차가운 손에 뒷목을 잡힌 것처럼 수진의 몸이 꼿꼿하게 굳어졌다. 통신 장애가 아니었다. 차단이었다. 외부는 물론, 내부인끼리의 소통마저 불가능하게 된 것이었다. 화양은 이제 완전한 고도였다. 그녀는 경기장으로 돌아갔다. 길고 둥근 복도를 쉴 없이 걸었다.

"어디 다녀오세요?"

은지의 목소리에 수진은 퍼뜩 고개를 들었다. 매점 앞이었다. 은지 곁엔 미래병원에서 온 응급구조사 임 선생이 어색한 표정으로 서 있었다.

"공중전화 부스에. 혹시 유 선생 휴대전화 돼?"

은지는 고개를 저었다.

"몇 시간 전부터 안 돼요."

그랬구나. 그녀는 임 선생 곁을 스쳐서 라커룸으로 향했다. 은지가 뒤따라왔다.

"임 선생님이 그러는데 오늘 밤 무슨 일이 벌어질 거 같대요. 그래서 통신을 먼저 끊어버린 것 같다고."

수진은 다시 침대에 누웠으나 잠을 이룰 수가 없었다. 막막하고 답답했다. 아버지는 집에 돌아가셨을까. 그랬으리라 믿고 싶었다. 씻고, 식사하고, 평소 습관대로 일찍 자리에 누웠을 거라고. 마음 한쪽에서는 행동을 충동질하는 목소리가 울렸다. 가 봐. 가서 확인해 봐.

시계는 11시 40분을 가리켰다. 통금에서 1시간 40분이 지난 시각이었다. 지금 통행이 가능한 건 119와 경찰, 군용 차량뿐이었다. 혹시 일반 병원 구급차도 통할까. 그녀는 몸을 일으키고 앉았다. 어쩌면, 통합병원 구급차라면……. 그녀는 경기장 출입구에 상시 대기 중인 구급차로 향했다.

"몸은 괜찮소?"

백 기사는 대답 대신 안부를 물었다. 완곡한 거절이었다. 24시간 대기해야 할 구급차를 사적인 업무에 이용할 수 없다는 얘기일 터였다.

"부탁드릴게요. 무사하신지, 그것만 확인하면 돼요."

수진은 망설이다 덧붙였다.

"제 아버지도 화물차를 몰아요. 만호공파 노 기사라고."

덧말이 효과가 있었다. 잠시 후 "안전벨트 매시오."라는 말이 떨어졌다. 수진은 고개를 숙이고 안전벨트를 찾았다. 감사하다고 말하고 싶었지만 숨이 찼다. 차가 아니라 자신이 달리는 것처럼 심장이 두방망이질 쳤다. 집에 와 계실 거야. 어제처럼 시청에 모인 사람을 모두 잡아가는 일은 벌어지지 않았을 거야. 오가는 행인까지 막 잡아간다는 게 말이나 돼?

구급차는 쓰레기 매립지를 지나 서부순환도로로 접어들었다. 각 교차로마다 검문소가 있었지만 통행을 제지당하지는 않았다. 수진의 신분증과 통합병원 스티커가 붙은 구급차, 환자를 실으러 간다는 말이 먹혀들었다. 서울교외선 건널목을 지나 좌회전한 후 시청 부근 도로로 접어들 무렵, 가슴을 덜컥 내려앉게 만드는 풍경이 나타났다. 불탄 시내버스 한 대가 버스 승강장에 들이박혀 있었다. 파손된 차량 수십 대가 길가에 방치돼 있고 서 있어야 할 거리 시설물은 바리케이드가 되어 노면에 드러누웠다. 승강장 표지판, 우체통, 공중전화 부스, 제설함, LPG 가스통까지. 신호등은 모두 꺼져 있었다. 상점 유리창들은 대부분 깨져 나갔다. 광장에는 빈 비닐봉지와 전단지, 페트병 들이 굴러다녔다. 시청 앞은 장갑차와 군용 트럭, 총을 들고 방독면을 쓴 군인들이 에워싸고 있었다. 민간인은 하나도 없었다. 이곳에서 무슨 일이 있었는지 짐작하고도 남을 만한 풍경이었다. 그녀로서는 '무슨 일'이 부디 어제 일어난 일이기를 바랄 수밖에 없었다.

"바로 남구로 가면 되겠소?"

백 기사가 물었다.

"네."

구급차는 시청 광장을 빠져나와 화양1교를 건넌 뒤 천변 중앙로로 들어섰다. 차량도, 인적도 없고 가로등마저 깨진 어두운 거리에는 개들이 무리를 지어 떠돌아다니고 있었다. 한두 마리, 혹은 네댓 마리씩. 백 기사가 전조등을 깜박이며 경적을 울리자 개들은 제각각 흩어져 달아났다. 주택가 골목으로, 천변으로, 다리 밑으로. 저 개들은 도대체 어디에서 온 것일까. 화양에 이렇게 떠돌이 개가 많았던가. 군인들이 밤마다 살 처분한다는 개들은 개가 아니라 개 유령이었던가.

"이러다 뭔 일 나지."

백 기사는 중얼거렸다. 무슨 말인가 하고, 수진은 그를 쳐다봤다.

"저것들 말이오. 엊그제까지 주인이란 것들이 보듬고 빨던 개들일 텐데. 살 처분하라고 내주자니 어째 못할 짓을 하는 것 같고, 데리고 살자니 무섭고. 그래서 저렇게 내다버린 거 아니겠소. 개가 사람 손에 있을 때나 개지, 거리로 나오면 맹수인데 어쩌자고 저런 무책임한 짓거리를 하는지."

밤거리의 맹수들은 가로등만큼이나 많았다. 군인들이 경계를 서는 곳이나, 검문소 주변을 제외한 거의 모든 곳에서 출몰해 이빨을 드러내고 으르렁대거나, 꼬리를 흔들며 따라오거나, 꼬리가 빠지게 도망치거나, 쓰러져 죽어 있었다. 개들이 자취를 감춘 건 화양4교 근처에 다다랐을 때였다. 저 앞에 진원교차로가 내다보였다. 도로는 한낮처럼 밝았다. 들던 대로, 수백 대의 차량들이 일제히 전조등을 켠 채 4차선 도로를 꽉 채우고 있었다. 듣던 것과 다른 건, 장갑차와 군인이 시위대 뒤쪽까지 봉쇄하고 있다는 점이었다.

"어쩔 셈일까요."

수진은 중얼거렸다. 답을 기대하고 물은 건 아니었다. 답은 이미 알고 있었다. 차량 시위대는 진압되기 직전이었다.

"어쩌든 저쩌든, 우리는 우리 할 일이나 합시다."

백 기사는 화양4교 앞에서 좌회전해 공사가 중단된 주공아파트 단지 이면도로로 진입했다. 수진의 집은 공사장으로부터 700미터쯤 더 들어가야 했다. 베란다에 서면 서울 경계선이 내다보이는 곳이었다. 수진이 대학 4학년이었던 해 봄에 입주한 아파트였다. 어머니는 결혼 23년 만에 처음 장만한 '내 집'에서 반년도 채 살지 못했다. 그해 여름에 입원해 햇수로 3년을 병원에 있었으니.

"몇 동이오?"

아파트 단지 앞에서 백 기사가 물었다. 수진은 정문 바로 안쪽을 가리켰다.

"저기예요."

수진은 차에서 내리자마자 위를 올려다봤다. 집 안에 불빛이 없었다. 주무실지도 모른다고 생각하면서 엘리베이터를 탔다. 대문을 열고 낡은 슬리퍼만 놓인 현관을 봤을 때에도 한 가닥 기대를 버리지 않았다. 아버지는 원래 현관에 신발 내놓는 걸 싫어하니까.

나흘 만에 돌아온 집은 낯설기 그지없었다. 집에 돌아온 것이 불과 나흘 만이라는 게 거짓말 같았다. 10년 세월이 자신을 통과해 간 느낌이었다. 아버지가 직접 쓴 만호공파 가훈 액자, 어머니가 살아 계실 때의 가족사진, 바둑 상자와 바둑판, 포스트잇과 볼펜, 베란다에 걸린 그녀의 스타킹까지 모든 것은 그 자리에 그대로 있었다. 아버지만 없었다. 그녀는 망연해져서 거실 소파에 주저앉았다. 이제 어째야 하나.

계획대로라면 지금 집을 나가야 했다. 백 기사와 약속한 대로 구급차를 타고 체육관으로 돌아가야 했다. 그런데 아버지가 없다는 걸 확인하고 나자 마음이 달라졌다. 그 진저리 나는 죽음의 만신전으로 돌아가기 싫었다. 돌아가지 않는다 해서 잡으러 올 사람도 없었다. 이대로 집에 눌러앉아 아버지를 기다리고 싶었다. 숨죽이고 앉아 이 모든 불행이 자신의 등 뒤로 지나가기를 기다리고 싶었다. 그녀는 볼펜을 들었다.

아버지. 수진이 다녀가요. 들어오시면 집에 가만 계세요. 시간 나는 대로 제가 들를게요.

포스트잇을 탁자에 붙이고 거실 불을 켜둔 채 집을 나섰다. 현관문을 닫기 전, 다시 한 번 거실을 돌아봤다. 사진 속에서 어머니가 웃고 있었다. 다녀와 내 딸, 하듯.

"가면서 시청 쪽을 한 번 더 훑어볼까요."

수진이 차에 타자 백 기사가 그녀의 표정을 살피며 말했다. 네 표정만 봐도 답이 나온다는 말투였다. 그녀는 고개를 저었다.

"통금에 걸린 모양이에요. 아침이면 돌아오시겠죠."

백 기사는 아파트 단지를 빠져나가 왔던 길로 차를 몰았다. 그녀는 자신의 무릎에 시선을 고정시켰다. 눈을 들면 군인들의 방망이에 얻어맞고 쓰러지는 아버지의 모습이 앞 차창에 어른거려 괴로웠다. 옆 차창을 보면 아버지가 찾아온 줄도 모르고 무기를 휘둘러 시위대를 진압했을 현진이 떠올라 숨이 막혔다. 그 불길한 상상을 멈추게 할 방법이 없었다. 소리라도 지르고 싶은 심정이었다. 아버지, 거긴 왜 가셨어요.

그래서 그런 줄로 알았다. 그것이 자신의 머릿속에서 들려오는 소리인 줄로 알았다. 두 번째 들었을 때야 바깥에서 들려온다는 걸 알아차렸다. 수진은 퍼뜩 고개를 들어 차창을 내다봤다. 아무것도 보이지 않았다.

"금방 무슨 소리 못 들으셨어요? 여자 비명 같았는데."

세 번째 소리가 들려왔다. 더 분명하고 날카로운 소리였다.

"들으셨어요?"

백 기사는 양쪽 차창을 반쯤 내렸다. 돌풍에 가까운 바람이 비명과 개 짖는 소리를 몰고 차 안으로 들이쳤다. 주공아파트 공사장이었다.

"가봅시다."

백 기사는 이면도로 쪽으로 나 있는 가림막 출입구로 차를 진입시켰다. 외벽 공사가 끝난 아파트 한 동을 지나자 공터가 나타났다. 철골 골조, 쇠 파이프, 벽돌 등이 쌓여 있고, 레미콘 차량이 주차돼 있는 널찍한 공간을 한 무리의 개 떼가 채우고 있었다. 여자의 비명은 더 이상 들리지 않았다. 크거나, 작거나, 털북숭이거나, 노랗거나, 하얗거나, 검은 개들 속에서 울리는 건 목젖을 떨며 잦아드는 아기의 울음이었다. 수진은 순간적으로 자신의 귀를 의심했다. 이 시간, 이런 장소에서 여자와 아기라니.

"아기 소리 맞죠?"

백 기사는 대답 대신 사이렌을 켰다. 어둠과 정적 속에서 폭발하듯 울리는 사이렌과 경광등 빛에 개들이 좌르르 흩어졌다. 일순간에 시야가 열리고 앞 차창에 무릎을 꿇고 등을 웅크린 채 엎드려 있는 한 여자가 내다보였다. 눈밭에 처박혀버린 얼굴 주변으로 핏물이 빠르게 번지고 있었다. 수진은 자신도 모르게 창틀 위 손잡이를 꽉 움켜쥐었다. 등이 아플 정도로 목에 힘이 들어갔다. 백 기사는 웅크린 여자의 등 뒤까지 차를 전진시켰다. 전조등 빛 바깥에 늘어서 있던 개들은 차의 전진과 함께 뒤로 물러났다. 무리의 중심에는 덩치가 큰 검은 개 한 마리가 이빨을 드러내고 서 있었다. 백 기사는 손바닥 뿌리로 클랙슨을 쥐어박으며 소리 질렀다.

"이놈들아, 저리 가."

사이렌과 경적음은 개들을 쫓는 대신 도우미를 불러들였다. 구급차 뒤편으로 군용 트럭이 질주해 들어오고 있었다. 검은 개는 레미콘 차량 뒤로 몸을 날렸다. 다른 개들도 순식간에 어둠 속으로 자취를 감췄다. 트럭에서 내린 군인들이 개들을 쫓아갔다. 곧 총성이 울렸다. 수진은 심폐 소생술 키트를 찾아 쥐고 차에서 내렸다. 총성이 울릴 때마다 딸꾹질을 하듯 몸이 움찔거렸다. 발을 디딜 때마다 다리가 후들후들 떨렸다. 사라졌던 개 떼가 다시 덮쳐 올 것 같아 겁이 났다. 백 기사는 이동 침대를 끌고 그녀의 뒤를 따라왔다.

심폐 소생술 키트는 쓸 기회조차 없었다. 여자는 머리를 눈밭에 떨어뜨린 채 죽어 있었다. 경동맥을 물어뜯긴 듯, 너덜너덜하게 찢겨 나간 목에서 핏줄기가 쏟아지고 있었다. 주변은 이미 피 웅덩이였다. 여자의 등엔 아기 띠 벨트가 채워져 있었다. 수진은 벨트를 풀고 여자의 몸 밑으로 손을 밀어 넣어 아기를 끌어냈다. 언뜻 봐도 아기의 상태가 좋지 않았다. 몸이 축 늘어진 데다 제대로 울지도 못할 만큼 맥이 없었다. 호흡은 있었지만 빠르고 얕았다. 그녀는 아기를 안고 차로 달렸다. 백 기사는 트럭 운전병에게 소리를 질렀다.

"군인 양반, 우리 좀 도와주시오. 사람이 죽었어요."

곧 여자가 이동 침대에 실려 구급차에 탔다. 수진은 뒤 칸 좌석에 아기를 눕히고 상태를 자세히 살폈다. 눈이 빨갰다. 입술은 파랬다. 윗도리를 걷어 올려보니, 숨을 쉴 때마다 호흡부전 상태를 의미하는 흉부 함몰이 나타나고 있었다. 그녀는 산소 튜브를 아기의 코에 꽂았다. 튜브보다 더 적극적인 산소 공급이 필요했지만 소아용 산소마스크가 없었다.

"이거."

백 기사는 차를 출발시키면서 수진에게 뭔가를 건넸다. 여자의 지갑이었다. 지퍼를 열자 부녀의 사진이 가장 먼저 눈에 들어왔다. 구조대 제복을 입은 남자가 아이를 안고 소방차 앞에 서서 활짝 웃고 있었다. 그 외약간의 현금, 신용카드 두 장, 주민등록증과 건강보험카드가 들어 있었다. 보험카드에 찍힌 피보험자 이름은 한기준, 피부양자는 박은희와 한유빈, 주민등록증에 찍힌 주소는 남구 진원동 한일아파트 303동 202호였다.

수진은 정보들을 조합해 상황을 상상해봤다. 여자가 통금 이후에야 아기의 발병을 알았다면, 아기를 체육관 병원으로 데려가려 했다면, 차가없거나 운전을 할 줄 모른다면, 통신이 끊긴 탓에 남편을 부를 길이 없었다면, 구급차를 타려고 남부소방서로 가던 길이었다면……. 여자의 집은 수진의 집에서 그리 멀지 않고 남부소방서는 아파트 공사장 너머 교차로 부근에 있었다. 큰 도로로 돌아가려면 족히 10분은 걸릴 거리였다. 여자는 마음이 급한 나머지 공사장을 가로질러 가려다 변을 당한 게 아닐까. 자신이 조금만 더 빨리 집에서 나왔다면 이 모녀를 만났을 수 있었을까. 만약 자신이라면 이런 식으로 아무도 없는 곳에서 누구에게도 도움을 청할 수 없는 상황을 맞았다면 어떻게 했을까. 얼마나 막막했을까.

얼마나 무서웠을까.

"백 기사님, 더 빨리 가요. 아기가 위독해요."

수진은 방한복을 벗어 아기를 감싼 후 품에 안았다. 몸서리가 났다.

4장

모든 것이 파괴되는 시간 1

기준 4

"팀장님, 더 들어가기 어렵겠는데요."

유 반장이 진원교차로를 앞두고 구조차를 세웠다. 봉쇄선에서 700미터가량 떨어진 지점이었다. 장비를 지고 뛰기에는 먼 거리였으나 달리 방법이 없었다. 교차로 너머는 파손된 시위 차량과 차량을 끌고 나오는 견인차, 119구급차와 구조차와 소방차, 장갑차와 군용 트럭, 경찰차 등이 얽히고설킨 상태였다. 기준은 뒷좌석을 돌아봤다. 조현재와 김수교를 대신해 새로 팀원이 된 두 사람이 시선을 마주쳐 왔다.

"다들 여기서 내리지."

그는 유압 스프레더와 손도끼를 쥐고 눈 쌓인 도로를 뛰기 시작했다. 새 팀원 둘과 구급대원 윤미래는 제각각 장비를, 유 반장은 이동 침대를 밀고 뒤따라왔다. 더럽게도 추운 날이었다. 무거운 장비를 들고 뛰는데도 도통 몸이 데워지지 않았다. 별들이 파랗게 돋아난 하늘 밑으로는 검은 연기와 기름 냄새가 파도쳤다. 도로는 야간경기가 벌어지는 야구장만큼이나 환했다. 봉쇄선 서치라이트가 차창이 깨지고, 차체와 보닛이 우그러지고, 문짝이 열려 덜렁대는 차량들과 눈길에 흩뿌려진 핏자국과 유리 파편까지 낱낱이 비추고 있었다. 먼저 도착한 다른 소방서 구조대원들은 파손된 차량에서 사상자를 끌어내 구급차에 태우는 중이었다. 또 다른 대원들은 소방 호스로 주변 건물 벽에 들이박힌 채 불길을 내뿜는 고속버스에다 물을 퍼부어댔다. 길 저편에선 한 무리의 시민들이 전쟁 포로처럼 머리 뒤로 양손을 깍지 긴 채 줄지어 군용 트럭에 올라탔다. 차량 사이로 도망치던 한 남자는 쫓아간 군인의 곤봉질에 피를 뿌리며 쓰러졌다. 봉쇄선 바리케이드 부근에선 어린애 울음소리가 울리고 있었다. 시커먼 연기와 불길이 피어오르는 지점이었다. 기준은 그곳을 목표로 삼았다.

요 며칠 군인들은 '유기견 소탕'이라는 명분으로 개를 향해 총을 쏴댔다. 대로에서 행해진 밤낮 없고 공공연한 발포였다. 살 처분의 일환이자 밤마다 산골짜기에서 울리는 총성의 가림막이기도 했다. 풍문에 의하면, 산골짜기 총성은 야음을 타 화양을 탈출하려는 이들을 향한 것이었다. 며칠 새에 수십 명이 죽어 암매장당했다고 했다. 부풀려진 면이야 있겠지만 이는 사실일 가능성이 컸다. '총력으로 화양을 봉쇄하라'는 명령이 떨어졌다면 발포는 자연스러운 수순이었다. 은밀한 발포에 이은 은밀한 처리는 당연한 수순이겠고. 인터넷이나 SNS에선 발포가 사실인지 확인하라는 여론이 끓어올랐지만 언론은 이를 이슈화하지 않았다. 방송이나 신문으로 확인되는 건, 시청 광장의 연좌시위와 점점 긴박해지는 남부 봉쇄선 차량 시위에 대한 보도뿐이었다.

시위 차량은 연휴 마지막 날인 2월 1일에 가장 많았다. 경찰 추산 400여 대에 달했다. 그들이 모두 외지인일 리 없었다. 모르면 모르되 절반 이상이 가족과 함께 화양을 탈출하고자 튀어나온 화양시민이었다. 와중에 길거리 상인들이 차량 사이를 돌아다니며 생수, 김밥, 용변용 페트병, 손난로, 무릎

담요 따위를 팔았다. 차량용 기름을 통에 싣고 다니며 채워주는 밀차 상인도 있었다. 당연한 얘기지만 가격은 열 배에 달했고 현금만 받았다. 세상이 망해도 돈 버는 사람은 있게 마련이었다.

군대가 움직인 건 2월 2일 정오였다. 서부 봉쇄선을 통해 진입한 장갑차 군단이 차량 시위대의 뒤를 차단해버렸다. 방독면을 쓰고 K1과 곤봉으로 무장한 특전사들은 도로 양편을 에워쌌다. 장사치들은 체포됐고 시위 차량들은 단 몇 분 만에 섬이 되었다. 봉쇄선에선 투항 권고 방송이 흘러나왔다. 차를 버리고 나오면 귀가 조처하거나 외지인 수용 시설로 안전하게 신병을 인도하겠다는 내용이었다. 차량 대오는 그때까지도 무너지지 않았다. 적어도 차 밖으로 손들고 나오는 이는 없었다. 그들의 소통 수단인 SNS 안에서만 변화의 양상이 감지됐다. 격려와 위로는 줄어들고 불길한 예측과 불안한 목소리가 커져갔다. 감염에 대한 두려움, 허기와 갈증, 용변 욕구, 폐쇄 공포로 인한 공황을 호소하는 글들이 끝없이 올라왔다. 첫 투항자가 나온 건 통신이 끊긴 직후인 오후 7시경이었다. 손을 들고 차에서 나온 남자는 아내와 아들이 감염됐다며 구급차를 요구했다. 이를 기점으로 투항 행렬이 시작됐다. 그들 중 비감염자는 군용 트럭에 실려 어디론가 사라졌다. 감염자는 교차로 너머에서 대기 중이던 119구급차에 실려 체육관으로 후송됐다.

새벽 1시, 기준은 화재 현장에서 돌아오다 남부 봉쇄선으로 가라는 상황실의 명령을 받았다. 도로를 포위하고 있던 군인들이 곤봉을 빼 들고 시위 차량 속으로 뛰어들었다고 했다. 마침내 진압이 시작된 것이다. 지금 그가 보고 있는 거리 풍경은 그 결과물이었다. 아마도 차 유리를 부수고 안에 있는 사람들을 모조리 끌어냈으리라. 선두 쪽 차량 중에서는 봉쇄선으로 돌진해버린 경우도 있었을 테고. 바리케이드를 뚫고 나가 배를 드러내고 누운 소형 승합차가 한 보기였다. 승합차 옆으로는 바리케이드들이 드러누웠고 10여 미터 후방에 장갑차들이 철벽을 쌓고 있었다. 승합차가 폭발하는 건 시간문제로 보였다. 연료통에서 기둥 같은 화염이 사출되고 기름이 쏟아져 내린 차 주변으로 검은 연기와 불길이 내달렸다. 어린애 울음소리는 그 차 안에서 울리고 있었다.

팀원들은 장비를 내려놓고 노변 소화전에 소방 호스를 연결했다. 기준은 유압 스프레더와 손도끼로 차 문을 뜯어내고 안으로 고개를 들이밀었다. 아이는 보이지 않았다. 자지러지는 울음소리만 잿빛 연기를 뚫고 날아와 귀에 박혔다. 그는 호흡기를 물고 상체를 낮추면서 기는 자세로 차내에 진입했다. 운전자는 목이 옆으로 꺾인 채 의자 등받이와 차 천장 사이에 구겨 박혀 있었다. 눈을 뜨고 있었으나 산 자는 아니었다.

"누구 없어요?"

소리를 질러봤지만 아이의 울음 말고는 아무 기척이 없었다. 그는 무릎걸음으로 기어서 울음소리 쪽으로 전진했다. 승합차에 탄 어른은 노부부와 여자 1명이었고 모두 죽은 걸로 보였다. 눈에 띄는 생존자라고는 안전벨트에 거꾸로 매달린 채 목을 떨며 우는 아이뿐이었다. 잘해야 대여섯 살이 될까 말까 해 보이는 사내아이였다. 그는 뒷골을 한 대 얻어맞은 기분이 되었다. 운전석에서 죽은 저 남자는 어린 제 자식을 태우고 장갑차 장벽으로 돌진했더란 말인가.

팀원들이 관창을 쥐고 차를 향해 물을 퍼붓기 시작했다. 불길은 세찬 물줄기에 눌려 키를 낮추는 듯했지만 유독가스는 어떻게 할 수가 없었다. 바람의 방향이 바뀌면서 바깥에서 휘돌던 검은 연기가 물줄기와 함께 쏟아져 들어왔다. 기준은 아이의 겨드랑이 밑으로 한쪽 손을 넣고 몸을 받치면서 주머니칼로 안전벨트를 잘랐다. 입에 물고 있던 호흡기는 아이의 입안으로 밀어 넣었다.

"팀장님, 빨리요."

창밖에서 누군가 소리쳤다. 그는 아이의 몸통을 팔로 감고 다리를 뒤로 밀면서 차를 빠져나오기 시작했다. 2미터 남짓한 거리가 200미터만큼이나 길었다. 유독가스가 대검처럼 폐를 찌르고, 짙은 연무는 시야를 시커멓게 차단해 오고, 아이는 겁에 질려 버둥댔다. 등 뒤에선 유 반장이 고함을 질렀다.

"빨리 피해요."

기준은 아이를 옆구리에 낀 채 온 힘을 다해 인도로 몸을 날렸다. 동시에 폭음이 등을 밀쳤다. 등 뒤에서 불기둥이 치솟았다. 승합차는 팝콘처럼 튀어 올랐다가 노면을 내리찍듯 떨어졌다. 두 번째 폭음이 울렸다. 불덩어리가 된 차량은 눈 쌓인 노면을 긁어 파며 미끄러지다 장갑차 장벽을 들이받기 직전에 멈췄다. 기준의 팀원 둘은 바리케이드 안에 선 채 그쪽으로 물길을 쏘았다. 장갑차 쪽에서는 미동도 없었다.

"백하나. 응답하라."

기준의 허리춤에서 무전기가 빽빽거렸다. 기준은 윤미래와 유 반장에게 아이를 넘겨주고 무전기를 뽑아 들었다.

"동부서 한기준 대원은 통합거점병원으로 즉시 이동하라."

그는 무심코 사칠, 하려다 멈칫했다. 한기준 대원이라니. 동부구조대가 아니고?

"무슨 일인가."

통합거점병원으로부터 가족이 입원했다는 연락을 받았다고 했다. 무전 연락인 탓에 자세한 것은 상황실도 알지 못했다. 불타는 승합차의 잔해가 기준의 시야 밖으로 훌쩍 물러났다. 그럴 리 없었다. 아내는 봉쇄선에서 돌아온 이후 한 번도 밖에 나가지 않았다. 사람과 접촉한 적도 없었다. 단언하고 나자 갑자기 뒤통수가 싸해왔다. 나가지 않았지만 접촉한 적은 있었다.

"1층 여자 또 올라왔어. 유빈이 보행기 소리가 탱크 소리 같대. 바퀴가 구를 때마다 골이 흔들려서 헤까닥 돌 지경이래. 보행기 태우지 말라고 바락바락 악쓰고 내려갔어. 기가 막혀서."

어제 아침 통화에서 아내는 이렇게 투덜거렸다. 기준은 자신이 화단가에서 문 워킹을 할 때 블라인드 틈으로 내다보던 눈을 떠올렸다. 그 여자가 감염자였을까.

그는 무전기를 움켜쥔 채 몸을 돌려 뛰기 시작했다. 뒤에서 자신을 부르는 소리가 들렸지만 돌아보지 않았다. 무중력 공간을 달리는 것처럼 몸이 둥둥 떴다. 뭔가와 드세게 부딪혔으나 상대가 보이지 않았다. 사람인지, 차량인지도 구분되지 않았다. 눈길에서 미끄러지면서 뭘 잃어버린 것 같은데 그게 뭔지 알 수가 없었다. 구조차 앞에 도착해서야 자신에게 시동 키가 없다는 걸 알아차렸다. 유 반장을 부르려다 무전기를 잃어버렸다는 걸 깨달았다. 그는 헬멧을 벗어 던지고 악을 썼다.

"유 반장."

유 반장이 알아듣고 달려오기엔 주변이 너무 시끄러웠다. 유 반장이 자신을 발견하기에는 거리가 너무 멀었다. 구조차 뒤에는 시동이 걸려 있는 다른 구조차가 있었다. 기준은 그 차가 어느 서 소속인지 확인하지 않았다. 기사가 가로수 앞에서 소변을 보고 있다는 사실도 무시해버렸다. '시동이 걸린 차'라는 것 말고는 어떤 의미도 없었다. 그는 그 차로 뛰어올랐다. 서부간선도로로 차를 몰았다. 아내일까, 유빈이일까. 설마 둘 다는 아니겠지. 어제 새벽에 꾸었던 기분 나쁜 꿈이 앞 차창을 영사막 삼아 고스란히 재생됐다.

베란다에 은희가 유빈이를 안고 서 있었다. 그제 새벽과 똑같은 차림이었다. 그가 생일 선물로 사준 비둘기색 카디건에 흰 티셔츠, 트레이닝 바지, 토끼 모양 실내화. 유빈이를 안고 좌우로 흔드는 모습도 똑같았다. 그때부터 줄곧 그 자리에 서 있었던 것처럼. 다른 거라면 유빈이의 고개가 옆으로 꺾여 있다는 점이었다. 기준은 붕어처럼 입만 뻐끔거리고 있었다. 목젖에 구멍이 뚫린 것처럼 숨이 샜다. 목소리는 가슴에서만 맴돌았다. 은희야, 뭐 해. 유빈이 머리가 꺾였잖아. 아내는 아이를 점점 빠르게 흔들어댔다. 눈은 창밖 먼 곳에 붙박여 있었다. 불타는 황야 같은 눈이었다. 빨갛고 텅 빈 눈, 아무것도 보지 않는 눈이었다. 아무것도 말하지 않는 눈이었다. 가느다란 손가락은 딸의 몸을 들이파듯 움켜잡고 있었다. 유빈이의 머리가 부러진 해바라기처럼 덜렁덜렁 흔들렸다. 손에 쥔 개구리 숟가락이 한가지로 흔들렸다. 깐닥깐닥, 깐닥깐닥…….

은희야, 박은희. 그는 아내를 부르며 꿈에서 깨어났다. 얼굴이 땀으로 뒤덮여 있었다. 진저리가 등을 쓸어 갔다. 몸속 어딘가에서 적색 등이 번쩍이는 것 같았다. 그때 모든 걸 제쳐두고 가봤어야 했다. 상황실 스피커가 출동 명령을 내리거나 말거나.

화양시내 3개 소방서는 쑥대밭이 돼가고 있었다. 400여 대원 중 남은 자는 80여 명에 불과했다. 그나마도 시시각각으로 쓰러졌다. 매년 을지 훈련을 통해 만든 재난 매뉴얼은 전혀 쓸모가 없었다. 남은 자들이 그때 그때 팀을 재편성하면서 닥치는 대로 일을 맡는 게 유일한 대책이었다. 화재 진압이든, 환자 후송이든, 구조 작업이든, 군과의 협력 작업이든. 기준 역시 온갖 곳으로 불려 다니며 하루를 보냈다. 새벽 나절 꿈 같은 건 까맣게 잊어버렸다. 저녁이 되어 아내가 생각났을 땐 통신이 끊겨 있었다. 그는 안달복달하는 대신 자신을 안심시키는 쪽을 택했다. 그저 악몽일 뿐이라고. 불과 몇 시간 후에 깨어날 길 없는 진짜 악몽이 덮쳐 올 줄은 까맣게 모르고.

실내 체육관 앞은 평소와 달리 승용차들로 북적대고 있었다. 통신이 끊기면서 구급차를 부르지 못한 사람들이 직접 환자를 싣고 온 탓이었다. 주경기장 출입 통로 역시 보호자와 환자를 태운 이동 침대가 마구잡이로 얽힌 상태였다. 여기저기서 고성이 일고, 울음과 신음과 욕지거리가 뒤엉키고, 질서를 지켜달라는 안내데스크 방송이 쉴 새 없이 흘러나왔다. 기준은 돌아서서 나가버리고 싶은 충동을 느꼈다. 병동으로 쓰는 주경기장은 하루에도 수십 번씩 오는 곳이었다. 이런 악다구니는 귓등으로 넘길 만큼 익숙해진 풍경이었다. 그런데도 난생처음 와보는 곳처럼 생경하고 막막했다. 새카만 두려움이 강철 문처럼 앞을 가로막았다. 저 안에 아내와 딸이 있다는 걸 믿을 수가 없었다. 확인조차 해보고 싶지 않았다.

"집사람과 딸이 여기 있다는 연락을 받고 왔는데요."

안내데스크로 다가가 뭔가를 적고 있는 노인에게 말했다.

"이름이······."

노인이 물었다.

"박은희. 한유빈."

"언제 입원했소?"

"좀 전에 왔다고 들었습니다."

노인은 입원자 명단이 적힌 노트를 볼펜으로 짚어가며 한참 넘겨보더니 되물었다.

"그런 이름 없는데. 여기서 연락 간 거 확실해요?"

그럼 그렇지. 그럴 리 없는 거야. 그는 용기를 냈다.

"한 번만 더 찾아보세요."

재확인을 하던 노인이 무언가 생각난 것처럼 퍼뜩 고개를 들었다.

"혹시 지하에 가보셨소?"

기준은 고개를 저었다. 가슴이 덜컥 내려앉는 바람에 대꾸가 나오지 않았다. 그가 알기로 지하에는 아이스링크가 있고 그곳은 병동이 아니었다. 죽은 자들의 대기소였다.

"입원했다는 연락을 받았다니까요."

"글쎄, 여긴 없어요. 연락이 갈 곳은 여기 아니면 거기뿐인데."

환자를 태운 이동 침대 하나가 그의 옆구리를 치받듯 밀고 들어왔다. 노인의 관심은 벌써 그쪽으로 가 있었다. 기준은 데스크에서 물러났다. 계단을 통해 지하 링크로 내려갔다. 지옥으로 내려가는 기분이었다. 그럴 리 없다고 우기고 싶었다. 앞뒤 정황이 맞지 않았다. 아내에겐 집에서 이곳까지 올 수 있는 교통수단이 없었다. 통금 시간에 돌아다닐 택시가 있을 리도 없었다. 소방서 구급차를 탔다면 그 즉시 연락이 왔겠지. 그는 링크 출입 통로 앞에서 걸음을 멈췄다. 책상 앞에 앉아 있던 방호복 차림의 노인이 고개를 들었다.

"누굴 찾아오셨소?"

박은희와 한유빈을 찾아달라고 말하는 자신의 목소리가 아득하게 멀었다. 먼 지평선으로 물러가는 소나기 소리처럼.

"400번 구역으로 가 봐요."

노인의 대답이 비수처럼 등을 찔렀다. 기준은 움찔해서 되물었다.

"뭐라고요?"

"2번 출구 앞쪽이 400번 구역이오."

기준은 문을 밀고 안으로 들어섰다. 밤안개 같은 한기가 몸을 휘감았다. 빙판에서 올라오는 한기가 아니었다. 관도 없이 시트로 몸을 덮고 빙판에 누운 수백 구의 시신들이 풍기는 한기였다. 관중석 한쪽에는 합동 분향소가 마련돼 있었다. 병풍 대신 세운 베니어판에 망자의 이름을 쓴 지방들이 붙어 있고, 밑에서 향과 초가 탔다. 조문객 같은 건 없었다. 이춥고 새하얀 공간에서 살아 움직이는 건 장례봉사자 두 사람뿐이었다. 그는 '2번 출구'를 찾아 사방을 두리번거렸다. 보이지 않았다. 여러 개의 출구들이 링크를 축으로 휙휙 돌아가는 것 같았다. 시야는 물결이 치듯 마구 뒤흔들렸다. 아니, 몸이 흔들리고 있었다.

그는 눈먼 사람처럼 링크 벽을 더듬으며 걸어갔다. 어떻게 2번 출구에 도착했는지, 400번 구역을 어떻게 찾아냈는지 기억나지 않았다. 꿈에서 깬 듯한 기분이 들었을 때, 흰 시트에 싸인 시신 앞에 서 있었다. 얼굴을 확인하기도 전에 아내라는 걸 직감할 수 있었다. 피 얼룩이 말라붙은 시트 밑으로 눈에 익은 갈색 양털 부츠가 내다보였다. 기준은 벌벌 떨려오는 무릎을 링크에 대고 앉았다. 시트에 인식표가 붙어 있었다.

박은희

시트를 들추는 순간 목 안에서 이상한 소리가 튀어나왔다. 억센 발길에 명치를 걷어차인 것처럼. 아내였다. 뺨이 찢기고, 한쪽 귀가 떨어져 덜렁거리고 목 부위가 너덜너덜하게 뜯겨 나갔지만 틀림없는 아내였다. 끔찍한 나머지 시트를 덮어버리고 싶은 형상이었다. 이해할 길이 없는 모습이었다. 아내 옆에는 시트를 덮고 인식표를 붙여둔 바구니가 놓여 있었다.

한유빈

　눈을 반쯤 뜬 유빈이가 바구니 안에 누워 있었다. 눈이 빨갛고 입술이 파랬다. 뺨이 붉은 반점으로 얼룩져 있었다. 그것만 빼면 며칠 전 새벽에 만났을 때와 다를 바 없는 모습이었다. 짙은 속눈썹, 앞머리를 묶은 나비 고무줄, 토실토실한 입술 사이로 드러난 큼직한 앞니 두 개. 기준의 머리 위에서 세상이 무너지고 있었다. 파도 속으로 곤두박질친 것처럼 등이 휘청휘청 뒤흔들렸다. 이것은 현실이 아니었다. 무시무시한 악몽 속으로 잡혀 들어온 게 분명했다. 그는 라텍스 장갑을 벗고 딸의 뺨으로 손을 뻗었다. 꿈이라면 딸이 손에 만져지지 않을 거라 기대하면서.

　유빈이의 뺨은 축축하고 차가웠다. 반쯤 뜨인 눈은 허공에 고정돼 있었다. 심장은 뛰지 않았다. 이것은 현실이었다. 방호복 위에 큰 가방을 엇질러 멘 노인이 나타나 말을 걸어왔을 때, 그걸 인정해야 한다는 걸 깨달았다.

　"보호자가 오셨구먼."

　노인은 자신을 '재야의 장의사'라고 소개했다.

　"여기 들어온 시신은 여기서 화장하는 게 원칙인데, 꽤 기다려야 할 게요. 여기 임시 화장터가 문 연 지 얼마 안 돼서 순서가 많이 밀려 있거든. 사정이 사정인지라 염습이나 장례식도 정식으로 못 해요."

　노인의 한마디 한마디가 철퇴가 되어 머리를 후려쳤다. 시신이라니, 화장이라니, 염습이라니, 장례식이라니.

　"안내데스크에 가서 장례 수속부터 하고 와요. 정신없을 줄은 아는데 그래도 수속을 밟아야 화장 번호표를 주니까. 그사이에 나는 화장 준비를 하고 있을 테니."

기준은 몸을 일으켰다. 발이 땅에 닿지 않는 느낌이었다. 사지를 잘린 것처럼 몸이 무력했다. 오른손만 살아남아 데스크의 노인이 적으라는 걸 적고, 내놓으라는 신분증을 내놓고, 사인하라는 곳에 사인을 하고, 내미는 번호표를 받아 들었다. 418. 419.

그사이 유빈이는 흰 천에 싸이고 지매에 묶여 선물 꾸러미처럼 제 엄마 곁에 누워 있었다. 기준은 딸 옆에 앉았다. 노인은 아내의 얼굴에서 시트를 걷어내며 혀를 찼다.

"이렇게 젊고 예쁘고 119 남편까지 있는 색시가 어쩌다가 이 밤중에 혼자 애를 데리고……."

노인은 알코올 솜으로 아내의 얼굴에서 핏자국을 닦아냈다.

"얼마나 무섭고 외로웠겠소. 도와줄 사람 하나 없는 곳에서 개 떼한테 둘러싸였을 때."

기준은 고개를 들었다. 금방 이 노인이 뭐라고 했는가.

"개 떼라니요?"

속삭임 같은 목소리가 입 밖으로 새어 나왔다. 노인은 아내의 목덜미를 솜으로 틀어막다가 의아한 눈으로 돌아봤다.

"아직 모르셨소?"

알 리가 있을까. 아내와 딸이 여기 있다는 것도 간신히 알았는데. 기준은 고개를 저었다.

"아이고……." 하며 노인은 다시 혀를 찼다.

"나도 전해 들은 얘기요. 여기 간호사가 구급차를 타고 어딜 다녀오다가 아파트 공사장에서 개 떼한테 둘러싸여 있는 부인을 봤답디다. 세상이 참말로 망하려고 이러는가, 글쎄 그 흉악한 것들이 차를 들이대고 빵빵거려도 안 물러나더라는 거요. 어찌어찌 근처에 있던 군인들이 소리를 들고 와줘서 두 사람을 차에 태우긴 했는데 살리기엔 늦었던 모양이오."

노인은 길게 찢어진 아내의 뺨을 꿰매기 시작했다. 그는 숨을 죽였다. 개 떼라니…….

"그 간호사가 누굽니까."

"왜, 만나보시게?"

노수진이라고 했다.

"지금 근무 중입니까?"

"비번이라고 들었소만."

노인은 시계를 보더니 덧붙였다.

"4시가 돼가는데 지금은 자고 있겠구먼."

"숙소가 어디에 있습니까."

"1층 라커룸인데 내일 아침에……."

잠시 후, 기준은 라커룸 문을 두들기고 있었다. 노수진은 통금 해제 사이렌과 함께 찾아온 불청객의 정체를 단번에 알아차렸다.

"혹시 한기준 씨인가요?"

자고 있었던 것 같지는 않았다. 방호복 차림이었고 목소리로 미루어 젊은 여자 같았다. 라커룸 앞이 어두침침한 데다 면체 마스크를 끼고 있어 얼굴은 제대로 보이지 않았다. 기준은 그렇다고 대답했다. 그녀는 찬바람이 오가는 복도 양편을 돌아보더니 불 꺼진 편의점 앞을 가리켰다.

"저리로 가죠."

기준은 편의점 앞 간이 테이블을 사이에 두고 노수진과 마주 앉았다.

"마실 게 없네요. 여기가 장사를 안 해서. 자판기 커피는 그렇고."

"괜찮습니다."

그는 비명을 지르는 심정으로 대꾸했다. 커피 말고 아내 얘기를 하라고 소리 지를 뻔한 순간이었다.

"버들주공 공사장에서 만났어요. 아시죠, 화양4교 앞에 있는. 구급차를 타려고 남부소방서로 가려던 길이었지, 싶어요. 지갑에 건강보험카드가 들어 있었거든요. 저희가 비명을 듣고 달려갔을 때 개 떼에 둘러싸여 있었고요. 우린 군인들이 와서 개들을 쫓아낸 후에야 차에서 내릴 수 있었어요. 개들이 물러나질 않아서. 부인은 이미 숨을 거둔 후였는데도……."

수진은 숨을 한 번 삼켰다.

"아기를 두 팔로 감싸고 엎드려서 몸을 열어주지 않았어요. 아기는 엄마 가슴 밑에서 울고 있었는데 그때 이미 상태가 나빴어요. 여기 도착하면서 의식이 없어졌고요. 그 시간에 집을 나섰다면 발병한 지 얼마 되지 않았을 텐데. 추위에 노출돼 저체온증이 겹친 것도 같고, 너무 어려서 그랬나 싶기도 하고."

기준은 어금니를 물었다. 분노가 몸속 곳곳을 폭격하고 있었다. 아내를 살해한 개 떼와 딸을 죽인 빨간 눈과 자신을 향한 격분이었다. 아내가 딸을 안고 소방서를 찾아 달릴 때 자신은 어디를 돌아다니고 있었던가. 아내가 개 떼의 이빨에 몸을 찢기던 순간에 자신은 뭘 하고 있었던가. 딸이 이 아수라장 속에서 숨을 거둘 때 자신은 누구를 끌어안고 있었던가. 불타는 차량에서 끌어낸 남의 아이를 안고 뒹굴었다. 무엇을 위해서, 그 따위가 다 뭐라고.

"그리고 이거. 아기 띠 안에 들어 있었는데……."

수진은 주머니에서 무언가를 꺼내 기준에게 건넸다.

"북새통에 잃어버릴까 봐 따로 보관하고 있었어요."

유빈이의 이유식 숟가락이었다. 자신이 개구리 노래를 부를 때마다 어푸어푸, 소리치며 휘두르던 개구리 숟가락. 손잡이에 달린 개구리 모형 위로 아내의 목을 물어뜯는 개 떼의 아귀가 겹쳤다. 그 이빨에 안간힘을 다해 붙들고 있던 그의 통제력도 우둑 뜯겨 나갔다. 삽시에 가슴이 비었다. 충격도, 슬픔도, 절망감도 사라졌다. 머릿속엔 어둠이 내렸다. 그는 체육관을 뛰쳐나와 구조차에 올라탔다. 버들주공 공사장으로 차를 몰았다. 왜 가는지, 가서 어쩌겠다는 건지 생각하지 않았다. 보이는 것도 없고 들리는 것도 없었다. 그를 움직이는 건, 텅 빈 가슴으로 폭주하는 샛노란 불길이었다. 덮치고 부수고 끝장내버리고 말 광기였다. 대상이 무엇이든 눈에 걸리는 대로, 손에 잡히는 대로.

차가 쓰레기 매립지를 낀 커브 길을 맹렬한 속도로 돌았다. 100여 미터 전방에서는 개 몇 마리가 도로를 건너고 있었다. 브레이크를 밟은 건 아마도 무의식의 명령 탓이었을 것이다. 개들이 매립지 쪽으로 좌르르 흩어졌다. 구조차는 눈 쌓인 노면을 굉음과 함께 미끄러졌다. 그는 브레이크에서 발을 떼고 핸들을 꺾어 방향을 잡으려 안간힘을 썼다. 50여 미터를 지그재그로 활주해 가던 차는 갓길 턱을 들이받고 도랑에 처박히기 직전에야 멈춰 섰다. 줄넘기라도 하는 것처럼 차체가 쿨렁거렸다. 안전벨트도 매지 않았던 기준은 핸들에 가슴을 받힌 후 좌석 등받이로 고개를 꺾으며 나가떨어졌다. 한순간 정적이 흘렀다. 다음 순간 개 짖는 소리가 차 주변을 뒤덮었다. 그는 고개를 들고 창문을 내렸다. 매립지 벌판에서 들려오는 소리였다. 수십 마리의 개들이 떼로 짖는 소리였다. 금방이라도 차로 덮쳐들 것처럼 날카롭고 짧게 끊어 치는 소리였다. 바로 저것들에게 아내가 물어뜯겨 죽었다고 일깨워주는 소리였다. 암전된 머리에 스위치를 올리는 소리였다.

심장이 스타카토로 뛰었다. 허벅지 뒤쪽이 쥐가 난 것처럼 빳빳하게 굳어졌다. 그는 액셀에 발을 올렸다. 차를 후진시켜 방향을 바로잡은 후, 매립지 이면도로로 진입했다. 안으로 깊이 들어갈 것도 없었다. 진입로에서 가까운 곳에 개들이 몰려 있었다.

어제 새벽, 누군가 매립지를 파헤쳐서 개 사체를 늘어놨다는 상황실의 무전을 받고 왔던 구덩이 부근이었다. 굴삭기를 대동하고 와보니 구덩이 옆에 구급차 한 대가 정차돼 있었다. 파헤쳐진 구덩이 밑에는 서재형이 서 있었다. 방호복도 고글도, 심지어 마스크도 없는 맨몸이었다. 기준은 물었다.

"거기서 뭐 하는 거요."

서재형은 매립토 위를 걸어 올라와 그와 발가락을 맞대고 섰다. 걸음을 멈추는 게 아니라 상대를 들이받는 듯한 동작이었다.

"구경 좀 했죠. 풍경이 하도 희한해서."

"나는 이 희한한 풍경을 만든 게 당신인 줄 알았는데."

"원 별말씀을. 난 그런 재주 없어요. 맨손으로, 몸에 흙 한 줌 안 묻히고 언 땅을 파헤칠 수 있었다면 오늘이 아니라 어젯밤에 여기 왔을 거요. 개들이 아직 살아 있을 때."

"어젯밤이었다면 저 개들처럼 됐겠지. 군인들은 나처럼 용건을 묻지 않을 테니까."

재형은 고개를 두 번 끄덕이더니 몸을 돌리고 구급차로 걸어갔다. 그가 지켜보는 가운데 매립지를 떠났다.

그때와 똑같이 구덩이가 파헤쳐지고 개 사체들이 널려 있었다. 구덩이 안팎에는 족히 20마리는 돼 보이는 개 떼가 몰려들어 사체를 물어뜯고 있었다. 어떤 놈은 다리를, 어떤 건 뱃가죽, 어떤 놈은 목덜미를. 위장이 뒤틀어지는 기분이었다. 멀미가 치밀고 혀 밑에서 시큼한 침이 돌았다. 그는 상향등을 켜고 개 떼를 향해 구조차를 돌진시켰다. 곧바로 묵직한 것이 범퍼를 들이받는 느낌이 왔다. 그것을 그대로 깔고 넘어갔다. 뭉클한 물체를 앞바퀴가 타고 넘는 느낌, 뼈가 바스러지고 몸이 터지는 감촉이 발끝에서 손끝으로, 손끝에서 핸들로 전달됐다. 이어 두 번째 놈이 바퀴 밑으로 말려들어 오는 것도.

그는 두 마리를 연달아 뭉개버린 후 차를 180도 돌려 세웠다. 기어를 넣고 우왕좌왕 흩어지는 개 떼 속으로 다시 돌진했다. 한 놈, 두 놈, 세 놈……. 운 좋게 차를 피한 놈들은 전속력으로 달아났다. 산비탈로, 도랑을 건너뛰어 도로 너머로, 매립지 깊은 곳 어둠 속으로. 남은 놈은 구덩이를 등지고 선 채 구조차를 노려보고 있는 잿빛 개뿐이었다. 놈의 발밑에는 검둥개 한 마리가 피를 흘리며 쓰러져 있었다. 기준은 놈을 한숨에 알아봤다. 붉게 타오르는 늑대의 눈과 선혈이 낭자한 주둥이, 목에 걸린 파란 밧줄. 두 번이나 마주친 적이 있는 놈이었다. 한 번은 화양맨션에서, 한 번은 백운산 쉼터에서.

기준은 손도끼를 찾아 손에 쥐었다. 어떤 놈이든 상관없었다. 쓰레기 매립지나, 버들주공이나 다를 바 없었다. 똑같은 개였다. 똑같이 해줄 참이었다. 놈들이 아내에게 했던 것과 똑같이. 그는 문을 열고 차에서 내렸다.

링고 4

링고는 거친 숨을 몰아쉬었다. 남자가 자신을 향해 오고 있었다. 저벅저벅, 눈벌판을 밟고 오는 소리가 돌팔매처럼 귀를 때렸다. 기억이 등 털을 곤두서게 만들었다. 저 제복 남자와는 전에 만난 적이 있었다. 스타와 함께 닭을 훔치러 산동네에 내려갔던 날, 쉼터에서.

그날 들어간 집의 흰둥이는 그 집 닭보다 더 시끄러웠다. 링고와 스타가 나타나자마자 닭장 옆으로 뒷걸음질하며 금방 죽을 것처럼 짖어댔다. 그 주둥이를 닥치게 하는 데 그리 긴 시간이 필요하지는 않았다. 스타도 그와 비슷한 속도로 닭장을 들이받고 밟아 폭삭 무너뜨려 버렸다. 닭들은 푸드득거리고, 날아오르고, 소란을 떨며 밖으로 튀어나왔다. 그중 하나가 날 잡아드시라고 링고 앞으로 덤볐다. 링고는 입을 쩍, 벌리기만 하면 되었다. 길고 나긋나긋한 목덜미가 저 알아서 잇새로 들어왔다. 집 안에선 문 열리는 소리가 들려왔다. 링고와 스타는 닭 한 마리씩을 물고 쉼터 부근까지 한숨에 내달았다. 등산로 비탈에서 부랴부랴 식사를 끝냈다. 다가오는 발소리를 들은 건 바로 그때였다. 잠시 후 손전등을 들고 등산로로 올라오는 한 무리의 남자들을 확인할 수 있었다. 산막에 찾아왔던 자들처럼 제복 차림에 마취 총을 들고 있었다. 링고는 스타를 먼저 산막 쪽으로 보내고 쉼터 숲으로 들어갔다. 남자들을 산막과 다른 방향으로 유도할 요량이었다. 기대대로 남자들은 쉼터로 들어왔고 그들 중에 저 남자가 있었다.

제복 남자는 그때와 완전히 달랐다. 그땐 긴 쇠막대기를 쥐고 있었으나 지금은 작고 짧고 날 선 손도끼를 쥐고 있었다. 그때에는 없던 것이 남자의 눈에서 번뜩거렸다. 살기였다. 링고는 인간의 눈이 저토록 무자비하게 타는 걸 본 적이 없었다. 마음속의 목소리는 불안하게 속삭거렸다. 저자는 지금 너를 날려버리기 위해 다가오고 있다고.

링고는 몸을 지탱하고 있는 뒷다리에 힘을 주었다. 뜨거운 통증과 두려움에 가까운 긴장이 등뼈를 꿰뚫었다. 몸이 휘청하며 한쪽으로 무너지는 느낌이었다. 후회가 가슴을 쳤다. 검둥개와 싸우지 말았어야 했다. 놈이 개들을 끌고 나타났을 때 스타를 데리고 도망쳤어야 했다. 아니, 애당초 이곳에 오지 말았어야 했다. 땅속의 울부짖음 따위는 무시했어야 했다.

평소와 달리, 오늘은 밤이 늦어서야 땅 파는 기계의 소리가 들려왔다. 스타가 먼저, 링고가 뒤따라 산막을 뛰쳐나왔다. 이곳에 도착했을 땐 이미 매장이 끝나가고 있었다. 기계가 땅을 다지는 중이었고 땅 밑에선 개들이 울부짖었다. 그 광경을 총을 든 제복 남자들이 지켜보고 있었다. 링고는 그들이 트럭을 타고 떠날 때까지 기다렸다가 비탈 아래로 뛰어 내려갔다. 살아 있는 개는 한 마리도 나오지 않았다. 개들의 울부짖음이 귓가에 쟁쟁거리는데도. 그런 식으로 헛힘을 쓴 게 벌써 며칠째인지 몰랐다. 링고는 인정하기로 했다. 이렇게 해서는 개들을 구할 수 없었다. 구덩이에 묻기 전에 총잡이들을 덮치는 게 유일한 방법이었다. 링고로서는 그럴 마음이 조금도 생기지 않았다. 살겠다고 도망치다가 총에 맞아 머리나 몸통이 날아가버린 개들을 본 게 어디 한두 번이었던가. 더하여 총잡이들에게선 암흑의 냄새가 났다. 언제부터인지는 몰라도, 저 무시무시한 검은 안개가 그들을 뒤덮고 있었다. 얼굴에 덮어쓴 이상한 물건 안에선 싯누런 눈알이 번들거렸다. 자신이 도망친 집의 주인 남자처럼, 그 집의 개들처럼.

링고는 스타에게 눈빛으로 신호를 보냈다. 여기서 나가자.

산막으로 돌아가 궁리해볼 참이었다. 총잡이들과 맞닥뜨리지 않고도 매장 전에 구할 방법이 있겠는지. 링고는 스타와 나란히 구덩이 위로 뛰어올랐고 눈밭에 착지하는 순간, 자신이 포위당했다는 것을 깨달았다. 한 무리의 개들이 반원 형태로 전방을 에워싸고 있었다. 하나같이 눈이 퀭하고 뱃가죽이 등에 들러붙은 놈들이었다. 굶주린 놈들이었다. 동족의 살을 노리고 몰려든 무리였다. 죽은 개든, 살아 있는 개든.

검둥개 한 마리가 사지를 뻣뻣하게 경직시키면서 링고 앞으로 걸어 나왔다. 늘어진 작은 귀, 어깨 양쪽에 박힌 옅은 색 반점, 나무둥치 같은 몸통, 굵고 튼튼해 보이는 다리, 큰 뒷발과 밖으로 드러난 발톱, 짧게 잘린 꼬리. 챔프투견장 시절 몇 번 맞붙어본 적이 있는 부류였다. 언제나 자신이 이긴다고 믿는, 제 이빨만큼이나 힘세고 멍청한 투견. 놈은 털을 곤두세워 덩치를 부풀리고 으르렁거리기 시작했다.

그때 놈한테 몸을 낮췄더라면 어땠을까. '여긴 너 가져라' 하며 도망쳤다면 싸움을 피할 수 있었을까. 링고는 그럴 생각이 없었다. 스타 앞에서 다른 놈에게 엉덩이를 낮추는 건 있을 수 없는 일이었다. 체면과 자존심은 그의 모든 것이었다. 링고는 놈의 예비 동작이 끝나기 전에 곧장 목덜미로 달려들었다. 놈은 고개를 숙이면서 어깨로 부딪쳐 왔다.

아마도 링고의 싸움 역사에서 가장 끈질기고 거친 상대였을 것이다. 가까스로 놈의 목을 찢어버리는 데 성공했을 때, 그리하여 길고 긴 싸움을 끝냈을 땐 링고도 만신창이가 돼 있었다. 중심 잡기도 힘들 만큼 탈진한 데다 온몸에 깊은 상처를 입어 피투성이가 돼 있었다. 놈의 이빨이 앞다리를 물어뜯고 어깨 근육을 찢어발기고 귀를 걸레로 만들어놓았다. 이 상태로 제복 남자를 상대하는 건 죽기를 자청하는 거나 다름없었다. 피할 길도 없었다. 제복 남자가 왜 자신을 죽이려드는지, 왜 저토록 성이 났는지도 알 수 없었다. 아는 게 있다면, 오늘 밤 자신이 이 죽음의 벌판을 빠져나갈 수 없으리라는 것뿐이었다.

"이 개새끼들."

으르렁대는 듯한 소리와 함께 손도끼가 허공을 베며 목으로 날아들었다. 링고는 땅을 박차고 도약했다. 앞다리를 쭉 뻗으며 제복 남자의 얼굴로 돌진했다. 사력을 다한 공격이었다. 단 한 번의 기회였다. 손도끼를 피하는 동시에 제복 남자를 넘어뜨릴 기회. 넘어뜨리기만 하면 제복 남자의 목덜미는 자신의 것이었다. 제복 남자가 가까이 오도록 기다린 건 먼 거리 도약이 불가능하다고 판단했기 때문이었다. 계산 착오였다. 한 번은 뛰어오를 수 있다고 믿었던 자신에 대한 과신이었다. 그것을 뛰어오른 후에야 알아차렸다. 링고는 손도끼를 완전히 피하지도, 제복 남자를 자빠뜨리지도 못했다. 제복 남자의 몸에 가 닿기 전에 손도끼가 뒷다리 위쪽을 찍고 지나갔다. 링고는 옆구리로 떨어져 내린 후 눈밭을 두어 바퀴 굴렀다. 불길과도 같은 통증이 몸을 휘감았다. 다리를 일으키려고 버둥거렸지만 움직일 수도, 힘을 줄 수도 없었다.

"이 개새끼."

제복 남자는 다시 고함을 지르면서 손도끼를 높이 쳐들었다. 링고는 무기력한 심정으로 자신의 목으로 내리찍히는 손도끼를 응시했다. 모든 것이 사라지는 순간이었다. 살고자하는 욕망도, 죽음에 대한 공포도, 몸 한 번 꿈틀거릴 힘조차도. 남은 건 시야뿐이었다. 제복 남자의 어깨 너머에서 날아드는 스타의 모습이 환각인 양 어른대는 한 뼘 시야. 다음 순간, 남자의 몸이 빙그르 회전하며 뒤쪽으로 돌아섰다. 목을 향해 내리찍히던 손도끼도 제복 남자를 따라 뒤쪽으로 돌아갔다. 스타는 제복 남자의 얼굴을 어깨로 들이받은 후 링고 옆에 떨어져 내렸다. 넘어질 듯 비틀거리는 제복 남자를 향해 돌아서며 곧장 공격 자세를 갖췄다. 링고는 이것이 환각이 아니라는 걸 깨달았다. 도망쳤으리라 여겼던 스타가 돌아온 것이었다. 매립지 입구에선 빵빵거리는 소리와 함께 자동차의 불빛이 번쩍거렸다. 제복 남자는 도끼를 고쳐 잡고 스타와 정면으로 마주 섰다. 스타의 이빨이 스친 듯, 귀밑에서 피가 흐르는데도 당황하지 않았다. 귀밑을 찢겼다는 것조차 느끼지 못하는 기색이었다. 차가 등 뒤로 돌진해 오는데도 돌아보지 않았다. 차는 제복 남자를 들이받기 직전에 멈춰 섰다. 문이 열리고 한 남자가 뛰어내렸다. 스타의 대장이었다.

"안 돼." 하는 대장의 외침과 함께 셋은 동시에 움직였다. 스타는 다시 제복 남자의 얼굴을 향해 도약했다. 도끼날은 스타의 목을 향해 날아왔다. 스타의 대장은 도약하듯 몸을 날려 제복 남자를 들이받았다. 도끼가 스타의 목 밑을 베어갔다. 스타는 어깻죽지 한 뼘이 벌어진 채 바닥으로 떨어져 내렸다. 제복 남자와 대장은 눈밭으로 나뒹굴었다. 고함과 으르렁대는 소리가 뒤엉키고 셋은 다시 동시에 일어났다. 스타는 도약했고, 제복 남자는 도끼를 휘둘렀고, 대장의 다리는 제복 남자의 옆구리로 날았다. 남자는 도끼를 쥔 채 눈밭으로 나가떨어졌다. 스타는 앞다리를 내찍히고 구덩이 가장자리로 떨어졌다. 대장은 스타에게로 달려갔다. 차에서는 한 여자가 뛰어내렸다.

"스타."

대장이 스타를 부르며 다가서는 순간, 제복 남자가 몸을 일으켰다. 일어났나 싶은 순간, 구둣발이 허공을 내딛듯 날아와 대장의 머리를 걷어찼다. 대장의 머리가 옆으로 홱 돌아가고 두 번째 구둣발이 대장의 턱 밑에 들이박혔다. 대장은 고개를 뒤로 꺾은 채 공중제비를 돌듯 구덩이 속으로 나가떨어졌다. 여자는 날카로운 비명을 지르며 뒤따라 구덩이로 뛰어내렸다. 스타는 이빨을 모조리 드러내고 튕기듯 일어났다. 암사자처럼 포효하며 제복 남자의 가슴팍으로 덤벼들었다. 도끼날은 반원을 그리며 바람을 갈랐다. 스타와 도끼는 허공에서 만났다. 핏방울이 싸락눈처럼 흩어졌다. 스타는 목에 도끼날을 꽂은 채 떨어져 내렸다.

링고는 앞다리를 거북이처럼 휘저어 스타에게 기어갔다. 목 안에서 울부짖음이 들끓고 있었다. 평소라면 한 번의 도약으로 닿을 거리가 두고 온 산막만큼이나 멀었다. 앞다리로 끌고 가기에는 자신의 몸이 너무나 무거웠다. 그나마 몇 발짝 가지도 못하고 뒤로 나뒹굴었다. 쇳덩어리 같은 구둣발이 턱 아래를 걷어찼던 것이다. 몸을 놔버리게 하는 일격이었다. 항복하고 드러눕는 패잔병처럼 어깨가 벌어지고 배가 열렸다. 제복 남자의 발꿈치가 그 사이 어디쯤으로 내리찍혔다. 캥, 하는 고성 비명이 솟구쳤다. 링고는 다시 눈밭에 널브러졌으나 정신마저 놔버리지는 않았다. 고개를 들어 스타를 보려고 안간힘을 썼다.

제복 남자는 스타에게 다가가 목에 박힌 도끼를 뽑았다. 핏물이 울컥울컥 새어 나와 눈밭을 적셨다. 스타는 움직이지 않았다. 링고는 가슴에서 화염이 솟구치는 걸 느꼈다. 격렬하게 타오를 뿐, 아무것도 할 수 없는 불길이었다. 그를 일으켜 세우기는커녕, 스타에게 기어갈 힘마저도 주지 않았다. 제복 남자는 링고를 향해 돌아섰다. 이번에야말로 끝장을 내버리겠다는 듯, 도끼를 쳐들었다. 그때, 구덩이 밑에서 온 얼굴이 피투성이가 된 대장이 뛰어 올라왔다. 울음 섞인 고함을 내지르며 제복 남자의 다리를 들이받아 쓰러뜨렸다. 둘은 엎치락뒤치락 눈밭을 굴렀다. 그러던 어느 순간, 제복 남자가 대장을 올라타고 앉아 양손으로 목을 틀어쥐고 조르기 시작했다. 링고의 의식은 새카만 소용돌이 속으로 빨려들어가고 있었다. 시야가 해거름처럼 어두워지고, 해거름 밖에서 여자의 비명이 울렸다.

"그만, 그만해. 개자식아."

어둠이 세상을 뒤덮기 직전, 링고는 돌을 집어 들어 제복 남자의 머리를 내리쳐버리는 여자를 보았다.

달빛 속에 스타가 서 있었다. 귀를 쫑긋 세우고 친근하게 꼬리를 살랑거리며 링고를 바라보았다. 링고가 한 발짝 다가들자 몸을 돌리고 숲으로 달려 들어갔다. 눈보라 치던 밤, 그를 초대하던 첫 순간처럼. 링고는 그때처럼 스타와 나란히 달릴 수 없었다. 스타는 너무 빨랐고, 나무들이 너무 많았고, 눈보라가 너무 짙었다. 이윽고 스타는 커다란 새처럼 숲의 그림자 속으로 날아갔다. 링고는 달리기를 멈췄다. 스타를 삼킨 그림자 너머에서 하울링이 울리고 있었다. 길고, 느리고, 높게 울리는 소리였다. 바람처럼 흐느끼며 멀어지는 소리였다. 서글프고 쓸쓸한 소리였다.

스타. 링고는 눈을 떴다. 안개 낀 새벽 숲처럼 시야가 어둡고 흐릿했다. 고개를 들어 주변을 살펴보려 했지만 잘 되지 않았다. 목을 가눌 수가 없었다. 바위처럼 무거운 압력이 몸을 누르고 있었다. 머릿속에서 도끼를 든 남자가 나타났다가 의식 뒤편으로 빠르게 사라졌다. 눈이 감겼다. 어둠이 소나기처럼 쏟아졌다. 스타의 하울링은 더 이상 들려오지 않았다.

두 번째로 눈을 떴을 때, 링고는 자신이 살아 있다고 확신했다. 숲이 사라지고, 안개가 걷히고, 시야가 또렷해져 있었다. 커다란 철장과 철장 위에 매달린 물주머니 같은 것이 보였다. 누가 곁에 있는지 알아차릴 정도로 감각도 돌아왔다. 스타가 있었다. 길고 검은 가방 안이었다. 죽음의 냄새가 지퍼가 닫힌 가방 위로 먹구름처럼 덮여 있었다.

여기는 어디일까. 링고는 고개를 들려다 자신도 모르게 낑, 하는 신음을 내질렀다. 머리가 부서질 것처럼 아픈데 목 아래로는 감각이 없었다. 목에 큰 깔때기가 씌워져 있어 몸을 제대로 볼 수도 없었다. 앞다리로 버티고 일어나려 해봤지만 목이 툭 꺾이며 맥없이 고꾸라져버렸다. 링고는 턱을 바닥에 붙인 채 정면의 문이 열리는 걸 지켜봤다. 누군가 안으로 들어오고 있었다. 지난밤, 스타를 구하러 달려왔던 남자, 스타의 대장이었다.

"링고."

대장은 나직한 소리로 말을 걸어왔다. 몰골이 말씀이 아니었다. 눈두덩에 멍이 들고, 코가 퉁퉁 붓고, 입술이 뭉개지고, 목에는 거무레한 자국을 밧줄처럼 휘감고 있었다.

"깨어났구나."

대장의 목에서 울음도 비명도 아닌 이상한 쇳소리가 났다. 지쳐 보이는 눈은 하염없이 링고를 들여다봤다. 링고는 노성을 터트렸다. 가슴 속에서 격한 분노가 되살아나고 있었다. 지난밤의 기억이 강물처럼 쏟아졌다. 검둥개와의 싸움, 스타의 목에 도끼를 꽂은 남자와 대장의 결투, 낯선 여자, 스타.

"링고, 괜찮아. 해치지 않아."

대장은 중얼거렸다. 산막에서 마주칠 때마다, 링고가 으르렁댈 때마다, 반복해서 건네던 말이었다. 불안을 가라앉히는 목소리였다. 묘한 힘을 가진 주문이었다. 대장의 발아래 엎드려본 적은 없었지만, 스타처럼 대장을 온전히 믿었던 적도 없었지만, 대장이 "괜찮아, 해치지 않아."라고 말하면 정말로 가만있어도 괜찮을 것 같았다. 자신을 해칠까 봐 경계하지 않아도, 스타를 데려가버릴까 봐 불안해하지 않아도 좋을 것 같았다. 하지만 지금은 아니었다. 대장을 믿고 싶지 않았다. 가까이 오지 말았으면 했다. 자신을 만지지 말았으면 했다. 손을 내밀기만 하면 온 힘을 다해 물어뜯어 버릴 작정이었다.

"링고, 괜찮아."

대장은 주머니에서 둥근 쇳덩어리가 달린 물건을 꺼내 철장 사이로 밀어 넣었다. 그걸 링고의 뒷다리에 감고 바람을 집어넣었다. 날카로우면서도 묵직한 통증이 다리를 타고 허리로 올라왔다. 링고는 다리에 감긴 걸 이빨로 떼어버리려고 버둥거렸으나 주둥이가 가 닿지도 않았다. 커다란 깔때기가 시야와 움직임을 제한하고 있었다. 잠시 후, 뒷다리를 죄던 압박이 사라졌다. 대장은 그 물건을 옆에다 내려놓고, 철장 위에 매달린 물주머니를 들여다보고, 물주머니에 달린 투명한 줄 안으로 작은 주사기를 밀어 넣었다.

"링고, 더 자. 그래야 빨리 아물지."

대장은 주사기를 빼고 스타가 들어 있는 가방으로 다가갔다. 링고는 다급하게 앞다리를 들고 몸을 일으켰다. 대장이 스타를 데려가려 한다고 생각했다. 이제 다시 스타와 만나지 못하리라는 직감이 풀기 없는 앞다리를 일으켜 세웠다.

"링고, 안 돼."

링고는 사력을 다해 앞다리에 힘을 주고, 이빨을 드러내며 입술을 말아 올렸다. 귀를 세우고 머리를 높이 들어 위엄과 분노를 보여주려 했다. 대장의 눈을 노려보며 자신에게서 스타를 빼앗아가지 말라고 경고하려 했다. 비참하게도 입에서 흘러나오는 건 강아지처럼 낑낑거리는 울음이었다.

"링고, 가만있어."

링고는 한 발짝 앞으로 다리를 내디뎠다. 머리로 철장을 들이받으며 분노를 드러내고 의사를 전달하려 애썼다. 제발 스타를 거기 놔두라고.

대장은 가방 옆에 몸을 낮추고 앉아 지퍼를 열었다. 잿빛 그림자 밑에 스타가 누워 있었다. 목에 흰 붕대를 감고, 머리와 몸을 옆으로 눕히고, 잠든 것처럼 편안하게. 불에 덴 것처럼 눈이 뜨거워지기 시작했다. 꽉 막힌 목 밑에서 신음이 끓었다. 링고는 주둥이를 창살 사이로 내밀고 발톱으로 바닥을 긁으며 몸부림을 쳤다. 철장에서 나가고 싶었다. 스타 옆으로 가고 싶었다.

"링고, 가만있어."

대장은 가방을 철장 문 앞으로 끌고 왔다. 링고는 스타를 향해 몸을 돌려 앉았다. 철장 쇠살 틈으로 주둥이를 내밀고 스타의 냄새를 맡았다. 스타의 차가운 입술을 핥았다. 코를 맞댔다. 숨결이 느껴지지 않았다. 콧등은 말라 있었다. 그녀의 머리 위에는 잿빛 그림자가 내려앉아 있었다. 링고는 그것이 무엇을 의미하는지 익히 알고 있었다. 알면서도 고개를 돌려 간절한 심정으로 대장을 올려다봤다.

스타를 산막으로 데려가고 싶었다. 예전처럼, 쉼터에서 산막으로 스타를 데려왔던 첫 밤처럼, 상처를 핥고, 코를 맞대고, 몸을 붙인 채 잠들고 싶었다. 그러면 예전으로 돌아갈 수 있을 것 같았다. 어둠이 지나고 해가 뜨면, 스타가 고개를 뒤로 돌려 친밀하고 편안한 시선으로 자신을 들여다보고 있을 것 같았다. 대장이라면 그렇게 하도록 해줄지도 몰랐다.

"링고, 안 돼."

대장은 고개를 저었다. 신음으로 막혀 있던 링고의 목 안에서 비통한 울음이 터져 나왔다. 스타를 산막으로 데려다줄 수 없다면 철장 문이라도 열어줬으면 했다. 자신이 스타를 데려갈 수 있도록.

"안 돼."

대장은 링고의 눈을 피해 몸을 돌리고 문 밖으로 사라져버렸다. 링고는 문틈으로 코를 내밀어 스타의 냄새를 맡았다. 스타의 몸에 코를 문지르고 상처를 핥았다. 그럴수록 스타를 에워싼 잿빛 그림자는 점점 더 짙어져갔다. 인간 형상으로 커져갔다. 긴 팔을 뻗어서 조용하고, 빠르고, 매정하게 스타를 끌고 갔다. 링고는 멀어지는 스타를 바라보며 애끓는 하울링을 토해냈다. 스타는 창문 너머, 검푸른 밤안개 속에서 걸음을 멈추고 링고를 돌아봤다. 골짜기 길에서 처음 만났던 그 밤처럼, 친근하게 꼬리를 흔들었다.

동해 4

동해는 드림랜드 경계 담장을 넘었다. 담이 높았지만 종아리까지 쌓인 눈이 폭신하게 그의 몸을 받았다. 그는 담을 넘기 전에 던져둔 아이젠을 신발에 끼우고 숲길을 내려가기 시작했다. 낙엽송과 바위, 눈향나무가 서로 기대고 싸안은 숲 안에선 온갖 소리들이 흐르고 있었다. 방울을 흔드는 듯한 기이한 새소리, 깃발 같은 것이 펄럭이는 소리, 나무들 사이를 서성이는 바람 소리, 집 쪽에서 울리는 개 소리, 신발 밑에서는 눈얼음이 써걱써걱, 바스러졌다.

30여 미터쯤 내려가자 동물 묘지가 나타났다. 그는 저녁 안개가 퍼지는 묘지 한 귀퉁이에서 걸음을 멈췄다. 노란 꼬빡연이 나뭇가지에 걸려 시끄러운 소리를 내고 있었다. 펄럭거린 건 깃발이 아니라 바람을 타고 머리를 꼬박거리는 저 연이었다. 그는 주머니에서 가위를 꺼내 줄을 자르고 연을 끌어 내렸다. 가오리 모양 몸체에 씌어 있는 글의 내용이 궁금했다.

나의 두 번째 친구였던 쿠키, 너를 오래오래 기억할게. 승아.

그랬단 말이지. 그새를 못 참아 콱, 뒈져버렸단 말이지. 맥이 탁 풀렸다. 허탈하고 짜증이 치밀었다. 머리 뚜껑이 홀떡 열렸다. 열 받은 손은 때마침 쥐고 있던 가위로 연을 찌르고 찢고 잘라버렸다. 순식간에 종이 가루가 된 연은 바람을 타고 나풀나풀 날아올랐다. 이 멍청한 개새끼는 끝까지 말썽이었다. 이번에야말로 끝장내줄 참이었는데. 끝장내서 동물 묘지 앞 나무에 매달아 놓을 작정이었는데. 서재형에게 보낼 중대한 메시지였는데. 다음은 너라고. 까맣게 태워서 개새끼처럼 매달아 주겠노라고.

"링고, 안 돼."

서재형의 목소리가 바람을 타고 날아왔다. 나직하게 으르렁대는 개 소리가 이어지고 동물 묘지 가로등에 불이 들어왔다. 동해는 근처 눈향나무 뒤로 몸을 숨겼다. 묘지 쪽으로 눈과 귀를 내밀고 앉아 숨을 죽였다. 발소리가 들려오고 있었다. 한 사람이 아니라 여럿이었고 동물 묘지 쪽으로 올라오는 소리였다. 잠시 후, 발소리의 주인들이 모습을 드러냈다. 어린 계집애를 업은 서재형, 삽 한 자루와 작은 상자를 든 여자, 목에 흰 깔때기를 차고, 앞가슴에 압박붕대를 감고, 다리를 절뚝거리면서 걷는 잿빛 늑대 한 마리.

"김윤주 씨, 어디로 가요?"

서재형이 묘지 안으로 들어서면서 숲길로 계속 올라가는 여자를 불러 세웠다. 고개를 숙인 채 삽을 질질 끌며 걷던 여자는 가로등 밑에서 퍼뜩 고개를 들었다. 김윤주라…….

동해는 여자의 얼굴을 찬찬히 바라보았다. 자신도 아는 그 김윤주였다. 프로필 사진으로만 봤지만 확신할 수 있었다. 사진과 실물의 표정이 저렇게 똑같기도 어렵겠다, 싶었다. 잿빛 늑대도 알 만한 놈이었다. 잊으려야 잊을 수가 없는 놈, 진만을 죽이고, 자신을 정신병원으로 몰아넣은 그놈이었다. 저놈이 늑대가 아니라 서재형의 개였다니, 저년이 서재형과 함께 살고 있다니, 즐거운 충격이 소름처럼 등을 덮었다. 행복한 조급증이 겨드랑이를 간질였다. 가족 만찬에 초대를 받은 기분이었다.

서재형은 노랑 연이 있던 자리에서 걸음을 멈췄다. 고개를 들어 어두워지는 하늘을 올려다보고, 양옆을 두리번거리고, 전후방을 돌아봤다. 연을 찾는 눈치였다. 바람에 날아가 버렸다고 판단한 것 같았다.

"손승아, 여기서 내리자."

서재형은 등에 업었던 계집애를 내려놓았다. 계집애는 쿠키의 것과 똑같은 노랑 꼬빡연을 들고 있었다. 유일하게 낯선 인물이었다. 누구일까.

"선생님, 쿠키의 연이 아직 있어요?"

계집애가 연을 만지작대며 물었다. 서재형은 대답하지 않았다. 사방으로 코를 킁킁대던 잿빛 개가 날뛰기 시작한 탓이었다. 놈은 동해가 숨어 있는 눈향나무 쪽으로 몸을 돌리고, 한숨에 뛰어 올라올 것처럼 도약하다가 주둥이를 눈 속에 처박으며 그만 고꾸라져버렸다.

"링고, 가만있어."

서재형이 놈에게 달려오며 다급한 소리를 질렀다. 놈은 으르렁거리고 사지를 버둥대며 악착스럽게 몸을 일으켰다. 네 다리로 서자마자 몸을 털고, 털을 곤두세우며 동해를 향해 짖어댔다. 맹렬하고도 그악스러운 기세였다. 서재형도 뭔가를 알아차린 듯, 고개를 돌려 자신을 바라봤다. 동해는 움찔해서 숨을 죽였다. 눈향나무를 사이에 두고 시선을 딱 마주친 느낌이었다. 숨어 있는 걸 들킨 게 아니라 정체를 들킨 게 아닌가 싶었다. 그는 몸을 일으키고 담장 문으로 튀었다. 서재형의 목소리가 귀 뒤를 따라왔다.

"거기 누구야."

동해는 빗장을 풀고 문 밖으로 튀었다. 다리가 풀려 더 달릴 수 없을 때까지, 뒤도 돌아보지 않고 내달았다. 묘비도 없는 무덤 앞에 다다라서야 처음으로 뒤를 돌아봤다. 서재형은 보이지 않았다. 무시무시한 하울링만 뒤를 쫓아오고 있었다. 다시 앞으로 고개를 돌리자 등산복에 배낭을 메고 스틱을 든 중년 남자가 코앞에 서 있었다. 놀란 나머지 하마터면 비명을 지를 뻔했다. 남자는 느긋한 목소리로 팔자 좋은 인사를 건넸다.

"안녕하시오."

네 눈엔 내가 안녕해 보이냐. 동해는 가위로 남자의 눈을 찍어버리려다 그만두었다. 쓸데없는 짓으로 힘을 빼고 싶지 않았다. 남자는 그의 어깨를 스쳐 갔다. 탈출하려는 바보일까, 세상이 어찌 되든 평상시 하던 짓을 하는 머저리일까. 동해의 눈엔 후자로 보였다. 평상시 하던 짓을 하는 걸로 평상이 지켜지고 있다고 믿는 부류. 동해는 가위를 주머니에 담고 걷기 시작했다. 30분 후, 쉼터 벼랑 가에 도착했다. 벼랑 밑 풍경은 애잔하면서도 재미있었다. 땅거미에 덮인 병원은 거대한 숯덩이였다. 닷새가 지났건만 아직도 탄 냄새가 진동했다.

동해는 자신의 삶이 서바이벌 게임 같다고 생각했다. 하나의 관문을 통과하면 돌이킬 수도, 되돌아갈 수도 없으며, 살아남는 길은 오로지 새로운 문을 향해 나아가는 것뿐이라는 점에서. 첫 관문을 통과한 건 아버지의 개새끼를 죽인 날이었다. 두 번째는 입대하던 날, 세 번째는 병원을 탈출하던 새벽, 안개 속에서 총성이 울리던 그 순간이었다.

총소리가 울린 후 찾아든 고요의 숨찬 긴장을 그는 선명하게 기억하고 있었다. 눈향나무 밑에 엎드려 들었던 군인들의 발소리를 기억했다. 눈 쌓인 땅의 습한 한기와 눈꺼풀을 찔러 오던 눈향나무 이파리의 감촉을 기억했다. 안개 속을 오가던 서치라이트 빛을 기억했다. 불빛과 발소리가 사라지기까지 거의 1세기가 지나간 것 같았다. 지나간 후로도 섣불리 움직일 수가 없었다.

이제 어디로 가야 할까. 머릿속 나침반에 의하면, 자신이 있는 곳은 백운산 동남쪽 어디쯤이었다. 내려온 길을 거슬러 올라가 봐야 다시 쉼터에 이를 터였다. 남하하면 암석 절벽이 함정처럼 포진해 있는 백운산 골짜기와 만날 테고. 그는 북쪽이라 짐작되는 방향으로 움직이기 시작했다. 몸을 낮추고 손으로 앞을 더듬으며 어둠 속을 기어갔다. 동이 틀 때도 됐건만 하늘은 밝아올 기미조차 없었다. 안개는 더욱 짙어지고 한기가 얼음 박편처럼 살을 찔렀다. 사지는 감각을 잃은 지 오래였다. 아마도 그래서였으리라. 그는 자신이 허공을 짚은 줄도 몰랐다. 몸이 기우뚱 기울어지는데도 무슨 일이 일어나는지 몰랐다. 어라, 하는 새에 추락하고 정신을 차려보니 이상한 곳에 드러누워 있었다. 등 밑이 기분 나빴다. 감각이 아니라 직감이 느끼는 불쾌함이었다. 자신이 깔고 누운 울퉁불퉁하고, 길고, 축축한 물체는 흙더미나 눈 더미가 아니었다. 바위는 더더욱 아니었다. 그는 누운 채로 손을 더듬어 주변을 만졌다. 길쭉하고 가느다란 것이 손끝에 걸렸다. 그것이 사람의 손이라는 걸 알아채는 데는 1초도 걸리지 않았다.

그는 벌떡 몸을 일으켰다. 앞뒤 재지 않고 휴대전화를 꺼내 불을 켰다. 쏘는 듯한 흰빛이 눈을 부릅뜬 남자의 얼굴을 비췄다. 핏물에 젖은 가슴팍과 방한복에 난 총구멍 세 개는 남자가 죽었다고 말하고 있었다. 그 옆에 어떤 여자가 머리를 풀어헤치고 엎어져 있었다. 그 옆에는 노인이, 노인 머리 위엔 강아지 한 마리가. 그는 반대편을 비췄다. 남잔지 여잔지 구별할 수 없는 사람들이 널브러져 있었다. 그는 불을 위쪽으로 비춰봤다. 1미터가량 위쪽, 쏟아져 내리는 안개 속에 검은 옷을 입은 사람들이 둘러서 있었다. 비명이 튀어나올 뻔한 순간이었다. 자신이 군인들을 향해 불을 비췄다고 생각한 탓이었다. 그것들이 눈을 뒤집어쓴 나무라는 걸 깨닫기까지는 꽤 오랜 시간이 필요했다. 뒤를 이어 또 다른 충격이 덮쳐 왔다.

그랬단 말이지. 그 총성이 공포가 아니었단 말이지. 이게 정부의 입장이란 말이지. 앞은 장갑차로 막고, 뒷구멍은 총으로 막고.

그가 있는 곳은 구덩이였다. 날이 밝으면 암매장될 시신 수십 구가 있는 구덩이. 시신들은 산을 통해 도망치려다 총에 맞아 죽은 이들이었다. 구덩이를 판 자나, 시체를 내던진 자는 군인이겠지. 목 안에서 소리 없는 웃음이 터졌다. 자신은 이제 자유였다. 형사, 아버지, 빨간 눈, 그 모든 것으로부터. 이유가 뭔지 몰라도 자신은 아직 빨간 눈에 걸리지 않았다. 아직까지 걸리지 않았다면 앞으로도 걸리지 않을 공산이 컸다. 반면에 화양은 시신들의 도시가 될 운명이었다. 빨간 눈에 걸려서, 문을 열라고 시위하다 장갑차에 깔려서, 도망치려다 총에 맞아서, 기름과 식량 따위를 놓고 아귀다툼하다가 죽어갈 테니까. 그 일단을 세상에 선보이는 것도 괜찮은 일 같았다. 뻔히 알면서도, 적어도 예상은 하고 있었으면서도, 모든 것이 끝난 후에야 충격받은 척 호들갑을 떨 것들에게.

그는 휴대전화로 사진을 몇 컷 찍었다. 플래시가 터졌지만 신경 쓰지 않았다. 안개가 빛을 차단해줄 것이므로. 다음으로 필요한 건 눈길을 헤치고 나아갈 도구였다. 맞춤하게 그가 깔고 앉은 시신이 그걸 갖고 있었다. 그는 시신의 발에서 아이젠을 벗겨냈다.

아침 8시, 동해는 다시 화양 땅으로 내려섰다. 세상 어디에서도 볼 수 없는 장관이 기다리고 있었다. 새하얀 눈벌판에 파인 거대한 구덩이, 주변에 널린 수백 구의 개 사체. 지나치기 아까워 다시 몇 컷을 찍었다. 스쿠터를 만난 건 도로로 빠져나왔을 때였다. 그는 팔을 벌려 길을 가로막았다. 운전자는 스쿠터를 세우더니 헬멧을 벗고 성질을 부렸다.

"미친 새끼, 뒈지려고 환장을……."

동해는 놈의 머리통을 관창으로 한 대 쥐어박았다. 놈은 얼어붙은 도로 위로 굴러떨어졌다. 손에 쥐고 있던 헬멧은 눈길을 데굴데굴 굴러갔다. 동해는 아이젠을 낀 발을 들어 일어나려 버둥대는 놈의 얼굴을 찍어버렸다. 뭉클한 감촉이 싫지 않았다. 곤죽이 돼서 뻗어버린 모습을 내려다보는 기분도 나쁘지 않았다. 전능감이 온몸을 태우며 내달리고 있었다. 무엇이든 해도 될 것 같았다. 무엇을 해도 방해받지 않을 것 같았다. 놈의 깨진 머리와 아이젠에 찍힌 얼굴이 뭐든 해도 좋다고 말하는 것 같았다. 그는 시신을 매립지 옆 도랑으로 걷어차서 처박았다. 아이젠을 풀어 주머니에 담고, 헬멧을 주워 뒤집어쓰고, 스쿠터에 앉았다. 이제 휴대전화를 처리할 차례였다. 그는 휴대전화를 켜고 전화 주인의 트위터로 들어갔다. 얼어붙은 손을 입김으로 불어 녹이며 사진들을 차례로 올렸다. '화양 백운산 골짜기'라는 말 외에 다른 설명은 붙이지 않았다. 사진이 모든 걸 말해줄 것이므로. 휴대전화는 도랑으로 던져버렸다.

동해는 자주 다니던 남구의 한 PC방으로 스쿠터를 몰았다. 안전하고 따뜻한 잠자리가 필요했다. 남부 봉쇄선이라는 데가 어떻게 생겨먹었는지 보고 싶기도 했다. PC방 건물 옥상으로 올라가면 그곳이 훤히 내려보일 터였다. 문이 잠겨 있을 테지만 들어갈 일은 걱정하지 않았다. 건물 뒤편에 PC방 화장실이 있었다. 그는 화장실 창문 앞에 스쿠터를 세웠다. 관창으로 창을 깨고 안으로 들어갔다. 초록빛 비상등이 그를 맞았다. 고슬고슬하고 따뜻한 공기가 뺨을 감쌌다. 5층 건물 전체가 텅 빈 것처럼 고요했다. 전기 스위치를 올리고, 실내를 둘러봤다. 잘 정리된 의자들, 음료수들이 든 냉장고, 컵라면과 삶은 달걀 같은 먹을거리들이 놓인 진열장, 식수대와 커피 자판기.

그는 아무 의자에나 앉아 컴퓨터를 켰다. 간호사의 트위터에 올린 사진은 그새에 삭제되고 없었다. 그새에도 볼 사람은 본 모양으로 사진의 진위 여부를 놓고 SNS가 시끄러웠다. 이후 인터넷이 끊기는 바람에 할 일이 없어지긴 했지만 밖으로 나가고 싶지는 않았다. 자신을 찾고 있을 경찰도 피할 겸, 기운도 회복할 겸, 먹고 자고 꿈꾸는 일만 하며 며칠을 보냈다. 꿈속에서 화양은 늘 불길에 휩싸여 있었다. 불길 밑에서 알몸의 아버지가 훨훨 탔다.

동해는 발아래 숯덩이 병원을 오래오래 내려다봤다. 새삼스럽고 대견스러웠다. 자신의 첫 작품이었다. 삶에 대한 자신감과 영감을 안겨준 기념비적 작품이었다. 세상은 박동해의 것이었다. 이제 그것을 널리 알릴 때였다. 누구보다 기뻐할 어머니에게 가장 먼저. 그는 벼랑 가에서 물러섰다. 숲 속에 숨겨둔 스쿠터를 끌어냈다.

백운자연마을은 경찰차가 매시간 순찰을 도는 지역이었다. 지금은 그림자도 보이지 않았다. 방범 초소 문도 닫혀 있었다. 그는 차고 앞에 스쿠터를 세우고 담을 넘어 집으로 들어갔다. 현관문을 열자 거실 입구에 층층이 쌓아둔 여행 가방들이 곧바로 눈에 들어왔다. 가방 옆으로 동아의 털 부츠, 여자 구두 한 켤레. 구두의 주인은 거실 소파에 앉은 채로 그를 맞았다. 귀신이라도 본 것처럼 등을 꼿꼿이 세우고 입을 벙긋거리며. 집 안에 있으면서도 고글을 끼고 마스크를 쓰고 있었다.

"엄마, 안녕."

동해는 한쪽 손을 가볍게 들어 보였다.

"잘 지냈어?"

마른침을 넘기는 소리가 대답을 대신했다. 깍지를 끼었다 풀었다 하는 동작은 오줌 마려운 걸 참는 것처럼 산만하고 불안정해 보였다. 동해는 소처럼 입술을 야물거리며 웃었다.

"왜 말을 못 해? 설마 아들한테 겁먹은 거 아니지?"

그가 신발을 벗고 거실로 올라서자 엄마는 몸을 일으켰다.

"너 대체 어디 있다가……."

"어디 있기는. 정신병원에 있었잖아. 엄마가 잡아서 보내놓고 기억 안 나?"

동해가 다가서자 엄마는 안방 쪽으로 두어 발짝 물러섰다.

"곧 아버지가 오실 거다."

엄마의 가느다랗고 높은 목소리가 파르르 떨렸다. 고글 속 눈은 빨갰다. 있는 대로 열이 뻗친 사람처럼 얼굴도 벌겠다. 평소 우아하게 묶고 있던 머리는 번개를 맞은 모양으로 풀어헤쳐져 있었다. 아아. 동해는 고개를 끄덕였다. 그렇구나, 눈이 빨갛구나. 어쩌다 그리됐는지 몰라도 천벌을 받은 거야.

"어디 가족 여행이라도 갈 모양이지?"

"네 아버지가 곧 오신다고 했어."

"들었어. 금방 얘기했잖아. 근데 어딜 가려고? 화양 밖으로 한 발짝도 못 나갈 텐데. 아까 오면서 봤는데 봉쇄선에 장갑차들이 진을 치고 있더라고."

"네 아버지가 오실 거야."

엄마는 세 번째 같은 말을 되풀이했다.

"산 넘어가려고? 저 요란한 트렁크들을 끌고?"

동해는 고개를 저었다.

"그러다 총 맞아 죽은 사람들이 수십 명이야. 암매장하려고 구덩이에 던져버린 시체를 봤거든. 병원에 불 지르고 나온 날 새벽에. 여차하면 구덩이에 눕는 수가 있다고."

"너 여기 있으면 안 돼. 아버지가 올 거야."

엄마는 달달 떨리는 손을 뻗어 테이블에 놓인 휴대전화를 집어 들었다. 되지도 않는 전화를 걸어 아버지에게 알리겠다는 것인지, 확 내던져서 자신의 머리통이라도 맞혀보겠다는 건지, 목적이 아리송한 동작이었다.

"엄마, 욕실에 가서 거울 한번 봐. 눈깔이 빨개."

동해는 탁자에서 엄마의 자동차 키를 집어 들고 2층으로 올라갔다. 방 안 풍경은 자신이 떠날 때 그대로였다. 방바닥에 트렁크가 뒹굴고, 창문 밑에 의자가 넘어져 있고. 어머니든, 아버지든, 자신이 떠난 후 이 방에 한 번도 들어와보지 않은 게 분명했다. 그는 입고 있던 옷을 벗어 던지고 청바지와 스웨터, 파카를 꺼내 입었다. 헌 셔츠와 양말, 필요한 소지품을 트렁크에 담았다. 뭔가 이상하다는 생각이 든 건 트렁크를 끌고 나와 계단 문을 막 열었을 때였다. 동아가 왜 조용하지?

동해는 문밖으로 고개를 내밀어 거실을 내려다보았다. 엄마는 소파 한구석에 늙은 고양이처럼 웅크려 앉아 딱딱, 소리 나게 턱을 떨고 있었다. 산발한 머리가 박자를 맞춰 떨었다. 아무래도 제정신은 아니지 싶었다. 열에 들떠서 그러는지, 미쳐서 그러는지는 몰라도. 그는 트렁크를 질질 끌고 동아의 방으로 건너갔다. 침대가 비어 있었다. 자다 일어나 뛰쳐나간 것처럼 이불이 홀떡 젖혀진 상태였다. 옷걸이엔 코트가 걸려 있고, 베개 옆에 휴대전화가 놓여 있고, 실내화 한 짝이 문턱 앞에 떨어져 있었다. 방 안엔 기묘한 한기가 돌았다. 동해는 나가려다가 다시 몸을 돌려 침대를 봤다. 동아의 부속품은 모두 있는데 동아의 몸만 집에 없다. 눈이 빨간 엄마는 여행 가방을 싸놓고 아버지를 기다린다…….

둘 중 하나였다. 동아가 죽었거나, 체육관에 있거나.

후자일 거라고, 동해는 생각했다. 아버지가 동아를 데려가고 엄마는 집에 남았을 것이다. 이후로 아버지는 집에 오지 않았겠지. 통신이 끊겨

전화 연락도 되지 않는 상황에서 어머니는 빨간 눈의 은총을 받은 것이고. 그 바람에 나사 하나가 빠져버린 거였다. 워낙 교양 있게 미쳐서 하마터면 알아보지 못할 뻔했지만. 현관의 여행 가방들을 설명할 길은 그뿐이었다.

동해는 트렁크를 끌고 1층으로 내려왔다. 그냥 갈까 하다 아버지의 서재로 들어갔다. 공기총을 보관해두는 장식장 문을 열었다. 안이 비어 있었다. 어느 틈에 경찰서에 반납했을까? 아니면 아직도 차에다 싣고 다니는 건가. 아쉬워하며 현관을 나섰다. 엄마는 하던 일을 하도록 내버려뒀다. 턱을 떨든, 엉덩이를 떨든, 다리를 떨든. 좀 궁금하기는 했다. 아버지가 병에 걸린 데다 정신까지 나간 마누라를 어떻게 처리할지. 체육관으로 끌고 갈까. 정신병원에 처넣을까. 아니면 죽을 때까지 와보지 않을까.

동해는 마당 창고로 들어갔다. 공구 선반에 지난여름 차고 페인트칠을 할 때 쓰고 남은 시너 한 통이 있었다. 소주병은 나가서 구해야 하리라. 이 고상한 집구석에는 먹고 죽자고 찾아도 없을 물건이므로. 차고로 내려가 스쿠터를 안으로 끌어다 놓고 엄마의 차에 가방과 시너를 실었다. 어디로 가볼까. 화양주공아파트? 그는 시동을 걸었다.

재형 4

발자국은 경계 담장 문 밖으로 이어졌다. 재형은 쫓아가지 않았다. 그보다 링고가 더 급했다. 나뒹굴다시피 하며 따라온 녀석은 그를 밀치고 밖으로 뛰쳐나가려 했다. 제 몸 상태가 어떤지 전혀 모르는 기색이었다. 수술 자리가 터지는 걸 막아야 할 쪽은 주치의인 재형이었다.

"링고, 안 돼."

그는 담장 문을 닫았다. 빗장을 걸고, 며칠째 풀어두고 있던 쇠사슬을 채웠다. 링고는 닫힌 문을 향해 몸을 날리려다 눈 속에 코를 박고 고꾸라졌다.

"링고, 가만있어."

그따위 말이 통할 리 없었다. 링고는 앞다리를 세우려다 엎어지고, 일어나려다 다시 눈밭으로 곤두박질쳤다. 재형은 자신도 모르게 링고에게 손을 뻗으며 소리쳤다.

"링고, 안 돼."

링고는 눈 속에 처박힌 채 고개를 들었다. 이빨을 모조리 드러내고, 입술을 떨면서 제 턱 밑으로 뻗어 온 손을 향해 으르렁거렸다. 금빛 눈은 분노와 증오와 살의를 동맥혈처럼 쏟아냈다. 온몸의 털이 가닥가닥 곤두서고 근육들은 일제히 긴장으로 굳어졌다. 재형은 자신의 경솔한 행동에 아연해져서 숨을 멈췄다. 어쩌자고 성난 개를 향해 고함치고 손을 내밀었는가. 손과 이빨이 1센티미터 거리에서 만난 순간, 믿을 수 없는 자제력을 발휘한 쪽은 링고였다. 그러지 않았다면 자신의 오른손은 이미 저 크고 날카로운 엄니 사이로 끌려들어 가 있을 터였다. 손끝이 떨려왔다. 딸꾹질을 하듯 툭툭 튀어 오르기까지 했다. 그럴 때마다 링고는 나직하게 으르렁거렸다. 빨리 이 손을 치우라고.

재형은 손을 치우지 않았다. 대신 녀석의 으르렁거림만큼이나 나직한 소리로 말을 걸었다.

"링고, 괜찮아. 널 해치지 않아."

링고는 재형의 손에서 눈을 떼지 않았다. 양 귀를 세우고 양 방향으로 쫑긋거렸다. 한 귀로 재형의 말을 듣고, 한 귀로는 본능의 날카로운 경고를 듣는 것처럼. 재형은 계속해서 말을 걸면서 손을 턱 밑으로 조금 더 뻗었다. 털끝에 손이 닿자 녀석은 몸을 움츠리며 재형과 시선을 맞댔다. 머릿속에서 격렬한 싸움이 벌어지는 듯한 눈이었다. 이 손을 더 참아줄 것인가, 확 물어뜯어 버릴 것인가.

"링고, 나는 네 편이야."

재형은 속삭이며 녀석의 턱 밑을 손끝으로 쓸었다. 목구멍 안에서 그르렁대는 소리가 진동처럼 울렸다. 목덜미를 어루만지자 움찔거리며 수축하는 녀석의 몸이 손끝에 느껴졌다. 기준의 목소리가 머리를 스쳐 갔다. "이 개새끼들이 내 아내를 죽였어."

지금 자신이 하고 있는 행동은 자존심 강한 개에겐 선전포고와 다를 바 없는 짓이었다. 링고는 그걸 안간힘을 다해 참아내고 있었다. 저절로 되는 일이 아니었다. 고도로 훈련된 결과거나, 타고난 성정이었다. 어쩌면, 기준의 아내를 죽인 건 링고가 아닐지도 모른다는 생각이 들었다. 스타도 아니리라 믿고 싶었다. 스타는 사람을 싫어하는 개였으나 사람을 문 적은 단 한 번도 없었다. 도대체 스타와 링고, 한기준의 아내 사이에서 무슨 일이 벌어진 것일까.

"링고, 그만 내려가자."

그가 손을 거두자 링고는 한 발짝 뒤로 물러났다. 녀석의 눈은 담장 문 쪽으로 향했다가 다시 재형에게 돌아왔다. 간절한 눈이었다. 며칠 전, 스타의 시신을 제 앞에 가져다주었을 때 그랬던 것처럼. 통증 같은 슬픔이 재형의 가슴을 쓸고 갔다.

"안 돼."

재형은 서서히 몸을 일으켰다. 녀석으로부터 등을 돌리고 숲길로 내려갔다. 링고는 따라오지 않았다. 담장 문 쪽으로 돌아앉아 나직하고 긴 하울링을 토하고 있었다.

"잡았어요?"

동물 묘지로 들어서자 윤주가 물었다. 그는 고개를 저었다.

"링고는 왜 저래요?"

링고의 하울링은 울부짖음으로 내닫고 있었다. 재형은 침입자가 링고와 초면이 아니리라고 생각했다. 저 분통한 하울링이 그 증거였다.

"문을 열어달라는 거요. 그놈을 따라가겠다고."

"그놈? 그놈이 누군데요."

누구였을까. 스타를 죽이려 했던 놈일까. 스타를 죽인 놈일까.

재형은 스타의 유해를 쿠키 옆에 묻었다. 윤주가 돌에 노랑 꼬빡연을 달았다. 이번엔 아무 말도 씌어 있지 않았다. 땅거미처럼 내리깔리는 링고의 하울링이 스타의 묘비명을 대신했다.

"내려가죠."

재형은 승아를 등에 업었다. 윤주가 물었다.

"링고는 어쩌고요."

링고는 내버려둬야 했다. 상처받고 성난 맹수였다. 스타가 살아 돌아온다면 모를까, 누구도 녀석을 위로할 수가 없었다. 집으로 데려갈 길도 없었다. 스스로 마음을 가라앉히거나 울다 지쳐 쓰러질 때까지 기다리는 것 말고는.

링고의 하울링은 1시간이 넘도록 지속됐다. 피를 흩뿌리는 듯한 울음이었다. 저녁 식탁에는 위태로운 침묵이 맴돌았다. 재형은 윤주가 냉동 만두로 끓인 만둣국을 절반도 비우지 못했다. 승아도 마찬가지였다. 윤주는 아예 수저를 내려놓고 그를 쳐다봤다. 링고를 어쩔 것이냐고 묻는 눈이었다. 재형도 수저를 놓고 일어났다. 1층으로 내려가 치료실에 처박혔다. 이럴 수도 없고 저럴 수도 없었다. 그냥 두면 탈진해서 쇼크에 빠질 때까지 울어댈 게 빤했다. 블로우 건으로 진정제를 쏘아 재울까, 생각도 해봤지만 링고의 심신이 어미 잃은 강아지처럼 미약해져 있다는 게 마음에 걸렸다. 재우려다 죽일 수도 있는 처방이었다. 차라리 녀석의 곁에 퍼질러 앉아 함께 울고 싶었다. 나 역시 세상에서 가장 소중한 존재를 잃었다고 알려주고 싶었다. 눈앞에 두고도 지키지 못한 자책감으로 미칠 지경이라고 말해주고 싶었다.

그는 창가를 오락가락했다. 하릴없는 후회를 되풀이했다. 진즉에 둘을 드림랜드로 데려올 것을. 그랬다면 거기에 가지 않았을 것을.

사흘 전 새벽, 통금 해제 사이렌이 울리자마자 그는 황태포 한 포대와 사료 한 포대, 말린 닭고기 등을 차에 싣고 드림랜드를 나섰다. 곁엔 윤주가 앉아 있었다. 그녀는 며칠 전부터 산막에 가고 싶어 했다. 이 생지옥의 한 귀퉁이에 걸린 둘의 둥지를 보고 싶다고 했다. 훗날 화양이 열리면, 둘의 모습을 세상에 보여주겠다고 했다. 그 기사에 '삶의 기적'이라는 제목을 붙이겠노라고 했다. 그런 날이 올까, 회의하면서도 재형은 그러자고 대답했다. 다만 둘의 시간이 맞지 않아 차일피일 미루고 있었다. 윤주가 바빴다. 낮에는 보도되지도 못할 기사거리를 취재하느라, 밤엔 승아를 돌보느라. 재형도 형편이 비슷했다. 드림랜드 대문간에는 줄기차게 개들이 버려지고 있었다. 덕택에 드림랜드는 수십 마리의 개들로 다시 북적거렸다. 재형은 업둥이들을 지하실에 수용하고 일주일간의 관찰 기간을 둔 뒤, 건강하다고 확인된 녀석은 창고로, 발병한 녀석은 거실 뒤편 견사로 보내기로 원칙을 세웠다. 의약품과 사료, 보일러 기름도 구해야 했다. 군인들이 또다시 쳐들어오기 전에 건강하다고 판명난 개들의 피난처도 찾아야 했다. 새벽 4시의 방문은 윤주의 아이디어였다.

그는 산막에서 가장 가까운 세석봉 기슭에 차를 세웠다. 사료와 간식

거리를 밀차에 싣고 짐바로 묶은 뒤 등산로를 올라갔다. 윤주가 비디오 카메라를 손에 쥐고 뒤따라 왔다. 산막은 비어 있었다. 주변은 고요했고 먼 곳에서 간간이 개 짖는 소리만 들려왔다. 링고와 스타는 한참을 기다려도 돌아오지 않았다. 근처에 없다는 얘기였다. 있다면 스타가 재깍 알아차리고 달려왔을 것이므로. 그의 머릿속에선 며칠 전 새벽에 본 쓰레기 매립지 풍경이 자꾸 어른댔다. 파헤쳐진 구덩이, 눈벌판에 널린 개의 사체들, 매립지와 산비탈 사이에 나란히 찍혀 있던 개 두 마리의 발자국. 발자국 크기와 보폭으로 미루어 대형견들이었다. 그때에도 링고와 스타를 퍼뜩 떠올리며 설마, 했던 기억이 났다. 그 '설마'가 둘을 기다리는 동안 점점 '아마도'로 변해갔다. 곧 '그렇다'는 결론에 귀착했고 "안 돼."라는 말이 신음처럼 튀어나왔다. 가서는 안 될 곳이었다. 군인과 병균이 우글대는 장소였다. 그와 윤주는 산기슭에 둔 차를 향해 뛰었다. 쓰레기 매립지로 차를 몰았다.

조금만 더 빨리 출발했다면 그 비극을 막을 수 있었을까. 아내를 잃고 머리가 홱 돌아버린 한기준을 말릴 수 있었을까.

"이 개새끼들이 내 아내를 죽였어."

그의 목을 조르던 기준이 갑자기 손을 놓고 일어나며 한 말이었다. 발작적으로 터진 기침 때문에 그는 아무런 대꾸도 하지 못했다. 범인이 링고인지, 스타인지도 묻지 못했다. 기침이 멎고 나서야 숨통이 트였고, 비로소 머리에 피를 흘리며 서 있는 기준이 눈에 들어왔다. 기준의 발치에는 큼직한 돌멩이 하나가 뒹굴고 그 뒤에서 윤주가 놀란 눈으로 자신을 바라보고 있었다.

"네놈마저 죽이지 않은 걸 고맙게 여겨."

기준은 뚜벅뚜벅 걸어가 구조차에 올라탔다. 개들의 사체를 탱크처럼 깔아뭉개며 매립지 밖으로 사라져버렸다. 재형은 드러누운 채 스타를 멍하니 바라보았다. 스타의 다갈색 눈이 자신을 향해 커다랗게 뜨여 있었다. 그가 아는 스타는 마야처럼 '조용하게 오래도록 바라보는 개'였다. 스타, 하고 부르면 걸어가다 멈춰 서서 귀를 내리고 돌아보던 개였다. 스타, 하고 한 번 더 불러야, 바라보기를 멈추고 걸어와 자신의 겨드랑이 밑으로 수줍게 얼굴을 밀어 넣는 개였다. 그토록 조심스럽게 애정을 표현하던 개가 목이 반쯤 잘린 채 눈밭에 드러누워 자신을 바라보고 있었다.

"재형 씨, 괜찮아요?"

윤주가 와서 어깨를 일으켜 앉히며 물었다. 그는 고개를 끄덕였다. 괜찮지 않은 쪽은 링고였다. 한기준과 맞닥뜨리기 전에 이미 치명적인 부상을 입은 게 아닌가 싶었다. 덩치 큰 검둥개 한 마리가 구덩이 옆에 목을 찢긴 채 죽어 있는 걸로 봐서. 대형견끼리의 싸움은 맹수의 싸움과 다를 바가 없었다. 어느 한쪽이 죽어야 끝나는 게임이었다. 그러므로 승자도 패자와 맞먹는 치명상을 입게 마련이었다. 링고 역시 피를 많이 흘렸고 앞다리 삼각근 쪽에 중상을 입은 상태였다. 물고 흔들어버리는 개들의 특성상, 보이지 않는 내부 근육 손상은 더 깊고 클 것이 뻔했다. 출혈의 진원지는 어깨 쪽 상처였다. 압박을 해도 지혈이 되지 않았다. 큰 혈관이 손상된 걸로 보였고, 탈수와 탈진, 출혈로 의식마저 혼미했다.

재형은 스타와 링고를 드림랜드로 옮겼다. 스타는 바디 백에, 링고는 수술대에 누웠다. 녀석의 이름을 알게 된 건 바로 그때였다. 파란 목줄에 인식표가 달려 있었다.

"링고."

입 밖으로 소리를 내어 이름을 부르자 링고는 다리를 움찔하며 눈을 떴다. 몽롱한 시선으로 재형의 얼굴을 더듬었다. 자기를 부른 자를 찾는 것처럼. 세상에 태어나 처음으로 이름이 불린 것처럼. 목 언저리를 답답하게 만드는 시선이었다. "내가 널 불렀어."라고 말해주고 싶은 눈이었다.

그는 수술 전 처치를 시작했다. 혈압을 재고, 심장 청진을 해본 다음 흉부 엑스레이를 찍고, 가시 점막 상태를 확인하고, 앞다리 정맥에 식염수를 꽂고, 졸레틸을 근육주사 해서 마취시키고, 수술 부위를 제모하고, 피부를 소독했다. 수술이 시작되자 우려하던 상황이 고스란히 나타났다. 상완 세갈래근이 너덜너덜하게 파열되고 견갑 상완 정맥이 손상돼 있었다. 그는 혈관 끝을 모스키토로 집고 흡수 봉합사로 결찰해서 지혈시켰다. 너덜거리는 근육은 절제해서 정리하고 결찰한 뒤, 항생제를 탄 식염수로 세척하고 피부를 봉합했다. 뒷다리 안쪽에는 칼로 베어낸 듯 날렵하게 벌어진 창상이 있었다. 기준이 입힌 상처 같았고 정통으로 찍히지는 않은 듯했다. 인대나 뼈가 손상되지 않은 걸로 미루어. 그나마 다행한 일이었다.

수술 후 링고의 몸은 빠르고 순조롭게 회복됐다. 별문제 없이 마취에서 깨어났고 하루가 다르게 상처가 아물었다. 다만 정신적인 쇼크가 문제였다. 재형은 제 짝의 죽음을 그토록 슬퍼하는 개를 본 적이 없었다. 스타의 죽음 자체를 받아들이려 하지 않았다. 스타의 얼굴에 코를 문지르고, 낑낑대며 입술을 핥고, 스타의 몸을 주둥이로 밀어댔다. 스타를 살려내라는 눈으로 재형을 바라보았다. 그럴 때마다 재형은 어찌할 바를 몰라 허둥거렸다. 녀석을 이해시킬 수 있다면 얼마나 좋을까, 생각했다. 나도 너만큼 그걸 원한다고. 그럴 수가 없어 고통스럽다고.

링고가 하울링을 딱 그쳤다. 재형도 오락가락하던 동작을 멈췄다. 창가에 선 채 녀석이 돌아오길 기다렸다. 스스로 돌아와야 했다. 그로서는 저 사나운 늑대개를 끌고 올 능력이 없었다. 녀석은 자신을 믿지도 않았고 관계를 맺을 의사도 없어 보였다. 적어도 아직까지는 그랬다.

불안한 정적이 시간을 타고 흘러갔다. 10분, 30분, 1시간, 2시간이 넘도록 녀석은 돌아오지 않았다. 혹시 지쳐 쓰러진 건가. 아니면 설마……. 어떤 장면 하나가 영상처럼 명확하게 떠올랐다. 조급증이 탱크처럼 들이닥쳤다. 가서 확인을 해 봐야 할 일이었다. 그는 있을지 모를 링고의 공격에 대비해 왼손에 보호대를 찬 후 헤드 랜턴을 끼고 동물 묘지로 뛰어올라갔다.

예상한 대로였다. 문 밑에 구덩이가 파여 있었다. 링고가 간신히 빠져나갈 만한 넓이와 깊이였다. 절로 신음이 샜다. 혀를 물고 싶은 심정이었다. 다시금 기준의 목소리가 머리를 쳤다.

"이 개새끼들이 내 아내를 죽였어."

그는 무릎을 굽히고 문 앞에 앉았다. 등산화 한쪽을 벗어 들고 눈 위에 찍혀 있는 신발 자국에 갖다 대보았다. 꼭 들어맞았다. 눈에 찍힌 자국임을 감안해도 270밀리미터를 넘기지 않을 것 같았다. 사이즈로 봐선 자신보다 체구가 크지 않을 듯했지만 알 수 없는 일이었다. 링고가 산막으로 갔으리라 우기고 싶었으나 정답이 아니었다. 링고는 이 발자국을 따라갔을 것이다. 어떤 식으로든 발자국의 주인을 찾아내고 말 테고.

불길한 상상과 조급증으로 심장이 터질 지경이었으나 지금은 통금 시간이었다. 아무리 다급해도 링고를 찾아 거리로 나설 수가 없었다. 그는 숲길을 내려왔다. 내일 아침 일찍 나서자고 들썩대는 마음을 애써 다독거렸다. 그러느라 현관문을 열고 신발을 벗을 때까지도 이상한 기척을 느끼지 못했다. 치료실 앞에 이르러서야 비글 강아지 한 마리가 자신의 발꿈치를 따라다니고 있다는 걸 알아차렸다. 몇 시간 전, 대문간에서 데리고 들어온 업둥이였다. 아직 지하실에 있어야 할 관찰 대상이었다. 도대체 어떻게 여기까지 나왔을까.

그는 강아지를 안고 거실로 들어갔다. 답은 지하실 문 앞에 있었다. 승아가 맨발에 파자마 바람으로 지하실 문을 붙잡고 서 있었다. 반쯤 열린 문 밑에선 개들이 짖어댔다. 강아지를 쥔 손아귀에서 힘이 빠져나갔다. 울화통과 의문이 한꺼번에 치밀었다. 왜 거실에 내려왔는지, 지하실 문을 왜 열었는지, 윤주는 뭘 하고 있는지. 2층을 올려다봤다. 서재에 불이 켜져 있었다.

"승아, 여기서 뭐 하니."

그는 치미는 화를 눌러 삼키고 물었다. 승아는 잡고 있던 문손잡이를 슬그머니 놨다. 어쩔 줄 몰라 하는 표정이었다.

"뭐 하느냐고 물었잖아."

"쌤을 만나려고요."

생뚱맞고도 어처구니없는 대답이었다.

"쌤을 왜?"

"아름이와 똑같이 생겼다고 하셨잖아요. 그래서 인사하고 싶었어요. 그냥 인사만 하려고 했어요."

"나는 너한테 그런 말을 한 적이 없는데."

그는 강아지를 지하실 계단으로 내려보내고 문을 닫았다. 버럭 소리라도 지르고 싶은 걸 가까스로 참고 있었다.

"윤주 언니한테 말씀하시는 걸 들었어요. 아름이와 똑같이 생긴 개가 들어왔다고. 저한테 소개시켜주겠다고 하셨잖아요."

대답하는 승아의 얼굴에 꿈을 꾸는 듯한 표정이 스쳤다. 죽은 아름이와 재회하기라도 한 것처럼. 재형은 더 화가 났다. 입조심을 하지 못한 자신에게, 승아가 얼마나 귀가 밝은지 잊어버린 자신의 경솔함에.

"나중에 병이 없는 게 확인되면, 이라고 했을 텐데. 엿들으려면 똑바로 엿들어야지."

승아는 턱을 치켜들었다. 표정에서 꿈결이 사라지고 눈에 익은 무표정이 나타났다. 상대로부터 상처 입지 않겠다는 의지인 동시에 자신의 감정을 상대에게 들키지 않겠다는 방패용 표정이었다.

"저는 엿듣지 않았어요. 저절로 들렸어요."

"어떻게 여기까지 내려왔니?"

그는 물었다.

"저도 혼자 걸을 수 있어요. 드림랜드에 뭐가 있는지 다 알고요."

"그래, 그럼 지금 어디로 가야 할지도 알겠구나."

승아는 입을 꾹 다물었다. 재형은 승아를 안아 올렸다. 승아는 꼿꼿한 자세를 굽히지 않았다. 계단을 올라가 침대에 눕힐 때까지, 새부리 같은 입술을 앙다문 채 눈을 내리뜨고 있었다. 잘 자라는 말에도 대답을 하지 않았다. 그는 1층으로 내려가려다 서재 앞에서 걸음을 멈췄다. 불은 켜져 있는데 안이 조용했다. 복도를 오가는 소리나 잔뜩 굳어진 자신의 목소리를 들었다면 한 번쯤 내다볼 법도 한데. 일하다 잠들었나. 그는 윤주의 기척에 귀를 기울이다 돌연, 몸이 나라지는 느낌을 받았다. 바닥없는 진흙 구렁에 코를 박고 엎어진 기분이었다. 질문 하나가 불쑥 솟아나 머릿속을 맴돌았다. 나는 지금 여기서 뭘 하고 있나.

누군가 '살려고 애쓰고 있다'고 말해주었으면 했다. 누군가가 '잘하고 있다' 해주면, 믿을 수 있을 것 같았다. 그 누군가가 윤주였으면, 싶었다.

그러면 위안이 될 것 같았다. 그는 노크를 하려고 손을 들어 올렸다가 바지 주머니에 쑤셔 담아버렸다. 발소리를 죽이고 계단을 내려갔다.

거실 장식장에 드라이진 한 병이 있었다. 화양이 봉쇄되던 날, 윤주가 가져온 것이었다. 북새통이 된 마트에서 쓸어 온 물건이라고 했다. 아쉬운 얼굴로 "라임 주스가 있었으면 챈들러식 김렛을 만들어 먹을 수 있을 텐데."라고도 했다. 재형은 대꾸하지 않았다. 챈들러식 김렛이 뭐냐고 묻지도 않았다.

"챈들러 얘기로는, 술이 사랑과 같다던데요. 첫 키스는 마법 같고, 두 번째는 친밀하고, 세 번째는 지겹다."

윤주는 드라이진을 거실 장식장에 넣어두었다.

"숙박비예요. 마법이 필요할 때 드세요."

재형은 진을 꺼내 쥐고 치료실로 들어갔다. 거푸 세 잔을 들이켰다. 40도짜리 독주를 안주도, 얼음도 없이. 마법을 뛰어넘어 그는 곧장 침몰 상태로 갔다. 몸도 기분도 최악으로 가라앉았다. 최근 들어 그의 고민 목록에는 승아가 1번으로 올라 있었다. 할아버지의 죽음을 확인한 이후로 아이는 통 말이 없었다. 밥도 거의 먹지 않았고, 잠도 제대로 못 자는 기색이었다. 평소 좋아하던 오디오 북에도 귀를 기울이는 눈치가 아니었다. 마음속의 셔터를 내려버린 것처럼, 어떤 것에도 관심을 갖지 않았다. 윤주는 취재를 나갈 때마다 승아를 2층 난간 쪽 의자에 데려다놓곤 했다. 승아는 대부분의 시간을 그곳에서 보냈다. 가끔씩 거실을 오가며 올려다보면, 무표정한 얼굴로 허공을 응시하거나 고주파 휘슬을 만지작거리고 있었다. 관심 가질, 혹은 애정을 쏟을 대상을 만들어줘야겠다는 마음이야 있었지만 여력이 없었다. 쏀을 기쁘게 맞아들인 건 그 때문이었다. 윤주에게 쏀의 이야기를 꺼낸 것도 그 때문이었다. 비감염으로 판별된다면 승아에게 소개시키겠다고. 그러자면 일주일을 지하실에서 지내야 했고, 관찰 기간을 이제 하루 남겨두고 있었다.

재형은 네 번째 잔을 채우고 한입에 털어 넣었다. 지겨운 맛이 나는 액체가 목을 태우며 식도로 내려갔다. 왜 그랬을까. 하루만 더 기다리라고, 다정하게 얘기해줄 수 있었을 텐데. 그러면 승아도 이해했을 텐데. 승아의 행동은 어쩌면 당연한 것이었는데. 지금이라도 그렇게 말해주면 아이가 마음을 풀까. 그는 의자 등받이에 난파선 같은 머리를 눕혔다. 새카만 암류가 몸을 휘감아 왔다. 시간의 저편으로 그를 데려갔다.

세상이 타오르고 있었다. 푸른 빙영이 어른대던 지평선도, 눈보라에 휩싸였던 설원도, 눈 덮인 가문비 숲도. 숲 그늘에 앉아 그를 지켜보던 늑대들은 사라지고 없었다. 너울처럼 요동하는 불길 복판에 스타와 링고만 널브러져 있었다. 땅 밑에선 폭음이 울렸다. 연쇄적으로 세 번.

"재형 씨, 어디 있어요."

먼 하늘로부터 윤주의 목소리가 들려왔다. 여기야. 나 여기 있어요. 대답하려 했으나 목소리가 나오지 않았다. 머리를 들려 했으나 몸이 움직여지지 않았다. 숨을 삼키자 매운 연기가 목 밑으로 미끄러졌다. 마른기침이 폭죽처럼 터졌다. 그는 눈을 떴다.

"재형 씨."

꿈이 아니었다. 윤주가 자신을 소리쳐 찾고 있었다.

"어디 있어요."

개들도 짖어대고 있었다. 거실 뒤편과 지하실에서 동시에. 재형은 손을 더듬어 책상을 짚었다. 온전히 팔에 의지해 몸을 일으켰다. 일어선 후 잠시 방향감각을 잃어버렸다. 시야가 어두웠다. 분명히 불을 켜두고 잠이 들었을 텐데, 정전이 된 것처럼 방 안이 컴컴했다. 실내 공기가 독하게 매웠다. 그는 창문을 돌아봤다. 바깥에서 화염이 날름거리고 있었다. 윤주의 목소리처럼 폭음도 현실의 소리였던 것이다. 그 결과로 드림랜드의 목재 외벽에 불이 붙어 있었다. 그는 풀리는 다리를 질질 끌면서 문을 뛰쳐나갔다. 이미 정전돼버린 모양이었다. 복도 역시 어두웠고, 연기로 가득 차 있었고, 사방에서 시너 냄새가 났다. 거실 쪽에선 붉은 불길이 너울거렸다.

"재형 씨."

윤주의 목소리는 2층 안쪽에서 들려왔다. 그는 연기를 피해 몸을 낮추고 소화전이 있는 샤워장 앞까지 낮은 걸음으로 움직였다. 가는 동안 생각을 해보려 안간힘을 썼다. 저 소리가 울리는 곳으로 가려면 무엇을 해야 할지, 뭐가 필요한지. 4미터가량을 전진한 뒤 손을 들어 벽을 더듬었다. 소화전의 금속 뚜껑이 손바닥에 닿았다. 그는 뚜껑을 열고 호스를 밖으로 끌어 내려 바닥에 풀어헤친 후 관창을 잡았다. 송수관 밸브를 열자 손목이 튀어 오를 정도로 세찬 압력과 함께 물이 쏟아져 나왔다.

"재형 씨, 어디 있어요."

윤주의 부름은 점점 비명으로 변해가고 있었다. 그는 소리쳤다.

"여기야. 지금 가."

베란다 밖도, 거실도 불의 늪이 되어 있었다. 쏟아지는 검은 연기 때문에 앞이 보이지 않았다. 그는 불길을 향해 물을 쏘면서 발을 더듬어 계단이 있는 곳을 찾았다. 찾고도 곧장 뛰어 올라갈 수가 없었다. 계단과 난간에도 이미 불이 옮겨붙은 상태였다. 불길이 뿜어내는 포악한 열기에 살갗이 녹고 폐가 타는 것 같았다. 독한 연기는 눈을 찌르고, 숨통을 막았다. 술기운이 채 가시지 않은 몸은 평소처럼 정교하게 움직여주지 않았다. 관창이 튀어 나가지 않도록 통제하는 것마저 힘에 겨웠다. 그는 벽에 등을 붙인 채 계단을 올라갔다. 승아가 늘 앉아 있던 의자를 지나 서재 앞까지 전진했다. 윤주는 소리를 질러 그를 인도했다.

"재형 씨, 여기예요."

아주 가까운 곳이었다. 그는 소리를 향해 손을 뻗었다. 반대편에서 뻗어 온 손이 재형의 손을 더듬었다. 어둠 속에서 손이 맞잡히는 순간, 윤주가 왁, 하고 울음을 터트렸다. 그는 윤주를 끌어당겨 안았다. 등을 다독이며 속삭였다.

"괜찮아. 이제 괜찮아."

윤주는 흐느끼며 도리질했다.

"승아가…… 승아가 없어요."

재형은 하마터면 관창을 놓쳐버릴 뻔했다. 없다니.

"식당, 욕실, 재형 씨 방, 2층을 다 뒤졌는데 없어요. 불러도 대답도 없고."

아연했다. 망연자실한 나머지 주저앉고 싶은 심정이었다. 직감이 가리키는바, 승아가 있는 곳은 지하실이었다. 기어코 쌘을 만나러 내려간 게 분명했다. 재형은 그녀의 손을 끌어다 자신의 바지 허리띠를 잡게 했다. 윤주를 먼저 내보내고 승아를 찾아야 했다.

"꽉 잡고 따라와요."

그는 머릿속으로 계단 칸 수를 헤아리면서 오리걸음을 해서 한 발짝씩 내려갔다. 윤주도 그의 허리춤을 붙들고 한 발짝씩 따라왔다. 서른넷, 서른다섯, 서른여섯. 마침내 계단을 빠져나가 현관 복도로 나갔다. 어둠과 연기 속을 기어 현관문을 찾아냈다. 문틈 새로 붉은 불길이 틈입해들고 있었다. 문을 열면 온몸에 불을 뒤집어쓰게 되리라는 의미였다. 집 바깥도 화염에 휩싸였다는 뜻이기도 했다. 아니, 어쩌면 바깥에서부터 불이 시작됐는지도 몰랐다.

재형은 윤주를 끌고 왔던 길로 돌아갔다. 벽을 더듬어가며 물품실 문을 찾아 전진했다. 현관 입구에서 두 번째 방이었다. 큰 창문이 화단으로 나 있는 곳이기도 했다. 창밖에서는 불길이 요동치고 있었다. 다만 바람의 방향이 바뀌었는지 안쪽이 아닌 옆쪽으로 밀려가고 있었다. 그는 창문을 열고 창가 벽에 몸을 붙인 뒤 불길을 향해 물을 쏘아 출구를 만들었다. 그때 거실 쪽에서 새로운 폭발음이 울렸다. 건물 전체가 박살나는 것처럼 뒤흔들렸다. 시뻘건 불길이 물품실 문을 홱 밀어젖히며 들이닥쳤다. 그는 반사적으로 윤주를 부둥켜안고 창밖을 향해 몸을 날렸다. 철망 울타리가 있는 곳까지 데굴데굴 굴러갔다. 눈밭에 몸을 겹치고 엎드렸다. 불붙은 나뭇개비와 유리 조각과 폭발의 잔해 들이 그의 등을 때리며 떨어져 내렸다. 드림랜드는 지붕까지 불길에 휩싸인 채 검은 연기를 콸콸 쏟아냈다. 눈 덮인 마당은 잿빛 섬광으로 일렁거렸다.

승아야……. 재형은 몸을 일으키고 앉았다. 혈관 속으로 냉기가 내달렸다. 그것이 식도를 타고 올라와 턱에 도달하는 데 그리 오랜 시간이 걸리지 않았다. 제멋대로 턱이 달그락거리기 시작했다. 등에서는 땀이 흐르고, 폐에는 마르고 뜨거운 공기가 가득 차 있었다. 어느 쪽으로도 적응할 수 없는 갑작스럽고 격한 몸의 모순이었다. 윤주가 소리 질렀다.

"승아야."

두 번째 폭음이 승아의 대답을 대신했다. 활활 타는 지붕이 둘로 쪼개지며 내려앉고 있었다. 지하실에서는 불기둥이 치솟았다.

윤주 4

드림랜드는 전소됐다. 외벽 철골 구조만 남기고 완전히 무너져 내렸다. 윤주는 울타리 밑에 주저앉아 드림랜드의 잔해가 타는 것을 바라보았다. 무너져 내린 지붕 잔해 밑에서 승아가 부르는 듯했다. 윤주 언니, 저 여기 있어요.

지난밤이 머리를 스쳐 갔다. 그녀는 보도되지도 못할 취재 자료를 정리하다 아래층에서 울리는 재형의 목소리를 들었다.

"승아, 거기서 뭐 하니."

발성이 분명하면서도 낮고 억양 없는 목소리였다. 그녀는 그가 어떤 감정을 억누르고 있다는 걸 단박에 알아차렸다. 드림랜드에서 지내게 된 이후, 그녀가 가장 먼저 숙지한 것이 재형의 습벽이었다. 움직임, 눈빛, 목소리에 담긴 감정 신호. 더부살이 열흘 만에 눈치 백 단이 돼가는 중이었다. 백 단의 해석에 의하면, 그는 화를 내고 있었다.

"뭐 하느냐고 물었잖아."

어쩐지 자신이 야단맞는 기분이었다. 아이가 이곳에 내려올 때까지 뭘 했느냐고. 그녀는 의자에서 일어났다. 방문 앞에 선 채 밖으로 나갈 기회를 찾았으나 끝까지 움직이지 못했다. 승아를 안고 2층으로 올라오는 발소리, 침대에 눕히고 방문을 닫는 소리를 듣고만 있었다. 그의 기척은 그녀가 서 있는 문 너머에서 멎었다. 문을 두들기고 안으로 들어올 것처럼. 그녀는 기다렸다. 이런저런 변명거리를 만지작거리면서. 자는 줄 알았다거나, 일에 몰두하느라 나가는 발소리를 듣지 못했다거나. 그러다 부르르 화가 났다. 자신은 승아의 보모가 아니었다. 승아의 일거수일투족을 알고 책임져야 할 사람은 재형이었다. 그가 문을 열고 들어와 저 '화내는 목소리'로 책임을 묻는다면 그 점을 분명히 하리라, 마음먹었다. 재형은 문을 두들기지도, 안으로 들어오지도 않았다. 문을 지나쳐서 계단을 내려가고 있었다. 얼마 후, 희미하게 문이 닫히는 소리가 났다. 그의 거처인 치료실로 들어갔으리라, 짐작했다.

그녀는 문을 열고 서재를 나왔다. 승아의 방문 앞에서 한동안 서성거렸다. 들어가 달랠 것인지, 모르는 척할 것인지 망설인 끝에 서재로 되돌아갔다. 쌘은 재형과 승아 사이의 일이었다. 제삼자는 꾹 참고 모르는 척해야 하는 유의 문제였다. 섣부르게 달래거나 중재하려들다가는 역효과만 부르기 십상이었다. 그녀는 휴대전화를 열고 전날 오후에 찍어둔 사진을 들여다봤다. 재형이 승아의 손을 잡고 마당 헛간 앞에 나란히 서 있었다. 스타를 화장한 직후였다. 바람에 흐트러진 단발머리, 뾰족한 턱과 고집스러워 보이는 입매. 작고 조숙한 이 꼬마는 구지레한 몰골로 온 세상을 향해 적의를 뿜어내던 어느 산골 아이와 닮은 데가 있었다.

30리 길을 걸어 읍내 학교에 다니던 시절, 윤주의 삶을 추동하는 엔진은 두 개의 손이었다. 산골 아이라면 마땅히 순박해야 한다고 믿는 담임선생과 닭 모가지나 비틀어야 할 촌닭집 딸이 전교 1등을 해선 안 된다고 믿는 반 아이들과 붙임성도 없고, 귀염성도 없고, 사람을 성나게 하는 재주만 갈고닦은 저 계집애를 어디에다 써먹느냐고 혀를 차는 어머니와 자신의 인생을 영원히 짓누를 것만 같은 지리산의 어둠을 향해 따귀를 올려붙이는 그녀 자신의 손. 저녁나절, 학교에서 돌아오는 길목을 지키고 있다가 말없이 가방을 들어주던 늙은 아버지의 닭 잡는 손.

승아에게 재형은 두 번째 손이었다. 승아도, 재형도 그 점을 잘 알고 있었다. 꽉 맞잡은 사진 속 손은 언제까지나 그러리라고 얘기하고 있었다. 그러므로 둘의 다툼은 반나절도 가지 않을 터였다. 그녀는 휴대전화를 접고 책상에 엎드렸다. 의식의 일부가 깨어 있는 여틈한 잠을 잤다.

발밑에서 몸을 뒤흔드는 폭음이 울리기 전까지.

지하실이었다. 승아는 쌘이 있는 지하실에 있었다.

윤주는 재형을 돌아보았다. 그는 눈밭에 무릎을 대고 앉아 눈만 까막거리고 있었다. 무방비 상태로 열린 눈동자에선 이상한 광채가 번득였다. 건물 잔해 밑에서 폭음이 울릴 때마다 흠칫흠칫 놀라고 경련하듯 몸을 떨었다. 재형은 충격의 구렁에 갇혀 있었다. 그녀는 승아가 어디에 있는지 그도 알고 있다는 걸 알아차렸다.

"재형 씨."

그녀는 재형 쪽으로 손을 뻗었다가 다시 거둬들였다. 그를 깨울 수가 없었다. 불길에 휘감긴 드림랜드 외벽을 보는 것 같았다. 건드리기만 하면 와르르 무너져버릴 것처럼 위태로워 보였다. 그저 숨죽이고 지켜보는 몇 분이 지나갔다. 불길 속에 엎드려 그가 데리러 오기를 기다리던 시간보다 더 길고 무시무시한 몇 분이었다. 그사이 대문간에는 소방차들이 몰려들고 있었다. 치솟는 불길을 보고 달려온 듯했다. 그녀가 대문을 열어주러 갈 필요는 없었다. 누군가 담을 넘어와 대문을 열었으므로.

구조차를 선두로 구급차와 소방차 두 대가 차례로 마당에 들어와 섰다. 8명의 소방관들이 차에서 뛰어내렸다. 그들은 소방차와 옥외 소화전에 호스를 연결하고 숲으로 번지는 불길부터 잡기 시작했다.

"혹시 안에 사람이 있습니까?"

구조차에서 내린 남자가 다가와 윤주에게 물었다. 그녀는 남자가 누군지 단박에 알아차렸다. 나흘 전 새벽, 쓰레기 매립지에서 만난 남자였다. 스타를 죽이고, 링고를 반송장으로 만들고, 재형을 때려눕혀 목을 조르던 한기준이라는 남자였다. 자신이 내리친 돌덩이에 머리가 깨지고도 신경조차 쓰지 않던 미치광이였다. 그녀는 대답했다.

"아이가 지하실에 있어요."

자신의 목소리가 꿈속에서 울리는 비명 같았다. 크고, 날카로우면서도 아득하고 비현실적이었다. 한기준은 무전기를 빼 들고 어딘가로 연락을 취했다. 승아의 구조 작업은 그로부터 10여 분 후에야 시작되었다. 굴삭기가 나타나 지하실 쪽 지붕 잔해를 걷어내자 한기준은 화염이 늪처럼 부글대는 지하로 관창을 쥐고 들어갔다. 얼마 후, 무언가를 품에 안고 마당으로 걸어 나왔다. 윤주는 숨이 가빠오는 걸 느꼈다. 목 밑에선 구토증이 솟구쳤다. 한기준의 팔 밑에서 까맣게 탄 맨발이 덜렁거리고 있었다.

"이 아이 맞습니까."

한기준은 윤주 앞에 시신을 내려놓았다. 죽은 개들 밑에 깔려 있었다고 했다. 얼굴이 심하게 훼손되지 않았으니 확인하라고 했다. 윤주는 질끈 눈을 감았다. 차마 얼굴을 볼 엄두가 나지 않았다. 앞도 보지 못하는 아이가 불길 속에서 얼마나 무서웠을지 상상만 해도 진저리가 났다. 개들 밑에 깔린 채 자신과 재형을 애타게 부르는 소리가 들리는 것 같아 정신이 나가버릴 지경이었다. "손승아."라고 중얼거린 사람은 재형이었다. 감정도 억양도 없는 음성이었다. 한기준은 팔짱을 낀 채 재형과 그녀를 번갈아 쳐다봤다.

"아이 얼굴이 제대로 보이기는 하나. 아직도 술이 안 깬 것 같은데."

얼음장 같은 한기준의 눈에 혐오가 어른거렸다. 아이를 지하실에 들여보내 놓고 너희 둘은 무얼 했느냐고 묻는 것 같았다. 아니, 사람 같지도 않은 것들이라고 말하는 눈이었다. 재형은 대답하지 않았다.

"불 냄새보다 당신 술 냄새가 더 지독해서 묻는 거야."

한기준은 구급차에서 검은 비닐포를 가져와 승아의 몸을 덮었다. 승아는 5분 후에 도착한 경찰에 인계됐다. 윤주와 재형은 경찰차에 탔다. 2

주 전쯤, 절도 혐의로 조사를 받았던 그 경찰서에서 박주환 형사와 다시 만났다. 그때처럼 처음엔 따로, 나중엔 나란히 앉아 정황 조사를 받았다. 잠에서 깬 순간부터 재형과 탈출한 순간까지, 그녀는 몇 번이고 진술을 반복해야 했다. 재형도 마찬가지였을 것이다. 그 지루하고 긴 과정이 그를 공황에서 끌어낸 듯도 했다. 저녁나절, 박주환 형사 앞에서 다시 만난 그는 냉정을 되찾은 것처럼 보였다. 최소한 무방비 상태로 눈이 열려 있지는 않았다.

"자, 최종 정리를 해봅시다. 처음엔 지하실에서, 다음에는 거실 뒤편 견사에서 펑 하는 폭음이 울렸고, 집 안과 집 바깥에서 동시에 불길이 치솟았어요. 사방에서 시너 냄새가 났고. 맞소?"

박 형사가 물었다. 윤주는 "네." 했다.

"혹시 원한 살 만한 상대가 있소?"

재형은 무릎에 손바닥을 펴놓고 물끄러미 내려다봤다. 거기에 용의자 명단이 씌어 있기라도 한 것처럼. 그녀도 왼쪽 손바닥을 폈다. 눈에 익은 물건이 하나 들어 있었다. 노트북에 끼워두었던 USB였다. 지난 2주간의 사건과 사진, 동영상 등이 시간 순서로 정리된 기록이었다. 언제 이걸 빼들고 나왔을까. 어쩌자고 이걸 목숨처럼 틀어쥐고 있었을까. 박주환은 윤주를 봤다.

"김 기자는 어떻소. 여기저기 취재하러 다녔을 거 아뇨. 시위 현장에서 부딪힌 사람이라든가. 소방서에서는 화염병으로 추측하던데."

그따위 추측은 바보라도 할 수 있었다. 건물을 뒤흔들던 포향 같은 폭음, 전 방위에서 삽시에 치솟은 화염, 메스꺼울 정도로 강렬한 시너 냄새. 그것들이 가리키는 게 화염병 말고 또 무엇이 있겠는가. 못해도 예닐곱 개는 던졌겠지. 스윙 도어가 설치된 지하실에 하나, 거실 뒤편 견사

양편에 각각 하나씩, 건물 사방 외벽을 향해 네 개.

"아뇨."

대답하며 경찰서 내부를 둘러봤다. 방화 사건에 하루를 소비할 만한 상황이 아닌 것 같았다. 사람이 거의 없었다.

"요 며칠 새에 이상한 낌새 같은 건 못 느꼈소? 누가 집 안을 기웃거렸다든가."

윤주는 곁눈질로 재형을 봤다. 재형은 어제 오후 동물 묘지에서 있었던 일을 털어놓았다. 쓰레기 매립지의 일은 언급하지 않았다. 고개를 끄덕이며 듣고 있던 박주환은 느닷없는 이름을 입에 담았다.

"최근에 박동해 소식 들은 적 있소? 만난 적이 있다거나."

재형은 고개를 저었다.

"백운정신병원에 있었어요. 얼마 전 새벽에 그 병원에 불이 나서 알게 된 거요. 놈이 소화전 관창으로 직원 머리통을 깨서 살해하고 병원에 불을 지른 뒤에 탈출했거든. 오늘 확인한 것인데 제 아비어미가 합심해서 잡아다 입원시켰다더군. 제 새끼가 뭔 짓을 저지르든 감옥에는 못 보내겠다는 눈물겨운 부모지. 그리고 어젯밤엔 그놈 집에 불이 났어요. 소방서에선 그쪽도 화염병으로 봅디다. 그 집은 선생네처럼 홀랑 타서 무너지진 않았지만. 튼튼한 석조 건물인 데다 소방서 근방이라 출동도 빨랐거든. 1층만 탔는데 안타깝게도 제 엄마가 거기 있었던 모양이오."

재형은 반듯하게 자세를 고쳐 앉았다.

"이건 여담인데, 병원에 불이 났던 그날 오전에 쓰레기 매립지 근처에서 얼굴이 곤죽이 돼서 죽은 남자가 발견됐어요. 지갑에 든 신분증을 봤더니 퀵 서비스 회사 직원입디다. 그런데 그 남자 회사 스쿠터가 불이 난 박동해네 차고에 있었단 말이지. 어떻게 생각하시오. 그놈, 선생하고도 악연이 있지 않소?"

"무슨 뜻입니까."

"진화했단 얘기지. 악동에서 진짜 악마로. 두 사람 신변이 위험하단 뜻이고."

박 형사의 배려로 윤주는 재형과 함께 경찰서 근방의 한 청소년수련관으로 인도됐다. 외지인만 수용하는 곳으로 '2캠프'라 불리는 곳이었다. 명색이 넘버 투인지라 이미 자리가 꽉 차 있었지만 박 형사가 힘을 써서 욱여넣었다. 재형은 남자들이 수용된 3층, 그녀는 여자들이 있는 2층으로 들어갈 것이라 했다. 신체검사에서 이상이 없다면.

윤주는 1층 로비에서 재형과 헤어졌다. 그곳에서 방호복 차림의 남녀 관리자가 신체검사를 맡고 있었다. 그녀는 여자 관리자가 있는 방에서 눈을 까 보이고 옷을 홀랑 벗어 몸에 반점이 없다는 걸 확인시켜준 다음, 소독방으로 인도돼 알몸에 소독 분무 세례를 받았다. 불에 타 걸레가 된 옷은 쓰레기통으로 들어갔다. 대신 마스크, 양말, 속옷, 트레이닝복, 방한복, 실내용 운동화, 담요, 수건, 세면도구 등을 지급받았다. 여자 관리자는 2층으로 올라가 진짜 샤워를 하라고 했다.

진짜 샤워장은 공중화장실만큼이나 더러웠다. 허허벌판 같은 칼바람이 감돌았다. 온수 공급 시간이 지난 탓에 악, 소리 나는 얼음물로 불에 타 땜통이 난 머리를 감고 몸을 씻어야 했다. 시너 냄새와 시커먼 잿물은 몇 번씩 비누칠을 해도 가시지 않았다. 윤주는 얼어 죽기 직전이 돼서 옷을 주워 입었다. 담요와 소지품을 끌어안고 턱을 덜덜 떨며 자신의 숙소인 '목련실'을 찾아갔다. 2층 맨 안쪽 방이었다.

문을 열자 고글과 마스크를 낀 여자와 아이 들이 일제히 돌아봤다. 언뜻 헤아려도 20명이 넘을 듯했다. 방은 12평짜리 원룸만 한데. 세간이라고는 벽걸이 텔레비전뿐이었고 창문엔 커튼도 없었다. 그녀는 두셋씩 무리 지어 앉아 있는 여자들 사이로 몸을 들여놓았다. 가라앉기 직전인 난민 보트에 올라타는 심정이었다.

"다리 뻗을 자리도 없는데 웬 신참이래."

누군가 카랑카랑한 소리로 투덜거렸다. 구석 쪽 빈 곳을 보고 다가가자 한 여자가 내 자리야, 하듯 다리를 쭉 뻗어 진로를 차단했다. 엉덩이를 붙일 곳은 거리 쪽으로 난 퇴창뿐이었다. 그녀는 널찍한 창턱에 올라앉았다. 창틀에 등을 기대자 창틈 새로 뛰어든 바람이 곧장 옆구리를 후볐다. 고참들의 관심은 텔레비전으로 돌아갔다. 리모컨을 쥔 사람은 10대 소녀였고 채널이 음악 방송에 고정됐다. K팝 대표선수로 불리는 여자 아이돌 그룹이 막 무대에 등장한 참이었다. 떼거리로 몰려나온 선수들은 허벅지를 벌리고 앉아 묘한 표정으로 엉덩이를 돌리기 시작했다. 낯설고 진기한 것을 보는 기분이었다.

"개 같은 것들."

어디선가 나직한 욕설이 들려왔다. 딱히 대표선수를 겨냥한 욕은 아닌 것 같았다. '우리'를 가둔 바깥세상이 표적이리라고 그녀는 생각했다. 재수 없는 자들에게 최소한의 예의조차 갖추지 않는 재수 좋은 자들에 대한 분노로 들렸다. 개같이 살거나 개같이 죽어가는 우리에게 춤추고 노래하는 너희의 일상을 태연하게 중계하는 것이냐고.

거리 쪽에서 통금 사이렌이 울렸다. 윤주는 젖은 머리 위로 담요를 둘러쓰고 눈을 감았다. 잠을 자보려 애썼다. 애쓸수록 정신이 맑아졌다. 그러면서도 현실감은 여전히 돌아오지 않았다. 드림랜드가 사라졌다는 것도, 승아의 죽음도 실감 나지 않았다. 왜 이런 곳에 홀로 앉아 덜덜 떨고 있는지 어안이 벙벙하기까지 했다. 날만 새면 드림랜드로 돌아갈 수 있을 것 같았다. 돌아가면 승아가 2층 난간에 앉아 있을 것만 같았다. 그럴 리 없다는 걸 잘 알고 있으면서도.

승아는 변사 처리돼 '당분간' 장례식조차 치를 수 없었다. 기약 없는 '당분간'이었다. 도시가 정상화되고 수사가 완료돼 법적 보호자인 제 엄마에게 돌아가기까지 얼마나 걸릴지는 신이나 알고 있을 일이었다. 머릿속 촉새의 예언에 의하면, 영원히 끝나지 않을 '당분간'이었다.

어느 순간, 텔레비전 소리가 사라졌다. 실내등도 꺼지고 두런대던 귀엣말도 멈췄다. 여자와 아이 들은 끼리끼리 끌어안고 잠이 들었다. 시간이 느릿느릿 흘러갔다. 윤주는 수를 세다 잊어버리고 다시 세기를 반복했다. 거리에서 들려오는 소리들이 정신을 어지럽혔다. 차 소리, 호루라기 소리, 내달리는 군화 소리, 먼 곳에서 단속적으로 들려오는 총소리. 그녀는 덮어쓰고 있던 담요를 내리고 손목시계를 봤다. 2시.

창밖이 어두웠다. 가로등도 켜 있지 않았다. 윤주는 담요를 창턱에 내려놓았다. 발끝으로 바닥을 더듬어서 방을 나갔다. 비상등이 켜진 복도를 소리 죽여 걸었다. 왜 나왔는지, 어디로 가려는지 생각하지 않았다 자기장을 감지해 길을 찾는 짐승처럼 본능의 장력에 끌려갔다. 다다른 곳은 비상계단 문 앞이었다. 그제야 그녀는 자신이 누군가를 향해 나섰다는 걸 알아차렸다. 3층에 있을 누군가. 지금 이 순간 유일하게 손잡을 수 있는 누군가. 이 어둠 속에 홀로 남은 것이 아니라고 속삭여줄 누군가.

윤주는 계단을 올라갔다. 숨죽이고 한 칸, 숨통을 풀어주며 또 한 칸. 무슨 수로 그를 불러낼지는 고민하지 않았다. 불러내서 무슨 말을 할지도. 그럴 틈도 없었다. 초록색 비상등이 켜진 계단참에 누군가 등을 기대고 앉아 있었다. 누군지 알았으므로 그녀는 놀라지 않았다. 얼굴을 확인할 필요도, 이름을 부를 필요도 없었다. 무릎에 팔꿈치를 괴고 손가락을 나뭇가지처럼 늘어뜨린 채 자신을 지켜보는 남자는 재형이었다. 계단 난간을 뚫고 온 시선으로 그라는 걸 알았다. 윤주는 계단참 네 칸 밑에서 걸음을 멈췄다. 초록빛 어둠 한중간에서 그의 시선과 만났다.

"여기 왜 왔어요?"

그녀는 당황했다. 이상한 긴장이 느껴지는 목소리였다. 무언가를 억누르는 데서 오는 긴장감 같았다. '왜'의 시점이 혼란스러운 질문이기도 했다. 지금 이 계단을 올라온 이유를 묻는 건지, 애당초 화양에 온 이유를 묻는지. 어느 쪽이든, 그가 답을 짐작하리란 점을 감안하면 질문이 아닐 수도 있었다. 그녀는 무참한 표정을 뒤통수에 감추고 단서를 얻을 만한 대답을 내밀었다.

"궁금해서."

"오지 않았으면 좋았잖아. 그랬다면 버림받은 개처럼 떨며 거기 서 있는 일 따윈 없었을 텐데."

그녀는 떨리는 다리에 힘을 주었다. 이것은 질문이 아니었다. 자신의 개 같은 꼬락서니에 대한 위로도 아니었다. 그는 화를 내고 있었다.

"아니지. 화양을 종횡무진하면서 특종거릴 싹 쓸어 담았으니 되레 잘 된 건가."

문득 바지 주머니에 든 USB가 떠올랐다. 설마 그것 때문에 화를 내는 건가.

그러지 말라고 말하고 싶었다. 깊이야 다르겠지만 자신에게도 승아는 충격이고 상처였다. 책임감과 죄책감을 피할 수도, 피할 마음도 없었다. 그렇다고 이런 식으로 얻어터지고 싶지는 않았다. 그러려고 찾아온 게 아니었다. 창가에 옹크려 앉아 떨기 싫어서. 저 총소리가 금세라도 덮쳐 올 듯한 죽음의 배음으로 들려서, 내일 무엇을 할 것인지 얘기하지 않으면 당장 절망으로 죽을 것 같아서 찾아온 것이었다. 그런데 재형과의 거리가 오래전 그가 살았다는 알래스카만큼이나 멀었다. 그의 눈은 툰드라의 눈보라처럼 황량하고 찼다.

"여기서 살아 나가야 할 거야. 특종을 터트리려면 일단 살아야 한다고."

그는 고개를 돌려 계단참 창문을 올려다봤다. 저 옆모습이 소녀의 목덜미처럼 나긋나긋하다고 생각한 것이 불과 2주 전이었다. 지금은 철문을 닫아건 고대 성채 같았다.

"살아나갈 비결을 알려줄까. 단순하지만 틀림없는 비결인데. 중상을 입고도 눈보라 치는 북극 설원에서 19시간 동안을 견뎌낸 비결이야. 서재형이란 이름으로 도배된 11년 전 해외 토픽에는 없는 얘기지. 당연히 윤주 씨 기사에도 없는 얘기고. 나 말고는 아무도 모르는 비밀이거든. 결론부터 알려주면 살고 싶어 하면 돼. 물론 그냥 막연히 살고 싶어 해선 안 되지. 친구이자 연인이고 가족이었던 개들을 늑대 먹이로 줘버리고라도 나는 살겠다고 몸부림쳐야 해. 사람은, 사람 목숨은 지상의 모든 것 위에 군림하는 궁극의 가치니까. 개 따위는 세상에 쌔고 널렸으니까. 안 그래?"

재형은 종일 정신이 절반쯤 나가 있었다. 아니, 군인들이 드림랜드를 초토화시킨 그날부터 온전한 정신이 아니었겠지. 지금은 반절쯤 남아 있던 정신마저 나가버린 거라고 이해하고 싶었다. 꼭지가 돈 남자와는 상대하고 싶지 않았다. 그러려면 몸을 돌려 계단을 내려가야 했다.

"쉬차를 늑대 밥으로 던져주면서 내가 간절하게 바란 게 뭔 줄 알아."

재형은 배시시 웃었다. 속삭여오는 듯한 미소였다. 진의를 파악할 수 없는 표정이었다. 그녀의 덜미를 잡은 미소이기도 했다.

"늑대들을 끌고 달아나주기를 바랐어. 되도록 멀리. 기왕이면 아주 먼 곳으로 도망치면서 한 마리씩 차례차례, 모조리 잡아먹히기를 바랐어. 배가 덜 찬 늑대들이 나를 기억해내고 되돌아오지 않도록. 내가 도망칠 수 있도록. 내 사랑 쉬차는 그렇게 해줬어. 늑대들을 끌고 멀리멀리 사라져줬단 말이지. 나는 살아남은 거야. 마땅히 환호해야지. 그런데 문제가 하나 있더라고. 도망을 칠 수가 없었어. 도망이 뭐야, 움직일 수도 없는데. 갈비뼈가 부서지고, 양쪽 다리가 뎅강뎅강 부러져서 등신처럼 빙판에 나자빠져버렸는데. 그러니 얼마나 아팠겠어. 비명은커녕 입도 벙긋 못 하고 꼴까닥 기절해버렸지."

재형의 얼굴에서 미소가 가셨다. 다시 철문이 나타났다. 그녀는 선 채로 벽에 등을 기댔다. 춥고, 다리 아프고, 자세가 불편했다. 퇴창 턱이 침대 속으로 여겨질 만큼 추웠다. 여전히 돌아갈 마음은 들지 않았다. 궁금해서, 라는 지병이 도졌다. 그런 상태에서 어떻게 살아 돌아왔는지, 이제 와서 이런 이야기를 털어놓는 이유가 뭔지.

"깨어나 보니까 바위 밑이야. 눈보라를 막을 만큼 길고 큰 바위 밑에 반듯하게 드러누워 있었어. 기절한 와중에 그리로 기어들어 갔는지, 바람에 굴러갔는지, 애초부터 거기 누워 있었는지, 그건 잘 모르겠어. 바위 바깥에서 바람이 늑대처럼 울었다는 건 기억나는데. 스산하고 무서운 소리였지. 내가 왜 여기 누워 있는지 일깨우는 소리. 그 소리를 무시하려고 애썼는데, 살 궁리를 하려고 안간힘을 썼는데, 도저히 되지 않았어. 그놈의 바람 소리가 막무가내로 나를 끌고 갔거든. 갱 라인에 굴비처럼 몸을 묶인 채 짐 실린 썰매까지 끌고 달아나야 했을 쉬차한테. 갱 라인이라도 풀어줬더라면, 싸워볼 기회라도 줬더라면, 칼로 밧줄을 끊고 나만 살겠다고 내뺄 것이 아니라."

그의 목소리는 점점 낮아져서 혼잣말로 변해갔다. 그녀는 숨죽이고 귀를 기울여야 했다. 와중에도 자의식의 촉새가 자세를 지적해왔다. 이봐. 고개를 그렇게 앞으로 빼지 마. 마음을 다 바쳐 듣고 있다고 고백할 건 없잖아.

"후회는 잠깐이었지. 다시 통증 타임이 왔거든. 숨이 빡빡해서 곧 죽을 것 같고, 가슴에서 열이 펄펄 끓는데 턱은 덜덜 떨리고, 자동으로 고함이 터지고, 눈앞이 캄캄해지면서 의식이 까무룩한 벼랑으로 추락하는 거지. 아마 수십 번은 그랬을걸. 고함치고, 기절하고, 깨어나고. 그 와중에도 나는 살겠다고 휘슬을 불었어. 유일한 희망이었으니까. 스승이 지원 차량을 몰고 뒤따라오거나 앞서 가며 내 동선을 파악하고 있었거든. 그 차에 마야가 타고 있었어. 내가 보내는 신호를 마야가 들어주길 바랐던 거지."

윤주는 드림랜드 개들이 몰살당하던 날, 2층 난간에 앉아 승아가 불던 막대 모양 휘슬을 떠올렸다. 스타를 불러들인 그 소리 없는 휘슬이 11년 전 재형이 마야를 부르던 휘슬이었던가.

그녀는 무릎 아래로 내려뜨린 재형의 손을 새삼스럽게 바라보았다. 늘 승아의 손을 잡고 있던 손이었다. 처음 만나던 날, 지나치게 부드러워 자신을 흠칫하게 만든 손이었다. 자신을 찾아 불길 속을 더듬던 손이었다. 손을 맞잡았을 때, 그녀는 이제 살았다는 안도감을 느꼈다. 자신을 불길 밖으로 인도해주리라 믿었다. 그 손이 떨고 있었으리라는 생각은 꿈에도 해보지 않았다. 이 계단을 올라와 그와 마주 보고 있는 지금 이 순간까지, 단 한 번도. 왜 안 했을까. 재형은 처음부터 그 얘기를 하고 있었는데. 나는 무섭다고 호소하고 있었는데. 살아 있어 무섭고, 살고 싶어서 무섭다고.

"휘슬을 불다보면 믿을 수 없는 일들이 일어나곤 했어. 커튼이 걷히는 것처럼, 눈보라가 양쪽으로 갈라지면서 맑은 대기와 은빛 세빙이 나타나는 거야. 때론 서쪽으로 느릿느릿 흘러가는 구름이 보이고, 스승이 '여우의 춤'이라 부르던 흰 오로라가 어른대고. 문득 주변을 둘러봤더니 나는 가문비 숲 한복판에 누워 있었어. 눈이 쌓이고 얼어서 거대한 설인 형상을 한 나무들 밑엔 살아 숨 쉬는 것들이 앉아 있었지. 불이 일렁이는 눈동자, 가슴에서 물결치는 잿빛 갈기, 유연하게 늘어뜨린 꼬리. 쉬차처럼 생긴 놈들이 앞다리를 가지런히 붙이고. 물론 쉬차는 아니었어. 개는 그렇게 앞다리를 11자로 붙이고 앉지 않거든. 놈들은 회색 늑대 무리였어. 돌아온 거지. 쉬차를 다 잡아먹고도 양이 안 차서. 나는 낄낄대고 웃었어. 해후의 인사로 하울링이라도 하고 싶은 심정이었지. 신사 숙녀 여러분, 저녁 만찬에 오신 걸 환영합니다."

총성 두 발이 그의 말을 자르고 지나갔다. 아주 가까운 곳이었다. 재형은 거친 숨을 삼켰다. 시선은 그녀를 향해 있었으나 그녀를 보고 있는 건아니었다. 설원에 홀로 누워 있던 11년 전의 시공간에 붙들린 눈이었다. 겁먹은 것도 같고, 화가 난 것도 같고, 흐느끼는 것도 같은 눈. 그녀는 움찔거리는 자신의 손을 오므려 쥐었다. 그 물건이 제멋대로 뻗어 가 무슨 짓이든 해버릴 것 같아서.

"끝내 이렇게 될 것을. 결국에는 쉬차와 같은 길로 올 것을. 살려고 애쓴 내가 하도 참담해서, 살려고 저지른 짓이 너무 끔찍해서, 필사적으로 불어댄 휘슬이 부끄러워서, 차마 울 수가 없었어."

그녀는 움켜쥔 손을 슬그머니 등 뒤로 숨겼다. 목이 답답해왔다. 하고 싶은 말이 목젖 밑에서 신물처럼 솟구쳤다. 그때 살려고 애쓰는 것 말고 무엇이 가능했겠느냐고. 삶은 선택의 문제가 아니었다. 본성이었다. 생명으로 존재하는 모든 것들의 본성. 그가 쉬차를 버리지 않았다면 쉬차가 그를 버렸을 터였다. 그것이 삶이 가진 폭력성이자 슬픔이었다. 자신을, 타인을, 다른 생명체를 사랑하고 연민하는 건 그 서글픈 본성 때문일지도 몰랐다. 서로 보듬으면 덜 쓸쓸할 것 같아서. 보듬고 있는 동안만큼은 너를 버리지도 해치지도 않으리란 자기기만이 가능하니까.

"나는 이틀 전부터 설원의 환각에 시달리고 있었어. 현실을 멋대로 이탈하는 일종의 섬망(譫妄) 증세. 유체 이탈을 하는 것처럼, 몸은 유콘 강 부근에 있는데 정신은 베링 해를 달리고 있는 상태. 길을 이탈한 것도, 화이트아웃에 걸린 것도 모르고 개들을 마구 달리게 하는 병. 그때 포기했어야 했던 거야. 환각에 시달리는 걸 알아차렸을 때. 선택을 할 수 있었던 그때에."

바위 밑에 누워서 본 것들 역시 환각이었다고 했다. 커튼처럼 걷히는 눈보라도, 은빛 세빙도, 서쪽으로 흐르는 구름도, 여우의 춤도, 가문비 숲도, 늑대도, 끝없이 이어지던 하울링도. 때문에 어느 순간 들려온 개 짖는 소리마저 환각인 줄 알았다고 했다. 헐떡이는 숨결과 눈두덩을 핥는 따뜻한 혀의 감촉, 의식을 깨우는 개의 냄새까지도. 수천 마리의 개들이 모여 있다고 해도 단번에 알아차릴 수 있는 냄새였는데도.

마야. 부르며 눈을 떴을 때, 진짜 마야의 눈이 그를 들여다보고 있었다고 했다. 무한한 신뢰와 애정이 담긴 다갈색 눈이 그에게 물어왔다고 했다.

"대장, 내 아이들을 어쨌어?"

사흘 후, 마야는 죽음을 맞았다. 대장이 부르는 소리를 찾아 눈보라 속을 내달린 대가였다. 마야의 노구는 폐렴을 얻었고 끝내 이겨내지 못했다. 그는 몸이 회복되기 시작하던 석 달 후에야 마야의 죽음을 알았다고 했다. 마야는 재형의 썰매에 실려 설원에 묻혔다. 재형이 알래스카를 떠난 이유였다.

"욕망이 없다면 잃어버릴 것도 없어. 잃을 게 없으면 두려움도 없고. 드림랜드에 있으면 그렇게 살 수 있을 줄 알았어. 잃지 않고, 두려워하지 않고. 적어도 그때보다 무서운 일은 일어나지 않을 줄 알았어. 그런데 그것도 아닌 모양이야."

재형은 고개를 떨어뜨리고 자신의 발부리를 내려다봤다.

"나는 잠을 잘 수가 없었어. 승아의 목소리가 들려서. 선생님 어디 있어요, 자꾸 물어서. 뭐라고 대답해야 할지 모르겠어서. 그때 이후로 아무런 욕심도 부리지 않았는데, 꿈꾸지 않으려고 안간힘을 썼는데, 왜 또 나 혼자 남았는지 어리둥절해서."

윤주는 계단을 올라갔다. 더 서 있을 수가 없었다. 가서 알려주고 싶었다. 두 사람이 남았다고. 재형 앞에 무릎을 세우고 앉았다. 그의 두 손을 잡아다 가슴에 댔다. 벌컥벌컥 뛰는 자신의 심장을 만질 수 있도록, 움찔하는 그의 손을 양손으로 덮고 가만히 눌렀다. 불안하게 흔들리는 재형의 시선이 그녀의 눈을 더듬었다. 그녀는 속삭였다.

"나도 있어."

다시 총소리가 울리기 시작했다. 외곽이 아니라 가까운 곳에서 울리는 소리였다. 단발성이 아니라 무언가를 향해 일제사격을 하는 소리였다. 피를 식히는 소리였다. 그 옛날 재형을 에워싸고 있던 죽음의 하울링처럼. 소리를 밀쳐버리듯, 재형의 손가락이 그녀의 가슴을 감싸 쥐었다. 그의 입술이 멈칫거리며 그녀에게 다가왔다. 윤주는 숨이 찼다. 갈비뼈가 폐를 조이는 기분이었다. 허기와 비슷한 통증이 흉벽을 태우며 목으로 솟구치고 있었다. 총소리 따윈 아무래도 좋았다. 지금 이 순간 원하는 것은 자신도 그의 심장 소리를 듣는 일이었다. 뜨거운 피가 도는 그의 몸을 만지고, 받아들이고, 가두는 것이었다. 그녀는 재형의 목에 팔을 감았다. 그를 향해 입술을 열고 속삭였다.

"나도 살아 있어."

수진 4

언제부턴가 아코디언 연주가 들려오고 있었다. 피아졸라의 리베르탱고였다. 수진은 잠을 깨고도 몸을 움직이지 않았다. 쓸쓸하면서도 나른하게 흘러가는 탱고 리듬에 귀를 기울였다. 지난날, 카바레 연주자로 깃발 날렸다는 백발의 '미스터 리'가 새벽마다 아이스링크를 떠나는 영혼들에게 선물하는 연주였다. 창밖에선 달이 이울고 있었다. 시신의 눈처럼 창백하고 빛이 없는 반달이었다. 그 위로 아버지의 눈이 겹쳤다. 만호공파 남자 특유의 반달눈에 슬쩍 미소가 스쳤다.

나 잘 있다. 걱정할 것 없어.

벽에 붙은 디지털시계가 4시 48분을 가리켰다. 연주는 마지막까지 갔다가 처음에서 다시 시작하고 있었다. 수진은 담요를 젖히고 일어났다. 무엇에 홀린 사람처럼 방호복도 걸치지 않고 라커룸을 나갔다. 발끝으로 복도를 걸었다. 마스크도 고글도 쓰지 않은 남자가 검은 백 팩을 메고 유령처럼 곁을 스쳐 갔다. 누구였더라. 전에 어디서 본 것 같은데. 저 새하얀 얼굴과 유난히 붉은 입술, 차가운 눈. 탱고는 계속되었다. 그녀의 머릿속에선 어디에서 봤는지 모를 노래 가사 한 소절이 맴돌았다.

이상해
전에 어디서 본 것 같은데

내 주위를 서성이는 그를 본 것 같아

먹이를 훔치는 매와 같이

날이 밝길 기다리는 밤과 같이……

수진은 지하 계단을 내려갔다. 한기와 죽음의 냄새가 자욱한 출입 통로로 들어섰다. 이상해, 어떻게 이 안에 들어왔을까. 군인들이 정문을 지키고 있을 텐데. 구급차가 아니면 들여보내 주지 않을 텐데. 보조경기장쪽 담을 넘었을까. 그랬을지도 모르지, 그쪽을 지키던 전경들이 사라진지 오래니까. 그녀는 통로 끝에서 걸음을 멈췄다.

2시 방향 관중석에서 미스터 리가 눈을 감은 채 공연을 펼치고 있었다. 평소처럼 방호복 차림이 아니었다. 고글도 마스크도 쓰지 않았다. 푸른 반짝이 재킷에 흰 셔츠, 장밋빛 나비넥타이, 흰 페도라. 깃발 날리던 시절에 입었을 무대 의상 차림이었다. 그의 탱고는 시신들이 드러누운 링크 위로 내려앉았다. 땅거미처럼 음울하게, 안개처럼 축축하게.

미스터 리는 체육관에 마지막 남은 자원봉사자였다. 지금껏 링크의 시신들을 돌봐온 재야의 장의사는 어젯밤 숨을 거두었다. 지금쯤 링크 어딘가에 누워 동료의 작별 인사를 듣고 있을 터였다. 그녀는 열 발짝 옆으로 움직인 후 펜스에 등을 기대고 섰다. 미스터 리의 표정까지 읽히는 지점이었다. 그는 연주에 몰입해 있었고, 탱고는 절정으로 치닫는 중이었다. 수진은 자신의 발밑에 어깨를 붙이고 누운 시신 세 구를 내려다보았다. 시트도 덮여 있지 않은 사람들이었다. 아마도 이곳에 내려온 지 얼마 되지 않았을 것이다. 젊은 남자는 잠든 것처럼 보였다. 남자 곁에 나란히 누운 중년 남녀는 양친일까. 아니면 이 링크에서 만난 사이일까.

그녀는 스물두 살 어느 밤을 생각했다. 화나고 부끄러운 나머지 세상에서 꺼져버리고 싶었던 밤이었다. 어머니와 아버지, 꽃다발을 든 현진이 나란히 앉아 자신의 뒷모습을 지켜보던 밤이었다. 촛불을 들고, 나이팅게일 선서를 했던 대학 3학년 가을밤이었다.

강당은 축하를 하러 온 누군가의 가족, 여자 친구나 남자 친구로 꽉 차 있었고 축제의 분위기가 흘렀다. 각계 인사의 축사가 끝나고 본식인 가관 순서가 되자 촛불을 든 어린 나이팅게일들은 하나씩 일어나 앞으로 걸어 나갔다. 선배이자 스승인 교수에게 머리를 숙이고 흰 캡을 받아 쓰는 그들의 표정은 수줍고도 진지했다. 웨딩 마치를 시작한 신부처럼, 혹은 신랑처럼. 가관 후에는 '나이팅게일 선서'가 기다리고 있었다. 과 아이들의 투표로 뽑힌 '영 나이팅게일'이 대중 앞에 선을 보이는 시간이기도 했다.

검은 벨벳 드레스에 흰 앞치마, 우스꽝스러운 흰 머릿수건. 수진은 흰 원피스 유니폼을 입은 아이들 속에 홀로 나이팅게일 시대의 복장을 하고 서 있었다. 모든 것이 엉망이 돼 버릴 것 같은 불안감에 시달리며 '영 나이팅게일의 선서'가 있겠다는 사회자의 목소리를 들었다. 표정이 굳어져서 못난이처럼 보일까 봐, 수십 번씩 외웠던 선서문을 일순간에 까먹어버릴까 봐, 긴장한 나머지 진땀만 흘리다가 웃음거리가 되어 내려올까 봐, 와락 겁이 났다. 하지만 그런 식의 재앙이 닥칠 줄은 상상조차 하지 못했다.

단상까지는 네 칸이나 되는 높은 계단이 있었다. 촛불만 남기고 전등을 모두 꺼버린 강당은 극장 안처럼 어두침침했다. 힐을 신은 그녀의 다리는 긴 드레스 자락 속에서 후들후들 떨리고 있었다. 계단을 오르다 드레스 자락을 밟아버린 건 어쩌면 예정된 일이었을지도 모른다. 그 결과로 손에 쥔 촛불이 날아가고, 머릿수건이 흘러내려 눈을 가리고, 엉덩이가 뒤집히듯 위로 올라가고, 무릎이 계단 가장자리에 들이박히면서 사나운 꼴로 엎어져버렸다. 먼저 웃음이 일었고 침묵이 뒤를 따랐다. 그녀는 머릿수건을 벗어 팽개치고 단상을 내려와 버리고 싶었다. 나이팅게일 같은 게 다 뭐야. 침묵을 뚫고 날아든 어머니의 속삭임이 아니었다면 그랬을지도 모른다.

"수진아, 일어나."

그녀는 '네수진'답게 일단 일어났다. 손을 더듬어 머릿수건을 고쳐 썼다. 애써 덤덤한 표정을 지으며 누군가 가져다준 새 촛불을 들고 나머지 계단을 올라갔다. 끔찍한 심정으로 사람들을 향해 돌아섰다. 눈을 내리뜬 채 오른손을 들고 선서를 시작했다.

"나는 일생을 의롭게 살며……."

의롭게 살며……, 의롭게 살면서 뭘 어쩌겠다는 것인지 생각나지 않았다.

"전문 간호직에 최선을 다할 것을……."

교수가 단상 밑에서 작은 소리로 일러주었다. 그녀는 허둥지둥 따라 했다.

"하느님과 여러분 앞에 선서합니다. 나는……."

선서까지 했건만 하느님은 다음 문구를 알려주지 않았다.

"나는……."

목소리는 떨리다못해 울먹임에 가까워졌다. 급기야 내리뜬 눈꺼풀 밑으로 눈물이 흐르기 시작했다. 머릿속에선 어떤 목소리가 윽박을 질렀다. 울지 마, 쪼다야. 마스카라가 번지잖아. 교수가 다시 속삭여왔다.

"나는 인간의 생명에 해로운 일은 어떠한 상황에서도 하지 않겠습니다……."

그해 가관식에 온 이들은 평생 자신을 잊지 않을 것이라고, 수진은 생각했다. 마스카라가 번진 너구리 눈을 껌벅이며 교수의 선창을 울먹울먹 따라 하는 덩치 큰 머저리를 어디 가서 또 구경하겠는가.

아주 오래전 일인 것 같았다. 북극에도 사자가 어슬렁거렸다는 홍적세만큼이나 아득했다. 스스로 일을 망치고 돌아와 세상이 끝장난 것처럼 울다 잠들었던 밤이, 새벽녘 눈을 뜨고 일어나 안방에서 곤히 잠든 아버지와 어머니를 보며 느낀 기이한 안도감이, 그 시간까지 제 여자 친구와 전화 통화를 나누던 현진에게 느낀 배신감도, 그때 벽에 걸린 뻐꾸기시계가 다섯 번 울었던 기억도.

수진은 시선을 들어 전광판에서 깜박이는 시계를 봤다. 5시. 뻐꾸기가 울고 있을 5시였다. 안방에는 아버지가 잠들어 있고, 문간방에선 현진이가 전화를 하고, 어머니는 거실 가족사진 안에서 웃고 있던 새벽 5시, 밥을 안치고 출근 준비를 하며 변함없이 지겨운 일상에 넌더리내던 새벽 5시. 그 새벽 5시가 다시 올까. 수많은 시신을 앞에 두고 탱고에 귀를 기울이는 이 새벽 5시가 지나간다면. 지나가주기만 한다면⋯⋯.

건너편 통로 쪽에서 발소리가 들려왔다. 수진은 눈을 들어 맞은편 통로 쪽을 건너다봤다. 아버지와 현진이 커다란 밀차를 밀며 걸어 나오고 있었다. 눈을 한 번 깜박이고 다시 쳐다봤다. 아버지와 현진이 사라지고 방독면을 쓴 군인들이 나타났다. 시신을 실러 온 이들이었다. 사흘 전엔 8명이었는데 오늘은 둘이었다. 사흘 전엔 화장이 가능했지만 오늘은 그럴 수가 없었다. 화장을 맡았던 자원봉사자가 죽었고, 불을 땔 기름이 떨어졌다. 링크엔 신원 파악조차 되지 않은 시신들이 수없이 누워 있었다. 저들은 군용 트럭에 실려 쓰레기 매립지로 갈 예정이었다. 사람과 개는 결국 같은 운명을 맞고 있는 셈이었다.

군인들이 시신을 밀차에 싣기 시작했다. 미스터 리는 기나긴 연주를 끝냈다. 페도라를 슬쩍 들어 유일하게 살아 있는 관중에게 인사를 보냈다. 그녀는 이것이 미스터 리의 마지막 공연이었음을 깨달았다. 그녀를 향해 미소 짓는 눈이 빨갰다. 수진은 링크를 도망쳐 나왔다. 계단을 두 칸씩 뛰어올랐다. 이곳에서 여태 뭘 하고 있었던 걸까. 아니, 이 질문은 잘못되었다. 왜 돌아왔을까, 라고 물어야 옳았다. 출근을 하듯, 매일같이 집에 다녀왔으니.

처음엔 백 기사의 도움을 받았다. 백 기사가 쓰러진 후부터는 체육관 자전거 보관대에 있던 주인 없는 자전거를 빌려 탔다. 아버지가 아직 돌아오지 않았다는 걸 확인하고, 아버지의 밥을 해두고, 식탁에 똑같은 내용의 포스트잇을 붙이고 나면, 어김없이 집을 나섰다. 거리를 달리다 개 떼를 만나면 경륜선수처럼 내달았다. 군인들을 만나면 자전거를 세우고 넋 나간 여자처럼 다가가 물었다.

"11공수가 어디에 주둔하는지 아세요."

라커룸으로 돌아와 잠든 은지를 보면 깊은 안도가 밀려왔다. 체육관으로 돌아온 건 그 때문이었을 것이다. 살아 있는 사람과 얼굴을 맞댈 수 있고, 함께 일할 수 있고, 드물게 웃기도 하고, 나란히 잠들 수도 있었으므로. 아직은 혼자가 아니라는 걸 확인할 수 있었으므로. 그녀는 아무도 없는 집 안에서 아버지를 기다리며 홀로 미쳐가고 싶지 않았다.

그러나 이제는 이곳에서도 혼자였다. 의료팀 24명 중 20명이 쓰러졌다. 남은 사람은 수진과 은지, 응급구조사 임 선생과 박남철뿐이었다. 당연한 얘기지만 인력 충원은 되지 않았다. 체육관은 문을 닫은 거나 마찬가지였다. 군인들이 정문을 막고 더 이상 환자를 들여보내지 않았다. 몰려든 환자들은 정문 밖 도로에 천막과 텐트를 쳤다. 치료받을 수 없다는 걸 알면서도 돌아가지 않았다. 가족으로부터 버림받았거나, 가족으로부터 스스로 격리되려고 나왔거나, 혹여 지급될지도 모르는 치료제나 백신을 얻으려고. 기약 없고 가망 없는 바람이었다.

그들은 노상 천막 안에서 얼어 죽거나, 굶어 죽거나, 병으로 죽었다. 기존 환자는 경기장에서 링크로, 하루에도 수백 명씩 거처를 옮겨 가는 중이었다. 빨간 눈은 민간인과 군인을 가리지 않았다. 체육관을 통제하는 군인도 날마다 줄어들었다. 의료팀처럼, 충원 없이 차근차근 소모되고 있는 모양새였다. 보급 헬기는 이틀째 오지 않았다. 기름이 없어 난방도 끊겼다. 작동되는 건 전기와 수도뿐이었다. 너희들끼리 알아서 하라는 얘기 같았다. 죽든가, 살든가.

2월 6일 자정 무렵, 박남철 과장이 가장 먼저 이곳을 떠났다. 경기장 한구석에서 딸이 죽은 지 1시간 만이었다. 박주환이라는 형사가 찾아온 직후이기도 했다. 그의 집에 불이 났고 아내가 죽었다고 했다. 기다리라든가, 돌아오겠다든가, 집으로 돌아가라든가, 하는 지시 같은 건 없었다. 수진이 곁에 서 있었건만 일별조차 보내지 않았다. 싸늘하고도 무서운 얼굴로 딸의 시신을 차에 실은 후 경찰차를 따라 떠나버렸다.

어젯밤엔 은지와 임 선생마저 떠났다. 두 사람이 연애를 한다는 건 통신이 끊기던 날, 매점 앞에서 만났을 때 이미 눈치챈 바였다. 그들은 일을 하다가도 눈이 마주치면 한참씩 어딘가로 사라졌다가 나타나곤 했다. 임 선생은 서울에 아내와 아들이 있는 유부남이었지만 은지는 상관하지 않았다. 어쩌면 운명적인 사랑이라고 믿었는지도 모른다. 그러니 따라나서겠다고 마음먹었겠지.

"우리 지금 서울로 갈 거예요."

은지는 미안해하는 얼굴로 말했다. 수진은 말리지 않았다. 무슨 수로 화양 경계선을 넘을 것인지 묻지도, 작별 인사를 건네지도 않았다. 충격에 빠진 나머지 입이 열리지 않았다. 하고 싶은 말은 목 안에서만 메아리 쳤다. 나는 어쩌라고. 이 야밤에 네가 떠나버리면, 떠날 수 없는 나는 어쩌라고.

그들이 떠난 후 더 충격적인 깨달음이 왔다. 자신은 아버지를 진정으로 찾으려 한 적이 없었다. 단 한 번도 그녀는 아버지와 현진이 죽었으리라고 생각하지 않았다. 눈앞에서 수많은 사람들이 죽어가는데도 가능성조차 인정하지 않았다. 알고 있지만 받아들일 수 없는 유의 일이었다. 받아들여야 하는 순간과 직면하는 게 겁이 났다. 몸에 이상이 있다는 걸 알면서도 건강진단을 받지 않으려는 심리와도 비슷한 것이었다. 받아들일 수 없는 일은 모르는 게 나았다. 모르는 동안은 절망과 맞닥뜨리지 않아도 될 테니까. 확인과 함께 찾아들 무서운 고통을 그녀는 몸서리나게 잘 알고 있었다. 난파당할까 봐 두려워서 차마 울 수조차 없는 고통이었다. 두 번 겪고 싶지 않은 고통이었다. 어머니 한 사람만으로도 차고 넘치는 고통이었다. 미스터 리마저 작별 인사를 건넨 지금에 와서는 그것을 더 피할 도리가 없었다.

수진은 무전기가 있는 경기장으로 향했다. 어쩌면 그 남자가 도와줄 수 있을지도 몰랐다. 그 남자는 아내와 딸의 유해를 가지고 돌아가면서 그녀에게 이렇게 말했다.

"언제든 도움이 필요할 때 무전기로 연락해요. 한 번쯤은 부를 일이 있을 거요."

지금이 바로 그 '언제든'이었다. 그 남자라면 사라진 군인들이 어디로 가는지, 시위를 하다 군인에게 잡혀간 이들이 어디에 수용돼 있는지 알아낼 수 있을 것 같았다. 지금 화양 곳곳을 돌아다니는 사람은 구조대원 뿐이고, 구조대원 대부분이 특수부대 출신이라니까. 적어도 일반인보다는 그쪽 상황을 파악하기 쉽겠지.

수진은 경기장 출입 통로 앞에서 걸음을 멈췄다. 통로 안에서 한 남자가 걸어 나오고 있었다. 좀 전, 자신의 곁을 지나갔던 이상한 남자였다. 마주치고 싶지 않았지만 대면을 피하기엔 때가 늦었다. 남자는 순식간에 다가와 그녀와 마주 섰다.

"잠깐만요."

수진은 엉거주춤하게 서서 고개를 끄덕였다. 뒷덜미 털이 스르르 일어서고 있었다. 머릿속은 이미 체육관 복도를 달리는 중이었다. 여차하면 도망쳐 숨을 장소를 찾아서.

"박남철 과장을 찾는데요."

비로소 그녀는 이 이상한 남자가 왜 그리 낯이 익었는지 알아차렸다. 남자는 박남철 과장과 닮았다. 아니, 판박이였다.

"여기 안 계세요."

"어디 갔는지 몰라요? 아들인데, 급하게 만나야 할 일이 있어서."

남자의 눈이 재봉틀질을 하듯 그녀의 얼굴을 지그재그로 오갔다. 상대를 불안하게 만드는 시선이었다. 재미있어 하는 것도 같고, 웃고 있는 것도 같고, 너 겁먹었구나, 하는 것도 같았다.

"그저께 떠나셨어요. 이후로 오시지 않았고요."

그녀는 고개를 숙이는 걸로 그만 가보겠다는 의사를 표명했다. 남자의 어깨를 스쳐 통로 안으로 발을 뗐다.

"내 여동생도 여기 있을 텐데. 박동아라고."

다시 남자의 목소리가 뒷덜미를 잡았다.

"데리고 가셨어요. 그날 새벽에 숨을 거둬서."

대답하고 나자, 등 뒤에서 구둣발 소리가 울렸다. 지하 링크에서 미스터 리가 올라오고 있었다. 남자는 그쪽을 흘끔 보고, 수진을 한 번 보더니 몸을 홱 돌려 체육관을 나갔다. 검푸른 새벽 대기 속으로 휙 사라져버렸다. 그녀는 경기장 안으로 들어갔다. 난방이 되지 않는데도 경기장 안은 춥지 않았다. 환자들이 내뿜는 뜨거운 숨결과 체온 탓이었다. 그들은 열에 들떠 큰 소리로 떠들거나, 죽은 듯이 널브러져 있었다. 그녀는 곧장 간호사실로 들어갔다. 무전기는 늘 있던 자리에 놓여 있었고 주파수를 찾을 필요도 없었다. 가장 많이 사용하는 1번에 119상황실이 맞춰져 있었다. 그녀는 무전기를 켜고 용건을 말했다.

"통합거점병원 노수진 간호사입니다. 동부소방서 한기준 대원을 찾고 있습니다. 급한 일이에요."

한기준은 행정용 차량을 몰고 혼자 왔다. 수진이 체육관 정문 앞에서 기다린 지 30분 만이었다.

"한 번은 도와주실 수 있다고 하셨지요?"

기준은 대꾸 없이 차 문을 열어주었다. 수진은 그의 옆자리에 올라앉았다. 숨을 몰아쉬듯, 준비한 말을 뱉어냈다.

"쌍둥이 남동생이 있어요. 특전사 장교예요. 11공수 소속이고 가장 먼저 화양에 투입됐다고 들었어요. 지금껏 임무를 수행하고 있는지는 모르겠고요."

그녀는 떨리는 손을 다리 사이에 감추고 앞 차창을 노려봤다.

"군인병원이나 유해를 안치할 만한 곳, 군인들이 체포한 사람들을 가둬둘 만한 장소가 어딘지 혹시 아세요?"

기준은 안다고도 모른다고도 하지 않았다. 한동안 뭔가를 생각하고 있다가 불쑥 물었다.

"혹시 광산 노씨 만호공파요?"

수진은 고개를 돌려 기준을 봤다. 그는 두 번째 질문을 던졌다.

"아버지가 화물 트럭 몰지 않아요?"

그녀는 마른침을 넘겼다. 심장이 말처럼 뛰는 바람에 바로 대답을 할 수가 없었다.

"우리 아버지를 아세요?"

"미시령 근처에서 화양까지 차를 얻어 타고 온 적이 있어요. 한 2주 전에."

"이후로는 못 보셨고요?"

기준은 고개를 저었다. 수진은 실룩거리는 입술을 힘주어 다물었다. 실망한 기색을 내비치지 않으려 했지만 마음대로 되지 않았다. 뺨이 굳어지고 목소리에 힘이 빠졌다.

"사실은 아버지가 실종됐어요. 6일 전에 시청 앞에서 저랑 통화한 게 마지막이에요. 동생이 거기 있다는 말을 듣고 찾아가신 모양인데 이후로 소식이 끊겼어요."

"집이 어디요?"

난데없는 질문이었다. 수진은 얼떨떨해서 대답했다.

"진원동 밤실아파트요."

기준은 차를 출발시켰다. 도착한 곳은 어처구니없게도 그녀의 집 앞이었다.

"꼼짝하지 말고 집 안에 있어요."

"저기 난……."

"내가 알아볼 테니까."

정말일까. 그녀는 기준과 눈을 맞추고 진심을 읽어보려고 애를 썼다. 아무것도 읽히지 않았다. 그는 말했다.

"너무 큰 기대는 하지 말고. 안다고 해도 접근이 불가능할 거요."

그녀는 가방을 어깨에 멨다. 기준이 덧붙였다.

"혼자 밖에 나가지 말고. 낮이든 밤이든, 절대로."

"그런데 아버지를 찾으면 어떻게 저랑……."

"내가 집으로 찾아갈게요."

수진은 다시 기준의 얼굴을 살폈다. 무언가 하지 않은 말이 있는 듯한 표정이었다. 그것이 무엇인지 묻고 싶지 않았다. 보고 싶은 것만 봤다. 이 남자는 약속하면 지키는 성격일 것이라고. 그녀는 차에서 내려 아파트 입구로 들어섰다. 춥고, 허기지고, 피곤했다. 밤새도록 비 오는 거리를 돌아다니다 온몸이 흠뻑 젖은 채 집으로 돌아온 기분이었다. 기준은 엘리베이터 문이 닫힐 때까지 차 안에 앉아 자신을 바라보고 있었다.

집 안은 어젯밤 그녀가 해두고 나갈 때와 달라진 게 없었다. 사람 없는 집이 주는 썰렁한 기운도, 실내등이 켜진 거실도, 아버지의 식사가 놓여 있는 식탁도 똑같았다. 그녀는 가방을 아무 데나 내려놓고 식탁 앞으로 가서 앉았다. 자신이 해놓고 간 것들을 하나씩 둘러봤다. 숟가락, 젓가락, 식어서 비린내를 풍기는 고등어구이 한 토막, 뚜껑을 덮어둔 반찬 그릇들, 빈 공기 옆에 붙여진 포스트잇.

아버지. 손 씻고 식사하세요. 이제 밖에 나가시지 마시고요.

식탁 가장자리를 빙 둘러 토씨 하나도 다르지 않은 내용의 쪽지들이 여섯 개나 붙어 있었다. 이 무슨 멍청한 짓일까. 손 씻고 식사하라니. 밖에 나가지 말라니. 아버지는 오지도 않았는데, 어디 있는지도 모르는데, 살았는지 죽었는지도 모르는데, 이 무슨 어린애 소꿉장난 같은 짓일까.

대상도 없는 노여움이, 진창 같은 절망이, 핏속을 줄달음쳤다.

그녀는 빈 공기에 밥을 담았다. 밥 한 술을 퍼서 흐느낌이 흐르는 입으로 허겁지겁 밀어 넣었다.

5장

모든 것이 파괴되는 시간 2

링고 5

링고는 머리를 들고 위층의 기척에 귀를 기울였다. 남자가 움직이고 있었다. 물 마시는 소리, 의자를 뒤로 밀치는 소리, 발소리, 방문이 열리는 소리, 오줌 누는 소리, 물 쏟아지는 소리에 이어 방으로 되돌아가는 발소리. 잠시 후 귀에 익은 혼잣말이 들려오기 시작했다.

"성부와 성자와 성령의 이름으로 아멘."

어떤 이유에서인지 남자는 불을 켜지 않았다. 밤이 와도 어둠 속에서 조심스럽게 움직였다. 사람이 없나, 싶을 정도로 조용하게 지냈다. 가끔 저 괴상한 혼잣말을 중얼거리는 것 말고는.

"하늘에 계신 우리 아버지, 아버지의 이름이 거룩히 빛나시며 아버지의 나라가 오시며……."

창밖에는 어둠이 찾아와 있었다. 검은 하늘에는 구름이 뒤덮여 있고 마당 가로등엔 불이 들어오지 않았다. 집 안은 바깥보다 더 어두웠다. 눈밝은 링고에게도 사물의 윤곽과 위치만 구분될 뿐 세부는 거의 보이지 않았다. 머리 위에선 흰 점들이 날고 있었다. 그중 몇 개가 콧등에 내려앉았다가 물방울이 돼서 굴러떨어졌다. 바람을 타고 깨진 창문으로 몰아든 눈송이들이었다.

링고가 있는 곳은 위층 남자와 대각선을 이루는 1층 어느 방 창문 밑이었다. 위층 남자가 여기에 온 이후로 옮겨 온 자리였다. 불탄 가구, 떨어진 문짝 등이 침대 위에 몸을 겹치고 엎어져 있어 은신처로 적당했다. 머리만 들면 대문 밖이 한눈에 내다보여 바깥을 감시하기에도 좋았다. 무엇보다 신선한 공기가 드나들어 마음에 들었다. 창으로 들이치는 바람이나 눈보라 정도는 눈감아줄 만한 이점이었다. 링고는 머리를 앞다리에 올려놓고 다시 눈을 감았다.

"하느님, 저의 하느님. 당신을 애틋이 찾나이다."

나직한 울음 같은 목소리였다. 스타의 대장을 생각나게 하는 목소리였다. 자신을 바라보며 "링고, 가만있어." 하던 목소리도 저와 비슷했다. 링고는 가만히 있을 수가 없었다. 대신 조심하고 있었다. 생각 없이 날뛰다 죽고 싶지 않았다. 자신에겐 해야 할 일이 있었다. 그 일이 불타버린 낯선 집으로 그를 인도했다. 스타를 죽이려 했던 놈과 스타를 죽인 놈, 그들이 이 집과 관련이 있다고 믿었다.

대장 집에 나타난 자는 스타를 죽이려 했던 놈이었다. 놈의 냄새를 기억해내는 순간부터 링고는 제정신이 아니었다. 몸이 다쳤다는 사실 따위는 까맣게 잊어버렸다. 쫓아가 숨통을 끊어놓겠다는 생각밖엔 없었다. 눈앞에서 담장 문이 닫혔을 때, 대장이 자신을 향해 손을 내밀었을 때, 그는 노여움에 눈이 멀었다. 대장도 놈과 다르지 않았다. 대장의 눈은 '사람이 너를 죽일 수는 있지만, 너는 사람을 해칠 수 없어'라고 말하고 있었다.

동의할 수 없는 말이었다. 분을 참을 수도 없었다. 담장 앞을 오락가락하며 으르렁대고 울부짖는 것 말고는 할 수 있는 일 역시 없었다. 다리만 제대로 쏠 수 있다면 저 담을 어떻게든 넘어볼 텐데. 아니, 어깨만 성해도 저 문을 들이받아 볼 텐데. 대장이 내려간 후, 그는 문 밑을 파기 시작했다. 처음엔 그 일을 제대로 할 수가 없었다. 얼어붙은 눈과 땅을 한 번씩 팔 때마다 어깨와 앞다리가 찢기고 물어뜯기는 것처럼 아팠다. 등과 뒷다리까지 마비되는 느낌이었다. 분통하던 마음이 고통 밑으로 흩어지고 하울링은 신음으로 변해갔다.

고통은 담장 안쪽 땅을 깊숙이 파헤치고 들어갈 무렵에야 사라졌다. 감각도 함께 사라졌다. 귀가 먹먹하고 시야도 흐릿했다. 담장을 빠져나올 때에 가서는 코만 살아 있었다. 링고는 거기에 의지해 놈의 뒤를 밟았다. 쉽지 않은 일이었다. 시간과 바람이 냄새를 홀렁 걷어 가버린 탓이었다. 쉼터에 다다르자 희미하게 떠돌던 냄새마저 사라져버렸다. 그곳에 남은 건 벼랑 밑에서 올라오는 탄내와 눈 위에 배인 생소한 냄새였다.

링고는 기억과 지식을 총동원해 눈 위의 냄새를 읽어보려 했다. 자동차 뒤꽁무니가 뿜는 냄새와 비슷했다. 아주 오래된 냄새는 아니었고 쉼터 밖으로 이어지고 있었다. 마음의 목소리는 이걸 따라가라고 말했다.

냄새는 굽잇길을 따라 내려갔다. 가면 갈수록 분명해지는 느낌이었다. 링고는 느릿느릿 걸었다. 다리와 어깨가 덜그럭거려 빨리 걸을 수 없었다. 수술한 자리가 활활 타는 듯해 숨이 막힐 때도 있었다. 그럴 땐 눈밭에 엎드려 한동안 어깨를 식혀야 했다. 산을 내려가 넓은 거리로 들어선 후부터는 냄새를 놓치고 당황하기 일쑤였다. 비슷한 냄새가 사방에서 뒤엉켜 시야를 교란시키고 판단력을 흐트러뜨렸다. 총을 든 제복 남자들 눈에 띌 뻔한 것도 수차례였다. 그들은 거리를 돌며 떠돌이 개들에게 총질을 해대고 있었다. 어떤 개는 용케 도망쳤고, 어떤 개는 그들을 향해 덤볐고, 어떤 개는 머리가 날아가거나 몸에 구멍이 뚫려 피를 뿜으며 쓰러졌다. 남자들은 쓰러진 개를 트럭에 싣고 어딘가로 떠났다. 링고는 골목이나 건물 틈새에 숨어 있다가 그들이 사라진 후에 다시 걸음을 옮겼다.

이 집 앞에 도착한 건 새벽이 다 됐을 때였다. 그를 인도한 냄새는 사라지고 놈의 체취가 다시 나타났다. 집이 내뿜는 연기 냄새만큼이나 강렬하고 분명했다. 링고는 저 집 안에 놈이 있다고 확신했다.

링고는 집 둘레에 쳐놓은 노란 줄 밑으로 기어들어 갔다. 대문은 닫혀 있었지만 잠겨 있지는 않았다. 어깨로 힘주어 밀자 맥이 풀릴 정도로 쉽게 열렸다. 마당을 하얗게 덮은 눈 위로 시커먼 재가 내려앉아 있었다. 담장을 따라 우거진 나무들도, 얼어붙은 연못도 재로 뒤덮였다. 창문들은 모조리 깨져 나가고, 현관 문짝은 반쯤 떨어져 나갔고, 현관 계단은 두껍고 미끄러운 얼음으로 덮여 있었다. 집 안엔 독한 냄새가 꽉 차 있고, 천장에선 반쯤 떨어진 널빤지들이 덜렁거리고, 잿물이 진창을 이룬 바닥에는 불에 탄 물건들이 크고 작은 바위처럼 나뒹굴었다. 뚫린 창문으로 쳐들어온 새벽바람은 문짝을 후려치며 온 집 안을 나돌아 다녔다.

그는 바람이 지나간 자리에서 또 다른 냄새를 찾았다. 잊으려야 잊을 수 없는 냄새, 스타를 죽인 자의 냄새였다. 냄새를 쫓아 안으로 들어가자 그가 지금 거처로 삼고 있는 이곳, 깨진 창으로 마당이 내려다보이는 방에 닿았다. 사람은 없었다.

링고는 애당초 쫓아온 냄새를 따라 2층 계단을 올라갔다. 매끈매끈한 돌계단은 꺼멓게 그을리기만 했을 뿐 형태가 멀쩡했다. 계단참 문도, 2층 방들도 멀쩡했다. 천장도, 벽도 연기에 검게 그을리긴 했지만 사람이 살던 흔적들은 고스란히 남아 있었다. 놈의 방은 계단참 문 바로 옆이었다. 그 방에서 두 남자를 기다리기로 했다. 배가 고팠지만 먹이를 찾을 생각은 하지 않았다. 챔프투견장 시절부터 허기에는 익숙해져 있었다.

물만 있다면 사나흘 정도는 거뜬히 견딜 수 있었다. 그는 침대 밑에 엎드려 귀를 세워둔 채 긴 잠을 잤다. 자고 일어나면 상처가 다 나아 있기를 고대하면서. 그리하여 예전처럼 높이 도약할 수 있도록.

꿈속에서 스타를 만났다. 그는 산막으로 돌아가 있었다. 스타가 파랗게 스며드는 새벽빛 속에 누워 그를 바라보고 있었다. 그녀는 죽지 않았다. 코가 촉촉하게 젖어 있었고 숨결에선 뽀얀 입김이 피어올랐다. 달빛처럼 환하고 친근한 눈으로 인사를 건네왔다. 안녕, 링고. 링고는 스타에게 화해를 요청할 때마다 그랬듯, 어깨와 턱을 바닥에 붙이고 조심스럽게 스타를 향해 기어갔다. 스타와 눈을 맞추고 코를 맞댔다. 주둥이를 내밀어 입술을 핥았다. 순간, 그녀는 콧등에 떨어진 눈송이처럼 물방울이 되어 사라져버렸다. 스타……. 링고는 흐느낌이 섞인 잠꼬대와 함께 눈을 떴다. 자신은 산막이 아니라 놈의 방 안에 누워 있었다.

그날, 날이 어두워진 후 위층 남자가 나타났다. 가방과 손전등, 긴 쇠막대기를 양손에 나눠 쥐고 대문 안으로 들어섰다. 어깨엔 제복 남자들의 것과 비슷하게 생긴 총을 메고 있었다. 그때 링고는 마당에 나와 있었다. 목이 말랐지만 집 안에 물이 없었다. 마당 연못도 꽝꽝 얼어붙었다. 아쉬운 대로 담장 나무 밑에 쌓인 눈을 조금씩 긁어 먹으며 갈증을 달래는 중이었다.

남자는 현관에 짐을 내려놓더니, 총과 손전등을 양손에 쥐고 1층을 둘러보기 시작했다. 링고는 어둠 속에 몸을 숨기고 남자를 지켜봤다. 공격해서 쫓아버릴 것인지, 상황을 두고 볼 것인지 갈등하면서. 공격한다면 위험을 무릅써야 할 터였다. 링고는 자기 몸이 총을 피할 수 있을 만큼 완전하지 않다는 걸 잘 알고 있었다. 남자는 1층을 다 돌아본 후 짐을 들고 2층으로 올라갔다. 링고는 두고 보기로 마음먹었다. 기이한 동거가 시작된 밤이었다.

남자는 아래층으로 잘 내려오지 않았다. 낮에는 발소리조차 내지 않았다. 귀를 기울이면 숨 쉬는 소리만 희미하게 들려왔다. 밤이 되면 총을 겨누고 계단참 문을 열고 나왔다. 손전등도 없이 어둠 속을 더듬어서 현관까지 갔다가 2층으로 되돌아가는 해괴한 짓을 거듭했다. 훤할 때 계단참 밖으로 나온 건 딱 한 번이었다. 스타의 대장이 나타났던 몇 시간 전에.

스타의 대장은 대문을 밀고 들어오더니 마당을 느릿느릿 한 바퀴 돌았다. 냄새를 맡는 것처럼 땅에 얼굴을 붙이고 마당 나무 밑과 연못가, 링고가 주로 나다니는 창문 앞을 살폈다. 이윽고 현관으로 뛰어 들어오며 "링고." 하고 불렀다. 처음엔 대장의 냄새와 목소리, 마당을 돌아다니는 모습이 꿈속의 것처럼 느껴졌다. 잠들 때마다 산막으로 돌아가 스타를 만난 것처럼. 집 안으로 들어서는 대장을 본 후에야 꿈이 아니라는 걸 알아차렸다.

"링고, 이리 나와."

대장은 길고 가느다란 막대기를 쥐고 링고가 있는 방으로 다가왔다. 네가 거기 있는 걸 알아, 하듯이. 링고는 엎어진 장롱 밑에 숨어 시기를 기다리고 있었다. 대장이 사정거리 안에 들어오는 시기. 세상 무엇도 자신을 막을 수 없었다. 어떤 방해꾼도 용납할 수 없었다. 대장도 예외가 아니었다.

"링고."

대장의 발이 문턱 앞에 와서 멈췄다. 링고는 뒷다리에 힘을 주었다. 그 발이 문턱을 넘는 순간, 바로 도약할 수 있도록. 그때 계단 쪽에서 위층 남자의 목소리가 났다.

"당신 누구요."

링고는 발톱을 펴서 방바닥에 박았다. 귓속에서 핏줄이 팔딱거리고 있었다. 좀 더 가까이 와.

"오랜만입니다."

대장은 뒤로 돌아서며 말했다. 위층 남자가 물었다.

"거기서 뭐 하는 겁니까."

대장의 발이 문턱에서 멀어졌다. 계단 쪽으로 움직이는 기색이었다.

"누굴 좀 찾으러 왔습니다."

"내 집에서 누굴 찾는다는 거요?"

"내 집에 불을 지른 자를 찾는 중이죠. 나 대신…… 앞도 못 보는 어린 여자아이가 죽었어요. 아드님 어디 있습니까."

긴 침묵이 지나갔다. 링고는 장롱 밑에서 나왔다. 배와 턱을 땅에 붙이고 앞발로 기어 거실로 나갔다. 불에 타 검은 바위처럼 보이는 물건이 베란다 문 쪽에 있었다. 본시 무엇이었는지는 몰라도 링고에겐 아주 유용한 물건이었다. 그가 몸을 숨길 수 있을 만큼 큰 데다 거실과 바깥이 동시에 보이는 위치에 있었다. 두 남자는 계단을 사이에 두고 마주 서 있었다.

"왜 여기 있을 거라고 생각하시오."

침묵을 깬 쪽은 위층 남자였다.

"올라가서 확인해도 되겠습니까?"

위층 남자는 벽 쪽으로 비켜섰다. 대장은 계단을 올라갔다. 이 방 저 방 돌아다니는 소리가 난 끝에 다시 계단참에 나타났다.

"아드님한테 전해주세요. 혼자 나돌아 다니지 말라고."

위층 남자는 벽에 기대선 채 대장을 쳐다봤다.

"죽는 수가 있다고 말입니다."

대장은 계단을 내려왔다. 뒤도 돌아보지 않고 대문 밖으로 사라져버렸다. 위층 남자는 2층으로 사라졌다. 잠시 후, 기계로 벽을 뚫는 것처럼 요란한 소리가 났다. 한참 후엔 달착지근하면서도 씁쓸한 냄새가 계단을 타고 흘러내렸다. 인간들이 좋아하는 커피 냄새였다.

"깊은 구렁 속에서 주께 부르짖사오니, 주님, 제 소리를 들어주소서."

위층 남자의 혼잣말을 듣고 있노라면 이상한 변덕이 일었다. 까닭 없이 울컥했다가 어디론가 숨고 싶은 마음이 들기도 했다. 더 오래 듣고 있으면 잠이 왔다.

"하느님, 저를 구하시는 하느님이여. 피 흘린 죄벌에서 저를 구하소서."

링고는 눈을 감고 소리에 귀를 기울였다. 자동차 소리가 들려왔다. 지나가는 차가 아니었다. 담장 밑에서 멈춰 서는 차였다. 곧 엔진 소리도 멈췄다. 위층 남자의 혼잣말도 멈췄다. 링고는 눈을 떴다. 자동차의 불빛이 담장을 넘어 깨진 창문으로 비쳐들고 있었다. 이윽고 움직임을 읽을 수 있는 소리가 들려오기 시작했다. 차 문이 열리고 닫히는 소리, 대문이 열리고 닫히는 소리, 마당으로 들어서는 발소리. 바람은 방문객의 몸 냄새를 품고 창문을 넘어왔다. 링고는 몸을 일으켰다. 갈비뼈 안에서 신경 가닥들이 팽팽하게 당겨졌다. 왔구나.

위층 남자도 움직이고 있었다. 방을 나오는 발소리가 희미하게 울렸다. 조심스럽고 긴장된 움직임이었다. 신경을 걸음에 집중하며 걷는 소리였다. 링고는 거실의 검은 바위 뒤로 기어가 엎드렸다. 위층 남자는 계단을 내려와 현관 쪽으로 다가갔다. 능숙한 움직임이었다. 매일 밤 하던 그대로, 손전등도 켜지 않고 벽에 등을 기댄 채 게걸음으로 한 발짝씩. 손에는 남자가 오던 날 봤던 총이 들려 있었다. 현관에 다다를 무렵, 위층 남자의 몸이 휘청 흔들렸다. 무언가에 발이 걸린 것 같았다. 바스락 소리가 천둥처럼 울렸다. 남자는 손을 뻗어 벽을 짚으면서 가까스로 균형을 잡았다. 바깥의 놈은 막 연못 옆을 지난 참이었다. 머리에 낀 전등을 켜고, 등에 가방을 메고, 현관 쪽으로 다가오고 있었다.

먼저 도착한 쪽은 위층 남자였다. 남자는 현관 벽과 베란다 문이 만나는 벽 모서리에 등을 붙인 뒤 총을 들어 올렸다. 총구는 현관을 겨냥했다. 남자의 가슴은 파도치듯 크게 오르내렸다. 링고의 귀에 심장 뛰는 소리까지 들리는 것 같았다. 남자도 자신과 같은 목적으로 이곳에 왔다는 걸 알아차린 순간이기도 했다.

바깥의 놈은 현관 계단을 오르고 있었다. 발을 뗄 때마다 신발 밑에서 찍찍 소리가 울렸다. 이윽고 모자를 덮어쓴 얼굴이 현관 안으로 쑥 들어왔다. 머리에 낀 전등이 현관 옆에 서 있던 위층 남자를 비췄다. 위층 남자는 총구를 놈의 이마에 겨눴다. 두 남자는 불빛과 총을 마주 댄 채 말없이 상대를 노려봤다.

"손들어."

위층 남자가 말했다. 놈은 서서히 손을 들어 올렸다. 모자 밑의 눈은 히죽 웃고 있었다. 링고는 놈의 몸에서 익숙한 냄새를 맡았다. 이 집에 들어와 익숙해진 냄새, 집 안 곳곳에 배여 머리를 욱신거리게 하는 냄새가 놈의 옷과 어깨에 걸쳐 멘 가방에서 풍겨 나왔다. 다시 위층 남자가 말했다.

"네 방으로 올라가."

동해 5

"네 방으로 올라가."

아버지가 말했다. 동해는 2층을 향해 몸을 돌렸다. 잿더미가 된 잡동사니나 목재 잔해 따위가 들쭉날쭉 쌓인 가운데 계단부터 현관에 이르는 벽 아래쪽만 길을 낸 것처럼 말끔하게 치워져 있었다. 아버지는 언제 여기에 왔을까. 설마, 체육관을 나온 후부터 쭉 여기서 기다렸을까. 빨리 움직이라고 재촉하듯, 총구가 뒤통수에 닿았다. 동해는 벽을 따라 걷기 시작했다. 예전부터 느낀 것이지만 자신은 아버지와 빼박았다. 제 자식 머리통에 총을 겨누자고 불난 집에 며칠씩 숨어 있는 성미로만 봐도.

"손 바짝 들고 올라가."

계단 앞에서 자신과 똑같은 아버지가 명령했다.

"네, 아버지."

"나를 아버지라고 부르지 마라."

뒷덜미 바로 밑에서 아버지가 말했다. 그는 눈을 내리뜨고 어깨 뒤를 넘겨다봤다. 아버지는 자신보다 두 칸 밑에 있었다. 뒤통수로 코를 박아버리고 싶게 만드는 위치였다.

"네, 아빠."

총구가 이번에는 등에 멘 백 팩을 찔러 왔다. 동해는 움찔했다.

"수작 부리지 마. 여차하면 가방을 쏴버릴 테니까. 결과가 어떨지는 네 놈이 더 잘 알겠지."

알고말고요. 내 가방인데. 안에 새로 만든 화염병 10개가 들어 있었다. 부족한 시너를 구하느라 애 좀 먹었다. 쌔고 쌘 페인트 가게가 막상 찾으려니 없어서.

"빨리 올라가."

"네, 아빠."

성실하게 대답하고 따르지는 않았다. 그는 할 수 있는 만큼 늑장을 부리며 올라갔다. 생각할 시간이 필요했다. 그가 그려본 그림에는 없었던 상황이므로.

요 며칠 동해는 초조해하고 있었다. 하는 일마다 귀가 어긋났다. 그것도 핵심 부분이 틀어졌다. 어머니는 갔는데 아버지의 성채는 반밖에 타지 않았다든가. 드림랜드는 잿더미가 됐는데 서재형과 김윤주는 멀쩡하다든가. 아버지는 늘 한 발짝 빨리 그의 시야를 빠져나갔다. 서재형과 김윤주의 새 거처를 파악하느라 하루를 소비한 게 사단이었다. 다음 날 새벽 찾아간 체육관에서 만난 건 반쯤 맛이 간 간호사와 산송장들뿐이었다. 그는 구월산 기슭에 있는 선산으로 차를 몰았다. 아버지가 죽은 딸내미를 데려갈 곳이 거기밖에 더 있겠는가. 기대와 달리 아버지는 없었다. 새로 만든 봉분 앞에 어린 소나무 가지만 하나 놓여 있었다. 꽃 대신 소나무라. 서글픈 풍경이었다. 안타까운 일이었다. 착한 척, 잘난 척, 예쁜 척, 온갖 척은 다 하더니 프랑스에 가보지도 못하고 저승으로 훅, 가버릴 줄이야. 개 같은 년.

그는 소나무 가지를 발로 차버리고 산을 내려왔다. 호텔들이 몰려 있는 시내로 향했다. 천하의 박남철이 난민 수용소 따위에 머물 리 없었으므로. 호텔들은 문이 잠겼거나 노숙자들 차지가 돼 있었다. 모텔들은 말을 할 것도 없고. 오늘 아침엔 부용계곡 펜션 타운을 뒤졌다. 혹시 자기 진료실에 틀어박혀 지내나, 해서 화양의료원에도 가봤다. 그곳은 군바리 송장 처리소가 돼 있었다. 병원을 무장 군인들이 에워싸고 있고, 병원 앞 4차선 도로엔 천막과 텐트 들이 난립한 상태였다. 주변 가로수에는 '우리도 치료를 받게 해달라', '우리에게 병원을 돌려달라.' 같은 말이 적힌 팻말이 주렁주렁 달려 있었다. 집을 떠올린 건 불과 1시간 전이었다. PC방에 돌아와 컵라면으로 저녁을 때우던 참에. 미친놈이 아니고서야 설마 그럴까, 하면서도 그는 차에 시동을 걸었다. 어차피 더 가볼 데도 없었으므로. 실제로 집에 있을 줄은, 그것도 총 들고 숨어 기다릴 줄은 정말이지 몰랐다.

"가방 내려놔."

방 안으로 들어선 후, 아버지가 말했다.

"네, 아빠."

그는 발밑에 가방을 놓고 아버지 쪽으로 돌아섰다. 아버지는 두어 발짝 떨어져서 자신의 이마에 총구를 겨누고 있었다. 몰골이 벼락 맞은 직후처럼 보였다. 잿빛 수염으로 뒤덮인 턱, 곤두선 잿빛 머리털, 재투성이 셔츠. 미간에 선 잿빛 핏발은 숨을 쉬듯 펄떡거렸다. 요 며칠 약이 바짝 오르는 바람에 잊고 있었는데, 아버지는 미친놈이 맞았다.

"열을 셀 동안 결정해라. 내 손에 죽을 것인지, 스스로 죽을 것인지."

동해는 시선을 빙 돌려 자신의 방을 둘러봤다. 닷새 전 왔을 때와 달라진 게 많았다. 방바닥에 뒹굴던 의자가 창문 밑으로 갔다. 커튼 봉이 걸려 있던 자리엔 쇠 파이프 거치대가, 거치대엔 올가미처럼 고를 지은 밧줄이 걸려 있었다. 창문 앞에 있던 책상은 벽 쪽으로 자리를 바꿨다. 책상 위는 말끔하게 치워버렸다. 물건이라곤 휴대용 전등과 장미나무 묵주, 성수가 들었을 플라스틱 병 하나가 다였다. 책상 밑에는 가스버너와 작은 주전자가 놓여 있었다. 잿더미 속에서 숨어 지내는 와중에도 열심히 먹고 살았던 모양이었다.

"하나, 둘……"

아버지는 수를 세기 시작했다. 동해는 책상 반대편 벽을 돌아봤다. 침대가 거기 가 있었다. 6년 전까지 매트리스 커버 밑에서 비닐이 버석거리던 침대였다. 저 침대에서 주무셨단 말이지. 자기 자식이 저 침대에서 지내던 시절엔 엉덩이 한 번 붙여보지도 않았으면서, 그 자식을 죽이려고 와서는 몇 날 며칠 뒹굴었더란 말이지. 동해는 아버지에게 시선을 돌렸다. 아버지는 "여섯."을 세며 눈을 맞댔다. 눈을 푹 찔러 오는 손가락 같은 시선이었다. 상대로 하여금 어쩔 수 없이 눈을 깜박이게 만드는 시선.

"일곱, 여덟……."

아버지, 이러지 마요. 10초 가지고는 오줌 누고 털기도 바쁘다고요. 씨발.

"아홉."

"내가 죽을게요."

아버지는 턱을 틀어 창문을 가리켰다. 총구는 여전히 자신의 미간을 향해 있었다.

"창문 앞으로 가."

동해는 몸을 돌렸다. 총구를 등지고 창문 앞으로 발을 디디며 파카 양쪽 주머니를 슬쩍 내려다봤다. 차에서 뽑아낸 휘발유와 시너를 섞어 담아둔 유리병이 들어 있었다. 주머니 하나당 하나씩. 화양주공아파트 재활용품 박스에서 주운 유리병으로 소주병 절반 크기라 거의 표가 나지 않았다. 아버지께 드리려고 지니고 다니던 선물이었다. 십수 년 동안 꿈속에서 해왔던 그대로 해드릴 작정이었다. 피치 못할 사정이 생겼으니 이제부터 다시 연구해 봐야 했다. 어떻게 드리면 화끈한 선물로 역사에 기록될 수 있을지. 그는 의자 앞에서 걸음을 멈췄다. 아버지는 책상에 놓아둔 휴대용 전등을 켰다.

"올라가."

동해는 등을 돌린 채로 의자로 올라갔다. 책상에 기대서 있는 아버지의 모습이 유리창에 비쳤다. 자신의 가방은 그새에 책상 밑으로 들어가 있었다.

"앞으로 돌아서."

정수리 위에 밧줄이 있었다. 어찌 이런 깜찍한 궁리를 했을까. 위장 자살로 자식을 보내버리고 자기는 서울에 남은 큰아들과 알콩달콩 살 아보겠다고? 동해는 몸을 반쯤 돌리면서 파카 주머니에서 유리병을 꺼 냈다.

"네, 아빠."

완전히 돌아서면서 아버지의 머리로 유리병을 날렸다. 쌍권총을 쏘듯, 양손으로 가볍게. 아버지는 눈뜨고 보면서도 피하지 못했다. 번득하는 찰나에 유리병은 오른쪽 귀 위에서 픽, 소리를 내며 터져버렸다. 다른 하 나는 이마에서 박살났다. 아버지는 머리와 상체에 시너를 둘러썼다. 유 리 파편이 박힌 이마에선 피가 흘러내렸다.

"어디 총 한번 쏴보지 그래요. 총알이 발사되면 불똥이 어디로 튈지 좀 보게."

동해는 의자에서 사뿐하게 뛰어내렸다. 잇새로 웃음이 샜다. 목젖이 근질근질해 웃지 않고는 견딜 수 없었다. 저 놀란 꼬락서니라니. 이 양반 아, 권력은 움직이는 거야.

"혹시 모를까 봐 알려주는 건데, 쏘는 순간 아빠는 불기둥이 될걸."

동해는 우두둑 소리가 나게 고개를 옆으로 꺾으면서 아버지에게 성큼 다가섰다. 피와 시너로 번들대는 아버지의 얼굴에 낭패감이 깔리고 있 었다.

"처지가 좀 이해돼?"

동해는 주머니에서 라이터를 꺼내 들었다. 아버지는 움찔하며 창문 쪽 으로 한 발짝 물러섰다. 그러면서도 동해를 겨눈 시선도, 총구도 치우지 않았다.

"이딴 거 켤 필요도 없다고."

손에 쥔 라이터를 앞으로 쭉 뻗으면서 그는 한 발짝 더 나아갔다. 아버지는 한 발짝 더 후진했다. 두 발짝 만에 위치는 좀 전과 반대로 바뀌었다. 아버지가 밧줄이 걸린 창문 앞, 동해가 책상 앞. 동해는 다리를 뻗어 책상 밑에 놓인 가방을 발끝으로 끌어낸 후, 한쪽 팔을 내려 화염병 하나를 뽑아 들었다. 가방은 발꿈치로 걷어차서 아버지 쪽으로 보냈다. 병 깨지는 소리가 시원스러웠다. 아버지는 미끄러지는 가방을 피해 옆으로 한 발짝 물러났다. 총구는 여전히 동해의 이마를 정조준하고 있었다.

동해는 라이터와 화염병을 양손에 쥐고 총구를 노려봤다. 이제 어쩔 것인가. 불을 켜면 아버지는 총을 쏠 테지. 명색이 사냥꾼 아니던가. 명사수는 아니라도 두 발짝 거리를 두고 마주 선 상대를 못 맞힐 얼치기는 아니었다. 물러간다면…… 그는 라이터 점화 단추에 엄지를 올려놓았다. 승산 없는 승부는 질색이었다. 같이 죽는 건 더 싫었다. 홀로 남아 오래오래 살고 싶었다. 아버지가 앗아갔던 지난날의 행복까지 소급해 누리면서.

"예전부터 아빠한테 궁금한 게 하나 있는데."

아버지는 미동도 없이 그의 눈을 노려봤다. 잿빛 머리칼은 시너로 젖어 있고 잿빛 수염에는 피 응괴가 면도 크림처럼 뒤덮여 있었다.

"왜 그렇게 나를 미워했어?"

이상하게 다리가 덜덜 떨려왔다. 목소리까지 떨리는 것 같았다. 동해는 종아리에 힘을 주고 방문 쪽으로 한 발짝 더 물러섰다. 문턱에 운동화 뒤꿈치가 닿았다.

"동범이 형이나 동아는 사랑했으면서. 나는 자식 아닌가?"

아버지는 말이 없었다. 어금니를 꽉 물었을 뿐, 표정 변화도 없었다. 그렇겠지. 무슨 할 말이 있겠어. 동해는 문턱 너머로 물러섰다. 아버지는 문턱 앞으로 다가왔다.

"병원 환자처럼만 대해줬어도 좋았잖아. 적어도 환자들을 지하실에 가두지는 않을 테니까."

동해는 화염병 주둥이에 라이터를 댄 채 계단 문 쪽으로 뒷걸음질했다. 아버지는 두 발짝 거리를 유지하며 전진했다.

"아홉 살짜리 어린애가 지하실에 갇혀 어떤 심정으로 밤을 새웠을지, 한 번이라도 생각해봤어? 얼마나 무서울지 짐작이나 해봤냐고. 거기 갇힐 때마다, 엄마나 형이나 동아가 거실에서 아무 일도 없다는 듯 웃고 떠들고 뭘 처먹는 소리를 들을 때마다, 그 컴컴한 지하실 구석에 몸을 웅크리고 내가 무슨 상상을 했을 것 같아? 이 집이 훨훨 타는 꿈을 꿨어. 다 태워 죽여버리는 꿈을 꿨다고. 그리고……."

등에 계단참 문이 닿았다. 동해는 화염병을 쥔 손으로 손잡이를 잡아 옆으로 틀었다. 짤깍, 소리와 함께 걸림쇠가 빠져나왔다.

"나는 안 죽는 거지. 죽어도 아빠 손에는 안 죽는단 말이야."

그는 손잡이를 당겨 문을 열고 뒷걸음질로 계단에 내려섰다. 아버지의 얼굴은 성큼 다가섰다. 동시에 계단 밑에서 계단 꼭대기로 단숨에 도약해 오는 검은 그림자가 시야 가장자리를 스쳤다. 그는 몸을 틀어 뒤를 봤다. 헤드 랜턴 불빛 속에서 선홍빛 잇몸과 흰 이빨을 드러낸 아귀가 번뜩거렸다. 왼쪽 귀가 불에 덴 것처럼 화끈해지면서 악, 소리가 튀어나왔다. 화염병과 라이터가 어딘가로 날아갔다. 그의 몸은 거실 잿더미 위로 등부터 떨어졌다. 대못처럼 뾰족한 것이 등뼈에 박혔으나 통증을 느낄 틈조차 없었다. 검은 그림자가 피 묻은 아귀를 가위처럼 벌린 채 자신의 목을 향해 뛰어내리고 있었다. 개였다.

"동해야."

아버지가 외마디 소리를 질렀다. 동해는 옆으로 몸을 굴렸다. 놈은 파카 어깻죽지를 물었다. 몸을 일으키자 옷이 소름끼치는 소리를 지르며 찢겨 나갔고 그 반동으로 그의 몸은 현관문까지 튕겨 나갔다. 미처 중심 잡을 겨를도 없었다. 계단을 뒤덮은 얼음판 위로 운동화 밑창이 미끄러지면서 그는 슬라이딩을 하듯 마당 복판까지 활주해 갔다.

"아빠."

본능적인 외침이 튀어나왔다. 놈은 아귀를 쩍 벌리고 그의 목을 덮쳐 왔다. 그는 무의식적으로 팔을 들어 올려 놈의 이빨을 막았다. 이빨은 두툼한 파카를 뚫고 팔뚝에 박혔다. 곧바로 롤러코스터를 탄 것 같은 요동이 어깨를 뒤흔들었다.

"아빠, 총."

총의 개머리판이 팔을 물고 흔들어대는 놈의 머리통을 내리찍었다. 아마도 빗맞았을 것이다. 놈은 팔뚝을 놓지 않았다. 아주 잠깐, 턱의 힘이 느슨해졌을 뿐. 동해는 그 틈을 타 팔을 잡아 뺐다. 살이 뜯겨 나가는 느낌과 함께 파카가 자동으로 벗겨져 나갔다. 놈은 파카를 입에 물고 나무 밑까지 굴러갔다. 아버지는 다시 총을 틀어잡고 허둥지둥 놈의 행방을 찾았다.

"저기야. 쏴버려."

동해는 헤드 랜턴으로 놈을 비추면서 뒤로 물러섰다. 아버지가 자신을 구할 마음이 있다면, 놈을 쏴버릴 기회가 있다면, 지금이 바로 그때였다. 놈이 공중제비를 돌듯 튀어 올라 몸을 일으켜 세우는 바로 지금. 아버지는 총구를 움직거리며 겨냥만 할 뿐, 방아쇠를 당기지 않았다. 놈은 망설임 없이 도약했다. 금빛 눈을 불길처럼 번들거리며 앞다리를 쭉 뻗고 그의 가슴팍을 향해 날아왔다. 놈의 등 너머로 총을 겨눈 아버지의 일그러진 얼굴이 스쳤다. 다음 순간, 장갑차 같은 어깨가 얼굴을 들이받았다. 동해는 활강하듯 연못으로 날아가 얼음판에 뒤통수를 찧으며 떨어져 내렸다. 시커먼 그림자가 시야를 덮쳐 왔다. 목 안에서 울음 같은 비명이 터졌다.

"아빠."

재형 5

재형은 걸음을 멈췄다. 사람의 비명을 들은 것 같았다. 지금 가고 있는 그 집 쪽이었다.

"아빠, 총."

그는 달리기 시작했다. 집은 저 앞에 보이는데 좀처럼 거리가 가까워지지 않았다. 발이 푹푹 빠질 만큼 눈이 쌓인 데다 무거운 백 팩이 등을 치는 바람에 속도를 낼 수가 없었다. 그사이에도 급박한 비명은 계속됐다.

"저기야, 쏴버려."

그는 담장 앞에서 헤드 랜턴을 켜고 안을 들여다보았다. 우거진 나무들 사이로, 어딘가를 향해 총을 겨누고 있는 박남철의 모습이 내다보였다. 비명이 울리는 곳에선 휴대용 전등으로 보이는 불빛이 번뜩거렸다. 으르렁대는 개의 목 울림이 벽력처럼 귀를 후려쳤다. 재형은 곧바로 담을 넘어갔다. 늘어진 나뭇가지들을 헤치고 마당으로 뛰쳐나갔다.

"아빠."

비명의 주인은 박동해였다. 링고와 뒤엉킨 채 마당 연못 속에서 사지를 버둥거리며 제 아빠를 불러댔다. 얼어붙은 수면에는 핏물이 번져 가고 한쪽에 헤드 랜턴이 떨어져 있었다. 박남철은 연못가에 서서 링고의 머리에 총구를 조준하고 방아쇠를 당기기 직전이었다. 재형은 박남철과 1미터 거리를 두고 멈춰 섰다. 뭘 어째야 할지 판단할 수가 없었다. 뭘 어쩌고 싶은지도 알 수 없었다. 빠져나갈 수 없는 소용돌이에 말려든 기분이었다. 쏘도록 두면 링고가 죽을 테고, 방해한다면⋯⋯. 버둥대고 악을 쓰는 동해의 모습 위로 처참하게 불타버린 승아의 모습이 겹쳤다. 그 위로 불길에 휩싸인 드림랜드가 와르르 무너져 내렸다. 재형은 방아쇠에 걸린 박남철의 손가락을 노려보았다. 그것이 헤드 랜턴 빛 속에서 움직이는 순간, 망설임은 끝났다.

그는 박남철을 향해 몸을 날렸다. 뿔 달린 짐승처럼 돌진해 박남철의 어깨를 들이받았다. 총성이 어둠을 갈랐다. 두어 발짝 튕겨 나간 박남철의 몸에선 불길이 솟구쳐 올랐다. 펑, 하는 폭음을 내며 삽시에 몸을 휘감아버렸다. 링고는 연못 속에서 물고기처럼 솟구쳐 올랐고, 박남철은 몸을 비틀거리면서 재차 방아쇠를 당겼다. 두 번째 총성과 함께 링고는 담장을 뛰어넘었다. 잇따라 세 번째 총성이 울렸다. 이번엔 링고가 아니었다. 박남철이 자신의 턱 밑에 총구를 대고 방아쇠를 당겨버린 것이었다. 이 모든 일은 거의 동시에 일어났다. 재형이 폭음과 불길에 놀라 움찔 물러서는 찰나지간에.

재형은 무슨 일이 일어났는지 이해할 수가 없었다. 생각하는 것 자체가 불가능했다. 자신이 뭘 하고 있는지조차 깨닫지 못했다. 진공상태 같은 어둠이 그를 가두고 있었다. 머리는 터지기 직전의 압력솥 같았고, 시야는 암전된 것처럼 컴컴하고, 귀가 꽉 막혀 아무 소리도 들리지 않았다. 문득 정신을 차리고보니, 파카를 벗어 쥐고 미치광이 같은 고함을 지르며 박남철의 몸에 붙은 불을 후려치고 있었다. 부질없고 때늦은 짓이었다. 박남철은 이미 시신이었다. 온몸이 까맣게 타고, 머리가 반쯤 날아가버린 데다 지독한 시너 냄새를 내뿜고 있었다. 위장이 뒤틀리고 헛구역질이 났다. 몸에서 힘이 쭉 빠져나갔다. 파카가 발밑으로 툭 떨어졌다. 정적이 찾아들었다.

재형은 동해를 돌아보았다. 고개를 옆으로 꺾고 눈을 부릅뜬 채 연못 한복판에 널브러져 있었다. 놈의 몸에서 쏟아진 핏물은 얼어붙은 수면을 벌겋게 뒤덮어 가는 중이었다. 그는 후들거리는 발을 뻗어 기다시피 연못으로 내려갔다. 동해의 목에 손가락을 댔다. 맥박이 잡히지 않았다. 호흡도 없었다. 동공은 허공을 향해 열려 있었다. 재형은 숨을 삼켰다. 열린 눈동자에서 날카로운 빛이 번뜩이는 걸 본 것 같았다. 그 빛이 창처럼 뻗어 와 자신의 목을 꿰뚫어버린 듯한 느낌을 받았다. 다시 컴컴한 현기증이 시야를 뒤흔들었다.

재형은 연못에서 나와 링고가 사라진 담장으로 걸어갔다. 머릿속으론 무전기가 있을 곳을 찾고 있었다. 경찰을 부르려면 그게 있어야 했다. 담을 넘어 도로에 내려서자 피 묻은 개 발자국이 눈에 밟혔다. 담장 밑에서부터 이면도로를 거쳐 깃대봉 등산로 입구까지 쭉 이어졌다. 산막으로 가고 있는 게 아닌가 싶었다. 담을 뛰어넘어 도망친 걸로 보아 치명상을 입지는 않았을 것이고. 그는 검문소가 있을 수완동 사거리를 향해 걷기 시작했다.

경찰에게 뭐라고 말해야 할까. 박동해를 찾으러 다니다가 상황을 목격하게 됐고, 개를 쏘지 못하도록 박남철을 들이받았으며, 총알이 발사되자마자 박남철은 불기둥이 돼버렸다고 해야 할까. 박남철이 온몸에 시너를 뒤집어쓰고 있는 줄 몰랐다고 하면, 믿어줄까. 그는 몸을 돌리고 핏자국이 있는 자리로 되돌아갔다. 눈에 찍힌 핏자국들을 발끝으로 파헤치고 눈을 덮고 발꿈치로 다져서 없애버렸다. 아무것도 못 본 걸로 하고 싶었다. 죽어 마땅한 놈, 아니, 자신의 손으로 목 졸라 죽이고 싶었던 놈이 죽었을 뿐, 호들갑 떨 일이 아니었다. 산막으로 가서 링고를 거두면 끝날 일이었다. 아무 일 없었던 것처럼 링고를 거두면.

어디선가 울리는 통금 사이렌이 정신을 깨웠다. 그는 고개를 번뜩 들고 주변을 둘러보다 어안이 벙벙해졌다. 자신은 어느새 자연마을을 내려와 검문소 앞에 와 있었다.

"무슨 일이냐고 물었잖아."

길목을 지키던 군인이 총을 겨누고 소리를 질렀다. 대답이 두서없이 흘러나왔다.

"불이 나서…… 한 사람은 몸이 타고 한 사람은 목이 찢겨서 연못에…… 하여간 무전을 해주시오."

경찰차와 구조차, 소방차가 함께 왔다. 불이 났다는 말에 군인이 119까지 불러들인 거였다. 원치 않게도 그는 한기준과 다시 대면하게 되었다. 반갑잖고 껄끄러웠다. 무표정하고 덤덤하게 당시 상황을 전하려 안간힘을 썼지만 얼굴이 달아오르는 걸 누를 수가 없었다. 링고라는 이름을 입에 담지 않으려 애썼으나 그런다고 숨겨질 일도 아니었다. 연못 피 웅덩이와 마당에 찍힌 개 발자국, 동해의 시신에 남은 이빨 자국은 그 무엇으로도 덮을 수 없는 명백한 정황 증거였다.

"여기서 잠깐 기다려요."

박주환은 불빛이 비치는 2층 창문을 올려다보더니 집 안으로 뛰어 들어갔다. 재형은 경찰차와 소방차가 서 있는 담장 쪽을 돌아보았다. 발로 뭉개 지워버린 도로의 개 발자국을 떠올렸다. 발자국은 없어도 지운 흔적은 남아 있을 텐데. 왜 오늘은 눈도 오지 않는 걸까. 그리도 극성맞게 퍼부어대더니.

"어디로 갔는지 알고 있겠지."

곁에 서 있던 한기준이 말했다.

"네놈이 살려냈을 테니까."

'무엇'이 빠졌지만 재형은 한 번에 알아들었다. 링고에 대한 물음이었다. 스타는 제 손으로 목을 쳐버렸으니 범인은 링고라고 판단한 듯했다. 재형이 이 집에 있었던 이유는 그 때문이라고 단정한 눈치였고.

"저 두 사람은 네놈이 죽인 거야."

재형은 아무런 대꾸도 하지 못했다. 한기준은 입을 꾹 다물고 재형을 마주 봤다. 표적을 조준하는 총구 같은 눈이었다. 시선이 얽히고 적대적인 침묵이 흘러갔다. 침묵을 깨뜨린 쪽은 집 안에서 걸어 나온 박주환이었다.

"씨발 새끼. 제 아비마저 불장난으로 보내버렸구먼."

기준은 서서히 시선을 돌려 박주환을 쳐다봤다.

"제 아비한테 화염병을 던진 모양이오. 방 안에 시너 냄새가 꽉 찬 데다, 깨진 병 조각이며 화염병 가방이 마구잡이로 굴러다닙디다."

잠시 후, 구조차와 소방차가 돌아갔다. 재형은 현장이 어느 정도 정리될 때까지 경찰차에서 대기해야 했다. 몇 시간 후엔 경찰서에 끌려가 박주환과 마주 앉아 있었다. 경찰서는 텅 비어 있었다. 박주환과 함께 왔던 젊은 순경 말고는 아무도 없었다.

"그 시간에 거기서 뭘 하고 있었던 거요?"

박주환이 담배를 건네며 물었다. 재형은 받아 들었다. 연기를 마시자 머리가 핑 돌았다. 갑작스러운 피곤이 몰려왔다.

"내가 알기로는 2캠프에 있어야 맞을 시각인데. 혹시 거기서 쫓겨난 거요?"

"제가 나왔습니다."

"왜, 지내기 불편해서?"

"갑갑해서요."

"그럼 지금은 어디서 지내시오?"

산막에서 지내고 있었다. 2캠프에 다녀오던 길이었고. 무슨 일이 있어도 하루 한 번은 꼭 들르는 곳이었다. 강제 퇴소를 당하지 않으려면, 아무리 먼 곳에 있어도, 수십 리 길을 걸어와서라도, 얼굴을 비추고 귀소 신고를 해둬야 했다. 퇴소당하면 안 되는 몇 가지 이유가 있었다. 몸을 씻고 밥 한 끼를 해결할 수 있는 유일한 곳이었다. 식사라 해 봐야 햇반과 컵라면 하나가 전부였지만 감사할 일이었다. 그나마 없다면 개 사료로 허기를 채워야 할 테니. 무엇보다 윤주의 얼굴을 볼 수 있어 좋았다. 출입구에서 기다리고 있다가 누가 보든 말든 달려와 끌어안고 "재형 씨." 하고 맞아주는 사람이 있다는 게 기적 같았다. 어린애를 다루듯, 궁둥이를 토닥이며 "아이고, 내 새끼 왔쪄." 할 때만 빼고. 이런 상황, 이런 시기가 아니었다면 더 좋았을 기적이었다. 적어도 안고 싶은 욕망을 누르느라 쩔쩔매는 일은 없었을 테니까. 그런 면에선 점심때 가는 날이 속은 편했다. 윤주 대신 메모판에 붙은 쪽지가 그를 맞았으므로.

6시까지 들어올게. 기다려. 윤주.

그는 윤주의 쪽지를 떼어 주머니에 담고 자신의 쪽지를 붙여두고는 했다. 기다리지 못해 미안하다든가, 내일 저녁에 오겠다든가.

윤주는 경원매일 문대성 기자와 함께 움직이고 있었다. 어젯밤, 라면 국물을 훌쩍대면서 늘어놓은 수다에 의하면 문대성은 살아 있는 자판기였다. 어디서 기름을 구하는지 아침이면 어김없이 취재 차량을 2캠프 앞에 대고 기다리고 있다고 했다. 노트북을 빌려주고, 종아리까지 덮는 든든한 방한복도 구해주었다. 옷 자랑이 끝나자 신고 있던 털 부츠를 들어 보이며 깔깔 웃어댔다.

"이것도 걔가 준 거야."

듣자하니 난민 캠프로, 시청으로, 봉쇄선으로, 화양 전역을 돌면서도 윤주를 굶기는 법이 없었다. 샌드위치든, 주먹밥이든, 하다못해 과자라도 차 안에 있었다. 이런 걸 다 어디서 구하는지 궁금해하자 놈은 그녀를 집으로 데려간 모양이었다. 12평 남짓한 원룸에 1년 치 식량이 쌓여 있더라고 했다. 부엌에는 쌀, 라면, 생수, 과자 상자들이, 냉동실에는 식빵, 스파게티, 피자 같은 식품들이 가득 차 있었다. 재형은 응, 응, 대꾸해주다 점점 화가 났다. 이 여자가 듣자 듣자하니……. 겁이 없는 거야, 철이 없는 거야. 애도 아니고, 먹을 것 준다고 외간 남자 집까지 졸래졸래 따라가?

"그럼 거기 눌러 살지 그랬어. 여기보다 따뜻하고 움직이기도 편할 텐데."

재형이 젓가락을 놔버리자 윤주는 손가락을 들어 그의 이마를 쿡 찔렀다.

"질투하는구나."

그녀는 화양에서 탈출할 길을 모색하고 있었다. 취재를 빌미 삼아 도시 외곽을 여기저기 쑤시고 다녔다. 경계가 느슨한 곳이 있는지, 혹여 비밀리에 드나드는 차량이나 사람이 있는지, 바깥과 연락할 방법이나 위성

전화를 가진 사람이 있는지. 재형은 불안했지만 입 밖에 내서 만류하진 않았다. 말린다고 말려질 성격도 아니고. 조심하라는 말 외에는 해줄 것도 없었다. 그런 틈새가 있을까, 하면서도 기대를 품었는지도 모른다. 여기서 나가기만 하면 다시 시작할 수 있으리라고. 그 전에 링고를 찾아내야 했다.

링고는 그의 개가 아니었다. 어느 누구의 개도 아니었다. 그런데도 그는 링고를 거두어야 한다는 책임을 느꼈다. 녀석이 걱정스럽고, 녀석이 두려웠다. 수술 자리가 아직 아물지 않은 상태였다. 제아무리 자생력 강한 몸을 가졌다 해도 춥고 허기진 상태로는 회복을 기대할 수 없었다. 그 몸으로 물불 가리지 않고 복수를 감행할지도 모른다는 점에서 한없이 두려웠다. 녀석은 그가 봐온 개 중에서 가장 자질이 뛰어났다. 알래스카에서 만났더라면 갖은 수를 다 써서 팀의 리더로 삼았겠다, 싶을 정도로. 늑대의 체력과 근성, 개의 영민함과 풍부한 감성, 인간 못지않은 판단력과 자제력을 갖췄다. 이는 자제력이 무너질 경우 통제 불능이 된다는 얘기와 같았다. 드림랜드에서 사라졌을 때 바로 그런 상태에 놓여 있었다. 상처 입고 성난 맹수였다. 사살하거나 생포해서 가두는 것 말고는 다룰 길이 없었다. 상황으로 봐선 얼마 못 가 사살될 공산이 컸다. 아니면 녀석의 이빨에 두 남자가 먼저 살해되든가.

비상계단에서 함께 새벽을 맞은 날, 윤주는 화양에서 나갈 길을 찾자고 했다. 거기에 대한 대답으로 내놓은 것이 이 이야기였다. 2캠프에 얌전하게 앉아 있을 수 없었던 이유이기도 했다. 그는 아이디타로드에서처럼 혼자 도망치고 싶지 않았다. 윤주는 무슨 얘긴지 이해한 눈치였다. 조심하라고 말했을 뿐 말리지 않았다. 각자의 일을 '염려해주되 말리지 않는다'가 원칙으로 묵계된 순간이었다.

이튿날 아침 그는 2캠프를 나와 동부소방서를 찾아갔다. 링고의 행적을 짐작해보려면 첫 표적이 누구인지 확인해야 했다. 기준은 소방서 뒤편 주차장에 있었다. 처음 만나던 날처럼, 눈밭 한가운데 서서 휴대전화를 들여다보고 있었다. 무슨 생각에 빠져 있는지 재형이 얼굴을 맞대고 설 때까지 기척을 알아채지 못했다.

"무슨 일로."

기준은 고개를 들며 물었다. 막, 잠에서 깨어난 것처럼 눈이 멍했다. 재형은 시선을 내려 기준의 손바닥에 놓인 휴대전화 화면을 봤다. 정신이 번쩍 나게 예쁜 여자가 기준과 꼭 닮은 여자아이를 안고 있었다. 아내인가. 기준의 주장에 의하면 저 예쁜 여자를 죽인 건, 스타 아니면, 링고였다.

"무슨 일이냐고 물었는데."

기준은 휴대전화를 닫고 허리를 폈다. 멍한 기운은 거짓말처럼 사라지고 싸늘한 무표정이 돌아와 있었다. 재형도 어깨를 펴고 고개를 들었다. 키 차이가 못해도 5센티미터 이상 날 것 같았다. 발은 얼마나 차이가 날까.

"당신 신발 사이즈를 알고 싶어서."

"신발 사이즈라……."

기준은 팔짱을 끼면서 눈을 가늘게 떴다.

"하루 전에 아이가 죽었는데 네 관심사는 내 신발 사이즈란 말이지?"

재형은 대답을 재촉했다.

"대답해. 중대 관심사니까."

"등산화는 285, 구두와 운동화는 280. 슬리퍼라면 275도 가능하지."

기준은 고개를 삐딱하게 기울이고 웃었다.

"어때. 내 사이즈가 마음에 드나?"

재형은 고개를 끄덕이며 돌아섰다. 그렇다면 동해였다. 기준이 뒤통수에 대고 물었다.

"용건이 그뿐인가?"

그뿐이겠는가. 묻고 싶은 게 많았다. 아내가 어디에서 죽었는지, 당시 현장 상황이 어땠는지, 스타나 링고가 아내를 공격하는 걸 직접 봤는지, 목격자에게 들은 것인지, 목격자가 누구인지. 묻지 않은 건 그것이 타인의 슬픔에 대한 예의라고 여겼기 때문이다. 기준도 예의를 지켜줬으면, 했다.

재형은 드림랜드로 향했다. 대문을 열자 폐허가 그를 맞았다. 무너져내린 건물 잔해, 검게 탄 외벽, 기둥, 자기장처럼 주변을 에워싸고 있는 시너 냄새. 멀쩡한 건 헛간과 창고, 구급차와 윤주의 차뿐이었다. 그는 대문간에 선 채 넋을 놓고 있었다. 전날 새벽 일이 느릿느릿 시야를 흘러갔다. 지하실과 견사에서 벌어졌을 끔찍한 장면들이 환각처럼 어른거렸다. '선생님'을 애타게 찾았을 승아의 목소리와 몸에 불이 붙은 채 이리저리 날뛰었을 개들의 울부짖음이 귀에 들리는 듯했다.

그는 귀를 막듯 몸을 돌리고 창고로 들어갔다. 열쇠 대신 망치로 구급차 창을 깨고 차 문을 열었다. 기름이 없어 깡통이나 진배없는 차였지만 안에 쓸 만한 물건들이 있었다. 그중 몇 가지를 백 팩에 챙겨 넣었다. 항생제와 해열제 같은 응급약, 처치 도구, 휴대용 산소통, 헤드 랜턴, 막대 올가미, 절단기…… 망설이다 블로우 건과 졸레틸, 마그네슘 설페이트를 챙겼다. 부디 이것을 쓸 일이 생기지 않기를 간절히 바라면서. 마지막으로 장작 몇 개를 담요와 함께 밀차에 싣고 짐바로 묶은 다음 경계 담장이 있는 숲길로 끌고 올라갔다.

링고는 산막에 없었다. 그는 밀차에 싣고 온 것들을 비닐하우스 안에 부려놓았다. 마당에 뒹구는 화덕을 하우스로 끌고 와 불을 피우고 잠자리를 만들었다. 개의 습벽상 반드시 이곳으로 돌아올 거라 믿었다. 조급해하지 말자고 마음먹었다. 사흘을 기다렸다. 링고는 나타나지 않았다. 흔적도 찾을 수 없었다. 쉼터에는 새 발자국 하나 찍히지 않았다. 그사이에 내린 눈이 온 산을 뒤덮어버린 탓이었다. 재형은 쉼터 앞에서 병원으로 내려가는 굽잇길을 내려다봤다. 동해의 발자국을 쫓아 산을 내려가는 링고가 보이는 듯했다. 박주환 형사가 전한바, 동해는 제 엄마의 차로 이동하고 있었다. 그때에도 병원 앞까지 차를 몰고 왔을까. 그랬다면 동해의 냄새를 놓쳤다고 봐야 했다. 놓치고 나서 무엇을 따라갔을까. 링고가 되어 링고의 머릿속을 이해해보려고 애썼지만 불가능했다. 링고의 방식으로 세상을 읽을 수 없었기 때문이다. 인간은 사물과 상황을 시각으로 인지하는 동물이었다. 코 같은 건, 숨을 쉬거나 코딱지를 팔 때 빼고는 별 쓸모가 없었다.

오늘 아침, 그는 8킬로미터나 되는 산길을 걸어 체육관을 찾아갔다. 박남철을 만나면 단서를 얻을 수 있을까 해서. 그가 만난 것은 의료진도 없이 시신과 환자만 뒤엉켜 있는 생지옥이었다. 정문을 지켜야 할 군인들도 보이지 않았다. 노상엔 찢어지거나 짓밟혀 무너진 천막과 텐트가 널려 있고, 고글과 마스크를 낀 남자들이 쇠 파이프나 빠루 같은 험한 연장을 들고 주변을 나돌아 다녔다. 그들 눈에 띄지 않고 체육관으로 진입할 수 있었던 건 뒷산 등산로를 통해 내려갔기 때문이었다. 그는 재빨리 왔던 길로 올라갔다.

백운자연마을이 내려다보이는 깃대봉 능선을 지날 무렵, 그는 박남철의 집을 떠올렸다. 박동해가 그곳을 거점 삼고 있을지 모른다는 생각이 들었다. 듣자하니, 집이 전소된 것도 아니고. 큰 기대를 갖고 간 건 아니었다. 밑져야 본전이라는 마음으로 찾아갔다가 개의 흔적을 발견했고, 링고일 수도 있겠다는 기대를 품었다. 마당가 나무 뒤로 찍힌 발자국도, 나무 밑둥치에 남아 있는 오줌 구멍도 하나같이 대형 개의 사이즈였다. 나무 뒤의 발자국은 퇴창이 튀어나온 방의 깨진 창문 앞에서 딱 끊겼다. 사람의 발자국은 보이지 않았다. 때문에 불이 난 이후로는 사람이 오지 않았으리라 짐작했다. 2층에 박남철이 있으리라고는 상상도 하지 못했다. 그 남자 역시 동해를 기다리는 게 아닐까, 싶었다. 그렇다면 링고는 없을 가능성이 컸다. 박남철도 줄기차게 개를 길러온 사람 아니던가. 개가 있다면 진즉에 눈치를 챘겠지, 싶었다.

"그 집엔 왜 간 거요?"

박주환이 다시 물었다. 재형은 담배를 비벼 껐다.

"박동해가 나타나지 않을까 해서 찾아가는 중이었습니다."

"박동해가 나타날 거라고 생각한 근거가 있을 거 아뇨."

근거 없는 직감이었다. 이 화양 땅에서 동해나 링고를 만날 가능성이 있는 곳은 그 집뿐이라고 생각했다. 몇 날 며칠 잠복을 해서라도 지켜볼 작정이었다. 잠복할 장소도 미리 봐두었다. 링고가 사라진 곳, 깃대봉 등산로 입구였다. 집이 내려다보이는 위치였고, 작고 어린 대나무들이 밀집해 있어 바람을 막기에도, 은신하기에도, 지켜보기에도 적당한 장소였다. 주머니엔 윤주가 구해준 손난로도 있었다.

"거기서 박남철을 만났으니까요."

그는 박남철과 마주친 아침나절 이야기를 해주었다.

"배낭에 든 물건들은 뭐요? 박동해한테 쓰려고 가지고 있었던 건가."

"드림랜드 구급차에 있던 겁니다. 딱히 놔둘 데도 없고 해서."

박주환은 고개를 끄덕였다. 표정으로 봐선 그 말을 믿는 것 같지 않왔다.

"그럼 동해를 죽이고 도망친 개에 대해서 얘기해봅시다. 그 집에 들어 갔을 때 개가 있었다고 했던가, 달아나버렸다고 하셨던가."

"달아나는 중이었다고 했습니다."

"어떻게 할 새도 없이 박남철이 총을 쏴버렸고?"

그는 대꾸하지 않았다. 박주환의 시선은 쇠꼬챙이처럼 눈을 찔러 왔다.

"혹시 선생이 기르던 개요?"

"아니오."

나가도 좋다는 말을 들은 건 박주환이 건넨 컵라면으로 아침을 때운 직후였다. 수사가 정식으로 시작되면 다시 부르겠다고 했다. 재형은 고 개를 끄덕였다.

"이제 어디로 갈 셈이오."

그는 몸을 일으키며 생각했다. 어디로 갈까. 2캠프? 산막?

"드림랜드로 가야죠."

"불타 없어진 곳엔 왜 자꾸 가시오, 청승맞게."

"그만 가보겠습니다."

그는 배낭을 들쳐 메고 파카를 집어 들었다. 문을 나서려는 순간, 뒤에 서 박주환이 불렀다.

"기다려요."

박주환은 의자에 걸려 있던 자신의 패딩 점퍼를 걷어 불쑥 내밀었다. 재형은 점퍼와 박주환을 번갈아 쳐다봤다. 의도를 잘 알 수가 없었다.

"영하 18도랍디다."

재형은 자신의 파카를 내려다봤다. 그제야 깨달은 건데, 손에 쥔 건 옷이 아니라 걸레였다. 소매가 찢겨 나가고 등판은 불에 타 너덜너덜

했다.

"받아요. 난 여벌로 둔 게 있으니까."

그는 박주환을 마주 봤다. 자신을 응시하는 박주환의 눈에 연민이 어른거렸다. 이 남자는 집이 어디일까? 화양은 아닌 게 분명했다. 안전한 곳에 가족이 있으리라, 짐작했다. 그러지 않고서야 이 생지옥에서 만난 타인을 저런 눈으로 볼 수는 없으리라고. 그는 점퍼를 받았다.

"고맙습니다."

재형은 박남철의 집으로 향했다. 2캠프에는 저녁 때 들를 생각이었다. 어차피 윤주도 없을 테니까. 오늘 같은 날은 윤주의 쪽지와 만나고 싶지 않았다. 링고의 발자국을 지워버린 지점에서 그는 걸음을 멈췄다. 고개만 돌려 담장 안을 들여다봤다. 나무들 사이로 눈 쌓인 마당이 내다보였다. 박남철이 누워 있던 자리만 눈이 녹아 땅이 드러난 상태였다. 얼어붙은 연못은 핏물로 채워진 것처럼 보였다. 일가족을 삼켜버린 집이 그 끔찍한 풍경을 시커먼 눈으로 내려다보고 있었다.

그는 대나무 숲을 돌아서 깃대봉으로 올라가다 걸음을 멈췄다. 링고의 흔적이 없었다. 계산에 의하면 발자국이 등산로를 타고 올라가야 했다. 어딘가로 날아가 버린 게 아니라면. 다시 길로 내려갔다. 마지막 발자국을 지운 지점에서 대나무들을 밀치고 안을 들여다보았다. 어린 대나무들이 한 무더기 쓰러진 자리가 나타났다. 링고가 깔고 앉았던 자리로 보였다. 옆으로 핏물이 군데군데 떨어져 있었다. 그제야 대나무 숲에서 다시 도로로 나온 발자국이 눈에 띄었다. 그것은 대문 근처에서 사람의 발자국과 자동차 바퀴 자국에 뒤섞여버렸다. 링고는 도망친 게 아니었다. 대나무 숲에 숨어 상황을 지켜보다가 누군가를 따라간 것이었다. 믿을 수 없는 일이지만 정황이 그렇다고 말하고 있었다.

재형은 동부소방서로 향했다. 소방서 주변을 빙 돌았으나 개의 흔적은 보이지 않았다. 한순간 안도했다. 다음 순간 자신이 과대망상에 빠진 게 아닌가, 싶었다. 링고는 사람이 아니라 개였다. 부상 때문에 멀리 가지 못하고 숲에 숨어 있었을 것이다. 어느 정도 체력이 회복된 다음에 어딘가로 갔을 테고. 아마도 산막으로.

예상은 들어맞았다. 산막 입구에 링고의 발자국이 찍혀 있었다. 그는 배낭에서 블로우 건을 꺼내 쥐고 마당을 가로질러 산막 앞으로 걸어갔다. 안에서 나직하게 으르렁대는 소리가 울리기 시작했다. 네가 누군지 알고 있으며, 다가오면 공격하겠다는 링고의 경고였다. 재형은 산막 입구에 자신이 설치해두었던 비닐막을 걷었다.

컴컴한 산막 안쪽에 링고가 길게 드러누운 채 숨을 몰아쉬고 있었다. 귀가 하나밖에 없었다. 머리와 목덜미, 네 발은 피로 물들어 있었다. 녀석은 고개를 들고 으르렁거렸지만 허세에 불과했다. 몸을 일으키기는커녕 고개를 가누는 것도 힘겨워 보였다. 금빛 눈만 형형하게 살아 재형을 태울 듯이 노려보고 있었다.

"이 개새끼들이 내 아내를 죽였어."

한기준의 목소리가 귀를 스쳐 갔다.

"저 두 사람은 네놈이 죽인 거야."

피 웅덩이 속에 드러누운 동해가 시야에 어른거렸다. 불타오르던 박남철의 몸뚱어리가 떠올랐다. 자신의 얼굴에 대고 총을 쏘아버리던 모습도. 그것 말고는 이후를 대처할 방법이 없었을 것이다. 치료받을 병원조차 없는 상황에서, 전신 화상을 입은 자신에게 닥쳐올 고통과 처참한 예후를 누구보다 더 잘 알고 있었을 테니까. 어쩌면 총을 쏠 때 이미 자살을 결심했을지도 몰랐다.

그는 숨을 길게 머금고 블로우 건을 입에 물었다. 쏠 기회는 지금뿐이었다. 총상과 출혈로 기력을 다 소진한 지금, 재워서 안락사를 시킬 수 있는 지금. 어쩌면 마취약만으로 영원히 재워버릴 수 있을지도 모르는 지금. 링고는 고개를 빳빳하게 세우고 블로우 건을 마주 보았다. 마지막까지 위엄을 잃지 않으려고 안간힘을 쓰고 있었다. 녀석을 드림랜드로 데려와 수술대에 눕히던 밤이 기억났다. "링고." 하고 부르는 순간, 다리를 움찔하며 눈을 뜨던 모습이. 재형의 가슴으로 파랑처럼 밀려들던 기이한 느낌이.

재형은 블로우 건을 잇새에 꽉 물었다. 목 안에 틀어박힌 숨이 불덩이처럼 뜨거웠다. 녀석의 목숨을 빼앗아버릴 수도 있는 숨 한 모금이 목을 아프게 태웠다. 녀석을 붙들고 호소라도 하고 싶었다.

링고, 여기서 끝내면 안 될까.

링고는 끝내지 않을 터였다. 한기준의 숨통을 끊기 전까지 멈추지 않을 터였다. 자신이 링고라 해도 지금의 링고처럼 행동할 게 분명했다. 지난밤 박남철의 집에서 일어난 일이 그 증거였다. 박남철을 들이받은 건 실수도, 판단 착오도 아니었다. 명백한 선택이었다. 동해를 죽이고 싶어 했던 자신의 선택. 기준의 말이 옳았다. 그들 부자를 죽인 건 자신이었다. 그는 목 안의 불덩이를 꾹 눌러 삼켰다. 블로우 건을 내리고, 비닐막을 놓고, 산막에서 물러났다. 사람이 할 수 없는 일을 개한테 강요할 수는 없었다.

그는 마당에 널린 개집과 냉장고, 그 밖의 잡동사니들을 끌어다 산막 입구에 쌓았다. 링고를 산막에서 내보내서는 안 되었다. 녀석을 죽이지 않으려면, 누군가 죽는 걸 막으려면. 바리케이드를 쌓아놓고 비닐하우스로 들어갔다. 화덕 옆에 풀썩 주저앉았다. 불을 피워야 한다고 생각하면서도 움직이지 않았다. 추위가 머릿속까지 찌르건만 몸은 한여름 뙤약볕에 드러누운 것처럼 무기력하게 풀어졌다. 그는 주머니를 뒤져 윤주의 이틀 전 쪽지를 꺼냈다.

7시까지 올게. 기다려. 윤주.

윤주 5

문대성이 2캠프 정문에 차를 댔다.

"짐 가지고 나와. 기다릴 테니까."

윤주는 안전벨트를 풀다가 문대성을 돌아봤다. 이 새끼는 반말하면 다 멋있어 보이는 줄 아나.

"최소한 다섯 번은 됐다고 말한 거 같은데."

"사양할 거 없어. 하고 다니는 짓이 안쓰러워서 그런 거니까. 위험하기도 하고. 통금 후에 혼자 거리에 나와본 적 없지? 멀리 갈 것도 없어. 이 문 앞에 나와 서 있어 봐. 10분에 한 번은 여자 비명이 울릴걸. 그래도 누구 하나 신경 안 써. 우리 집 근처 골목도……."

"통금 후에 나갈 일 없어."

문대성은 윤주에게 시선을 맞춘 채 엄지만 젖혀 차창 밖 2캠프 건물을 가리켰다.

"저 안도 안전지대가 아냐. 집 안에 가만있다 당하는 여자들도 수두룩해. 예언하는데 열 달 후에 화양 베이비가 수도 없이 태어날 거야."

윤주는 문대성의 동공에 비친 자신의 동인(瞳人)을 물끄러미 들여다봤다. 게시판에서 본 입소자 규칙이 떠올랐다. 2층 여자 입소자들은 방문을 반드시 잠그라, 밤에는 혼자 건물 안을 돌아다니지 말라…….

"사서 고생할 거 없잖아. 우리 집에 와 있으면 등 따시고 안전하고 함께 움직이기도 좋고."

가스보일러가 도는 따뜻한 집과 따뜻한 샤워, 제대로 된 식사는 분명 매혹적이었다. 그 집에 갔다가 대접받은 커피도. 문대성은 백만 원이 넘는다는 이태리제 에스프레소 머신과 커피에 대한 갖은 '썰'을 늘어놓은 다음 폼 나게 물어왔다.

"커피 어떻게 드릴까. 에스프레소, 아메리카노, 라떼, 다 되는데."

저 고유명사들을 들어본 게 언제 적이더라, 윤주는 기억을 더듬다가 대꾸했다.

"좋을 대로."

문대성은 에스프레소 한 잔을 내밀었다. "같이 살자."는 말을 들은 게 바로 그때였다. 말을 놔버린 것도, 그녀의 어깨에 손을 척 올려놓은 것도 그때였다. 뜨거운 에스프레소가 낚싯바늘처럼 목젖에 걸렸다.

"너도 나 싫어하는 거 아니잖아."

머릿속 촉새의 해설에 의하면, '세상에 공짜가 어디 있어?'와 같은 말이었다. 문대성의 시선은 이미 자신을 침대에 드러눕혀놓고 있었다. 성미대로 하자면, 불알을 걷어차 주고도 남을 눈빛이었으나 어깨에 붙은 손을 털어내며 "사양할게." 하고 말았다. 이후 그 집에 가지 않았다. 방한복 주머니에는 그 집에서 슬쩍한 미니 사이즈 헤어스프레이를 담고 다녔다. 그걸 문대성의 눈에다 뿌려버리고 싶은 충동을 스무 번도 넘게 참았다. 참는 걸로 해결할 수 없는 막다른 순간이 오기 전까지는 참아야 했다. 경원매일로 찾아간 쪽도, 길잡이를 부탁한 쪽도 자신이었다. 무엇보다 차가 필요했다. 문대성은 그 점을 줄곧 주지시켰다. 말로, 태도로, 표정으로.

윤주는 위성 전화에 기대를 걸고 있었다. 팀장과 연락을 할 수 있다면 회사 차원에서 나갈 길을 모색해달라고 할 참이었다. 최소한 바깥 분위기 정도는 알게 되리라, 기대했다. 눈에 빤히 읽히는 대로, 화양을 '가둔다'에서 '버린다'로 가고 있는 게 맞는지. 문제가 있다면 그 물건이 어디 있는지 아무도 모른다는 점이었다. 문대성의 안내로 각 관공서, 위성 TV 중계국, 건설 회사, 골프장까지 돌아다녔지만 소득이 없었다. 오늘은 송이산 산동네 개척 교회를 찾아갔다. 경원매일에 비치된 지난 신문을 뒤적거리던 중 그 교회 목사의 인터뷰가 눈에 걸렸다. 2주 후 선교 사업차 네팔로 떠날 예정이라 했다. 기사 일자가 1월 20일이었다. 그렇다면 떠나지 못했을 가능성이 컸다. 떠나기 전에 오지에서 쓸 통신 장비를 개설했을 것이고. 추측은 반만 맞았다. 목사는 시신이 돼서 십자가 밑에 드러누워 있었다. 꾸려둔 짐 속에 원하는 물건은 없었다. 좌절한 나머지 시신에게 고함을 지를 뻔했다. 목사님, 십자가로 전화할 생각이었어요?

"이제 꿈 깰 때도 됐잖아? 한진일보가 너 하나 구하자고 위험을 무릅쓸 거 같아? 짠하기도 하고, 시간이 지나면 스스로 깨닫겠거니 싶어서 하자는 대로 해주긴 했지만……."

"문대성 기자."

문대성이 말을 멈추고 왜, 하는 표정으로 그녀를 봤다. 윤주는 무릎에 올려둔 백 팩을 들어 올려 문대성에게 떠안겼다. 안에 문대성에게 빌린 노트북과 몇 가지 소지품이 들어 있었다. 백 팩도 물론 문대성의 것이었다. 문대성은 얼떨결에 받아 들었다. 그녀는 차 문을 열고 한쪽 다리를 밖으로 내려놓으며 말했다.

"여태 모르는 모양인데, 너하고 나는 체급이 안 맞아."

문대성의 표정이 한순간에 굳어졌다. 처진 눈꼬리는 화살표를 그리며 올라갔다.

"나랑 붙고 싶으면 몸부터 키워 와."

그녀는 차에서 빠져나와 문을 때려 닫았다. 다리에 힘을 주고 정문 앞으로 걸어갔다. 등 뒤에선 고함이 날아들었다.

"야, 너, 거기 있어 봐. 아직 얘기 안 끝났어."

차 문이 열리는 소리가 났다. 그녀는 잽싸게 정문으로 들어선 뒤 문을 닫고 빗장을 채웠다. 현관을 향해 걷는 동안, 인간과 동물, 근친상간의 성적 친밀성 및 암수의 성기에 대한 직유를 총망라한 대서사시적 욕설이 휘몰아쳤다. 현관에 다다를 무렵엔 문대성의 차가 날아가는 웽, 소리가 울렸다. 눈앞에는 살 떨리게 차가운 건물이 버티고 있었다. 문득 드림랜드가 떠올랐다. 한밤에 찾아든 야생동물들이 놀라지 않도록 붉은 가로등을 켜둔 곳, 죽은 동물들의 묘지에서 노랑 연이 펄럭대는 곳, 닭 소리 대신 개 소리가 잠을 깨우는 곳, 저녁나절 거실로 들어서면 승아가 2층 난간에서 "윤주 언니예요?" 하고 물어오는 곳, 불타 사라져버린 그곳, 재형의 집.

그녀는 자기 침실과 서재를 내주고도 불편한 내색 한 번 없던 재형을 생각했다. 비상계단에서 함께 보낸 밤의 기억이 꿈결처럼 어깨를 안았다. 그가 자신의 몸을 밀고 들어오던 순간에 느낀 안도감과 다음 순간 밀려온 격한 갈증이 생생하게 되살아났다. 하루 한 번, 잠깐씩 재형을 만날 때마다 그와 비슷한 갈증을 느꼈다. 매 순간, 그를 붙들어 앉히고 싶은 유혹과 싸웠다. 오늘은 나랑 여기 있자고 말하고 싶었다. 말하기만 하면 그렇게 하리라는 걸 알고 있었다. 그의 눈에서 자신과 같은 욕망을 수도 없이 읽었으므로. 말하지 않은 건 욕망으로 만족할 수 없기 때문이었다. 재형은 살아갈 이유가 있어야 살 수 있는 남자였다. 그가 링고를 찾아야 한다고 말했을 때, 그걸 확신했다. 재형은 링고가 아니라 살 이유를 찾고 있었다. 자신이 살길을 찾고 있듯이. 이유와 길이 모두 충족돼야 함께 떠날 수 있다는 것도 깨달았다. 그런 후에야 진짜를 시작할 수 있으리라, 판단했다. 흔히들, 사랑이라 부르는 것.

바람이 매서웠다. 코끝은 매웠다. 그녀는 목을 움츠리고 현관 계단을 올라갔다. 게시판에 새로운 공고문이 붙어 있었다.

2월 14일 오전 9시. 제2캠프가 폐쇄될 예정임을 알려드립니다.

1층 소독방 앞이 휭했다. 관리자도 보이지 않았다. 캠프 폐쇄에 대한 풍문은 며칠 전부터 돌았다. 감염자가 늘고 입소자 수가 줄면서 1캠프를 제외한 나머지 캠프들이 폐쇄되는 중이라고 했다. 이제 2캠프 차례가 온 모양이었다. 그녀는 게시판에 눈을 붙이고 재형의 쪽지를 찾았다. 없었다. 맥이 풀리고 불안이 뒤를 따랐다. 그를 만나지 못한 지 사흘째였다. 그저께는 내일 저녁에 오겠다는 쪽지라도 남겼지만 어젠 그마저 없었다. 그녀는 쪽지를 써서 게시판에 붙였다.

혹시 늦게라도 오면 길 건너 신호등 앞에서 랜턴으로 신호해. 바로 나갈게.
윤주.

그녀는 쪽지 몇 장과 볼펜을 방한복 주머니에 슬쩍 담고 소독방으로 들어갔다. 신체검사를 하는 여자 관리자가 새로 바뀌어 있었다. 여자는 윤주와 5초 이상 마주 서 있지 않았다. 눈을 쓱 쳐다본 후 들어가라고 말했다. 윤주는 샤워장으로 들어갔다.

다른 캠프와 마찬가지로 2캠프도 지난 일주일 새에 변화가 많았다. 나가는 자만 있고 들어오는 자는 없는 썰물형 변화였다. 관리자부터 하루가 멀다고 바뀌었다. 그녀로선 바뀔 시 공무원이 아직 남아 있다는 게 신기했다. 군인이 아닌 이상 이 상황에 직장을 지킬 사람이 몇이나 되겠는가. 있다 한들 감염에서 자유로운 자가 또 몇이나 되겠는가. 그녀가 입소할 무렵 150여 명이었던 수용 인원은 닷새째인 어젯밤, 19명으로 줄었다. 매일 아침 벌어지는 신체검사에서 발병이 확인된 이들은 군용 트럭에 실려 어디론가 떠났다. 그들이 어디로 갔는지 아무도 몰랐고, 아무도 신경 쓰지 않았다. 군용 트럭이 나타나지 않은 그제부터는 그냥 거리로 내쫓겼다. 관리자가 아니라 남은 자들이 합심해 몰아냈다. 오늘 아침, 한 여자는 남편을 끌어내는 무리에 항의하다 몰매를 맞고 함께 쫓겨났다. 음악 방송에 나온 여자 아이돌을 향해 "개 같은 것들."이라고 했던 그 여자였다. 어젯밤까지 윤주와 한 방에 남아 있었던 마지막 한 사람이기도 했다. 공고문대로라면, 내일 아침까지 살아남은 자들은 두 가지 선택을 할 수 있으리라. 부용산 기슭에 있다는 1캠프로 옮겨 가거나, 알아서 살 길을 찾거나.

윤주는 얼굴만 대충 씻고 방으로 들어갔다. 불을 켜고 뒷손질로 방문을 닫았다. 손잡이 잠금 버튼을 눌러놓고 멍하니 서 있었다. 텅 빈 방이 말을 걸어오는 것 같았다. 일주일 전이 그래도 나았지? 발 뻗을 자리도 없었지만 적어도 살아 있는 사람들이 있었잖아. 그녀는 방 안에 뒹구는 비닐봉지와 과자 껍질, 신문지 조각 따위를 발끝으로 헤치고 걸어가 퇴창 창턱에 올라앉았다. 길 건너 신호등이 내다보이는 자리였다. 그곳에 고양이처럼 웅크려 앉아 거리를 내다보고, 먹고, 취재 일지를 작성하고,

자는 데 익숙해지고 있었다. 창틀 안쪽에 박힌 조명등에 의지해 밤늦도록 뭔가를 하며 밤을 견뎠다. 경원매일 사무실에서 가져온 옛 신문을 훑어본다든가, 내일 할 일을 쪽지에 적어보는 일 따위.

모처럼 창밖이 환했다. 보름달이 뜨고 별들이 돋아 있었다. 아직 통금 전이건만 차량도, 행인도 오가지 않았다. 검은 나비처럼 보이는 가랑잎만 깨진 가로등 사이로 날았다. 재형은 드림랜드에 있을까. 거기 있으면서 이틀씩 오지 않을 리 없었다. 사고라도 난 것인가. 지난밤 추위에 쓰러지기라도 한 것인가. 혹시 뒤늦게 발병한 것은 아닐까. 불길한 생각이 꼬리를 물었다. 오늘 아침에라도 드림랜드에 가봤어야 했다는 후회가 일었다. 문대성을 끌고 죽은 목사를 찾아갈 것이 아니라.

2월 13일, 목요일. 빨간 눈 발생 3주째, 화양 봉쇄 2주째.

윤주는 쪽지에 취재 일지를 적기 시작했다.

거리의 총성이 사라졌다. 총성과 관련된 것들도 완전히 사라졌거나 사라지는 중이다. 완전히 사라진 것은 개다. 화양 곳곳을 돌아다닌 지난 며칠 동안, 단 한 마리도 보지 못했다. 산기슭이나 들판을 나도는 개조차도 없었다. 총을 든 자들은 사라지는 중이다. 시청을 제외한 주요 관공서 앞 초소들이 대부분 비었다. 빈 검문소도 부쩍 늘었다. 어젠 통금 단속반도 나타나지 않았다. 총소리는 도시 외곽이나 산골짜기에서만 요란하다. 그 많던 군인들은 다 어디로 갔을까. 봉쇄선 밖으로 물러갔을까? 아닐 것이다. 우선 '이동'이라 할 만한 대규모 움직임이 없었다. 취재한 바로, 사라진 군인들이 몰려 있는 곳은 화양의료원이다. 그들 역시 죽거나, 죽어가는 중이고. 외부에서 병력이 수혈되는 기미도 보이지 않는다. 이대로 가면 화양이 무정부 도시가 되는 데는 일주일이 채 걸리지 않을 것이다.

반면 봉쇄선 병력은 점점 늘어나고 강화되는 분위기다. 다른 도시로 연결되는 순환도로, 국도, 터널 등은 말할 것도 없고, 산골짜기까지 중화기로 무장한 군인들이 이중 삼중 방어선을 치고 있다고 했다. 밤이 되면 정찰 헬기가 서치라이트를 켜고 도시 외곽을 쉴 새 없이 맴돈다…….

처음 문대성을 찾아갈 때만 해도 그녀는 기대를 가지고 있었다. 소매 걷어붙이고 대들면 어떻게든 탈로를 찾을 수 있으리라고. 그 삼엄한 38선을 넘는 이들도 수두룩하지 않느냐고. 시간이 지날수록, 길을 찾으려 하면 할수록 좌절감만 밀려들었다. 탈출은 '꿈'처럼 보였다. 꿈꾸는 이들은 총성과 함께 사라지고 있었다. 시청 광장에 가면 산골짜기 경계선에서 일어난 '간밤의 이야기'를 얼마든지 주워들을 수 있었다.

시청 광장은 수천의 인파가 하루를 보내는 장소였다. 선글라스, 고글, 마스크, 수건 따위로 얼굴을 가린 이들이 빨간 눈에 대한 새로운 소식이 있을까, 정부에서 뭔가 전향적인 정책을 발표하지 않았을까, 하는 기대를 품고 몰려들었다. 천막을 치고 들어앉아 떠도는 풍문이나 이런저런 소식들을 주고받았다. 어디를 가면 기름이나 생필품, 보호 장비를 구할 수 있는지, 어느 병원이 문을 열고 맹장염 환자나 당뇨 환자를 받는지, 보급 헬기가 언제, 어디로 보급품을 싣고 오는지…….. 통금 시각이 되면 광장에는 빈 천막만 남았다. 통금이 해제되면, 지난밤에 살아남은 자와 새로운 얼굴들이 다시 광장을 채웠다. 주먹밥이나 김밥, 커피 같은 걸 가져와 나눠 먹으며 꾸역꾸역 하루를 버티는 것이다. 시청 군인들은 어느 날부터인가 이들의 집합을 내버려두기 시작했다. 자신들을 위협하는 단체 행동이 없는 한, 강제로 해산시키지 않겠다고 결정한 모양이었다. 어쩌면 그럴 여력이 없었는지도 모른다. 그 많은 군중을 체포해 봐야 가둘 곳도 없었을 것이고.

윤주는 종종 궁금했다. 사람들은 왜 가만있지 않는지. 안전한 자기 집을 두고 감염의 위험과 무장 군인, 추위와 허기가 기다리는 광장에 모이는 진짜 이유가 뭔지. 이 방에 홀로 남은 지금에야 그녀는 답을 알 것도 같았다. 그들은 '누군가'를 향해 모이는 것이었다. 자신이 아직 살아 있다는 걸 확인시켜줄 누군가, 시선을 맞대고 앉아 함께 두려워하고 분노하고 뭔가를 나눠 먹을 수 있는 누군가, 시시각각 조여드는 죽음의 손을 잊게 해줄 누군가를 만나고자 그곳으로 달려가는 것이었다. 윤주에게 그곳은 재형이었다. 그에게로 가고 싶었다. 그가 그리웠다. 밤은 미치도록 길었다.

14일 아침, 그녀는 1캠프로 가지 않았다. 유일한 소지품인 재형의 쪽지들을 바지 주머니에 담고 드림랜드로 올라갔다. 기억보다 훨씬 더 황폐한 풍경이 기다리고 있었다. 골조만 남은 외벽, 검게 탄 건물 잔해, 폐허 위를 떠도는 시너 냄새와 정적. 마당엔 발자국 하나 나 있지 않았다. 구급차 안에 누군가 다녀간 흔적만 남아 있었다. 차창이 깨져 있고, 차 문이 열려 있고, 바닥에는 이동 케이지, 백보드, 바디 백 같은 물건들이 흩어져 있었다. 이 흔적은 최소한 이틀 전의 것이었다. 마지막으로 눈이 온 날이 이틀 전이었으므로.

윤주는 헛간으로 가서 문을 열었다. 벽 한쪽에 장작들이 높이 쌓여 있고, 화구 앞에 앉은뱅이 의자가 놓여 있었다. 의자 옆엔 스타를 화장하던 날, 그녀가 건넸던 커피 잔이 그대로 놓여 있었다. 그녀는 헛간을 나와 동물 묘지로 올라갔다. 우거진 나무들이 가지를 지붕처럼 뒤얽고 있는 곳에 다다르자 드문드문 찍힌 사람 발자국이 나타났다. 그것은 담장 문으로 이어졌다. 담장 문은 활짝 열린 상태였고, 문 밑에 구덩이가 파여 있었다. 잠깐 산막으로 가는 길을 떠올려 봤다. 기억이 가물가물했다. 찾아갈 수 있을까? 스타가 죽던 날, 딱 한 번 가봤던 곳인데.

그녀는 담장 밖으로 걸음을 내디뎠다. 눈 쌓인 등산로를 따라, 간간이 나타나는 이정표를 놓치지 않으려 애쓰면서 걸었다. 처음엔 '무인배수지 쉼터'라는 이정표를 따라갔다. 재형에게 여러 번 들어 귀에 익은 이름이었다. 쉼터에서부터는 '세석봉 2.3킬로미터'라 적힌 이정표를 따라갔다. 간간이 사람을 만났다. 배낭을 짊어진 중년 남자, 가족으로 보이는 어린애와 두 남녀, 한 무리의 젊은 남자들. 행색과 분위기는 달랐으나 등산객처럼 보이지 않는다는 공통점이 있었다. 그들은 등산로를 따라 걷지 않았다. 산비탈 아래를 내려다보며 멀거니 서 있거나, 가방을 깔고 앉아 뭔가를 먹거나, 나무 밑에 모여 소곤소곤 이야기를 나눴다. 그녀로선 사람을 볼 수 있어 좋았다. 그들이 무엇을 하든, 왜 거기에 있든.

산막에 도착한 건 오후 2시경이었다. 그곳 마당에도 발자국 하나 남아 있지 않았다. 뭔가가 움직이는 기척도 느껴지지 않았다. 온갖 잡동사니만 눈을 뒤집어쓴 채 마당에 나뒹굴고, 텅 빈 산막 안엔 피 묻은 담요가, 비닐하우스에는 재형의 자취가 남아 있었다. 타다 만 장작이 들어 있는 화덕, 담요, 포장을 뜯어놓고 먹지 않은 강아지용 닭고기, 개 사료 한 포대.

이곳에서 무슨 일이 있었던 걸까. 알 수 없는 노릇이었지만 재형이 링고를 만났다는 것만은 분명해 보였다. 둘은 적어도 이틀 전에 이곳을 떠났을 테고. 윤주는 마당 입구에 쪼그려 앉았다. 막막한 심정이었다.

재형 씨, 어디 있는 거야.

기준 5

알람 소리가 기준을 깨웠다. 눈뜨는 순간, 기분 나쁜 기척이 잠기운을 걷어갔다. 그는 의자 등받이에서 머리를 들고 창문을 내다봤다. 형광등 빛이 반사돼 밖이 보이지 않았다. 써늘한 느낌만 목 아래로 파문처럼 번졌다. 감각이 느끼는 서늘함이 아니었다. 무의식이 인지한 한기였다. 스치듯 사라져버렸으나 그는 단언할 수 있었다. 그것은 시선이었다. 어둠 속에 몸을 감추고 안을 들여다보는 바깥의 시선. 그는 의자에서 일어나 랜턴을 쥐고 밖으로 나갔다.

소방서 앞은 산중 야밤처럼 어두웠다. 골목, 도로 할 것 없이 가로등처럼 생긴 건 죄다 깨져버린 탓이었다. '119신고센터' 간판마저 묵사발이 됐다. 밤만 되면 암약하는 돌팔매 선수들의 솜씨였다. 그는 랜턴을 켜고 창문 주변을 살펴봤다. 부지런한 누군가가 눈을 말끔히 밀어버려 발자국 하나 남아 있지 않았다.

어디로 도망쳤을까. 차고는 아니었다. 차 도둑, 기름 도둑이 들끓는 바람에 셔터를 내리고 안에서 빗장까지 걸어놓았으므로. 그는 직원 주차장이 있는 뒤뜰로 돌아갔다. 아니나 다를까, 헤드 랜턴을 낀 누군가가 건물 모퉁이를 향해 움직이고 있었다. 벽에 바짝 붙어서 한 발짝씩. 기준은 손전등을 그쪽으로 비췄다.

"거기 누구야."

상대는 몸을 홱 돌렸다. 헤드 랜턴 빛이 그의 눈으로 뻗어 왔다. 두 불빛은 벽 한중간에서 만났고 동시에 상대를 알아봤다. 기준은 물었다.

"여기서 뭐 하나?"

"그냥 좀 걸어 다녔을 뿐이오."

서재형은 랜턴을 끄고 쥐고 있던 블로우 건을 바지 뒷주머니에 넣었다.

"우리 소방서 주차장이 동네 산책 코스인 줄은 몰랐는데."

서재형은 뭐라고 웅얼거리며 기준의 곁을 지나가려 했다. 기준은 팔을 낚아채서 서재형을 자신 쪽으로 돌려세웠다.

"혹시 창문으로 사무실 안을 들여다보는 놈 못 봤나? 바로 좀 전인데."

서재형은 기준의 손목을 틀어잡아 제 팔에서 떼어냈다. 시선은 기준에게 붙박고 있었다. 아니, 라고 대답하는 눈이었다. 그는 서재형이 마음에 안 드는 이유 하나를 더 찾아냈다. 계집애처럼 길고 야들야들한 손가락이었다. 개를 만지작거리는 것 말고는 물 한 방울 묻힐 일 없었겠다, 싶었다. 군대는 갔다 왔느냐, 라고 묻고 싶은 걸 참고 더 궁금한 것부터 물었다.

"블로우 건은 왜 가지고 다니나."

"그보다 해두고 싶은 말이 있는데."

서재형은 눈을 가늘게 뜨고 시선을 마주쳐 왔다.

"혼자 나다니지 마시오. 특히 밤에는."

잠깐 어이없어 하는 사이 서재형은 뒤뜰을 빠져나갔다. 예상보다 민첩한 몸놀림이었다. 움직이는가, 싶은 순간에 시야에서 사라져버렸다. 잠을 깨면서 느낀 시선만큼이나 빨랐다. 그는 재형이 있던 건물 모퉁이로 걸어갔다. 랜턴으로 전후좌우를 살폈다. 특별하게 눈에 띄는 것이 없었다. 눈 위에는 사람 발자국들이 몇 개 찍혀 있고, 근방 주택들은 대부분 불이 꺼져 있었다. 기준은 손목시계를 봤다. 8시 10분. 교대를 해야 할 시각이었다.

근무조인 대원들은 그새에 사무실에 내려와 있었다. 5명은 저녁거리용 만두가 놓인 탁자 앞에, 한 사람은 구석 소파에. 그는 탁자 앞으로 가서 앉았다. 만두가 아니라 똥 덩어리를 씹는 것 같았다. 패주고 싶은 놈을 못 패준 데서 온 욕구불만 증세였다.

박동해를 죽인 건 링고라고, 그는 확신했다. 그러지 않고서야 서재형이 블로우 건을 쥐고 그 집에서 얼쩡거릴 이유가 없었다. 왜 그놈을 살려놨을까. 무슨 심보로. 박동해가 미친개 같은 놈이긴 해도, 그로선 '잘 죽었다'고 박수를 칠 수가 없었다. 그날 밤에 본 연못 속 풍경은 아내의 죽음만큼이나 큰 충격을 안겼다. 아내가 살해당한 현장을 보는 것 같았다. 얼어붙은 수면에 고인 핏물, 핏물에 찍힌 개 발자국들, 목과 귀가 너덜너덜하게 뜯겨 나간 시신. 그 피 웅덩이에 서재형을 처박았어야 했다. 기왕이면 곤죽이 되게 두들겨 패서. 제 손으로 살려놓은 개가 무슨 짓을 저질렀는지 똑바로 인식하도록, 다시는 얼치기 휴머니스트 노릇을 하지 못하도록.

"팀장님, 가시죠."

유 반장이 구조차 키를 집어 들고 말했다. 기준은 젓가락을 내려놓았다. 마음 같아선 당장 링고를 찾아 나서고 싶었다. 이번에야말로 숨통을 확실하게 끊어버리고 싶었다. 놈을 살려놓은 또 다른 놈과 함께.

"팀장님."

이번에는 저녁도 거른 채 소파에 늘어져 있던 대원이 불렀다.

"저는 오늘 못 갈 거 같은데요. 몸이 좀 안 좋아서요."

기준은 고개를 끄덕였다.

"숙소에 올라가서 쉬어. 보일러 따뜻하게 틀어놓고."

어디가 어떻게 좀 안 좋은지는 묻지 않았다. 눈을 마주치지도 않았다. 행여 열이 난다고 할까 봐. 행여 빨간 눈을 보게 될까 봐. 누군가 '아침에 보자'라고 인사를 건넸을 뿐, 대원들도 마찬가지였다. 그는 시청으로 출발했다.

시청 광장에는 횃불이 활활 타오르고 있었다. 사람은 아침나절보다 두 배쯤 많았다. 눈대중으로도 만 명은 훌쩍 넘을 듯했다. 중앙로로 통하는 화양1교는 버스와 트럭, 트레일러, 굴삭기, 기중기 같은 중장비 차량들이 점령했다. 기준은 구조차를 광장 한쪽에 세웠다. 그의 뒤에 동부서 소속 소방차와 구급차가 일렬로 섰다. 12시간 동안 이곳에서 대기했던 남부팀 대원들은 남부서로 돌아갔다.

사흘 전부터 이 광장에는 밤낮이 사라졌다. 사람들은 밤이 되어도 집으로 돌아가지 않았다. 곳곳에 횃불을 켜고 밤을 낮처럼 보냈다. 소방대원들이 교대로 대기한 지도 사흘째였다. 뭘 기다리는지도 모르면서 기다리는 중이었다. 조만간 뭔가 오리라는 건 모두 느끼는 바였다. 와도 할 수 있는 일이 거의 없으리라는 사실 또한 잘 알고 있었다.

화양시 소방대원은 이제 31명으로 줄었다. 그중에 조직을 지휘할 간부는 1명도 없었다. 유일하게 남은 팀장급 간부가 기준이었다. 그는 28명을 동부팀과 남부팀, 각 팀을 다시 근무조와 대기조로 나누고 남은 셋은 상황실에 배치했다. 그가 내린 업무 지침은 간단했다. 닥치는 대로, 가능한 일만.

대원들 대부분이 기준처럼 혼자가 됐거나 돼가는 중이었다. 그런데도 그들이 소방차를 타는 건 도망치기 위함일 거라고, 기준은 생각했다. 현재에 이르게 만든 모든 것들에 대한 분노로부터, 매일 매 순간 밀려드는 죽음에 대한 두려움으로부터, 사랑하는 이를 잃은 슬픔과 홀로 남았다는 외로움으로부터, 다시는 일상을 되찾을 수 없으리라는 절망감으로부터. 저 많은 사람들이 이 광장에 모여 앉아 울분을 토하고, 박수를 치고, 내일을 희망하며 삶을 확인하듯.

군중을 이끄는 것은 마이크와 앰프를 장치한 정체 모를 트럭이었다. 트럭 주인은 원하는 사람에게 연설할 기회를 부여해 토론과 발표의 장을 마련했다. 마이크를 잡은 남녀노소는 바깥세상을 원망하거나, 정부를 성토하거나, 현 대통령을 뽑은 자신의 손가락을 잘라버리고 싶다는 후회의 심정을 토로했다. 열 번째로 마이크를 잡은 중년 남자는 앞선 연설자와 좀 달랐다. 태도는 차분하고, 목소리는 힘이 있고, 내용은 논리적이었다. 요약하면 이랬다.

화양은 고립된 도시가 아니다. 버림받은 곳이다. 며칠 전부터, 군인들이 거리에서 사라지고 있다는 게 그 증거다. 군인들도 감염돼 쓰러지고 있다는 걸 의미하고, 정부가 화양 안의 병력을 소모시킨다는 의미기도 하다. 도시를 통제하는 군대를 버린다는 건 도시를 버리겠다는 것과 같으며 이는 화양을 무정부 상태로 놓아두겠다는 얘기나 다를 바 없다. 두 번째 증거는 외곽 병력이 점점 강화되고 있다는 점이다. 봉쇄선은 물론이고 산골짜기까지 중화기로 무장한 군인들이 철옹성을 쌓고 있다. 세 번째는 시민들에게 약속한 보호 장비나 생필품이 지금껏 보급되지 않는다는 점이다. 상황이 악화될 경우, '버린다'에서 '고사시킨다'로 갈 수도 있음을 암시하는 대목이다. 그때에는 전기와 가스, 수도까지 끊을 것이다. 그렇게 되기 전에 정부를 압박해야 한다. 나아가 전 세계에 우리의 처지를 알리고 인도적 처사와 적절한 치료 대책을 요구해야 한다. 이렇게 모여 앉아 비관하고 한탄만 하다가 개처럼 죽어갈 수는 없지 않느냐.

사람들은 남자의 목소리에 귀를 기울였다. 광장엔 숨소리 하나 울리지 않았다.

"나는 죽고 싶지 않습니다. 살고 싶습니다. 여러분은 살고 싶지 않습니까."

누군가 "나도 살고 싶다."고 외쳤다. 그것이 선창이 됐다. 사람들은 주먹을 흔들며 '떼창'으로 "살고 싶다."고 외쳤다. 감정을 이기지 못하고 일어나 가슴을 치며 "살려달라."고 울부짖는 자도 있었다.

"화양시민의 결의문 채택이 필요합니다."

감정의 파고가 한차례 쓸고 간 후, 남자는 한 가지 제안을 내놓았다.

"그런 다음, 시청 광장에서 출발해 중앙로를 타고 남부 봉쇄선으로 행진하는 겁니다."

누군가 버럭 고함을 질렀다.

"시가행진 따위가 다 뭐요. 우리도 총을 들어야 한다니까."

"그건 안 됩니다."

남자는 손을 들어 남자를 자리에 앉게 했다.

"저는 단순한 시가행진을 제안한 것이 아닙니다. 걸어서 봉쇄선 밖으로 나가자는 것입니다. 총을 들어서는 안 되는 이유가 거기에 있습니다. 우리가 소총을 쏘면 저들은 중화기를 쏠 것이고, 우리가 중화기를 쏘면 저들은 헬기 응사를 해올 겁니다. 대통령이 마음을 바꾸지 않는 한 말입니다. 비무장, 비폭력 행진만이 우리의 살길입니다. 무방비 상태인 민간인에겐 군도 함부로 발포할 수 없을 겁니다. 물론 오늘 모인 인파로는 어림도 없는 일입니다. 살아 있는 사람 모두 한날한시에 이 광장으로 집결해야 가능한 일입니다. 살아도 같이 살고, 죽어도 같이 죽겠다는 결의가 있어야 한다는 것입니다."

남자는 거기서 말을 멈췄다. 헬기 한 대가 소음을 뿌리며 광장 상공에 나타난 탓이었다. 시청 정문 앞에는 장갑차와 군용 트럭 들이 포진해 있었다. 남은 병력이 총동원된 듯했으나 초기 규모의 반도 되지 않았다. 아직까지는 시민을 해산시키려는 움직임도 보이지 않았다. 시민들을 향해 K1을 겨눈 채 경계 자세로 서 있을 뿐이었다. 기준은 심란한 마음으로 헬기를 올려다봤다. 정말로 저 무모한 짓을 할 생각인가. 무슨 짓을 하든, 어떤 희생을 치르든, 봉쇄선은 열리지 않을 것이다. '막으라'는 명령이 철회되지 않는 한 절대로. 당연히 군대는 가장 빠르고 효율적인 진압 작전을 택하겠지.

광장의 횃불은 밤새 타올랐다. 헬기는 밤새 광장 상공을 맴돌았다.

오전 9시. 광장에는 새로운 사람들이 몰려들고 있었다. 전날 밤 시민 행진을 주장했던 남자는 다시 단상에 올라 시민 토론을 주도하기 시작했다. 기준은 남부팀에게 인계를 끝내고 광장을 떠났다.

"시동 끄지 말지."

동부서 앞에 도착한 후 기준은 유 반장에게 말했다.

"차 쓰시게요."

"행정 차 기름이 떨어져서. 몇 시간이면 되겠는데."

유 반장은 고개를 끄덕이며 차에서 내렸다. 집에 가려나보다, 짐작한 눈치였다.

"일 생기면 무전해. 바로 날아올 테니까."

기준은 백운교차로를 빠져나왔다. 도심 외곽 파출소, 산기슭에 있는 기도원, 재활원 등을 살피고 다닌 지 며칠째였다. 시위 현장에서 체포한 사람들을 가둘 만한 장소 중에서 군대가 주둔했다 철수한 곳을 수색 대상으로 삼았다. 지금 가는 곳은 동부간선도로에서 부용산 쪽으로 2킬로

미터쯤 들어간 지점에 위치한 창고단지였다. 용변이나 식사 같은 기본적인 문제를 해결할 부대시설이 없어 마지막 수색지로 남겨둔 곳이었다. 그 점만 무시한다면 수용지로는 적절한 조건을 갖춘 곳이기도 했다. 외곽, 큰 공간, 은폐 용이성. 이는 감염된 수용자만을 격리해둘 장소로 적합하다는 얘기와도 같았다.

기준은 문이 폐쇄된 관리실을 지나 조립식 창고들이 늘어선 단지 안으로 들어갔다. 맨 안쪽에 위치한 G블록까지 가는 동안, 개 한 마리, 사람 하나 나타나지 않았다. 사람이 있었다는 흔적조차 보이지 않았다. 까마귀 떼만 단지 위를 빙빙 돌며 극성맞게 울고 있었다. 차를 세운 곳은 G-1번 창고 앞이었다. 단지 안쪽부터 뒤져볼 계획이었다. 감염자만을 격리했다면 초소와 가능한 멀리 뒀을 것이므로.

기준은 고글과 마스크, 라텍스 장갑을 낀 다음 절단기를 쥐고 차에서 내렸다. 창고 문엔 쇠사슬이 감겨 있고 인기척은 느껴지지 않았다. 두들겨도 답이 없었다. 쇠사슬을 절단기로 자르고 손잡이를 당기자 침침한 공간 안에서 눅눅하고 역한 냄새가 쏟아져 나왔다. 안에 무엇이 있는지 상상하고도 남을 만한 악취였다. 그는 벽에 붙은 실내등 스위치를 올리고 안으로 들어섰다. 소방서 차고만 한 공간을 시신들이 꽉 채우고 있었다. 얼굴을 수건으로 덮고 반듯하게 누운 사람, 가슴을 움켜쥐고 엎어진 사람, 홀로 벽 모서리에 기대앉은 사람, 눈을 부릅뜨고 천장을 노려보는 사람. 시신들의 자세로 봤을 때 죽어서 버려진 이들은 아니었다. 이곳에 갇혀서 죽어간 사람들이었다. 짐작대로 감염자를 외딴 곳에 격리 감금한 후 죽도록 내버려둔 것이었다.

기준은 문 앞에 드러누운 시신부터 살피기 시작했다. 쉽지 않았다. 하나같이 피부가 썩거나 녹아내려 본래 용모를 알아보기 어려웠다. 시신의 몸속에선 희끄무레한 벌레들이 덩어리로 뭉쳐 꾸물거리고 있었다. 배 속이 울렁울렁해왔다. 악취가 위장을 비틀어 짰다. 수진과의 약속이고 뭐고 다 팽개치고 싶을 만큼 참혹한 광경이었다. 그는 눈을 한 번 감았다가 뜬 후 다시 안으로 들어갔다.

얼굴 훼손이 심한 반백의 남자가 마지막 시신이었다. 남자는 양손을 가슴에 올린 채 안쪽 벽 밑에 반듯하게 누워 있었다. 기준은 남자 곁에 쪼그려 앉았다. 남자의 손아귀에 든 물건이 발목을 잡았다. 모양새로 미루어 사진이 든 카메오 메달 같았다. 그는 손가락 끝으로 조심스레 메달을 빼냈다. 메달 안에서 비슷하게 생긴 두 남녀가 해맑게 웃고 있었다.

가슴이 답답해왔다. 악취보다 더한 압박이 어깨를 짓눌렀다. 그는 메달을 쥐고 내달리듯, 창고를 빠져나와 구조차에 올라탔다. 진원동으로 차를 몰았다. 수진의 집에 도착한 후 5분, 엘리베이터 앞에서 5분을 꾸물댔다. 어떻게 소식을 전해야 할지 판단이 서질 않았다. 돌아가셨던데요, 할까. 메달만 건넬까. 설명 없이 창고로 데려갈까.

그는 수진과 처음 만났던 새벽을 생각했다. 아내와 유빈이의 죽음을 덤덤하게 전하려 애쓰던 그녀의 곤혹스러운 목소리를 기억해냈다. 아마도 지금 자신의 심정과 비슷했으리라. 이 엘리베이터를 타고 올라가면 누굴 만나게 될지 안다는 점에서, 궁지에 몰린 기분마저 들었다. 21층 2103호에는 끼니마다 제 아버지의 밥상을 준비하는 반쯤 넋 나간 처녀가 있었다.

베란다에 안치한 딸과 아내를 보러 집에 올 때마다, 그는 그 집에 들르곤 했다. 불안하게 흔들리는 수진의 눈이 마음에 걸린 탓이었다. 벨을 누르고 "한기준입니다." 하면 그녀는 기대로 눈을 반짝이며 자신을 맞았다.

동생의 주둔지를 찾지 못했다고 전하면 눈을 내리뜨고 한 발 물러서며 "네." 했다. 아버지도 아직 찾지 못했다고 덧붙이면, 물기가 말갛게 차오르는 눈으로 식탁을 돌아보며 "식사하고 가세요." 했다.

식탁에는 늘 수저 한 벌이 놓여 있었다. 의자에 앉으면 갓 지은 밥과 뜨거운 찌개, 깔끔한 밑반찬들이 척척 자리를 잡았다. 기준은 만호공파의 밥상을 대신 받는 일이 편치 않았다. 소화도 잘 되지 않았다. 그런데도 차마 거절할 수가 없어 식탁에 앉고는 했다. 자신이 비워줘야만 수진이 새 밥상을 준비할 것이므로. 그것이 수진을 현실에 붙잡아두는 유일한 힘으로 보였다. 위태롭기 그지없는 힘이었다. 집으로 돌아온 후부터 수진은 하루가 다르게 빛을 잃어가고 있었다. 처음 만났던 날, 그녀를 감싸고 있었던 특유의 기품도 사라져버렸다. 눈동자에 빛이 도는 건 기준을 맞아들이는 한순간뿐이었다. 지난 일주일 동안 기준이 그녀에게서 들은 말이라곤 딱 두 마디뿐이었다.

"식사하고 가세요."

"네."

19층에 멈춰 있던 엘리베이터가 21층으로 올라갔다가 다시 내려오기 시작했다. 기준은 주머니 속에 든 메달을 만지작거렸다. 설명 없이 건네주자고 마음먹었을 때, 엘리베이터가 열렸다. 왁자지껄한 웃음소리와 함께 헬멧과 마스크를 쓴 남자 셋이 우르르 내렸다. 셋 다 배낭을 맺고 체형과 목소리로 미뤄 20대 초반 같았다. 그중 가장 덩치가 큰 녀석이 기준의 어깨를 어깨로 치고 지나가며 중얼거렸다.

"아 씨발년, 재수 없어. 시체랑 하는 줄 알았네."

기준은 엘리베이터로 들어섰다. 문이 닫히는 동안 멀어지는 놈들의 등을 물끄러미 바라보았다. 엘리베이터가 올라가자 불길한 직감이 소 떼처럼 몰려들었다. 저놈들 21층에서 내려왔지. 어느 집일까. 수진의 집? 앞집? 어깨를 치고 간 놈의 목소리가 귓가에 웅웅거렸다.

아, 씨발년, 재수 없어. 시체랑 하는 줄 알았네.

엘리베이터가 21층에서 섰다. 그는 2103호의 초인종을 눌렀다. 아무 기척이 없었다. 다시 눌렀다. 마찬가지였다. 문을 두들겼다. 한 번, 두 번, 세 번. 문을 연 쪽은 앞집이었다. 다섯 살쯤 돼 보이는 사내아이가 얼굴을 내밀었다. 누군가 뒤에서 날카롭게 소리를 질렀다.

"준희, 대문 열지 말라고 했지?"

문이 쾅 소리를 내며 닫혔다. 불길함이 확신이 되는 순간이었다. 귓속에서 맥박이 쿵쿵 소리를 내며 뛰기 시작했다. 엘리베이터는 20층을 지나 밑으로 내려가고 있었다. 그는 비상계단으로 몸을 날렸다. 놈들은 이미 보이지 않았다. 단지 입구까지 달려 나가봤지만 지나는 행인 하나 없었다. 그는 구조차 뒤 칸에서 유압 스프레더와 손도끼를 꺼내 들고 다시 21층으로 올라갔다. 망설임 없이 대문을 뜯고 들어갔다. 집 안이 발칵 뒤집혀 있었다. 온 사방에 신발 자국들이 찍히고, 거실 가족사진이 박살나고, 커튼이 거치대째로 떨어지고, 장식장 서랍들은 죄다 밖으로 끌려나와 있었다.

기준은 끔찍한 상상에 시달리며 거실로 발을 들여놓았다. 부엌 쪽에 있는 수진의 방까지 갈 것도 없었다. 안방 문턱에 다다르자 침대에 알몸으로 널브러져 있는 수진이 내다보였다. 입술이 터지고, 눈두덩에 피멍이 들고, 뺨이 퉁퉁 부어올랐지만 틀림없는 수진이었다. 의식이 있는지 그것부터 확인해야 하건만 차마 다가갈 엄두가 나지 않았다. 멍청하게 선 채 침대에 찍힌 발자국과 찢어져 방바닥에 널린 옷 조각들을 둘러봤다. 대낮에 어떻게 이런 일이 일어났을까. 놈들은 어떻게 집 안으로 들어

올 수 있었을까. 거리에서 이런 일이 다반사로 일어난다는 얘긴 들었지만 직접 현장을 보기는 처음이었다. 더하여 여긴 수진의 집이었다. 그녀가 어서 오세요, 하며 문을 열어주진 않았을 텐데.

"노수진 씨."

수진은 응답하지 않았다. 그는 문턱에서 발을 떼고 안으로 들어섰다. 선혈과 정액으로 뒤범벅이 된 허벅지가 가장 먼저 눈에 들어왔다. 자그마한 가슴에 이빨 자국이 수도 없이 나 있고 목에는 피멍 자국이 둥글게 맺혀 있었다. 새하얀 이불 위에는 한 움큼씩 뽑힌 머리채가 굴러다녔다. 기준은 다리에 힘이 풀리는 걸 느꼈다. 자신이 보고 있는 것은 단순한 폭행 현장이 아니었다. 누군가의 세계가 파괴된 현장이었다. 자신에게 밥상을 차려주던 누군가.

그는 수진의 목에 손가락을 대보았다. 맥이 빠르게 뛰고 있었다. 호흡은 있지만 의식은 없었다. 어쩌면 이 상황에서 의식이 있다는 게 더 비정상일지도 몰랐다. 그는 옷가지와 서랍이 죄다 끌려나와 있는 장롱에서 담요 한 장을 꺼내 수진의 몸을 감쌌다. 무전기로 경찰에 연락을 취했다. 다음에 뭘 해야 할지 한참 생각하다 수진의 곁에 주저앉았다. 20분이 지나갔다. 경찰은 오지 않았다. 그사이 수진은 눈을 떴지만 정신이 든 것 같지는 않았다. 멍한 눈동자가 정처 없이 허공을 오갔다. 눈을 뜨고 꿈을 꾸는 것처럼. 이름을 불러도 알아듣는 기색이 아니었다. 어깨를 흔들어도 수의적 긴장이 느껴지지 않았다. 흔들면 흔드는 대로, 내려놓으면 내려놓는 대로 움직였다. 그녀는 자신을 완전히 놔버린 상태였다.

기준은 조급증이 났다. 오지 않는 경찰을 한없이 기다릴 수가 없었다. 이 집에 수진을 두고 갈 수도 없고, 자신이 곁에 붙어 있을 수도 없었다. 데려가 치료를 받게 할 만한 병원도 있을 리 없었다. 그는 수진의 몸을 담요로 감쌌다. 시신처럼 늘어진 몸을 들어 올려 안고 밖으로 나갔다.

수진 5

"엄마."

수진은 응급실 창밖을 내다보며 소리쳤다. 어머니가 보행기를 밀고 병원 서편 은행나무 언덕으로 걸어가고 있었다. 똑같은 환자복을 입은 이들이 똑같은 보행기를 밀고 오갔지만 어머니의 뒷모습을 한눈에 알아볼 수 있었다. 사탕 막대처럼 길고 가는 목덜미, 곱실거리는 단발머리, 복수가 차올라 허리 부분만 끼는 상의, 헐렁한 환자복 바지 밑으로 드러난 앙상한 발목. 그녀는 쪽창을 열고 소리쳤다.

"어디 가, 엄마."

어머니는 그녀의 목소리를 듣지 못한 것 같았다. 몇 번을 불러도 돌아보지 않았다. 걸음을 멈추지도 않았다. 긴 팔로 보행기를 감싸 안듯 밀면서 언덕을 향해 또박또박 걸어갔다.

"엄마, 거기 있어."

수진은 스테이션 밖으로 튀어 나가려다 누군가와 정면으로 몸을 부딪혔다. 고개를 드는 순간 눈이 새빨간 남자와 시선을 마주쳤다.

"잠깐만요. 좀 비켜주세요."

남자를 밀치고 스테이션을 나가자 또 다른 남자가 앞을 막았다. 그 남자의 눈도 빨갰다. 남자 옆에는 아이를 업은 여자가, 여자 옆엔 노인이…… 응급실은 눈이 빨간 사람들로 가득 차 있었다. 그녀는 그들 사이에 끼어 한 발짝도 움직일 수가 없었다. 어머니는 걸음을 멈추지 않았다. 보행기마저 놔버리고 언덕 아래로 걸어 내려갔다. 빨간 눈은 끝도 없이 밀려들었다. 응급실 앞문으로, 뒷문으로.

"엄마."

수진은 사람들 사이를 뚫고 나오려고 안간힘을 썼다. 누군가 수진의 팔을 붙잡았다. 누군가는 덜미를 잡았고, 누군가는 머리채를 잡았다. 옷 소매가 쭉 찢겨 나갔다. 상의 앞단추가 주르르 떨어져 나갔다. 브래지어를 잡아 뜯겼다. 머리를 틀어 올린 핀이 어디론가 튕겨 나갔다. 놔달라고 소리쳤으나 아무도 놔주지 않았다. 그녀는 알몸이 되어 모래 구렁에 빠지듯, 사람들 다리 밑에 파묻혔다. 무지막지한 발꿈치가 아랫배를 밟았다. 악, 하는 비명이 터졌다.

"엄마."

수진은 눈을 떴다. 흐느낌이 멎지 않았다. 뒤흔들리는 시야 밖에선 악의를 품은 손들이 흐느적거렸다. 아랫배가 아팠다. 통증은 실제적이었고, 날카로웠으며 그녀를 꿈의 자장에서 건져 올려주었다. 주변이 어두웠다. 고요했다. 이곳은 어디일까? 집은 아니었다. 따뜻한 공기에 낯선 냄새들이 배어 있었다. 파우더 냄새, 시큼한 젖 냄새, 아기의 살 냄새, 옅은 화장품 냄새.

얼굴이 뻣뻣했다. 퉁퉁 부어오른 느낌마저 들었다. 실컷 얻어맞고 난 후처럼. 몸을 일으키자 묵직하면서도 날카로운 통증이 다시 아랫배를 덮쳤다. 어디선가 날아든 작살이 사타구니로부터 목구멍까지 한숨에 뚫어버리는 것 같았다. 파장마저 길고 고약했다. 통증으로 격발된 근육 경련이 종아리와 허벅지를 제각각 비틀고 쥐어짰다. 진정의 순간은 좀처럼 오지 않았다. 그녀는 온몸이 땀투성이가 된 채 침대에 널브러졌다.

무슨 일이 일어난 걸까. 몸이 왜 이런가. 조각난 기억들이 먹구름 속에서 들뛰는 번갯불처럼 희뜩거렸다. 텅 빈 경비실, 엘리베이터, 지독한 입냄새, 다리를 벌리는 손……. 기억들은 곧 어둠 속으로 사라져버렸다. 그녀는 은행나무 언덕이 내다보이는 응급실 창가로 되돌아갔다.

다시 눈을 떴을 땐 아침이었다. 머리 위쪽 창문으로 빛이 비쳐들고 있었다. 어둑한 채도로 보아 저녁인 것도 같았다. 수진은 시선만 돌려 방 안을 둘러봤다. 원목 붙박이장, 아기 보행기, 아기 장난감들이 담겨 있는 바구니 하나, 개구리 쿠션, 화장품을 놓아둔 화장대. 침대 옆 스탠드 탁자엔 손바닥만 한 사진 액자가 세워져 있었다. 결혼사진이었다. 자신이 어디에 있는지 알려주는 단서기도 했다. 머리가 짧고 다소 젊기는 했지만 사진 속 새신랑은 틀림없는 한기준이었다. 이곳은 그의 집이었다.

왜 여기에 와 있을까. 왜 남의 부부 침대에서 눈을 떴을까. 그 사실이 왜 이렇게 불안하고 불길한 걸까. 답이 나오지 않았다. 머릿속은 깨어나기 전보다 더 컴컴했다. 닫힌 문 앞에 선 기분이었다. 그녀는 조심스레 고개를 들고 상체를 일으켰다. 통증은 여전했지만 이전처럼 경련이 따라오진 않았다. 다리를 침대 밑으로 내리고 화장대로 다가갔다. 거울 속에서 체크무늬 파자마를 입은 여자가 사자 머리로 그녀를 맞았다.

멍든 눈자위, 퉁퉁 부어오른 뺨과 찢어진 입술. 일순 뺨을 후려치는 어떤 손이 시야를 지나갔다. 물수건으로 몸을 닦아주던 다른 손이 기억났다. 그녀는 파자마 윗도리를 벗었다. 어깨를 덮은 머리를 뒤로 쓸어 넘기고 거울을 봤다. 귀밑과 목덜미, 어깨에 크고 작은 피멍들이 맺히고, 왼쪽 젖꼭지는 엄지만 하게 부어올라 있었다. 순간, 젖꼭지를 땅콩처럼 짓

씹어버리던 이빨의 감촉이 되살아났다.

수진은 화장대 의자에 주저앉았다. 뒤늦은 각성은 그녀를 악몽 속으로 끌고 들어갔다. 음식물 쓰레기통을 들고 아파트 경비실 앞을 지나가던 오후로.

경비실은 비어 있고 CCTV 홀로 불침번을 서고 있었다. 그녀는 통을 비우고 수돗가에서 손을 씻었다. 냉장고에 뭐가 남았는지 헤아리면서. 작년 12월에 이모가 보내준 김장 김치 한 통, 감자와 양파 몇 알. 냉동실엔 조기 몇 마리와 다진 돼지고기가 한 줌 있었다. 베란다엔 아버지가 상자로 들여놓은 사과와 배, 싱크대 서랍엔 참치 캔, 꽁치 통조림, 스팸 햄, 밀가루 한 통. 이틀 후면 두 번째 맞는 어머니의 기일이었다. 상을 차릴 수 있을까. 나물거리도 없고, 탕거리도 없고, 달걀도 없고, 기름도 없는데. 현진이도 없고, 아버지도 없는데.

문득 기준이 떠올랐다. 해 질 무렵이면 찾아와 현진이와 아버지를 찾지 못했다고 전해주는 남자. 그녀는 그의 말을 '시신을 찾지 못했다'로 들었다. 하루 온종일 베란다를 서성이며 그가 오는 해 질 녘을 기다리면서도 그를 만나는 것이 두려웠다. '찾았다'고 할까 봐 두려웠다. 찾고 나면 그가 오지 않을까 봐 두려웠다. 그녀에게 한기준은 세상에 남은 유일한 한 사람이었다. 그녀가 알고 있는 마지막 한 사람, 그녀를 알고 있는 단 한 사람, 그녀가 만날 수 있는 살아 있는 한 사람.

엘리베이터 앞에 다다라서야 그녀는 누군가 뒤에 있다는 걸 알아차렸다. 문이 열리자 거울 속에 세 남자가 비쳤다. 헬멧과 마스크를 쓰고 배낭을 멘 남자들. 남자들은 그녀를 안으로 밀어붙이는 듯 다가섰다. 어쩌볼 틈도 없이 그녀는 엘리베이터 안에 들어서 있었다. 두 남자는 그녀의 양편에 섰다. 키가 큰 남자는 문 옆에 서서 21층 버튼과 개폐 단추를 차례로 눌렀다. 문이 닫히고 엘리베이터가 올라가기 시작했다. 어색하고 긴장된 공기가 흘렀다. 수진은 어깨를 움츠렸다. 쿵쿵 울리기 시작한 심장 소리를 남자들이 들을까 봐. 아침이잖아. 아마 앞집 손님일 거야, 라고 우겨봤으나 직감이 코웃음을 쳤다. 옆에 선 남자의 거친 숨소리가 들리지 않느냐고.

수진은 곁눈질로 옆을 봤다. 우묵하게 들어간 남자의 눈이 시선을 맞대 왔다. 일순 움찔했고 남자는 소리 없이 웃었다. 이들이 자신을 따라왔다는 것을 확신한 순간이었다. 자신을 찍어놓고 지켜봤다는 걸 알아차린 순간이었다. 그녀가 알아차렸다는 걸 남자가 알아차린 순간이었으며, 엘리베이터가 막 21층에 도착한 순간이었다. 그녀는 문이 열리자마자 밖으로 몸을 날렸다. 비상계단으로 도망칠 셈이었으나 두 발짝도 떼지 못하고 머리채를 잡혔다. 악, 하는 비명이 터졌다. 음식물 쓰레기통은 계단 아래로 통통거리며 떨어져 내렸다. 남자는 머리채를 당겨 그녀를 벽으로 내던지고 주먹뺨을 후려쳤다. 그녀는 턱을 감싸 쥐고 맥없이 주저앉았다. 비명을 질러야 한다고 생각했으나 소리가 나오지 않았다. 숨조차 제대로 쉴 수가 없었다.

"일어나."

남자의 손이 다시 머리채를 움켜쥐었다. 일어나지 않으면 목을 뽑아버릴 기세였다. 다른 두 남자는 각각 비상계단과 엘리베이터 앞을 지키고 있었다. 잭나이프를 접었다 폈다 하면서. 그녀는 일어났다. 남자는 그녀의 몸을 대문 쪽으로 돌려세우고 뒤에 바짝 붙었다.

"문 열어."

잘근잘근 귓불을 씹는 듯한 목소리였다. 발기해 딱딱해진 남자의 성기는 엉덩이 한가운데를 묵직하게 찍어 눌렀다. 그 압박에 깃든 기대와 흥분이 진저리 나게 생생해 그녀는 발작을 일으킬 지경이 되었다. 어떻게든 생각을 해보려고 했으나 떠오르는 건 한기준의 얼굴뿐이었다. 몇 시일까. 9시, 9시 30분? 절망이 찾아들었다. 기준이 오려면 한나절도 더 지나야 했다.

"머리통 깨지고 싶어?"

남자는 머리채를 쥔 손에 힘을 주었다. 그녀는 도어록으로 손을 뻗었다. 익숙한 일곱 자리 숫자가 기억나지 않았다. 손끝이 덜덜 떨리고 심장은 싸움소처럼 날뛰었다. 머릿속은 집 안 곳곳을 더듬으며 동선을 그렸다. 어떻게 움직여야 이 손아귀에서 벗어날 수 있을까. 어디로 가야 기준이 올 때까지 버틸 수 있을까. 안방과 현관방은 창문만 깨면 간단히 들어올 수 있었다. 욕실은 문고리가 고장 났다. 도망칠 곳은 창문이 외벽으로 나 있는 부엌방뿐이었다. 거기까지 갈 기회가 있을까. 생각이 산산이 부서졌다. 머리를 쇠망치로 얻어맞은 듯한 충격이 왔다. 남자가 움켜쥔 그녀의 머리를 뒤로 당겼다가 내리치듯 대문에 들이박아 버린 것이었다.

"번호 잊어버린 거야? 확실하게 생각나게 해줄까, 응?"

막 확실하게 생각난 참이었다. 그녀는 고개를 저었다. 마지막 숫자 0을 누르자 삐, 소리가 울리며 문이 열렸다. 남자는 왼손을 뻗어 문을 열었다. 머리채를 움켜쥔 자세 그대로 그녀를 앞세우고 현관으로 들어섰다. 순간, 보이지 않는 신발장 옆 공간에 아버지의 등산용 지팡이가 세워져 있다는 게 기억났다. 그녀는 거실로 올라서면서 턱에 발이 걸린 척 무릎을 바닥에 짚고 엎어졌다. 엎어지며 지팡이를 낚아채고 곧장 뒤로 내찔렀다. 어디를 찔렀는지는 몰라도 남자는 헉, 소리를 토하며 몸을 뒤로 뺐다. 머리채를 쥔 손은 잠깐 느슨해졌다. 그 틈을 타 그녀는 거실로 뛰어 올라갔다.

아직 남자의 손가락에 걸려 있던 머리가 껍질째로 뜯겨 나가는 느낌이었다. 몸이 자유로워진 건 한순간뿐이었다.

"저 씨발년."

욕설과 함께 운동화를 신은 발이 수진의 목으로 날아들었다. 그녀는 거실 한복판으로 날아갔다. 벽에다 머리를 내찍으며 바닥으로 고꾸라졌고 벽에 걸린 무언가가 떨어져 내려 뒤통수를 덮쳤다. 통증 따위는 느낄 틈이 없었다. 뒤쫓아 온 남자의 발이 이번엔 아랫배를 걷어찼다. 시야가 컴컴해왔다. 호흡이 턱 밑에서 끊기는 느낌이었다. 아주 잠깐, 정신을 잃었는지도 모른다. 퍼뜩 눈을 뜨고보니 남자가 다시 자신의 머리채를 움켜쥐고 어디론가 끌고 가려 하고 있었다. 그녀는 필사적으로 손을 휘젓던 끝에 커튼 끄트머리를 틀어잡았다. 승산 없는 줄다리기였다. 머리채를 쥔 손아귀 힘은 무지막지했고, 커튼 봉은 비스킷처럼 약했다. 뚝, 부러져 밑으로 떨어져 내리는 데 몇 초도 걸리지 않았다. 남자는 그녀를 안방으로 끌고 가 아버지의 침대에 내동댕이쳤다. 머리채가 손아귀에서 놓여나는 순간, 남자의 몸이 배를 깔고 앉았다. 두 무릎이 양팔을 찍어 눌렀다. 주먹이 턱으로 날아들었다.

그자가 1번이었다. 이어 2번, 3번. 다시 1번…… 세 남자는 먹고, 마시고, 뒤지고, 집 안을 때려 부수면서 수진의 몸을 제집 화장실처럼 드나들었다. 수진은 자신의 몸을 빠져나와 시간 속을 흘러 다녔다. 때로 열다섯 살을 지나고, 때론 스무 살로 실려 갔다. 대부분은 스물네 살에 머물렀다. 응급실 막내였던 1년 차 시절, 어머니가 마지막을 향해 가던 초겨울 어느 날 해 질 녘에.

그날 수진은 저녁 근무를 하고 있었다. 주말이었고 유난히도 환자가 많았다. 대부분 생명에는 지장이 없되 총알같이 손을 봐줘야 하는 이들이었다. 뒤통수가 찢겨 피를 줄줄 흘리며 들어온 남자, 서울 보훈병원과 화양의료원을 오가며 모르핀을 맞는 것이 일과인 월남전 참전용사, 열성경련을 일으킨 꼬마……. 김유미는 차트만 들여다봤다. 그녀는 처치 트레이를 들고 테니스공처럼 뛰어다녔다. 와중에 어머니를 봤다. 보행기를 밀고 응급실 창가를 지나 은행나무 언덕 쪽으로 가고 있었다.

"엄마."

그녀는 자신도 모르게 창가로 달려갔다. 어머니는 아직 혼자 걸어 다녀서는 안 되었다. 식도 정맥이 터져 까만 피를 토하고, 까만 설사를 쏟아내다가 간성혼수에 빠진 게 일주일 전이었다. 가까스로 깨어나 중환자실에서 일반 병실로 옮긴 첫날이었다. 대체 5병동 간호사들은 뭘 하고 있단 말인가. 거기 간호사들은 모조리 김유미란 말인가.

"엄마, 어디 가."

반응은 김유미가 했다.

"노수진, 일하다 뭐 하는 짓이야?"

그녀는 트레이를 들고 창가를 떠났다. 그렇다고 마음이 일로 돌아간 건 아니었다. 스테이션과 침상 사이를 오며 가며 서쪽 언덕을 기웃기웃 내다봤다. 어머니는 석양 속에 우두커니 서 있었다. 처음엔 보행기에 기대서 있었고, 다음에 봤을 땐 옆에 세워두었다. 빗자루를 세워둔 것처럼 금방이라도 쓰러질 듯한 모습이었다. 어머니의 긴 그림자가 언덕 아래로 미끄러져 내려가는 것 같았다. 다급한 심정에 응급실을 뛰쳐나갔다. "노수진, 어디 가." 하는 김유미의 목소리는 무시해버렸다.

"엄마."

수진이 부르자 어머니는 보행기에 손을 짚고 서서히 몸을 돌렸다.

"여기서 뭐 해. 추운데 환자복만 입고."

어머니는 이를 드러내고 어린애처럼 웃으며 떨리는 손가락으로 하늘을 가리켰다.

"예쁘잖아."

수진에겐 노을이 예쁠 여유가 없었다. 김유미가 발작을 일으키고 있을 응급실로 빨리 돌아가야 했다. 그녀는 보행기를 어머니 앞으로 끌어다 댔다. 어머니의 목덜미가 얼음처럼 찼다. 나뭇가지처럼 마르고, 가랑잎처럼 애처로웠다. 유니폼 스웨터를 벗어 어깨에 덮어주자 어머니가 말했다.

"수진아, 우리 저기 가보자."

어머니는 언덕 아래 개활지를 가리켰다. 개활지 끝 지평선에 겨울해의 마지막 한 조각이 걸려 있었다. 그녀는 뒤에서 보행기를 잡고 말했다.

"병실에 가요. 해 다 졌어."

어머니가 스스로 걸은 건 그때가 마지막이었다. 은행나무 언덕에 간 것도 마지막이었다. 두 달 후, 수진의 곁을 떠날 때까지 침대에서 일어나지 않았다. 병에 눌려 몸을 놔버렸다. 그녀가 남자들에게 눌려 몸을 놔버렸듯.

수진은 몸을 일으키고 거실로 나갔다. 크기의 차이만 있을 뿐, 그녀의 집과 구조가 거의 같았다. 블라인드가 절반 열려 있는 베란다 창가엔 긴 원목 선반이 달려 있고, 위에 나무 상자 두 개가 놓여 있었다. 천장에선 크고 작은 개구리 모형이 매달린 아기 모빌이 빙글빙글 돌았다. 그녀는 다가가서 상자를 들여다보았다. 각각 위패가 붙어 있었다.

박은희

한유빈

블라인드 틈으로 창밖을 내다보았다. 2층 집이었다. 발아래 가까운 곳에 눈 덮인 화단이 있었다. 화단 앞엔 자동차들이 주차돼 있고, 대각선으로 경비실, 그 옆에 자전거 거치대가 보였다. 이곳에도 사람은 보이지 않았다. 음식물 쓰레기통 앞을 고양이 한 마리가 서성대고 있을 뿐. 원거리 풍경은 앞 동에 가려 보이지 않았다. 갑갑했다. 건물이 머리를 짓누르는 기분이었다. 멀리 봉쇄선이 내다보이는 자신의 집 베란다가 떠올랐다. 거기 서서 봉쇄선을 내려다보며 시간을 보내던 일도. 옥상으로 올라가면 앞이 보일까.

그녀는 몸을 돌려 거실로 나갔다. 파자마 차림이라는 것도, 현관문이 닫히면 다시 열 수 없다는 사실도 잊어버렸다. 휘적휘적 걸어가서 아무 생각 없이 현관문을 열었다. 기준이 놀란 얼굴로 문 앞에 서 있었다.

"어디 가려고?"

어디로 가려 했더라. 금방까지 알고 있었는데. 수진은 맥없이 고개를 저었다. 기준은 안으로 들어와 문을 닫았다.

"들어가요."

수진은 다시 고개를 저었다. 분명히 어딘가로 갈 생각이었다. 중요한 어딘가. 기준은 그녀의 팔꿈치를 잡고 안으로 끌어당겼다. 그의 손이 살에 닿는 순간, 불에 단 칼처럼 뜨겁고 날카로운 기억이 머리를 뚫고 들어왔다. 그녀는 단숨에 집으로 돌아갔다. 남자의 손에 머리를 잡혀 들어왔던 현관 문턱에 서 있었다. "놔."라는 말이 비명처럼 튀어나왔다. 남자가 뭐라고 말했지만 알아듣지 못했다. 알아듣고 싶지도 않았다. 집에서 나가는 일이 급했다. 저 손이 자신을 붙잡을 수 없는 어딘가로 도망쳐야 했다.

그녀는 팔을 휘둘러 남자의 손을 떨쳐내고 문을 열었다. 그러자 남자의 팔은 그녀의 허리를 감아 왔다. 미치도록 드센 힘이었다. 소리치고 몸부림해도 놔주지 않는 힘. 눈앞이 캄캄해지도록 절망적인 힘. 다리를 벌리고 몸을 찢으며 들어오는 무지막지한 힘. 몸을 놔버리는 것 말고는 어떤 것도 해볼 수 없는 힘. 그녀는 의식마저 놔버렸다.

눈을 떴을 땐 다시 밤이었다. 그녀는 침대에 누워 있었고, 방 안엔 스탠드 조명등이 켜 있고 창밖은 어두웠다. 무슨 일이 있었던가. 베란다에 서 있었는데. 기준의 얼굴을 본 것 같은데. 기억이 뒤엉켜 있었다. 술에 취한 것처럼 어지러웠다. 머리가 지독하게 아팠다. 그녀는 몸을 일으키고 엉금엉금 기어 화장대 앞으로 갔다. 거울을 보면 무언가 생각날 것도 같았다. 의자에 앉자 거울 볼 생각을 잊어버렸다. 눈에 익은 물건이 시선을 잡았다. 스킨 병 밑에 카메오 메달이 놓여 있었다. 이게 왜 여기 놓여 있는지, 그녀는 곧바로 이해하지 못했다. 메달을 집어 들고 사진을 한동안 들여다본 후에야 문득 깨달았다. 이것이 아버지의 물건이라는 것을. 기준은 아버지를 찾았다고 전하러 왔으리라. 카메오 밑에 깔린 쪽지가 그렇다고 얘기하고 있었다.

여긴 내 집이니까, 안심하고 지내요. 절대로 밖에 나가지 말고. 내일 봅시다.
한기준.

그녀는 기준의 목소리를 기억해냈다. 집밖으로 튀어 나가려고 버둥대는 자신을 끌어안고 속삭이던 목소리.

"괜찮아, 나야. 한기준이야."

등을 토닥거리던 손도 기억났다.

"다 끝났어. 다 끝난 일이야."

다시 카메오를 들여다보았다. 아버지의 부음을 가져온 물건 속에서 자신과 현진은 환하게 웃고 있었다. 수진은 침대로 돌아갔다. 이불을 목까지 끌어올리고 반듯하게 누웠다.

"제 엄마가 죽었는데 눈물 한 방울이 없네."

어디선가 이모의 목소리가 들려오는 것 같았다.

"이럴 땐 딸이 머리 풀고 엎어져 울어야 하는 거야, 이 독한 년아."

어머니가 돌아가시던 밤, 장례식장에서 들은 말이었다. 수진은 끝내 머리 풀고 엎어지지 않았다. 엎어지면 다시는 일어나지 못할 것 같아서. 아버지의 죽음을 안 오늘 밤에는 다른 이유로 엎어질 수가 없었다. 너무나 피곤했다. 잠들고 싶었다. 벽시계는 2시를 가리키고 있었다. 그녀는 손에 깍지를 끼고 물기가 말라 깔깔한 눈을 감았다. 째깍째깍, 째깍째깍. 초침 소리가 꿈의 주문을 걸어왔다.

반짝이 재킷을 입은 미스터 리가 은행나무 앞에서 탱고를 연주하고 있었다. 그의 머리 위로 저녁놀이 번졌다. 가랑비가 내리듯, 붉은빛이 언덕과 은행나무와 미스터 리의 백발로 스며들었다. 어머니는 보행기를 놓아버리고 언덕 아래로 내려갔다. 수진은 뒤를 따라갔다. 거리가 좁혀지지 않았다. 빨리 걸을수록 어머니는 점점 멀어졌다. 불러도 돌아보지 않았다. 어느 순간, 오가는 사람들에 가려 모습마저 사라져버렸다.

"엄마."

그녀는 사람들을 헤치고 앞으로 나아갔다. 언덕을 내려가 툭 트인 개활지를 건넜다. 그림자처럼 길고 검은 형체만 남은 어머니는 석양이 타는 지평선으로 가고 있었다. 붉은 하늘 저편 어딘가에서 총소리가 울렸다. 수진은 계속 걸어갔다.

6장

남부 봉쇄선

2월 19일 새벽 4시. 시청에서 군인들이 철수하기 시작했다. 장갑차와 군용 트럭 들은 시청 정문 안으로 후퇴해 후문으로 빠져나갔다.

"여러분, 군인들이 물러가고 있습니다."

차량에서 흘러나온 방송이 잠들었던 광장 사람들을 깨웠다. 너도나도 천막 밖으로 뛰어나와 함성을 질렀다. 만세를 부르며 서로 부둥켜안고 뛰는 무리도 있었다. 좋은 징조로 받아들이는 분위기였다. 기준이 보기에는 좋지 않은 징후였다.

통금이 없어진 지 일주일째였다. 정식 해제가 아니라 군대가 거리 통제를 포기한 결과 중 하나였다. 화양은 무법 도시가 돼가고 있었다. 대낮, 대로마저 안전하지 않았다. 오토바이나 스쿠터 들이 거리를 폭주하고, 상가나 마트는 초토화되고, 주택가에는 강도들이 설쳤다. 경찰력으로는 그들을 통제할 수가 없었다. 통제는커녕 차량이나 총기류를 탈취당하는 일마저 빈번하게 일어났다. 그들도 소방서처럼 조직이 와해된 지 오래였고 제 한 몸 지키기에도 숨이 가쁜 처지였다. 이 무질서의 한복판에 존재하는 유일한 안전지대가 시청 광장이었다. 무장한 폭도도, 강도나 도둑도, 부녀자를 희롱하는 무리도 없었다. 군대와의 물리적 충돌도 일어나지 않았다. 조직적인 집회가 이뤄지고 목표가 생기면서 스스로 질서를 지켰다. 각자의 집에서 텐트나 침낭 등을 가져와 함께 밤을 지내고, 주먹밥을 만들어 나눠 먹고, 하루 앞으로 다가온 '그날'을 준비했다. 저들은 가슴에 성배를 품은 자들이었다. 세상에서 가장 배신을 잘하는 '희망'이라는 성배. 경찰차와 소방차는 이 희망의 땅 한 귀퉁이를 차지하고 밤낮으로 그들을 지켜보았다. 시청 군대 역시 그랬다. 광장을 저들의 영역으로 인정한 것처럼. 그런 상황에서 이뤄진 철수는 그리 자연스럽지가 않았다.

"쟤네들 화양에서 나가는 걸까요."

유 반장이 중얼거렸다. 기준도 중얼거렸다.

"쟤네들도 소모품이야. 어디론가 옮기는 거겠지."

"어디로……."

유 반장은 말을 멈추더니 놀란 눈으로 기준을 봤다. 기준과 같은 결론에 이른 눈이었다. 현 상황을 폭격 전 아군 철수로 읽은 것이다.

"설마, 아무리……."

기준은 차창 밖을 내다봤다. 광장의 군중들은 일제히 시청으로 뛰어들어가고 있었다. 곧 건물 창문마다 불이 들어오기 시작했다. 옥상에는 횃불이 성화처럼 타올랐다. 광장 전역에서 만세 소리가 이어졌다. 며칠 전부터 시내를 돌며 가두방송을 하던 트럭은 광장을 빠져나갔다. 마이크를 쥔 여자의 목소리가 화양1교를 넘어 중앙로 쪽으로 멀어졌다.

"화양시민 여러분, 모두 일어나십시오. 마침내 시청에서 군대가 철수했습니다. 지금 시청 광장으로 모여주세요……."

트럭이 남구 쪽으로 사라진 직후 트럭이 사라진 방향에서 총소리가 울렸다. 단발성이 아니었다. 기관총 소리였고 5초가량 지속됐다. 아주 먼 곳은 아니었지만 그렇다고 아주 가까운 곳도 아니었다. 총성이 멎자 광장은 정적에 휩싸였다. 기준은 뒷머리가 삐죽 서는 걸 느꼈다. 느닷없이 심장이 쿵쾅거리고, 불길한 직감이 등줄기를 내달렸다. 그는 거의 반사적으로 무전기를 들었다.

"여기는 백하나, 상황실 응답하라."

무슨 일이냐는 응답이 왔다. 그는 남부팀을 남부 봉쇄선 쪽으로 보내 상황을 알아보라고 지시했다. 시민과 봉쇄선 군인 간에 총격전이 일어난 것인지, 시민의 폭동인지, 누군가 봉쇄선을 넘으려다 일제사격을 받은 것인지. 직감은 세 번째 경우라고 말하고 있었다.

10여 분 후, 상황실의 무전기가 상황을 알려왔다. 누군가 봉쇄선을 넘으려다 사살됐고 시신이 봉쇄선 바리케이드에 방치돼 있으며, 머리가 긴 걸로 봐서 여자 같다고 했다. 남부팀은 50여 미터 전방에서 대기 중이었다. 군인들이 구조차를 향해 기관총을 겨누고 있어 접근하기가 껄끄럽다는 것이었다. 상황실은 시신 인수를 시도할 것인지, 놔두고 철수할 것인지 물었다. 기준은 이쪽에서 출동한다고 대답했다. 구급차와 소방차에겐 광장에 남아 있도록 지시했다. 유 반장은 구조차를 출발시켰다.

차가 중앙로를 질주하는 사이, 기준은 수진의 눈을 반복해서 떠올리고 있었다. 애처로운 희망으로 반짝거렸던 눈, 현관문을 열고 나오던 초점 없는 눈, 팔을 붙잡는 순간 공황으로 치달아버리던 눈, 공포에 질려 현실을 놔버린 눈. 유 반장은 남부 봉쇄선으로부터 25미터가량 떨어진 곳에 차를 세웠다. 동트기 전인 데다 가로등도 없었지만 거리는 훤했다. 눈이 쌓여 얼어붙은 4차선 도로와 인도, 고드름이 늘어진 가로수, 창과 문이 깨져 나간 상가 건물들을 봉쇄선 서치라이트가 날빛처럼 비췄다. 반대로 불빛 뒤편은 어둡고 침침했다. 군인과 장갑차 들은 스모그 같은 잿빛 안개 속에 잠복해 있었다. 그 안쪽, 1차 저지선인 바리케이드 밑에 누군가 누워 있었다.

기준은 차에서 내렸다. 봉쇄선을 향해 도로 한복판으로 걸어갔다. 안전거리 안으로 들어오지 말라는 확성기 방송이 들려왔다. 경고등의 강렬한 백색 빛이 고글을 뚫고 시야를 차단해왔다. 그런데도 바리케이드 밑의 '누군가'는 기이할 만큼 또렷하게 내다보였다. 길게 풀어헤친 머리, 체크무늬 파자마, 노면 눈얼음 위로 도랑을 파며 흘러내린 붉은 피. 눈길을 디디며 봉쇄선으로 걸어가는 수진의 맨발이 보이는 것 같았다. 귀는 개처럼 예민해져서 총구가 자신을 조준하는 동작까지 소리로 포착해냈다. 기준은 바리케이드 앞에서 걸음을 멈췄다.

수진이 바리케이드 너머로 다리를 뻗은 채 반듯하게 누워 있었다. 이마와 뺨에 총구멍이 났는데도 꿈을 꾸는 것처럼 편안한 표정이었다. 기준은 허리를 굽혀 그녀의 겨드랑이 밑에 손을 집어넣고 바리케이드 안으로 끌어당겼다. 그 짧은 시간, 고개를 숙이고 있던 몇 초 동안에 수백 개가 넘는 총구의 압박이 통증처럼 심장을 짓눌렀다. 대상 없는 분노가 혈관을 타고 몸 구석구석을 내달렸다. 그는 어금니를 악문 채로 수진을 안아 들고 총구로부터 돌아섰다. 구조차를 향해 느릿느릿 걸어갔다. 한 발짝 내디딜 때마다 눈 쌓인 도로 밑으로 발이 푹푹 빠지는 것 같았다. 수진이 한없이 무거웠다. 손과 옷을 적시는 수진의 피가 미치도록 차가웠다.

수진은 제 아버지와 함께 부용산 기슭에 나란히 묻혔다. 그는 각목에 이름을 적어 봉분 앞에 꽂아두었다. 훗날 기적적으로 살아 돌아올지도 모르는, 그리하여 누나와 아버지를 찾아다닐 노현진 중위를 위해. 유 반장은 매장을 도우면서도 부녀가 누구인지 묻지 않았다. 친척이려니, 여기는 눈치였다. 기준으로선 고마운 일이었다. 그들이 누구인지, 어쩌다 자신의 삶으로 들어와 자신의 손에 의해 땅에 묻히게 됐는지, 설명해줄 기운도 염도 없었다.

"소방서로 돌아갈까요."

매장이 끝난 후 유 반장이 물었다. 자다 깬 것처럼 착 가라앉고 갈라진 목소리였다. 기준은 수진의 피가 말라붙어 있는 손바닥을 내려다봤다. 어디로 갈까. 홀연, 피곤이 몰려들었다. 아무 데나 몸을 던져버리고 싶을 만큼 깨어 있는 게 고달팠다. 생각해보니 미시령에서 돌아온 이래 푹 자본 적이 거의 없었다. 그는 집으로 가고 싶었다.

유 반장은 기준을 집 앞에 내려주며 데리러 올 것인지 물었다. 소방서로 돌아올 것이냐는 물음으로 들렸다. 그는 잠깐 망설이다 대답했다.

"6시쯤 와주겠나."

안방 침대의 이불이 반쯤 젖혀져 있었다. 수진이 빠져나간 흔적이었다. 베개 밑엔 만호공파의 카메오가 떨어져 있었다. 수진이 남기고 간 흔적이었다. 자책이 가슴을 쳤다. 왜 저걸 화장대에 두고 갔던가. 그런 식으로 소식을 전하지 않아도 됐을 텐데. 더 나은 방법이 있었을 텐데.

그는 옷도 벗지 않고 침대에 드러누웠다. 잠이 새카맣게 몰려왔다. 꿈 속으로 누구의 것인지 모를 노랫소리가 따라 들어왔다.

개굴개굴 개구리 노래를 한다
아들 손자 며느리 다 모여서……

*

제복 남자가 돌아왔다. 얼굴이 보이지도, 냄새가 나지도 않았지만 직감이 그렇다고 말했다. 금방 불빛을 번쩍이며 건물 차고로 들어간 차에 남자가 타고 있다고. 링고는 숨죽이고 귀를 기울였다. 차 문이 닫히는 소리가 들렸다. 발자국 소리가 건물 안으로 멀어졌다. 뒤늦게 제복 남자의 냄새가 바람을 타고 날아왔다. 종일 들썩거리던 마음이 비로소 가라앉았다. 평소보다 한나절이나 늦었지만 어쨌든 돌아온 것이다.

링고가 있는 곳은 제복 남자가 들어간 건물과 골목 하나를 사이에 둔 3층 상가 옥상이었다. 난간 턱에 앞다리를 걸치고 서면 앞쪽 거리, 제복 남자가 들어간 건물, 상가 뒤편 2층집이 한 시야로 잡혔다. 그 2층집 창가에선 한 남자가 링고를 바라보고 있었다. 그 남자는 링고에게 복잡한 의미를 가진 존재였다. 두 번이나 목숨을 구해준 은인, 그의 뒤를 쫓아다니다가 기어코 이 건물에 가둬버린 훼방꾼, 하루 한 번 2층집 옥상에 올라와서 사료가 담긴 비닐봉지를 링고가 있는 상가 옥상으로 내던지는 인간, 스타의 대장이었다.

일주일 전만 해도 링고는 죽어가고 있었다. 위층 남자가 쏜 총이 한쪽 귀를 날려버렸다. 그로 인해 피를 많이 흘렸고, 며칠째 굶은 데다, 와중에 너무 많이 움직였다. 정신마저 온전치 않았다. 제복 남자를 쫓아간 건 알겠는데 산막으로 돌아온 기억은 거의 없었다. 길을 찾느라 가끔 하늘을 올려다본 기억만 어렴풋하게 남아 있었다. 대장이 긴 쇠막대기를 쥐고 나타났을 때, 링고는 막 산막에 도착해 널브러진 참이었다. 이빨을 드러내고 으르렁대 봤으나 그게 다였다. 일어나기는커녕 이빨을 벌릴 힘조차 없었다. 스타의 대장은 이미 그것을 알고 있을 뿐 아니라 자신을 죽일 작정이었다. 쇠막대기를 입에 무는 대장의 눈이 그렇다고 말하고 있었다. 자신을 바라볼 때마다 냄새처럼 짙게 풍겨 오던 그 슬픔이 없었다. 흔들림 없고 차가운 사냥꾼의 눈이었다.

링고는 절망적인 심정이 되어 으르렁댔다. 눈이 뜨거워지고 물기가 차올랐다. 분하고, 분하고, 또 분했다. 제복 남자가 어디에 사는지 알아내고도 그 자리에서 결딴내지 못한 것이. 후일을 기약하고 돌아왔으나 당장 제 몸조차 지킬 수 없다는 사실이. 링고는 흐릿해진 눈으로 대장의 눈을 똑바로 보려 애썼다. 이 자리에서 죽더라도 고개를 꺾고 싶지 않았다. 살려달라고, 배를 내놓고 드러눕고 싶지 않았다. 대장은 막대기를 내리며 자신을 불렀다.

"링고."

대장의 눈에 슬픔이 돌아와 있었다. 사냥꾼이 아니라 스타의 대장으로 돌아와 있었다. 대장은 뒤로 물러나더니 온갖 잡동사니들로 문을 틀어막아 그를 가둬버렸다. 링고는 머리를 바닥에 내려놓았다. 대장이 사라진 후 몸이 떨려오기 시작했다. 얼음물에 빠진 것처럼, 갑작스럽게 시작된 추위였다. 총에 맞은 귀만 활활 탔다. 얼마 후부턴 사물들이 이상하게 보였다. 사방 벽이 숨을 쉬듯 부풀어 오르고, 천장이 머리 위로 내려오고, 바닥은 언덕처럼 높아졌다. 이윽고 산막은 강아지용 철장 크기로 줄어들었다. 링고의 몸은 접히고 오그라들어 숨도 쉴 수 없는 지경이 되었다. 머릿속은 꿈길로 들어선 것처럼 몽롱했다.

대장이 모습을 드러낸 건 그 무렵이었다. 산막 입구를 틀어막은 잡동사니 틈새로 쇠막대기를 밀어 넣고 훅, 불었다. 링고는 날아오는 주사기를 보면서도 피할 수가 없었다. 엉덩이에 박힌 걸 보고도 뽑을 수가 없었다. 고개가 돌아가지 않았다. 철장이 너무 좁았다. 엉덩이는 너무 멀리 있었다. 주사기는 연달아 세 번 날아왔다. 그는 모든 걸 체념해버렸다. 눈을 감고 그저 죽음을 기다렸다.

얼마나 지났을까. 링고는 문득 몸의 떨림이 멎었다는 걸 깨달았다. 추위도 두통도 느껴지지 않았다. 상처를 태우던 불길도 잦아들었다. 강아지 철장은 산막으로 되돌아왔다. 긴장이 풀어지고 노곤함이 몰려왔다. 그는 깊은 잠에 빠졌다. 눈을 떴을 때, 몸은 한결 가벼워져 있었다. 입구에는 물그릇과 사료가 놓여 있었다. 그는 엉덩이에 꽂힌 주사기를 이빨로 뽑아버리고 헤엄치듯 기어가 물을 다 비웠다. 사료도 말끔하게 먹어치웠다. 허기가 가시자 다시 잠이 몰려왔다. 그는 본래 자리로 돌아가 잠이 들었다.

두 번의 밤과 두 번의 낮이 지나갔다. 대장은 잊을 만하면 나타나 쇠막대기를 불었다. 링고는 주사기가 싫었지만 피하지 않았다. 힘을 차리지 못한 척, 눈을 감고 엎어져 시기를 기다렸다. 먼 길을 갈 수 있을 만큼 몸이 회복되는 시기, 자신을 가둔 잡동사니를 무너뜨릴 수 있을 시기, 대장을 물어뜯지 않고도 도망칠 수 있는 시기. 물어뜯고 도망치려 했다면 기회는 여러 번 있었다. 대장이 잡동사니 틈새를 열고 물과 사료를 갈아줄 때라든가, 얼굴을 들이밀고 자신의 상태를 살필 때라든가. 그때마다 마음의 목소리가 번번이 행동을 막았다. 안 돼. 그러면 넌 후회할 거야.

세 번째 아침이 밝았을 때 드디어 기회가 왔다. 대장은 주사를 놓은 후 밀차를 끌고 어디론가 사라졌다. 링고는 산막 입구로 몸을 날렸다. 잡동사니는 한 방에 무너졌다. 온몸이 터지는 것처럼 아팠지만 문젯거리도 아니었다. 진짜 문제는 길을 찾는 것이었다. 산을 내려와 거리로 들어서면서 방향을 놓쳐버렸다. 여기려니 해서 가보면 엉뚱한 곳에 닿았다. 저긴가 해서 가면 막다른 담장이 앞을 막았다. 막힌 담장 앞에서 스타를 떠올리며 막막해한 게 한두 번이 아니었다. 스타라면 한 번에 찾았을 텐데. 머릿속 지도는 더 이상 신뢰할 수가 없었다. 육감이 이 부근 어디라고 강력하게 주장하고 있을 뿐. 결과적으로는 옳은 주장이었다. 제복 남자의 냄새를 붙잡게 되기까지 꼬박 이틀이 걸리긴 했지만.

대장과 마주친 건 제복 남자가 있는 곳을 찾아냈을 때였다. 남자는 큰 창문이 있는 방 안 의자에 앉아 잠들어 있었다. 앞쪽의 문들은 모두 닫혀 있었다. 링고는 안으로 들어갈 길을 찾다가 대장과 마주쳤다. 랜턴과 마 취 총을 들고 사방을 두리번거리며 앞쪽 도로 한복판으로 걸어오고 있 었다. 링고는 어둠 속으로 뒷걸음질 치다 열려 있는 이 상가 뒷문으로 뛰 어들었다. 계단에 숨어 대장이 사라지기를 기다렸다. 대장은 사라지지 않았다. 네가 여기 있는 걸 안다는 듯, 건물로 다가와 문을 닫아걸어 버 렸다. 소리를 듣고 후다닥 뛰어 내려갔지만 때는 이미 늦었다. 그는 자신 이 규모가 좀 더 큰 산막에 갇혔다는 걸 깨달았다. 열려 있는 곳은 이 옥 상으로 통하는 문뿐이었다. 제복 남자를 지켜볼 수는 있지만 어떻게 해 볼 수는 없는 높은 곳. 그는 옥상을 빙빙 돌며 아래를 살폈다. 그러던 중 상가 앞쪽보다 뒤쪽의 땅 높이가 훨씬 높다는 걸 알아냈다. 건물이 산비 탈처럼 경사진 골목에 지어진 탓이었다. 뒷다리가 제대로 회복되기만 한 다면 옥상에서 뛰어내리는 것도 가능할 법한 높이였다.

대장은 아직도 창가에 선 채 자신을 감시하고 있었다. 링고는 난간에 서 다리를 내리고 옥상을 돌기 시작했다. 눈얼음을 밟으며 처음엔 천천 히, 다음엔 빠르게, 마지막엔 전속력으로. 예전의 속도를 얼추 찾아가는 느낌이었다. 도끼에 찍힌 뒷다리가 아직도 저리고 아팠지만 도약을 못 할 정도는 아니었다. 귀가 사라진 자리는 이제 아프지 않았다. 그 자리를 베고 지나가는 바람의 날이 오히려 시원스러웠다. 거리 끝에서는 어둠이 몰려오고 있었다. 대기는 잿빛으로 젖었다. 곧 밤이 올 터였다.

"화양시민 여러분, 마침내 오늘이 왔습니다. 2월 20일 0시, 우리는 시청 광장에서 화양시민의 결의문을 채택하고 서울로 가는 평화 행진을 시작할 것입니다."

가두방송 차량이 거리를 지나고 있었다. 재형은 창가에 선 채 전단지를 들여다봤다. 몇 시간 전 대문 틈으로 들어온 것이었다. A4 크기의 이면지에 화양시민의 결의문과 평화 행진을 위한 행동 강령이 인쇄돼 있었다. 마이크를 잡은 여자는 행동을 재촉했다.

"걸을 수 있는 분은 모두 나오십시오. 여러분을 시청으로 모셔 갈 버스가 동네를 돌고 있습니다."

동구 백운동은 빨간 눈의 진원지였다. 가장 먼저 초토화돼 버린 동네였다. 이곳에서 버스를 탈 사람이 몇이나 될까, 재형은 문득 궁금했다. 거리에는 사람의 그림자도 없고, 주택가와 아파트도 대부분 불이 꺼져 있는데. 이 2층집만 해도 그가 들어올 때부터 비어 있었다. 재형은 2층 방 한 칸을 차지하고, 밥을 해먹고, 보일러를 틀고, 뜨거운 물로 샤워를 하며 닷새를 머물렀다. 일면식도 없는 타인의 불행에 기생해 따뜻하고 배부르게 지낸 셈이었다. 나아가 침대에 누울 때마다 윤주가 생각났다. 실제로 그녀를 끌고 와버릴 뻔한 적도 있었다. 이틀 전 윤주가 기준을 찾아왔을 때에.

지난 며칠, 본의 아니게 소방서를 엿보게 되면서 알아차린바 소방서 뒤뜰은 기준이 가족을 만나는 장소였다. 시도 때도 없이 그곳에 나와 있었고, 나와서 하는 일이라곤 휴대전화 화면을 들여다보는 것뿐이었다. 그날도 기준은 휴대전화를 꺼내 들고 소방서 뒤뜰로 걸어 나왔다. 재형은 링고가 있는 옥상부터 살폈다. 녀석은 옥상 난간에 앞다리를 걸치고 아래를 내려다보는 중이었다. 이빨을 모조리 드러내고 으르렁대면서. 금방이라도 몸을 날려 기준을 덮칠 듯한 표정이요, 자세였다. 가슴이 조릿조릿해오는 장면이었다.

재형은 녀석의 집념이 두려웠다. 3층 건물은 녀석의 의지를 막기엔 허약한 높이로 보였다. 블로우 건을 쓰자니 여러 가지 문제가 걸렸다. 가진 마취약은 1회 분량뿐이었고 자신은 명사수가 아니었다. 링고는 사정거리 안에 들어오지 않았다. 무엇보다 시기상조였다. 녀석의 몸은 반쪽이 됐다고 해도 과언이 아니었다. 눈썹 뼈가 날카롭게 불거지고 갈비뼈와 엉덩이뼈는 가죽을 뚫고 튀어나올 지경이었다.

부질없고 때늦은 탄식이 가슴을 쳤다. 만약 그날 물을 구하러 산에서 내려가지 않았다면, 녀석이 그 틈을 타서 도망치지만 않았다면, 항생제를 이틀만 더 쓸 수 있었다면, 제대로 먹일 수 있었다면, 지금쯤은 마취약을 견딜 수 있을 만큼 회복이 됐을 텐데. 그랬다면 지금쯤, 드림랜드 마당에 있는 쿠키의 트레일러에 가둘 수 있었을 텐데. 마음의 상처가 아물고 복수심이 사그라질 때까지 다독거리며 기다려주기만 하면 됐을 텐데.

기준은 가족 상봉을 끝내고 휴대전화를 주머니에 담았다. 그때 경찰차가 주차장으로 들어왔고, 안에서 윤주와 박주환이 내렸다. 재형은 가슴이 덜컥 내려앉았다. 물을 가지러 드림랜드에 갔던 날, 그는 며칠 만에 윤주와 소식을 교환했다. 구급차 차창에 그녀의 쪽지가 붙어 있었다. 동부경찰서로 간다고 했다. 쪽지를 보는 즉시 그쪽으로 와달라는 당부도 있었다. 그리하고 싶었지만 그럴 수가 없었다. 경찰서로 갔다는 사실이 그나마 위안이 됐다. 적어도 문대성과 함께 움직이는 것보다는 나았다. 어떤 이유로 캠프를 나왔는지는 몰라도, 그는 쪽지를 떼어 주머니에 담고 답장을 붙였다.

곧 갈게. 며칠만 더 거기 있어.

그러므로 윤주가 자신을 찾아 나서리라고는 상상조차 하지 않았다. 어찌할 바를 모를 만큼 반가웠다. 곧장 뛰어나가고 싶은 충동이 너무 격해 어안이 벙벙할 정도였다. 하겠다고 마음먹으면 그리 어려운 일도 아니었다. 대문을 열고 나가기만 하면 되는 일이었다. 그는 커튼 뒤쪽으로 물러섰다. 자신이 무서웠다. 그녀의 손을 끌고 이 집으로 들어올까 봐. 링고고 뭐고 다 팽개치고 주인 없는 이 집에서 이 엄혹한 시절이 지나갈 때까지, 세상이 다시 열릴 때까지, 껴안고 뒹굴자고 할까 봐.

두 사람은 기준과 마주 서서 이야기를 나눴다. 그는 창을 열어놓고 귀를 기울였다. 대화는 거의 들리지 않았다. 알아들은 말이라곤 박주환의 한마디뿐이었다.

"그럼 부탁 좀 합시다."

박주환은 기준과 악수를 나눴다. 윤주는 돌아서서 주변 건물들을 둘러봤다. 시선이 편의점에서 재형이 있는 집을 거쳐 뒷집으로 갔다가 다시 재형이 서 있는 창가로 되돌아왔다. 일순, 시선이 마주친 듯한 느낌을 받았다. 그는 움찔해서 한 발짝 더 물러났다. 다시 창밖을 내다봤을 땐, 경찰차가 골목길을 올라오고 있었다. 주변 주택가를 수색할 요량으로 보였다. 그렇다면 1번은 자신이 있는 집이었다. 그는 방을 빠져나가 옥상으로 올라간 뒤 뒷집으로 건너갔다. 그 집 옥상에 숨어 그들이 옆집으로 넘어갈 때까지 움직이지 않았다.

"화양시민은 개가 아닙니다. 인간입니다. 그런데 정부는 우리를 개처럼 대하고 있습니다. 멀쩡하게 살아 있는 우리를 병든 땅에 가둬 생매장시키고, 자기들만 살겠다고 총을 쏘고 있는 것입니다."

가두방송 차량은 소방서 앞을 지나 백운교차로 쪽으로 나가고 있었다. 잠시 후 버스 한 대가 지나갔다. 잠시가 다섯 번쯤 지나자 사이렌 소리가 울렸다. 구조차와 구급차, 소방차가 거리로 나오고 있었다. 그와 함께 크고 날렵한 물체가 대문 앞 골목으로 휙, 떨어져 내렸다. 봤다기보다 느낀 것에 가까운 움직임이었다. 재형은 랜턴과 블로우 건을 쥐고 옥상으로 뛰어 올라갔다. 링고가 있던 편의점 옥상은 텅 비어 있었다. 링고의 흔적이 찍혀 있는 곳은 대문 밖 골목이었다. 넉가래로 치워둔 눈 더미에 운석이 떨어진 듯한 구멍이 나 있었다. 그 옆으로 찍힌 개 발자국들은 골목 밖으로 이어졌다.

그는 도로로 달려 내려갔다. 아무것도 보이지 않았다. 어둠 속 아득한 지점에서 구조차의 경광등만 행성처럼 깜박였다. 상상하기 그리 어렵지 않았다. 저 불빛을 쫓아 거리를 질주하고 있을 링고의 모습을. 의심할 여지가 없었다. 더 생각할 것도 없었다. 따라가야 했다. 구조차의 목적지가 시청 광장이라면 참사가 예약된 거나 다름없었다. 난데없이 출몰한 늑대에 사람들은 기겁할 테고, 쫓아내거나 죽이려고 별짓을 다할 것이며, 자극받고 열 받은 링고는 진짜 늑대처럼 날뛰겠지. 광장은 아수라장이 될 테고.

재형은 다시 달리기 시작했다. 백운교차로에서 가까스로 '광장행'이라 쓰인 관광버스를 잡아탔다. 예상 밖으로 버스는 만원이었다. 여행이라도 가는 양, 배낭을 메고, 모자를 쓰고, 고글과 마스크를 착용한 사람들이 운전석 뒤까지 꽉 메우고 있었다. 그는 문짝 앞에 구겨 박혔다. 10여 분후, 버스는 시청으로 통하는 화양1교 앞에 도착했다. 기사는 차를 세우고 하차하라고 소리쳤다. 광장까지 들어갈 수가 없는 형편이었다. 수만은 될 법한 인파가 광장과 광장 앞 사거리를 꽉 채우고 화양천 다리까지 늘어섰다. 인파만큼이나 많은 횃불들이 활활 타오르며 밤을 밝혔다. 사람들의 함성과 구호는 상공을 맴도는 헬기 소리마저 삼켜버렸다.

"우리는 살아 있다."

"우리는 살고 싶다."

"우리를 살게 하라."

죽은 도시의 심장에서 삶이 맥박치고 있었다. 재형의 귓가에선 생매장된 개들의 울부짖음이 메아리쳤다.

*

"댁이 어디세요?"

윤주는 경찰차 조수석에 앉아 있는 박주환에게 물었다. 그는 대답하지 않았다.

"서울이세요?"

여전히 답이 없었다. 그녀는 앞좌석 등받이 사이로 고개를 슬쩍 들이밀고 박주환을 내다봤다. 그는 저돌적으로 튀어나온 이마에 주름을 잡고 눈을 치떠서 앞 차창을 쏘아보고 있었다. 그녀도 앞 차창을 봤다. 딱히 쏘아볼 거리가 있는 것 같지 않았다. 사람들이 광장으로 몰려가고, 횃불이 타고, 앰프에서 구호 소리가 울리고, 상공에선 헬기가 맴돌았다. 요 며칠 봐온 익숙한 풍경이었다. 시내 전역을 돌아온 관광버스들이 10미터 앞 화양천교 부근에 착착 멈춰 서는 것까지도.

"화양 토박이요."

대답은 한참 후에 나왔다. 무뚝뚝하다못해 화를 내는 것 같은 목소리였다.

"그럼……."

가족은 어찌 됐느냐, 하고 물으려다 그녀는 입을 다물었다. 침묵이 어색해 꺼낸 말이 말실수가 된 듯했다. 지난 엿새 동안, 형사와 기자로 함께 돌아다니면서 궁금했던 점이 "이 남자는 집이 어디일까."였다. 그는 세상에 마지막 남은 경찰처럼 굴고 있었다. 이미 수갑으로 해결할 수 있는 임계점을 넘었건만, 신고가 들어오는 사건들을 바쁘게 쫓아다녔다. 행동으로 봐선 자기 일 말고는 고민이 없는 듯한 남자였다.

"김 기자는 고향이 어디요. 서울 태생은 아닌 것 같은데."

뒤로 고개를 돌리며 묻는 목소리가 조금 누그러져 있었다. 시선은 운전석에 앉은 순경 뒤통수에 가 있었다. 화낸 걸 미안해한다기보다 무안해하는 표정이었다. 타인에게 자기감정을 드러내는 것이 끔찍하게 부끄러운 일이라는 양.

"고기리라고, 험악한 산골이에요. 해발 700미터 고지에 있는."

"아아. 지리산 처녀였구면."

"고기리를 아세요?"

"대학 때 두어 번 가본 적이 있지. 그 동네 촌닭이 참 맛있는데."

"제가 그 동네 촌닭집 딸이에요."

"촌닭집 딸이 출세했네. 경찰서를 숙소로 삼고 형사를 보디가드로 쓸 정도면."

앞을 보고 돌아앉는 박주환의 옆모습이 부드러워져 있었다. 그녀도 긴장을 풀고 웃었다. 동부경찰서를 찾아갈 때만 해도 상황이 이런 식으로 흘러갈 줄은 몰랐다. 혹시 박주환이 재형의 소식을 알고 있나, 해서 갔을 뿐. 박주환은 둘이 함께 있었던 게 아니냐고 되물었다. 동해가 개에 물려 죽었으며 현장을 목격하고 신고한 사람이 재형이며, 경찰서에서 하룻밤 지내고 갔다는 소식도 전해주었다. 그녀는 링고와 스타, 기준과 동해와 재형 사이에 얽혀 있는 복잡한 이야기를 털어놓았다. 드림랜드와 산막에서 본 풍경까지, 죄다. 그녀와 박주환은 재형과 링고가 기준의 주변에 있으리라는 것에 의견의 일치를 봤다. 이튿날 동부 소방서를 찾아갔지만 기준은 자리에 없었다. 그다음 날에도. 세 번째 찾아가서야 가까스로 얼굴을 맞댈 수 있었다.

"그젯밤에 여기서 마주친 적은 있습니다만."

어디로 갔는지는 모르겠다고 했다. 소방서 뒤편 주택가를 샅샅이 뒤졌으나 흔적을 발견하지 못했다. 드림랜드 구급차에 붙은 재형의 쪽지를 본 것도 그날이었다. 박주환은 축 처진 그녀의 어깨를 다독이며 당분간 함께 움직이자고 말했다. '나는 출동하고, 너는 취재하고.'

"그러게요. 예전에는 나를 똥파리라고 부르던 형사도 있었는데."

"어지간히 들이댔나 보구먼."

"목표가 있었거든요."

"목표라…… 거 좋지."

박주환은 다시 뒤를 돌아봤다.

"심심한데 김 기자 목표나 들어봅시다. 뭐요. 스타 기자가 되는 거? 국장이 되는 거?"

그녀는 룸미러에 비친 순경을 봤다. 순경은 앞 차창을 내다보고 있었다.

"살아남는 거요."

재미있어 하는 기색이 박주환의 눈을 스쳤다.

"그런 것도 목표 축에 드나?"

'살아남기'는 윤주의 인생 전체를 관통하는 목표였다. 그 외 나머지는 아무것도 아니라고 여겼다. 있을 데가 없어 친구네를 전전해야 했던 대학 시절에도, 졸업 후 취직을 할 때도, 사회부 기자로 살아온 10년 동안에도, 화양에 갇혀 있는 지금 역시 그녀는 살아남기를 원했다. 기어코 살아 나가서, 살아남느라 바빠 해보지 못한 것들을 하고 싶었다. 살아남는 것과 아무 관련이 없는 일, 이를테면, 시속 155킬로미터짜리 속구로 사표를 던져버린다든가, 아버지를 만나러 고기리촌닭집에 간다든가. 가장 하고 싶은 일은 재형과 함께 알래스카로 가는 것이었다. 그곳에 철퍼덕 눌러앉아 꿈처럼 살고 싶었다. 다시는 이 나라로 돌아오지 않고, 오래오래.

"누구한텐 당연한 일이 누구한텐 목표가 되기도 해요. 초등학교 들어가면서 깨달은 건데, 나는 후자로 태어났더라고요."

박주환은 앞으로 돌아앉았다. 동부서 소속 119구조차와 구급차, 소방차가 화양1교로 들어서고 있었다. 사람들이 옆으로 갈라지며 길을 내주었다. 시민자치회에서 광장 내로 진입하려는 차량을 막고 있었지만 그들에게만은 대우가 달랐다. 떠밀려 넘어져서 이마가 깨졌을 때나 갑자기 심장 발작이 일어났을 때, SOS를 청할 데가 있어야 하지 않겠는가. 어쨌거나 죽기 전까지는 살아야 할 테니까. 그들은 광장 중앙, 가장 잘 보이는 위치에 상시 대기하고 있었다. 시각으로 짐작건대, 지금 들어가고 있는 팀은 교대조였다.

119가 사라지자 사람들은 열었던 다리 한복판을 다시 메웠다. 그들 뒤로 관광버스 한 대가 새로 들어와 섰다. 차 문이 열리고 파란 점퍼를 입은 남자가 튕기듯 튀어나왔다. 남녀노소가 뒤따라 쏟아져 내리며 모습을 가려버렸지만 윤주는 그 남자가 누군지 한눈에 알아봤다.

"재형 씨."

윤주는 차 문을 열고 총알같이 뛰쳐나갔다. 박주환이 뒤에서 뭐라고 했지만 알아듣지 못했다. 정신 나간 여자처럼 손을 흔들며 버스로 달려갔다. 불과 10초도 걸리지 않은 것 같은데, 버스에선 아직도 사람들이 내리고 있는데, 재형은 벌써 사라져버리고 없었다. 그녀는 사람들 사이로 파고들어 가며 소리 질렀다.

"재형 씨."

소리는 주변 소음에 묻혀버렸다. 파란 파카를 입은 남자들이 죄다 재형으로 보였다. 그녀는 보이는 대로 달려가서 돌려세웠다. 할아버지나, 아저씨나, 청년이 버럭 짜증을 냈다. 아줌마, 왜 그래요.

"김 기자."

광장 입구에서 박주환에게 팔을 잡혔다.

"그렇게 무작정 돌진하면 어쩌자는 거요? 돌쇠도 아니고."

박주환은 그녀의 귀에 대고 악을 썼다.

"분명히 차에서 내리는 거 봤는데 없어요. 금방 내렸는데."

그녀는 광장 주변 건물과 골목 들을 두리번거렸다. 재형이 이곳에 왔다는 건 링고가 근처에 있다는 말과 다르지 않았다. 사람들 시선이 미치지 않는 어둡고 으슥한 곳, 어딘가에.

"일단 119 쪽으로 가봅시다. 링고가 나타났다면 그쪽으로 갔을 가능성이 가장 크니까."

구급차 앞에 꽤 많은 사람들이 모여 있었지만 재형은 없었다. 박주환은 구조차로 가서 기준을 찾았다. 기준은 뭐라고 말도 붙여보기 전에 되물었다.

"설마 여기까지 와서 가출 소년을 찾는 건 아니겠죠?"

분수대 앞 방송 차량에서는 '아침 이슬'이 흘러나오고 사람들은 노래를 따라 불렀다. 윤주는 초조했던 나머지 방송 차량으로 달려가 마이크를 집어 들고 싶은 충동이 일었다. 서재형, 당장 이리 나와.

"이렇게 합시다."

박주환이 손목시계를 보며 말했다.

"나는 광장 주변 건물을 뒤질 테니까, 김 기자는 광장을 돌아봐요. 지금부터 1시간 후에 차에서 만나는 걸로 하고."

1시간은 터무니없이 짧았다. 사람들은 끝도 없이 밀려들어 왔고 광장은 흥분과 함성으로 점점 더 들썩거렸다. 이러다 밟혀 죽는 게 아닌가 싶을 지경이었다. 상공에선 헬기가 흰 종잇조각을 폭격하듯, 퍼부었다. 사람들은 손을 뻗어 그것을 주워 들었다. 윤주도 한 장 주웠다. 집회 해산을 촉구하는 전단지였다. 시민의 요구에 대한 정부의 입장 발표가 곧 있을 예정이니, 각자 귀가해서 차분하게 기다려달라는 게 요지였다. 꿀 바른 수사를 걷어내고 읽자면, 헛짓거리 하지 말고 집에 가서 발 닦고 잠이나 자라는 얘기였다.

"여러분, 전단지에 흔들려서는 안 됩니다."

한 남자가 마이크를 쥐고 산만해진 분위기를 다잡았다.

"정부가 진심으로 뭔가를 하려 했다면 이런 식으로 일방적 통보를 해오지 않았을 겁니다. 이것은 정부가 손 놓고 구경하지 않았다는 증거를 남기기 위한 요식행위일 뿐입니다. 20일 0시, 우리는 예정대로 평화 행진을 시작할 것입니다. 자치위원의 인도에 따라 대오를 정비해주십시오. 잠시 후, 평화 행진을 위한 화양시민 결의대회를 시작하겠습니다."

윤주는 우왕좌왕하는 사람들을 뒤로하고 광장에서 빠져나갔다. 일단 박주환과 다시 만나야 했다.

"못 찾았어요?"라고 묻는 박주환 역시 빈손이었다. 그녀는 맥없이 고개를 끄덕였다.

"아무래도 사람들 틈에 섞여 있는 것 같은데. 여기서 행진 시작하는 거 지켜보다가 뒤따라갑시다."

얼마 후 광장에선 화양시민의 결의문을 낭독하는 소리가 들려왔다.

"오천만 우리 국민과 세계 시민에게 보내는 화양시민의 결의문. 우리 화양시민은 지난 1월 30일, 예고도 없이 화양이 봉쇄된 이후 벌어진 참상을……."

길고 지루하고 가슴이 터질 것 같은 2시간이 지나갔다. 광장의 사람들은 윤주와 다른 이유로 가슴이 터질 것 같은 시간을 보내고 있었다. 죽어도 같이 죽고 살아도 같이 살겠다고 결의하고, 무슨 일이 있어도 끝까지 행진할 것을 다짐하면서. 그사이 헬기는 광장 상공을 쉴 새 없이 맴돌며 경고 방송을 쏟아냈다. 시위대는 즉각 해산하라, 우리는 여러분의 안전을 보장할 수 없다.

0시, 마침내 행진이 시작됐다. 중앙로에 대기 중이던 덤프트럭, 굴삭기, 트레일러, 기중기 같은 중장비 차량이 일제히 상향등을 켰다. 그 뒤에 서 있던 10여 대의 버스도 잇따라 불을 켰다. 광장의 횃불도 열을 이루며 움직이기 시작했다.

맨 먼저 지붕에 난간을 설치한 덤프트럭이 출발했다. 난간에선 한 청년이 대형 태극기를 흔들고 있었다. 이어 중장비 열들이, 다음으로 버스 열들이 줄줄이 움직이기 시작했다. 저런 속도를 내기도 어렵겠다 싶을 만큼 느릿느릿. 잠시 후엔 조명등을 켠 방송 트럭이 선두로 다리를 빠져나왔다. 한 남자가 트럭 뒤에 서서 마이크를 쥐고 합창을 인도하고 있었다.

아리랑 아리랑 아라리요

아리랑 고개로 넘어간다

　2미터가량의 거리를 두고 사물놀이패가 꽹과리를 치고 상모를 돌리며 걸어 나왔다. 다시 1미터 간격을 두고 첫 횃불 행렬이 모습을 드러냈다. 이어 두 번째, 세 번째. 네 번째로 한기준이 탄 구조차와 구급차, 소방차의 행렬이 지나갔다. 그 뒤로 다시 횃불 행렬이 이어졌다. 마지막 행렬이 광장을 빠져나오기까지는 1시간 남짓 걸렸다. 윤주는 눈 한 번 깜박이지 않고 그들을 살폈으나 재형으로 보이는 사람을 찾지 못했다. 박주환이 순경에게 말했다.

　"우리도 출발합시다."

　순경은 차를 행렬 끝줄 뒤에 바짝 붙이고 따라갔다. 옆으로 다른 경찰 차량 세 대가 나란히 움직였다. 그로부터 다시 1시간이 지나도록 행렬이 움직인 거리는 1킬로미터 남짓에 불과했다. 앞선 행렬이 걷다 서다를 반복하며 느릿느릿 움직인 탓이었다. 윤주는 조급증으로 발을 굴렀다. 차에서 내려 걸으면서 행렬에 낀 사람들을 하나하나 확인하고픈 마음이 간절했으나 비상근무 중인 박주환에게 함께 가달라고 조를 염치가 없었다. 그녀는 혼자 내리기로 했다.

　"저는 걸어갈 테니까, 박 형사님은 천천히 뒤따라오세요."

　자발없이 군다고 할까 봐 지레 변명을 덧붙였다.

　"좁은 차 안에 가만있으니까, 허리가 아파서."

　박주환은 순경을 흘끔 돌아본 후 말했다.

　"나랑 같이 내립시다."

　그녀도 슬쩍 순경을 봤다.

"아니에요. 저 혼자……."

"내려요."

박주환이 먼저 내렸다. 그녀는 기쁜 마음으로 뒤따라 내렸다.

"중간에 찢어지면 다시 붙기 힘드니까 발 맞춰서 움직여요."

"이인삼각 하듯이?"

"그렇지."

맨 뒤에서부터 사람들의 얼굴을 확인하면서 앞으로 나아갔다. 쉬운 일이 아니었다. 사람들은 걸고 있는 어깨를 풀어주지 않았다. 노래 부르고, 구호를 외치느라 잠깐 비켜달라는 말 따위엔 신경조차 쓰지 않았다. 소음 때문에 제대로 들리지도 않았을 것이다. 결국은 4차선 도로를 사이에 두고 행렬 양쪽으로 갈라졌다. 그녀는 천변 쪽 인도로, 박주환은 맞은편 인도로. 두 가지 경우에 상대를 향해 손을 흔들기로 약속했다. 한기준의 구조차를 만났을 때, 재형이나 링고를 봤을 때.

윤주는 박주환과 마주 보고 걸으며 사람들의 얼굴을 하나씩 확인해가기 시작했다.

*

새벽 4시, 행진 행렬은 진원교차로를 20여 미터 앞두고 잠시 숨을 골랐다. 차량들이 전진을 멈추자 횃불 행렬은 제자리걸음을 하며 열을 맞췄다. 고지를 앞두고 전열을 정비하는 기색이었다. 선두 트럭에 탄 시민 대표가 마이크를 잡았다.

"모두 옆 사람과 팔짱을 끼어주십시오."

사람들은 팔짱을 끼고 횃불 든 손을 가슴까지 들어 올렸다. 이윽고 트럭 앰프에서 애국가 반주가 흘러나왔다. 행렬은 애국가를 따라 부르면서 지금까지보다 두어 박자 빠른 속도로 걷기 시작했다. 기준이 탄 구조차도 출발했다. 상공을 맴돌던 헬기도 다시 경고 방송을 시작했다. 시위대는 즉각 해산하라, 진원교차로를 넘어서지 말라, 여러분의 안전을 보장할 수 없다.

지난밤부터, 줄기차게 기계적으로 반복된 말이었다. 불길하고도 음험한 경고였다. 왜 남부 봉쇄선이 아닌 진원교차로인지. 진원교차로에서 봉쇄선에 이르는 700미터는 분명 화양 땅이었다. 그 안에도 아파트 단지가 있고, 빌딩이 있고, 상가가 있었다. 사람이 살고 있었다. 거기에다 정말로 공중사격을 퍼붓겠다는 건가. 비무장 민간인에게? 그 책임을 누가, 어떻게 지려고. 아니면……. 번개처럼 새파랗게 번뜩이는 빛 하나가 머리를 뚫고 갔다. 설마.

여기까지 오는 내내, 기준은 시청에서 철수한 군인들을 생각하고 있었다. 그들의 행방이 자꾸 마음에 걸렸다. 어디로 갔을까. 교차로를 눈앞에 둔 지점에 와서야 비로소 답을 알 것 같았다. 봉쇄선 서치라이트가 평소와 달리 꺼져 있었다. 어스레한 달빛만이 일직선으로 이어지는 700미터를 밝히고 있었다. 헬기가 아니었던 것이다. 시청 군인들이 완전히 철수한 것도 아니었다. 암영(暗影)이었다. 바로 저 700미터 구간 안에.

머리털이 쭈뼛 서는 깨달음이었다. 행렬을 인도하는 방송 트럭에 알려야 할 일이었다. 행진을 중단시켜야 했다. 죽음을 각오하는 것과 죽으러 가는 것은 완전히 다른 문제였다. 기준은 유 반장에게 구조차를 화양4교로 빼라고 말했다. 옆에 따라오는 동부팀 구급차와 소방차, 남부팀 차량들에게도 화양4교에서 대기하라는 교신을 보냈다. 확인이 필요한 일이었다. 수만의 행로를 되돌리려면 '깨달음'이 아니라 근거가 있어야 했다.

유 반장이 차를 다리로 빼자 기준은 차창으로 고개를 빼서 길 건너편 버들주공 공사 현장을 내다보았다. 바로 앞쪽 동들은 12층까지 올라가 있었으나 단지 맨 앞쪽, 교차로에서 가장 가까이 있는 동은 절반 정도만 올라간 상태였다. 그 정도면 교차로 너머를 조망하기에 충분한 높이로 보였다. 그러니까 지금이 대낮이라면.

"내가 연락할 때까지 다들 여기서 기다려."

그는 쌍안경을 들고 홀로 차에서 내렸다. 뭘, 볼 수나 있을지, 의심하면서 길을 건넜다. 교차로 너머를 보려면 희끄무레한 반달이 아니라 태양이 필요했다. 왜 하필 야간 행진인지, 저들의 결정이 답답하기도 했다. '어둠 속의 횃불'이 극적이고 비장한 연대를 부추기기야 하겠지만 그것과 바꾸기엔 수만의 생명이 너무 많았다.

공사장 가림막 앞에서 기준은 헤드 랜턴을 켰다. 뒤늦게 이곳에서 아내가 죽었다는 사실이 떠올랐다. 수진이 전한 바로, 공사 중인 건물들 사이 어딘가에서. 지금도 개들이 우글거릴까. 개 떼에 둘러싸인 채 유빈이를 안고 비명을 질러대는 아내가 떠올랐다가 사라졌다. 링고와 서재형의 얼굴이 시야를 스쳐 갔다. 목이 찢겨 나간 동해의 시신이 그 뒤를 따라왔다. 처음에 그는 아내를 죽인 놈이 링고라고는 생각하지 않았다. 동해가 죽은 후부터 '링고일지도 모른다'는 쪽으로 생각이 기울고 있었다. 버들주공과 쓰레기 매립지 사이엔 십수 킬로미터의 거리가 있었지만 그것이 '아니다'는 증거는 될 수 없었다. 사방을 싸돌아다니는 게 개들의 본성 아니던가. 수진은 검둥개라 말했지만 잿빛 늑대개라면, 야밤이라면, 얼마든지 검게 보일 여지가 있었다. 그날 새벽, 쓰레기 매립지에 재형이 나타나 자신을 저지했다는 것도 우연치고는 너무나 절묘했다. 블로우 건을 쥐고 소방서 주변을 얼쩡거렸다는 사실 역시 석연찮았다. 재형이 남긴 말은 종소리처럼 뎅뎅거리며 귓가를 맴돌았다.

"혼자 나다니지 마시오. 특히 밤에는."

무슨 뜻일까. '너도 조심하라'는 뜻인가. 한낱 개 한 마리가 자기를 죽이려 한 인간을 상대로 복수를 꿈꾸고 뒤를 쫓는단 말인가. 믿기지 않았다. 가당치도 않은 일이었다. 이 가설이 성립되려면 동해를 죽인 이유가 먼저 납득돼야 했다. 가령 동해도 그놈을 죽이려 했던 적이 있다든가. 곧바로 '그럴 수 있겠다'는 답이 나왔다. 개백정 놀이를 하다 군대에서 쫓겨난 놈이었으므로.

기준은 공사장 안으로 발을 들여놓았다. 잰걸음으로 10여 동의 건물을 지나 외벽에 붉은 페인트로 '101'이라 쓰여 있는 맨 앞쪽 동에 다다랐다. 옆으로 긴 복도식 아파트였고 거리의 불빛이 건물 안으로 석양처럼 비쳐들고 있었다. 안으로 들어서자 출입구 중앙에 아직 난간이 설치되지 않은 비상계단이 나타났다. 그는 벽 밖으로 튀어나온 철근에 바지가 걸리지 않도록 주의하면서 계단을 오르기 시작했다. 올라갈수록 시야는 더 밝아졌다. 계단참마다 뚫려 있는 넓은 창으로 밝은 불빛이 거리의 소음과 함께 쏟아져 들어왔다. 창 밑에는 철근 조각과 못, 쓰레기가 든 자루, 각목이나 물이 가득 찬 파란 통 들이 창틀 높이로 쌓여 있었다. 그는 6층으로 오르는 마지막 열한 계단을 올라갔다.

6층은 아직 외벽이 세워져 있지 않았다. 비계 구조물과 그물 보호망이 사면을 에워싼 옥상 같은 공간이었고 곳곳에 기둥 구조물들만 세워져 있었다. 그는 건물 가장자리로 가서 섰다. 발 아래로 횃불을 든 행진 행렬이 물결처럼 지나가고 있었다. 쌍안경을 눈에 대자 교차로 너머 700미터 구간 중반쯤으로 들어선 선두 트럭이 내다보였다. 눈부신 전조등 빛 속에서 지붕에 탄 청년이 흔들어대는 태극기가 발광하듯 희뜩거렸다. 그 뒤로 차량 행렬과 방송 트럭, 횃불 행렬이 서서히 전진하고 있었다. 그는 쌍안경의 초점을 도로 양쪽에 위치한 노변 상가에 맞췄다. 일순, 뒷덜미가 뻣뻣해지는 느낌이 들었다.

대부분 이삼 층인 상가 옥상에 사람으로 보이는 검은 그림자들이 잠복해 있었다. 짐작건대, 그들은 선두 트럭이 봉쇄선에 이르는 순간을 기다리고 있었다. 그들의 총이 불을 뿜을 순간을. 예상했던 일임에도 전율이 무시무시한 속도로 등을 내달았다. 현기증 일듯 시야가 일렁거렸다. 무전기를 꺼내 드는 손마저 후들후들 떨렸다. 저들을 살리자고 대원들을 교차로 안으로 들여보낼 수는 없었다. 할 수 있는 최선은, 아직 교차로 밖에 있는 행렬을 돌려세우는 것뿐이었다. 기준은 유 반장을 불렀다.

"백하나, 응답하라."

*

"링고, 이리 나와."

대장이 하수관 입구에 얼굴을 들이대고 말했다. 링고는 고개를 돌려 어깨 너머로 뒤를 보았다. 대장의 머리에 낀 전등 빛이 꼬리 부근까지 쭉 뻗어 왔다. 허둥지둥 배를 앞으로 밀어 더 안쪽으로 기어들어 갔다.

"버텨봐야 소용없어."

링고도 알고 있었다. 나가기만 하면, 아니, 대장의 시야 안으로 들어가는 찰나에 주사기가 든 쇠막대기를 불어버리리라는 걸. 언제까지 이 안에서 버틸 수 없다는 사실도. 링고에겐 해야 할 일이 있었고 시간은 대장의 편이었다. 나가도, 버텨도 대장이 이기는 상황이었다.

"좋아. 나오기 싫으면 거기 있어도 좋아. 난 상관없으니까."

링고는 다시 고개를 돌려 뒤를 보았다. 대장은 차분하게 하수관 앞에 앉아 안을 들여다보고 있었다. 시선이 딱 마주친 느낌이었다. 으르렁 소리가 절로 흘러나왔다. 불빛 바깥에 앉아 있는데도 훤하게 몸을 드러내 보이고 있는 것 같았다. 후회와 조급증으로 엉덩이가 들썩거렸다. 어찌자고 이런 곳으로 기어들어 왔던가.

대장이 여기까지 쫓아올 줄은 몰랐다. 대장이 따라오고 있다는 것도 알아채지 못했다. 조급했던 나머지 신경 쓸 여력이 없었다. 제복 남자의 차를 쫓아 광장에 도착한 이후부터 그는 줄곧 초조해하고 있었다. 사람이 너무 많았다. 너무나 시끄러웠다. 온갖 냄새가 소나기처럼 쏟아졌다. 제복 남자의 차는 그 한복판으로 들어가버렸고 링고는 추적을 멈춰야 했다. 어찌어찌 사람들의 눈을 피해 천변 다리 밑에 자리를 잡았지만 접근할 방법이 없었다. 갇혀 있던 옥상보다 더 먼 거리에서 지켜봐야 했다. 초조한 나머지 무작정 광장으로 뛰어들고 싶었던 것도 여러 번이었다. 그때마다 마음의 목소리가 그를 타일렀다. 기회가 올 때까지 기다려.

천변 다리 밑은 기다리기에 좋은 곳이었다. 광장이 한눈에 들어오는 데다 버드나무 가로수 그늘이 다리 양편에서 비쳐드는 불빛을 가려주었다. 그는 하염없이 기다렸다. 광장의 횃불과 조명등이 눈을 교란시키긴 했지만 목표물을 놓치지는 않았다. 제복 남자의 차는 번개처럼 번뜩이는 빛의 표식을 갖고 있었다. 행진이 시작된 후부터는 축대 아래 그늘을 보호막으로 삼고 제복 남자의 차를 따라 걸었다. 순조로운 행군이었다. 몇 개인지 모를 다리 밑을 통과하고 높은 건물들이 솟아 있는 거리를 지나도록 사람 눈에 띄지 않았으므로. 변화가 생긴 건 천변을 가로지른 다리 앞에 도착했을 때였다. 제복 남자의 차가 돌연 행렬에서 빠져나왔다. 링고는 걸음을 멈추고 그 차가 다리로 진입하는 걸 지켜봤다. 사람들은 노래를 부르며 다리 앞을 지나갔다.

나를 버리고 가시는 님은

십리도 못가서 발병난다 .

제복 남자의 차는 다리 입구에서 몸을 한 바퀴 돌린 뒤 도로를 바라보며 멈춰 섰다. 함께 움직이던 차들도 다리로 들어와서 그 뒷줄에 섰다. 이윽고 제복 남자가 차에서 내렸다. 기쁘게도 뒤따라 내리는 사람이 없었다. 혼자 도로를 가로질러 맞은편 건물 공사장 안으로 사라졌다. 링고는 축대 위로 뛰어올랐다. 눈 뒤에서 핏줄이 발끈발끈 뛰었다. 길고 긴 기다림이 끝났다고 생각했다. 행렬과 행렬 사이를 벼락 치듯 통과해야 한다는 과제가 있긴 했지만.

그때, 바람이 익숙한 냄새를 뿌리고 갔다. 마음속의 목소리가 뭐라고 중얼거렸다. 그는 제대로 듣지 않았다. 행렬을 뚫고 갈 틈을 보느라 냄새를 되새겨볼 틈도 없었다. "링고." 하고 부르는 소리를 들었을 때에야 정신을 차렸다. 대장이 다리 위에 멈춘 차량들 뒤에서 달려 나오고 있었다. 주사기가 든 쇠막대기를 휘두르며 몸을 날리듯 돌진해 왔다. 아마도 놀란 탓이었을 것이다. 링고는 엉겁결에 축대 밑으로 다시 뛰어내렸다. 길을 건너서 달아나거나, 대장을 들이받아 버렸어야 했거늘. 뛰어내린 곳에 하수관이 있었다. 바닥에 얼음이 덮여 있긴 했지만 충분히 들어갈 수 있는 크기였다. 두 번 생각하지 않고 앞다리와 머리부터 하수관 안으로 들이밀었다. 몸통을 쑤셔 넣고 꼬리를 당겨 올린 뒤, 발톱으로 바닥을 찍으면서 배로 기어 안으로 들어갔다. 그것이 놀라 저지른 두 번째 실수였다.

이제야 링고는 자신이 또 갇혔다는 걸 깨닫고 있었다. 이번엔 철장보다도 작은 공간이었다. 머릿속이 복잡하게 뒤엉켰다. 어떻게 할 것인가. 유일한 길은 항복하는 자세로 기어 나가서 하수관에 들이대고 있는 대장 얼굴을 물어뜯어 버리는 것이었다. 그러려고 엉덩이를 들썩거릴 때마다 마음속의 목소리가 그를 주저앉혔다. 대장이 속아주겠어? 대장 가까이 가기도 전에 저 쇠막대기를 물어버릴걸.

엉덩이를 들었다 놓길 몇 번이었을까. 자신이 쫓아갈 수 없는 먼 곳으로 달아나는 제복 남자를 상상하며 으르렁댄 것이 또 몇 번이었을까. 돌연, 구멍 바깥에서 요란한 총소리가 울리기 시작했다. 하늘에서 돌멩이가 떨어지는 것처럼 숨 쉴 틈도 없이 우두두둑, 볶아쳤다. 사람들의 비명과 고함, 발소리, 차가 빵빵대는 소리가 천둥처럼 몰려왔다. 대장은 고개를 들고 몸을 일으켰다. 일으키는 순간, 어디선가 나타난 남자가 대장의 몸을 정면으로 들이받았다. 대장은 하수관 앞에서 튕겨 나갔다. 남자도 하수관 앞에서 사라졌다. 이어 다른 남자가 뭐라 고함을 지르며 지나갔다.

링고는 좁아터진 하수관 안에서 뱀처럼 버둥거려 몸을 돌린 후, 밖으로 나오기 시작했다. 하수관 입구에 도착하자 고개를 빼서 밖을 살폈다. 수많은 사람들이 도로에서 천변으로 뛰어내리고 있었다. 어디로 날아갔는지 대장은 보이지 않았다. 링고는 하수관을 나와 축대 위로 뛰어올랐다.

도로는 천변보다 더 시끄럽고 복잡했다. 소리 지르고 달리는 사람들이 차선과 인도를 꽉 메웠다. 서로 밀치고, 자빠뜨리고, 밟고, 넘어지고, 딩굴고, 저 멀리에서 빵빵거리는 경찰차들과 부딪히고, 차 위로 뛰어오르고, 차 지붕을 밟고 넘어서 왔던 길로 내달렸다. 횃불들이 비둘기 떼처럼 날아다녔다. 총소리는 끝도 없이 계속됐다.

링고는 뒷다리로 땅을 박차고 날아올랐다. 길을 건널 상황이 아니었지만 상황이 되기를 기다릴 수가 없었다. 사람들 사이를 바람처럼 날아가겠다고 마음먹었으나 그러기엔 도로가 너무 넓었다. 도로 복판에 중간

착지를 하는 순간, 옴치고 뛸 재간이 없는 아수라장에 갇혀버렸다. 링고는 선 채로 이리저리 들이받히며 공처럼 튀어 올랐다. 누군가의 횃불이 머리로 날아오고, 어떤 이의 팔꿈치가 눈두덩을 후려갈기고, 어떤 무릎이 갈비뼈를 들이박고, 어떤 발이 배를 걷어차고, 어떤 덩치가 앞으로 엎어지며 등을 깔고 뭉갰다.

총성이 울린 건 바로 그때였다. 저 먼 데서 우두두둑, 들려오는 그 총성이 아니었다. 그의 귓가에서 하늘을 향해 연달아 두 번 울린 총소리였다. 달리던 사람들이 움칫거리며 섰다. 아주 잠깐이지만 몸을 움직일 수 있는 길이 열렸다. 링고는 벌떡 일어나 맞은편 인도로 몸을 쏘았다. 와중에 '아는 여자'가 측면 시야로 걸려들었다. 대장의 여자 친구였다. 대장이 아닌 다른 남자의 팔에 몸을 기대고 있었고, 그 남자가 한쪽 팔을 쳐들고 하늘을 향해 작은 총을 쏘아대고 있었다. 이윽고 두 사람의 모습은 소용돌이치는 사람들 속으로 빨려들어 가버렸다.

링고는 곧장 건물 공사장으로 달려 들어갔다. 제복 남자의 냄새가 인도하는 대로 건물들 사이를 질주해서 맨 앞쪽 동으로 뛰어들었다. 제복 남자의 발소리가 들려오는 위층을 향해 한 번에 한 층씩 계단을 건너뛰었다. 몸이 훨훨 나는 기분이었다. 마침내 한 층을 사이에 두고 계단참 창밖을 내다보는 제복 남자를 발견했을 땐, 흉곽이 산막 크기로 부풀어 올랐다. 갈비뼈들이 쩍쩍 소리를 내며 갈라지는 것 같았다. 심장의 펄펄 끓는 피가 몸 밖으로 터져 나오는 듯했다.

링고는 제복 남자의 등을 향해 도약했다. 제복 남자는 등 뒤의 기척을 알아차린 듯, 뒤를 돌아봤다. 물론 때가 늦었다. 링고의 이빨이 이미 남자의 턱 밑에 도달해 있었으므로. 남자는 고함과 함께 왼팔을 휘두르듯 들어 올렸다. 링고의 이빨은 턱 대신 팔뚝에 틀어박혔다. 엄니가 옷소매와 살을 한 방에 뚫고 들어갔다. 엄니를 스치는 뼈의 감촉이 잇몸 속까지 전달됐다. 뜨거운 피 냄새가 허기진 배 속을 일거에 뒤집었다. 링고는 제복 남자의 팔에 매달린 채 턱을 맞물고 고개를 흔들어서 근육을 찢어버렸다. 제복 남자의 입에서 비명이 솟구쳤다. 몸은 균형을 잃고 낚시에 걸린 고기처럼 앞으로 튕겨 나갔다. 링고는 제복 남자와 몸을 뒤얽은 채 계단참 아래로 곤두박질해서 커다란 물통을 들이받았다. 그 바람에 속도가 굴절되긴 했지만 동반 추락이 끝난 건 아니었다. 다시 계단 한 층을 데굴데굴 굴러떨어진 후 창 밑 쓰레기 더미에 내던져지듯 처박혔다.

링고는 곧바로 몸을 일으키고 제복 남자의 몸통에 올라탔다. 점퍼 사이로 드러난 제복 남자의 목으로 이빨을 내리꽂았다. 순간, 굵고 단단한 가시 같은 것이 무작스러운 힘으로 한쪽 눈을 뚫고 들어왔다. 산 채로 머리가 박살나면 그런 느낌일까. 순간적으로 앞이 보이지 않았다. 머릿속에선 불꽃들이 연쇄적으로 터졌다. 링고는 비명을 토하며 남자에게서 떨어졌다. 머리를 흔들고 앞다리를 휘저었으나 눈에 박힌 걸 뽑을 수가 없었다. 뽑으려 해서도 안 된다는 걸 본능으로 깨달았다. 발끝에 그것이 걸리자 머릿속에서 다시 폭발이 일어났던 것이다.

폭발의 잔광이 가셨을 때, 제복 남자는 위층 계단참으로 올라서고 있었다. 링고가 으르렁대자 물통을 걷어차서 아래로 밀어뜨려 버렸다. 피하고 싶어도 피할 새가 없었다. 물을 쏟아내며 굴러떨어진 통은 순식간에 링고를 깔아뭉개고 계단 아래로 모습을 감췄다. 링고는 발톱을 바닥에 박고 머리를 들었다. 힘주어 앞다리를 세우고 어깨를 들어 올렸다. 남자를 향해 사력을 다해서 도약했다. 어느새 남자는 각목을 주워 들고 링고의 머리로 휘둘렀다. 딱, 하는 소리와 함께 턱이 돌아갔다. 링고는 공중제비를 돌아 다시 아래층으로 떨어졌다. 턱이 부서지는 듯한 파열의 감각과 함께 날카로운 충격이 옆구리를 덮쳤다. 세상이 부옇게 흔들렸다. 숨이 턱 막혔다. 입안에선 뜨뜻한 핏물이 쏟아지고 혀 밑으로 이빨 조각이 서걱서걱 굴러다녔다. 절반만 남은 시야에는 위층으로 뛰는 제복 남자의 모습이 스쳤다. 따라가기는커녕 일어설 의지조차 일지 않았다. 분통함만 심장 속에서 뒤끓고 요동쳤다.

링고는 바닥에 얼굴을 붙인 채, 축 늘어진 남자의 팔이 허벅지에서 덜렁덜렁 흔들리는 걸 올려다보았다. 창으로 비쳐드는 거리의 불빛이 남자의 옆모습을 노랗게 비추고 있었다. 환각처럼, 스타를 비추던 부드럽고 꿈결 같은 달빛처럼. 그 빛이 친근하게 꼬리를 살랑거리며 속삭여왔다. 링고, 일어나. 가서 저놈을 끝내버려.

링고는 머리를 들었다. 벌레처럼 꿈틀대며 몸을 일으켰다. 빛을 따라 계단을 올라갔다. 눈을 짓이기는 고통 따위는 이제 아무래도 좋았다. 죽는 게 두렵지도 않았다. 스타가 죽은 이후, 살아 있는 것이 좋았던 적은 한 번도 없었다. 꿈속에서 스타를 만날 때 말고는 행복하지도 않았다. 스타가 없는 링고는 죽은 개와 같았다. 아니, 이미 죽은 개였다.

마지막 계단을 올라가자 벌판처럼 휜히 트인 공간이 나왔다. 제복 남자는 각목을 틀어쥐고 그 한복판에 서 있었다. 기다리고 있었던 눈치였다. 링고는 성한 눈을 제복 남자에게 붙박고 넓은 원을 그리며 돌기 시작했다. 제복 남자도 같은 방향으로 원을 그리며 움직였다. 발끝에 걸리는 잡동사니들을 차내면서 링고와 거리를 한 발짝씩 좁혀 들어왔다.

링고는 상대의 움직임에 온 신경을 집중했다. 한쪽만 남은 귀를 세우고 마음속의 목소리가 이르는 얘기를 들었다. 챔프투견장 시절을 생각해봐. 넌 속임수의 명수였잖아.

두 번 정도 도약할 거리로 원이 좁혀졌다. 링고는 바닥을 박차고 올라

제복 남자의 오른쪽으로 몸을 날렸다. 제복 남자는 링고의 머리를 향해 각목을 휘둘렀다. 맞았다면 머리통을 박살내고도 남을 타격이었으나 시점이 반 박자 빨랐다. 링고는 중간 지점에 슬쩍 착지해서 동작을 반 박자 늦춘 후, 다시 도약했다. 각목은 윙, 소리와 함께 허공을 갈랐고 링고는 제복 남자의 얼굴을 온몸으로 들이받고 바닥에 착지했다. 제복 남자는 뒤로 나가떨어지면서 기둥 구조물에 다리를 박고 데굴데굴 굴러갔다. 쥐고 있던 각목은 손아귀에서 빠져 어디론가 날아가 버렸다.

링고는 제복 남자를 향해 도약했다. 이제 끝낼 때였다.

*

재형은 경찰차 위로 뛰어올랐다. 징검다리를 건너듯, 일렬로 서 있는 차량 네 대를 뛰어넘어 건너편 인도로 떨어져 내렸다. 급류처럼 몰아치는 기관총 소리와 사람들을 뚫고 길을 거슬러 올라갔다. 버들주공 공사장으로 들어선 후엔 곧장 맨 안쪽 동으로 달렸다. 구급대원에게 들은바, 기준이 그곳으로 간 건 교차로 너머를 보기 위해서였다. 뭘 보려는지 몰라도, 어쨌거나 그곳을 보려면 맨 앞쪽 동으로 올라갔을 것이므로.

달리는 동안에도 기관총 소리는 쉼 없이 이어졌다. 기준이 보겠다는 그곳에서 울리는 소리였다. 보지 않아도 지금 교차로 너머 700미터 구간에서 무슨 일이 일어나고 있는지 알 수 있는 소리였다. 그곳으로 들어간 사람이 이미 행렬의 절반이었다. 들어가지 않은 사람들은 비명을 지르고 아우성을 치며 왔던 길로 되돌아 질주하고 있었다. 이 모든 정황들이 스스로 인과관계를 맺으며 상황을 알려오고 있었다. 그로서는 할 수 있는 일이 없었다. 머뭇댈 시간도 없었다. 직면한 일을 해결하는 게 유일하고도 가능한 과제였다.

관광버스에서 내린 후, 재형은 머뭇대지 않고 광장으로 들어갔다. 링고를 찾아다닐 것인지, 나타나길 기다릴 것인지 고민하지도 않았다. 차에서 내리기 전에 이미 행동을 정해놓고 있었다. 링고는 큰 개였고 개로 보이지 않는 개였다. 제아무리 많은 사람들 속에 섞여도 눈에 띄게 돼 있었다. 링고도 그 점을 알고 있을 터, '어딘가'에 숨어 기준을 지켜볼 가능성이 컸다. 그 '어딘가'로 지목할 곳이 너무나 많았다. 시청, 광장 주변 건물, 골목, 양쪽 천변……. 샅샅이 뒤지려면 하룻밤을 꼬박 새워도 모자랐다. 그는 20여 미터가량 떨어진 곳에 주차한 남부소방서 소방차와 구급차 사이에 숨어 기준을 지켜봤다. 행진이 시작된 후로도 두 차량 사이에 끼어서 걸었다. 화양4교에 도착해서도 자리를 바꾸지 않았다. 한 구급대원이 이상하다는 듯 창밖으로 고개를 내밀고 "거기서 뭐 하느냐."고 물었다. 그는 "한기준이 금방 어디로 갔느냐."고 되물었다. 링고가 나타난 건 기준이 공사장으로 갔다는 답을 들었을 때였다. 녀석을 붙잡지는 못했으나 적절한 장소에 가두는 데는 성공했다고 생각했다. 난데없이 기관총 소리가 울리기 전까지는. 사람들은 총소리에 놀라 도망치기 시작했고, 그는 천변으로 뛰어내린 이들에게 연쇄적으로 들이받히고 휩쓸려 축구공처럼 굴러갔다. 정신을 차리고보니 하수관에서 10여 미터나 떨어진 곳에 고꾸라져 있었다. 링고는 이미 사라져버린 후였다.

그로부터 벌써 10여 분이 지났다. 몇 초면 통과할 길을 스무 배쯤 걸려 건넌 탓이었다. 조급한 나머지 갈비뼈가 다 저릿저릿해왔다. 링고와 기준이 만났다면 이미 게임이 끝났을 시간이었다. 승자가 누구건 간에.

계단을 오르는 사이, 층층에 흩어진 격투의 흔적들이 눈에 들어왔다. 박살난 무전기, 쌍안경, 파란 물통. 4층 계단참에서 핏자국을 본 뒤 재형은 걸음을 멈췄다. 으르렁대는 개 소리에 이어 사람 소리가 들려왔다. 다급하게 터지는 비명이었다. 그는 소리를 향해 뛰었다. 맨 위층이었다. 난간도 없이 기둥 구조물만 솟아 있는 건물 꼭대기에서 링고와 기준이 뒤엉켜 엎치락뒤치락하고 있었다. 두어 발짝 접근하자 상황이 명확하게 눈에 들어왔다. '엎치락뒤치락'이 아니었다. 링고가 기준의 어깻죽지에 이빨을 박고 커다란 봉제 인형을 휘두르듯 고개를 휘젓고 있었다. 팔을 통째로 뜯어버릴 심산 같았다.

재형은 주변을 둘러봤다. 두어 발짝 떨어진 곳에 짤막한 각목이 나뒹굴고 있었다. 두 번 생각할 틈이 없었다. 거의 반사적으로 각목을 집어 들고 달려들어 링고의 목덜미를 후려쳐버렸다. 짤막한 비명과 함께 링고는 기준으로부터 떨어져 나갔다가 몸을 돌려 재차 덮쳐 왔다. 눈이 따라잡지 못할 만큼 빠른 움직임이었다. 자세를 추스를 새조차 없는 공격이었다. 타격 지점을 겨냥할 틈도 없었다. 각목 한중간에 금이 갔다는 것도 몰랐다. 엉거주춤하게 선 채 허둥지둥 팔을 휘둘렀고 각목은 링고의 눈 부근을 때리면서 뚝 부러져 나갔다. 날카롭고도 무시무시한 비명과 함께 링고는 머리를 뒤로 꺾으며 뒤로 날아갔다. 데굴데굴 바닥을 굴러 공격 거리 밖으로 멀어진 후 몸을 비틀고 일어나 고통스러운 포효를 쏟아냈다.

재형은 의아해하며 링고를 마주 보고 섰다. 녀석은 비틀비틀 몸을 일으켰다. 순간, 목 안에서 헛바람이 샜다. 맥없는 타격에 날아가 떨어진 이유를 뒤늦게야 알 것 같았다. 녀석의 한쪽 눈에 철근 조각이 박혀 있고 반쯤 쏟아져 나온 눈알 밑으로 핏물이 흘러넘치고 있었다. 부러진 각목이 때린 부분은 녀석의 눈 근처가 아니라 철근 조각이었던 것이다. 그는 어금니를 꽉 물었다. 몸서리가 일었다. 눈감아버리고 싶을 만큼 참혹한 형상이었다. 녀석의 주둥이 절반이 박살나 덜그럭거리고 아름다웠던 잿빛 털은 핏물에 젖어 시뻘겠다. 아직껏 살아 움직이는 게 기적처럼 보였다. 악몽 같은 기적이었다. 죽여도 죽지 않는 악마처럼, 링고는 선혈이 뚝뚝 떨어지는 이빨을 드러내고 사자처럼 으르렁거렸다. 중심을 잡지 못하고 비틀거리면서도 눈으로 공격 거리를 재고 있었다.

그는 곁눈질로 기준을 봤다. 그쪽의 부상도 링고와 맞먹는 수준이었다. 한쪽 팔은 옷소매와 살이 한꺼번에 뜯겨 나간 채 피투성이가 돼서 덜렁거렸다. 어깻죽지는 뼈가 다 드러나 보일 지경이었다. 다리 한쪽은 종아리 한중간쯤이 이상하게 꺾인 채 시멘트 바닥에 아무렇게나 내던져져 있었다. 아직 눈을 뜨고 있었으나 온전한 정신은 아닌 것 같았다. 기둥 구조물에 머리를 기대고 어깻숨을 몰아쉬며 초점 없는 눈으로 재형의 얼굴을 더듬었다. 싸움에 끼어든 자가 누군지 알려고 안간힘을 쓰는 눈이었다.

재형은 시계 방향으로 한 발짝 움직여 기준을 가리고 섰다. 링고도 같은 방향으로 한 발짝 움직이면서 기준을 노려보았다. 관심 있는 사람은 네가 아니라 저놈이라는 듯. 그는 쥐고 있던 블로우 건을 들어 올렸다. 링고는 단 한 번의 도약으로 닿을 거리에 있었고 마취약은 한 발뿐이었다. 명중시킨다고 해도 약 기운이 퍼지려면 시간이 필요했다. 기준이든, 자신이든 목을 찢어버리고도 남을 만한 시간이었다.

링고는 뒷발을 바닥에 붙이고 도약 자세로 섰다. 성한 한쪽 눈으로 재형의 눈을 마주 봤다. 활활 타는 금빛 눈동자가 결코 물러서지 않겠노라, 말하고 있었다. 블로우 건이 아니라 곡사포를 가져와 심장에 들이댄다 해도. 그러니 살고 싶다면 그 남자 앞에서 비키라고. 재형은 블로우 건을 입에 물었다.

링고, 나는 그럴 수가 없어.

블로우 건에서 주사기가 튀어 나갔다. 전등 불빛 속을 탄환처럼 날아가 링고의 가슴팍에 박혔다. 링고는 뒷다리로 바닥을 박차며 솟구쳐 올랐다. 재형은 자신의 머리 위로 기차가 폭주해 오는 느낌을 받았다. 그것을 피할 도리가 없었다. 피할 수도 없었다. 자신이 피하면 링고는 기준을 덮칠 터였다. 이번에야말로 끝장내고 말 터였다. 링고가 원하는 바였고, 지금껏 살아 있는 이유기도 했다. 재형은 기준의 앞을 가리고 선 채 흐느낌처럼 흐르는 자신의 목소리를 들었다.

"링고, 오지 마."

맹수의 포효가 재형의 흐느낌을 삼켰다. 성난 이빨이 목에 박혔다. 재형은 링고의 목을 끌어안았다. 녀석이 고개를 흔들어버리지 못하도록 깍지를 끼고 팔꿈치를 붙여서 목을 조였다. 이빨로 물고 있는 것을 뜯어버릴 수 없게 필사적으로 몸을 밀착시켰다. 시간이 필요했다. 졸레틸이 링고를 재울 때까지 버텨야 했다.

그는 링고와 목을 맞물고 뒤엉켜 시멘트 바닥으로 나뒹굴었다. 이빨과 턱의 무시무시한 힘이 숨통을 조이고 압박해 왔다. 끔찍스러운 통증이 불길처럼 몸을 삼켰다. 시야는 삽시에 아뜩해지고 흉곽이 터질 것처럼 팽창했다.

링고.

재형은 자신이 소리 내어 링고를 불렀다고 생각했다. 링고는 몸을 움찔했다. 그가 처음으로 이름을 불렀던 밤과 같이. 몽롱해져가는 시선으로 허공을 더듬었다. 자기를 부른 자를 찾는 것처럼. 세상에 태어나 처음으로 이름이 불린 것처럼. 그 순간을 향해 재형은 "내가 불렀어."라고 말해주었다.

세상이 의식 바깥으로 홀쩍 물러났다. 어둠이 급류처럼 쳐들어왔다. 그를 휘감아 시간의 암연으로 끌고 내려갔다. 오래전, 삶을 꿈꾸며 휘슬을 불던 바위 아래로. 바람이 늑대처럼 울부짖던 유콘 강 어디쯤으로.

은빛 세빙이 석양 속을 떠돌고 있었다. 먹구름이 서쪽으로 흐르고 있었다. 눈 덮인 가문비 숲에는 쉬차가 일렬로 앉아 있었다. 그는 하나하나 눈을 맞추며 이름을 불렀다. 후크, 마루, 두리, 스팅⋯⋯ 마야.

총성이 울렸다. 한 번, 두 번. 그의 몸에서 무언가가 빠져나갔다. 심홍의 어둠이 지평선으로 내려앉았다. 붉은 하늘 너머에서 윤주의 얼굴이 빙영처럼 어른거렸다. 숨결이 편안해져왔다. 그리운 냄새가 머릿속으로 밀려들었다. 따뜻한 혀가 눈두덩을 핥았다. 무한한 신뢰와 애정이 담긴 호박색 눈이 그에게 물어왔다.

"대장, 내 아이들을 어쨌어?"

에필로그

기준은 버들주공 101동 꼭대기에 서 있었다. 발아래 비계 구조물이 햇살을 받아 흰빛을 번쩍거렸다. 더 아래쪽 천변도로에선 검둥개 한 마리가 그를 올려다보고 있었다. 얄팍한 몸통 위로 갈비뼈가 드러나고 배가 등허리에 올라붙은 데다 등 털이 볼품없이 빠져버린 녀석이었다. 이곳에 올라오면 종종 마주치는 녀석이기도 했다. 반쯤 올라간 꼬리를 서서히 흔드는 걸로 봐서 녀석도 그걸 기억하는 듯했다. 짖어야 할지, 반가워해야 할지, 달아나야 할지 혼란스러워하는 것도 같았다.

하늘이 파랬다. 온화한 대기 속으로 송홧가루가 날고 보도블록을 뚫고 올라와 인도를 점령해버린 잡초 사이로 나비가 날았다. 숱한 시신들이 버려지고, 쌓이고, 썩어갔던 천변에는 노랑 풀꽃과 붉은 넝쿨장미가 흐드러지게 피었다. 만개한 꽃들 사이에서 새들이 총총 뛰었다. 시신들 틈바구니를 고양이들이 어슬렁대며 오갔다. 파광이 일렁이는 화양천에선 오리 떼가 헤엄을 쳤다. 농익은 봄과 싱싱한 초여름과 시체 썩는 악취가 절해의 침묵과 뒤엉킨 5월 마지막 아침이었다.

기준은 진원교차로 쪽으로 시선을 돌렸다. 희미한 헬기 소리를 들은 것 같았다. 이윽고 먼 남쪽 하늘에서 헬기가 모습을 드러냈다. 하루 한 번씩 오는 정찰 헬기인가, 했다가 지금이 아침이라는 걸 기억해냈다. 본래대로라면 저 물건이 날아오는 시각은 오후 6시였다. 그는 시청 쪽으로 멀어지는 헬기의 궤적을 좇다가 다시 교차로로 시선을 돌렸다. 이번엔 차 소리가 들려오고 있었다. 한두 대가 아니라 여러 대였다. 점점 분명해지는 엔진 소리가 그렇다고 말했다. 곧 백일몽 같은 풍경이 가시거리로 들어왔다. 봉쇄선 쪽에서 나타난 군용 트럭들이 교차로를 넘어 중앙로로 진입해 오고 있었다. 천변 새 떼와 고양이들이 행렬에 놀라 뿔뿔이 흩어졌다.

기준은 관자놀이 핏줄이 발칵거리는 걸 느꼈다. 어젯밤 들었던 라디오 뉴스에 따르면, 군경, 소방대원, 역학 조사관, 현장 요원으로 이루어진 합동 조사팀이 화양에 들어올 예정이었다. 화양에 내려진 '한시적 통행 제한 조처'를 해제하기에 앞서 현지 상황 및 피해 규모, 사망자 수를 파악하기 위한 사전 작업의 일환이라고 했다. 저들이 그들일까.

잠시 후 그들은 기준의 발밑을 지나갔다. 군용 트럭 뒤로 119구조차와 구급차, 소방차 들이 따라붙었다. 머리 위에선 시청으로 갔던 헬기가 되돌아오고 있었다. 헬기의 방송 소리가 산개하는 아침 햇살을 뚫고 쏟아져 내렸다.

"화양시민 여러분. 오늘부터 통행 재개 및 도시 정상화를 위한 복구 작업이 시작될 예정입니다. 시민 여러분은 잠시 일상을 멈추고 시청으로 나오시기 바랍니다……."

일상을 멈추라……. 그의 위장 속에서 조약돌 같은 것들이 딱딱, 소리를 내며 부딪쳤다. 그것이 웃음과 분노라는 걸 목젖이 열린 후에야 알았다. 기준은 낄낄 소리 내어 웃기 시작했다. 기둥 구조물에 등을 기대고 발아래 차량들을 내려다보며 미친 사람처럼 웃어댔다. 일상을 멈추라니.

살아남은 자가 몇이나 되는지도 모르는 곳에 와서 일상을 멈추라니.

화양에서 일상을 앗아간 세상은 화양을 잊은 것 같았다. 죽은 자를 땅에 묻듯, 시간과 망각 속에 화양을 매장해버린 후 자신들의 일상을 영위하고 있었다. 화양에 대한 뉴스는 점점 줄어들었다. 곧 시작될 브라질월드컵 얘기에 밀려 어느 날엔 아예 언급도 없이 넘어가기도 했다. 당연한 얘기지만 '그날 새벽'에 대한 이야기는 단 한 번도 나오지 않았다. 그러므로 그날 새벽, '700미터 구간'에서 얼마나 많은 사람들이 죽었는지는 아무도 모른다. 진상이 밝혀지려면 기나긴 세월이 지나야 할 터였다. 바깥세상 사람들은 그 일을 믿으려 하지 않을 것이다. 그래야 마음이 편할 테니까.

유 반장이 들려준바, 발포가 시작된 건, 태극기 청년을 태운 트럭이 바리케이드에 도달했을 때였다. 공중에서 내리꽂힌 기관총이 쉴 새 없이 시민들을 쓰러뜨리는 동안, 봉쇄선 바깥에선 총 한 발 날아들지 않았다고 했다. 그날의 학살은 화양시내에 남아 있던 군인들의 손에서 시작되고 끝났다. 이후, 화양은 콘크리트 덩어리와 시신만 우글대는 정글이 되었다. 빨간 눈은 지옥 불처럼 화양을 태웠다. 용케 불길을 피한 이들은 굶어 죽거나, 얼어 죽거나, 다른 사람들의 손에 죽었다. 약탈, 총질, 강간, 살인, 방화…… 인간이 저지를 수 있는 온갖 일들이 매일, 매 순간, 도처에서 일어났다. 서로 죽이고 죽고 분노하고 절망하고 공포에 떨며 고속으로 공멸해갔다. 남은 자들은 서로를 피해 가시 세계 밑에 숨어 지냈다.

지난 석 달, 세상이 화양으로 들여보낸 건 딱 세 가지였다. 도시가스, 전기, 전파. 그 전파가 빨간 눈에 대한 소식을 마지막으로 들려준 게, 벌써 일주일 전이었다. 아직 원인체 규명도 되지 않았다고 했다. 에이즈처럼 몇 년이 걸릴 수도 있다고 했다. 진단 시약이나, 백신, 치료제 개발은 요원한 일이 돼가고 있었다. 빨간 눈이 스스로 사라지기를 기다리는 게 유일한 대책인 모양이었다. 합동 조사팀이 들어오는 건, 사라졌다고 판단했거나 기대하기 때문이겠지.

헬기가 기준의 머리 위를 스치듯 지나갔다. 건물 밑에선 빵빵거리는 차 소리가 들려왔다. 유 반장이 몰고 온 구조차가 1층 입구에 멈춰 있었다. 기준은 101동을 내려가기 시작했다. 관절염에 걸린 노인처럼, 등산용 지팡이에 의지해 한쪽 다리를 절뚝거리면서 한 칸 한 칸. 발을 디딜 때마다 부러졌던 종아리가 시큰시큰 쑤셨다. 부서진 뼛조각이 살을 뚫고 돌아다니는 것처럼 날카롭게 찌르는 통증이었다. 그날 새벽 이후 장애처럼 남은 몸의 기억이었다.

그날 새벽, 유 반장과 윤미래는 그가 정신을 놔버린 이후에 이곳에 도착했다. 서재형과 링고는 숨을 거둔 후였고, 두 사람은 그를 구조차에 태우고 화양 곳곳을 돌았으나 치료해줄 병원을 찾지 못했다고 했다. 결국 윤미래가 치료를 떠맡았다. 부러진 종아리에 부목을 대고, 살이 뜯겨 나간 팔뚝과 어깻죽지를 소독해 꿰매고, 유 반장이 동네 약국에서 훔쳐온 항생제와 진통제를 들이부었다. 상처는 흉측한 흉터를 남기고 서서히 아물었다. 지팡이에 의지해 걸을 수도 있게 되었다. 걸을 수 있게 되면서부터 하루도 빠짐없이 이곳에 나와 앉아 있었다. 앉아 지낸 나날, 인적 없는 거리에 늦은 눈이 쏟아지고, 봄비가 숱하게 다녀가고, 따뜻한 바람이 불었다. 그사이 만난 사람은 이틀에 한 번 꼴로 구조차를 끌고 찾아오는 유 반장과 윤미래뿐이었다. 매번 먹을거리나 생수, 생필품을 조금씩 가져왔다. 그런 것들이 다 어디서 나는지, 차 기름은 어디서 구하는지, 그는 묻지 않았다. 빈집이나 마트를 뒤졌겠지, 짐작했고 고마워하며 받았다. 그걸로 지금껏 연명해오고 있었다. 유 반장이 바람이나 쐬러 나가자고 권하기도 했지만 집 근처를 벗어난 적은 한 번도 없었다. 낮이면 이 곳에 앉아 시간을 보내고, 해가 저문 후에는 집 안에 틀어박혔다. 아내와 유빈이, 수진의 유령과 이야기를 나누며 시간을 보냈다. 가 봐야 할 곳이 있었지만 차일피일 미뤘다. 가고 싶지 않았다. 마주치게 될 참담한 기억이 두려웠다. 그러나 이제는 더 미룰 수가 없었다. 그는 1층 계단 앞에서 자신을 기다리고 있는 유 반장에게 물었다.

"오늘 어디 좀 갈 수 있겠나."

드림랜드는 잡초와 인동덩굴, 이름 모를 들꽃으로 뒤덮여 있었다. 유 반장은 잡초 더미를 밀고 들어가 차를 세웠다. 차 소리에 놀란 듯, 불탄 건물 잔해 속에서 다람쥐가 고개를 쭉 빼고 쳐다봤다. 잡초가 갈대처럼 자라난 헛간 지붕에서 굴뚝새 한 마리가 푸르르 날아올랐다. 그는 유 반장을 차에 두고 혼자 동물 묘지로 올라갔다.

서재형의 무덤은 바로 찾을 수 있었다. 봉분을 덮은 풀이 벌초를 한 것처럼 가지런한 높이로 깎여 있었다. 상석 대신 놓인 검은 돌 위에는 들꽃 한 다발이 놓여 있었다. 기준은 시들어가는 보랏빛 꽃망울을 노려보았다. 피하려 안간힘을 썼던 기억들이 소나기처럼 몰려들고 있었다. 링고를 부둥켜안고 몸부림치던 서재형의 모습이, 그 죽음을 지켜보며 비명을 삼키던 자신의 모습이, 의식을 잃어버리기 직전에 봤던 김윤주의 넋 나간 눈동자가, 서재형의 얼굴을 감싸 쥐고 속삭이던 그녀의 목소리가.

"재형 씨, 나 여기 있어."

서재형의 죽음은 평생토록 자신의 목을 짓누를 칼이었다. 절름대는 다리보다 더 참혹한 상처였다. 할 수만 있다면 서재형을 무덤 속에서 끌어내 따지고 싶었다. 왜 그랬는지. 너라면 이렇게 얻은 삶을 고마워할 수 있겠는지. 남은 나날, 온전한 정신으로 살아갈 수 있겠는지.

기준은 천변에서 꺾어 온 붉은 넝쿨장미를 들꽃 다발 옆에 내려놓았다. 도망치듯 돌아서서 동물 묘지를 나섰다. 숲길을 절반쯤 내려왔을 무렵, 맞은편에서 사람이 나타났다. 배낭을 메고 들꽃 한 묶음을 손에 쥔 여자였다. 김윤주였다. 가슴이 덜컹 내려앉았으나 그는 걸음을 멈추지 않았다. 거리가 가까워질수록 당혹감이 짙어졌다. 궁지에 몰린 듯한 기분이었다. 얼굴이 확확 달아오르고 절름대는 걸음새가 신경 쓰였다. 공허하게 흔들리는 그녀의 시선과 마주치자 머릿속이 텅 비었다. 뭔가 할 말이 있었던 것도 같은데, 무슨 말이든 해야 할 것 같은데, 아무 생각도 나지 않았다.

턱 밑에서 곱실대는 윤주의 머리칼을 바람이 들추고 지나갔다. 앙상하게 불거진 목뼈가 보일 듯 말 듯 간닥거렸다. 코끝이 빨갛게 물들었다. 할 말을 꾹 눌러 넘기는 것처럼, 그것이 목을 찔러 피를 낸 것처럼. 기준은 걸음을 멈췄다.

*

윤주도 걸음을 멈췄다. 다리가 후들후들 떨려왔다. 온몸이 아우성치고 있었다. 어찌하여 석 달이 지나서야 찾아왔는지 따져보라고. 당신에게도 그의 그림자가 무거웠는지 물으라고. 살아 있는 한 결코 벗어나지 못할 거라 말하라고.

일순, 윤주를 향해 열려 있던 기준의 동공이 뒤흔들렸다. 유리창이 깨지듯, 와르르. 형체 없는 파편들이 윤주의 눈으로 날아와 박혔다. 그녀는 자신도 모르게 눈을 깜박거렸다. 기준에게서 고개를 돌렸다. 어깨를 스쳐 숲길을 올라갔다. 등을 꼿꼿하게 세우고, 느릿느릿 걸었다. 동물 묘지로 들어선 후에야 슬쩍 뒤를 돌아봤다. 기준은 숲길 아래로 사라지고 없었다.

윤주는 가져온 들꽃 다발을 장미 다발 옆에 내려놓았다. 말라버린 꽃 다발은 무덤 너머로 던져버리고 풀썩 주저앉았다. 그날 새벽의 기억이 덮쳐 왔다. 폭주하는 사람들 밑에 깔린 그녀를 박주환이 공포를 쏘아 끌어내던 순간이, 흔들리는 시야로 휙 스쳐 가는 링고를 봤던 순간이, 버들 주공으로 들어가 건물들을 모두 뒤지고 다니던 순간이, 101동 옥상 위로 번뜩 떠올랐다 사라지는 개를 봤던 그 순간이.

박주환은 총을 빼 들고 계단을 앞장서 올라갔다. 그녀는 랜턴을 비추며 뒤따라 올라갔다. 무전기, 쏟아진 물통, 핏자국들이 지옥으로 가는 표지처럼 곳곳에 놓여 있었다. 꼭대기 층에 이르러 박주환이 멈칫하며 섰다. 어두침침했지만 윤주는 직감으로 알아차렸다. 옥상 같은 공간 가장자리의 기둥 구조물 부근에서 개와 한 덩어리가 돼서 나뒹구는 사람이 누구인지. 윤주는 무턱대고 뛰었다. 뛰면서 소리 질렀다.

"링고, 하지 마."

링고는 재형의 목에 박은 이빨을 빼지 않았다. 재형은 링고의 목을 끌어안고 놓지 않았다. 그 상태로 둘은 엎치락뒤치락 뒤엉켜 굴렀다. 둘 다 이미 피투성이였다. 박주환은 링고의 머리로 총을 겨눴으나 이리저리 위치만 바꿀 뿐 쏘지를 못했다. 링고와 재형이 너무 밀착해 있었다. 너무 빠르게 움직였다. 그녀는 세상이 빙글빙글 도는 느낌을 받았다. 이윽고 컴컴해져왔다. 암전된 의식 밑에서 어린애 하나가 튀어나와 발을 굴렀다.

"쏴. 쏴버리라고."

총성이 울렸다. 한 발, 두 발, 링고의 몸통이 경련하듯, 움찔했다. 등에서 피가 튀었다. 몸을 바르르 떨다가 다음 순간, 움직임을 멈췄다. 머리가 옆으로 툭 떨어졌다. 재형의 목에서 이빨이 빠져나왔다. 재형은 그때까지도 링고의 목을 붙들고 있었다. 그 손을 풀며 윤주는 미칠 것 같은 자책감에 휩싸여 있었다. 아아, 조금만 더 빨리 찾아냈더라면…….

윤주는 목도리를 풀어 핏물이 쏟아져 나오는 재형의 목을 틀어막았다. 아무짝에도 쓸모없는 짓이었다. 핏줄기는 둑이 터진 것처럼, 순식간에 목도리를 적시고 그녀의 손등으로 흘러넘쳤다. 재형은 이미 의식이 없었다. 맥박도, 호흡도 거의 없었다. 눈꺼풀은 반쯤 열려 있었다. 초점 없는 눈동자를 들여다보며 그녀는 속삭였다.

"재형 씨."

그의 이름 말고는 아무것도 생각나지 않았다. 그의 이름을 부르는 일 말고는 아무것도 할 수 없었다.

"재형 씨."

세 번째 부름에서 재형은 윤주를 마주 보았다. 눈꺼풀이 열리지도, 눈동자가 움직이지도 않았지만 느낌만은 분명했다. 그는 자신을 바라보고 있었다. 이름을 부르는 것도 같았다.

"나, 여기 있어."

윤주는 떨리는 손을 뻗어 그의 창백한 뺨을 감쌌다. 다음 순간, 손가락 사이로 재형이 빠져나갔다. 물처럼, 바람처럼, 시간처럼, 와서 머물다 간 세상의 모든 것들처럼, 형체도 감촉도 없이 그녀를 떠나갔다. 그녀는 이를 악물었다. 재형과 이마를 맞대고 엎드렸다. 목 안에서 뼈가 꺾이는 것 같은 소리가 났다. 아마도 울음이었을 것이다. 물음이었을 것이다. 원망이었을 것이다. 왜 그랬어. 그러기 전에 한 번만 생각해주지 그랬어. 이 무저갱에 혼자 남을 나를 한 번만.

현장을 정리한 사람은 박주환이었다. 무전 연락을 받고 달려온 119대원들이 기준을 데리고 내려갔다. 재형과 링고는 바디 백에 안치돼 경찰차에 탔다. 윤주는 링고와 재형을 스타 곁에 안장하기로 결정 내렸다. 박주환과 동료 한 사람이 매장을 도와주었다.

지난 석 달, 그녀는 박주환의 보호를 받으며 경찰서에서 지냈다. 매일같이 이곳에 들러 꽃을 놓고 재형의 무덤을 돌봤다. 매장 전, 보고 만졌던 그의 마지막 모습을 수도 없이 떠올렸다. 뺨은 희고, 살갗은 축축하고, 몸은 딱딱했다. 젖은 나무를 만지는 것 같았다. 나무처럼 평온해 보였다. 어쩌면 나무가 되었을지도 모른다. 인간 없는 세상에 가서.

윤주는 백 팩에서 노랑 꼬빡연을 꺼내 검은 돌에 매달았다. 연은 실을 팽팽하게 당기며 낙엽송 우듬지로 솟구쳐 올랐다. 이제 진짜 작별 인사를 해야 할 때였다.

"재형 씨, 나, 간다."

윤주는 일어났다. 돌아보지 않으려 애쓰면서 묘지를 나갔다. 숲길을 내려가다가 나무에 묘지가 가려지는 지점에서 비로소 뒤를 돌아봤다. 재형의 연이 바람을 올라타고 손을 흔들듯 꼬빡거리고 있었다. 매직으로 쓴 묘비명이 돋을새김처럼 또렷하게 올려다보였다.

서재형, 인간 없는 세상으로 가다.

재앙의 디스토피아 속에서 '나'를 만나다

정여울(문학평론가)

우리는 더 이상 나아가는 것이 의미가 없고 희망도 없을 때
비로소 우리의 최상에 도달한다.
- 마크 롤랜즈, 《철학자와 늑대》 중에서

1. 휴머니즘적 구원 너머, 재난의 리얼리티

정유정은 낭만적 휴머니즘으로 재난의 공포를 얌전히 길들이지 않는다. 그녀는 《7년의 밤》이나 《내 심장을 쏴라》보다 한결 혹독하고 가차 없는 리얼리티로 '재난 속 구원'이 아닌 '재난 속 인간본성의 탐구'라는 더욱 본질적인 테마로 육박해 들어가고 있다. 그녀의 붓끝에서 피어난 대재앙의 서사는 가상의 시뮬레이션이라기보다는 지금 바로 여기, 우리의 현실을 향한 뜨거운 알레고리로 읽히는 것이다. 이번 작품 《28》은 가상도시 화양에 일어난 인수공통전염병이라는 대재앙을 사건화한다. '빨간 눈 괴질'이라는 별명을 지닌 이 원인불명의 전염병은 인간과 개 사이에서 무차별적으로 전염되며 치사율이 100%에 가깝다는 점 말고는 모든것이 불분명하다. 《28》의 초점은 전염병의 역학관계 분석이나 백신의 개발과 같은 '구원투수로서의 과학'이 아니다. 《28》은 전염병이 휩쓸고

지나가는 삶의 폐허를 어떤 휴머니즘적 기대도 없이, 처절한 리얼리티의 시선으로 그려낸다. 작가는 재난의 한복판에서 고군분투하는 수많은 인물을 향한 연민과 공감을 불러일으킨 후, '설마 이 사람은 죽지 않겠지'라는 안타까운 기대를 무너뜨리며, 냉혹하고도 절도 있게 방금까지 살아 움직이던 등장인물을 '차가운 시신'으로 만든다. 죽음을 향해 쾌속질주하는 인물들은 '전염병의 공포'를 넘어 '대재앙 속에서 살아 있다는 사실 자체의 비극'을 증언한다.

발병하면 사나흘 안에 예외 없이 죽음에 이르는 공포의 괴질. 그 대재앙의 한복판에 유기동물보호소 드림랜드의 수의사 서재형이 있다. 재형은 본래 아이디타로드 개썰매 경주에 참가했던 최초의 한국인 머셔(썰매꾼)였다. '이제는 더 이상 귀엽지 않다'는 이유로, '나는 개를 키울 형편이 아니다'라는 이유로, 버려지고 상처 입은 개들을 정성스레 돌보는 서재형의 삶에서는 진한 속죄의식이 묻어난다. 유기견들을 향한 죄책감, 그것은 그의 치명적 트라우마이면서 동시에 무미건조한 삶을 견디는 힘이기도 하다. 서재형의 인생 자체를 거대한 올가미처럼 휘감고 있는 트라우마. 그것은 이 소설 전체를 감싸 안는 거대한 복선이기도 하다.

서재형은 11년 전 알래스카에서 자신의 분신처럼 아끼고 사랑했던 썰매개들을 잃었다. 자신의 개썰매팀 '쉬차'를 이끌고 기나긴 개썰매 경주의 결승점인 놈(Nome)의 프런트 스트리트로 질주하던 중, 그는 화이트아웃에 갇히고 만다. 도시인의 어둠이 '블랙아웃'으로 불리는 '전기의 상실'이라면, 설인들의 어둠은 '화이트아웃'이라 불리는 '빛의 상실'이다. 검은 어둠보다 더욱 황망한 이 백색 어둠 앞에서 재형은 망연자실했다. 하지만 화이트아웃보다 더 무서운 것은 피에 굶주린 늑대들의 습격이었다. '설원의 자객'으로 불리는 강인한 회색 늑대 무리는 기나긴 설원의

레이스를 거의 완주하느라 체력이 고갈된 썰매개들을 위협한다. 애초부터 상대가 되지 않는 게임이었다. 재형은 쉬차를 통제하는 데 실패하고 거대한 바위에 부딪혀 치명상을 입고 만다. 절체절명의 순간, 그에게 떠오른 것은 '유일한 살 길'이었다. 바로 썰매개들과 자신을 잇고 있는 밧줄을 끊어버리는 것이었다. 죽음에 대한 공포에 짓눌려 울부짖고 날뛰고 튀어오르는 개들의 움직임이 고스란히 전달되는 밧줄. 그것은 인간과 동물을 잇는 공감의 선이기도 했고, '너와 나의 생사는 하나다'라는 절실한 인연의 상징이기도 했다.

> 재형은 줄을 끊었다. (…) 쉬차의 비명이 귀를 틀어잡았다. 그는 몸을 놓고 누워버렸다. 질끈, 눈을 감고 간절하게 바랐다. 쉬차가 사냥꾼을 끌고 달아나주기를, 자신이 삶을 확보할 수 있을 만큼 충분히 멀리. (…)
> 19시간 후.
> 재형은 스승 누콘의 손에 구조됐다. 마야가 그를 찾아냈다. 그를 깨운 것도 마야였다. 눈뜨고 가장 먼저 대면한 것 역시 마야의 다갈색 눈이었다. 반가워 어쩔 줄 몰라 하는 눈이었다. 무한한 신뢰와 애정이 담긴 눈이었다. 조심스레 물어오는 눈이었다.
> "대장, 내 아이들을 어쨌어?"
>
> -정유정, 《28》, 11~12쪽.

최고의 썰매개 마야는 재형을 살려낸 구원의 여신이었으며 그를 얼치기 썰매개 매니아에서 진정한 '선수'로 만든 장본인이었다. 그를 살려낸 마야는 바로 개썰매팀 쉬차를 끌고 가던 수많은 개들의 어머니였던 것이다. 그는 자식처럼 아끼고 사랑했던 썰매개들을 회색 늑대 무리에게 희생양으로 내주고 자신의 가난한 목숨을 지켰다. 그 엄청난 죄책감이 그의 삶을 평생 짓누른다. 하지만 가장 사랑하는 것들을 살려내지 못했다는 죄책감은, 결국 자신을 궁지로 몰아넣은 적대적 존재들조차 구원하는 상생의 무기로 되살아난다. 《28》은 대재앙의 잔혹한 리얼리티 속에 가녀린 구원의 상징을 숨겨놓은, 거대한 서사의 미로다.

2. 메신저 혹은 중재자: 야생과 문명 사이에서 흔들리다

2013년부터 의무화된 '반려견 등록제'는 반려견 실종시 주인을 쉽게 찾고 유기견을 줄이자는 취지로 시행되고 있다. 그러나 2013년 4월까지의 전국 등록률이 8%에 불과하다고 한다. 미등록 시 하반기부터는 과태료를 부과한다는 강제조치도 유명무실해 보인다. 동물보호관리를 사회적 시스템으로 해결한다는 발상 자체가 행정 편의주의일지도 모른다. 동물의 몸속에 전자칩을 삽입하여 바코드처럼 '관리'할 수 있다는 신념 자체가 철저히 인간 중심주의적이다. 중요한 것은 동물에 대한 사랑에는 책임이 뒤따른다는 것을 온몸으로 이해하는 감수성이 아닐까. 동물의 이점만을 갈취하고 동물이 주는 크고 작은 불편은 배제하는 인간의 이기심 자체와 싸우지 않는 한, 유기견 문제는 해결되지 않을 것이다. 유기동물 문제는 단지 반려동물의 생존권을 넘어 인간과 자연의 관계 맺기 자체에 대한 물음을 제기한다. 인간은 자연을 보호한답시고 자연을 '자원'으로 대상화하고, 자연을 등산로나 휴양지로 이용한다는 명목으로 자연을 '개발'하고 '착취'한다. 개발의 이면은 파괴와 살상일 수밖에 없다. 《28》은 인수공통전염병이라는 상징적 매개로 인간과 자연의 원초적인 '불평등 계약'의 의미를 성찰하는 이야기로도 볼 수 있다.

유기견보호소 드림랜드에서 마치 고난의 수행생활을 자처하듯 은둔

하는 재형에게 언론의 마수가 뻗쳐오면서 《28》의 서사는 본격화된다. 한진일보 기자 김윤주는 '드림랜드에 사는 자는 수의사인가, 개장수인가'라는 제목의 기사를 써서 재형의 앞날에 어두운 그늘을 드리운다. 유기견을 전심전력으로 보살피는 서재형의 일상을 '생명을 향한 진정어린 애정'으로 포장하여 '미담'으로 격상시킨 TV 다큐멘터리. 그 감동적인 미담 속에 숨은 '충격적 진실'을 보도한다는 명목으로 김윤주는 서재형의 인생을 순식간에 나락으로 떨어뜨린다. 김윤주는 서재형이 자신의 개썰매팀 '쉬차'를 몰살시킨 장본인이었다고 보도한 것이다.

> 아이디타로드는 썰매개들의 생명을 담보로 달리는 죽음의 경주이다. 우승한 머셔에겐 명예와 함께 어마어마한 스폰서가 붙는다. 그들이 자신의 야망을 위해 1600킬로미터가 넘는 설원을 달리는 동안 수많은 썰매개들이 추위와 피로와 사고로 다치거나 죽어가는 것이다. (…) 서 씨는 이 대회에 참가했고, 자신의 개썰매팀 '쉬차'를 몰살시켰다. 당시 언론들은 서 씨가 악천후로 길을 잃고 헤매던 중 늑대의 습격을 받았으며 썰매용 밧줄에 묶인 개들을 제물로 삼아 목숨을 부지했다고 밝히고 있다.
> —정유정,《28》, 28~29쪽.

김윤주는 서재형에 대한 '익명의 제보'를 받고 이 기사를 작성했고, 그 익명의 제보는 '쿠키'라는 썰매개의 원주인 박남철의 아들이 지금의 주인인 서재형에게 앙심을 품고 보낸 것이었다. 김윤주는 박남철의 아들 박동해가 쿠키를 잔인하게 린치하는 상황에서 서재형이 쿠키를 구해준 사실은 모르고 있었다. 김윤주의 판단은 철저히 이분법적이었다. 서재형은 "유기동물에 헌신하는 수의사인가, 유기동물로 돈벌이를 하는 장사치인가."(29~30쪽) 이런 식의 단순한 이분법으로는 서재형과 쿠키 사이에 존재하는 복잡한 인연의 그물망을 설명할 수 없다. 김윤주는 특종을 향한 열망 때문에 한 인간을 손쉽게 나락으로 밀어넣었고, 서재형의 드림랜드는 엄청난 항의와 투서를 받으며 몰락 직전의 상황으로 치닫는다. 이런 상황에서 인구 29만의 도시 화양에 정체불명의 전염병이 돌기 시작한다. 화양의료원 간호사 노수진은 흰자위가 핏빛으로 변하면서 시작되는 이 괴질의 치명적 위험을 가장 먼저 알아챈다. "흰자위가 핏빛이었다. 아니, 안구 자체가 푹 퍼낸 선지 덩어리 같았다. 눈꺼풀과 눈두덩까지 자줏빛이었고 눈자위엔 고름 덩어리 같은 점액질이 들러붙어 있었다." (88~89쪽)

집 안 가득 개들을 감금해 놓고 일확천금을 노리던 개장수를 시발점으로, 괴질은 급격히 확산된다. 팀버 울프의 혈통을 가진 늑대개 링고는 이 개장수의 손아귀에 잡혔다가 119구조대 한기준이 그 집에서 죽어가는 개장수를 구조하는 순간 극적으로 탈출한다. 링고, 스타, 쿠키.《28》에서 인간 주인공 못지않게 중요한 역할을 하는 개들의 이름이다. 스타와 쿠키는 서재형이 키우는 썰매개들이었고 링고는 스타를 향해 열렬히 구애하는 늑대개였다. 살벌한 투견판에서 인간의 잔혹성을 낱낱이 경험한 링고. 아비로부터 팀버 울프의 혈통을 이어받은 강인한 늑대개 링고는 이후 전염병이 급속도로 퍼지면서 죄 없는 개들을 '살처분'하는 인간의 악행으로부터 개들을 구조하기 위해 안간힘 쓴다. 괴질의 소문에 휩싸인 도시 화양을 향해 대통령 담화문이 발표되고, 화양은 철저히 고립되기에 이른다. 마치 1980년 광주처럼, 도시 전체를 완전히 고립시킨 정부는 시청 앞으로 모여드는 시민들을 향해 '해산하시오'라는 명령만을 되풀이한다. 정부의 조치는 오직 화양을 고립시킴으로써 '다른 도시'를 살리자는 미봉책에 불과했고, 화양은 무법천지가 된다. 화양 밖으로 한 발짝도 벗어날 수 없게 된 시민들은 공포에 몸부림치며 사재기를 시작한다. 약탈, 강간, 살인이 대낮에도 버젓이 자행되는 화양은 살아 움직이는 무간지옥이 되어버린다.

3. 동물의 육성, 그들의 절규를 듣다

　동해는 애초부터 공익이 아니었다. 현역 입대 12개월 만에 자대를 발칵 뒤집어놓고 공익으로 전환된 놈이었다. 각 중대에서 기르는 개들을 모조리 죽였다고 했다. 뭔가에 욱한 나머지 패 죽인 것이 아니었다. 하룻밤 새에 저지른 미친 짓도 아니었다. 일정한 간격으로 차례차례, 혀를 자르고 목젖 부위에 십자가 형상의 불 지짐을 해서 공공장소에 매단 패턴 행위였다. 군의관은 놈을 '장기적 치료가 필요한 인격 장애'로 진단했다.

-정유정, 《28》, 18~19쪽.

　닥치는 대로 죄 없는 개를 살해함으로써 자신의 분노를 해소하는 박동해의 존재는 《28》에서 일종의 '악의 축'으로 기능한다. 치료 불가능한 사이코패스처럼 그려지는 박동해의 잔혹한 폭력의 기원은 바로 일상적인 애정 결핍이었다. 화양의료원 감염 내과 과장 박남철의 친아들인 박동해는 총명하고 온순한 형과 여동생과 달리 '숨기고 싶은 자식'이었다. 애정 결핍으로 빗나가는 아들을 제대로 타이르기보다는 '감금과 체벌'로 일관하던 박남철 부부. 그들은 동해가 '개 살해자'에서 '살인자'로, 마침내 존속살인과 방화까지 일삼는 괴물이 될 때까지 자신들의 불찰을 뉘우치지 않는다. 오직 아들을 정신병원에 감금하여 '살인자의 가족'이라는 오명을 쓰지 않는 데만 급급하다.

　박동해는 단순한 악동이 아니라 이 사회의 증오와 폭력의 기원을 온 몸으로 현시하는 상징적 존재다. '알파걸'이나 '엄친아'로 인정받는 아이들만 '내 자식'으로 취급하고, 사랑받지 못해 점점 더 악마가 되어가는 아들을 가족뿐 아니라 이 사회에서 격리시키려는 박남철 부부의 속물주의. 그것은 원인 모를 괴질로 죽어가는 화양 시민들의 공포만큼이나 무서운 '가정 내부의 폭력'으로 폭발한다. 가정 안에서 인정받지 못한 동해는 자신의 나약함을 타인을 향한 폭력으로 보상받으려 하고, 점점 더 '진화하는 악행'으로부터 자신의 존재감을 과시하려 한다. 그 과정에서 아버지의 반려견 쿠키를 최대한 잔인하게 살해함으로써 아버지에게 복수하려던 동해는 엉뚱한 '구원자' 서재형의 방해로 쿠키를 빼앗기고 서재형에게 앙심을 품게 된다. 정체모를 전염병이 화양을 덮치는 동안, 정체가 분명한 동해의 복수심은 쿠키와 서재형과 아버지를 비롯하여 '내 뜻을 가로막는 모든 자'들을 향해 무섭게 확대된다. 동해는 자신이 갇혀 있던 백운정신병원에 불을 질러버리고, 닥치는 대로 개와 사람을 죽이며, 급속도로 번져가는 전염병만큼이나 무서운 살인기계가 되어버린다. 부모의 속물주의는 자식의 애정 결핍을 낳고, 자식의 애정 결핍은 사회를 향한 반감과 무차별적인 폭력으로 확대된다. '붉은 눈'으로 시작되는 인수공통전염병처럼 무서운 속도로 번지는 이 폭력의 광기는 소설 《28》의 또 다른 테마다. 전염병의 광기보다 더욱 끔찍한 것은 전염병이 아닌 '다른 이유'로 죽어가는 사람들인 것이다.

　이 소설에서 전염병으로 인한 죽음보다 더욱 끔찍한 것은 인간들 스스로의 폭력과 증오로 인한 죽음이다. 특히 한기준의 가족들이 굶주린 개떼들의 공격으로 살해당하는 장면, 강도들의 습격을 받아 성치 않은 몸으로 환자들을 보살피다가 윤간을 당하고 죽어가는 수진의 모습은 '무고한 자들의 죽음'이라는 점에서, 가장 죄 없는 자들의 가장 비참한 죽음이라는 점에서 더욱 커다란 충격으로 다가온다. 정부는커녕 어떤 구호단체에서도 구원의 손길은 오지 않았고, 오직 난리통에 간신히 살아남은 자원봉사자들과 119대원들, 간호사들만이 절망에 빠진 화양 시민들의 마지막 빛이었다.

4. 공감, 생명을 향한 무한한 책임

> 돌아온 후부터 꿈꾸지 않은 밤이 없었다. 늘 같은 꿈이었다. 강아지 마야와 눈밭을 뒹구는 열다섯 살 소년으로 시작해서 마야의 다갈색 눈이 "내 아이들을 어쨌어?"라고 묻는 데서 끝나는 꿈. 꿈에서 깨어난 새벽이면 황야를 향한 그리움으로 진저리 쳤다. 다 팽개치고 달아나고 싶었다. 그곳으로 가고 싶었다. 개들과 함께 질주하고 싶었다.
>
> ─정유정,《28》, 31쪽.

"내 아이들을 어쨌어?"라고 묻는 듯한 썰매개 마야의 눈빛. 그 안타까운 눈빛은 서재형의 트라우마이면서 동시에 그의 가장 아름다운 본성을 일깨우는 영혼의 등대가 된다. 링고, 스타, 쿠키. 그리고 사람들의 '내 개를 잘 부탁드립니다'라는 쪽지와 함께 드림랜드에 버린 수많은 반려견들. 이들은 서재형이 '인간과 자연이 하나임'을 느낄 수 있었던 알래스카 시절을 상기시키는 절실한 매개다. 거기에 구원의 답이 있다. 인간에게 방해가 된다면 마음껏 '살처분'해도 되는 유기견들, 구제역 파동이 올 때마다 생매장당하는 소와 돼지들을 바라보는 인간의 시점은 '살아 움직이는 생물'을 '그것'으로 대상화시키는 잔혹한 합리성이다. 서재형은 동물을 '그것'이 아니라 '그대'로 대해야 한다는 것을 아는 사람이다. 그는 동물들이 고통받는 세상에서는 인간들도 고통받을 수밖에 없다는 것을 깨닫는다. 그는 동물과 인간의 경계지대에서 동물의 흐느낌을 들을 줄 아는 사람이었다. '그대들의 운명과 우리들의 운명이 다르지 않다'는 것을 깨닫는 공감의 네트워크. 그것만이 이 무간지옥을 빠져나갈 수 있는 유일한 구원의 열쇠가 아닐까. 그것이 아니면 어떤 대단한 과학도 어떤 화려한 정치도 이 재앙의 도시 화양을 구할 수 없었다.

"유사 이래 이런 일이 있었을까. 인구 29만이 사는 수도권 도시를 벼락치기로 봉쇄해버리는 일이. 그것도 온가족이 모여 앉아 지지고 볶을 설 연휴 첫날에."(198쪽) 화양이 완전히 봉쇄되어 화양을 탈출하려는 사람들은 쥐도 새도 모르게 군인들에게 총살당하기 시작하던 즈음.《28》에서 가장 드라마틱한 심경의 변화를 보여주는 인물은 바로 한진일보 기자 김윤주다. 처음에는 드림랜드의 수의사 서재형을 '이기적인 개장수'쯤으로 비하하는 폭로성 기사를 썼던 그녀가, 전염병 관련 기사를 준비하면서 서재형의 일거수일투족을 밀착 취재하게 되고, 마침내 서재형의 온갖 파란만장한 인생사와 치명적인 트라우마를 이해하게 된다. 윤주는 전염병으로 사망한 손 노인의 손녀 승아를 얼떨결에 돌보게 되면서 훈련받은 경주마처럼 앞으로만 진격해 가던 그녀의 인생에서 잃어버린 생의 온기를 깨닫게 된다. '화려한 사건'에 목말라 있는 전형적인 취재기자 윤주가 생명에 대한 무한한 책임을 느끼는 순간. 윤주와 재형이 각자의 고뇌에 빠져 있느라 승아를 미처 보살피지 못했던 어느 날 밤. 박동해는 자신의 '애견 살해 퍼레이드'를 방해한 서재형을 노리고 드림랜드에 방화를 시도하고, 이로 인해 승아가 죽고 만다.

승아를 지키지 못했다는 죄책감에 시달리던 재형과 윤주는 마침내 서로의 상처와 슬픔을 보듬어 안게 되고, 두 사람은 사랑에 빠진다. 재형과 윤주의 사랑은 '가장 이해하기 힘든 대상'을 향한 눈부신 공감이며, 자신을 궁지에 몰아넣은 자를 향한 조건없는 용서이기도 하다. 아무 영문도 모른 채 군인들의 군홧발에 찢기고, 총살당하고, 생매장되는 유기견들의 참상을 목격한 윤주는 그제야 자신이 '기자'의 명목으로, '진실'의 이름으로 압살한 가치가 무엇이었는지를 깨닫게 된다. 이 가공할 대재앙은 바로 '인수공통전염병이 분명하다'는, 확신에 가득 찬 그녀의 득의양양한 기사 한 줄이 무참한 개 학살을 불러온 것이다. 그녀의 기사 몇 줄이 드림랜드 뿐 아니라 화양에 있는 모든 개들을 향한 '합법적인' 학살의 신호탄이 되어버린다. 윤주는 자신을 바라보며 '살처분' 당하는 개들의 애처로운 눈빛에서 단말마의 비명을 듣는다. "살려주세요." 그녀는 이제 말 못하는 개들이 온몸으로 절규하는 영혼의 외침을 들을 수 있는 사람으로 거듭난다. 그녀는 이 동물들의 절규와 함께 살아남은 인간들의 마지막 절규를 듣는다. 바로 대통령의 계엄 선포로 완전히 고립되어버린 화양 시민들의 외침, "살려주세요."라는 또 다른 외침이었다.

마이크를 잡은 남녀노소는 바깥세상을 원망하거나, 정부를 성토하거나, 현 대통령을 뽑은 자신의 손가락을 잘라버리고 싶다는 후회의 심정을 토로했다. (…)

"나는 죽고 싶지 않습니다. 살고 싶습니다. 여러분은 살고 싶지 않습니까."

누군가 "나도 살고 싶다."고 외쳤다. 그것이 선창이 됐다. 사람들은 주먹을 흔들며 '떼창'으로 "살고 싶다."고 외쳤다. 감정을 이기지 못하고 일어나 가슴을 치며 "살려달라."고 울부짖는 자도 있었다.

-정유정,《28》, 410~411쪽.

"우리는 살아있다." "우리는 살고 싶다." "우리를 살게 하라." 시청광장
에 운집한 수만 인파들의 외침. 그토록 절실하게 삶을 갈구하는 '우리'는
단지 '인간'이 아니라 버려지는 동물들, 살처분 당할 위기에 처한 수많은
유기견들이기도 했다. 딸은 전염병으로, 아내는 개떼들의 습격으로 잃
고 분노와 살기를 참지 못한 채 단지 '커다란 개들'이라는 이유만으로 링
고와 스타를 공격한 한기준. 마침내 스타를 죽여버린 기준을 향해 복수
의 그 순간만을 기다리는 링고의 외침이기도 하다. 링고는 '살고 싶다'는
외침보다 더욱 참혹한 절규를 온몸으로 뿜어낸다. 내 사랑이 죽었다. 그
러므로 나는 이미 죽은 것이나 다름없다. 남은 내 생의 유일한 목표는 내
사랑을 죽인 그를 처단하는 것이다. 이 외침을 알아들은 유일한 사람은
바로 재형이었다. '살려달라'는 외침을 정부를 향해, 온세상을 향해 타전
하고 있는 시민들의 가두행진이 시작되는 즈음. 링고의 마지막 복수극은
절정에 도달한다. 영문을 모르는 기준은 링고의 습격에 온몸으로 저항하
고, 이제 서로를 향한 최후의 일격만이 남은 상태에서 애타게 링고를 찾
던 재형은 마침내 몸을 던진다. 링고가 더 이상 '살육을 살육으로' 되갚
은 복수의 악순환에 빠지지 않도록. 드림랜드는 자신의 썰매개들을 살리
지 못하고 홀로 살아남은 재형 자신의 생의 알리바이이자 거대한 속죄
의식의 상징이었다. 그 드림랜드마저 박동해의 방화로 잃어버린 재형에
게 남은 것은 오직 상처 입어 찢긴 앙상한 몸뚱이뿐이었다.

윤주와 기준은 살아남고, 재형과 링고는 세상을 떠난다. 재형은 자신
이 가장 사랑했던 반려견 스타를 죽인 기준을 살리려 했다. 재형은 자신

의 명예를 완전히 실추시킨 윤주를 향한 사랑을 멈출 수 없었다. 가장 증오했던 대상을 구원하고, 가장 혐오했던 대상을 사랑하게 되는 역설. 그 속에 구원의 비밀이 숨어 있다. 진실을 파헤친답시고 불완전한 팩트와 의심의 눈초리만으로 급조해낸 신문기사가 타인의 삶을 얼마나 철저히 파괴해버릴 수 있는가를 깨닫는 윤주. 더 높이, 더 멀리 날고만 싶었던 '고기리촌닭집' 출신 기자가 도달한 곳은 사건의 '뉴스 가치'를 뛰어넘어 존재하는 '한 인간의 절실한 생의 의미'였다. 그녀는 갑과 을의 무한투쟁으로 얼룩져버린 이 참혹한 세상에서 '성찰적 지성'의 가치를 일깨우는 존재다. 어떤 스캔들 속에서도, 어떤 정치적 외압 속에서도, 인간 개개인의 진실은 함부로 도륙당해서는 안 된다는 깨달음. 아름답고 화려한 시절에 선행을 베풀기는 쉽다. 하지만 정말 어려운 것은, 정말 우리 자신의 참된 자아를 증명하는 것은, 참혹하고 비통한 시절에 '그럼에도 불구하고 살아 숨 쉬는 인간성'을 온몸으로 증언하는 것이다. 이제 소설을 덮는다. 어디선가 "살려주세요."라고 외치는 모든 존재들의 소리 없는 흐느낌에 귀 기울여야 할 시간이다.

살아 있는 모든 것은 그 자체로 존재의 타당성을 지닌다

마크 롤랜즈는 그의 저서 《동물의 역습》에서 평등을 이렇게 정의했다. "도덕과 무관한 특성에 따라 차별하지 않는다."

이를 기반으로 그는 다음과 같은 질문을 던진다.

"종의 다름이 인간과 동물의 취급 차이를 정당화할 수단이 되는가?"

유구한 세월에 걸쳐, 인간의 영혼에 깊이 스며든 동물에 대한 도구적 관점에 던지는 질문이었다. 그해 겨울, 그러니까 구제역으로 수백만 마리의 소와 돼지들이 생매장을 당하던 '충격의 겨울'이 없었다면 나는 그의 질문을 진지하게 고민해보지 않았을지도 모른다. 어쩌면 영원히.

《28》의 시놉시스를 쓴 건 돼지 생매장 동영상을 접하던 밤이었다. 눈보라 치는 밤, 깊은 구덩이 안에서 죽음을 직감한 돼지 수백 마리가 두려움으로 날뛰고 살려달라고 울부짖었다. 산 채로 묻힌 그들의 울음소리는 이튿날 아침까지 지상으로 울려 퍼졌다고 했다. 참담한 심정이었다. 슬프고 부끄럽고 두려웠다. 돼지들의 비명과 울부짖음이 오래오래 귓가를 맴돌았다. 불편한 진실과 맞닥뜨릴 때마다 눈뜨고 깨어나는 양심이라는 파수꾼이 끊임없이 속삭여왔다. 우리는 천벌을 받을 거야. 나는 잠들기를 포기하고 책상에 앉아 노트를 폈다.

"만약 소나 돼지가 아닌 반려동물, 이를테면 개와 인간 사이에 구제역보다 더 치명적인 인수공통전염병이 돈다면 어떤 일이 일어날까?"

인간은 반려동물에게도 가축에게 했던 것과 똑같은 '짓'을 할까. 내 대답은 '그렇다'였다. 육식하는 자로서, 생태계 최고 포식자로서, 저들의 삶을 지배하고 운명을 결정하는 변덕쟁이 폭군으로서 내린 결론이었다. 어떻든지 인간이 먼저 아니겠는가. 그럼에도 저 반대편에는 나와 다른 사람들이 있으리라는, 인간을 넘어 '생명'을 지키고자 헌신하는 이들이 있으리라는, 그럴 수 있는 존재가 바로 인간이라는 희망을 놓지 못했다. 이 이야기는 거기에서 출발했다. 그러므로 이것은 '인간에 대한 희망'의 이야기라고 해도 좋을 것이다. 우리의 이기심으로 참혹하게 죽어간 동물들에게 많은 것을 빚지고 있는 이야기기도 하다.

초고를 끝내는 데는 그리 긴 시간이 걸리지 않았다. 거의 전력질주였다. 이런 속도로 진행한다면 금세 소설을 끝낼 수 있을 것도 같았다. 마침내 내게도 뮤즈라는 총각귀신이 찾아왔구나, 싶어 감격스러웠다. 그런데 수정을 시작하면서 갑작스럽고도 완강한 슬럼프가 찾아왔다. 머릿속이 부옇게 흐려져 단 한 줄도 전진하지 못하는 날이 몇 개월이나 이어졌다. 뭔가 잘못되었는데 그 뭔가가 뭔지조차 알 수가 없었다. 심지어 책상 앞에 앉아 버티는 것마저 불가능했다. 결국 짐을 싸서 지리산 어느 암자까지 찾아 들어갔고, 홀로 된 후에야 가까스로 문제가 무엇인지를 볼 수 있었다. 허무하리만치 단순하고 근본적인 문제였다. '하고 싶은 이야기가 무엇인가'의 문제. 나는 '치명적인 바이러스'에 대해 이러쿵저러쿵 떠든 초고를 엎어버리고 처음부터 다시 쓰기 시작했다. 그러니까 당초 소설의 씨앗이 됐던 '희망'에 대한 이야기를. 그 과정에서 어김없이 많은 분께 신세를 졌다.

감수를 맡아주신 서울대 수의학과 우희종 교수님, 조선대학병원 응급의학과 박용진 교수님, 전남도청 방역과 정인제 수의사님, 서초중앙지검 박주환 수사관님, 예비역 특전사 장교 조주현 님, 영화감독 안승환 님, 취재에 응해주시고 깊이 있는 현장지식을 알려주신 광주남부소방서 119구조대, 임상 수의사 윤현철 님, 한겨레신문 최재봉 기자님, 세계일보 조용호 선배님께 머리 숙여 감사드린다. 혀를 빼물고 엎어질 때마다 등을 다독여준 (필요 이상으로 힘주어 팬다는 의심이 들기는 했지만) 남편에게, 변덕스럽고 비참한 기분에 빠져서 "더는 못 하겠다."고 떠들 때마다 "엄살떨지 마."하며 멱살을 잡아 일으켜준 후배 지영에게 사랑을 전한다. 마지막으로 온종일 내 책상 위에 웅크려 앉아 내가 일하는 모습을 지켜봐준 두 친구, 나옹 군과 꼬실 양에게도 장밋빛 하트 하나씩을 뿅뿅.

호시노 미치오가 쓴 《알래스카, 바람 같은 이야기》에는 알래스카 인디언들의 고래사냥 이야기가 나온다. 고래를 잡으면 고기를 취한 후 "내년에도 또 오너라."라고 외치면서 턱뼈를 바다에 돌려준다는 것이다. 세상의 온갖 생명체, 물과 바람까지도 영혼을 가지고 존재하며 인간을 지켜보고 있다는 세계관과 자신들을 먹여 살려주는 자연에 대한 외경심에서 비롯된 풍습이란다. 따지고 보면, 우리는 모두 자연이 빚어낸 우연의 산물들이다. 서로 빚을 지고 갚으며 살아가는 존재다. 스스로 다짐하건대 내게 남은 나날, 그 점 잊지 않고 감사하며 살아갈 수 있기를…….

2013년 6월 광주에서
정유정

28

1판 1쇄 발행 2013년 6월 16일
1판 25쇄 발행 2013년 9월 2일

지은이 · 정유정
감수 · 우희종 박용진 박주환 정인제 조주현 안승환
펴낸이 · 주연선

책임 편집 · 오가진
편집 · 이진희 박은경 강건모 임유진 박나리
디자인 · 김서영 손혜영
마케팅 · 장병수 김한밀 정재은
관리 · 김두만 구진아 유효정

도서출판 은행나무
121-839 서울특별시 마포구 서교동 384-12
전화 · 02)3143-0651~3 | 팩스 · 02)3143-0654
등록번호 · 제 10-1522호(1997. 12. 12)
www.ehbook.co.kr
ehbook@ehbook.co.kr

잘못된 책은 바꿔드립니다.

ISBN 978-89-5660-703-0 03810